BAJO EL PUENTE DE LOS VIENTOS

J. de la Rosa

© Todos los derechos reservados

Todos los derechos están reservados. Quedan prohibidos, dentro de los límites establecidos por la ley y bajo los apercibimientos legales previstos, la reproducción total o parcial de esta obra por cualquier medio o procedimiento, ya sea electrónico o mecánico, el tratamiento informático, el alquiler o cualquier otra forma de cesión de la obra sin la autorización previa y por escrito de los titulares del copyright.

Esta es una obra de ficción histórica. Nombres, caracteres, lugares y situaciones son producto de la imaginación del autor o son utilizados ficticiamente, y cualquier parecido con personas, vivas o muertas, establecimientos de negocios (comerciales) hechos o situaciones son pura coincidencia.

Título: *Bajo el puente de los vientos*
Copyright © 2017 - *J. de la Rosa*

Primera edición, julio 2017
Segunda edición, noviembre 2024

Diseño de portada y contraportada: *Alexia Jorques*

Contacto*:*
http://josedelarosa.es
josedelarosa.v@gmail.com

Gracias por comprar esta novela.

Índice

– CAPÍTULO 1 – 11
– CAPÍTULO 2 – 21
– CAPÍTULO 3 – 33
– CAPÍTULO 4 – 45
– CAPÍTULO 5 – 55
– CAPÍTULO 6 – 67
– CAPÍTULO 7 – 79
– CAPÍTULO 8 – 93
– CAPÍTULO 9 – 104
– CAPÍTULO 10 – 117
– CAPÍTULO 11 – 139
– CAPÍTULO 12 – 155
– CAPÍTULO 13 – 173
– CAPÍTULO 14 – 187
– CAPÍTULO 15 – 199
– CAPÍTULO 16 – 215
– CAPÍTULO 17 – 227
– CAPÍTULO 18 – 241
– CAPÍTULO 19 – 255
– CAPÍTULO 20 – 273
– CAPÍTULO 21 – 291
– CAPÍTULO 22 – 305
– CAPÍTULO 23 – 319
– CAPÍTULO 24 – 329
– CAPÍTULO 25 – 343
– CAPÍTULO 26 – 360

— CAPÍTULO 27 — 377
— CAPÍTULO 28 — 399
— CAPÍTULO 29 — 409
— CAPÍTULO 30 — 427
— CAPÍTULO 31 — 445
— CAPÍTULO 32 — 465
— CAPÍTULO 33 — 483
— CAPÍTULO 34 — 496
— CAPÍTULO 35 — 517
— CAPÍTULO 36 — 532
— CAPÍTULO 37 — 547
— CAPÍTULO 38 — 561
— EPÍLOGO — 569
NOTA DEL AUTOR 571

Intenté localizar su silueta entre los jirones de niebla que se desgarraban en la noche, pero el camino seguía desierto y la bruma era tan espesa que solo se distinguía el perfil informe de los árboles.

—Señora, si no salta al bote ahora mismo tendré que abandonarla —me apremió el barquero, tendiéndome la mano por última vez.

Los otros pasajeros ya habían embarcado, ansiosos a la espera de la partida. Me miraban con la misma angustia con que habían pedido a Dios su salvación. Aquella era nuestra última oportunidad y yo iba a echarla a perder.

Miré una vez más hacia el sendero desierto, como si mi insistencia pudiera disipar la bruma. Si nos demorábamos solo unos minutos podríamos cruzarnos con la patrulla del puerto y entonces todo habría acabado. El enorme esfuerzo que le había costado a cada uno de nosotros llegar hasta allí para poder escapar no habría valido para nada.

Pensé en mi cálida tierra al otro lado de los Pirineos como en una pompa de jabón que estalla al contacto con los pétalos de una flor. Una lágrima atravesó mi mejilla: todo o nada, esa era la decisión que debía tomar en ese preciso instante. El bebé se retorció entre mis brazos, inquieto a pesar del sueño. En aquel instante, hambrienta y aterida entre mis harapos, solo me impostaban aquel pequeño y el hombre que debía aparecer de un momento a otro a través de la niebla. Ni siquiera mi vida era más valiosa para mí.

—Es el último aviso, señora —y tenía razón el barquero, pues mi indecisión los ponía a todos en peligro.

De un manotazo aparté las lágrimas y me dirigí al bote.

—Abrázala con cuidado —le tendí el bebé a quien había sido mi mortal enemiga, asegurándome de que lo protegiera con su cuerpo—. Prométeme que la cuidarás, y que cuando crezca... simplemente júrame que cuidarás de ella.

—Lo Juro. Pero tú.. —no terminó la frase al darse cuenta de lo que pretendía.

—No puedo marcharme sin él.

—Si no ha llegado es porque no lo ha conseguido. Y aunque lo hubiera logrado, recapacita, Isabel: si el bote no está cuando aparezca no habrá salvación para ninguno de los dos.

Aquella endeble embarcación era la última posibilidad. Si se alejaba de la orilla ya no habría futuro.

—Vendrá. Sé que vendrá —me convencí a mí misma.

Ella asintió, abrazando con firmeza a mi pequeña, aunque sus ojos se tornaron tan tristes que comprendí que ya nada podría redimirme al quedarme en tierra.

El barquero no se hizo esperar. Ayudado por el remo usado a modo de horquilla se apartó de la rivera, avanzando lentamente.

Yo me quedé sola y tiritando, envuelta en la densa oscuridad de la noche, con el corazón roto al apartarme de una mitad de mí misma. Mi destino, si tenía que ser adverso, al menos lo sería por el hombre al que había amado y sin el que era incapaz de imaginar un futuro.

Y en aquella soledad, a la espera de la muerte, decidí que tenía que contar mi historia, la historia de mi amor, porque ya nada tenía sentido en mi vida sin él. Porque acababa de comprender que las cosas que aparentan no tener importancia, siempre, a la larga, son las fundamentales.

Francia
1785
Nueve años antes

— CAPÍTULO 1 —

No había pasado un año desde mi llegada a Francia y aquel era mi tercer intento de fuga. Pero esta vez mi temeridad había ido demasiado lejos. Tanto que, de no ser por la premura del arzobispo, me habrían ultrajado, y quién sabe qué más.

Por aquel entonces yo achacaba la culpa de mis desdichas a mi tía, a la que detestaba tanto como temía. La primera vez que me vio yo tenía quince años, y mientras que para cualquier otra joven en mi situación viajar a Francia desde mi querida España era algo extraordinario, para mí se convirtió en la cosa más terrible que podía haberme sucedido.

Dos monjas y un oficial habían velado mi viaje hasta depositarme sana y salva en manos de tía Margot, la señora de Épinay, como la llamaban todos con el mayor respeto. Recuerdo que en aquella ocasión mi tía me miró largamente, como quien analiza la dentadura de un caballo o valora la calidad de un tejido. Al parecer yo era mucho más decepcionante de lo que había esperado, tanto que murmuró que cómo era posible que cuatrocientos años de las mejores estirpes hubieran podido dar tan mal resultado.

Reconozco que entonces tenía algo de razón porque yo, Isabel Micaela María de Todos los Santos Josefa Benedicta de Velasco y Montmorency, era el resultado equívoco de una cuidadosa selección de ilustres apellidos, generación tras generación, que apenas había tenido el amor como detonante en el caso de mis padres.

Mis tres grandes defectos, según mi tía, eran mi rebeldía, mi falta absoluta de modales y no ser francesa, lo que equivalía a ser española. Los tres decidió corregirlos al punto, y se puso manos a la obra de inmediato.

Aquella aversión por lo convencional era lo que me había llevado a la situación en la que me encontraba y al lamentable estado que presentaba ante el arzobispo.

—¡Qué hubiera sido de ti si no llegamos a tiempo! —me gritó monseñor, tan colérico que casi no lo reconocí—. ¡Han estado a punto de...! —No se atrevió a pronunciar la palabra—. ¡Tu reputación se habrá perdido irremediablemente si esto se sabe! Porque te garantizo, Isabel, que en Versalles las desgracias y las calumnias vuelan más que el viento.

Yo seguía tumbada en el suelo lleno de hojarasca, con la abultada falda subida hasta los muslos. Aún estaba aterrada, y dolorida, pero sobre todo me embargaba una sensación de vergüenza que no me permitía hablar. Tenía los ojos enrojecidos y sentía las mejillas embarradas con una mezcla de temor y suciedad. Bajo aquella capa palpitaba algún moratón, y el labio inferior me dolía con el sabor férreo de la sangre. Seguía inmóvil, como cuando aquel individuo que iba a ayudarme a escapar me tiró al suelo y se abalanzó sobre mí mientras el otro me sujetaba por los brazos.

—¡Y adecéntate, por el amor de dios!

Aquella exclamación de labios de un ministro de la iglesia hizo que al fin reaccionara. Su cargo eclesiástico era solo un título más que había heredado junto a tantas otras prebendas, pero aun así y en público, era cuidadoso con su lenguaje.

De nuevo pensé que toda la culpa era de mi tía. Si yo no hubiera pedido permiso para casarme, ella jamás habría reparado en la existencia de una sobrina huérfana y casi anónima al otro lado de los Pirineos, criada por las monjas en un ajado convento castellano. Pero la fortuna que mis padres me habían legado era demasiado apetitosa como para dejarla caer en manos de mi futuro esposo, y yo era lo suficientemente inocente como para ser manipulada por ella, mí único familiar directo con vida.

Papá había sido el sexto hijo del Conde de Jaraquemada y mamá la nieta menor del marqués de Le Puy. Ambas estirpes, una española y otra francesa, arrastraban siglos de grandeza y de servicio a las dos Coronas. Y aunque ninguno de mis progenitores había heredado títulos, sí un rancio linaje que se perdía en la noche de los tiempos y una aceptable fortuna que la pericia de ambos supo multiplicar.

Supe del fallecimiento de mis padres dos días después de cumplir los diez años. Un incendio fortuito y la mala fortuna de no poder escapar. Tardé mucho tiempo en llorarlos. Era como si me hubieran abandonado a propósito, como si aquella tragedia hubiera sido fraguada en mi contra. Por eso, a pesar de que los bandidos me habían golpeado con saña, fui incapaz de soltar una sola lágrima aquella mañana.

Me bajé la falda ante la mirada pétrea de monseñor, sin importarme que las rodillas estuvieran heridas, y acepté la mano que me tendía uno de los hombres de aquel a quien me obligaban a llamar «tío» y que en verdad era al único por quien sentía un tierno afecto, quizá porque me recordaba la autoridad amable de mi padre.

Pude incorporarme con dificultad y me alisé el vestido destrozado y lleno de manchas. Aquellos dos individuos habían sido reducidos y ahora se encontraban de rodillas y con las manos a la espalda, vigilados de cerca por la guardia personal del arzobispo.

—¿En qué pensabas, insensata?

—Quería volver a Madrid —tenía ganas de gritar, pero estaba determinada a no hacerlo—, y si no me hubiera cruzado con esos dos ahora estaría camino de la frontera.

—Si no hubiéramos llegado a tiempo... —insistió una vez más mi tío.

—Sé defenderme.

Aquel descaro arrancó una mueca sardónica en los labios de monseñor que por faltas de respeto menores que aquella había mandado a dar bastonazos. Imaginé que sus pensamientos giraban en torno a que acababa de salvar a su ingrata sobrina adoptiva de una violación, y por lo tanto de la deshonra, y aun así yo me mostraba jactanciosa. Aquella muchacha incorregible que era yo entonces tenía la ropa sucia, el cabello enmarañado y las mejillas tiznadas, además de moretones y heridas, ninguna de ellas grave. Los golpes recibidos durante años en el convento castellano no habían logrado doblegarme, aunque eso ya debía haberlo supuesto monseñor. Yo seguía siendo imprudente, descarada y llena de ideas para ellos peligrosas.

—Mírate —exclamó con desdén—. Pareces una criada que vuelve de limpiar las letrinas. Eres la única responsable de lo que ha estado a punto de ocurrir. Ese criminal hubiera consumado su voluntad si solo nos hubiéramos demorado unos instantes. Lo habría logrado si yo y mis hombres no hubiéramos salido en tu búsqueda.

Ante aquellas acusaciones alcé aún más el rostro, llena de arrogancia.

—Tengo un cuchillo, estaba a punto de….

—Ingenua además de impertinente y descarada —casi sonrió—. Desde luego no sé qué haremos contigo.

—Quédese con mi dinero, déjeme volver a Madrid y ya no seré una molestia.

Mi tío seguramente pensó que de nuevo salía a relucir esa cantinela, lo que le agrió el poco humor que le quedaba aquella mañana. Las órdenes de la señora de Épinay habían sido claras: yo viviría en Francia y sería educada como una francesa.

Pero mi único deseo, mi única vocación era volver a España y entregarme a los brazos de aquel apuesto joven que me miraba tras las rejas de la capilla y no lograba apartar sus ojos soñadores de mí durante la misa. Quizá por eso creí enamorarme al instante. Porque era la primera vez que alguien no me observaba con disgusto o extrañeza.

Fueron unos meses de suspiros y desmayos cada vez que lo veía aparecer al otro lado de las cancelas del convento, pero el extremo cuidado de las hermanas impidió que pudiéramos quedarnos a solas y por supuesto intercambiar un saludo. Se llamaba don Fernando y parecía tan entregado, tan enfermo de amor como yo misma, que nada ni nadie podía destruir nuestra pasión. Esto me hizo adelgazar aún más y teñir de oscuro mis párpados por un muchacho al que ni había escuchado el timbre de su voz.

Pasado un tiempo, la madre abadesa me hizo llamar a sus aposentos y yo sospeché una nueva reprimenda, sin embargo, me recibió con una sonrisa amable e inusual. Me enteré entonces de que don

Fernando quería casarse conmigo y había solicitado permiso para verme. Creí morir de emoción y al instante di mi consentimiento. Solo era necesario, me dijo la abadesa, salvar una formalidad: comunicárselo a mi única pariente viva, Margarite de Épinay, tía Margot. Y ahí terminó todo.

—Descarada —volvió a la carga monseñor al darse cuenta de que mis pensamientos volaban a cualquier otro lugar—. Sabes de sobra que no vas a regresar a España —chasqueó los dedos para que le trajeran su caballo—. Tu lugar está aquí, y obedecerás las órdenes de su tía al pie de la letra.

—Volveré a escaparme cada vez que me detengan. No le quepa la menor duda, señor.

Aunque era una mocosa, lograba de igual manera sorprenderlo que desquiciarlo. No estaba acostumbrado a que lo desobedecieran, menos una mujer, y aún menos a que lo desautorizaran delante de sus hombres, que permanecían silenciosos, tan asombrados como él mismo por la forma de comportarse de aquella jovencita de poco más de dieciséis años. Miró con desdén a los dos tipos cabizbajos que permanecían vigilados a un lado del camino. Escoria. Lo peor de las cloacas. Se les trataría como se merecían por haber osado poner la mano sobre una mujer de calidad. La pena por tal afrenta era una muerte ignominiosa. Serían atados, y con un cuchillo ardiente se les cortarían los genitales para introducírselos en la boca hasta atragantarlos, antes de que dos caballos los despedazaran en la plaza de la villa. Seguro que monseñor pensaba en cómo había podido acercarse su sobrina a aquellos dos maleantes en mi loco empeño por huir a España. ¿Cómo había sido tan imprudente? ¿Tan ciega? Yo era apenas una niña y ya había incumplido la mitad de las expectativas que tenía sobre mí. Por menos una mujer se perdía para siempre. Si sus enemigos políticos llegaban a enterarse lo usarían en su contra.

Volví a pensar en todo lo que había dejado atrás, en la dulce sonrisa de don Fernando. Cuando ya soñaba con mi vestido de novia, recibimos una carta de «la señora», como todos la llamaban, donde de forma muy clara se oponía firmemente a mi matrimonio y ordenaba que fuera llevada a Francia para ponerme bajo su tutela cuanto antes.

Yo, la pobre huérfana, lo había heredado todo: la finca de Carabanchel, el casón de Sevilla, las tierras del valle del Guadalquivir, las plantaciones de Santo Domingo, los derechos de alcabalas, de gabelas, de diezmos, de lezdas, tributos de paso, de molienda, y una fortuna que se elevaba a muchos miles de reales. Los títulos de mis abuelos habían sido solicitados por parientes tan retirados que yo no conocía, pero mi dignidad solo era útil si iba acompañada de patrimonio.

Lo que realmente comprendí el mismo día que vi por primera vez a la señora, fue que la vida de tía Margot y la de su amante, el arzobispo de Carcassonne, a quien yo estaba obligada a llamar «tío», era costosa, y yo, su única sobrina, tenía los medios para sostenerla.

Pero mi querida tía tenía razón en algo: Yo era salvaje y sin modales, y desde el mismo instante en que llegué a su hermosa propiedad de Saclay, a escasa distancia de París y de Versalles, ya pensaba en cómo fugarme y volver a Madrid.

—Si persistes en escaparte —terció monseñor, lanzándome una mirada cargada de significado—, te encerraré en la bodega junto a los vinos viejos y agriados y solo verás la luz del sol a la hora de misa, hasta que te vuelvas tan gris que rogarás mi clemencia.

—Eso no lo haré nunca —ahora me parece mentira que en mi estado aún tuviera fuerzas para la arrogancia—, y don Fernando vendrá en mi ayuda. No lo dude.

—Ese don Fernando solo quiere tu dinero. Eres ingenua además de insolente.

Aquel comentario me dolió más que todas las heridas que cubrían mi cuerpo.

—Usted ha destruido mi vida y mis sueños. Le detesto y le odio.

—¿Tus sueños? —Su palafrenero acababa de traer la montura—. A una joven de tu edad y tu posición no le están permitidos los sueños, querida. Si estos seres repugnantes hubieran conseguido su propósito, si te hubieran forzado como era su intención…

El criminal actuó sin que pudieran detenerlo. Lo único a lo que ya aspiraba era a una muerte rápida. Aprovechó un descuido del hombre que lo vigilaba y encontró la daga que guardaba en una bota. Fue tan veloz que no pudieron intervenir. Se alzó desde aquella posición postrada y lanzó un golpe seco, directo al corazón del arzobispo. Yo observé aterrada cómo se abalanzaba sobre mi tío, el mismo forajido que instantes antes intentaba hurgar en mi intimidad con dedos ansiosos y apretaba los labios contra los míos. Observé cómo ni monseñor ni sus hombres, entretenidos con aquella disputa familiar, tuvieron tiempo de reaccionar. El arzobispo, que ya tenía un pie en el estribo, se giró al oír mi grito desgarrado, levantó las manos para protegerse, pero la daga entró limpiamente en su cuerpo, sin resistencia alguna.

Cuando la espada de uno de los guardias zanjó la vida del asesino, perdí el conocimiento. Demasiados días sin comida y casi sin agua, demasiadas jornadas durmiendo al abrigo de la noche, y demasiada sangre sobre la inmaculada casaca blanca de mi tío, que empezaba a teñirse de rojo.

– CAPÍTULO 2 –

Abrí los ojos y vi el cielo carmesí de las colgaduras de mi cama. ¡Todo había sido un sueño! Seguro que había sido un sueño. Me embargó una sensación de alegría que hizo que mis labios se curvaran en una amplia sonrisa. Eran tan intensos mis deseos de volver a Madrid que la noche me había jugado una mala pasada.

Miré hacia la ventana. El sol parecía alto en el cielo. Había dormido demasiado y me extrañó que me lo hubieran permitido. Intenté incorporarme, pero un dolor agudo en un costado me hizo encogerme sobre mí misma. ¿Qué me sucedía? ¿Había cenado algo que me provocaba indigestión? Esperé hasta que aquella punzada se disipó y luego pude rodar hasta el borde del amplio lecho. Al fin, sintiendo que las rodillas me ardían, me puse de pie y fui hasta el espejo del tocador. Cuando me contemplé, una mueca de estupor se dibujó en mi rostro. Estaba vestida con el inmaculado camisón atado con cintas blancas hasta el cuello, pero no recordaba que me lo hubieran puesto. Lo que me impactó estaba más arriba, en mi rostro. Tenía un corte en el labio y un rasguño en la barbilla. También una magulladura bajo el pómulo que empezaba a adquirir un aspecto amarillento. De repente toda la realidad cayó sobre mí. No había sido un sueño, había sucedido, y tío Philippe…

Fui veloz hacia la puerta. Debía saber qué suerte había corrido monseñor. Trasteé con el pomo, pero este no cedió. Estaba cerrada por fuera, estaba recluida por haber sido responsable de algo terrible. Sin embargo, no desistí. La aporreé de nuevo y llamé a gritos para que abrieran. Al cabo de un buen rato comprendí que mis aposentos estaban demasiado lejos, en el ala sur, así que corrí de nuevo, sin importarme el dolor de mi maltratado cuerpo, y tiré enérgicamente del cordón de servicio. Conectaba con las cocinas, donde una parte del enjambre de criados que nos atendían se arremolinaba día y noche. Repetí la operación. Y una vez más. No iba a detenerme hasta que alguien acudiera.

Aun soy incapaz de averiguar cuánto tiempo había pasado cuando oí cómo una llave descorría el pestillo de la cerradura. Quise ir hacia allí pero no me dio tiempo. La puerta se abrió con cuidado y tras la sombra de uno de los lacayos apareció la figura de mi tía, tan elegantemente vestida como siempre.

Nunca había sabido su edad, aunque si era mayor que mi madre debía de haber sobrepasado los cuarenta. Delgada, delicada y a la vez rígida como la etiqueta sobre la que se basaban todos sus actos, era la viva imagen de la corrección. Los rasgos de su belleza proverbial seguían intactos, aunque ajados por el paso del tiempo. Yo no me atreví a moverme de donde estaba, pero tampoco bajé la vista al suelo como indicaba el decoro.

—Al fin estás despierta —casi se sorprendió tía Margot, sin apartar los ojos de mí. Aquella mirada evaluadora y llena de reproches. La misma que había arruinado mis sueños, destruido todos mis anhelos con esa fría distancia que mostraba ahora.

—¿Cómo se encuentra monseñor? —pregunté, tan preocupada que me di cuenta de que había estado conteniendo la respiración.

Mi tía alzó una mano y los dos lacayos que la acompañaban salieron de la habitación, cerrando la puerta con cuidado. Solo cuando estuvimos a solas la señora volvió a hablar.

—¿Te importa acaso?

—Yo nunca he querido que sufriera daño alguno.

—Esto es solo una consecuencia más de tu imprudencia, aunque en esta ocasión las secuelas han sido calamitosas.

—¿Ha... muerto? —insistí.

Mi tía me miró de arriba abajo. Supe que había puesto muchas esperanzas en mí y a cambio solo había recibido desencanto. Aquella última afrenta, aquella fuga alocada, parecía haber superado con creces su paciencia. Yo sabía lo que pensaba: Una mujer de mi calidad, sola por los caminos del bosque. Hablando con hombres sin la presencia de una compañía adecuada y tan por debajo de mi posición que le entraban nauseas solo de recordarlo. De ser descubierta mi aventura, yo estaría perdida para la sociedad elegante de Versalles. Si además se sabía que unos rufianes habían estado a punto de profanar mi cuerpo…

—¿Sabes cuál hubiera sido tu destino si esos miserable hubieran alcanzado su propósito? —su mirada estaba llena de repugnancia—. Una Montmorency ultrajada por unos villanos. Deshonrada por la peor escoria.

—Dígame si mi tío ha muerto.

—Habrías acabado tus días recluida hasta que los dientes se desprendieran de tu boca y los ojos se te quedaran secos de mirar las cuatro paredes blancas de la celda. Y mientras tanto, todos te recordarían con vergüenza y rehusarían acercarse a cualquiera que hubiera tenido contacto contigo. ¿Eso es lo que buscabas?

—Usted no es nadie para reprocharme. Sé que monseñor entra en su dormitorio cuando se apagan las velas —contesté alzando la barbilla, a pesar de saber que aquella respuesta iba a tener consecuencias.

Una sombra oscura pasó ante los ojos de mi tía. Como si se hubiera refrenado de atravesar la habitación y estampar una bofetada en mi rostro herido, por desvergonzada. Sin embargo, la señora se había criado en los abigarrados salones de la Corte, y sabía que las estocadas solo se paraban con agua de rosas.

—Mandaré a alguien para que te adecente —respondió como si no me hubiera oído—. Aún hueles al hedor de los hombres en celo que han manoseado tu cuerpo —después se giró y se encaminó hacia la puerta—. Monseñor está muy grave. Quizá no pase de esta noche, pero en contra de mis deseos ha pedido verte cuanto antes.

Me habían cepillado y adecentado el cabello, recogiéndolo en una coleta atada con una cinta blanca. Después me refregaron el cuerpo con agua perfumada y me ayudaron a ponerme una bata también blanca y de amplio vuelo. Una de las dos jóvenes criadas que habían venido a vestirme me dijo que no podían hacer mucho más. Mi rostro estaba amoratado y el ojo sobre la inflamación empezaba también a hincharse. Sin embargo, yo no pensaba en nada de eso. Lo único que ocupaba mi mente era la salud de mi tío adoptivo. Era la única persona que me gustaba de aquella casa y sin embargo estaba agonizante por mi culpa. Apremié a las criadas para que acabaran cuanto antes y al fin pude precipitarme hasta la planta baja de la gran mansión, donde una de ellas me había dicho que reposaba monseñor, ya que no habían querido moverlo de donde estaba por miedo a que empeorara.

Al instante vi el rastro de sangre. Tiznaba el blanco mármol del suelo en una banda que partía de la entrada principal y se perdía en los salones interiores. Me lo figuré como una tétrica alfombra persa, así dispuesta para recibirme y recordar mi culpa. Aunque el silencio era absoluto, doncellas y lacayos se agolpaban en las escaleras y junto a las puertas, atentos a la suerte del señor. El grupo de hombres que había acompañado a monseñor en mi búsqueda, con las botas manchadas de barro, aguardaba en la entrada del gabinete de música, lo que indicaba que allí debía de estar el herido. Los demás estaban cabizbajos. Los sombreros en la mano y la ropa de sencillo paño marrón indicaban que formaban parte de la servidumbre de Saclay, aunque el personal de la casa y de las caballerizas era tan extenso que era imposible que los reconociera a todos. Yo apenas les presté atención, a pesar de que me miraban al pasar, como si me juzgaran por lo que le había sucedido a su amo.

Dentro del gabinete la escena era angustiosa. El mayordomo y el valet de tío Philippe permanecían junto al herido sin saber qué hacer. Sin nada de pompa, el cuerpo del aguerrido arzobispo yacía sobre una mesa, cubierto por una colcha bordada que estaba manchada de sangre. Nunca antes lo había visto desaseado, y ver ahora su peluca tirada en el suelo, dejando al descubierto un cabello ralo y canoso, me causó una impresión mayor que la sangre. El reguero llegaba justo hasta allí, y el rostro mortalmente pálido de mi tío indicaba que era mucha la que había perdido. Le habían colocado una almohada bajo la cabeza, pero los ojos cerrados y la forma inmóvil que había adoptado su cuerpo bajo la colcha pregonaban lo peor. Madeleine, la doncella personal de mi tía, había rogado estar presente, y empezó a llorar cuando dos criadas que aguardaban órdenes al otro lado de la mesa gimotearon al unísono.

Tía Margot también estaba en la estancia, de pie junto a la ventana. Cuando me vio entrar me indicó con un gesto de cabeza que me acercara al moribundo. Yo no lo pensé, y sin preocuparme de que la sangre empapara los bajos de la bata me aproximé a monseñor y le puse una mano sobre la frente. Estaba tibia y sudorosa, lo que me hizo concebir esperanzas. Me incliné para acercar el oído a sus labios. Apenas se podía percibir el aliento cálido, tan débil que sentí un escalofrío.

—Aún vive —dije llena de entusiasmo, sin dirigirme a nadie en particular.

—Se ha enviado a un lacayo en busca del médico —contestó la señora—. Lleva el mejor ejemplar de la cuadra. Deben estar al llegar.

¿Cuánto tiempo llevaban esperando al galeno? La suerte de mi tío se estaba jugando en ese instante y nadie parecía atreverse a hacer otra cosa que esperar. No había tiempo que perder, así que sin pedir permiso aparté la colcha que cubría aquel cuerpo casi sin vida. Le habían dejado solo la camisa, que estaba empapada en sangre coagulada. La aparté también con cuidado, hasta localizar la herida que era tan minúscula que tardé en encontrarla. Un corte perfecto en el costado derecho, que ahora parecía vibrar. No sabía qué hacer. ¿Presionaba un paño limpio como había visto a las monjas del convento o lavaba la herida como hacían los mozos de cuadra con los caballos accidentados?

Tía Margot, que hasta ese momento había estado callada, pareció salir del trance en que se encontraba y ante mi sorpresa no me reprendió. Recompuso su rostro hierático y sin acercarse al cuerpo yacente se hizo cargo de la situación.

—Volved a vuestros quehaceres —les ordenó a aquellos que permanecían expectantes junto a la puerta—. Atad la rehala, sus ladridos se oyen desde aquí, y preparad el coche más veloz lo antes posible —después se dirigió al mayordomo—. Ordena que limpien cada rincón y que las doncellas vuelvan a su trabajo. No quiero holgazanería en mi casa. Salgan todos. Isabel, cubre de nuevo al señor. Nosotras dos aguardaremos al médico.

Al instante el gabinete se quedó vacío. Todos sabían que las órdenes de la señora de Épinay había que cumplirlas sin dilación. Solo Madeleine, su doncella personal, se permitió permanecer en la sala.

—Le traeré algo de comer —le dijo a mi tía—. Debe mantener las fuerzas.

—No es necesario —le contestó—. Cuando esté listo el carruaje, vuela en busca del sacerdote. Hazlo tú misma, no me fío de los lacayos. Si el médico no llega a tiempo tendrá que dar una extremaunción.

El galeno llegó justo cuando Madeleine se acababa de marchar.

Al ser anunciado tía Margot fue a su encuentro, pero cuando este entró en el gabinete tanto la señora como yo misma lo miramos sorprendidas.

Era muy joven, apenas estrenada la veintena. Alto, de tez tostada quizá por pasar más tiempo del adecuado a la intemperie. Cabello insensato, negro y mal peinado en una coleta, sin rastro de peluca, y ojos de un azul profundo, tan oscuro que parecían pardos.

No me gustó en absoluto. Había algo en su forma de caminar, quizá de moverse, que hablaba de insolencia, de arrogancia, y que indicaba que nada a su alrededor le sorprendía. Llevaba el tricornio bajo el brazo y un morral de cuero al hombro. Era la primera vez que yo lo veía, pues las pocas veces que había necesitado cuidados había acudido en mi socorro otro galeno amable y de avanzada edad. A pesar de mi rechazo, algo en él despertó mi curiosidad. Parecía fornido, pero a la vez era delgado y de paso ligero. Era un misterio en todo inesperado. Demasiado altanero para lo que en aquella casa estaban acostumbrados, y quizá más seguro de sí mismo de lo que su corta edad aconsejaba. Caminaba con la barbilla levantada y las cejas fruncidas. Vestía con un terno en paño oscuro, sin bordado alguno, donde solo las medias y la camisa blanca daban un poco de alegría a su aspecto. Estaba serio y parecía molesto por tener que tratar con dos damas sorprendidas.

—Usted no es el doctor Laserre —exclamó tía Margot ante aquel desconocido.

—Mi padre está en Évreux, señora. No llegará hasta el lunes.

—Así que es el hijo. El arzobispo necesita las mejores manos. No a un joven de quien nunca he oído hablar y que dudo que haya acabado sus estudios.

—Soy la única opción que tiene, señora —contestó con descaro—. Pero dejo en su consideración la decisión de si debo atender al herido o marcharme por donde he llegado.

Aquella forma de dirigirse a la dueña de la casa me sorprendió quizá más a mí que a la aludida. Debo reconocer que le había tenido miedo a mi tía desde el día en que llegué: siempre distante, rígida e inmisericorde. Sin embargo, a aquel joven y orgulloso médico parecía que le impresionaban muy poco las elegantes maneras de la señora, su lenguaje afilado, y la apostura distante que mostraba con todos, incluso las escasísimas veces que intentaba ser afable.

Sin moverme de donde estaba, observé cómo mi tía volvía a analizarlo, no exenta de desagrado. Era evidente que no le gustaba lo que veía. Soportaba mal a los burgueses que no entendían el lugar que les había correspondido en el mundo, que era muy por debajo de donde nosotras estábamos. Y si además eran descarados como aquel joven solo le merecían su desprecio. Sin embargo, mi tía también sabía que no le quedaba otra alternativa. No había nadie más a quien recurrir. Versalles, a pesar de estar muy cerca, para una urgencia como aquella se encontraba a demasiadas leguas para encontrar a un buen galeno, por no decir París, y si el arzobispo no era atendido de inmediato no resistiría.

Por toda respuesta la señora se apartó y lo dejó hacer. El temor que me embargaba hasta entonces por la suerte de tío Philippe había dejado paso a la curiosidad. El joven médico se quitó la casaca para quedarse en chaleco y mangas de camisa, faltando a una compostura tan elemental que incluso yo sabía que no debía hacerse. Después retiró de nuevo la colcha que cubría el cuerpo de monseñor. Con mirada segura estudió la herida sin tocarla. Solo mucho más tarde alzó la vista para dar una orden directamente a mi tía.

—Traiga agua caliente y paños limpios.

Ella estaba horrorizada por aquel comportamiento. Era como si hubiera dejado entrar en su casa a Belcebú, sin embargo, no tenía más opción que soportar las descortesías de aquel burgués, así que hizo sonar la campanilla y al instante apareció un lacayo para atender sus órdenes.

Fue entonces cuando el joven médico levantó la cabeza y reparó en mi presencia. Se asemejó a un descubrimiento. Vi en sus ojos el mismo asombro que debió sentir el capitán Cook cuando encontró el paso del noroeste. A pesar de lo que me desagradaba pensé en mi aspecto. Era calamitoso, y sin embargo él se quedó mirándome fijamente, como si aquella muchacha magullada fuera el objeto más sorprendente de aquella lujosa estancia. Me ruboricé ante aquel descaro, lo que provocó que además me enfadara conmigo misma. Nunca antes me había topado con unos ojos como aquellos, llenos de fuego, de pasión y de insolencia.

—¿Puede ayudarme? —me pidió sin apartar la mirada—. He de limpiar la herida y necesito que alguien se asegure de que el paciente no se agita.

Pero yo me sentí incapaz de moverme de donde estaba, a pesar de mi resolución. No sabía muy bien por qué, pero había algo en aquel muchacho maleducado que me paralizaba.

—Ignoro dónde se habrá formado, caballero —contestó al instante mi tía con su afilada lengua—, pero es impropio dirigirse a una señorita a la que no ha sido presentado ni es de su misma posición.

—No soy un caballero, señora, solo un médico. Si la señorita no puede ayudarme hágalo usted misma.

Tía Margot parecía demudada. No estaba acostumbrada a ser tratada así, y menos por un mozalbete sin casa ni título. De nuevo hizo sonar la campanilla y mandó en busca del valet del señor. Este llegó al instante, dispuesto a seguir las instrucciones del médico, a la vez que aparecían el agua caliente y las telas limpias. El joven galeno se centró en la herida y se olvidó de nosotras.

—Sube a tus aposentos —me ordenó la señora en voz baja, casi mordiendo las palabras—. Y no vuelvas hasta que mande a buscarte.

Yo obedecí sin rechistar, algo muy lejano a mi naturaleza, y mientras subía las escaleras seguía preguntándome por qué me había trastornado tanto la presencia de aquel entrometido descarado y exento de educación.

— CAPÍTULO 3 —

Los esfuerzos de la señora de Épinay por convertirme en una dama habían sido infructuosos. Se enfrentaba a un ser salvaje y poco dado a los convencionalismos. «Una mescolanza de pasión y ligereza», así lo definía mi tía cuando tenía que reprenderme porque mi espalda nunca estaba lo suficientemente recta ni mi mirada apropiadamente gacha. Y sobre todo por mi impertinencia y mi loca idea de volver a España. Una mezcla de temperamento fogoso e imprudencia que, según ella, había heredado a través de la sangre española de mi padre.

El castillo de Saclay, donde yo residía desde que había llegado a Francia un año antes, era una de las propiedades de recreo de mi tía. Se trataba de una extensa finca que comprendía la gran edificación de tiempo de los Capeto remodelada a lo lago de los siglos, aldeas para los vasallos, extensas hectáreas de cultivos y un jardín inglés, tan a la moda. Todo ello estaba rodeado por los bosques de Marly y Louveciennes. Cerca de Versalles y a prudente distancia de París, era el retiro perfecto cuando la Corte se volvía apática o el Rey partía hacia alguna de sus múltiples residencias. En aquellos tiempos, cuando yo llegué a Francia, era también el lugar de destierro de mi tía, pues Luis XVI le tenía vetada la entrada en la Corte y prohibido acercarte a menos de diez leguas de París.

Lo que para tía Margot era una de sus mejores propiedades, para mí se trataba de una cárcel aún peor que el convento castellano donde había cursado mi educación. El día que monseñor me encontró en el bosque en manos de los bandidos, hacía cuatro noches desde mi último intento de fuga.

En aquel momento yo seguía encerrada en mis aposentos, sin saber en qué estado se encontraba mi tío, lo que me hacía desesperar. Aunque mi plan de fuga se había ido al traste no me importaba. La salud de tío Philippe ocupaba mi mente en aquel instante. Sentirme responsable de su desgracia me hacía profundamente infeliz.

Esa noche me había asomado ya muchas veces por la ventana de mi gabinete, que se abría a la fachada principal. Intentaba descubrir cualquier señal que me indicara cómo estaba el arzobispo, pero nadie había salido ni entrado en la casa desde la llegada del médico. En toda la tarde solo había aparecido por mi habitación una criada con algún refrigerio en una bandeja, pero por más que la interrogué no tenía noticias sobre el estado del señor.

Philippe Albert Lucien de Châtillon, arzobispo de Carcassonne, era un hombre formidable. Culto, refinado, capaz de entretener a sus invitados de la forma más extravagante, era la viva imagen del siglo. Había abrazado la carrera eclesiástica por imposición familiar, por lo que solo en contadas ocasiones lo había visto yo ataviado con las vestiduras talares y sabía de buena tinta que eran muchas las veces que desatendía la misa por estar ocupado en asuntos a su juicio inaplazables, como los salones de París, las fiestas de la Corte o el lecho de mi tía. Alto y grueso, siempre impecable, de sonrisa fácil y terrible en la ira, se trataba un hombre que no pasaba desapercibido. Aparte de su fortuna personal y de las abundantes rentas que le proporcionaban sus cargos eclesiásticos, era la riqueza ahora extinta de la señora de Épinay la que le había permitido vivir con un estilo de vida rayado en el exceso.

Fuera había empezado a llover. Permanecí tumbada en la cama, rememorando mi lamentable hazaña, con la vista perdida en el techo, cuando unas uñas rascaron la puerta. Eran dos jóvenes doncellas, las que habitualmente me ayudaban a cambiarme, pues yo no tenía criada personal ni nada parecido. Eran dos muchachas tímidas y asustadizas de mi misma edad con las que apenas podía intercambiar un par de palabras sin que se sonrojaran.

—¿Cómo se encuentra el señor? —pregunté de inmediato, deseando obtener cualquier información.

—No sabemos nada, señorita. Sigue habiendo mucho revuelo en torno al gabinete —contestó una de ellas—. La señora solo nos ha ordenado que la vistamos para la cena.

Aquello no debía ser un mal augurio, supuse, aunque mi tía era capaz de mantener la compostura incluso en una situación tan dramática como aquella.

Me dejé hacer mientras me ayudaban a quitarme la bata y el camisón hasta quedar únicamente con las medias blancas sujetadas por ligas del mismo color. A pesar de mi juventud la naturaleza se había desarrollado en mí con demasiada prisa. Tenía unas piernas largas y torneadas, que daban paso a un vientre plano y liso, solo mancillado por un pequeño lunar cerca del pubis. El busto, más desarrollado de lo esperado, estaba coronado por botones rosados e inhiestos debido al frío de la habitación. Mi rostro quizá era lo más llamativo, pues poseía un aire virginal e inocente que en todo contradecía a mi carácter.

Labios gruesos y pálidos, ojos verdes envueltos en espesas pestañas oscuras, nariz correcta, pómulos esquivos, y la larga cabellera rubia aún recogida en una coleta, me daban el aspecto de una de aquellas imágenes de santas con que mi tía adornaba su capilla. Mientras me vestían y cepillaban el cabello, yo no dejaba de pensar. ¿Qué sería de tío Philippe? ¿Aquel joven galeno habría salvado su vida?

Fuera, la noche había empeorado y aún no habían encendido la chimenea de la alcoba, por lo que estaba aterida. Solo tenía dos vestidos para bajar a cenar, uno rosa y otro azul oscuro. Ambos sobrios y de aspecto poco seductor. Elegí el primero, pero una de las muchachas me indicó que la señora había dado órdenes de que me pusiera el otro. Sabía que no podía discutir, pero no pude evitar pensar que tendría el aspecto de una ajada madre abadesa embutida en aquel traje. Era de una sola pieza, en basto algodón tintado, sin escote alguno pues se cerraba en la garganta con una golilla de lino. Sin adornos ni resaltes de ningún tipo, era la viva imagen de la decencia. Me ayudaron a vestirme y cosieron las mangas. Por último, arreglaron mi cabello. Nada sofisticado. Un moño pequeño y apretado a la altura de la nuca. Ni pendientes ni pulseras. Nada que pudiera hacer resaltar mi belleza.

Una vez que hubieron terminado me miré en el espejo y recuerdo que suspiré. Era delgada. Según tío Philippe en exceso para el gusto francés. Mi piel era ligeramente dorada, una inconveniencia según mi tía, pero podía ser exótica para muchos. Mis ojos verdosos y el cabello rubio los había definido mi tía como trigueños, y así debía de ser porque ella jamás se equivocaba. No quiero recurrir a la vanidad pero mentiría si no dijera que ya era una muchacha hermosa a los dieciséis años, y la promesa de una mujer radiante que tenía mucho que ofrecer.

Al fin me aparté bruscamente del espejo. Me parecía indecente estar recreándome en mi aspecto mientras mi tío permanecía inconsciente, o quizá muerto, unas estancias más abajo.

—No nos demoremos más —dije a las muchachas, que me hicieron la reverencia de rigor.

Una de ellas abrió la puerta y yo, vestida como una ama de cría, pensé que tampoco me importaría mancharme de sangre aquel vestido sin con ello salvaba la vida del arzobispo.

Me precipité hacia el gabinete de música pero estaba vacío. Temí lo peor, hasta que el mayordomo me indicó que me esperaban en el comedor. Fui hacia allá intentando no correr, aunque algo dentro de mí me impulsaba a volar.

Lo primero que vi fue una figura enlutada que se puso de pie al instante para presentarme sus respetos. Yo me descubrí tan sorprendida por la presencia del impertinente galeno en una cena familiar que no supe cómo reaccionar.

—Disculpa que falte a la educación, querida —oí entonces la voz de mi tío desde la cabecera de la mesa, invisible hasta ese momento—, pero mi médico me tiene prohibida la cortesía.

Era una sensación extraña, como si mi vestido se hubiera clavado al suelo. ¿Mi tío? ¿Sentado a la mesa? Hacía apenas unas horas era poco más que un moribundo. ¿Cómo se había producido el milagro?

La velada era de lo más extraña, compuesta por tres comensales sentados ante sus platos vacíos. A mi alrededor el revuelo habitual de lacayos traían las viandas exquisitamente preparadas que ya ocupaban el centro del mantel. A un lado la señora, ataviada con un elegante vestido de un tono verde muy pálido, me miraba con aquellos ojos helados que exigían que me comportara. Al otro lado de la mesa el arzobispo bebía a pequeños sorbos de una copa de licor. Estaba envuelto en una bata turca y con gorro en vez de peluca, algo del todo inapropiado para una comida, y menos con invitados. Y en medio de los dos permanecía de pie el atrevido médico que lo había atendido esa tarde, con las mismas ropas oscuras con las que había llegado. Para mí, aquella situación era de lo más inusual. No sabía si lo era más la recuperación milagrosa de mi tío, que la señora de Épinay le permitiera cenar en bata, o que un joven burgués, desconocido y desaliñado, compartiera mesa con nosotros.

—¡Tío! —exclamé al fin, tras un tiempo imprudente.

Me precipité sobre sus brazos sin importarme la reprimenda que recibiría de tía Margot en cuanto estuviéramos a solas. Sabía que era del todo escandalosa aquella demostración de afecto delante de un extraño, pero fui incapaz de contenerme.

—Con cuidado, querida —me recibió el herido con un abrazo y una enorme sonrisa—. Este maldito costado aún puede darnos problemas si no lo tratamos con esmero, ¿verdad, doctor?

El joven terminó por sentarse.

—No ha sufrido daños importantes, pero ha perdido mucha sangre. Si sigue mis instrucciones y descansa lo suficiente no debe complicarse, monseñor.

La mirada acusadora de mi tía hizo que yo recuperara la compostura. Me alisé el sobrio vestido, hundí la mirada en la alfombra y con sumo cuidado me ubiqué en la silla mientras un lacayo preparaba el servicio. Sabía que no debía hablar a menos que alguien me preguntara, ni levantar la vista del plato si no era para localizar una copa o una cuchara. Sin embargo, mi interior bullía lleno de dudas. ¿Cómo era posible que el arzobispo estuviera ahora sentado a la mesa? Se le veía demacrado y muy pálido, pero lleno de vida. Y lo que era casi tan extraño. ¿Cómo había permitido tía Margot que aquel individuo cenara con la familia?

La tensa tertulia se reanudó a mi alrededor, presidida por la voz galante de monseñor y el mutismo reprobador de mi tía. Interrogaba al joven médico con aquella mezcla de alabanza y curiosidad que tenían todas sus conversaciones. Yo desdoblé la servilleta para que pudieran servirme y con disimulado interés miré en dirección al invitado. Se le veía incómodo, sin saber qué cubiertos tomar ni cómo degustar las ostras que otro lacayo acababa de poner en el plato. Si se miraba con detenimiento a aquel joven podía resultar incluso atractivo debajo del desaliño. De mirada inteligente y voz grave, no sabía nada de comportamiento cortesano ni de costumbres galantes. Aquel descubrimiento casi me concedió su simpatía. En cierto modo era como yo misma, alguien rebelde, pero con la salvedad de que él no tenía a una tía Margot que velara con insistencia por su educación.

Él no había hecho por mirarme a pesar de encontrarnos uno frente al otro. Eso me permitió observarlo con más atención, aunque extremando el disimulo ya que mi tía no dejaba de vigilarme. Era más ancho de espalda de lo que recordaba. También parecían sólidos sus brazos bajo la ajustada casaca. El cabello, aunque pulcramente recogido, se retorcía en una onda a la altura de las sienes, y la luz de las velas arrancaba reflejos rojizos a aquel negro inmaculado, que contrastaba con su piel tostada. Los labios eran carnosos y llenos de vida, hasta el punto de que me quedé mirándolos sin saber por qué. Lo más impactante eran sus ojos, sin duda. El iris azul navegaba sobre un mar blanquísimo y expresivo, lo que provocaba una mirada inteligente y a la vez paralizante.

—¿Y dónde te establecerás? —preguntó en algún momento el arzobispo a su invitado, sacándome de aquella ofuscación desconocida.

—Si todo va bien ayudaré a mi padre en su consulta y cuando él decida retirarse seguiré atendiendo a sus pacientes, monseñor.

—Lo veo del todo inapropiado.

—¿Inapropiado? —le extrañó el comentario.

—Un joven de tu talento debe establecerse en París. O en la Corte. Me has salvado la vida cuando ni mi querida Margot daba una libra por ella. No malgastes tus mejores años, mi buen amigo. Aquí solo suturarás coces de ganado. Piénsalo. Yo puedo recomendarte.

—Se lo agradezco, monseñor. Pero por ahora pretendo ayudar a mi padre.

—Como quieras —se encogió de hombros. No estaba acostumbrado a que rechazaran su patrocinio—. ¿Te han presentado ya a mi sobrina? Creo que con tanta sangre perdida he olvidado las más elementales normas de educación.

Al oír que me nombraban mis mejillas se tiñeron de rubor, algo impensable en alguien como yo. Había cenado otras veces con invitados del arzobispo, pero siempre eran caballeros de edad avanzada y de exquisitos modales, condes y marqueses que me trataban como a una niña. Pero con aquel petulante galeno era distinto. Me había mirado de otra manera, de una aún desconocida por la muchacha que aún era. Ahora que por fin el invitado se volvía hacia mí, me di cuenta de que aquella mirada era casi sólida, turbadora, repleta de arrogancia, y por algún motivo me hizo sentir intimidada. Quizá porque no podía olvidar el aspecto monjil que me imprimía aquel vestido sin gracia ni elegancia alguna. Como tampoco olvidaba mi rostro magullado e hinchado.

—No he tenido el placer —dijo él sin dejar de observarme de una manera que rayaba en el descaro. Se humedeció los labios muy lentamente mientras me atravesaba con sus ojos.

Monseñor hizo las presentaciones.

—La señorita Isabel de Velasco es sobrina de la señora de Épinay, hija de su difunta hermana que en paz descanse. Por parte de su padre pertenece a una de las familias más distinguidas de España.

Y él se incorporó de inmediato para inclinarse hacia mí en señal de respeto.

—Ethan Laserre a su servicio, señorita.

Fue la primera vez que oí su nombre. Ethan. Sin adornos, sin títulos ni linajes. Por algún motivo lo repetí en voz baja. No quería olvidarlo por si debía mandar que lo azotaran por su insolencia. Yo también me alcé. Según me habían enseñado, únicamente debía hacer una ligera reverencia con los ojos gachos, sin embargo, me atreví a mirarlo. Tenía las pupilas azules clavadas en mí y cuando se cruzaron sentí un sofoco desconocido. Todo esto duró apenas un instante, y antes de sentarme también pude percibir la actitud reprobatoria de mi tía.

—Fuera la ligera lluvia se ha convertido en toda una tormenta —comentó el arzobispo—. Debes quedarte a pasar la noche en Saclay, mi querido Ethan.

—Pero Philippe… —intentó protestar la señora.

—Manda preparar una de las habitaciones que se abren al jardín —ordenó monseñor al mayordomo, sin reparar en la indignación de mi tía—. Las noches que hay temporal son espectaculares sobre el parque.

—Monseñor, se lo agradezco —intervino Ethan—, pero he de volver a casa.

—Pamplinas. Cuando amanezca haré que te lleven de vuelta en mi mejor carroza. Serás la envidia del condado. Además —apostilló—. Me has dicho que admiras a los filósofos y aquí podrás disfrutar de mi biblioteca hasta que te canses.

No había discusión posible. Cuando el arzobispo se empeñaba en algo no había marcha atrás. En el exterior era cierto que la tormenta arreciaba y a través de los grandes ventanales se acompasaban la luz de los rayos que estallaban a lo lejos y el repiqueteo de la lluvia que caía sin compasión.

La cena continuó dirigida por la pericia del arzobispo. Se habló de Rousseau y de Voltaire, mientras la señora de Épinay permanecía en silencio y yo lanzaba miradas furtivas a aquel extraño joven que, a pesar de su aparente seguridad, parecía perdido en un salón lleno de luces.

Tras la cena, los hombres se habían retirado a la biblioteca mientras nosotras nos dirigimos a nuestros aposentos, no sin que antes mi tía me recriminara enérgicamente mis malos modales y mi descaro durante la comida. No hizo tanto hincapié en aquel arrebato de caer en brazos de monseñor, como en la reverencia que había hecho a un plebeyo al ser presentada. Era inadmisible, me dijo. Una helada sonrisa hubiera sido suficiente y por supuesto jamás debía haberme incorporado de mi silla en señal de respeto. Resistí la reprimenda con la cabeza baja pues sabía que era la única manera de calmarla, pero me sentía satisfecha por haber actuado de aquella manera y estaba segura de que volvería a hacerlo, y más entonces, que comprendí cuánto le molestaba.

Al fin pude marcharme, pero antes de volver a mis habitaciones me crucé con Madeleine, la doncella de mi tía y la única persona del servicio con quien tenía cierta confianza, y pude enterarme de que el joven médico era hábil y confiado, pues había limpiado y suturado la herida de mi tío con pericia. Al parecer administró al paciente un tónico milagroso que consiguió despertarlo. El resto lo había logrado la fuerte naturaleza del arzobispo. El doctor le había indicado que debía tomar líquidos cardíacos y descansar durante varios días para recuperar los fluidos perdidos, pero monseñor, en cuanto se encontró mejor, había pedido una copa de burdeos y ordenado que se preparara la cena. El joven había protestado, me contó Madeleine, y el arzobispo por toda respuesta lo invitó a cenar. Estos, más o menos, era los acontecimientos que habían transcurrido mientras yo permanecía inquieta en mis aposentos.

Me desvistieron una vez más y una de las doncellas cepilló mi largo cabello. Era uno de los momentos que más me gustaban del día, uno de los pocos en los que me sentía libre. Cuando quedé a solas me di cuenta de que no tenía ganas de dormir. La jornada había sido tan excitante, a pesar de mi frustrado intento de fuga, que era incapaz de meterme en la cama. Ataviada con aquel largo y austero camisón me senté junto a la ventana. Al otro lado la tormenta había empeorado, pero aquel estruendo lograba templar mi alma agitada. Siempre había sido así, y seguiría siéndolo. Tomé uno de los libros que mi tío se empeñaba en que leyera, pues según él una joven no terminaba su educación hasta no ser versada en filosofía. Pensé en el horror que habría supuesto a mis salesas descubrirme con una obra de Montesquieu en las manos, lo que me hizo sentirme bien.

Mirando la lluvia a través de los cristales pensé en Ethan Laserre, el joven y altivo médico. Había algo en él que me resultaba sobrecogedor. Quizá su actitud desafiante que se percibía incluso a través de su incomodidad. O la forma en que me había mirado aquella primera vez, cuando me pidió que le ayudara. En las cenas del arzobispo, todos querían agradar y obtener prebendas de la Corte, sin embargo, aquel joven parecía que únicamente quería largarse de allí. Mi tío le había ofrecido ayuda y él la había rechazado, algo inaudito.

Una idea empezó a tomar forma en mi alocada cabeza. Una idea descabellada, pero que podría dar resultado.

– CAPÍTULO 4 –

Cuando entré a hurtadillas en la biblioteca encontré al buen doctor sobrecogido ante todos aquellos libros.

Según me había contado monseñor, ni siquiera en las mejores universidades del Reino había una colección como la que tenía ahora delante: filosofía, matemáticas, astrología, medicina. Yo había matado mi aburrimiento aquel último año entre sus paredes. Allí descubrí la inteligencia elegante de Voltaire, me emocioné con la naturaleza de Rousseau, de Kant aprendí la mesura, de Lavoisier el orden de las cosas, de Jaucourt la exactitud de las reflexiones, de Helvétius los fundamentos de la verdad, de Dumarsais la importancia del lenguaje, de Saint-Martin el amor a la mística. Y por supuesto me enamoré de la Enciclopedia, que por entonces creía que era la más enorme obra que el ser humano había emprendido jamás. Cualquier campo del saber tenía cabida en aquella sala tapizada de libros y de mapas. La colección se guardaba en una estancia de la planta baja, con buena luz y paredes cubiertas de anaqueles. Como todo en aquel lujoso castillo, revelaba el exceso del poder: las estanterías de costosa madera de Indias, los pocos muros que quedaban libres cubiertos por paneles tapizados en damasco y el techo pintado al fresco con una alegoría de las artes. En el centro únicamente una mesa con resaltes de bronce y una silla tapizada en brocado de seda crudo.

Ethan no se había percatado aún de mi furtiva presencia junto a la puerta. Estaba de espaldas y en mangas de camisa, apenas iluminado por la débil luz de los candelabros. Parecía intentar decidir por dónde continuar. Había tanto que leer, tanto que descubrir, que iba de un anaquel a otro, ojeaba un volumen para dejarlo en su sitio y buscar uno nuevo. En aquel momento tenía entre las manos un tratado que por sus dibujos debía ser de aritmética, cuando al fin reparó en mí. Me miró primero con la frente fruncida, pero cuando comprendió la situación a la que estaba expuesto, sus ojos se abrieron de par en par.

Yo iba en bata, descalza y con la larga cabellera rubia suelta sobre la espalda. Algo tan inconveniente que nos comprometería de inmediato a ambos si alguien nos descubría.

—Guarde silencio —susurré mientras cerraba la puerta tras de mí—. Nadie puede saber que estoy aquí

Ethan no se movió de donde estaba. Su cabello se había librado de la cinta que lo aprisionaba y algunos mechones oscuros caían sobre su frente. Me di cuenta de que era más alto de lo que me había parecido y también más seductor. Aquella mirada azul me observaba con una dureza a la que no estaba acostumbrada.

—Señorita, debe marchase —dijo sin inmutarse.

—Necesito su ayuda.

—Esta situación la compromete: usted en bata y yo en magas de camisa. Si alguien nos descubre su reputación quedará en entredicho.

—No me importa mi reputación.

Y era cierto. En un mismo día yo había arrojado tanta madera sobre ella que en cualquier momento podría arder como una pira funeraria.

Con cuidado Ethan dejó el libro sobre la mesa y se volvió de nuevo hacia mí, hacia la molesta muchacha que era yo, observándome de arriba abajo. Me sentí una niña reprendida por la severidad de su mentor. Otra vez aquellos ojos parecieron tener tacto, porque mi piel se erizó allá donde se posaban. Y entonces sí comprendí la dimensión de mi imprudencia: era de madrugada, estaba medio desnuda, y me acababa de arrojar a los brazos de un desconocido cuyas intenciones podían no ser limpias. Si mi tío se enteraba… mi tío que acababa de salvarme de manos de unos forajidos.

—Me sitúa en una situación difícil —dijo, aunque me pareció ver una mueca de burla en sus labios.

—Si es usted un caballero estoy a salvo.

—Ya le dije a su tía esta mañana que estoy lejos de serlo.

Sentí de nuevo un escalofrío sobre la piel

—Necesito que me socorra.

Ethan volvió a evaluarme con la mirada. Esta vez sus ojos se aguzaron, intentando descubrir quién era en verdad y cómo podía ser tan irresponsable como para ponernos a ambos en aquella situación. Por supuesto, no había preguntado a qué se debían aquellas lesiones en mi rostro y en mis labios. Pero era galeno y ya debía de haber deducido que se trataba de una agresión.

—Hable, rápido —me apremió, sabiendo que era una locura.

—Es urgente que usted me lleve hasta la frontera española.

Ethan enarcó una ceja con evidente incredulidad.

—¿A la frontera?

—Mañana —le informé con su misma arrogancia—. Puedo escaparme y llegar hasta el camino de Versalles. Usted deberá esperarme allí con un tiro veloz.

—Señorita, ¿qué le hace pensar que arriesgaré su futuro y el mío?

Estaba segura de que él iba a ayudarme si se lo pedía. Segura.

—Nadie tiene por qué saber que me ha auxiliado —intenté convencerlo—. Nos haremos pasar por un matrimonio de burgueses bien avenido y…

—Si nos descubren, usted dejará de asistir a bailes un par de temporadas, pero a mí me cortarán una parte de mi anatomía a la que tengo en alta estima y después me desmembrarán en la plaza pública… —me impidió concluir mis explicaciones— Pero… ¿por qué estoy escuchándola? Lárguese antes de que acuda un criado y se monte un revuelo.

Aquella forma de tratarme me indignó. Si bien yo era apenas una chiquilla, si bien mi locura me había hecho presentarme de aquella manera donde la decencia indicaba que ni debía acercarme, también yo era alguien y él no era nada.

—Es un cobarde —intenté atacarle—. Pensaba que estaba hecho de otra materia.

Él esbozó una mueca de absoluto desprecio.

—Si piensa que me ofende con esas palabras ridículas es que a la gente como usted le queda mucho que comprender.

—¿La gente como yo?

—Los parásitos. Quienes se creen con derecho a todo.

¿De qué estaba hablando? ¿Con quién me estaba comparando?

—Solo le he pedido ayuda —dije en mi defensa, intentando contener la indignación que me embargaba.

Ethan, de un par de zancadas se acercó hasta mí. Parecía furioso y yo temí lo peor. Sin darme cuenta retrocedí hasta la pared.

—Me ha pedido que ponga mi vida en juego por el capricho de una muchacha mal criada. Hay que ser muy insensata o tener muy pocos escrúpulos para actuar así.

Estaba asustada. Aquel hombre solo tenía que alargar la mano para ultrajarme y yo sería de nuevo la culpable. Intenté parecer honorable.

—Veo que me he equivocado.

—Y mucho —dijo mirándome de una manera feroz—. Y ahora, si me disculpa.

—¿Por qué le he ofendido tanto?

Él había pasado de largo, y ya abría la puerta, como si yo hubiera dejado de tener importancia.

—Porque la gente como usted existe —gruñó antes de salir y dejarme a solas—. Simplemente por eso.

Y al fin comprendí, no solo que me había equivocado con él, sino que nunca, jamás quería volver a ver a aquel individuo o mandaría a mis criados que lo apartaran de mi vista a bastonazos.

Me desperté más temprano que de costumbre. Había tenido una noche agitada, llena de sueños acalorados donde el protagonista había sido aquel arrogante galeno. En uno de ellos, que aún recordaba vivamente, él me besaba. Casi sentí el tacto de sus labios como la hoja de una navaja olvidada al sol, la humedad de su boca como un pozo, y la agilidad de su lengua, que tocaba puntos capaces de despertarme un enorme placer. Ni siquiera don Fernando había sido tan arrojado como para intentar besarme. Ni los bandidos del bosque, cuyo objetivo era mucho más siniestro, habían llegado más allá de mis labios sellados.

Había oído hablar de besos en el convento y leído su mágico efecto en las novelas que, a escondidas, se pasaban de mano en mano en el claustro, furtivas bajo la mirada de las monjas. Pero nunca había experimentado uno de ellos. ¿Por qué entonces Morfeo se empeñaba en martirizarme poniendo la boca del aborrecible galeno sobre la mía? Sentí de nuevo un sofoco muy similar al que había tenido en sueños por lo que decidí que había llegado la hora de llamar para que me vistieran.

Cuando bajé, de nuevo ataviada como una triste viuda, estaba dispuesta a enfrentarme a aquel despreciable medicucho y ponerlo en el lugar que le correspondía, pero el mayordomo me informó que el doctor Laserre había partido al amanecer, a pie, pues había rehusado el carruaje que monseñor había puesto a su disposición. Aquello me decepcionó más de lo que esperaba. Por alguna razón, mientras me vestían, pensaba en él, en sus inquietantes ojos azules, y en lo que le respondería cuando intentara dirigirse a mí. Era extraño que aquel insignificante plebeyo no saliera de mi cabeza desde la noche anterior, pero no quise preguntarme por qué. Cuando me informaron que tía Margot me esperaba en su gabinete supe que había llegado la hora de la tormenta.

El gabinete privado de la señora era una de las estancias más exquisitas de Saclay. Decorada en tiempos de Luis XV ostentaba a partes iguales delicadeza y lujo en tonos rosados y dorados. Se parecía a su dueña, una mezcla de exquisitez, con una pizca de arrogancia y soberbia, todo muy bien disimulado bajo un ejemplar manejo de la etiqueta. Tía Margot estaba sentada detrás de su escritorio, despachando la abundante correspondencia que mantenía con toda la Corte y con la que era tan escrupulosa que ocupaba una parte importante de su jornada.

Yo permanecí de pie junto a la puerta, con las manos juntas, a la espera de que la señora me dirigiera la palabra. Pasaron los segundos y después los minutos. Empezaba a cansarme. ¿Y si mi tía no sabía que yo estaba allí, a su espalda? Decidí toser para llamar su atención.

—Sé perfectamente que has llegado, desde antes incluso de que te apoyaras como una criada contra la pared —se giró hacia mí—. Una dama jamás se permite la descompostura. Ponte derecha y ven hacia aquí. Quiero verte bien.

Yo obedecí. No había otra opción. Intenté caminar lentamente, como mi tía me había instruido. Me detuve frente a la mesa ante la que estaba sentada, intentando mantener aquella actitud modesta y recatada que me habían enseñado desde la niñez. Mi tía me evaluó con la cabeza inclinada. Yo me sentía hermosa y arrogante, a pesar de aquellos vestidos anticuados, de las magulladuras que marcarían mi rostro algunas semanas más, y de aquel aire salvaje que incluso en ese instante, quieta y callada, exudaba cada poro de mi piel. Con mano dura y paciencia ella seguía intentando hacer de mí una dama.

—Monseñor se recupera de su herida. Demos gracias a dios —dijo al fin, apartando la vista de mí para volver a la carta que despachaba en ese momento.

—Es una gran noticia.

—Lo que no quita importancia al hecho de tu fuga.

Yo sabía que aquella era la razón por la que me había pedido que fuera. Con el accidente de monseñor había tenido la ingenua ilusión de que todo aquello hubiera sido olvidado, pero era evidente que no.

—Yo… —intenté excusarme.

—Has puesto en peligro no solo tu reputación, sino los planes que tengo para ti —intervino la señora con firmeza—. A partir de ahora no te separarás de mi lado ni un instante y por las noches se cerrará con llave tu alcoba. Si aun así intentas fugarte, escribiré al padre de tu querido don Fernando y a algunas buenas amigas españolas, y les expondré claramente que has sido deshonrada. Será él mismo quien se encargue de echarte a palos de su casa si es que tienes la desdicha de llegar a España.

—Eso es cruel.

—Soy la responsable de que te conviertas en algo útil en esta vida, no en una mocosa mal educada por unas monjas ineptas que no te han enseñado más que a rezar y a lloriquear. En el mundo que nos ha tocado vivir una mujer debe ser fuerte y astuta, si no quedará a merced de los hombres. ¿Es eso lo que deseas?

—Pero don Fernando… —intenté defender mi postura.

Mi tía me miró de nuevo con la hilaridad dibujada en su rostro, lo que me enfadó aún más si cabe.

—Apenas le has visto un puñado de veces.

—¡Pero le amo! —me defendí a la desesperada.

—Eres ingenua y enamoradiza. Esperemos que esa enfermedad tenga cura, de lo contrario serás muy desgraciada.

Aquella forma de tratarme, entre la humillación y la condescendencia, lograba dejarme sin palabras.

—Usted… —busqué algo con lo que atacarla—. Usted no conoce el amor.

—Y te aseguro que tú tampoco, querida —su sonrisa se amplió, pero solo en sus labios, porque sus ojos seguían siendo de acero—. De lo contrario tú y yo no estaríamos hablando en este momento ni habríamos conseguido traerte a Francia —dejó de prestarme atención—. Ahora márchate. He ordenado que vayan haciendo tu equipaje y quiero que lo supervises.

—¿A dónde voy?

Mi tía hizo un gesto con la mano que reforzaba su orden de que la dejara sola.

—En cuanto monseñor esté recuperado volveremos a París. Va siendo hora de que te conviertas en aquello para lo que has nacido.

1786

– CAPÍTULO 5 –

A pesar de que tía Margot tenía prohibida la entrada en París, no tardamos en partir.

Atravesamos el Puente de los Vientos en una mañana tan suave que parecía que la primavera había llegado de repente. Esta antigua construcción se alzaba a la salida del castillo de Saclay. Su nombre era buen ejemplo de su fama. Quizá por alzarse donde las colinas se convertían en valle, los vientos lo cruzaban tempestuosos e inesperados. Igual el cierzo que la galerna. Ahora levante para convertirse en poniente, por lo que cruzarlo era una incomodidad necesaria. Decían que lo habían levantado los romanos para salvar los dos collados entre el valle y el arroyo, que en tiempo de deshielo podía ser peligroso.

Era un puente soberbio, con tres ojos y dos apartaderos, donde el central tenía el doble de tamaño que los laterales. Lo que lo hacía diferente a muchos otros era la estructura de soportales, techada y elevada, que ocupaba el lateral de la calzada, dejando un camino descubierto a su derecha. Era una especie de pabellón porticado por donde solo le estaba permitido el tránsito a la nobleza. El pueblo llano debía cruzarlo por el sendero sin protección, aunque lloviera, o nevara, o los vientos que daban nombre al puente lo azotaran como si fuera de pergamino. Los más pobres, los miserables, vivían bajo él, utilizando sus arcadas como improvisados refugios, llenos de mugre y de miseria.

Pronto dejamos atrás aquella construcción centenaria. Avanzábamos despacio, en una caravana de carrozas y mulas de carga que trasportaban todo lo necesario para que los señores estuviéramos cómodos en nuestro destino.

Yo me sentía entusiasmada con aquella aventura. Si bien era cierto que un año antes ya había atravesado toda Francia, mi estado de ofuscación había sido tal que no presté atención a otra cosa que no fuera a escaparme de las monjas y del alguacil. Pero ahora llegábamos a París, la capital del mundo, la gran ciudad donde los sueños se volvían realidad, y todo despertaba interés en mí.

—Apártate de la ventana —insistió una vez más mi tía cuando cruzábamos las puertas de la ciudad—. Lo único que debe interesarte de París está en sus salones, no fuera de ellos.

Mientras la caravana recorría las calles atestadas de viandantes, yo me sumergí en aquel bullicio compuesto por el canto de los mercaderes, el reclamo de las prostitutas y el ajetreo de un pobre burgués al que los ladrones habían robado la bolsa.

Inmóvil contra el respaldo de la carroza, vigilada de cerca por la señora, comprendí a través de los pocos retazos que pude atisbar por los cristales, que aquella ciudad terminaría seduciéndome y formando parte de mí misma.

La residencia parisina de mi tía se ubicaba en el barrio de Saint Germain, uno de los más modernos de la ciudad, al que se habían mudado las familias más nobles y ricas de Francia. Éramos vecinos de la princesa de Salm, del conde de Mailly, del marqués de Custine, y por supuesto de los Rochechouart, que tenían el honor de considerarse una de las más antiguas estirpes, y con los que estábamos emparentadas tía Margot y yo misma.

El *Hôtel* de Épinay, como era conocida la residencia de la señora, se levantaba en una calle angosta pero elegante. Una fachada se abría al río y al otro lado de su cauce a los Campos Elíseos, donde los parisinos llevaban de merienda a sus hijos para pasear bajo los árboles. Por el extremo contrario, la calle se perdía entre los bosques que rodeaban la ciudad.

La gran mansión era un edificio amplio y bien proporcionado, con patio, jardín y caballeriza, que ocupaba toda una manzana. El lujo antiguo del que me había visto rodeada en Saclay daba aquí paso a una exquisitez moderna y atrevida. Las paredes del castillo, tapizadas en lujosas telas, se convertían en esta casa parisina en ligeros paneles blancos bordeados apenas por exquisita filigrana de oro. Los muebles rotundos de la finca se transformaban en la ciudad en algo grácil y frágil, lleno de elegancia. El bronce se convertía en porcelana y lo abigarrado era desechado por inconveniente.

El cambio de residencia, para una muchacha inquieta como yo, resultó lleno de emociones, aunque echaba de menos el aire puro del campo. Mis aposentos se abrían a un patio interior y para ver la luz del sol debía bajar a las habitaciones de la cara oeste donde, por la tarde, los escasos días soleados, entraba tímidamente a través de las altas ventanas.

Tardamos varios días en acomodarnos. Había demasiadas cosas que hacer, demasiada servidumbre que organizar a pesar de que una legión de criados se afanaba porque todo estuviera en su sitio. Aunque yo había entrado a formar parte de la vida de mis tíos hacía apenas un año, ellos llevaban varios viviendo fuera de la capital y la casa estaba desatendida para las exigencias de la señora. Yo había preguntado alguna vez por qué no se alojaban en Versalles, donde la Corte se desplegaba con todo su esplendor, pero solo encontré por respuesta el cuchicheo de los criados hablando de un exilio forzoso.

Los primeros en visitarnos fueron los parientes. Acudían a la caída de la tarde y se marchaban antes de la cena, que se postergaba hasta bien entrada la noche. Si en Saclay había conocido a los viejos condes y marqueses, en Saint Germain fui presentada a sus esposas. Algunas eran jóvenes y bonitas, normalmente las que estaban casadas con los caballeros más decrépitos y achacosos, otras simplemente me parecieron mujeres corrientes con exceso de polvo y carmín.

Después de la curiosidad inicial que despertaba la pupila española de los Montmorency, pronto dejaba de parecerles interesante a aquellas damas acostumbradas a la vida excitante de la Corte, y al poco me volvía invisible para ellas. Sentada en un rincón de la sala, aparentando una modestia que estaba muy lejos de sentir, me fui enterando de los enredos de las grandes familias: infidelidades, pendencias, traiciones, todas susurradas en voz baja, y fui analizando sus formas y maneras. Comprendí que nunca se decía lo que se pensaba, sino que se dejaba caer como un pañuelo en una mañana de brisa. Para pedir un poco de agua la frase era: «Estoy exhausta». Para alabar un vestido: «Es del todo inusual». Para reprobar una conducta: «El Rey dudaría si ir de caza». Y así una tras otra, en un lenguaje nuevo donde nada quería decir lo que parecía y todo significaba lo contrario.

A la semana de estar en París empezaron a llegar billetes invitándonos a todo tipo de veladas. ¡La ciudad se había enterado de nuestra llegada y todos querían gozar de la agudeza del arzobispo y la afilada elegancia de la señora de Épinay!

Por supuesto yo estaba excluida de todo aquello porque, según mi tía, ni me encontraba preparada ni tenía un guardarropa adecuado. Así que lo primero que ordenó fue que se avisara a su modista. Un coro de costureras y comerciantes llegaban por la mañana a enseñarnos los tejidos que se llevaban en aquel momento, y hasta que la señora no encontraba lo que le gustaba revolvían canastas y deshacían arreglos. Pasábamos las horas repasando los últimos números de la «Gallerie des Modes et Costumes Francais» donde se explicaba con detalle qué artificios eran necesarios para no desentonar en las reuniones de sociedad, aunque mis opiniones no eran tenidas en cuenta. Fue mi tía quien eligió lo que debía llevar y no admitió discusión.

Fue entonces cuando me di cuenta de que mi naturaleza era tornadiza, pues igual que la promesa de una vida nueva en París había conseguido diluir mi proyecto de fuga y mi afecto por don Fernando, aquel mundo brillante y lleno de emociones que se abría ante mí en la capital del Reino empezaba a hacerme olvidar el recuerdo del joven galeno.

No tardé demasiado en saber cuál era el verdadero motivo de nuestro traslado a París.

Mi tía me mandó llamar una tarde, justo después de que el arzobispo hubiera partido hacia Versalles. No era inusual que quisiera verme a solas. Acostumbraba a usar las ausencias de tío Philippe para explicarme una y otra vez mis errores: no se podía saludar de la misma manera a una condesa que a una duquesa, y si ambas estaban en mi presencia era necesario conocer bien un complicado código de precedencias y prerrogativas donde cada gesto sería analizado y cada descuido tomado como un insulto. Por supuesto todas aquellas cuestiones me parecían a mí ridículas e irrelevantes, y tan pronto como mi tía terminaba de explicármelas tardaba en olvidarlas.

Yo sabía que algo había sucedido aquel día con la última visita de la tarde. Se trataba de la marquesa de Sabran, una dama a quien yo veía por primera vez. Mi tía había insistido en que me pusiera uno de mis nuevos vestidos y ella misma había supervisado mi tocador. Madeleine se encargó de mi cabello, algo del todo inusual pues era la doncella personal de tía Margot, y cuando hubo terminado, la señora me exhortó a que usara sus pendientes de perlas y un broche de diamantes al que tenía gran apego. Me sorprendió todo aquel cuidado en una mañana que parecía como las demás, pero llegué a la conclusión que esta visita vespertina debía ser especial.

A la hora convenida llegó la marquesa. Mi tía me pidió que la esperáramos en la puerta. Se trataba de una dama de su misma edad. Elegante, de tez muy blanca y cabello castaño. Estaba tocada con un sombrero donde destacaban dos enormes plumas de avestruz. Su rostro me pareció muy maquillado, y sus cabellos más empolvados de lo que estaba acostumbrada a ver, tanto que se habían vuelto grises. La señora de Épinay la recibió con un tierno abrazo, para de inmediato pasar a presentarme. La marquesa de Sabran me contempló largamente, sonrió y me dio un ligero beso en la mejilla. Eso fue todo. Yo esperaba que, como siempre, se me permitiera asistir a aquel encuentro, silenciosa y cabizbaja, pero no fue así. Mi tía me ordenó de forma más amable que de costumbre que subiera a mis aposentos, y ambas damas se encerraron en el gabinete. Eso fue todo.

En aquel momento, cuando mi tía solicitaba mi presencia, estaba segura de que algo había hecho mal en ese brevísimo encuentro y debía ser corregido de inmediato.

—Siéntate —me ordenó nada más entrar en su gabinete, indicando el canapé que se situaba frente a ella.

Tampoco era habitual aquello. Durante sus reprimendas yo siempre permanecía de pie mientras ella enumeraba cada uno de mis crímenes. Supe que tenía que decirme algo importante y por algún motivo temí lo peor.

—Isabel, hoy he cerrado un acuerdo de matrimonio. Los esponsales serán en junio. Tenemos apenas tres meses para prepararlo todo. Espero contar con tu apoyo para que todo salga como es debido.

La escuché sin entenderla.

—¿Quién se casa?

—Tú, por supuesto.

Podría esperar cualquier cosa, pero nunca una noticia como aquella. La única vez que había pensado en casarme hacía ya más de un año, demasiado tiempo para mi juventud, y había sido con don Fernando, mi enamorado español. Desde entonces aquella idea era tan lejana, tan remotamente lejana que entre todas las cosas que esperara encontrarme en la vida, era la última.

—No voy a casarme. Antes me tiraré por una ventana de mi habitación —dije con arrogancia.

—Eres mi pupila. Harás lo que yo ordene.

—¿Lo sabe mi tío? —intenté buscar un aliado.

—El arzobispo ha dado su beneplácito. Ya se ha escrito al Rey Católico y en estos momentos monseñor está en Versalles solicitando el permiso de Su Majestad. ¿Por qué crees que nos han permitido entrar en París?

Al parecer estaba todo hecho, y a mis espaldas. En cuando el rey Carlos de España rubricara su consentimiento, al ser yo su súbdita, y Luis XVI accediera al mismo por mi sangre francesa, no habría marcha atrás. Sabía desde mi nacimiento que las mujeres no teníamos derecho a decidir sobre nuestro futuro, pero aun así me sentí abatida.

—No puede hacer esto —dije al borde del llanto—. Usted no puede decidir por mí.

—Puedo y lo he hecho —no había condescendencia en su voz—. Los Sabrán son una de las familias más influyentes de la Corte. Te convertirás en la condesa de Chastell, y si todo sale como es debido serás una de las damas de la Reina. No puedes aspirar a un futuro más brillante.

—Me escaparé de nuevo. Huiré a los bosques y me arrojaré en brazos de cualquier maleante.

No me prestó atención porque sabía que ya era presa de aquel confortable modo de vida.

—¿Qué esperabas? —insistió tía Margot—. ¿Languidecer como una solterona entre los libros y las ideas que te ha inculcado monseñor? Una joven con tu fortuna puede apostar alto. Tú pondrás la riqueza y ellos los títulos y la influencia que yo ya no tengo. ¿Acaso crees que ese mozalbete de don Fernando se había acercado por tu belleza? Era el cuarto hijo de un quinto hijo. El linaje de los Pérez de Vargas le quedaba ya tan lejano que necesitaba recurrir a una joven heredera inocente y manipulable. Si yo no hubiera intervenido ¿Dónde estarías ahora? ¿Encerrada en una propiedad perdida en medio de la desolada Castilla? Yo te ofrezco la oportunidad de ser alguien. De brillar en el centro del universo, como una de las grandes estrellas del firmamento.

—Pero yo quiero decidir…

—No seas insensata. Eso solo lo hacen los cocheros y las lavanderas. Ni yo ni tu madre tuvimos la oportunidad de hacerlo. Y tú, por supuesto, tampoco.

Mi tía se puso de pie y se marchó. No había nada más que añadir. Mi futuro había sido acordado y yo ni siquiera había preguntado cómo era mi futuro esposo.

Solo entonces me di cuenta de que detrás de todo estaba mi fortuna y de cuánto echaba de menos la mirada arrogante e independiente de aquel joven galeno.

Una semana más tarde, el tiempo que se tardó en confeccionar un nuevo vestido y en firmar el contrato matrimonial, me presentaron a mi prometido.

Mi tía había estado excitada todo el día ultimando los preparativos. Se pulieron los suelos, se enceraron los muebles y llegaron tantas flores desde Chatelet que la casa estaba embalsamada con su perfume. Se trataría de una velada de tarde, donde se degustaría café, chocolate y pasteles. Nada más. Habíamos ensayado hasta la exasperación cuál debía ser mi comportamiento: reverencias, ofrecimientos, adecuaciones, sin embargo, mi tía tenía serias dudas de que lo fuera a hacer bien. Para ella seguía siendo demasiado tosca y salvaje.

Por aquel entonces yo ya había asumido que mi vida no me pertenecía. Todas las riquezas que me habían legado mis padres estaban a disposición de mi tía y cuando me casara pasarían a mi marido. Ese era el orden de las cosas y solo cabía asumirlo. Este pensamiento irracional en la mente de una muchacha quizá tuviera que ver con que siempre había estado sola, y había sido dueña de mis escasas decisiones.

De nuevo la idea de escapar había pasado por mi mente, pero en aquel momento yo ya había degustado las mieles de la sociedad, el confort, el lujo, y estaba atrapada por ellos. Quería creer que me había resignado a un futuro que modelarían otros cuando en verdad estaba seducida por la vida que se me ofrecía y que tan sabiamente había sabido desplegar ante mí tía Margot.

Mi terror inicial a que mi esposo fuese un viejo achacoso había desaparecido. Mi orgullo me había impedido preguntarlo, pero era el hijo de la marquesa de Sabran, por lo que no podía ser mucho mayor que yo.

Ese día de nuevo me ayudó a vestirme Madeleine. Con esmero se esforzó por sacar todo el partido a mi aspecto. El vestido era elegante y virginal, de un color aguamarina radiante en un ligero brocado de seda. El escote redondo con un pequeño volante y las mangas hasta el codo terminadas de la misma forma. Su único adorno era un discreto lazo en un rosa muy vivo justo sobre el corazón que según mi tía simbolizaba el amor. Se tuvo especial cuidado con mi cabello, que se peinó a la moda, insertando entre los rizos empolvados lazos del mismo color. Fue la primera vez que me puse joyas de verdad. No discretos pendientes ni broches sentimentales, sino collar y pendientes de esmeraldas. Ante aquella visión de mí misma me asombré. Era la viva imagen de la sofisticación, algo que estaba lejos de poder creer hacía solo unos pocos meses.

Nuestro mayordomo anunció que habían llegado los invitados. Sentí una sensación incómoda en el estómago. Miré a mi tía. No cabía en sí de gozo.

—¿Adelante?

Me dijo como si no fuera una orden. Yo asentí, y bajamos las escaleras al paso cadencioso que habíamos ensayado.

— CAPÍTULO 6 —

Un lacayo con la nueva librea abrió la puerta del salón de recibir y yo contuve la respiración.

Era la estancia más lujosa de la casa y había sido remodelada, según me dijeron, poco antes de que nosotros llegáramos. Las paredes estaban recubiertas con paneles blancos y ligeros resaltes dorados. El suelo era de madera clara, marcando dibujos geométricos, sin alfombras. Y el techo estaba pintado con el aspecto de un cielo primaveral con nubes dispersas. La única diferencia de otras veces eran las flores blancas que se extendían por mesas y consolas.

Sin embargo, yo apenas me fijé en nada de esto. Estaba atenta a los cuatro personajes que se habían puesto en pie y me observaban fijamente. A la marquesa ya la había visto antes. Volvía a estar arrebatadoramente elegante, con un vestido muy parecido al mío, aunque recamado con lazos de seda negra. A su lado había un caballero que más tarde supe que era su esposo, aunque en aquel momento estuve segura de que sería su padre. Era el marqués de Sabran, antiguo confidente de Luis XV y actual consejero de Su Majestad. Se vestía con un terno rojo profusamente bordado y se tocaba con una peluca muy bien puesta que disimulaba su añosa apariencia. Un poco rezagada había una muchacha muy bonita, la señorita Agnes, con los mismos ojos oscuros de su madre, que me miraba con una expresión que en aquel momento identifiqué como curiosidad. Y por último estaba él, mi prometido.

Era mejor partido de lo que había imaginado. Estaba perfectamente acicalado y muy a la moda: casaca de tafetán de seda a finas rayas azules y verdes con un alto cuello vuelto y recto, chaleco de faya de seda profusamente bordado con flores de vivos colores, y calzón de raso verde. Me llamó la atención el cuello adornado con un abultado pañuelo de gasa que sobresalía con elegancia. Llevaba una peluca discreta y perfectamente empolvada, que adornaba un rostro atractivo, de hermosos ojos azules, nariz aristocrática, y un arrogante rictus en la boca que me indicó que era un joven de carácter.

Aparte de nuestros invitados, en la sala estaban tío Philippe impecablemente vestido con el violeta arzobispal, y una legión de lacayos que mantenían caliente la fuente de plata de donde manaba el chocolate y cuidaban que cualquier deseo de los señores fuera atendido antes incluso de ser manifestado.

Como yo me había quedado paralizada en la puerta de la estancia, tía Margot me dio un ligero codazo para que reaccionara. Todo tenía que ser como era menester. Hice la reverencia, que fue correspondida al instante, y avancé hasta detenerme a una distancia prudente de mi futuro suegro. Mi tío se adelantó y procedió a las presentaciones. Primero el padre, que me besó la mano. Después la madre, que me abrazó de aquella forma ligera y afectada. A continuación, la hermana, que me hizo una reverencia rígida e insípida. Y por último mi prometido.

Cuando estuve frente a él comprobé que era tan alto como yo y que olía a un perfume floral. Me atreví a mirarlo a los ojos contraviniendo las indicaciones de mi tía. Él lo hacía con curiosidad no exenta de algo más que en aquel momento no supe identificar. Era un muchacho guapo, un poco mayor que yo, y parecía conocer bien el mundo. De aguerrida apostura y una desenvoltura que hablaba de mundanalidad. No me desagradó en absoluto. Si mi destino consistía en poner mi vida en manos de los otros, al menos aquel galán, que me fue presentado con el nombre de conde de Chastell, no era la peor opción.

Nos sentamos en torno a una mesa baja, donde yo debía servir el café, preguntando gustos y preferencias. Lo hice de forma impecable, y poco a poco la seguridad fue haciendo firme mi pulso.

No se habló de la boda, sería de mal gusto, ni mi prometido ni yo intercambiamos palabra alguna, podría entenderse como indecoroso. Charlaron de la Corte, de la salud del Rey y de sus hijos, y de cómo París se empezaba a volver aburrido en esa época del año. Yo aproveché para analizarlos a todos, a pesar de que mi tía había insistido en que debía ser discreta y mantener la mirada gacha en todo momento. Había algo en aquellos personajes que me fascinaba a la vez que me producía un cierto temor. Quizá el aspecto frívolo que hasta aquel momento no había entrevisto más que en contadas visitas. Quizá la gracia de cualquiera de sus gestos, tan estudiados que parecían naturales.

Todo transcurrió como se había ensayado y de mí se llevaron una buena impresión. Al final de la velada se fijó como fecha el 12 de junio, y yo entendí que era la de los esponsales a pesar de que en ningún momento se pronunció esa palabra.

Al despedirse, mi prometido me dedicó una reverencia grácil y profunda a la que yo correspondí de la misma manera, y pidió permiso al arzobispo para visitarme. Eso fue todo.

Solo unos días más tarde, cuando vino a presentarme sus respetos, supe que se llamaba Armand.

Durante tres meses Armand me visitó una vez por semana. Lo hacía en presencia de mi tía, que era quien llevaba el peso de la conversación. Solía acudir antes del almuerzo o de la cena, en un encuentro fugaz que duraba apenas unos minutos. Siempre impecablemente vestido, educado de una manera exquisita, y amable hasta la exageración, yo me dedicaba a observarlo mientras mi tía cubría los incómodos silencios de aquella forma elegante con que lo hacía todo.

Aprendí de él que no le interesaban ni los filósofos ni la cultura en general a menos que fuera divertida, que amaba los caballos y las carreras, que odiaba al populacho, causa según él de todos los males de Francia, y que había tenido el privilegio de ser invitado al Trianón de la Reina en una ocasión. Yo lo miraba con enorme curiosidad, analizando sus gestos, sus maneras, el tono afectado de su voz. Era indudablemente un hombre atractivo y de mundo, pero no dejaba de imaginar qué secreto escondía bajo aquella capa de amable civilización, pues era evidente para mí que había algo más que no permitía ver.

La boda se celebró en el castillo de Saclay. Una ceremonia sencilla y un banquete rodeando las fuentes del jardín. Había alondras glaseadas, hortelanos en salsa de mantequilla, cercetas, garzas y pavo envueltos en beicon. Por supuesto también había queso de Henao, capones de Campire, conejos de Os y ostras de Ostende. El festín terminó con *fruits glacés*. Los otros fastos, como bailes y recepciones, se llevarían a cabo una vez yo fuera presentada en Versalles. Los gastos corrieron a cargo de la señora de Épinay porque, aunque los marqueses de Sabran tenían ascendencia y poder, no poseían fortuna. Por nuestra parte acudieron los muchos parientes de mi tía, a los que yo ya conocía, y algunos amigos, sobre todo artista y pensadores. También se dispuso una mesa para los criados, alejada de todos, y otra para una delegación de los burgueses y autoridades más distinguidas de los pueblos cercanos que mantenían con mi tía vínculos de vasallaje. Los invitados de mi marido fueron mucho más relevantes, una larga lista de personajes importantes de la Corte.

La ceremonia se ofició en la capilla del castillo y yo llevé un traje de brocado de plata que la señora Bertin, la modista de María Antonieta, había diseñado expresamente para mí. Me sentía radiante, especial, y observar todos aquellos ojos admirándome me hizo comprender por primera vez en mi vida que mi aspecto era una herramienta para lograr lo que me propusiera. Por aquel entonces contaba diecisiete años, aunque siempre estuve desarrollada para mi edad. Tenía una tez sin mácula, una hermosa cabellera de rizos dorados, y ojos vivos y llenos de curiosidad. No sé si habían sido las continuas amonestaciones de mi tía o algo natural en mí, pero me sentía refinada, distinguida, comprendiendo al fin cómo debía comportarse una condesa de cara al gran mundo. Fue allí donde probé por primera vez el veneno embriagador del elogio y del éxito. Un sorbo que es difícil de olvidar y que trastorna para siempre.

Llegué al altar acompañada por un pariente lejano de la señora de Épinay, ya que fue tío Philippe quien ofició la ceremonia. Cuando se confirmaron los sacramentos y mi flamante esposo alzó el velo que cubría mi rostro volví a sentir aquella mirada llena de matices que no logré comprender. Por un momento me sentí turbada, pero todo resultaba tan perfecto, tan lleno de luces, que lo tomé por una de mis aprensiones.

No sabía de la existencia de mi prima Charlotte hasta que vino a felicitarme de la mano de su madre. Era una muchacha dos años mayor que yo, tímida y callada. La belleza sofisticada de mi tía había dado en ella paso a cierta tosquedad que se manifestaba en una piel apagada y unos ojos vacíos e inexpresivos. No tuve duda de quién era su padre pues su rostro, en conjunto, era idéntico al del arzobispo. Más tarde pude confirmarlo, cuando me enteré que desde su nacimiento mi prima había sido confiada a las monjas ursulinas y en aquellos momentos, cuando al fin le habían dado permiso para volver a la vida pública, se negaba a regresar a París. Aquella muchacha era un motivo más de escándalo que mis parientes tenían cuidado de tratar con disimulo.

Tras la comida hicimos la ronda por las mesas, recibiendo los halagos de los invitados y dando las gracias por su asistencia. Me sentía radiante y feliz mientras recibía las bendiciones de todas aquellas personas a las que no conocía. La última mesa, a la que apenas había prestado atención entre tanta magnificencia, estaba compuesta por hombre y mujeres ataviados con colores oscuros y sobria vestimenta. Eran los dignatarios locales a los que mi tía, tan atenta al detalle, no había querido dejar de lado. A pesar del evidente desagrado de Armand fuimos hacia ellos y les hicimos la misma reverencia de rigor. Solo cuando me alcé me di cuenta de que uno de ellos era el arrogante doctor Laserre.

Me miraba de aquella manera insolente y penetrante con la que me había recibido unos meses atrás, la misma frente fruncida, casi acusatoria, el mismo rictus en sus labios carnosos, muy cercano al desprecio. Su presencia me impactó más de lo que esperaba porque hasta ese instante no me había dado cuenta de que no había desaparecido de mis recuerdos. Estaba presente, aunque dormido, visitándome algunas noches, o asaltándome cuando menos lo esperaba.

Seguía tan altanero y seguro de sí mismo como aquella vez, sin importarle su apariencia en todo inapropiada ni el descaro con que miraba a una mujer casada.

—¿Se encuentra bien, señora? —me preguntó mi flamante esposo con la formalidad que imponía la etiqueta, pues mis mejillas se habían tornado sonrosadas y mi respiración acelerada.

Miré a Armand, y después a Ethan. Tenía a mi lado a un hombre espléndido, posicionado y admirado por todos. ¿Cómo podía entonces turbarme de aquella manera la mera presencia de un simple médico rural?

—Perfectamente —contesté tras decidir que no debía volver a pensar en él—. Volvamos a nuestra mesa.

Así lo hicimos, y aunque me resistí a devolverle la mirada me descubrí en dos ocasiones buscando sus ojos en aquella dirección, a pesar de que estaba demasiado lejos.

La tarde llegó pronto y los invitados se prepararon para la última ceremonia de nuestra boda. Familiares e invitados distinguidos nos acompañaron a Armand y a mí hasta la alcoba. Mi tía nos había arreglado su dormitorio, el más grande del castillo, que había sido tapizado de nuevo y se habían cambiado los muebles para darle un aspecto más moderno. Yo me cubrí de rubor cuando, a la vista de todos, Madeleine empezó a desvestirme. No sabía nada de lo que iba a pasar esa noche. Había oído rumores en el convento de Madrid, y risas veladas de la servidumbre, pero era del todo ignorante sobre los quehaceres del matrimonio más allá de fiestas y veladas agradables. Al otro lado de la cama un valet procedía del mismo modo con mi aguerrido marido, aunque en él no aprecié rastro de pudor. Sentía la mirada curiosa de las mujeres sobre mi cuerpo, y la lujuria de algunos caballeros que se relamían los labios.

Madeleine fue lo suficientemente hábil como para tapar mi última desnudez con su cuerpo mientras me deslizaba el camisón. Solo entonces, mi suegra por un lado y un pariente de la señora por el otro, deshicieron la cama y nosotros nos cobijamos bajo las sábanas. Ignoraba qué tenía que hacer a continuación, pues nadie se movía de su sitio. Pero mi marido sí lo sabía. Simplemente me dio un ligero beso en la mejilla para apartarse de nuevo. Eso era todo. La ceremonia nupcial acababa de terminar con aquella metáfora de la consumación. Tío Philippe bendijo el tálamo, con cuidado fueron corridas las pesadas cortinas y los invitados empezaron a marcharse. Cuando quedamos a solas, iluminados apenas por el resplandor que atravesaba el grueso tejido, miré a mi esposo, y de nuevo me encontré con aquellos ojos parecidos a los de un depredador.

Esa noche Armand, mi exquisito consorte, me agredió por primera vez.

¿Eso era lo que sucedía en el lecho cuando un hombre y una mujer se unían? Si era así, me parecía la cosa más terrible del mundo porque lo que no lograron unos maleantes en el bosque lo llevó a cabo mi esposo en la noche de bodas. Con ellos me defendí con uñas y dientes. Golpeé, arañé e incluso mordí a pesar de los golpes. Con Armand solo ofrecí una tímida resistencia, algo impropio de mi temperamento. Con los bandidos sabía que me enfrentaba a un pecado atroz. Pero con mi esposo, en el lecho bendecido por un ministro de la iglesia y ante la aquiescencia de la mejor sociedad de Francia… Aún hoy me es difícil describir los detalles. Casi me duele cada golpe, cada envestida violenta, cada mordisco.

Cuando hubo terminado conmigo, exhausto y satisfecho, se quedó dormido y su rostro volvió a adquirir aquel aspecto de arcángel que tenía para todos. Yo me comía las lágrimas, aterrada, incapaz de moverme mientras las campanadas daban las horas en el carillón.

La noche pasó tan despacio que creí que jamás amanecería. Yo no había conseguido siquiera moverme de al lado de la bestia cuando se levantó. Me hice la dormida y él, sin mirarme, llamó a su valet para que lo aseara y lo vistiera. En cuanto abandonó la habitación me encogí sobre mí misma y lloré por cada uno de los golpes que me había dado. Toda mi arrogancia, toda mi rebeldía se había convertido en humo cuando aquel animal me inmovilizó para abusar de mi cuerpo. Solo mucho más tarde me atreví a mirarme en el espejo. Tenía el camisón mancado de sangre allá donde había roto mi pureza de la forma más abrupta, sin ninguna piedad, también la mejilla hinchada y el labio enrojecido donde me había mordido en su loco empeño por poseerme. Eso por no contar los múltiples moretones que se repartían por mi cuerpo, y más mordiscos muy cerca de mi intimidad. Mi piel era un plano de sus apetencias, marcado por la vergüenza. Tuve que armarme de valor para llamar al servicio.

Acudieron prestas y leí en su mirada el horror de mi estado. Me sentía culpable. Por algún motivo pensaba que yo era responsable de aquello, de la paliza y de la posterior humillación. Ninguna de las dos doncellas que tantas veces me habían atendido en el pasado dijo nada. Veía cómo se miraban la una a la otra, y cómo lamentaban mi futuro. Me lavaron con cuidado y me vistieron. Una de ellas se entretuvo en aplicar más polvo del necesario sobre mi rostro, y comprendí que intentaba disimular las agresiones. No recuerdo qué vestido elegí, me daba igual, todo me daba igual.

Cuando bajé al comedor solo estaba mí tía. La mayoría de los invitados se habían marchado y mi marido había salido de caza con tío Philippe y alguno de los rezagados. La señora estaba sentada delante de una taza ya vacía, mientras leía la última gaceta de moda que había llegado de París. Todos los demás ya se habían despedido al amanecer, pues el Rey daba un almuerzo en Versalles.

Mi tía me miró largamente. Yo no aparté los ojos. Pude leer en los suyos primero la sorpresa, después el horror, y por último la resignación.

—Pediré que te traigan una taza de chocolate —dijo, llamando con la campanilla.

A pesar de su sempiterna frialdad me había hecho la vana ilusión de que se compadecería de mí.

—Me ha ultrajado, tía —dije mordiendo las lágrimas que fluían por mis mejillas.

—Debes comer algo. Estarás agotada.

—Me ha golpeado, mordido, arañado.

Se negaba a escucharme.

—¿Dónde se habrán metido los criados? Nunca están cuando se les necesita.

—¿Quiere que le enseñe cada marca sobre mi cuerpo para poder creerme?

En ese momento el mayordomo entró en el comedor.

—¡Cállate! —me ordenó mi tía en voz baja, olvidando la compostura que regía su existencia—. Los criados lo contarán todo.

Yo sabía que a esa hora la servidumbre ya estaría al tanto de lo que había sucedido durante la noche de bodas. Las dos muchachas que me habían atendido estaban demasiado sorprendidas como para ser discretas. Permití pacientemente que me sirvieran el chocolate y un par de panes horneados con mantequilla que no he vuelto a querer probar. Hice por contener las lágrimas mientras mi tía me leía alguna de las noticias más intrascendentes y un lacayo retiraba sus restos del desayuno de la mesa.

—¿Así será siempre? —dije cuando volvimos a estar solas.

—No conozco la naturaleza de tu marido.

—¿Así es con tío Philippe?

Ella dejó la gaceta y me miró. En sus ojos había dolor, pero también determinación.

—Normalmente es algo hermoso. Pero algunos hombres son especiales. Disfrutan infligiendo dolor. Quizá no hayas tenido suerte, pero estás obligada a satisfacer sus deseos. Ahora eres de su propiedad.

—¿Así? ¿Cada noche?

—Las mujeres no tenemos derecho a quejarnos, solo a obedecer. Por eso no volví a casarme. Resígnate a lo que te ha tocado, sé complaciente e intenta que nadie lo sepa o se te juzgará como culpable. Y ruega a dios porque se canse pronto de ti y se busque una amante.

Ese fue su consejo.

Yo, la rebelde muchacha a la que no podían domar, me sentí sola como nunca antes, en manos de un desconocido que era ahora mi dueño y había disfrutado infligiendome dolor y humillación, y además con el deber de atender sus más bajos deseos.

Así fue como amanecí, siendo al fin la flamante condesa de Chastell, como deseaba mi tía.

– CAPÍTULO 7 –

Mi naturaleza arrojada y decidida pareció diluirse tras el ataque, a pesar de que no volvió a suceder durante algún tiempo. Las primeras noches acudía al lecho aterrada, hasta el punto de demorarme tanto en la antecámara que me alcanzaba la madrugada cepillándome el cabello. El monstruo de aquella primera vez desapareció, dando paso de nuevo a aquel joven galante y amable. Yo no me quejé, como me había aconsejado mi tía, hasta que llegó un momento en que pensé que todo había sido una pesadilla y que en verdad no había sucedido.

En París dormíamos en habitaciones separadas y cuando Armand acudía a mis aposentos a consumar sus obligaciones como esposo, era amable, incluso tierno, aunque incapaz de arrancarme nada parecido al placer. Yo cerraba con fuerza los ojos y apretaba los puños contra las sábanas mientras él, sin apenas alzarme el camisón, se desfogaba y volvía a su lecho. Si aquello era lo que inspiraba las grandes novelas de amor, tampoco lo comprendía: un contoneo veloz, un suspiro junto a mi boca, y un escozor incómodo que nunca llegaba a nada.

Nuestra relación era cortés. Nos veíamos en el almuerzo, charlábamos sobre caballos o sobre los nuevos espectáculos que adornaban los teatros de la capital, me besaba en la frente y cuando desaparecía yo sentía un alivio indescriptible.

Habíamos vuelto a París al día siguiente de los esponsales. Armand y yo ocupamos la casa de Saint Germain que había sido el regalo de bodas de mi tía, pues ellos se marcharon directamente desde el castillo de Saclay a la villa de Versalles, donde habían abierto una nueva residencia a pesar del veto que el Rey mantenía sobre mi tía. ¿Algo intrépido por parte de ella? Más bien era el resultado de largas negociaciones que me tenían a mí como eje central.

Madeleine pasó a mi servicio para ser mi doncella personal, otro regalo de la señora que se convirtió en mi única compañera en aquellos días en los que vivía aterrorizada. También me cedió un par de lacayos. Uno de ellos, Pierre, se tomó como un reto personal velar por mi seguridad. Ambos me cuidaron y consiguieron que todo volviera a parecerse a como alguna vez había sido, con aquella forma eficiente que tenían de hacer las cosas.

Los días transcurrían y yo debía prepararme para mi presentación en Palacio. De esto se encargó la tía de mi marido, la princesa de Sansan. Lo primero era recibir clases del señor Huart, el maestro de baile de la nobleza. Era un hombre grande, que impartía sus enseñanzas embutido en una amplia falda con aros para imitar a María Antonieta. Me enseñó a hacer la reverencia real, a caminar hacia atrás con un miriñaque y una larga cola, y cuándo y cómo quitarme el guante e inclinarme para besar el borde del vestido de la Reina. También a reconocer la señal que me indicaría que podía levantarme.

Seis días después de la boda fui presentada en la Corte.

A las siete de la mañana el carruaje nos dejó ante el Patio Real de Versalles. Habíamos tenido que pasar la noche en vela para que Lëonard, el peluquero de la Reina, pudiera arreglarnos el cabello. Yo estaba más asustada que emocionada, pues aquella era la gran prueba por la que se me juzgaría en adelante y allí el mayor pecado era el ridículo.

El chambelán vino a hablar con nosotras para excusarse pues el Rey había salido a última hora de caza, pero nos dijo que la Reina accedería a verme de manera informal en sus habitaciones. Mi tía y mi suegra intercambiaron una mirada de disgusto. Mi presentación no iba a tener la pompa acostumbrada, pero ya estábamos allí y esperar otra ocasión podía dar pie a interpretaciones. A la hora convenida pasamos a la Antecámara de la Reina por donde debía transitar Su Majestad camino de la Capilla Real. Había una multitud apretada que intentaba ocupar sitio en la primera fila. No había donde sentarse y las pocas banquetas pertenecían por derecho a las duquesas.

La puerta del fondo se abrió, yo estaba sofocada de calor, y por primera vez vi a María Antonieta.

Tenía poco más de treinta años y tal como había oído decir sus movimientos eran de una gracia exquisita. Estaba en un avanzado estado de gestación, pero apenas se notaba. La Reina poseía el rostro alargado de los Habsburgo, aunque sus ojos, apacibles y muy bellos, dulcificaban cualquier defecto. Su paso era seguro y altanero, a pesar de que el embarazo, según decían, le había reportado unos kilos de más. Llevaba un traje de seda en color lavanda e iba adornada con diamantes. Su cabello era similar al mío, aunque más pajizo, y muy empolvado. Iba acompañada por dos cortesanas hermosas que supe que eran sus favoritas: la princesa de Lamballe y la duquesa de

Polignac. Esta última al parecer había caído en desgracia, pero aún se dejaba ver junto a Su Majestad. Detrás, el resto de damas de compañía, que debían atender a la Reina tanto de día como de noche.

Una señora que estaba a mi lado, y que sabía que aquel día sería presentada, se inclinó hacia mí para susurrarme en voz baja.

—Tiene usted una piel demasiado clara y un cabello demasiado hermoso. Póngase a la sombra. No es conveniente que la Reina repare en ello.

Por algún motivo le hice caso y di un paso hacia un lado para que el rayo de sol que caía sobre mis cabellos dejara de iluminarme. Cuando la comitiva estaba cerca, la duquesa de Polignac dijo algo al oído de la Reina, y esta me miró. A su vez lo hizo todo el mundo pues la Corte funcionaba como un reloj donde en el centro de todo estaban Sus Majestades.

La Reina se detuvo delante de mí y yo realicé una profunda reverencia. La llevé a cabo tal y como me habían enseñado, hasta besar el bajo de su vestido. La Soberana me pidió que me incorporara con un gesto discreto de su mano, y yo lo hice con cuidado de mantenerme fuera del rayo de luz. Fue la Duquesa quien hizo la presentación oficial, como al parecer se había acordado de antemano.

—Así que eres la nueva condesa de Chastell —me dijo la Reina—. Me han hablado de ti. De hecho, conocí a tu madre cuando llegué a la Corte.

—Majestad —dije yo, pues eso era lo único que me estaba permitido contestar.

—Ven mañana a verme.

Volví a hacer la genuflexión y cuando me incorporé vi que mi tía le dirigía una reverencia que la Reina correspondió inclinando la cabeza. Era la señal. A partir de ese momento la señora de Épinay podría visitar la Corte con entera libertad. Su orden de destierro quedaba revocada en adelante. La comitiva ya desaparecía por la otra puerta y yo sentí que al fin mis nervios se templaban.

Miré a mi suegra, que estaba exultante. Mi tía tenía una mirada enigmática. Sabía que aquel día en Palacio se hablaría exclusivamente de ella, pero parecía no importarle. Mi cuñada esquivó mis ojos y salió detrás de otras damas que conocía. Recibí muchas felicitaciones. Al parecer había causado una buena impresión.

El día fue largo pues tuve que asistir a la comida real donde al fin fui presentada a Luis XVI y a los príncipes de la sangre. Acabó nuestra presencia allí cuando Sus Majestades se retiraron. Fue una jornada embarazosa y sumamente agotadora, pues la corte entera me observaba y yo me sentí desmenuzada por la lengua mordaz de cada uno de sus miembros.

Cuando al día siguiente fui a ver a la Reina como se me había indicado, me regaló un arreglo de diamantes y se me informó de que por deferencia a mi difunta madre y a los Sabran, iba a formar parte de su séquito. Aquello suponía un cambio radical en mi estilo de vida, una renta considerable y una serie de privilegios entre los que estaba vivir en Palacio. Al parecer era algo que se había tratado durante meses, mientras se formalizaba mi contrato de matrimonio.

No supe qué decir, lo único que me preocupaba en ese momento era de dónde iba a sacar tantos vestidos.

La frivolidad tiene alas, así que me acostumbré con facilidad a mi nueva vida, a pesar de que era complicada y agotadora.

Nos asignaron un apartamento en la segunda planta de Palacio, muy cerca del que ya ocupaba la tía de Armand, la princesa de Sansan, en quien empecé a confiar. Estaba compuesto por tres piezas: gabinete, antesala y dormitorio, todo un lujo en un lugar donde apenas cabíamos quienes estábamos al servicio de los reyes y que yo misma me encargué de decorar. Mi tía vivía en el pueblo pues no tenía cargo alguno en la Corte, pero acudía a diario y nos veíamos muy a menudo. Entre ella y yo todo siguió igual, con la diferencia de que ahora debía hacerme una reverencia cuando nos encontrábamos en público.

Veía poco a mi esposo, que pasaba parte del tiempo en nuestra casa de París. Esto era algo que yo agradecía, pues en los pocos meses transcurridos desde nuestra boda alternaba su amabilidad con un carácter violento. Había vuelto a ultrajarme una vez más. Aunque en esa ocasión me resistí tanto como pude, me golpeó hasta doblegarme, con cuidado de no marcarme el rostro para evitar preguntas inconvenientes por parte de la Reina. Quizá a causa de mi resistencia, me mancilló de tal manera que sangré durante días y llegué a temer por mi vida. Cuando lo comenté con la princesa, que estaba preocupada por mi debilidad, me dijo que debía defenderme con más ahínco, aunque en ello fuera mi salud. Así que decidí que la próxima vez que me golpeara le clavaría un puñal.

Así transcurría mi vida, sumida en el ajetreo de la Corte, hasta que volví a ver a Ethan en el mes de septiembre, algo del todo inesperado.

Conocí a María Antonieta cuando su reputación ya estaba perdida.

La situación financiera del Reino era delicada y los libelos, que circulaban de mano en mano, le echaban la culpa a «la señora Déficit», como la llamaban despectivamente, debido a sus gastos excesivos. La Reina era para el pueblo la encarnación de todos los males y la causa de ellos.

Mi trato diario con la Reina me llevó a apreciarla. Si bien he de decir que podrían tener razón quienes la tachaban de frívola y olvidadiza, en absoluto era mala o avariciosa pues no perdía ocasión de ayudar a quien se lo pedía.

Para remediar el poco afecto que el pueblo le tenía a María Antonieta, se encargó a su pintora favorita, Vigée-Lebrun, un retrato de cuerpo entero rodeada de sus hijos, que debía de transmitir la majestad real, así como mostrar su lado maternal. La obra quiso ser expuesta al público en la Academia Real a finales de agosto, pero a última hora, temiendo que el odio creciente de los parisinos por la reina pudiera provocar un altercado, no se hizo. Una mañana que yo no tenía servicio en Palacio, decidí ir a la Academia de París, pues quería comprender aquella animadversión y ver el caballete vacío donde debiera estar expuesta la obra ya que, según decían, estaba siendo insultado.

Pedí que me prepararan un carruaje ligero. Iría únicamente escoltada por Pierre y por un paje. Esto era algo del todo inconveniente pues una dama de calidad siempre debía ir acompañada por una mujer de su familia durante el primer año de casada, pero aquella continua vigilancia me asfixiaba. Y como mi intención era hacer un viaje corto de ida y vuelta, esperaba que nadie se enterase.

El retrato lo había visto yo en Versalles y era magnífico. La Reina estaba soberbia, ataviada con un vestido de terciopelo rojo, casi sin joyas, y rodeada por tres de sus hijos. Llegué a la Academia con premura y permanecí mucho tiempo delante del marco vacío, intentando empaparme de las impresiones de los visitantes. El resultado fue peor de lo que esperaba. Muy pocos alabaron a la Reina. La mayoría lanzaba alguna puya al aire, le faltaban el respeto, e incluso un mal llamado caballero escupió delante del caballete. Me quedé horrorizada, sin saber si debía amonestarlo o llamar directamente a los guardias para que dieran de bastonazos a aquel individuo.

—No esperaba volver a verla —escuché una voz a mi espalda.

Era inapropiado que un hombre se dirigiera a mí en público, pero aun así volví la cabeza y me encontré con él, con Ethan Laserre.

Me es difícil describir lo que sentí. Un cúmulo de sensaciones con nombres tan diversos que era imposible ordenarlas. Ira fue una de ellas, por supuesto, pero agitación era, sin duda la más presente. Sé que mi corazón palpitó con fuerza, que mi estómago se retorció como si tuviera hambre, y que algo muy dentro de mí se estremecía de una manera que no recordaba antes.

Estaba mejor arreglado que la última vez que lo había visto. Invariablemente vestido de negro, aunque tocado con una camisa blanquísima. Por supuesto sin peluca, el cabello largo y oscuro firmemente sujeto en la nuca y de nuevo el tricornio bajo el brazo. Se había perforado el lóbulo de la oreja y colocado un pendiente en forma de aro que no me gustó. Quizá lo llevaba desde siempre y simplemente se lo había quitado en su visita a Saclay. Me recordó la imagen de uno de los piratas que había imaginado por las historias de los mariscales que se sentaban a nuestra mesa. Me observaba de aquella forma penetrante y llena de matices que aún recordaba de la primera vez.

Intenté que no notara mi turbación y me volví para enfrentarme a él. Me encontraba segura, ataviada con un impresionante vestido de seda color blanco, atado a la cintura con un chal gris ceniza, y un gran sombrero tricornio a juego, adornado con plumas. Era la última moda de Palacio y desde que había descendido de mi carruaje me supe admirada.

—Señor Laserre —exclamé intentando parecer serena.

—Se acuerda de mi nombre.

Aquel comentario me ofendió. De alguna manera ponía al descubierto la enorme impresión que él había causado en mí.

—No podría olvidar el de un hombre que me trató de aquella manera.

—Es usted injusta. Me pidió que cometiera un delito. ¿Ya no lo recuerda?

—Me prometí que si volvía a verle le haría azotar.

—¿Lo haría usted misma?

Sus ojos azules no dejaban de buscar mis pupilas y cuando hizo aquella pregunta advertí un aire burlón que volvió a molestarme.

—Veo que el tiempo no le ha cambiado.

—Espero que se trate de un cumplido.

—No lo es, en absoluto —contesté con la peor intención.

Aunque nos habíamos apartado del público, notaba cómo mi presencia despertaba cierto interés. La mayoría de los visitantes a la galería eran burgueses acompañados de sus sobrias esposas que acudían esperando encontrar el retrato de la Reina, mientras que todo en mí gritaba que procedía de la Corte. Yo notaba miradas airadas, cuando no malévolas, a mi alrededor. Ethan también se había percatado de aquello.

—¿Me permite que la acompañe a su coche? —dijo indicándome la salida—. No estoy muy seguro de que deba oír lo que se dice alrededor.

Y tenía razón. El atril vacío donde debía haber estado el retrato de María Antonieta seguía despertando malestar en todas aquellas personas que la acusaban de las desgracias del Reino. Decidí aceptar su ofrecimiento, pero no dije nada, simplemente me encaminé en aquella dirección y él se colocó a mi lado.

—¿Qué hace en París? —le pregunté cambiando de conversación—. Le hacía en Saclay, ayudando a su padre.

—Tiene salud de sobra y reniega de mi ayuda como el viejo terco que es. Así que me pareció que aquí había cosas más interesantes que aprender.

—¿Medicina? ¿Cortesía?

—Entre otras cosas—no hizo caso de mi insidioso comentario—. Hay mucha gente en París que necesita que les echen una mano.

Aunque no quería entrar en intimidades, aquel argumento me arrancó un pequeño pellizco de disgusto.

—Conmigo no lo hizo cuando se lo pedí.

Él sonrió. Era la primera vez que lo hacía en mi presencia, y de nuevo algo latió con fuerza en mi pecho.

—Entonces era usted una mocosa.

—De eso hace poco más de un año.

—Quince meses que le han sentado realmente bien.

Su mirada azul y penetrante lograba sofocarme. Nunca antes había sentido nada igual, lo que me tenía aturdida. No lo entendía. No podía entenderlo. Aceleré el paso casi sin darme cuenta.

—¿Se ha casado, señor Laserre? —le pregunté.

—Aún no he encontrado a la mujer adecuada. ¿Qué tal marcha su matrimonio? Estaba usted muy hermosa el día de la boda

—Todo es perfecto —no dudé en contestar, lo que me dejó aún más confusa—. Ahora vivo en la Corte, pero eso ya debe saberlo.

Mi respuesta provocó un profundo silencio. Me volví hacia él para encontrarme un rostro contrariado. Al instante Ethan se percató de que lo observaba y volvió a esgrimir aquella sonrisa luminosa.

—Me alegro por usted —me dijo—. Entiendo que una mujer de su posición solo podría terminar en un lugar como ese.

—No sé a qué se refiere, pero supongo que su respuesta me ofenderá de nuevo.

—El único inconveniente que encuentro en usted es ser quien es.

—¿Y quién soy, señor?

—Alguien de quien debo mantenerme alejado.

Sabía que aquella conversación no debía continuar, pero no hice por detenerla.

—Sin embargo, ha sido usted quien me ha saludado.

—He dicho que debo mantenerme alejado, no que desee hacerlo.

Todo me indicaba que debía terminar cuanto antes aquel cruce de insinuaciones insolentes, pero no lo hice.

—Le noto cambiado. Nunca le imaginé con capacidad para un lenguaje galante, señor Laserre.

Él esbozó una mueca y juraría que se ruborizó. Me sentí satisfecha por haberlo molestado, pero cambió de conversación.

—¿Su esposo la atiende como se merece?

—El conde de Chastell es todo lo que una mujer de mi posición puede desear —contesté con la intención de importunarlo de nuevo, notando el sabor de la hiel en mi lengua solo con pronunciar su título.

Ahora su gesto sí que se transformó. Adquirió un tono sombrío y me miró como si quisiera encontrar una respuesta. Esto duró apenas unos instantes porque al momento volvía a ser el de antes.

—Es usted la primera condesa con la que tengo el honor de pasear a solas —me dijo.

—Noto de nuevo cierta condescendencia en su voz.

—De niña mal criada a condesa, no es un mal cambio.

—¿Siempre es igual de insolente?

—Con usted, sí.

—¿Y eso?

—No todos los días me amenaza una mujer hermosa con golpearme.

Habíamos llegado a mi carruaje. El cochero estaba en el pescante, Pierre a su lado, y mi joven paje me esperaba junto a la portezuela para ayudarme a subir. Varios transeúntes nos miraban. Por alguna razón pensé que ambos debíamos configurar un cuadro hermoso.

—He de marcharme —comenté. Era del todo inadmisible que una dama de la Reina hablara más de lo necesario con alguien como él sin compañía de al menos una sirvienta—. Me alegra haber sabido de usted. Le diré al arzobispo que le he encontrado, y que sigue igual de impertinente.

—Me halaga.

Me acomodé en el interior teniendo la extraña sensación de que no quería marcharme, de que quería saber un poco más de aquel arrogante doctor que me trataba con desdén y se atrevía a mantener unos modales en mi presencia del todo inconvenientes.

—Condesa… —titubeó cuando mi paje ya se había acomodado junto a los otros sirvientes en el pescante, por lo que no podía oírnos.

—Dígame.

Sacó un trozo de papel de su bolsillo y lo garabateó con una punta de grafito.

—Esta es mi dirección.

Me quedé paralizada. Aquel ofrecimiento era de una temeridad insultante. Podía significar muchas cosas, pero ninguna de ellas se encontraba dentro de lo que un hombre soltero debía insinuar a una dama.

—Lo veo inoportuno, señor —dije roja de vergüenza.

—Sé quién es su marido y conozco su reputación —contestó Ethan sin apartar sus ojos de los míos—. Si alguna vez se encuentra usted en problemas y no tiene a quién acudir, aquí encontrará a un amigo.

—No sé de qué habla, pero su insinuación solo consigue ofenderme.

Él se encogió de hombros, y simplemente arrojó aquel papel dentro del carruaje.

—Que pase un buen día, condesa —hizo una ligera reverencia, se colocó el tricornio y desapareció camino de Saint Honoré.

Yo me encontraba aturdida, sin saber qué significado debía extraer de sus palabras. Toda aquella seguridad que me daba mi lujoso vestido y mis aires de gran dama de la Corte se había venido abajo ante las insinuaciones de un vulgar médico de pueblo.

Sin más cogí aquella hoja arrugada y la rompí en pedazos. Iba a tirarla por la ventana, pero tuve miedo de que alguien me hubiera reconocido y sacara conclusiones sobre nuestra relación. Decidí meter los trozos en mi bolso para más tarde quemarlos en la chimenea, y le pedí al cochero que pusiera los caballos al galope, lo más rápido posible, para alejarme cuanto antes de todo lo que pudiera recordarme a Ethan Laserre.

— CAPÍTULO 8 —

Viajaba a París con relativa frecuencia. Habitualmente acompañada de mi tía. También de mi suegra. Las grandes familias seguían organizando bailes y recepciones en la capital, los teatros estaban abiertos tanto para la comedia como para la tragedia, y la ópera seguía siendo el género por excelencia.

Esa noche se representaba Armide, de Gluck, el compositor favorito de la Reina. María Antonieta amaba su música y algunas de sus damas decidimos complacerla asistiendo a una función que a ella desaconsejaron los ministros del Rey. Acudí a la ópera en compañía de Agnes. Tía Margot estaba invitada a una cena y mi suegra se encontraba esa noche al servicio de una de las princesas reales. Yo apenas tenía trato con mi cuñada. Sabía que no le agradaba, y cuando estábamos juntas, nunca a solas, apenas cruzábamos las palabras indispensables que obligaba la buena educación.

En aquel momento hacía una semana que no veía a mi marido. Desde que nos habíamos trasladado a Versalles, donde debíamos compartir aposento, sus ausencias eran cada vez más prolongadas. Primero dejó de aparecer algunas noches. Volvía por la mañana, cuando yo ya estaba con la Reina. Más tarde sus desapariciones se contaban por días. Y en aquella época Armand podía estar varias semanas sin dejarse ver en Palacio. Ni decía dónde iba ni yo le preguntaba. Lo único que me preocupaba era que cuando volviera se mostrara violento una vez más.

La Reina nos había dado permiso para usar su palco, por lo que fuimos el centro de atención del teatro. Ver los ojos arrobados de toda aquella gente me alagaba. Era hermosa y me sentía hermosa. Éramos la juventud dorada de Francia y todo estaba dispuesto a nuestros pies para que lo disfrutáramos.

La interpretación de Armide estuvo soberbia y encontré a Agnes adorable en todo momento. Cuando llegó la hora de marcharnos me dijo que no se encontraba bien, y que se sentía incapaz de recorrer las muchas leguas que nos separaban de Versalles. No supe qué hacer, pues no teníamos pensado pernoctar en París ni estábamos preparadas para ello, sin doncellas, ni ropa adecuada para dormir. Agnes me sugirió que pasáramos la noche en mi casa de Saint German, ya que permanecía abierta todo el año y mantenía la servidumbre casi al completo. No me agradaba la idea, pero no me quedaba otro remedio. Escribí una breve nota para mí tía y otra para mi suegra, comunicándoles nuestras intenciones, y pedí a mi cochero que tras llevarnos a casa volviera a Versalles a entregarlas. Mi cuñada estaba encantada con la decisión, lo que me hizo sospechar si de verdad se encontraba tan aturdida como decía.

Tardamos en llegar pues las calles estaban abarrotadas de carruajes a la hora de salida de los teatros y mi elegante barrio era el destino de muchos de ellos. Una vez frente a mi casa tuve que hacer sonar dos veces la campana para que nos abrieran. Recuerdo que los criados, cuando nos vieron aparecer, se miraron alarmados, pero lo achaqué a lo inesperado de nuestra aparición y a lo tardía de la hora. Mientras me quitaba el sombrero di orden de que nos prepararan un refrigerio, y entonces lo oí.

Era el sonido de voces animadas, de risas, y de entrechocar de copas de cristal. Miré extrañada a la criada, pero ésta se encogió de hombros.

—Mi señora… —comentó sin saber cómo continuar.

El sonido provenía del salón, donde era evidente que se estaba desarrollando una velada anidada.

—¿Es mi marido? —le pregunté alarmada.

—Ha venido con algunos amigos y un grupo de señoritas.

La forma de decirlo no me dejó dudas sobre la naturaleza de la compañía femenina.

—Agnes, será mejor que nos marchemos.

Iba a tomar de nuevo mi capa, pero ya era tarde. La doble puerta del salón se abrió de par en par y por ella apareció Armand en un evidente estado de embriaguez.

No llevaba casaca ni peluca, y su rubio cabello estaba despeinado. Se acercó hasta nosotras con paso vacilante. Instintivamente me coloqué delante de mi cuñada.

—¡Vaya! —dijo él con dificultad— ¡Si es la ramera!, ¿adónde crees que vas? —me insultó como muchas otras veces.

Yo intenté no parecer asustada, mantenerme firme, aunque la prudencia me decía que saliera de allí cuanto antes.

—No quería molestarle. Siga con su velada —contesté tan serena como era capaz, y con aquel trato cortés que aún se mantenía en las altas esferas entre marido y mujer.

Pero Armand estaba en ese estado que ya conocía bien, y en el que no era fácil convencerlo de que se portara con cordura. Antes de que me diera cuenta me agarró por el brazo y tiró de mí hacia el interior del salón. Yo intenté resistirme, pero era más fuerte y pudo conmigo sin dificultad. Desamparada miré hacia mi cuñada, pero esta permanecía extrañamente inmóvil, y con una expresión en el rostro que entonces no comprendí.

—Ven aquí. Le he hablado a mis amigos de ti y desean conocerte.

En el salón había un grupo bastante numeroso. Más de la mitad eran hombres, todos tan borrachos como mi esposo. Hubo una algarabía cuando me vieron aparecer, mientras las mujeres, algunas de ellas escasas de ropa, me observaban con preocupación. Había prendas tiradas por el suelo y copas medio llenas por todas partes. Una reunión de jóvenes ociosos y desaprensivos que malgastaban la fortuna de sus familias sin ningún pudor.

—Es más bonita de lo que nos habías comentado, Armad —dijo uno de ellos acercándose a mí.

—Déjame marchar —dije entre dientes, olvidando cualquier formalismo.

—No sin antes divertirnos.

—Si me tocas te juro que lo pagarás.

—¿Veis cómo es mi ramera? —le gritó a aquellos rufianes—. En la cama es igual de brava, por eso hay que templarla.

—Déjala ir, señor —dijo una de las mujeres con la intención de tranquilizarlo—, nosotras nos bastamos para animar la noche.

Se lo agradecí con una mirada, pero sabía que era peor intentar convencerlo.

—¿Ves lo que has logrado, puta? —me escupió a la cara con ojos enfebrecidos—. Ahora debes pagar por ello.

Me golpeó en el estómago. Un puñetazo duro e inesperado que me hizo caer al suelo. El silencio de hizo alrededor. La mujer que había intentado defenderme quería venir en mi socorro, pero uno de los hombres la detuvo. Miré a Agnes, buscando su ayuda, pero estaba paralizada, como yo, aunque intuí que no le era ajena aquella velada. Que conocía la presencia de su hermano en mi casa y que esperaba que aquella noche, cuando llegáramos, él estuviera entretenido y con ganas de divertirse a mi costa. En aquel instante sentí nauseas. Y dolor. El necesario para actuar.

Como pude me puse de pie, y Armand, renqueante, avanzó de nuevo hacia mí con la intención de golpearme otra vez. Sabía cómo iba a acabar aquello y que si no lo detenía sus humillaciones darían un paso más aquella noche, ultrajándome delante de sus amigos, y quizá con su ayuda.

Entonces desenfundé la daga que desde hacía semanas llevaba oculta entre mis ropas y de noche guardaba bajo la almohada, y con un golpe certero la clavé en su antebrazo.

Mi esposo gritó, al compás de algunas de aquellas mujeres. Sus amigos retrocedieron, y Agnes, la *buena* de Agnes, me miró mientras su rostro se tornaba lívido y comprobaba por primera vez quién era de verdad su adversaria.

La sangre corría por el brazo de Armand, donde la daga permanecía firmemente clavada, quizá en el hueso, provocándole un dolor que debía ser terrible.

—Le dije, señor, que si volvía a tocarme otra vez sería la última —mordí cada palabra sobre el rostro asustado de mi esposo, que seguía gritando sin consuelo.

Un par de aquellos granujas al fin corrieron en su auxilio, y yo, con paso sereno, pasé junto a Agnes sin mirarla y abandoné la casa.

Hasta que encontré un coche de alquiler deambulé sola y aterida por las calles de París sin derramar una sola lágrima.

Cuando volví a Versalles, de madrugada y muy afectada, no fui a mi apartamento sino a casa de mi tía y se lo conté todo.

Ella escuchó mi relato con paciencia y me dijo que debía volver a mis aposentos de Palacio cuanto antes. Yo intenté quejarme, Armand podía andar tras mis pasos con intención de vengarse. Incluso podía haberme denunciado, pero ella cortó al punto mis lloriqueos. Vendría conmigo y pasaríamos la noche juntas, pues teníamos mucho que preparar amparadas por la oscuridad. Debíamos desmontar el escándalo antes de que se extendiera, pues en la Corte las noticias volaban como si fueran palomas y algo así era demasiado jugoso como para no ocupar las conversaciones de los cortesanos. Mi puesto entre las damas de la Reina podía quedar en entredicho.

A las cuatro de la madrugada tía Margot hizo llamar a mi doncella, Madeleine, que acudió aún adormilada, y le ordenó que dispusiera ante ella los vestidos que yo aún no había estrenado. Eligió para mí uno de los más elegantes que tenía reservado para una ocasión especial. Era de tafetán de seda gris perla, muy sencillo en el corte pero favorecedor por la forma en que se ajustaba a mi torso y la amplitud del escote. Me vistieron cuidando todos los detalles, fue exigente con mi peinado y con el maquillaje, y cuando terminó mandó a buscar sus joyas. Ese gris tan claro resaltaba el brillo de las perlas. Me adornó con uno de sus collares más impresionantes y con los aretes de chatones que siempre me habían gustado. Me miré al espejo y quedé impresionada. Recordé aquel consejo de que no se debía eclipsar a la Reina, pero al parecer esa mañana aquello era lo que menos debía preocuparme.

—Ve a atender a Su Majestad como si nada hubiera ocurrido —me ordenó la señora cuanto todo quedó a su gusto.

—¡Pero tía, no sé si podré aparentar una calma que no siento!

—Puedes, porque lo que sucedió ayer en París ya se sabe en la Corte en este momento y la única manera de desmentirlo es demostrando que tú estás por encima de esos cuchicheos.

—Pero nadie me dará crédito, por muy hermosa que me vista, tía —volví a quejarme, asustada—. Apuñalé a mi marido. Si presenta cargos puedo ser arrestada. Incluso pueden detenerme delante de la Reina.

—Querida, en Versalles el único crimen es ser aburrido. La verdad es aquello que lo parece, y tú hoy debes parecer la dama más entretenida y encantadora de la Corte.

Así lo hice. Me tragué mi miedo, mi orgullo y mis prejuicios, y aparenté que nada había ocurrido aquella noche. Me mostré vivaz, atenta, me excedí en el juego y me adelanté para sujetar la cola de la Reina, cuando lo normal era que me mantuviera apartada y taciturna. Nadie se atrevió a preguntar más allá de alguna insinuación que yo hice como si no oyera. Aun así, notaba los rumores a mi alrededor, y las miradas que me evaluaban para saber qué tenían de cierto aquellos comentarios. Su Majestad no llegó a interrogarme directamente, aunque vi en sus ojos que algo había alcanzado sus oídos.

—¿Cómo estuvo la soprano, Chastell? ¿Te gustó la ópera? —me inquirió la Reina, y noté que se hacía el silencio alrededor.

—Solo faltó su presencia para que fuera perfecta, Majestad —dije con un cinismo que no reconocía en mí.

Fue uno de los días más duros de mi vida hasta aquel momento, pues me sentía rodeada de complots. Estaba mintiendo, representaba un papel y disimulaba, cuando en verdad me creía a punto del desmayo. Me había convertido en una perfecta cortesana, obligada a ocultar mis gustos, mis actos y mis ideas. Pero mi temor no terminaba ahí. Me aterraba lo que estuviera maquinando la poderosa familia Sabran.

Cuando esa noche volví a mis aposentos mi tía me esperaba. Ayudó a Madeleine a desvestirme y mandó que nos sirvieran una infusión de jengibre.

—Tía, ¿cree que ha sido suficiente todo este teatro? —le pregunté mientras mi mano temblaba al sostener la taza.

—Nunca es suficiente, querida. Los rumores crecerán, se transformarán, hasta que haya otro escándalo y nadie sepa si esto ha sido cierto o no. Lo importante es que la Reina no piense nunca que debes abandonar su servicio.

Supe más tarde que Armand se recuperaba lentamente de la herida, aunque según decían no conseguiría recobrar la fuerza de antes en el brazo izquierdo. La versión que triunfó sobre el acontecimiento, quizá impulsada por su propia familia, fue que había sido asaltado por unos forajidos y aunque supo defenderse con honor resultó herido. ¡Todo un héroe! Al menos a mí, de momento, se me exculpaba.

Durante un tiempo temí su venganza, aunque mi esposo era lo suficientemente cobarde como para acercarse mientras yo era el foco de atención en Versalles.

A la mañana siguiente a los sucesos mi suegra y mi cuñada vinieron escandalizadas a verme, sin dar apenas tiempo a la señora de Épinay a esconderse tras un biombo. Agnes tenía una expresión diferente. El odio había dado paso a cierto temor.

—¿Cómo se ha atrevido? —me dijo de forma airada la marquesa nada más entrar.

—Volveré a hacerlo si su hijo insiste en agredirme.

—Este matrimonio nunca debió llevarse a cabo. Su vientre seco no ha dado frutos así que aún puedo exigir que sea anulado —escupió cada palabra—. Usted no estaría al lado de la Reina si no fuera por nuestra familia.

—En ese caso deberá devolverme la dote, señora —contesté con voz helada—. Ni usted ni su hija llevarían esos vestidos si no fuera por mi fortuna. Le recuerdo que sin mí aún estarían mendigando favores en Palacio. Mi dinero es el que paga todo lo que desean.

Roja de ira abandonó mis aposentos seguida por Agnes, y yo supe que me había ganado una enemiga que además no era fácil que saliera de mi vida.

Mi tía lo escuchó todo desde detrás del biombo y por primera vez noté que me trataba de igual a igual, lo que no solo no me tranquilizó, sino que me hizo darme cuenta de en qué me estaba convirtiendo: en la perfecta cortesana, en alguien capaz de clavarse un tenedor en la mano mientras sonríe, en un ser vacío envuelto en las más exquisitas sedas de Catai.

Como mujer sabia que era, la señora decidió que había llegado el momento de que el arzobispo hiciera un viaje por su feligresía, y su sobrina debía acompañarlos. Era una forma discreta de alejarme de la Corte por un tiempo, hasta que las aguas se calmaran.

Solicité permiso a la Reina para ausentarme de Palacio, que me permitió tomar el tiempo que creyera oportuno. Así pude ayudar a mi tía con los preparativos del viaje. No le dije nada a mi marido, que seguía desaparecido, aunque dejé una nota en nuestros aposentos informándole de los detalles.

Según mi tía, debíamos partir de inmediato pues mi permanencia en Versalles podía hacerme cometer algún error que sería utilizado en mi contra. Las maquinaciones de la Corte proseguían su curso, y los Sabran, ahora silenciosos, pronto comenzarían su contraataque. Hasta que todo estuvo listo acompañé cada día a María Antonieta con mi mejor disposición, interpretando un papel que empezaba a dejar de serme amargo.

Como excusa para nuestro peregrinaje hacia el sur utilizamos la reunión anual de los Estados, a la que debía acudir el arzobispo en calidad de presidente del Languedoc. En alguna ocasión tío Philippe ya había asistido en el pasado, pero quizá este viaje fuera lo último que le apetecía ahora que había regresado a Versalles. Mas la determinación de la señora de Épinay era incuestionable y él no se resistió.

Partimos a principios de octubre, en una mañana fría y llena de niebla. Cada jornada la comenzábamos al amanecer y solo nos deteníamos lo justo para cambiar los caballos y proseguir de nuevo hasta la caída de la tarde. El otoño fue lluvioso y helado, muy poco apetecible para un viaje tan largo como aquel. Con nosotros venía un amplísimo cortejo que se cerraba con tres guías que hacían las funciones de escolta, pues los salteadores de caminos eran una amenaza constante en aquellos tiempos. Además, se avisaba con antelación sobre nuestro trayecto a las guarniciones militares más próximas para que pusieran a nuestra disposición a algunos guardias para protegernos.

Los caminos de Francia eran espantosos. Yo los había recorrido hacía tres años, cuando vine por primera vez, pero entonces era verano y el clima más clemente. Ahora las tormentas los habían llenado de surcos, desniveles, y cuando no eran un barrizal se convertían en una ladera pedregosas, con tramos intransitables, que ponían en continuo peligro de vuelco nuestras berlinas.

Los pocos días en los que el sol brillaba tenue en el cielo nos apeábamos y dábamos un largo paseo detrás de la carroza. Parecíamos un grupo de aves exóticas perdidas en un lugar remoto.

Nuestro último destino era Montpellier pero mi tío había decidido que antes debíamos desviarnos hasta Beaugency, cerca de Orleans, con objeto de visitar a mi prima Charlotte.

Yo ignoraba entonces que en la soledad del viaje mi cabeza se iría inundado de Ethan Laserre.

– CAPÍTULO 9 –

El convento de salesas de Beaugency era un edificio grande y con aire recogido, de agudos tejados, que se asentaba a orillas del Loira. Tenía un aspecto austero y algo misterioso, que lo acrecentaba la profusa vegetación y los recodos propios de una construcción antigua.

La llegada de la comitiva fue todo un acontecimiento. Nos recibió la abadesa, que insistió en que cenáramos con ella. Tía Margot no se encontraba cómoda, pero desatender la invitación era del todo inapropiado. Fue algo sencillo, donde comimos los cuatro, pues la superiora no veía oportuno que Charlotte se sentara a la mesa con nosotros, cuando debía de estar atendiendo su cuidado espiritual. Mi tío creyó desatinado que nuestro chef usara la cocina por lo que todo lo que comimos fue elaborado por las hermanas.

Tío Phillippe no se quejó, exigente como era en cuestiones de apetito, y a mí los platos sin apenas condimentar, la fruta fresca y el agua en vez de vino me parecieron deliciosos. Fue durante la cena cuando me enteré de que mi prima iba a tomar los hábitos en las próximas semanas. Me entristeció, pues había pensado que cuando terminara su educación y volviera a París sería mi perfecta compañera.

La conversación terció sobre temas espirituales que el arzobispo siguió con evidente incomodidad y provocó que mi tía hundiera la mirada en el plato para no levantarla hasta los postres.

En aquella soledad acompasada por la voz monocorde de la madre superiora me vino a la mente por primera vez en aquel viaje la imagen de Ethan Laserre. No sé muy bien cómo se escabulló por entre mis pensamientos para hacerse presente, pero allí estaba yo: en medio de una comida conventual pensando en un hombre que no era mi esposo. ¿Qué sería de él? —me preguntaba—. ¿Qué estaría haciendo en aquel momento? Todo sobre Ethan me era misterioso: la forma de abordarme en público, algo tan impropio que hubiera resultado escandaloso de haber sido visto por alguien de la Corte. Su manera de dirigirse a mí, sin recato alguno ni el respeto debido. Y aquella desfachatez con la que me había entregado su dirección escrita en un arrugado papel. Todo era reprobable, y sin embargo no dejaba de arrancarme una enorme curiosidad. Por las noches seguía soñando con sus ojos, y por qué no decirlo, con sus fuertes brazos que arropaban mi cuerpo mientras me besaba. Era una imagen que a la vez me llenaba de placer y me torturaba. Estaba huyendo de mi esposo y mi mente se turbaba con suspiros por un hombre que en todo se alejaba de mí, tanto por educación como por posición en la vida. Incluso un simple mozo de cuadras, como el que se rumoreaba que amaba secretamente un viejo vizconde, era más conveniente que un burgués, ya que estos últimos detestaban tanto a la nobleza y eran a su vez tan detestados por ella que nunca sería admitido en mi círculo.

La imagen del doctor Laserre se fue haciendo poderosa en mi cabeza, mientras la monótona conversación a mi alrededor parecía disipar cualquier sonido. Me preguntaba cómo sería recostarse a su lado. A qué olería su cuerpo. Qué tono tendría su piel debajo de la camisa. Lo imaginé sin ella a la vez que notaba cómo se ruborizaban mis mejillas. ¿Con él sería como con Armand? ¿Un trote precipitado y sin más consecuencia que un molesto escozor? Sospechaba que no. Había algo animal en aquel hombre arrogante que hacía que mi corazón palpitara con fuerza y un ardor desconocido se instalara en mi vientre. Casi sin quererlo cerré con fuerza las piernas bajo el vestido, mientras me mordía el labio inferior. Solté un gemido.

—¿Te has hecho daño? —preguntó mi tía.

Yo la miré turbada, temerosa de que fuera capaz de leer en mi rostro lo que en ese momento sucedía en mi cuerpo, pero no parecía ser así.

—Un simple mordisco —contesté de la manera más natural mientras me llevaba una mano a los labios.

Ella pareció creerme, volvió a la soledad de su plato y yo aparté al instante aquellos pensamientos de mi cabeza. ¿Cómo había llegado a ellos? Aquel médico de pueblo, por mucha arrogancia que mostrara, estaba tan alejado de mi estamento que lo más probable era que jamás volviera a verlo. Una vez más me determiné a olvidar al doctor Laserre, y para ello puse toda mi atención en la mesa.

La cena terminó con la promesa de que mi tío dirigiría los laudes y la primera misa de la mañana. Para dormir nos ofrecieron celdas, limpias y austeras, pero solo a las mujeres. Los hombres debían hacerlo fuera del convento, en una hospedería que se abría en el camino. Por fin estaba una noche a solas desde que partimos, pues cada una teníamos nuestra habitación. Cuando Madeleine terminó de desvestirme me di cuenta de que no tenía sueño, y dediqué mi tiempo a releer y a escribir las anécdotas del viaje.

Pasada la medianoche llamaron a mi puerta. No me asusté porque sabía que nos encontrábamos en un lugar seguro, aun así abrí con cautela. Tardé en reconocer en aquella muchacha con hábito a mi prima Charlotte, a quien había visto una sola vez. Me pareció más delgada, más enjuta embutida en aquel traje sencillo, y con el cabello cubierto por una toca. Me saludó con una reverencia, pero yo no pude resistirme a darle un abrazo. Creo que se emocionó, porque tuvo que volverse para que yo no viera sus ojos.

—He estado con mis padres tras la cena —me dijo—, y mañana partiréis después de misa. He pensado que este era el único momento para venir a saludarla, condesa.

—Pasa por favor —le dije sin ningún formalismo—. Me alegro de que estés aquí.

—¿Te ha decepcionado Beaugency? —me alegré de que ella me imitara—. Después de Versalles esto debe parecerte excesivamente sobrio.

—En España pasé toda mi infancia en un lugar así, por lo tanto ha conseguido serenarme.

—¿En la Corte es todo como cuentan? A mis padres no me atrevo a preguntarles.

—Quizá, aunque allí las cosas no dejan de ser extrañas.

Nos sentamos en mi cama. Una al lado de la otra. Por algún motivo sentía un tierno cariño por aquella desconocida. Quizá porque era lo más parecido a un pariente de mi edad que tenía en este mundo. Y porque mi soledad, a pesar de estar rodeada por el vibrante mundo de la Corte, era absoluta.

—Mi madre no ha sabido decirme por qué estás en Francia —comentó tras un silencio.

—Porque no tengo a nadie más que a vosotros.

—A mí a apenas me conoces.

—Echo de menos a un verdadero amigo y tú eres, en cierto modo, lo más cercano.

Ella me miró, y sonrió. Me pareció muy dulce, alguien a quien querer.

—Me hubiera gustado haber tenido más tiempo.

Una duda me asaltó. No era quién para ponerla en cuestión, pero si era cierto lo que había oído en la cena, aquella era muy posiblemente la última vez que nos veríamos a solas ya que de ahora en adelante, si necesitaba visitarla en el convento, habría siempre otra monja a su lado.

—¿Estás segura del paso que vas a dar? —le pregunté con toda sinceridad.

—Nunca he deseado algo con tanta determinación como abrazar los hábitos.

No había dudas. Al parecer estaba decidido.

—Serás una buena religiosa —le dije con una sonrisa.

—¿Cómo lo sabes?

—Porque pareces una buena mujer.

—Si mi madre nos oyera hablar sin ninguna formalidad nos mandaría azotar.

Sin quererlo solté una carcajada, algo que de estar presente la señora de Épinay hubiera tratado de demoníaco. Ella me imitó y ambas rodamos por el camastro como niñas pequeñas.

—Será nuestro secreto.

—¿Eres feliz?

Aquella pregunta me cogió desprevenida. No me lo había planteado hasta ese instante. Quizá porque en mi vida el único aliciente había sido sobrevivir, escapar, superar el momento. Recordé que había leído a Montesquieu definir la felicidad como la perpetua satisfacción de deseos infinitamente postergados, por una parte, y un estado de tranquilidad por la otra. En aquellos momentos no cumplía ninguna de esas dos condiciones.

—Si es cierto que cada uno tenemos nuestro lugar al nacer creo que estoy donde debo —contesté de forma esquiva.

—Yo también lo creo. Que seré feliz. La paz que necesito se encuentra en un lugar como este.

—¿Te quedarás en el convento?

—Voy a profesar con las carmelitas de Saint-Denis, cerca de París. La madre priora es tía del Rey.

Casi me alegró aquella decisión. Al menos no estaría demasiado lejos. Lo que ya no estaba tan segura era de si podría visitarla.

—¿Nos volveremos a ver?

Ella sonrió.

—Tú seguirás siendo una gran condesa a quien envidiarán las damas más sofisticadas de la Corte y yo una humilde monja sin otra aspiración que servir a Dios. Creo que nuestras vidas van en direcciones opuestas.

—Nunca se sabe —le dije, porque de verdad lo creía.

La conversación no se alargó más. Era tarde y ambas debíamos levantarnos antes del amanecer. Al día siguiente, tras la misa, partimos de nuevo. Charlotte no salió a despedirnos, no hubiera sido adecuado que una postulante derramara lágrimas en las caballerizas, por lo que no volví a verla.

Poco después me di cuenta de que las últimas palabras que habíamos intercambiado podían ser proféticas.

Continuamos nuestro viaje hacia el sur.

Me hubiera gustado detenernos en Lyon y descansar en una buena cama, ir a algún baile, charlar con gente interesante, pero tío Philippe se negó.

A pesar de que para un francés París era el centro del mundo, también era *terra incognita* para una dama de mi posición, y cuando al fin llegamos a Montpellier me recordó a las pocas estampas que aún atesoraba de mis fugaces viajes de niña a Madrid, por lo que la viví como una ciudad vibrante y llena de emociones. Era una urbe rica y se esforzaba por demostrarlo. Centro comercial de lana, vino y pigmento *verdigrís*, tenía una floreciente burguesía que se preocupaba por ennoblecer su ciudad. Contaba con una academia de medicina que según decía mi tío formaba a los mejores médicos de Francia. Al pasar por delante no pude dejar de pensar en Ethan y de nuevo me asaltó aquel calor desconocido y lleno de matices. También poseía una sociedad de ciencias, un teatro próspero y, si se apura, ópera cómica todos los meses.

Tío Philippe había alquilado una gran casa, pues esperábamos pasar allí varios meses, aunque tendríamos que viajar por la región para presentar nuestros respetos a cada noble, parlamentario o eclesiástico que tuviera un mínimo de influencia.

Recibíamos a las damas de la ciudad cada mañana, con un ritual que la señora de Épinay organizaba como nadie. Vestidas de gran gala, con los últimos diseños de la capital, lograba que las esposas de los dignatarios de la localidad hicieran cualquier cosa por complacernos. Por la tarde tocaba a los caballeros. A las dos los criados estaban en sus puestos, perfectamente acicalados con sus brillantes libreas, peluca y maquillaje. La cena se servía a las tres. El arzobispo vestía entonces terciopelo negro con botones de oro y diamante. Los invitados hacían una reverencia y tomaban asiento en una mesa perfectamente organizada. Mi tía y yo éramos las dos únicas mujeres, pues en provincias era de mal tono que un eclesiástico sentara a su mesa a damas que no fueran de su propia familia. Y ahí estaba el problema. ¿Qué relación unía al arzobispo y a tía Margot? A pesar de ser amantes, eran primos lejanos y en público se trataban de «querido primo o prima», lo que no convencía a todos, pero era aceptado como decoroso.

Nuestros días en la ciudad transcurrían repletos de una serena satisfacción, solo rota por las intensas lluvias otoñales y por los recuerdos turbios que me asaltaban de vez en cuando, al pensar en mi marido. ¿Qué estaría tramando? Dudaba que él y su madre se hubieran quedado impasibles ante mi marcha y estaba convencida de que habían aprovechado mi ausencia para despotricar contra mí.

Los domingos, después de la misa en la catedral oficiada por mi tío, paseábamos por Peyrou con vestidos más discretos, pero no menos hermosos, donde nos hacíamos admirar. Por orden de la señora de Épinay nos deteníamos ante cada saludo, intercambiábamos impresiones con las señoras que se interesaban por nuestros atuendos y *chifones*, éramos amables, aunque el día no acompañara.

De las artimañas de los Sabran me enteré por casualidad.

Una vieja condesa, que estaba en Montpellier visitando a su esposo, me preguntó por mi nueva casa de Passy. No supe qué responder, pues lo decía tan segura que me era incómodo contradecirla. Miré a mi tía, que me hizo una señal, y contesté que cuando estuviera terminada me encantaría que fuera a visitarla. La buena mujer pareció emocionada y mientras yo intentaba comprender a qué se refería, tía Margot se hizo cargo de la conversación.

Ya a solas la interrogué sobre lo que había preguntado la condesa. La señora me pidió que me sentara a su lado, y mandó salir al lacayo. Cuando tenía que decir algo importante no se fiaba de la servidumbre pues decía que eran unos libelistas de los que no se podía, por desgracia, prescindir.

—Ya sospechábamos, querida, que tu familia política no iba a permanecer con los brazos cruzados ante lo que han considerado una afrenta.

—Pero, ¿qué tiene eso que ver con una propiedad que no existe? —le dije, confundida.

—Existe, querida. Claro que existe. Tú has agredido a su vástago y ellos creen que debes pagarlo, pues ese es el carácter pendenciero de esos burgueses venidos a más —contestó con acritud—. Me carteo a diario con varias damas de la Corte con quienes me une una vieja amistad, y por qué no decirlo, varios favores que suelo cobrar sin prisa. Ellas me mantienen informada de lo que sucede en Palacio mientras estamos fuera.

—Está consiguiendo asustarme, tía.

—Tu cuñada, Agnes de Sabran, ha ocupado temporalmente tu puesto como dama de María Antonieta.

No me pareció algo de qué preocuparme. Yo había adquirido mi cargo por medio de su influencia. Era del todo natural que en mi ausencia ellos velaran porque un puesto tan codiciado no pasara a manos inadecuadas.

—Pero la intención de tu suegra —continuó mi tía— es que esa pequeña comadreja continúe junto a la Reina, y no tú. Ahora cuentan con la fortuna necesaria, gracias a vuestra boda. Hasta este momento era impensable que su débil economía pudiera sostener los gastos que el cargo requiere.

—Si lo desea, que se lo quede —contesté con desdén—. Nunca ha sido algo que yo haya ambicionado.

Mi tía esbozó aquella mueca de suficiencia que antaño lograba preocuparme pero que ahora sabía que significaba que jugaba con todas las cartas de la baraja.

—No seas inocente, querida niña. Sustituirte no es tan fácil como cambiar un vestido por otro. Todo levanta rumores hoy en día, todo se convierte en una inconveniencia. Para que la Reina pueda apartarte de su servicio debe haber un motivo de peso, si no será entendido como un capricho más de Su Majestad, y María Antonieta ya está advertida por los ministros del Rey de que esa conducta no debe repetirse.

—Sigo sin comprenderla, tía —sus razonamientos no lograban aclararme nada—. ¿Van a denunciarme, entonces, por mi agresión a Armand?

—¡Claro que no! Eso pondría en entredicho el honor de tu esposo. ¡Acuchillado por su dulce mujer! Si lo hubieran hecho cuando le clavaste el puñal sí podía haber tenido efecto una denuncia pública, pero conseguimos frenarlos con tu proceder. Sacarlo ahora a la luz convertiría al conde de Chastell en el hazmerreír de la Corte. Nadie quiere eso. Ya te dije que en Versalles mata antes el ridículo que una espada.

—¿Entonces?

—El plan que ha trazado tu suegra para desprestigiarte es más sofisticado. Ella y su hija han comenzado a lanzar bulos sobre tu salud y sobre la verdadera naturaleza de este viaje que, aunque sutiles, comienzan a calar en la Corte.

—Sus palabras siguen resultándome oscuras, tía.

—Se rumorea que estás embarazada.

Aunque era posible, pues mi marido había ejercido su derecho conyugal tanto gentilmente como por la fuerza en repetidas ocasiones, yo podía dar fe de que no estaba en estado de buena esperanza. La sola idea consiguió repugnarme. No deseaba tener un hijo de Armand.

—Eso es del todo incierto —contesté a pesar de que mi tía ya lo sabía—. Y de ser así, ¿qué mal supondría?

En ese momento, tía Margot sí habló con cuidado.

—Cuando una dama casada y en estado de buena esperanza se aleja de su marido solo hay una razón, querida.

No tuvo que explicar más. Yo acababa de comprender lo que pretendían los Sabran.

—Solo lo hace cuando el hijo que espera no es de su esposo.

Ella asintió.

—Por ahora son solo rumores, pues todos saben que hemos pedido permiso para asistir a la celebración de los Estados y que es obligación de tu tío permanecer aquí, pero insistirán hasta acabar con tu reputación.

Aquello me pareció tan mezquino que no pensé en otra cosa que en desmentir cualquier acusación.

—¡Alimañas! —exclamé—. Debo volver a Versalles y refutar sus insinuaciones.

—Aún no. Volver ahora no solucionaría nada, solo lograría que los Sabran cambiaran sus planes y entonces nosotros nos quedaríamos a ciegas.

La forma en que lo dijo me llenó de inquietud.

—¿Qué haremos entonces?

—También están adquiriendo propiedades —me informó mi tía—. La de Passy es solo una de ellas. Tu dote está siendo invertida a nombre de tu esposo. Pronto no quedará nada de ella. Si tú o el conde de Chastell decidierais pedir la nulidad matrimonial, tú te marcharías sin nada. En la más absoluta miseria. Por lo que los Sabrán podrán ofrecerle a la Reina tres razones para que te destituyan: tu inmoralidad, la anulación del matrimonio y tu falta de fortuna para sostener el cargo que ocupas.

—Pero dentro de nueve meses todos sabrán que todo eso es mentira —referencié lo obvio, pues no estaba embarazada.

—Dentro de nueve meses nadie se acordará de la antigua condesa de Chastell, querida.

—¿Y he de permanecer con los brazos cruzados mientras me destruyen?

Mi tía se acercó ligeramente y bajó el tono educado de su voz.

—Por ahora debes seguir haciendo lo que haces. Ser visible en Montpellier y usar los vestidos más ajustados. Que nadie pueda decir que escondes un embarazo no deseado y que las habladurías lleguen hasta la Corte. Sobre tu dote, no podemos hacer nada. Tu esposo es dueño de disponer de ella y de ti como le plazca.

Intenté ponerme de pie, pero una mirada suya me detuvo. Su consejo podía ser juicioso, pero yo me sentía incapaz de permanecer sin hacer nada mientras aquella panda de bandidos me desvalijaba.

—No puedo seguir aquí mientras mi reputación y mi futuro peligran, tía —le contesté llena de furia.

—Ya te he dicho que me comunico a diario con mis buenas amigas, por lo que sospecho que pronto serás requerida por tu suegra para que regreses a París —sonrió enigmáticamente—. Ni siquiera los planes mejor trazados se desarrollan como una desea, querida. Porque cuando se den cuenta de lo que sucede no tendrán más remedio que recurrir a ti, y entonces nos encargaremos de hacer saber a todos la fiel esposa que eres y la perversidad de los Sabran.

La miré con los ojos entornados.

—Sus palabras me resultan sombrías y llenas de peligro.

—Confía en mí y disfruta de estos plácidos días en el Languedoc, querida, pues nuestra guerra está a punto de empezar —me dijo dándome un ligero golpe con el abanico en la rodilla—. Hace un año nadie daba un *sous* porque yo regresara jamás a la Corte, y sin embargo ahora vivo en Versalles, con las bendiciones de la Reina.

— CAPÍTULO 10 —

Los días transcurrieron grises, con una lluvia incesante que acompañaba mal mi estado de ánimo. A pesar de que sabía que lo sensato era seguir los consejos de mi tía, mi temperamento me torturaba por no estar ya en París enfrentándome a aquellos villanos.

Continuaron las recepciones, las cenas y los bailes, y quizá porque ahora sabía algo que antes me era desconocido, veía en los demás la mirada turbia de la duda, y me preguntaba qué estarían pensando de mí.

Introduje un cambio en mis vestidos, prescindiendo de miriñaque, de manera que el volumen de las faldas, cuando se ajustaban a mi cuerpo, no lo aportaba el relleno sino mis propias caderas. Hubo que arreglar toda mi ropa, pero mi tía, reacia al principio, terminó encogiéndose de hombros. Mi objetivo era que nadie, en ningún momento, pudiera insinuar que ocultaba un embarazo, y de aquella manera mostraba al mundo el volumen de mi vientre joven y plano, sin ningún artificio que lo ocultara. De inmediato muchas damas empezaron a seguir mi estilo, y según me dijo tía Margot, la moda había llegado a la Corte y alguna coqueta también comenzaba a prescindir de relleno.

Uno de aquellos días, mientras paseábamos en palanquín por la ciudad, pasamos por delante de la Academia de Medicina y mi mente se llenó una vez más de Ethan. En nuestros breves encuentros nunca le había preguntado dónde se había formado, pero quizá fuera allí. Quizá había paseado por aquellas calles que ahora sentía como llenas de rumores. Quizá conociera a algunos de los caballeros que ahora se sentaban a mi mesa. Quizá… Rodeada por los escándalos de la Corte, sintiéndome el centro de algo tan injusto como lo que habían trazado los Sabran, el recuerdo de Ethan se convertía para mí en algo lleno de coraje: sincero, directo, sin dobleces. Y de repente empecé a llorar, de un modo inconveniente y desconsolado. Mi pecho se convulsionaba mientras mis lágrimas corrían por mis mejillas sin poder detenerlas. Tía Margot ordenó de inmediato que se echaran las cortinas del palanquín y volvimos a casa.

Esa noche no asistí al baile. Al día siguiente tampoco. Se alegó una indisposición pasajera que dio alas a las malas lenguas.

Mi tía estaba preocupada, y al tercer día me dijo que debía tomar fuerzas y dejarme ver en sociedad. Lo contrario sería dar pie a las insinuaciones de los Sabran. Tenía razón. Hice un esfuerzo y pedí que me vistieran. Un traje de color rosa intenso con el escote ribeteado por un delicado encaje blanco. Quería que aquel color me alegrara la jornada, o al menos que no me hiciera parecer triste. Cuando me arreglaron el cabello pedí que no me lo empolvaran. Madeleine me miró alarmada. No estaba muy segura de si estaría adecuadamente vestida sin aquel delicado toque. Yo permití que me lo adornara con una cinta del mismo color del vestido, pero nada más. Me puse pendientes de brillantes, pero no collar. Ninguna otra joya. En mis manos guantes largos de seda. Me miré y me agradó el resultado. Era más natural, más yo misma. Cuando bajé al salón mi tía me observó con ojos entornados. Temí lo peor.

—Soberbia —me dijo. Y yo respiré aliviada.

Partimos hacia el baile que se daría en una de las mansiones vecinas. Mi llegada fue todo un éxito. Las damas me felicitaron por mi vestido y mi peinado, y los caballeros más descarados no dejaron de observarme. El mundo adulador que solo unos meses antes me fascinaba, ahora empezaba a repugnarme. Sabía que al día siguiente muchas de aquellas mujeres imitarían mi cabello, que el color intenso de mi vestido se pondría de moda, y que las continuas cartas que se cruzaban con la Corte me valorarían, me diseccionarían, y al final, decidirían si tenía razón en mis gustos o simplemente debían rechazarme. En cierto modo aquel atrevimiento en el vestir yo lo vivía como una victoria, como un paso hacia la independencia que cada vez me era más preciada. Comprendía a mi tía cuando había renunciado a volver a casarse. Ella era dueña de su fortuna y de su destino. Yo en cambio estaba en manos de los caprichos de un mal hombre, y para remediarlo solo tenía en mi mano artimañas que no lograban hacerme sentir orgullosa de mí misma.

El baile transcurrió lleno de alegría. Yo aparenté una felicidad que estaba muy lejos de sentir, pero dancé con cuantos caballeros me lo pidieron, como me había indicado tía Margot. Notaba en mí la mirada ávida de los hombres y la envidia de las mujeres, pero todo se desarrolló con total discreción. El juego de la seducción podía estar de moda, pero que un caballero apoyara la mano sobre el respaldo de la butaca en la que se sentaba una dama era toda una indecencia.

Avanzada la velada, alguien a quien hasta entonces no había visto se acercó a saludarme.

—Doña Isabel, ¿me concede este baile?

Hacía años que nadie me llamaba así. Desde que había llegado a Francia donde me había convertido en *madeimoselle* de Velasco. Miré con detenimiento al galante caballero que tenía frente a mí. Joven, alto, aguerrido con el uniforme militar, la peluca blanca e impoluta, lo sonrisa amplia, y la apostura gallarda.

—¡Don Fernando! —exclamé asombrada.

Era él. El primer hombre de quien creí enamorarme hacía apenas tres años. El hijo del vizconde de Morata que había pedido mi mano hacía ya lo que parecía una eternidad.

—Llevo toda la noche observándola, condesa, intentando que me reconociera.

Me besó la mano y yo le hice una reverencia. Notaba cómo decenas de ojos se habían posado en nosotros, preguntándose de qué hablábamos.

—¿Qué hace usted en Francia, en Montpellier?

—Tengo familia en Bayona, los Cabarrús, y ellos primos aquí. El dueño de esta casa es uno de ellos —señalo don Fernando.

Conocía a su prima Teresa, pero jamás la había relacionado con él. Frecuentaba la Corte, aunque no era muy bien vista en sociedad por su carácter demasiado alegre. Estaba casada con el marqués de Fontenay, amigo de Armand, y las pocas veces que habíamos coincidido ambas sentimos una inmediata simpatía.

Agradecí que me condujera a la pista de baile. Mi tía no estaba cerca y era inconveniente que hablara con un desconocido sin su presencia. Bailando era distinto. Sonó una gavota y ambos nos preparamos para danzar en parejas.

—He oído que es usted dama de la Reina —me dijo él cuando estábamos frente a frente.

—Se me ha concedido ese honor —contesté esquiva, pues aquel cargo se había convertido en el centro de todos mis males.

—Y condesa de Chastell.

—Lo sabe todo de mí, sin embargo, yo ignoro cualquier cosa de usted.

Tuvimos que separarnos y cambiar de pareja. La música sonaba y en uno de los cruces me detuve a observarlo. Era ahora distinto del joven tímido que conociera en la Salesas. Seguro y galante, una estampa muy diferente a Armand, siempre tan afectado, o a Ethan, que rehuía cualquier apego a la cortesía. ¿Cómo hubiera sido mi vida con él? En aquel momento pensé que feliz, porque cualquier vida que no fuera aquella tenía tintas de ser más gratificante.

—Cuando usted me rechazó abracé el ejército —continuó con la conversación cuando volvimos a encontrarnos—, y desde entonces he ido adonde se me ha ordenado. En estos momentos intento embarcarme en asuntos comerciales aquí, en Francia, y espero tener suerte.

—Suena excitante y a la vez muy trágico, y esa forma de describirlo me deja en mal lugar.

—¿Acaso no es cierto? ¿No huyó sin permitirme siquiera despedirme?

—Bien sabe que hace tres años no podía elegir mi destino, solo acatar las órdenes de mi tía.

—¿Y de haber podido hacerlo?

—Creo que es inconveniente contestar a esa pregunta.

Tuvimos que volver a separarnos. Me crucé con la mirada de tía Margot, que estaba fruncida. Sospechaba que algo sucedía, pero ignoraba el qué. No tardaría en conocer la identidad de aquel joven apuesto que bailaba conmigo. Tenía recursos para hacerlo. Y entonces me reprendería. Alrededor notaba las miradas que se preguntaban lo mismo que la señora de Épinay. ¿Qué familiaridad era aquella? ¿De qué tenía que hablar el joven español con la condesa de Chastell?

La música volvió a cambiar de compás y don Fernando de nuevo estuvo a mi lado.

—Aún es usted más hermosa que antes —sus ojos se entornaron—. Cuando ha entrado las demás damas han dejado de existir.

—No le recordaba tan galante.

—Y no lo soy. Algo en usted pone estas palabras en mi boca.

—¿Debo dejar de bailar? Soy una mujer casada —lo amenacé de buen humor.

—Por supuesto que no. Sabré comportarme.

—¿Qué noticias trae de España? —pregunté para apartar aquel juego que resultaba peligroso.

—Mi padre falleció, también mi hermano, y ahora ostento un título sin tierras, por eso pretendo dedicarme al comercio, algo impropio de nobles, pero necesario.

—Lamento la pérdida.

Él frunció la frente y noté que dudaba en preguntar. Sin embargo, lo hizo.

—No pretendo juzgarla, condesa, pero… ¿Cree que es sensato lo que está haciendo?

—¿A qué se refiere?

—Solo los rendimientos de sus fincas del valle del Guadalquivir deben reportarle beneficios que le permitirían vivir dos vidas con los costos de hacerlo en Versalles. Todo el mundo habla de eso en Madrid. Y pensaba que la hacienda de Carabanchel le traía recuerdos hermosos. Paseo por allí de vez en cuando a caballo y siempre me pregunto si estará usted en casa.

¿De qué estaba hablando?

—Sigo sin entenderle, señor.

—Venderlo, venderlo todo —me dijo—. No es juicioso, condesa, si me permite el atrevimiento.

De nuevo la música lo obligó a apartarse y yo comprendí a qué se refería. Mi marido estaba vendiendo mis posesiones en España. Aquellas propiedades que mis padres habían atesorado para constituir una dote digna. Me sentí mareada, pero llena de furia. Dijera lo que dijera mi tía yo no podía continuar aquella farsa compuesta por bailes y sonrisas mientras todo me era arrebatado. La miré , y por el brillo de sus ojos supe que ya conocía la identidad de mi pareja.

De nuevo cambió el compás y la gavota terminó con una reverencia.

—Debo retirarme —le dije a don Fernando, intentando que no notara la tormenta que llevaba dentro—. Se hace tarde.

Él me miró contrariado.

—Espero no haberla ofendido.

—En absoluto. Ha sido un caballero.

Mi tía ya venía a mi encuentro y los cuchicheos empezaban a formarse.

—¿Puedo visitarla? —me preguntó don Fernando en español—. Aún estaré una semana en Montpellier.

—Será un honor.

—Hasta muy pronto entonces.

Se inclinó y yo me aparté.

—¿Qué haces, insensata? —me recriminó mi tía en voz baja cuando me alcanzó, pero sin desdibujar la sonrisa.

—Ha sido un baile, nada más.

—¿Cuánto crees que tardarán en saber lo que te unió a ese infeliz en el pasado?

Tenía razón, pero simplemente no quise dársela.

Nos despedimos del anfitrión y de su hija, que lamentó que nos marcháramos tan pronto. Yo evité en todo momento buscar a don Fernando con la mirada. Sabía que estaba siendo analizada y que algo así no pasaría desapercibido. Justo cuando salíamos del salón él se cruzó con nosotras e hizo una ligera reverencia. Yo casi sonreí pues se las había ingeniado para despedirse sin levantar comentarios.

En el carruaje de vuelta soporté pacientemente el sermón de mi tía. Debía parecer segura pero no casquivana. Intenté protestar alegando que únicamente había bailado con un antiguo amigo, pero ella no me permitió continuar. Había mucho en juego. Mi futuro y mi lugar en la Corte, y eso era lo único que debía preocuparme. La dejé hablar hasta que se cansó, pensando que había conseguido doblegarme.

Cuando llegamos a casa nos esperaba el mayordomo con una carta.

—Ha llegado esta noche, condesa. Es de París.

Solo tuve que mirar el emblema para saber de quién era.

El escudo de los Sabran.

Por primera vez, desde que había partido, se dignaban a ponerse en contacto conmigo.

Miré a mi tía que me indicó que la abriera sin dilación.

Era la letra apretada de mi suegra. Dentro solo dos frases.

«Vuelve enseguida. Tu esposo se muere».

Partimos al día siguiente.

Mi tío no pudo acompañarnos pues sus obligaciones le retenían en el Languedoc. Dejamos en Montpellier toda la servidumbre, menos a Madeleine, a una criada y a Pierre. Un buen amigo de monseñor puso a nuestra disposición un carruaje ligero con cochero, que nos ahorraría muchas jornadas de viaje, aunque iríamos más incómodas. También se mandó órdenes a los destacamentos que se apostaban en el camino para que velaran por nuestra seguridad.

Cuando partimos interrogué a mi tía sobre aquello que había dicho en referencia a que mi suegra me reclamaría, como así había sucedido. Se mostró esquiva al principio, pero terminó confesando que cierta señorita a quien frecuentaba el conde de Chastell estaba infectada de una sucia enfermedad y solo era cuestión de tiempo que se la contagiara. Según ella, en cuanto tuviéramos confirmación de aquel mal debíamos hacerlo público. Eso echaría por tierra los planes de los Sabran y restituiría mi honor en la Corte, y más cuando yo me haría examinar para confirmar que estaba sana.

Aquello me pareció repugnante, pero no quise entrar en debates sobre mi parecer. Si lo hacía sabía que mi tía era lo suficientemente hábil como para convencerme de algo en lo que no creía.

Entramos en París diez días después, tal y como yo había avisado por carta a mi suegra. El protocolo prohibía morir en Versalles, solo el Rey tenía ese derecho, ni siquiera sus hijos. Pero esa no era la razón por la que los Sabran habían sacado a mi marido de nuestros apartamentos en Palacio, era otra bien distinta: intentaban mantener oculta su dolencia como ya sospechaba mi tía

Llegamos bien entrada la noche a mi casa de Saint German. El marqués de Sabran seguía en Versalles cuidando sus intereses, pero mi suegra se había mudado allí para velar por Armand.

—¿Cómo está? —exigí nada más llegar, sin ni siquiera quitarme los guantes.

Mi suegra parecía derrotada. Había puesto todas sus expectativas en aquel hijo mezquino que al parecer ahora agonizaba en mis aposentos. Estaba más delgada, y su peinado, siempre impecable, se mostraba ahora deshecho.

—La fiebre no baja —me dijo—. A veces pierde el conocimiento. Otras ni siquiera nos conoce. No son buenas noticias.

—¿Ha avisado al médico de la Reina?

—Sería una inconveniencia, señora —dijo recobrando aquella arrogancia que hasta aquel momento nunca le había faltado.

—¿Inconveniencia? —le pregunté.

—No voy a dejar que mi hijo pierda su honor, si es lo que me pide. Antes lo prefiero muerto.

Mi tía tenía razón. Los planes que los Sabran habían ideado para mi esposo no incluían una enfermedad vergonzosa. Aunque aquellas virulencias estaban a la orden del día, de saberse en Versalles no solo sería el hazmerreír, sino que caería en deshonra, y todo aquello que estaban maquinando con tanta paciencia, como mi deshonor, mi ruina y mi vergüenza, acabaría tirado por tierra. ¿Y lo peor para ellos? Que si Armand fallecía todo volvería otra vez a mis manos, por lo que sus esfuerzos habrían sido en vano y de nuevo tendrían que mendigar favores para sobrevivir.

—Quiero ver a Armand —exigí.

Mi suegra no se opuso. Mientras Madeleine y la criada, ayudadas por el servicio de la mansión, nos acomodaban, mi tía, con aquella apostura imperturbable que la caracterizaba, hacía de anfitriona de su casa y acompañaba a la marquesa al salón. Yo al fin me quité capa y guantes y subí las escaleras con tanta dignidad como fui capaz, con el corazón lleno de intenciones contradictorias, y el alma torturada por mis obligaciones.

Un lacayo me abrió la puerta de mi antiguo dormitorio, y entonces vi a Armand.

Toda su petulancia había desaparecido. Estaba tumbado en la cama, mortalmente pálido, con el rubio cabello pegado a la frente y mojado por el sudor. El camisón se le adhería a los huesos, pues había adelgazado mucho desde la última vez. Vi la cicatriz en su antebrazo y me estremecí. Permanecía con los ojos cerrados, por lo que temí lo peor. La habitación solo estaba iluminada por una vela sobre un candelabro de plata. Olía a enfermedad. Me acerqué y puse una mano en su frente. Estaba ardiendo. En cierto modo me tranquilicé. Había visto a tío Philippe en mucho peor estado cuando fue atacado por aquel villano, y sin embargo se recuperó. Entonces mi marido abrió los ojos.

—Isabel.

Oír mi nombre de sus labios hizo que me estremeciera.

—¿Cómo te encuentras? —le pregunté, olvidando aquel tratamiento absurdo al que estábamos obligados.

—Pensaba que no tendría la oportunidad de pedirte perdón.

¿Perdón? Me había violado, despreciado, humillado sin compasión. ¿Cómo podía yo luchar contra el rencor?

—¿Sientes dolor? —intenté hacer oídos sordos.

—He sido un necio. Un canalla. ¿Sabrás perdonarme?

No. Sí. Quizás. De pronto me di cuenta de que ya no lo sentía. Aquella opresión en el pecho cuando pensaba en él. Ahora simplemente le tenía lástima, como si se tratara de un pobre animal abandonado. Aquel convencimiento me hizo estremecer y preguntarme si la influencia de mi tía no estaba siendo demasiado decisiva en mí. Yo tenía su misma sangre. Quizá ya me había transformado en una arpía carente de sentimientos. Luché contra aquellas ideas, buscándome a mí misma.

—Dios nos ha unido. Supongo que tendrá planes para esto.

Él intentó sonreír, pero su gesto se transformó en una mueca de dolor.

—Todos murmuran que me muero.

—Debe verte un médico.

—Mi madre dice que si llamamos a cualquiera de ellos toda la Corte lo sabrá.

Volví a sentir cómo la indignación me embargaba, como un ejército enemigo a una ciudad sitiada. Y entonces una idea clara empezó a formarse en mi mente. Algo de lo que quizá me arrepentiría, pero contra lo que no podía luchar.

—Descansa —Iba a acariciarle la frente, pero me detuve. No le tenía tanta lástima—. Cuantas más fuerzas conserves mejor será.

—No te vayas. Quédate conmigo.

—Volveré en seguida. Solo necesito velar por ti.

—Hubiéramos podido empezar de nuevo.

—Solo duerme.

Salí de la habitación tan confundida como entré. Había llegado a pensar mientras atravesábamos Francia que me alegraría de verlo acabado, sin embargo, no había sido así. Había sentido lástima por él, y pena por mí, por aquello en lo que me estaba convirtiendo. En una mujer sin escrúpulos, solo pendiente de mi comodidad.

Con el corazón martilleando en mi pecho bajé las escaleras. No podía dejarlo así. No podía permitir que se muriera como un perro por las ambiciones de mi suegra. No era amor, quizá tampoco compasión. Era mi orgullo, mi rebeldía que volvía a imponerse contra la mezquindad. Mandé a una criada que fuera a por mi capa. Estaba decidida.

Mi tía salió del salón. Había sido capaz de comportarse con mi suegra como una mujer afectada por la desgracia cuando en verdad… ¿Había sido ella quien había puesto la enfermedad en el camino de mi marido?

—Debo salir —le confirmé antes de que dijera nada.

—De ninguna manera saldrás a esta hora.

—No intente detenerme, tía.

De la forma en que le contesté supo que no había nada que hacer.

—Iré contigo.

—No le gustará adónde voy.

Vi el brillo de la decepción en sus ojos. No esperaba eso de mí. Estaba segura de que yo estaba domesticada, plegada a sus deseos. Aquella forma de comportarme la defraudaba profundamente.

—No sé qué pretendes hacer pero, si tu marido se salva, tu te perderás —me dijo remarcando la última palabra.

—Si ha de ser, que sea —sentencié.

La señora de Épinay guardó silencio mientras yo terminaba de abrigarme. Hacía frío y había vuelto a llover. Hizo sonar la campanilla.

—No puedes ir sola allá donde vayas. Sigues siendo una dama de la Reina. Debes llevarte a Madeleine.

No opuse resistencia. Una mujer sola y de noche, sin compañía femenina. Hasta yo misma comprendía que era un error, y más a donde me dirigía. Mientras mi doncella se preparaba yo me ajusté los guantes y me puse la capucha.

—¿Estás segura de lo que vas a hacer, Isabel? —pocas veces usaba mi nombre. Solo cuando estaba profundamente decepcionada.

—Por supuesto que no —le dije antes de marcharme—. Pero por alguna razón que no comprendo, no puedo dejarle morir sin intentar salvarlo. Nunca me lo perdonaría.

Jamás quemé aquel arrugado trozo de papel con su dirección escrita con grafito.

Lo intenté. Tuve aquellos pedazos en mi mano, cerca del fuego, pero volví a guardarlos en mi bolso. Más tarde los junté uno a uno hasta que puede leer su letra de perfiles afilados y trazo simple. Indicaban una zona de la ciudad que jamás había pisado, cerca de la Puerta de Saint-Antoine.

Ordené a mi cochero que tomara aquel camino. Madeleine a mi lado permanecía en silencio. Era noche cerrada y la ciudad se mostraba tenebrosa. Yo apenas conocía otra cosa que los alrededores de las Tullerías y el Palacio Real, ya que nunca me había sumergido por el laberinto intrincado de calles de París donde vivía el grueso de su población. Ante mí se mostraba una ciudad amenazante, llena de recodos, de sombras difusas que desaparecían tras las esquinas. Allí no había palacios ni dulces jardines, solo una consecución de casuchas y calles polvorientas que la noche volvía lúgubres. Dejamos a un lado el París de las antorchas para introducirnos en una ciudad de tinieblas. Mi carroza, con el emblema de mi casa pintado en la portezuela y los faroles de latón brillando en las tinieblas, era del todo inadecuada para un lugar como aquel. A mi lado Madeleine miraba asustada a través de la ventana. No sabíamos dónde nos encontrábamos y cuando el cochero detuvo los caballos sentí cómo mi criada sujetaba mi brazo.

—¿Será seguro, señora?

Ni yo misma lo sabía. Le dediqué una sonrisa de tranquilidad que ni a mí misma me calmó.

—Quédate aquí. No tardaré.

Ella protestó, pero no se movió de donde estaba. Pierre, mi lacayo, ya abría la portezuela de la carroza y desplegaba la escalera. Me señaló una de aquellas casas, todas similares. Era una vivienda con varios pisos. Nada la diferenciaba de las restantes. Podíamos estar en cualquier lugar.

—Puedo ir yo, señora —me dijo mientras me ayudaba a descender.

—Cuida de Madeleine. Intenta que no se preocupe.

Él obedeció y yo me dirigí hacia el portón de la casa. Lo empujé y cedió a la presión. Dentro solo había oscuridad. No tardé en habituarme pues las únicas luminarias de la calle eran los faroles de mi carruaje. Ya no estaba acostumbrada a moverme sin que un paje me sujetara la cola del vestido o un lacayo abriera las puertas ante mí, así que aquella visita era toda una aventura.

En la planta baja solo había una escalera. Miré hacia fuera antes de decidirme a subir. Pierre seguía allí plantado, sin apartar la vista de donde me encontraba. Madeleine también me observaba con rostro asustado. Sin más emprendí el ascenso. A oscuras. Tanteando con las manos enguantadas. Llegué a un rellano con dos puertas. Me detuve de nuevo. Tras una se oían las animadas voces de varias mujeres, tras la otra el silencio. El edificio tenía dos plantas, por lo que debía de haber cuatro viviendas en total. Nada en aquella puerta que tenía ante mí indicaba quién era su ocupante. Podía subir a la segunda planta, pero tampoco allí encontraría una señal que me orientara. Las voces de mujeres me resultaban tranquilizadoras, así que opté por aquella. Golpeé con los nudillos sin quitarme los guantes, suavemente. Se hizo el silencio al otro lado. Yo notaba cómo mi corazón palpitaba acelerado. Cuando se abrió me encontré con una joven encantadora, de rizado cabello negro que portaba un candil. Vestía de forma muy sencilla, pero no exenta de elegancia. Me miró quizá más sorprendida que yo misma. Desde luego no era habitual que una dama ataviada como yo acudiera a su casa a esas horas de la noche.

—Busco al doctor Laserre. Es una urgencia —dije sin dar otra explicación.

Ella pareció comprenderlo y me indicó la puerta de enfrente. Oí el revuelo de otras faldas y las cabezas de tres mujeres más aparecieron tras ella. Debían de ser parientes pues todas se parecían.

Me volví y llamé donde me indicaban. No sucedió nada.

—Insista —me animó la joven, que no había abandonado su puesto—. Ayer pasó la noche trabajando y todo el día de hoy. No ha regresado hasta el atardecer.

Llamé otra vez, y entonces Ethan abrió la puerta.

Solo llevaba puestos los calzones, sin medias ni zapatos. Se notaba que se los había colocado con prisas pues apenas estaban abrochados. Las mujeres de la puerta de enfrente desaparecieron al verlo, tras un discreto saludo, lo que por un lado me tranquilizó pues indicaba que eran personas respetables, pero por otro me dejó desvalida ante un hombre medio desnudo que portaba un sencillo candelabro. Ethan llevaba el cabello suelto y parecía que acaba de despertar.

A pesar del miedo que sentía ante aquella situación desconocida, me descubrí observando su torso desnudo. Siempre había imaginado que era un hombre fuerte y ahora lo comprobaba. Su piel tenía el color que había supuesto bajo la camisa: bronceada como un tallo de canela. El pecho y los brazos estaban marcados por una musculatura que hablaban de trabajo físico y buena salud. Una ligera línea de vello oscuro descendía por el vientre plano y fornido hasta perderse. El aire salvaje que siempre me había transmitido era ahora una realidad. Con las piernas abiertas, con una insolencia que no desistía. Sin el menor pudor por mostrar su desnudez ante una dama.

Aparté al fin la mirada rogando que él no se hubiera dado cuenta de mi interés. Me sentía ridícula con los ojos fijos en la pared, pero solo había visto antes desnudo a mi marido, y muy pocas veces. El pecho suave y delicado de Armand, se convertía en Ethan en algo poderoso; los brazos ligeros, en apéndices torneados por el esfuerzo; el vientre relajado, en una tabla firme; la espalda estrecha, en una amplitud muy seductora.

Me sentí tremendamente incómoda antes aquellas observaciones.

—¿Usted? —me preguntó al fin, tras observarme largamente. Tenía la frente fruncida y parecía tan sorprendido como la muchacha que acababa de desaparecer tras la otra puerta.

—Disculpe esta visita a deshora, pero me trae la desesperación.

Siguió sin moverse, en una situación que me parecía tan ridícula como humillante. Ante el silencio volví la cabeza y vi cómo me observaba, con aquella sonrisa burlona que mostraba que ya se había dado cuenta de mi incomodidad.

—Espere un momento —me dijo sin prisas.

Me tendió el candelabro y desapareció dentro de la casa, dejándome a solas. No supe qué hacer. Miré alrededor y me pregunté qué hacía allí cuando si algo sobraba en París eran médicos ociosos. Cuando volvió a aparecer estaba calzado y se había puesto la camisa y el chaleco.

—¿Puedo invitarla a pasar? —me indicó, apartándose—. Desconozco la etiqueta en estos casos. Sospecho que su reputación quedaría perdida, pero podemos decir que sufría una urgencia médica.

Sus insinuaciones insultantes dieron en el punto justo, molestándome profundamente. Lo único que me salvaba, en efecto, era su profesión. No quise aparentar mi incomodidad y armándome de valor crucé el umbral de la puerta. Él me había dejado el espacio justo, por lo que ambos nos rozamos, aunque yo aparté la vista al instante y volví el rostro para que no viera mi rubor, que le provocaría nuevos bríos para ofenderme. Cuando, sin quererlo, rocé su piel la noté tan caliente que me quemé. Eso hizo que mi imaginación volara de nuevo, a pesar de las razones oscuras que me habían llevado allí.

Era un apartamento modesto pero limpio y ordenado. Las paredes estaban desnudas menos por un par de grabados que me sonaron a extraídos de la Enciclopedia, y el mobiliario era sencillo, aunque de calidad. Había muchos libros por todas partes, lo que me gustó. Sobre la mesa los restos de una cena sin terminar y lo que parecía cartas o discursos a medio redactar.

—Entiendo que no es correcto recibir a una dama de la forma en que yo lo he hecho, pero duermo desnudo y esperaba a alguien bien distinto a usted —aquella aclaración tampoco era gentil, aunque sonaba a excusa.

—No tengo curiosidad por los detalles, señor.

—No me ha dado esa impresión.

Sabía lo que intentaba y yo estaba decidida a que no lo consiguiera.

—Necesito su ayuda —le dije sin mirarlo.

—Esperaba al marido de mi paciente —aclaró—. Ayer atendí un parto difícil. Por eso me he arrojado de la cama sin pensarlo. Temía que se hubiera complicado. Le presento mis disculpas.

—Lo único que me interesan son sus servicios.

—¿Qué ha sucedido?

A pesar de mi preocupación por Armand, de mi miedo y mi fatiga, tener cerca a Ethan Laserre lograba que mi aliento se acelerara. La penumbra le sentaba bien. Marcaba aquel aire altanero y petulante con el que las otras veces me había tratado. Se había recompuesto de inmediato. El sueño había desaparecido de sus ojos y me miraba intentando descubrir qué me había llevado a su casa a pesar de sus burlas arrogantes. Noté que tragaba. Aunque todo en él era jactancia estaba tan contrariado como yo.

—Mi esposo está enfermo.

Me miró de aquella forma despectiva que ya conocía.

—Hay muchos médicos en París y la mayoría más convenientes que yo.

—No me fío de ninguno.

Ladeó la cabeza y me analizó de arriba abajo una vez más. En público aquella mirada cargada de descaro hubiera sido suficiente como para abofetearlo o para que mi esposo lo retara a un duelo. En privado solo consiguió arrancarme un temblor en la espalda. Ethan se humedeció los labios y avanzó hasta mí. Sin darme cuenta yo retrocedí hasta que me detuvo la pared. Noté que sonreía y aquello me enfureció de nuevo. Era dueño de la situación y lo sabía.

—Y ha venido sola a casa de un hombre soltero y sin posición, sin importarle que se pueda empañar su honor.

—Mi doncella y mi lacayo me esperan abajo —dije sin apartar la mirada. No quería que supiera que sentía miedo. Y deseo.

Ethan chasqueó la lengua.

—Cogeré mis cosas y partiremos enseguida.

Desapareció por una de las dos puertas del apartamento y yo exhalé al fin el aire que habían contenido mis pulmones sin darme cuenta. Lo oí trastear. Ethan apareció con el morral de piel que llevara la primera vez que le vi. Se había recogido el cabello y atado al cuello un corbatín.

—¿Por qué vive aquí? —le pregunté mientras él terminaba de guardar alguno de sus instrumentos—. Mi tío me aseguró que su padre es un hombre de recursos. Hay barrios más apropiados para un joven galeno que desea prosperar.

No se dignó a mirarme. Tomó un gabán de rudo paño negro y se lo puso, abotonándolo sin prisa.

—Vivo donde están mis pacientes —dijo entre gruñidos—, la gente que de verdad necesita ayuda. Pero supongo que para usted esas personas ni siquiera existen.

Cuando terminó levantó la cabeza y se encontró con mis ojos, que lo miraban con curiosidad. Ethan era para mí un misterio. Había algo inexplicable que me arrastraba hacia él, pero mi lado racional me decía que no podía ser más inadecuado. Lo admiraba y lo detestaba. Lo envidiaba y a la vez despreciaba todo lo que tenía que ver con aquel mundo tan falto de cortesía, con la «canalla», como se conocía en la Corte a aquel pueblo llano y falto de recursos. Lo deseaba. Y esto último hacía que me enfureciera conmigo misma y me avergonzara por aquel sentimiento impuro.

—Gracias —le dije de manera formal—. Ya le he dicho que es usted el único en quien confío.

Ethan me mantuvo la mirada tanto tiempo que pensé que atravesaría la habitación y me besaría. Pero al final abrió la puerta y me indicó que debíamos marcharnos. Yo tuve que correr tras él hasta la calle para alcanzarlo.

—Es usted ingenua, además de frívola —gruñó mientras bajábamos.

— CAPÍTULO 11 —

Cuando mi tía vio a Ethan noté cómo sus pupilas se agrandaban. Hubiera esperado cualquier cosa menos la presencia de aquel joven médico impertinente que había sido muy poco respetuoso con ella en el pasado. Sin embargo, no dijo nada.

—¿Quién es? —exclamó la marquesa de Sabran nada más verlo. Después reparó en su morral—. Dije que nada de doctores.

—Es un viejo conocido de la familia —intercedió tía Margot—. No debe temer nada.

Ethan apenas las saludó con una inclinación de cabeza y me siguió escaleras arriba hasta la antecámara y el dormitorio principal. Armand abrió los ojos cuando entramos, pero al instante volvió a cerrarlos. Los tenía más abotargados que antes y cuanto toqué su frente, ardía. Detrás de nosotros entraron mi suegra y tía Margot, que permanecieron junto a la puerta, sin atreverse a avanzar.

—¿Desde cuándo está así? —preguntó Ethan mientras dejaba sus cosas y empezaba a preparar sus instrumentos.

—Desde hace dos o tres semanas —contestó la marquesa—. Aunque antes ya había estado enfermo.

—¿Vómitos?

—No.

—¿Se ha quejado de dolores, mareos, falta de equilibrio?

—No que yo sepa.

—¿Ha presentado llagas, erupciones en la piel?

Mi suegra permaneció callada unos instantes, lo que hizo que el resto la miráramos.

—Justo antes de que empezara la fiebre su cuerpo se cubrió de pústulas rojizas. Se asustó y vino a contárnoslo. Fue entonces cuando supimos que no se encontraba bien.

—¿La fiebre sube y baja o es regular a lo largo del día?

—Empeora cada tres o cuatro. Hoy es uno de los más críticos.

Ethan se volvió hacia ellas, pues hasta entonces apenas les había prestado atención. Era extraño el contraste con nosotras: tres damas de la Corte acicaladas como para un baile, y él, sobriamente vestido, circunspecto y poco halagador.

—Voy a necesitar agua para lavarme y la ayuda de la condesa —cuando lo dijo miró a mi tía, esta apretó los labios, pero no contestó—. Quiero que nos dejen a solas, he de reconocerlo y el paciente debe estar tranquilo. También quiero que traigan una tina con agua fría y que envíen a alguien para sofocar el fuego de la chimenea.

Las dos mujeres, algo contrariadas por aquel cúmulo de órdenes, terminaron por marcharse, aunque me dio tiempo de ver la expresión de la señora de Épinay, que me advertía de que me anduviera con cuidado.

Ya a solas yo me quedé expectante, cerca del lecho, mientras él me ignoraba. Armand abrió un par de veces los ojos, pero su mirada era vidriosa. No estaba muy segura de si llegaba a vernos. Tenía la impresión de que su respiración era más lenta, con un ligero estertor al final de cada aliento. Mostraba muy mal aspecto. Ethan apartó las tupidas cortinas de seda y abrió las ventanas de par en par. El frío de la noche otoñal entró en la habitación como un jirón de niebla. No quise preguntar, me encontraba nerviosa por el estado de mi marido y la proximidad resuelta del doctor, pero temí que aquello pudiera empeorar al paciente. Rogaba porque supiera lo que estaba haciendo.

Cuando al fin llegó el agua y pudo lavarse, Ethan procedió al reconocimiento. Primero le tocó la frente, observó sus pupilas y las encías, palpó el hueco de la mandíbula y debajo de los brazos.

Habían llegado dos lacayos portando la gran tina y otras dos criadas volcaron hasta cuatro cubos de agua fría en su interior. Sofocaron el fuego de la chimenea y yo empecé a notar el frío a través de mi vestido de invierno, pero continué sin decir nada.

Cuando de nuevo quedamos a solas Ethan retiró las sábanas que cubrían a Armand. Pude confirmar lo que ya había supuesto, estaba muy delgado, y además empapado en sudor. Temí que la helada nocturna le fuera fatal en ese estado, pero yo había ido en busca del doctor Laserre y mostrarme ahora contrariada sería absurdo. Con sumo cuidado y sin el menor pudor Ethan tomó un escarpelo y cortó el camisón del paciente. Lo apartó a ambos lados hasta dejarlo completamente desnudo sobre la cama. Armand empezó a tiritar y yo a alarmarme. ¿Qué estaba haciendo?

—Ahora necesitaré su ayuda —me dijo sin mirarme, mientras lo tumbaba sobre un costado y empezaba a analizar su espalda.

Yo debía sostenerlo para que no volcara, pues de nuevo estaba adormilado y era un peso muerto. Ethan fue palpando cada nódulo, buscando quizá una infección. Después, con cuidado, lo dejamos de nuevo boca arriba y continuó con su reconocimiento por cada centímetro de su piel.

—¿Se pondrá bien? —inquirí, aunque todo indicaba lo contrario

—Ha pasado la segunda fase de la sífilis, si es por eso por lo que este hombre no ha sido ya atendido por un médico —contestó con voz agria.

Miré a Armand. Había perdido el conocimiento.

—¿Morirá? —me atreví a preguntar.

Él terminó se reconocerlo y volvió a lavarse las manos. Yo parecía invisible y su actitud indicaba que mi presencia le era molesta a pesar de que había sido él quien había pedido que me quedara.

—Por la sífilis no morirá —contestó más al aire que a mí—, al menos en los próximos años. Será doloroso y tendrá que tratarse con baños uretrales compuestos de mercurio que en nada le desearía. Habrá que hacerle también una inoculación con sus propias secreciones. En algunos casos está teniendo éxito, pero todo es incierto. Si esto no funciona, con el tiempo la enfermedad es mortal. A ese respecto ya no hay nada que hacer. Para el dolor puede tomar láudano, aunque si abusa se volverá adicto.

Entonces, ¿qué era lo que tenía mi marido?

—¿Pero… y estos síntomas? ¿No son de su… enfermedad? —le pregunté, avergonzada solo de pronunciar su nombre.

—Aunque la cadencia es de fiebres tercianas puede ser fiebre del hígado, pues la temperatura es muy alta. Es difícil deducirlo en tal mal estado.

—¿Podrá hacer algo por él?

Se estaba secando las manos y seguía ignorándome de una forma petulante y descarada.

—Ayúdeme. Hemos de meterlo en la bañera —fue su respuesta.

El agua estaba helada, y la habitación también empezaba a estarlo. Ethan cargó con todo el peso, cogiéndolo bajo los brazos y apoyándolo sobre su hombro. Yo le sostuve las piernas y aparté una mesita para que no estorbara. Cuando el cuerpo entró en contacto con el líquido, Armand abrió los ojos de par en par y comenzó a tiritar de forma violenta. Me asusté y de nuevo miré al doctor. Seguía con la frente fruncida y aquel aspecto enfadado que no lo abandonada, al menos en mi presencia.

—¿Esto es todo? —pregunté irritada, cuando en verdad quería gritarle si no se daba cuenta de que mi marido estaba sufriendo.

—Si conseguimos bajarle la fiebre quizá pase de esta noche —contestó mientras de nuevo tomaba la temperatura del paciente—. Le administraré quinina. El resto depende de su fortaleza y de sus ganas de vivir.

Pasaron los minutos que se hicieron largos y silenciosos, y los temblores de Armand dieron paso a un ligero sopor. Ethan volvió a tocar su frente.

—Ha bajado la fiebre. Debemos secarlo y dejar que duerma. Busque una sábana limpia y extiéndala sobre la cama.

Más órdenes. Sabía que las guardaban en uno de los armarios de la habitación. Nunca me preocupaba de esos detalles. Para eso estaban la legión de criados que nos atendían. Rebusqué hasta encontrar una. Él ya había sacado a Armand y lo llevaba en los brazos. El agua le mojaba su negra ropa, pero parecía no importarle. Estiré el lino blanco sobre la colcha y Ethan depositó encima el cuerpo enfermo de mi marido. Lo cubrió con los cabos y dejó que se empapara con la humedad de su piel. Después se volvió hacia mí. Me miró por primera vez desde que habíamos abandonado su casa y algo cálido me atravesó la espalda, a pesar de que sus cejas estaban fruncidas y su aspecto era de pocos amigos.

—He de hacerle algunas preguntas delicadas, condesa —apartó la mirada y tuve la impresión de que algo en mí le provocaba aquel mal humor—. ¿Podemos pasar a la otra habitación?

Se refería a la antecámara que, aunque no estaba separada por puertas, era suficientemente discreta como para que mi marido no se enterara de lo que tuviera que decirme. Me siguió, aunque ninguno de los dos tomamos asiento. Nos quedamos de pie uno a cada lado de un mesa.

—Adelante —le animé a que me interrogara sobre aquello que necesitaba saber.

Ethan tenía las manos a la espalda y la cabeza gacha, por lo que me miraba de soslayo. Aquella postura arrancaba un brillo en sus ojos que me era del todo incómodo de soportar.

—¿Cuándo fue la última vez que tuvo vida conyugal con su marido? —me preguntó sin más.

Yo parecía una estatua de sal, petrificada por la mirada de la Gorgona. Me estaba hablando de la sífilis. Necesitaba saber si estaba contagiada. Eso era. Hasta ese momento ni se me había ocurrido pensarlo. De estar enferma mis días podían estar contados. No ahora, pero sí dentro de algunos años.

—No lo recuerdo —contesté apartando la vista. Hablar de aquello, de mi vida íntima con Armand, era algo del todo inapropiado, y más con él.

—¿No recuerda la última vez que estuvo con su esposo? Me resulta difícil de creer.

—He estado de viaje mucho tiempo, señor.

—Antes del viaje, por lo tanto.

Su insistencia era exasperante y mantener aquella conversación todo un suplicio.

—Le he dicho que no me acuerdo. Eso debe bastarle —dije con brusquedad.

—Bien —carraspeó. Su mirada iba y volvía—. ¿Ha notado machas rojizas en el cuerpo? ¿En las palmas de las manos, o las plantas de los pies?

—No recuerdo haber apreciado nada de eso.

—¿Alguna pústula, en la lengua, en otras partes más... intimas, quizá?

—No lo sé, pero me encuentro perfectamente.

—¿Está segura?

—Sí. No... No acostumbro a observarme mientras estoy desnuda —cuando terminé de decirlo noté cómo me ruborizaba.

Ethan cruzó los brazos sobre el pecho y su mirada adquirió un matiz amenazante.

—Condesa, esto no es uno de sus juegos de salón. Puede estar condenada y es mi deber saberlo.

—Ni yo pretendo que lo sea.

—Si tiene la sífilis...

Sí, había algo en Ethan que me exasperaba tanto como me atraía. Algo extraño, cálido y a la vez frío, que me atenazaba y me obligaba a apartarme de él. Algo que no tenía nombre o que al menos yo me negaba a ponérselo. Comprendí que estaba preocupado por mí. Si Armand estaba enfermo yo también podía estarlo.

—¿Qué puedo hacer? —dije con toda la humildad de la que era capaz en su presencia.

Él también refrenó el tono de su voz. Se volvió menos fría, más amable.

—Buscar cualquier marca sobre su piel —me indicó—. Pregunte a su criada, a quien la vista cada día...

—Hace cerca de un año —no lo dejé terminar.

Ethan arrugó la frente.

—No la comprendo.

Yo tragué saliva. No era fácil hablar de aquello. Me había educado con las monjas, y en la Corte, aunque el galanteo era un estilo de vida, nunca se hablaba de intimidades. Era de muy mal tono.

—Hace cerca de un año que no estoy... íntimamente con mi marido.

Su boca se torció en una mueca que parecía una sonrisa.

—Vaya. No es un matrimonio muy feliz.

—Ni usted es delicado con sus comentarios.

—Desde luego, no soy uno de esos aduladores que la rodean a todas horas.

Él tono iba subiendo. Aquel hombre tenía el don de desquiciarme.

—¿Por qué me detesta? —le pregunté.

—No la detesto.

—Siempre encuentra una forma de atacarme.

—Y usted de sacarme de quicio.

—Podríamos empezar de nuevo —le dije, porque era evidente que o empezábamos o terminábamos mal cada vez que nos veíamos.

—Me temo, señora, que no se da cuenta de nada.

Lo dijo en voz más baja, y sus ojos adquirieron un matiz que me estremeció.

—Ha sido un error ir en su búsqueda —comenté con la intención de herirlo.

Ethan estaba furioso. Su pecho subía y bajaba, alterado. Había dicho demasiado. Quizá había expresado demasiado.

—Será mejor que salgamos —murmuró mientras se dirigía de nuevo al dormitorio y apartaba la vista de mí. Yo volvía a ser invisible—. Dudo que esté infectada, pero no deje de vigilarse. Si padece la enfermedad aún está en las primeras fases y podrían tratarla.

Lo seguí hasta la otra estancia y entonces llamaron a la puerta, era Madeleine. La habían mandado para preguntar por Armand.

—Si la familia quiere pasar puede hacerlo —dijo Ethan, que ya guardaba su instrumental—, siempre y cuando no lo despierten. Aquí tienen un preparado de quinina que deben administrarle cada cuatro horas. Intenten que coma, quizá no alimentos sólidos, pero sí caldos consistentes. Avisen mañana mismo a un médico para que comience con el tratamiento. Les enviaré una lista de buenos doctores que son discretos y nada tienen que ver con la Corte

Seguía sin mirarme. Podía estar hablándome a mí o a cualquiera.

—Ordenaré al cochero que le lleve de vuelta a casa —le dije cuando Madeleine había salido a avisar a las señoras. No quería que se fuera disgustado.

—Iré caminando.

—Está lejos.

—Tengo buenos zapatos.

—Al menos déjeme que le pague la minuta.

—No quiero su dinero.

Me atreví a tocarlo ligeramente en el brazo.

—Ethan…

Él se volvió, y lo que vi en sus ojos me desconcertó, pues no era odio ni resentimiento. Era dolor.

—Le ruego que no vuelva a acercarse a mí, condesa.

Sin más desapareció, con su tricornio encasquetado hasta las cejas y su sempiterna expresión de disgusto encajada en el rostro.

Me juré a mí misma que lo apartaría de mi pensamiento y de mi vida. Aquella inclinación inconveniente que sentía por él debía llegar a su fin. No podía ser mi amigo. Era un simple *matasanos* engreído y pagado de sí mismo. Alguien que no podía tener cabida en mi sociedad ni en mi mundo, por mucho que me resultara exótico su comportamiento.

Esa misma noche mi tía me preguntó por él. En verdad me interrogó sobre si éramos amantes. Me llamó la atención el tono de su voz pues no le escandalizaba el hecho de que pudiera mantener una relación con un hombre que no fuera mi marido, sino que lo hiciera con alguien que no perteneciera a mi mismo estamento. Para ella la degeneración tenía que ver con eso: con marquesas que se enamoraban de sus cocheros y duques que suspiraban por una lavandera. Pero si las cosas estaban dentro del orden establecido, como era su caso, no tenían por qué ser reprobables. Yo le dije la verdad, que nos habíamos encontrado por casualidad una sola vez y que él se había atrevido a darme su dirección. Nada más. No preguntó otra cosa, pero sé que no me creyó. Tía Margot tenía un don especial para captar las inquietudes de mi alma y veía algo entre los dos, entre Ethan y yo, que le preocupaba.

Aquella noche la pasé sentada junto a la cama de Armand, y las siguientes también, velando por su recuperación. De nuevo era mi orgullo, no mi piedad. Mi marido me había ultrajado, y aunque había llegado a perdonarle, mi corazón no olvidaba.

La fiebre empezó a disminuir y él a tomar alimentos sólidos. Pasaba muchas horas a su lado, leyendo mientras recibía a sus amigos más respetables. También hablábamos. Nada trascendente. Los parientes y las noticias de la Corte. Ni volvió a pedirme perdón ni se trató ningún asunto que tuviera relación con nuestro humillante pasado. Su recuperación fue lenta pero constante. Dos semanas más tarde pudo levantarse y en una más salir a la calle.

Mi relación con los Sabrán se transformó en algo parecido a las dos torres gemelas de un castillo: algo inevitable que había que sobrellevar. Ahora no me despreciaban, pero nos tratábamos lo imprescindible. Creo que en cierto modo me temían. Habían visto mi determinación, y por más que fuera evidente que no había otra intención en mi ayuda a Armand que mi propia conciencia, ellas pensaban que yo trazaba un plan que iba contra sus intereses. Con aquel aire civilizado con que se hacía todo en Versalles, nos tratábamos con exquisita cortesía, sobre todo en público, aunque nuestras relaciones seguían siendo tensas.

Con Agnes fue distinto. Algunas veces, cuando levantaba la vista, la encontraba observándome. Pero ya no era aquella mirada petulante y misteriosa, sino más bien un aire de admiración. Empezó a acompañarme en las veladas en que cuidaba de mi marido, silenciosa y con un libro en el regazo. Después hacía por seguirme cuando tenía que salir a la modista o a una visita de cortesía. Y sin darme cuenta se convirtió en mi sombra, una silueta callada que estaba allá donde yo me dirigiera.

Cuando mi esposo estuvo restablecido volvimos a la Corte y retomé mi modo de vida de antes de partir. Muchas damas habían seguido la moda de prescindir del miriñaque bajo sus faldas y de no empolvar sus peinados. Me sorprendió, y en cierto modo sentí una íntima satisfacción. Fui recibida como una autoridad en asuntos de estilo e incluso María Antonieta empezó a preguntar mi parecer cuando trataba con su marchante de moda. Parecía que yo, la condesa de Chastell, había llegado a lo alto de mi posición social: admirada en la Corte, tenida en cuenta por la Reina e invitada asidua a las veladas nocturnas del Trianón, el palacio privado de María Antonieta donde solo acudían sus más íntimos. ¿Qué más podía pedirle a la vida? ¿Qué podía salir mal a partir de ahí? Podía pedirle lo único que me faltaba: auténtico y verdadero amor. Temblar de amor. Reír de amor. Sufrir de amor.

Armand parecía cambiado, aunque yo seguía sin fiarme de él. Conmigo era cortés y solícito, con aquella afectación que formaba parte de su educación. Hablábamos poco y siempre de temas banales, pero con una civilización que era cómoda para ambos. Sus ataques de ira parecían haber desaparecido y no volví a verlo probar el borgoña, que antes no dejaba de beber. Ya no pasaba las noches fuera de Palacio. Acudía conmigo a los juegos y se retiraba cuando yo lo hacía. Dormíamos en la misma cama, pero no me tocaba, con su enfermedad hubiera sido como si me rebanara el cuello con una daga. Lo más un casto beso de buenas noches en la frente. En cierto modo lo sentía como un viejo enemigo venido de la guerra que se recuperaba de sus heridas.

No tardé mucho en preguntarle. Armand intentaba elegir qué casaca ponerse entre las dos que le presentaba su valet, y Madeleine terminaba de peinarme.

—¿Tenemos una casa en Passy?

—Sí —contestó a secas mientras miraba dudoso ambas prendas.

Yo me coloqué un rizo detrás de la oreja, e hice como si aquello no fuera de mi incumbencia.

—¿Queda algo de mi dote?

Al final se decidió por una color verde intenso.

—Estoy haciendo inversiones.

No dijo nada más y salió de la habitación. Tampoco quise profundizar. De nada hubiera servido. Podía hacer con mi dinero lo que le viniera en gana.

Al fin tío Philippe regresó del Languedoc y, ante mi sorpresa, traía cartas de don Fernando.

El final del otoño había llegado repleto de malas noticias que habían tenido como detonante otro escándalo de la Reina, que a pesar de las terribles cosechas y la hambruna que se avecinaba, se había encargado cerca de doscientos vestidos nuevos para ese año.

La crisis financiera había empezado a abrumar Francia.

Fue a principios de ese diciembre preocupante, donde solo se hablaba de penurias, cuando la tía de mi marido, la princesa de Sansan, me encontró una mañana gélida leyendo una de las cartas de don Fernando que tío Philippe había traído desde el Languedoc.

Era un ato de doce, fechadas en los días siguientes a mi partida, una por cada uno de los doce que mi antiguo pretendiente permaneció en Montpellier. La primera tenía un tono formal y se preocupaba por mi marcha precipitada. En la segunda hablaba sobre la impresión que le había causado volver a verme. A partir de la tercera me declaraba su amor corté de una manera acalorada.

Señora, nunca imaginé la impresión que su presencia podía volver a provocarme. No consigo sacarla de mi mente. Se ha convertido en una visión divina que me deslumbra. Sueño con usted, desayuno con usted y me duermo imaginando que me ofrece su amistad. Solo eso deseo, una palabra amable, un gesto deferente que me anime a seguir. Una muestra de ligero afecto que alivie mi sufrimiento.

Reconozco que me sentía confundida y alagada, y había releído más de una vez aquellas cartas, quizá como un acto de vanidad. Don Fernando era lo más parecido a un amor que había experimentado hasta entonces, pues mi relación con mi esposo era meramente formal, y con Ethan… ¡Ni siquiera debía de estar su nombre escrito cerca de la palabra amor! Sin embargo, aunque solo unos años atrás yo habría sacrificado mi reputación y mi vida por don Fernando, ahora comprendía que solo fue un sueño de niña que tenía poco que ver con la mujer que era entonces y los sentimientos que me movían.

Mi antiguo pretendiente era tierno y expresivo, pero yo no albergaba ningún apego hacia él. Pensé en contestarle, pero la prudencia me aconsejó no dar alas a alguien a quien con toda probabilidad no volvería a ver, así que dejé aquellas cartas a buen recaudo como los restos amables de algo que pudo haber sido.

Cuando apareció la princesa sin anunciarse, como hacía habitualmente, cometí el error de esconder precipitadamente la carta bajo un pliegue de mi vestido, lo que no le pasó desapercibido.

—¿Noticias de un amante, querida? —dijo mientras se sentaba a mi lado.

Yo me ruboricé tan profundamente que di visos de verdad a algo que era incierto.

—No te incomodes —me tranquilizó—. Todo el mundo los tiene hoy en día. Mis amigas tienen amantes. Mi marido tiene una amante. Yo misma tengo un amante. Es de mal tono no tenerlo.

—Pues me temo que yo debo ser una excepción, tía —le dije recobrando la compostura y depositando la carta de don Fernando sobre la mesita de servicio—. Son solo noticias de un viejo amigo. Y yo no tengo amantes —aclaré.

—Por supuesto, querida. Pero al menos da a entender que lo tienes o dejarás de ser admirada en la Corte.

No atenerse a la etiqueta en Versalles era arriesgado, pero existía una serie de conductas en los cortesanos que contravenían el protocolo y aportaban un poco de interés a una vida aburrida y monótona, aunque deslumbrante. La etiqueta en el vestir era rígida y quien la contravenía podía ser expulsado de la Corte, sin embargo, las señoras nos arriesgábamos a transgredirla en pequeños detalles que si se aceptaban se convertían en una nueva moda. Lo mismo sucedía con los amantes. En tiempos de Luis XV era algo habitual, incluso obligado ya que el Rey las tenía a decenas. Pero su nieto, Luis XVI, era bastante más puritano que el abuelo. Se podían tener amantes mientras no hubiera escándalos y los rumores no dieran paso a hechos públicos. El caso de mi tía era el extremo: ser amante de un ministro de la iglesia y convivir con él como si se tratara de un matrimonio era del todo detestado por el Rey.

—Apenas puedo quedarme, pero me preguntaba qué planes albergas para mañana tras la cena, pues sé que no estarás de servicio con la Reina —me dijo la princesa, que siempre andaba con prisas.

—Pensaba pasear a caballo —le contesté.

—Pues tengo una propuesta interesante para ti.

Aquello me hizo sonreír.

—Me tiene intrigada.

—Dicen que has leído a los filósofos. ¿Es cierto?

—Esa habladuría no la voy a desmentir.

—Me agrada que una joven pase su tiempo en otra cosa que nos sean sedas y sombreros.

—También me ocupan mucho tiempo las nuevas modas, no quiero desatender mi lado frívolo, tía —le corregí de buen humor.

—¿Has visitado algún salón ilustrado?

—Nadie aprobaría que lo hiciera.

—¿Y desde cuando es eso un impedimento para ti?

Se puso de pie. Sus visitas siempre eran fugaces.

—Te recogeré a las cuatro —dijo como algo que no admitía réplica—. Iremos en mi coche. Aunque vayamos a una velada lleva un vestido de tarde sin exceso de adornos. Los burgueses llevan mal el aire aristocrático

—Ha conseguido intrigarme, tía —y era cierto—. ¿Debo preocuparme por mi reputación?

—Nunca, querida —afirmó—. De eso ya se preocupan los demás.

— CAPÍTULO 12 —

Estaba de moda decir que Versalles era aburrido.

El Rey era poco adicto a otra diversión que no fuera la caza y María Antonieta pasaba demasiado tiempo aislada con los suyos en su retiro de Trianón, por lo que la nobleza necesitaba nuevos alicientes con los que ocupar su ocio. El éxodo de Palacio era cada vez más notable. Si continuaba así la Corte pronto estaría desierta.

Toda esta peregrinación de aristócratas necesitados de entretenimiento la recibía de buen agrado la *ville*, como se conocía a París, que se estaba convirtiendo en el verdadero corazón de la vida social francesa. La nobleza se aburría cerca del Rey y muchos acudían a Palacio solo para los actos exigidos por la etiqueta. Tampoco estaba de moda retirarse a los apartados castillos estivales como antaño. La buena sociedad se congregaba en París y en sus salones.

Esta pasión por la cultura y la conversación ocurrente, hacía que fuera un momento extraordinario para ser joven y vivir en Francia. La *ville* era un hervidero de opiniones y rumores. Los salones nunca habían estado más animados, ni sus invitados más dispuestos a escuchar nuevas ideas. Estaban convencidos de que la cultura triunfaría sobre los prejuicios, la ignorancia y la brutalidad de los instintos.

Sin embargo, yo nunca había pisado uno de aquellos famosos salones ilustrados donde ahora se conversaba menos de cortesía y buen tono, y más de política y economía. Así que a una de aquellas reuniones filosóficas fue adonde me llevó la princesa de Sansan.

Siguiendo su consejo me atavié con un vestido sencillo de tafetán de seda marrón oscuro. Apenas joyas ni más adorno que los guantes. Encima un redingote del mismo color, cerrado con trabillas de estilo marcial. En la cabeza un sombrero de rafia, tan a la moda en aquel momento. Cuando me miré en el espejo me gustó el efecto: era sobrio, elegante, y me sentí superficial al complacerme porque aquellos aires austeros me sentaran bien al realzar el color de mi piel y de mis ojos.

Llegamos a lo hora acordada a la casa de la señora Helvecio, la viuda del filósofo.

Era mucho más espaciosa y elegante de lo que yo había imaginado. Un lacayo nos ayudó con la ropa de abrigo y nos dio paso al salón. Lo primero que me llamó la atención fueron los gatos. Los había por todas partes: acurrucados en los sillones, sobre el regazo de los invitados o paseando tranquilamente por el filo de las mesas. Todos eran de raza angora y estaban adornados con sedas y lazos. Ellos eran los verdaderos dueños de aquella residencia. Había bastante público, la mayoría caballeros que, o de pie o cómodamente sentados, hablaban animadamente. En una esquina se encontraba la señora Helvecio que al vernos aparecer vino a nuestro encuentro.

—Henriette —le dijo a mi tía política, dándole un beso con una familiaridad que me sorprendió—. Hoy no te esperaba.

—Te dije que vendría con mi sobrina.

Fui presentada como Isabel de Chastell. Nuestra anfitriona me dio un tierno abrazo y me tomó del brazo.

—Llámame Minette. Te buscaré un buen sitio.

Aquella camaradería me resultó excitante. Tía Margot había pasado de llamarme *madeimoselle* de Velasco a nombrarme únicamente como *condesa*. Solo pronunciaba mi nombre cuando debía amonestarme. Aquella naturalidad me recordó a España, donde todo era menos formal, más cercano.

Minette me presentó a varios caballeros, que se levantaron para saludarme. Me acomodé entre dos de ellos y me dediqué a observar, embelesada, cómo fluían las palabras para transformarse en ideas nunca antes oídas por mí. El ritual era curioso. Alguien se levantaba, argumentaba sus opiniones y los demás las ponían en cuestión. Todo con cortesía y buen tono, por supuesto. Hablaron de ideas nuevas y arriesgadas, como la abolición de la esclavitud, debate que arrancó tantos vítores como abucheos. También enumeraron una serie de derechos inalienables que cualquier hombre poseía desde su nacimiento, como la libertad, el derecho a la propiedad o a la seguridad, incuestionables e irrevocables.

Yo estaba entusiasmada, como un sediento que de repente encuentra una fuente inagotable. A pesar de ser versada en filosofía, algunas de aquellas ideas jamás me las había planteado. Sabía que en mis plantaciones de Santo Domingo trabajaban esclavos, pero era algo tan lejano que no me había supuesto ningún malestar hasta entonces. A partir de ese momento empezó a preocuparme y anoté mentalmente que debía de hablar con Armand a ese respecto y darles la libertad.

Entonces apareció un caballero al que no conocía y que llamaron Condorcet. Era un hombre de edad avanzada, de rostro asustadizo, frente prominente y rictus apretado. Pero cuando comenzó a hablar... aquel ser pequeño y huidizo decía que las mujeres teníamos derechos iguales a los hombres. «Derechos naturales», añadía, a pesar de lo que dijera Rousseau. Nos consideraba sometidas a una situación similar a la esclavitud de la que solo podíamos salir por medio del acceso a la educación y de la participación en la vida política.

Su intervención fue breve pero muy aplaudida, sobre todo por las pocas damas que ocupábamos el salón. Yo entre ellas. Cuando terminó se sentó al otro lado de la sala y yo me puse como objetivo conocerle.

Aquellas palabras fueron como un descubriendo para mí, y mientras otros invitados hacían su exposición, yo intentaba retenerlas, guardarlas en algún lugar secreto, lejos de la Corte, para poder rumiarlas y meditarlas.

Su breve intervención causó revuelo. Muchos de los asistentes estaban en contra. Argumentaban la débil condición física de las mujeres, el cuidado del hogar, la educación de los hijos. Si nosotras dejábamos las cocinas por las tribunas, ¿qué sería de la sociedad?

Terminamos con una sobrecena y le pedí a Minette que me sentara junto a Condorcet. Las ideas y los hombres no son una misma cosa, también lo aprendí esa noche. Sus palabras eran brillantes. Él era retraído y tímido, y hablar con una jovencita como yo no era de su agrado. Apenas cruzamos dos palabras y el maestro se enzarzó en un problema matemático con el comensal de enfrente. Aun así, me sentía feliz.

Aquel sí era mi mundo, y haría lo que fuera por permanecer en él.

Una semana después decidí volver.

La tía de mi marido estaba de viaje y a la señora de Épinay ni se me hubiera ocurrido pedirle que me acompañara. Me hubiera juzgado, y a pesar de que amaba las nuevas ideas, aquellas podían resultarle demasiado subversivas. Agnes hubiera salvaguardado mi reputación, pero seguía resultándome incómoda su compañía silenciosa, así que no le dije nada.

Decidí arriesgarme a ir sola en un carruaje pequeño. Sin doncella ni lacayo. Dejé dicho a Madeleine que me ausentaría hasta bien entrada la noche. Si me preguntaban a la vuelta siempre podría aducir que había ido a mirar nuevos tejidos o a arreglar alguna pieza a mi joyero.

El corazón me latía acelerado cuando llegué a casa de la señora Helvecio. No había sido invitada pero la princesa me había asegurado que, una vez presentada, las puertas estaban abiertas para cuando deseara asistir. Volví a vestir de la forma más sencilla posible lo que me hizo darme cuenta de que era una tarea complicada, pues casi todo mi guardarropa era de corte. Me puse un dos piezas con casaca y falda en tono oscuro que usaba para montar.

Minette me recibió con la misma amabilidad de la vez anterior. Me buscó un lugar donde sentarme que yo no utilicé y me presentó a los caballeros de alrededor. En esta ocasión yo quería sumergirme en aquel mundo extraño de ideas y palabras, no deseaba ser una mera espectadora. Había más hombres, también menos bordados, lo que significaba que la sesión de hoy estaba más radicalizada. Muchos burgueses y pocos nobles. Quizá únicamente yo.

Deambulé por el enorme salón. Cuando me acercaba a un grupo me saludaban gentilmente con una inclinación de cabeza, se apartaban para que yo pudiera unirme, y continuaban con la discusión. Yo permanecía junto a ellos un tiempo prudente, atenta y silenciosa, y después los abandonaba en busca de una nueva experiencia.

Fue entonces cuando reparé en él.

Hablaba animadamente con otros dos hombres, en una discusión cordial, aunque acalorada. Como siempre vestido de negro. El cabello sin peluca pero pulcramente recogido. El lóbulo horadado.

Ethan Laserre brillaba con luz propia en aquel entorno intelectual.

Aún no me había descubierto, por lo que permanecí quieta, observándolo desde la distancia. Aquel rictus amargo que siempre arrugaba su frente en mi presencia había desaparecido. A pesar de su agitación sonreía con frecuencia. Una sonrisa fresca y franca que transformaba su rostro y lo volvía luminoso. Había algo en él que conseguía atraparme. Quizá su determinación. Quizá su desprecio a las normas más elementales de mi sociedad. El corazón es extraño y el alma humana aún más.

Ethan giró la cabeza y entonces me vio. Contemplé cómo parpadeaba, incrédulo, cómo su frente volvía a fruncirse, y cómo regresaba a la conversación sin prestarme atención.

Me molestó más que si me hubiera insultado en público. Su arrogancia no conocía límites. Un caballero había comenzado su discurso por lo que volví al asiento que Minette me había asignado, y tomé la férrea decisión de no pensar en el maldito Laserre.

El debate de aquel día era mucho más enérgico. Hablaban sobre la deuda que asolaba la Corona, y las medidas que era necesario tomar. La mayoría estaba de acuerdo con que debían de ser la nobleza y el alto clero quienes socorrieran al estado con un canon por sus tierras y propiedades. Alguien dijo que debían de ser abolidos los títulos nobiliarios. Alguien más que también la monarquía, pues era solo un nido de parásitos. No me gustaba el tono ni el contenido. No se hablaba de libertad, sino de revolución, una palabra que había leído, pero que escuché por primera vez aquel día y en aquel salón.

A pesar de resistirme, me descubrí en dos ocasiones buscando a Ethan entre el público. Había desaparecido. No había rastro de él. Llegué a la conclusión de que yo le era tan aborrecible que había preferido marcharse antes que soportar mi presencia. Notaba cómo me indignaba por momentos, como si me hubiera sentado junto a una fuente y el agua empapara mi vestido poco a poco.

Decidí regresar a Palacio. El tono del debate era muy exaltado. Me despedí de Minette, que me dijo que volviera a visitarla, y fui a por mi abrigo. Mientras un lacayo iba en su busca una voz me sobresaltó.

—No esperaba verla de nuevo.

Ethan estaba apoyado en el marco de la puerta y me observaba de aquella forma petulante con que solía hacerlo todo. Aquella absoluta falta de urbanidad, el hecho de haberme ignorado hacía unos minutos y la impresión que tenía cada vez que hablaba con él de que yo formaba parte de un juego, no fueron suficientes para callarme.

—¿Tengo permiso para hablarle o seré reprendida por hacerlo? —le contesté con inquina.

—No sea niña.

Vino hacia mí caminando muy despacio, las manos a la espalda y aquella mirada azul y penetrante sin apartarse de mis ojos. Era un hombre seguro de sí mismo y sabía demostrarlo. Con él todas las argucias que había aprendido en Versalles no servían para nada. Decía lo que quería y cuando quería, y ni siquiera la diferencia de clase o de sexo podían detenerlo.

—Yo tampoco esperaba verle aquí —dije casi sin aliento cuando estuvo a mi lado. Tan cerca que sus piernas estaban en contacto con mi falda.

—¿En un salón ilustrado? ¿Tan inculto le parezco?

—Sabe que no quería decir eso.

—No conoce nada de mí, condesa. Hasta ahora solo he sido para usted alguien a quien recurrir cuando sus acomodados amigos no están disponibles.

—Eso es injusto. Me valora por los mismos prejuicios que me achaca a mí, señor.

Hizo una mueca parecida a una sonrisa.

—¿Qué tal está su esposo?

Que hablara de Armand me molestó. Quizá porque muy dentro de mí sabía que el espacio que Ethan ocupaba en mis pensamientos era inadecuado.

—Restablecido gracias a sus consejos —contesté.

—¿Sabe que su esposa frecuenta estos ambientes?

—No acostumbro a dar explicaciones de lo que hago, si a eso se refiere.

—Una mujer independiente —aplaudió de forma cínica—. Bravo.

—Noto cierta chanza en sus palabras. ¿Es una nueva forma de humillarme?

Ahora sí sonrió, de aquella manera franca y radiante que yo había atisbado antes, cuando estaba segura de que no me veía, y mi corazón revoloteó en mi pecho.

—Está equivocada, condesa. Yo no le desearía ningún mal.

—La última vez que nos vimos...

—Me sacó de quicio —no me dejó terminar.

—Le propuse que hiciéramos las paces —me impuse a su intención de no escucharme.

Él se lo pensó. A pesar de su cordialidad yo notaba cierta resistencia. Era como si conversar conmigo traicionara sólidos principios.

—Me parece buena idea —dijo al fin—, aunque dudo que usted y yo volvamos a vernos, a menos que siga frecuentando este tipo de salones tan inadecuados para una condesa.

—Nunca se sabe.

El lacayo volvió con mi capa. También con el sombrero y el abrigo de Ethan. Ambos permanecimos en silencio mientras nos lo colocábamos. Era una situación incómoda, como si faltaran palabras que era necesario decir.

—Tengo un coche en la puerta. Puedo llevarle —le dije cuando ya salíamos. Yo misma me sorprendí proponiendo aquello, pero no quería que de nuevo nuestra conversación terminara en una tirantez inacabada.

Él volvió a arrugar la frente. Al parecer yo no dejaba de desconcertarlo.

—¿No le importa que nos vean?

—Usted es un respetable médico y yo una respetable condesa —el corazón me latía con fuerza porque sabía que aquello era del todo inconveniente—. Habrá habladurías de una forma u otra.

Creo que Ethan estaba tan alterado como yo, sin embargo, hizo por disimular.

—Bravo —dijo al fin—. Logra sorprenderme de nuevo.

Mi carruaje nos esperaba en la puerta. El cochero me ayudó a subir y no hizo ningún gesto cuando Ethan se acomodó a mi lado. Me pregunté cuánto tiempo tardaría mi tía en enterarse de aquello. Él le dio la dirección y los caballos trotaron.

—¿Qué le ha parecido el debate de hoy? —me preguntó mientras las calles de París desfilaban ante nosotros.

—Un tanto agitado.

—¿No está de acuerdo con lo que se decía?

Le seguí el juego.

—¿Me reprenderá de nuevo si le digo que no?

—Voltaire dijo que, aunque no compartamos una idea, nuestro deber es defender con nuestra vida el derecho de otro a expresarla.

—También dijo que no siempre podemos agradar, pero siempre podemos tratar de ser agradables.

Ethan soltó una carcajada.

—Una estocada muy certera, condesa.

Su risa era alegre y espontánea. Pensé que era un sonido que me gustaría escuchar a menudo. Continuamos hablando sobre la velada. No recuerdo las palabras porque en aquel momento yo ya estaba prendada de los ojos de aquel hombre. La carroza se detuvo y yo lamenté que su casa no estuviera más apartada, en el fin del mundo. Con la luz del día aquel lugar parecía más agradable, más civilizado.

—Creo que hemos llegado —comenté lo evidente.

Él se humedeció los labios, pero no hizo por levantarse.

—Por desgracia me ha gustado verla de nuevo.

—¿Por desgracia? —pregunté extrañada.

Ethan se acercó, y me besó.

Tomó mis labios y mi boca y yo no supe oponer resistencia.

Cerré los ojos e intenté retener en mi memoria aquel instante. Era el segundo hombre que me besaba en mi vida, pero aquello no se parecía a nada que hubiera experimentado antes. Mi corazón, mi piel palpitaban con la misma frecuencia que sus labios. Noté el filo de su lengua abriéndose camino, ávida y devoradora. Dejándome sin aliento. A la vez todo en mí se convulsionaba. Comprendí que estaba en sus manos. Que podía avanzar si así lo deseaba pues no tenía fuerzas para detenerlo. Aprendí con aquel beso el verdadero significado del deseo. Todo mi cuerpo ardía con aquel contacto húmedo y lleno de vida.

Tal y como empezó, terminó.

Ethan se apartó y vi su mirada contrariada.

—Provoca en mí cosas extrañas —me dijo jadeante.

Sus mejillas estaban encendidas, y sus ojos. Con el envés de la mano se limpió los labios. Parecía tan excitado como yo. Tan asustado como yo.

No contesté. Estaba petrificada.

Bajó del carruaje y se colocó el tricornio. Su expresión volvía a ser igual de inaccesible que antes. Sentí que yo tenía la culpa de lo que acababa de suceder.

—No le recomiendo que suba a cualquiera en su carroza, condesa. La próxima vez podría tener dificultades para saber cuándo parar —me dijo con desprecio—. Aunque intente comportarme como un caballero sigo siendo un simple médico de provincias. Buenas noches.

Sin más desapareció en la fría humedad de la noche, dejándome con el corazón oprimido y la extraña sensación de que yo era la responsable de la infelicidad de aquel hombre.

Ethan no salía de mi mente. Ni el sabor de sus labios ni el tacto de su mano mientras sostenía mi nuca. Era como si me hubiera despertado. Como si toda mi vida pasada hasta ese momento hubiera sido un duermevela inconsistente y sin sentido.

Mi marido aún no había regresado cuando llegué a Palacio. Lo agradecí, porque me encontraba en tal estado de agitación que hubiera sido imposible de disimular. Ordené que me desvistieran deprisa y me metí en la cama. No pude dormir. Escuchaba el carillón de relojes lejanos, los pasos taimados en la galería, el repiqueteo de la lluvia sobre los cristales. La imagen de Ethan era tan persistente como un perfume embriagador. Aquel beso furtivo se repitió en mi cabeza mil veces. Y todas ellas fueron diferentes, con nuevos matices y emociones encontradas.

Cuando Armand llegó cerré los ojos y de nuevo hice la pantomima hasta que apagó la vela y reinó la penumbra.

Fue una noche acalorada, llena de sueños en los que Ethan era su protagonista.

Me levanté tan agitada como me había costado. Mientras Madeleine terminaba de vestirme yo pensaba en los acontecimientos de la noche anterior. Me había besado sin permiso y se había ido. Me había tratado como a una meretriz para desaparecer después en la oscuridad de su casa. El solo recuerdo de aquel beso precipitaba mi corazón. Por un lado, estaba llena de indignación: yo, una noble, una dama de la Reina tratada como una cualquiera por un plebeyo sin escrúpulos. ¿Cómo me había dejado seducir? ¿Cuándo había dado permiso para que sus labios se posaran sobre los míos? Pero por el otro estaba llena de deseo. Sí. Deseo. Me descubría imaginando cómo sería si Ethan no se hubiera detenido. Si me hubiera arrastrado hacia aquella estrecha casa donde vivía. Si hubiera terminado tan decididamente lo que empezó. Habría sido quizá mi ruina. No porque el escándalo, con aquellos pasos a zancadas con que solía sobrevenir, me hubiera alcanzado. Sino porque entonces yo estaría tremenda y perdidamente prendada de él.

Decidí sacar definitivamente a Ethan de mi cabeza como una medida de cordura. Sin embargo, en más de una ocasión me encontraba con la mente difusa pensado en él. En una de aquellas, María Antonieta exclamó que daba un *luis* de oro por los pensamientos de la condesa de Chastell. Yo me ruboricé y di pie a nuevos rumores sobre mí y mi vida misteriosa. Debía andarme con cuidado, pero en cambio no lo hice. Durante las dos semanas siguientes volví a frecuentar a hurtadillas el salón de la señora Helvecio. Me convencí a mí misma de que mi intención era cultivar mi espíritu, pero en verdad buscaba a Ethan. Me descubría en medio de las elocuciones indagando entre los presentes, atenta a la entrada del salón, y con el corazón encabritado cada vez que se anunciaba una nueva visita.

A la tercera semana recibí una misiva de tía Margot por medio de un paje. Me citaba para un paseo por la Gruta de los Baños de Apolo. Se trataba de una incorporación a los Jardines de Versalles que había sido construida después de su destierro de la Corte y ella aún no conocía. Mi tía y yo nos veíamos a menudo, a pesar de que mi puesto en Palacio y mis incursiones a París apenas me dejaban tiempo libre. Sin embargo, era extraño hacerlo fuera de los muros del castillo o de su casa en la villa.

Llegué puntual, pero la señora de Épinay ya estaba allí. Esta zona de los jardines tenía la originalidad de formar un bosque a la inglesa, donde la naturaleza parecía no haber sido domesticada. Se había construido una gruta artificial y dentro de ella estaban las esculturas de los caballos del Sol y de Apolo servido por las ninfas. Tía Margot me esperaba en el camino, al pie del estanque, muy abrigada con un redingote con las vueltas en piel y un sombrero también bordeado de visón. Hacía un frío terrible y el cielo estaba encapotado a pesar de que no había llovido en toda la jornada. Quizá lo desapacible hacía que el bosquecillo estuviera vacío a esa hora de la tarde, y entonces me di cuenta de que aquel encuentro no era baladí.

—Condesa, estás pálida —me dijo nada más verme aparecer—. ¿Te alimentas debidamente?

—Hoy ha sido un día ajetreado, tía —me excusé—. La Reina se ha mostrado furiosa por una nueva coplilla que ha llegado a sus oídos. Debe ser por eso.

Y era cierto. Los panfletos y las coplas que se componían sobre María Antonieta cada vez eran más ácidos y faltos de escrúpulos. En esta nueva composición que circulaba por la Corte la pintaban a ella y a su favorita, la duquesa de Polignac, sacando oro a manos llenas de los cofres del ministerio de Hacienda.

—Si Su Majestad sigue alterándose por estos asuntos en vez de mostrarse enérgica, terminará siendo rechazada incluso por los pocos que la apoyan.

—Dudo que eso suceda, tía. Sabe ganarse el favor de quienes la rodean.

—El favor de los demás dura tanto como fluya el oro, querida. Si la situación del tesoro continúa empeorando, el Rey tendrá que abolir pensiones y dádivas. Veremos a quién apoyarán entonces los que viven de ese presupuesto. Pero dejemos de hablar de política. Siempre termina cansándome. ¿Qué tal te encuentras últimamente? Cuando no estás con la Reina no hay forma de encontrarte en Palacio.

—He viajado a París —no quería mentirle, pero no le iba a poner fácil la verdad—. Tengo visitas que hacer, vestidos que probarme y guantes que elegir.

—Algunas de esas visitas han sido bastante inoportunas, según he oído.

Ahí estaba. Mi tía rara vez buscaba mi compañía si no tenía algo que reprocharme. A veces quería amonestarme porque no hacía más por estar cerca de la Reina. Otras porque evitaba algunas invitaciones a Trianón. Las más por una u otra menudencia que ella creía mejorable.

—¿He de hacer como que no sé de qué me habla, tía? —le pregunté con descaro.

—Querida, vivimos tiempos difíciles —continuó—. Algo tan inocente como visitar un salón filosófico puede ser tomado de muchas maneras. Al menos no eres tan imprudente como para concurrir al salón que recoge a los opositores a Luis XVI. Pero el de la señora Helvecio... —dudó—. Bueno, se dice que es demasiado radical. Una dama de la Reina no puede tener a disidentes entre sus amistades

—Son solo ideas, y no estoy de acuerdo con todas. Además, a ninguno de aquellos caballeros puedo tratarlo como amigo.

Tía Margot no contestó, y yo supe que ahora venía el comentario por el que yo estaba allí, a pesar de aquel frío que me hacía tiritar.

—Y de nuevo está el asunto de ese medicucho.

Ya lo había imaginado. Cuando el cochero había visto a Ethan subir al carruaje yo solo esperaba cuánto tiempo tardaría en contárselo a mí tía, que solía recompensar bien cualquier información. ¿También le había contado los minutos que había tardado en abandonar mi carroza? ¿Y cómo de azorado estaba mi rostro cuando al fin llegué a Versalles?

—Ese asunto no existe —me defendí.

—Isabel, todas hemos cometido locuras en nuestra juventud.

—Insisto, tía, solo nos hemos encontrado un par de veces y por casualidad.

Ella me tomó del brazo y continuamos paseando, una familiaridad muy poco acostumbrada en la señora de Épinay.

—Sé leer lo que no dicen las palabras, condesa —me dijo sin su habitual acritud—. Me he criado en una Corte donde las estocadas se daban con la lengua en vez de con la espada. Es necesario aprender a defenderse antes de que se fragüe el ultraje. Existe algo entre tú y ese galeno que no hay que ser muy avispada para darse cuenta.

Me solté de su brazo. Lo que estaba insinuando era lo que yo llevaba semanas temiendo de mí misma, por lo que me ofendía profundamente.

—No soy de ese tipo de mujeres, tía.

—Aún no. Pero si sigues viéndole te convertirás en una de ellas.

—¿Usted cree tener derecho a reprenderme por esto? —dije, refiriéndome a su relación con el arzobispo.

—No te recrimino porque ames a un hombre con el que no estás casada. Lo que hago es advertirte del juego peligroso en el que estás metida. Yo jugué con esos naipes, querida, y sigo pagando por cada decisión errónea. ¿Cuánto estás dispuesta a perder por unos minutos de placer? Un amante será aceptado por todos, pero alguien tan alejado de tu dignidad, un simple plebeyo, nunca. Si sigues con este capricho y se hace público…

—No le amo y no le he vuelto a verle —volví a defenderme.

—Si se hace público que la condesa de Chastell, una dama de la Corte, juguetea con un triste galeno que no tiene más mérito que su intención, serás el hazmerreír de Palacio y estarás perdida para siempre.

Lo peor de aquello era que mi tía tenía razón. Ya me lo habían dicho antes: no importaba demasiado tener amantes, pero mucho el origen de estos.

—Eso no va a suceder, tía.

Ella sonrió. Había empezado a chispear y si no volvíamos terminaríamos empapadas.

—Sé que es cruel lo que te pido, condesa. Pero nosotras no pertenecemos a nuestros sentimientos, sino a la posición que portamos al nacer.

—No volveré a verlo.

Varios criados ya se acercaban con un palanquín cubierto, y grandes parasoles embreados para protegernos de la lluvia.

—Espero que así sea, pues ese hombre es la herramienta con la que pueden destruirte si no tienes un cuidado extremo.

1787

— CAPÍTULO 13 —

Seguí revoloteando en aquella vida dorada que me provocaba un enorme vacío, mientras comprendía que cuanto más intentaba olvidar a Ethan Laserre más presente estaba él en mis pensamientos.

Decidí entregarme a los placeres que ofrecía la Corte. No como hasta entonces, con cierta cautela no exenta de desgana, sino como si fuera el agua de una fuente inagotable y yo una mujer sedienta hasta la extenuación.

Empecé a seguir de cerca las modas y costumbres de las damas más atrevidas. Solo encargaba vestidos confeccionados por los costosos talleres de Bertin, tantos que ni tenía tiempo de estrenarlos. Tenía dinero para gastar y lo demás no importaba. Exigí ser peinada únicamente por Lëonard, aunque tuviera que levantarme antes del alba para que el maestro pudiera atenderme. Abrí cuenta en las mejores joyerías de París y me hice asidua a los diamantes. Amueblé de nuevo mis aposentos y renové el tapizado de las paredes. Pedí a los sombrereros que me reservaran las plumas más costosas, las cintas más delicadas, los tocados más extravagantes. Gastaba en guantes perfumados tales cantidades de dinero que mi administrador incluyó una nota en mis balances diciendo; «¿Cuántas manos tiene la señora condesa?». No se lo tuve en cuenta.

Cuando nada de esto funcionó y la imagen de Ethan se negaba a abandonar mis sueños empecé a disfrutar de los innumerables traslados de la Corte, que hasta entonces había intentado evitar a toda costa.

Yo asistía a todos estos acontecimientos de la vida cortesana con una mezcla de devoción y desgana. Como si nada de lo que sucedía a mi alrededor pudiera afectarme. Era joven, tenía fortuna y posición, y la vida solo podía traerme grandes cosas. ¿Qué podía suceder? ¿Qué podía alejarnos de aquel mundo dorado para el que habíamos nacido y al que teníamos todos los derechos desde la cuna? Mi única desdicha era la imposibilidad de olvidar a aquel galeno silencioso que tuvo la osadía de arrancarme un beso.

Así se sucedían mis días, entre brillantes sedas de colores y el olor delicioso del éxito, sin darme cuenta de que el mundo se desmoronaba a mi alrededor a una velocidad que daba vértigo.

El invierno fue crudo y una de aquellas noches había caído una abundante nevada. El Estanque de los Suizos en Versalles se había helado y los jardines de Palacio eran una inmensa manta blanca que lo ocupaba todo.

—¿Asistirás esta noche a los juegos? —me preguntó mi marido mientras lo vestían.

—No lo sé. No me esperes si se hace tarde.

Nuestra relación seguía siendo poco más que cortés, aunque habíamos aprendido a tutearnos. Como había dicho antes, yo había perdonado, pero no olvidado, sus ofensas del pasado. Y él sabía que si volvíamos a nuestra intimidad conyugal yo podía quedar contagiada con su enfermedad, por lo que no lo había siquiera intentado.

Nos veíamos muy poco. Armand vagabundeaba por la Corte mientras yo atendía mis deberes con la Reina. De vez en cuando nos cruzábamos en público, pero como era de mal tono mostrarnos afecto, nos hacíamos una reverencia y cada uno seguía por su camino. Comíamos juntos solo los días que yo no tenía servicio, unas palabras atentas entre plato y plato, y era habitual que yo me retirara a dormir mientras él permanecía fumando en el gabinete. Las mañanas no eran mucho más fluidas. O Madeleine o su valet nos despertaban a la hora indicada. Cruzábamos una conversación vacía mientras nos acicalaban y volvíamos a desaparecer, o uno u otro.

—Voy a París —comentó al vuelo—. ¿Necesitas algo de la *ville*?

Era una fórmula de cortesía, por supuesto, pero también la primera vez que Armand abandonaba Versalles desde su restablecimiento, al menos que yo supiera.

—Gracias, pero creo que tengo todo lo que necesito.

No añadió nada más. Una reverencia y abandonó nuestros aposentos.

El fuego ardía fuerte en la chimenea y pedí a Madeleine que me abrigara pues el frío era intenso. Mientras me ajustaba un cálido cuello de piel vi que sus ojos estaban acuosos.

—¿Te encuentras bien? —le pregunté. Aquello era impropio de ella.

—Sí, señora. Es este mal tiempo.

Intentó disimular, pero una lágrima le resbaló por el pómulo.

—Cuéntame qué te sucede —le inquirí.

—No quiero importunarla.

—No pienso irme dejándote así —yo ya estaba vestida, pero me preocupaba que ella, una mujer discreta y callada, se encontrara en aquel estado. Serví una copa de agua y se la tendí—. Toma un poco. Te sentará bien.

Madeleine me miró contrariada. Era la primera vez en años que aquella barrera invisible que nos separaba se diluía. Se sentía incómoda, pero el peso que cargaba sobre sus hombros pudo más que su compostura.

—He recibido carta de un letrado, señora. Está escrita en nombre de mi hermano. Es el único que tengo y no sabe leer —bebió un largo trago—. Me dice que los han echado a la calle. A él, a su esposa y a su hija.

Ignoraba que Madeleine tuviera hermanos. De hecho, no sabía nada de aquella mujer. Me despertaba cada mañana, se ocupaba de mi ropa y de mis joyas, atendía a las costureras y a los lacayos, cuidaba de que todo estuviera en orden y era la última que me deseaba buenas noches. Y en cambio yo no sabía de ella, ni de dónde procedía, ni si tenía familia o pasaba por apuros de algún tipo. Aquel descubrimiento hizo que me sintiera acongojada conmigo misma. ¿Cómo podía haber sido tan egoísta?

—Es terrible lo que le ha pasado a tu hermano —dije tendiéndole mi pañuelo.

—Ha sido un mal año de cosechas, señora. Y encima el granizo ha perdido lo poco que había brotado de la tierra —suspiró—. No ha podido pagar las rentas y el señor arzobispo no ha tenido más remedio que expulsarlos.

Intenté visualizar aquella imagen y un escalofrío me recorrió la espalda. Una familia expulsada de las tierras que quizá ya labraran sus abuelos por un mal año de siembra.

—¿Dónde están viviendo ahora?

—No lo sé. En la calle. Mendigando lo que les quieran dar. El letrado dice que desean ir a París, pero allí solo encontrarán miseria, señora —volvió a suspirar—. Yo ya les mandé todos mis ahorros, pero se los comió aquella mala tierra. Y hoy, con esta nevada... —volvió a sollozar—, no he podido evitar pensar en el frío que estará pasando mi pobre sobrina.

La abracé a pesar de que se resistió; había sido educada con un marcado sentido de dónde estaban nuestras diferencias. Madeleine dejó escapar toda aquella frustración en forma de un largo y ahogado sollozo sobre mi hombro.

—¿Por qué no me lo has contado antes? —le pregunté.

—No quería preocuparos, señora.

La dejé un momento y fui hasta mi escritorio. Tomé papel y pluma y escribí una carta concisa, con órdenes muy claras, y se la tendí.

—Llévala ahora mismo a mi administrador —indiqué—. Le ordeno que pague las deudas de tu hermano y le sean entregadas doscientas libras para que puedan pasar el invierno sin estrecheces. Que tu familia decida si quiere empezar su vida en otro lugar o volver a sus tierras. También ordeno que ofrezca a tu sobrina un puesto en mi casa, si es de su agrado, por supuesto. Será una boca menos que alimentar para él, y ella tendrá la oportunidad de un futuro cómodo.

—¡Señora!

Madeleine cayó de rodillas y me besó el bajo del vestido. Me sentí incómoda a pesar de que era un gesto de gratitud que yo misma hacía con la Reina. Sin embargo, la perspectiva era tan distinta: yo reverenciaba porque así lo marcaba la estereotipada etiqueta de Palacio. Ella lo hacía para agradecerme que hubiera salvado la vida de su familia. La ayudé a incorporarse.

—Transmite mis mejores deseos a tu hermano —le dije intentando recobrar la compostura—. Hoy no te necesitaré. Tómate el día libre para poder hablar con mi administrador, escribirles a los tuyos y serenarte.

Volvió a darme las gracias y al fin conseguí que se marchara.

Había un gran vacío dentro de mí cuando Madeleine salió de mi antecámara. Mi atenta doncella había guardado silencio, no sabía desde cuándo, para no distraerme de mis placeres. ¿Esa era la imagen que yo transmitía incluso a las personas más cercanas? Si era así me repugnaba.

Ni siquiera lo pensé. Pedí a un paje que me acompañara y fui en busca de tío Philippe. Había empezado a nevar y el frío se colaba a través del cristal de mi carroza. La casa de mis tíos no estaba lejos, en la *rue* de Saint Cloud. Ni siquiera sabía si lo encontraría allí. La señora de Épinay había ido a visitar a Charlotte, pero mi tío casi nunca la acompañaba. A él apenas lo veíamos en los últimos tiempos. Estaba decididamente dedicado a la política. Decían que había vuelto a usar sus vestiduras eclesiásticas y que ahora mostraba una actitud más pía. Yo creía conocerlo bien, y sospechaba que aquello no era más que la postura adecuada para lograr sus objetivos. Cuando me anuncié tuve la sorpresa de que se encontraba en casa y no esperaba visita.

Me recibió en la biblioteca. Parecía risueño y en absoluto vestía de clérigo.

—Querida niña —se levantó de su diván para besarme la mano—. Nada me podía ser más grato esta mañana.

Yo estaba decidida, enojada, y lo solté de un tirón sin darle tiempo a reaccionar.

—Quiero que le devuelva sus tierras y me prometa que no volverán a ser expulsados.

Tío Philippe me miró contrariado.

—Creo que me he perdido algo, querida.

Él era el arrendador de vastos territorios y de la mayoría de las familias que trabajaban en su casa. Lo sabía porque mi tía me lo había referido en alguna ocasión,

—El hermano de Madeleine —dije tan crispada que me dolía la mandíbula—. Lo han echado como a un perro por no poder pagarle las rentas.

Mi tío me miró asombrado.

—Querida, no sé nada de esos asuntos. Hay un capataz y un administrador que se encargan de los labriegos. Pero si lo que dices es cierto me resulta muy perturbador.

Yo no quería ceder.

—¿Lo hará? ¿Hará lo que le pido, tío?

—Por supuesto —su rostro volvió a ser el de siempre, astuto y sonriente—. ¿Qué puedo negarte?

Me sentí satisfecha y más tranquila. Al menos podría esa tarde ofrecerle a Madeleine la tranquilidad de que su familia, en un futuro, no sería de nuevo arrojada a la calle.

—Disculpe mis maneras —dije al fin, aceptando el asiento que mi tío me ofrecía. Me había conmovido la facilidad con que había cedido a mis deseos. También me di cuenta del aprecio que le seguía teniendo a aquel viejo truhan—. Le echaba de menos, tío.

—Y yo a ti, mi pequeña condesa, aunque me preguntaba…

—¿Qué se preguntaba?

—Me preguntaba si puedo contar contigo.

Me extrañó su respuesta.

—Desde luego, tío, pero ignoro en qué podría serle yo útil.

Se levantó y paseó por la estancia con las manos en la espalda. Parecía más cansado, aunque el brillo de sus ojos desmentía cualquier desánimo.

—¿Qué relación tienes con tu familia política? —me preguntó—. Sé que no es buena, pero ignoro hasta qué punto está deteriorada.

—¿Con los Sabran? —me extrañó, ya que nunca se había metido en aquellos asuntos—. No va más allá de la cortesía.

—Necesitaría que te acercaras a ellos. Que puedan confiar en ti.

—Sabe que me detestan, ¿verdad?

—Sabrán olvidarlo. Ellos son diferentes a nosotros. Es normal que se sientan ofendidos.

Su explicación me resultó llena de incógnitas.

—¿Diferentes? ¿Ofendidos?

—No lo tomes a mal. Nosotros somos la nobleza ilustrada, querida. Tú has bebido de mi biblioteca, conversado con mis amigos. La gente como tú o como yo, creemos que Francia necesita reformas si quiere salir del caos financiero, y para que eso suceda todos debemos ceder en algo. Los Sabran, a pesar de ser unos advenedizos, representan a los aristócratas inmovilistas. Siguen apegados a las antiguas tradiciones. Creen que todo debe seguir igual que lo ha estado siempre, sin comprender que ya nada es como antes. Por eso se sienten ofendidos.

Sentí cierta satisfacción al verme incluida en un bando que no me era del todo desagradable.

—Habla usted de política —le dije.

Mi tío se acercó y se sentó frente a mí. Había cierta jactancia en su actitud que yo conocía muy bien.

—He sido elegido por Su Majestad como uno de los miembros de la Asamblea de Notables. Yo y mis colegas nos encargaremos de proponer las reformas que necesita el Reino —me confesó como un niño confiesa un premio inmerecido.

Sonreí, aunque no daba crédito a mis oídos. Hasta hacía muy poco el arzobispo no era bien visto en Versalles. ¿Cómo había sido tan ágil para alcanzar aquel honor?

—¿Debo felicitarle? —le pregunté.

—No lo sé, querida. Aún no he aceptado. Eso implicará recepciones, cenas y todo tipo de actos sociales que es necesario representar.

Que mi tío me contara aquello era inaudito. Solo había una razón: que yo formara parte de un plan que ya se hubiera tejido en su cabeza.

—¿Y en qué puedo serle útil? —pregunté de la forma más inocente posible.

Él se acercó un poco más a mí.

—Verás, querida. Es del todo incomprensible que cuando el arzobispo de Carcassonne invite a su salón este sea atendido por alguien inapropiado.

Supe que se refería a tía Margot, y a la relación escandalosa que ambos mantenían. Muy posiblemente, entre las condiciones que le había impuesto el Rey, estaba que guardara al menos decoro público en su convivencia con la señora de Épinay.

—¿Y? —respondí.

—Quiero que tú hagas de anfitriona.

Reconozco que me impactó la oferta. Supondría recibir a lo más importante de la Corte y del Gobierno. A los miembros del parlamento, a los príncipes eclesiásticos y a los pares de Francia. ¿Estaría capacitada para ello? No lo sabía, pero sí que mi cabeza estaría constantemente ocupada y no habría cabida para Ethan Laserre.

—Sería un honor, tío —le contesté—, pero no sé si sabré hacerlo.

—Por supuesto —dijo dando una palmada al aire—. Eres una de las damas más admiradas de la Corte, tienes ascendencia sobre la Reina y eres familia de los Sabran, lo que aporta un encantador aire conciliador. Eres perfecta.

Sonreí. No estaba tan segura de ello.

—Si me lo pide así, lo haré.

Mi tío me observó con aquella mirada analítica que podía desvelar las verdades mejor escondidas.

—No te veo entusiasmada, querida —me dijo.

—Quizá ya pocas cosas me entusiasmen, tío —respondí—. Pero si esto le hace feliz yo también lo seré.

La sobrina de Madeleine, Claire, entró a mi servicio unas semanas más tarde como segunda doncella. Yo en verdad no la necesitaba, pero supe que aquella decisión hacía feliz a su tía.

Era una muchacha de mi misma edad, rubia, callada, y muy trabajadora. Me extrañó que no estuviera casada, pero según me dijo no tenía dote ni era bonita, por lo que ninguno de los jóvenes de su entorno estaban interesados. Me acordé de las palabras de Condorcet. ¿Vería yo el día en el que las mujeres tuviéramos el derecho a decidir por nosotras mismas? ¿Qué hubiera sido de mí si mis padres no me hubieran legado una gran fortuna? Y, aun así, ¿qué era yo sino la herramienta de una familia aristocrática para prosperar en la Corte?

Mi acercamiento a la familia de Armand siguió las pautas que me marcó tío Philippe. Primero envié regalos. A Agnes unos pendientes de brillantes y a mi suegra una pareja de manguitos de piel perfumada. Mi cuñada y yo seguíamos viéndonos a menudo, pero aquello no podía considerarse una amistad. Ella permanecía silenciosa a mi lado, como la sombra de una columna, y yo me acostumbré a hacer mi vida como si no existiera. El arzobispo me dijo que la marquesa no resistiría la curiosidad y así fue.

Vinieron a visitarme al día siguiente. La Corte me había enseñado el juego de la mentira. Fui atenta, cariñosa, expresiva, y les reprendí por no acompañarnos más a menudo. Mi suegra no tenía nada de ingenua y creo que desde el principio supo qué me traía entre manos. Pero como le convenía, pues el arzobispo ostentaba ahora una dignidad que lo colocaba por encima de ellos, interpretó su papel tan falsamente como yo. Si durante meses apenas nos habíamos dirigido la palabra, aquel día nos despedimos como las mejores amigas, lanzando promesas al aire de un futuro inmejorable.

Cuando la puerta se cerró tras ellas, caí sobre un sillón riendo a carcajadas, lo que contagié sin quererlo a Claire. En cierto modo era un triunfo, pero no sobre ellas, sino sobre mi voluntad. Notaba cómo aquella niña rebelde e intransigente que siempre había sido se iba convirtiendo en una mujer capaz de ceder a la soberbia para alcanzar sus propias metas.

La Asamblea de Notables se inauguró al fin a principios de febrero y a la par comenzaron las comidas en casa de mis tíos, donde yo actuaba de anfitriona bajo la atenta mirada de la señora de Épinay, que lo supervisaba todo y me aportaba las claves para tratar a tal o cual invitado. Ella estaba cómoda con su papel en las sombras. Sentada como una comensal más, no perdía detalle de lo que sucedía en la mesa. Con los miembros del parlamento de París me dijo que estuviera especialmente atenta y les diera el trato que le daría a un príncipe, pues gustaban de esas lisonjas. A los acaudalados burgueses me aconsejó que los tratara con familiaridad, para que en todo momento tuvieran la ilusión de que pertenecíamos al mismo estamento. Con los príncipes de la sangre me pidió que tuviera especial cuidado, pues eran puntillosos con los detalles y se ofendían con facilidad.

Yo ocupaba la cabecera de una mesa donde se sentaban las personas más influyentes de Francia y hacía porque todos estuvieran a gusto. Aprecié enormemente las indicaciones de mi tía y me di cuenta de que no había errado en ninguna. Cuando tenía dudas la miraba con disimulo y ella me hacía un gesto que clarificaba al instante mi indecisión. Mis suegros eran asistentes habituales a estas veladas y ahora dábamos la imagen de ser la familia más unida de Francia. Armand aparecía pocas veces, y Agnes solo en un par de ocasiones. Al terminar la cena los caballeros pasaban a la biblioteca para hablar de política y las damas tomábamos un licor en el salón. Entonces yo tocaba el piano, cantaba algunas arias de las óperas de moda o hacía que nos leyeran las revistas que llegaban desde París.

De madrugada la reunión se disolvía y según el aspecto de mi tío yo intuía si se había llegado o no a acuerdos. Volvía a mis apartamentos cansada pero satisfecha, y aunque al día siguiente tenía que madrugar no me costaba pereza hacerlo. Era entonces cuando Ethan Laserre volvía a mi cabeza: su imagen aguerrida y petulante, su lenguaje directo, sin florituras, y el tacto de sus labios que quemaba mi piel incluso en sueños.

Así pasaban los días, mientras los Notables se reunían una y otra vez sin lograr avanzar en los puntos principales.

María Antonieta seguía siendo objeto de todas las iras, hasta tal punto que los subversivos estaban en su propia casa. Una mañana, cuando atravesábamos la antecámara del Rey para acompañarlo a la capilla, un músico de Palacio de atrevió a decir en voz alta que las reinas deberían dedicarse a la costura, y no meterse en asuntos de estado. Ella no se atrevió a replicar, a pesar de que lo había oído con tanta claridad como yo misma. Tenía miedo, algo que hasta entonces estaba fuera del espectro vital de la Corona.

Y mientras tanto, el precio del trigo continuaba subiendo.

— CAPÍTULO 14 —

En primavera fuimos a pasar una temporada a Saclay, y los Sabran nos acompañaron. A pesar de todo lo que había llegado a detestar aquella finca cuando llegué a Francia, atravesar de nuevo el Puente de los Vientos fue como volver a un hogar donde me esperaba el fuego encendido. Siguiendo una costumbre ancestral, los lacayos y doncellas se apearon de las carrozas para cruzar a pie por el lado descubierto mientras los señores lo hacíamos, con toda la pompa, bajo el pabellón porticado del puente.

Incluir en nuestro viaje a mi familia política había sido idea de tío Philippe, que seguía queriendo encontrar un punto de encuentro entre las posturas más liberales y las más conservadoras de la nobleza.

Mi tía había preparado toda una serie de entretenimientos campestres para nuestra visita. Si la Reina tenía su propia aldea en Versalles donde le gustaba hacer de campesina, nosotros pasearíamos por el campo ataviadas con muselina y sombreros de paja, y ordeñaríamos las ovejas de nuestros aparceros.

Desde nuestra boda yo no pasaba tanto tiempo junto a Armand. Seguía siendo un joven guapo y gallardo, extremadamente refinado y distante. Había nacido para ser un cortesano, lo habían educado para navegar en las aguas turbulentas de Palacio y ejercía su cometido con total devoción. Solo su frialdad era un contrapunto al estilo de vida ocurrente que exigía la etiqueta. Pocas veces le había visto sonreír. Era indiferente a todo, ya fueran los fastuosos juegos de artificios en la onomástica del Rey o las desgracias de un amigo cercano que se lamentaba de su amarga fortuna. Lo único que le preocupaba era su aspecto, las carreras de caballos, y que sus necesidades económicas estuvieran satisfechas al punto. Yo ignoraba en qué situación financiera nos encontrábamos. Tampoco sabía si se habían seguido vendiendo mis propiedades o si ahora éramos dueños de bosques y castillos franceses. Tenía prohibido tratar de estos temas con mi administrador. A lo más que podía llegar era a solicitarle lo que necesitara y a recibir una memoria anual con mis gastos personales.

En aquel viaje intenté cierto acercamiento con mi esposo, pues prefería que fuéramos buenos amigos a meros conocidos, pero él no estaba muy dispuesto. No se quejó en ningún momento, pero mientras nosotras pasábamos las mañanas paseando por el campo recogiendo flores, y mi tío y mi suegro hablando de política, él se quedaba sentado bajo el gran roble con la mirada perdida en ningún sitio.

Un día amaneció lluvioso y solo yo tuve ganas de salir aprovechando un claro de nubes. Agnes quiso acompañarme y a mí no me pareció mal, aunque sabía que iba a ser lo mismo que estar a solas. A mitad de camino pasó algo inaudito: mi cuñada me habló.

—¿Cómo lo consigues? —preguntó.

—No comprendo a qué te refieres.

—¿Cómo consigues hacer lo que te place y que todos lo acepten?

No supe cómo tomarlo. ¿Estaba intentando ofenderme o era una especie de cumplido? Preferí pensar bien de ella.

—Intento descubrir qué es justo y qué no, y actuar en consecuencia.

Meditó mi respuesta. Vi cómo sus ojos se concentraban en un punto más allá de los árboles mientras pensaba.

—Si tú no hubieras aparecido en nuestras vidas yo estaría en compañía de la Reina —me dijo—. Aún me tiemblan las piernas solo de pensarlo. Cuando te retiraste al Languedoc y tuve que ocupar tu puesto… lloraba cada noche al pensar que amanecería de nuevo y yo tendría otra vez que representar un papel para el que no estaba preparada.

Me sorprendió su declaración, pues estaba convencida de que una de las razones por las que mi cuñada me detestaba era por haberle arrebatado aquel derecho que creía suyo.

—Nunca imaginé algo así de ti —le contesté—. Siempre me has parecido una mujer que sabe lo que quiere.

Permaneció en silencio durante unos minutos, caminando una al lado de la otra por los campos cuajados de lirios. A nuestro alrededor el trino de los pájaros y muy lejos el tronar de una tormenta de primavera que se acercaba.

—Quiero escapar de todo esto —dijo al fin.

Me recordó a mí misma. Yo también lo había deseado. De hecho, lo había llevado a cabo con la mala fortuna de ser descubierta.

—En eso no puedo ayudarte —le confesé—. Yo estoy atada por las mismas cadenas que tú.

—Sin embargo, haces como si no existieran.

—Pero pesan, mi querida amiga. Siempre están ahí.

Hablamos poco más de aquello. Comenzó a chispear y tuvimos que volver corriendo sobre nuestros pasos. Mi cuñada no era muy expresiva, pero la idea que yo tenía de ella se suavizó tras aquellas palabras. A partir de ese momento empecé a apreciarla, y cuando me acompañaba disfrutaba de su callada presencia.

Parte de las obligaciones de mi tío era agasajar a las autoridades locales cuando estaba de visita en Saclay. Se preparó un almuerzo en el que fueron invitados el párroco y el alcalde, y algunos miembros de la nobleza rural. Mi tía ponía especial cuidado en estas reuniones para no ofender a nadie. Se vestía de forma sencilla, llamaba a cada uno por su nombre, aunque con el mayor respeto, preguntaba por sus parientes, y en todo momento daba muestras de que, a pesar de ocupar posiciones muy alejadas en la sociedad, pertenecían a un mismo mundo. Estas obligaciones para con los que, de alguna manera, estaban bajo su manto, eran un deber sagrado.

La marquesa de Sabran, en cambio, no perdía oportunidad de deslumbrar y se arregló para un almuerzo campestre como si fuera a una Coronación. Estos desajustes intenté yo remediarlos imitando a mi tía, y siendo lo más modesta posible en todo momento. Para aquellos sencillos burgueses almorzar junto a una dama de la Reina era un acontecimiento que contarían por generaciones y llovieron todo tipo de preguntas sobre las costumbres reales, la etiqueta y el carácter de la Soberana. Yo respondí a todas, ensalzando las virtudes de la Reina y desterrando cualquier idea perniciosa sobre su persona. Los Sabran perdieron el interés de inmediato. Eran gente demasiado sencilla para ellos, de los que no podían sacar nada.

En algún momento de los postres, la conversación tornó por un terreno inesperado.

—¿Recuerda al joven Laserre, monseñor? —preguntó el párroco inclinándose sobre mi tío.

—¿El hijo de mi médico?
—El mismo. Su padre está muy preocupado.
Yo agucé el oído. Escuchar que hablaban de él había acelerado el ritmo de mi corazón.
—Me pareció un muchacho prometedor —respondió mi tío—. Creo que iba a heredar la consulta de su padre.
—Se marchó a París y al parecer frecuenta malas compañías.
—Es joven. Todos hemos cometido locuras.
—No me refiero a mujeres, monseñor. Se rumorea que abraza ideas peligrosas.
Miré a mi tía. Estaba tan pendiente de aquella conversación como yo misma, aunque nadie lo diría. En ese momento levantó la cabeza y nuestros ojos se cruzaron. Leí la advertencia: Ten cuidado, ya ves con qué tipo de hombre te estabas relacionando.
—¿Un disidente? —preguntó el arzobispo bastante sorprendido—. Es una pena. Parecía un joven tan capaz.
—Su padre le tiene a usted un gran respeto, monseñor.
—¿Crees que debo intervenir?
—El viejo doctor Laserre nunca se lo pediría, pero pocas cosas lograrían serenarle más.
Yo notaba la garganta seca. O mi tío era un excelente actor o la señora no le había contado lo nuestro. En cierto modo tuve ganas de reír. Acababa de llamar «lo nuestro» a algo inexistente. Que mi tía hubiera guardado para sí mi trato con Ethan me sorprendió. Volví a mirarla. Hacía como si nada, pendiente de una guinda que se resistía en su plato, pero yo sabía que no perdía detalle de la conversación que se desarrollaba unos asientos más allá.

—Cuando regrese a París intentaré hablar con él —terció tío Philippe—. Aunque no te prometo nada. Cuando lo conocí me pareció un joven difícil de convencer.

—Se lo agradezco, monseñor —el párroco hizo una ligera reverencia—. Esperaré sus noticias.

Yo permanecí callada, intentando digerir el significado de aquello. Mi tío iba a hablar con Ethan Laserre y quizá nos encontráramos de nuevo. Sonreí sin darme cuenta, y cuando levanté de nuevo la cabeza me crucé con los ojos helados de mi esposo, que me miraba de una manera que me sobrecogió.

En junio la Corte se vistió de luto. Los Reyes de púrpura, como correspondía a su dignidad.

La princesa Sofía, sin haber cumplido el año de vida, falleció de tuberculosis.

María Antonieta quedó destrozada. Lloraba día y noche y no quería abandonar el Trianón a pesar de que se la reclamaba en la Corte para el duelo oficial. Fue tanto su dolor que el Rey decidió instalar allí mismo la capilla ardiente, y los dignatarios tuvieron que desplazarse para presentar sus respetos en un lugar del todo desacostumbrado.

Se emitió un edicto que suspendía los actos públicos por un tiempo y la mayoría de las damas fuimos excusadas de presentarnos ante la Reina mientras durara el luto. No había funciones de teatro ni juegos de cartas ni se podía tocar música durante las comidas reales. También se suspendió la recepción de los domingos lo que levantó muchas quejas de los viejos aristócratas.

En varias ocasiones intenté visitar a María Antonieta, pero no me fue permitido el acceso. Solo los amigos más cercanos a la Reina podían acompañarla durante el duelo, y yo no pertenecía a su círculo más íntimo. Versalles, ya de por sí casi desierto a causa de lo que llamaban «los desplantes de la Reina», se volvió frío y gris. Los grandes salones estaban vacíos y el parque solitario se llenaba de sombras agoreras. Fue una época en la que visitaba continuamente a mis tíos, pues la princesa de Sansan, que solía hacerme compañía, estaba tomando las aguas fuera de París.

Reconozco que incluso en momento tan delicado, aquellas visitas no eran del todo inocentes. Sabía que tío Philippe iba a entrevistarse con Ethan y albergaba la esperanza de que me contara, sin yo preguntar, cómo se había desarrollado el encuentro.

Una de aquellas veces, mientras dejaba mi abrigo y mi sombrero, vi a Ethan.

Estaba en el despacho de mi tío, pues no había cerrado del todo la puerta. De pie, con las manos a la espalda y una expresión adusta en el rostro. Mi corazón lo reconoció antes que yo, pues empezó a latir con fuerza sin que yo terminara de identificar aquel medio perfil. Temí que me viera. Deseé que me viera. Yo podía entrar en aquella estancia si me placía. En casa de mis tíos me comportaba como en la mía, pero qué impresión causaría. Y lo que aún era peor, qué efecto me provocaría tenerlo otra vez de frente. Me demoré tanto como pude mientras el lacayo esperaba a que me quitara los guantes. En verdad nunca había imaginado que mi tío lo convocaría en su propia casa. Había esperado que aquel encuentro fuera en París, al amparo de una carroza sin emblema donde no pudiera ser reconocido. Si en verdad Ethan llevaba a cabo actividades subversivas, ahora todo el mundo sabría que había estado en aquella casa.

Ethan Laserre seguía manteniendo su atractivo intacto. Frente a mí estaba el perfil donde llevaba el arete de plata. El cabello mal recogido, y la casaca de paño oscuro impecable, como siempre. Ni adornos ni bordados. Nada que pudiera parecer que la vida era un motivo para disfrutar.

Yo estaba nerviosa. No sabía qué hacer. Pregunté por mi tía. Se encontraba en misa. El mayordomo me ofreció una limonada que rechacé. Podía esperar en la biblioteca. Tío Philippe siempre tenía nuevas adquisiciones que ojear, pero no lo hice. Sin pensarlo atravesé el vestíbulo y entré en el despacho.

—Lo siento, tío, pensé que estaba solo —exclamé intentando que no me temblaran los labios.

Los dos hombres se volvieron hacia mí, pero yo no miré a Ethan.

Mi tío, que estaba sentado tras su mesa, se levantó de inmediato y me recibió con una sonrisa.

—Querida. No te esperaba —se volvió hacia su invitado—. No sé si recordarás al doctor Laserre. Fue quien me salvó la vida.

Entonces me armé de valor y me giré hacia él. Enfrentarme a sus ojos me provocó aquel escalofrío que me atenazaba la espalda. Eran tan azules que parecían transparentes. Por supuesto me miraba con la frente fruncida, y algo en ellos que me intentaba recriminar cualquier cosa.

—Por supuesto —dije con una ligera reverencia, aunque sin acercarme a donde estaba.

—Condesa —él apenas inclinó la cabeza.

—Llegas justo cuando nuestro querido amigo ha rechazado mi invitación a comer conmigo —intervino mi tío—, pero tú puedes acompañarme.

En cierto modo agradecí que se marchara. Su presencia me turbaba y no estaba muy segura si delante de mi tío sabría disimular aquella extraña sensación que me provocaba.

Ethan no tenía intención de permanecer ni un instante más allí. Se despidió del arzobispo de forma distante pero cordial, lo que me dio a entender que la entrevista no había sido tan cruda como había imaginado. Cuando pasó a mi lado sentí su presencia como las corrientes eléctricas que había leído en los libros de física de aquella casa. Eso era lo que provocaba aquel hombre en mí: una sensación desconocida que me llenaba de perplejidad.

—Espero que todo haya ido bien, doctor —le dije cuando pasaba junto a mí, camino del vestíbulo.

Pero él simplemente inclinó la cabeza, me miró apenas de una forma hiriente y desagradable, y siguió su camino sin dirigirme la palabra. Otra vez tuve aquella sensación de culpa. Como si yo provocara en él un malestar difícil de reparar.

Su mala educación, o el intento consciente de hacerme pagar una expiación desconocida por mí, conseguían enervarme de tal forma que tuve que disimular para que mi tío no se percatara.

Acompañé a tío Philippe y antes de que la señora regresara de misa logré que me contara su entrevista. Según él, Ethan estaba del todo perdido. Había abrazado las ideas más radicales. Tanto que si lo que ellos habían hablado se hiciera público el joven médico no tardaría en ser apresado. Aquello me llenó de temor, pero mi tío me aseguró que no sería él quien lo denunciara. Aún le debía su vida y no había tenido ocasión de devolver el favor.

Poco más pudimos conversar porque tía Margot regresó y yo los acompañé en la comida. De nuevo mi corazón era un mar de dudas. Por un lado, volvía a renacer aquella pasión innoble por un hombre que no me merecía ni por su comportamiento ni por su posición. Y por otro mi mente racional me impelía a que me alejara de él todo lo posible, pues solo podría traerme desdichas.

Regresé a Palacio bastante tarde. Cansada y con la única intención de olvidarme de todo.

—Señora —Madeleine y su sobrina me esperaban tras la puerta—, está en su antecámara y no se encuentra de buen humor.

No tuve que preguntar. Temía saber a quién se referían.

Mi marido estaba medio tumbado en uno de los pequeños sillones. Sin casaca de luto ni chaleco. Tampoco peluca, que parecía un despojo en otro de los asientos. Tenía la mirada vidriosa y aquel rictus en el rostro que tan bien conocía y que creía perdido para siempre.

—Has bebido —masculló al ver su estado.

—Vaya, y eso lo dice mi mujer, que nunca está cuando la necesito.

Le costaba trabajo hablar. Estaba tan borracho que incluso era incapaz de sostener la copa de vino sin derramar el líquido sobre la alfombra. Tranquilicé a mis sirvientas y les ordené que se retiraran, yo misma me desvestiría. Ambas protestaron, pero Madeleine sabía cuándo debía ceder.

—He estado haciendo algunas visitas —respondí a mi marido cuando estuvimos a solas, y mientras me quitaba los guantes—. Será mejor que te acuestes.

—Haré lo que me plazca.

Su lenguaje violento me indicó que tuviera cuidado. Aunque hacía mucho tiempo que una escena como aquella no se repetía, sabía qué consecuencias podía llegar a tener.

—Bien —dije yendo en dirección al dormitorio—, entonces seré yo quien se retire.

Al pasar por su lado Armand se incorporó, y noté la presión de sus dedos clavándose sin piedad en mi antebrazo. En otra ocasión me hubiera asustado. La mujer que era antes se habría sentido agraviada. Pero aquel día no. Aquel día sabía lo que debía hacer.

—No lo intentaría —hablé muy lentamente, sin apartar mis ojos de los suyos—. Desde la última vez que me agrediste he aprendido el camino que debe recorrer una daga para llegar al corazón.

Vi cómo mi respuesta era recibida con asombro. Noté su indecisión mientras se preguntaba si debía soltarme o golpearme. Al fin la presión de sus dedos cedió, y yo, sin prisas, fui hasta mis aposentos.

—Ramera —pude escuchar antes de retirarme.

Cerré tras de mí con llave y permanecí apoyada en la puerta, como si mis pies estuvieran clavados a la cálida madera del suelo. No lloré, solo dejé pasar el tiempo, porque solo el tiempo podía darme una respuesta sobre qué camino debía tomar, cuando el hombre con el que estaba casada podía quitarme el honor y la vida si me descuidaba, y el que me hacía soñar solo me encontraba despreciable.

1788

— CAPÍTULO 15 —

Armand había vuelto a las andadas.

No me importaba que le dieran una paliza en una reyerta o que lo arrojaran al río por comprometer a alguien más bravo que él, pero lo que tenía claro era que no iba a consentir que me agrediera. Eso nunca más. Me defendería con uñas y dientes y, como la otra vez, usaría mi daga, directa al corazón. Aunque acabara con mis huesos en la Bastilla, o con la cabeza cortada por el filo de la espada que esgrimía la justicia.

Me habían dicho que pasaba largas temporadas en París y las pocas veces que venía a la Corte eran sus padres quienes le obligaban a retirarse ante el lamentable estado que presentaba, lo que podía convertirse en un escándalo. Yo había solicitado información a mi mayordomo de Saint Germain y sabía que las fiestas se repetían allí cada noche y que las malas compañías entraban en mi casa a diario. Tía Margot me aconsejó que precintara la casa, pero no lo hice. Así al menos era consciente de sus pasos y de cómo de lejos se encontraba de mi lecho.

Las pocas veces que lo había vuelto a ver desde entonces habíamos terminado mal. Ya no se atrevía a ponerme la mano encima, pero sí a insultarme, sin importarle quién estuviera delante. Yo asumía cada afrenta con la mayor dignidad, y junto con Madeleine y su sobrina Claire abandonábamos mis aposentos y nos marchábamos a dormir a casa de mis tíos.

Por supuesto los rumores en la Corte se sucedían. Más de un cortesano lo había visto atravesar los Aposentos de Estado tambaleándose, o había oído sus gritos al pasar junto a nuestra galería, pero a esas alturas yo sabía disimular como la mejor y nadie se atrevía a preguntarme directamente. Si hubiera salido a la luz que la condesa de Chastell era llamada *ramera* por su propio marido, ese habría sido mi apelativo en adelante y todos buscarían el origen de mi falta.

Una mañana de primavera mi doncella me mandó una nota a las habitaciones de la Reina comunicándome que Armand estaba en mis aposentos. Disimulé como pude y le respondí por medio del mismo paje indicándole que tomara un vestido de montar y mi ropa de dormir y me esperaran en casa de mi tía. Terminé el servicio tras el almuerzo y pedí permiso para retirarme. Hacía un día frío pero luminoso, y a pesar de que no me apetecía cabalgar, deseaba aún menos quedarme a pasar la tarde con mi tía, mientras me interrogaba sobre cada aspecto de aquella jornada con la Reina.

Me cambié deprisa. Mi caballo ya estaba ensillado y como siempre me acompañaba un palafrenero. Era impensable que paseara sola. Lo habitual era hacerlo también con un paje y una dama de compañía, pero yo había conseguido prescindir de todo aquel séquito. Mi camino habitual era hacia los bosques de Meudon, pero sabía que me encontraría con algunos cortesanos y no deseaba hablar de banalidades, así que indiqué a mi criado que nos dirigiéramos hacia el oeste, bordeando los grandes jardines de Versalles. Él intentó convencerme de que en aquella dirección no había nada reseñable, ni frondosos árboles ni siquiera un lugar donde descansar dignamente. Era un camino desconocido y muy poco transitado. Aquel argumento terminó de convencerme de que era hacia allí hacia donde quería dirigirme, así que emprendimos la marcha al punto.

Mis viajes hacia el sur o con la Corte los hacíamos por los caminos reales. Estos atravesaban las grandes ciudades y estaban salpicados de posadas dignas y bien atendidas para los acomodados viajeros. En verdad había atravesado en tres ocasiones toda Francia sin ver más allá de los bosques. Ese día me di cuenta de que aquel pequeño sendero que acabábamos de tomar era bien distinto. Inhábil para el uso de carruajes que no estuvieran tirados por bestias, del todo inapropiado para quien buscara algo interesante.

Salimos del camino para atravesar la campiña. Solo me había retirado unas pocas leguas de Palacio cuando el espectáculo ya era desolador. Los campos estaban atendidos por gente que apenas podían abrigarse a pesar del frío. La mayoría, descalzos, delgados hasta la decrepitud y con apenas fuerza para sacar rendimiento a aquella tierra dura y poco gentil. Me crucé con una mujer que llevaba sobre la espalda un ato tan pesado que apenas podía caminar. Con un niño tan pequeño que sin apenas saber hablar ya usaba el azadón para arañar terruños. Con un anciano que vendía sus dientes en un recodo del camino. Vi la miseria y el hambre. Vi la desesperación, invisible hasta entonces para mis ojos.

Cruzamos una aldea construida a base de casuchas infames. Los hombres estaban en el campo y las pocas ancianas que atisbaban tras las puertas no se atrevían a salir. Solo una niña se me accrcó. Estaba tan delgada que eran más anchas sus rodillas que sus muslos. El cuerpo cubierto con harapos y la piel arañada por la sarna. Miré a mi alrededor y sentí toda aquella desdicha. Descabalgué contra las indicaciones de mi palafrenero que me instaba a que nos marcháramos cuanto antes. El olor era insoportable y mis zapatos de terciopelo de hundieron en el barro. La pequeña se me quedó mirando y yo me agaché para acariciarla, pero desapareció por una de las puertas, tan endeble que apenas soportaba el azote del viento. Intenté ir en su busca, pero una voz desconocida me detuvo.

—Señora, no.

Me volví para encontrarme con la figura ajada de un viejo clérigo. Se acercaba a mí cabalgando sobre un asno. Anciano y muy delgado, vestía una sotana raída en los bajos, pero limpia y llena de dignidad.

—Quería darle una moneda para que comprara comida —le indiqué, pues no creía que hubiera nada de reprobable en mi comportamiento.

Él llegó a mi lado, pero no descabalgó.

—Es mejor que no lo haga —su voz no era ruda, aunque sí quebrada por la edad—. Se lo quitarán los demás y le darán una paliza. Traiga alimentos si eso le place, y algo de abrigo si quiere ayudar.

Miré alrededor. La desolación era tal que me sobrecogía el corazón. Ni siquiera aquel día limpio de nubes y acariciado por un tímido sol lograba arrancar dignidad de aquel lugar.

—¿Ha sucedido algo aquí? —indagué por buscar una explicación a tanta miseria.

—No entiendo su pregunta, señora.

—Estas personas, quienes trabajan en los campos, tanta desventura.

El sacerdote esbozó una ligera sonrisa. Parecía cargado de paciencia.

—Viene de la Corte, ¿verdad? —me preguntó.

Yo asentí. Era obvio que no pertenecía a un lugar como aquel.

—Solo es necesario alejarse un par de leguas de los caminos reales —prosiguió—. Es así en toda Francia.

—No puede ser —exclamé llena de incredulidad.

—Esta sordidez es generalizada, señora. He estado en muchas feligresías y no he encontrado otra cosa.

Volví a mirar a mi alrededor. El camino que atravesaba la aldea era un fangal y los tejados de muchas casas parecían a punto de derrumbarse. Nunca antes había imaginado aquella miseria humana. Ni siquiera cuando fui en busca de Ethan a los barrios más innobles de París, ya que tampoco me había apartado de las calles más anchas.

—En todas partes el pueblo vive en la pobreza —me dijo el sacerdote—. La dureza del trabajo es terrible, sobre todo para las mujeres y los niños, y aún peor cuando llegan los fríos. Trabajan desde antes del amanecer hasta después de la puesta del sol todos los días. ¿No se sabe esto en la Corte?

—El Rey habría hecho algo si algo así hubiera llegado a sus oídos —afirmé convencida.

—Pues ya ve, señora.

—Pero la tierra da alimentos, y tendrán ganado —intenté encontrar una explicación.

—Si tienen suerte, muchas de estas almas toman al día una sopa con pan y agua. Como nunca hay suficiente grano para alimentar a los animales ni suficiente abono para tratar la tierra, esta apenas da fruto. Los impuestos hacen lo demás, y si se avecinan malos años de cosecha, como ahora, aparece la desgracia.

—Esa pobre criatura —exclamé acongojada.

—Tiene suerte. En un año de hambruna como este a los niños que no se pueden alimentar se les ahoga para ahorrarles sufrimiento. A otros se les abandona.

No es seguro andar sola por estos caminos. Cada vez hay más vagabundos que no tiene nada que perder.

Señalé en dirección a la casa donde había desaparecido la niña.

—¿Qué hay tras esa puerta?

—Un solo cuarto donde la familia vive hacinada. Pero al menos estos tienen un techo sobre la cabeza. Son los más afortunados.

Yo solo había visto la desventura bajo el Puente de los Vientos, donde se refugiaban los más miserables. Una vez le pregunté a mi tío por qué estaban aquellas personas allí abajo, y me dijo que habían decidido tomar aquella vida para abrazar el pillaje y la desvergüenza. Sin embargo, en aquel momento, si era cierto lo que me decía el viejo sacerdote, si aquella situación estaba generalizada, el Rey debía saberlo cuanto antes. Me quité los pendientes de brillantes y la sortija con un enorme zafiro azul, y se las entregué al clérigo.

—Véndalas y deles lo que necesiten. Mandaré que traigan comida y abrigo.

El anciano me dio las gracias, pero me di cuenta por la expresión de sus ojos de que aquel gesto era tan diminuto para detener aquella pobreza que apenas podría paliar el hambre de unos pocos.

Llena de tristeza monté en mi caballo y volví a casa. Mi cabeza era un cúmulo de sensaciones contradictorias. ¿Cómo no podían saber aquello ni el Rey ni los ministros? ¿Cómo había sido posible que la Asamblea de Notables votara en contra de las reformas habiendo gente que mataba a sus hijos para que no pasaran hambre? Pensé en el hermano de Madeleine, en el padre de Claire. ¿Aquella había sido su situación antes de mi socorro? Quizá Ethan tuviera razón, y los que eran como yo solo podíamos ser llamados sanguijuelas.

Lo conté todo a mi tía cuando llegué, muy alterada, a su casa.

Me reprendió por haber cabalgado en aquella dirección y sin séquito alguno. Madeleine y Claire permanecían calladas y cabizbajas mientras la señora me sermoneaba y ambas hablábamos de la pobreza, algo que conocían bien, como si fuera un descubrimiento nuevo y excitante. Me embargaba un sentimiento de profunda vergüenza. Insistí sobre la urgencia de aquella pobre gente y su necesidad de socorro. Quizá para tranquilizarme tía Margot ordenó que se buscaran todos aquellos vestidos que ya no usaban los criados y, junto a una gran canasta con comida, los envío con varios lacayos camino de la aldea.

Yo estaba cansada y triste. La vuelta de Armand a sus antiguas costumbres me era mucho más dolorosa de lo que quería entender. Aquella constante huida para no encontrarlo ni en Palacio ni en mis aposentos empezaba a agotarme. Y quizá la revelación de que el perfecto mundo en el que vivía estaba lleno de grietas oscuras, imprimía una nota de asfixia en mí que no dejaba de desconcertarme.

—He de contárselo a la Reina —le dije a mi tía volviendo a hablar dc la aldea—. Esa pobre gente se muere de hambre a pocas leguas de Palacio.

—No seas insensata —fue su respuesta—. Los reyes no quieren que les digan lo que han hecho mal.

—El sacerdote me ha contado que en toda Francia la situación es parecida.
—Los pobres siempre han sido pobres, Isabel.
—Eso no era pobreza, tía. Era miseria. No podemos seguir con los brazos cruzados ante la desesperación.

La señora de Épinay apretó los labios.
—¿Veo en ti la influencia de ese ingrato galeno de aldea?

Quizá tuviera razón, y en las pocas conversaciones que había cruzado con Ethan en estos años había conseguido contagiarme con esas ideas suyas sobre igualdad y fraternidad.

—Si lo hubiera visto con sus propios ojos no diría eso, tía —respondí.

Ella relajó la mirada. No era una mujer impía, a pesar de las intrigas en las que siempre estaba inmersa.

—Discúlpame —me pidió—. Nosotras no podemos hacer otra cosa que socorrer a unos pocos con nuestra caridad. Lo demás no está en nuestra mano.

—Pero el Rey... —insistí yo.
—El Rey ya no pude pagar ni a su peluquero, querida. ¿Cómo va a auxiliar a sus súbditos? A lo más que llega es a controlar el precio del trigo y hasta eso se le escapa de las manos.

Era la primera vez que oía a mi tía cuestionar el poder real. Si eso sucedía en mi casa, donde la adhesión a Sus Majestades era incuestionable, ¿qué estaría pasando a lo largo del Reino, donde la disidencia empezaba a ser palpable entre la nobleza descontenta, la burguesía ansiosa de poder y el pueblo llano, que no tenía qué llevarse a la boca?

A principios de agosto, ante la desesperación, Luis XVI al fin accedió a estudiar la posibilidad de convocar Estados Generales que ayudaran a consensuar qué hacer en adelante. Las cosechas habían sido arrasadas por las continuas granizadas, los banqueros estaban aterrados, pues no era seguro que el tesoro pudiera devolver la enorme deuda acumulada, y las reservas de la Corona estaban agotadas por lo que no se podía asumir el gasto corriente.

Unos días más tarde el ministro de Finanzas declaró oficialmente la bancarrota.

No había dinero para pagar la deuda.

El ministro fue destituido y en su lugar se nombró a Jacques Necker para ocupar su puesto. Su primera medida fue atacar las carencias más urgentes, revocar la suspensión de pagos y posponer cualquier reforma seria.

Aquel era el único tema del que se hablaba en Versalles y en París, y tío Philippe no dejaba de organizar reuniones para intentar coaligar las posturas de uno y otro bando de la nobleza.

Dos días después de la navidad de 1788 el Consejo del Rey se reunió para estudiar la propuesta de los Estados Generales. Todo eran incertidumbres, pero Necker votó a favor de que se reunieran en el mes de mayo, lo que arrastró a otros a hacer lo mismo. Al final Luis XVI accedió, aunque de mala gana.

No hubo forma de ver al arzobispo durante los próximos meses. Los pasó viajando de un lado a otro, buscando apoyos para ser elegido diputado del estamento clerical. Igual nos escribía desde el Languedoc que desde la Bretaña, donde había corrido a entrevistarse con uno u otro prelado cuyo voto le era imprescindible.

Como las visitas de Armand a mi apartamento seguían siendo imprevisibles yo pasaba muchas noches en compañía de mi tía, por miedo a que apareciera de madrugada y me obligara a defenderme. Esto había levantado algunos rumores que la conveniente ausencia de tío Philippe había acallado, ya que se suponía que yo ejercía de buena sobrina paliando la soledad de mi tía.

Las residencias y mansiones que rodeaban el palacio de Versalles estaban cada vez más concurridas. Aunque aún no se había anunciado dónde se llevaría a cabo la reunión de los Estados Generales, todo indicaba que sería allí, por lo que los diputados de toda Francia que ya habían sido elegidos corrían a la pequeña villa a buscar aposentos que serían del todo insuficientes cuando el resto de miembros de la Asamblea llegaran desde sus respectivos territorios. Nadie sabía cuánto tiempo duraría la convocatoria, pero todos daban por hecho que serían, al menos, un par de estaciones.

Esta avalancha de forasteros hizo que el interés pasara de los salones de Palacio a las grandes avenidas de los jardines reales, donde la nobleza rural y los burgueses de provincia, paseaban a menudo mezclándose con los cortesanos de siempre, que veían en sus toscas maneras y en el desconocimiento de la etiqueta un motivo de diversión y maledicencia.

Una mañana, la Reina había partido hacia Trianón y nos había excusado a todas las damas de su servicio. Coincidió que tía Margot estaba en Palacio y que tenía curiosidad por ver aquellos nuevos rostros que pronto tomarían relevancia en la platea con sus discursos ante los Estados. Sin nada que hacer me ofrecí a acompañarla y juntas empezamos un largo paseo por los jardines. Decidimos ir caminando hasta la fuente de

Neptuno, desde donde se tenía una admirable vista del Gran Canal.

Cogidas del brazo y seguidas por un par de pajes que sostenían nuestros parasoles y cuidaban de que las colas de nuestros vestidos no se ensuciaran, nos dispusimos a disfrutar de un día frío, pero sin rastro de nubes, uno de esos raros momentos en Versalles donde estar al aire libre se convertía en un auténtico placer. Yo llevaba un traje de color gris plata, con chaqueta ajustada a la manera inglesa. El cabello recogido, con mis bucles dorados al natural y un sombrero con plumas. Guantes negros y solo unos pendientes de perlas como adorno. Al cuello me había puesto una cinta de seda color plata que resaltaba el tono de mis ojos. Era la viva imagen de una cortesana a la moda que tenía muy claro que su posición estaba en lo más alto.

Mientras caminábamos éramos saludadas con una inclinación de cabeza o una reverencia por gente del todo desconocida. Se apreciaba a simple vista que aquel público, inusual en Versalles, conocía mal las costumbres. Algunas damas llevaban lujosos vestidos de gala que habían dejado de verse en Palacio hacía décadas. Otros caballeros portaban ternos tan modestos que si quisieran acceder al palacio necesitarían alquilar en la puerta casaca y sombrero para ser admitidos por la guardia.

A mi tía y a mí todo nos delataba como cortesanas. El gusto de nuestros trajes a la última moda, la forma pausada de caminar, cómo respondíamos a los saludos, y sobre todo un aire difícil de definir que solo adoptábamos quienes vivíamos muy cerca de Sus Majestades y estábamos tan atados a la etiqueta que esta parecía exhalar de nuestro cuerpo.

Ya cerca de la fuente observamos a una pareja de jóvenes burgueses que venían en nuestra dirección. Eran fácilmente identificables: él vestido de negro y ella ataviada de un modo austero y sencillo. Al principio no les presté la menor atención, ya nos habíamos cruzado antes con personas similares, pero según nos acercábamos noté cómo mi corazón empezaba a palpitar con fuerza. Fui atando cabos. Su silueta a contraluz empezó a serme familiar; la anchura de los hombros, la firmeza del paso, el aire arrogante de la cabeza que no admitía doblegarse.

Estaban a unos pocos metros cuando pude confirmar, sorprendida, que se trataba de Ethan Laserre.

Creo que él reparó en mí al mismo tiempo, porque cuando nuestros ojos se cruzaron pude darme cuenta de cómo su frente se fruncía en aquel gesto que yo identificaba como desprecio, y su boca adquiría un rictus de desagrado.

No me atreví a mirar a mi tía, pero la conocía bien y sabía que ella ya se había percatado de la naturaleza de aquellos paseantes. En aquel momento la mujer que iba a su lado me resultó invisible. Yo solo tenía ojos para él, lo que me preocupaba cada vez más. Como era del todo inevitable que nos cruzáramos, decidí disimular y resistir aquel encuentro.

Aparté la vista y seguí manteniendo una conversación con mi tía sobre las nuevas muselinas que empezaban a llegar de Londres. Solo cuando estuvieron muy cerca volví la cabeza y le dediqué una sonrisa casual.

—¡Doctor Laserre! —exclamé como si no lo esperara—. Usted en Versalles. Qué cosa tan extraordinaria.

Ambos se habían detenido frente a nosotras. Se le veía incómodo, como si aquel encuentro fuera algo que había intentado evitar.

—Señora —inclinó la cabeza. Primero ante mi tía y después ante mí—. Condesa.

—¿Qué le trae por aquí? —le pregunté, segura de que Ethan no se estaba percatando de cómo palpitaba mi pecho.

—Un simple paseo —dijo quitándole importancia—. He sido elegido diputado, y Julia quería conocer Versalles, donde pasaré mucho tiempo de ahora en adelante.

Solo en ese momento, cuando él pronunció su nombre con tanta familiaridad, me percaté en cierto modo de su presencia. La observé con curiosidad. Era una mujer joven y bonita. De negro cabello recogido bajo un modesto sombrero de fieltro. Su vestido también era sencillo, de color marrón y aire algo anticuado. No tuve que indagar en las sombras de mi memoria para reconocerla. Se trataba de aquella muchacha tímida que me había abierto la puerta cuando fui en busca de Ethan a su propia casa. La misma que conocía tan bien las horas de sueño de su vecino y que se había marchado cuando él apareció sin camisa.

—Creo que no hemos sido presentadas debidamente —le dije con una sonrisa forzada.

Ethan parecía muy incómodo. Lo poco que conocía de él lo delataba.

—La condesa de Chastell y la señora de Épinay —dijo señalándonos a una y a otra con una ligera inclinación—. Ella es Julia Laserre, mi esposa.

Tardé en asimilar su última palabra. Tuve que repetirla sin separar los labios para digerirla. Había dicho que aquella mujer era su esposa. Lo viví como una traición, como algo inesperado y de ninguna manera lleno de fortuna.

—Ignoraba que se hubiera casado —dije mientras intentaba que no se notara cómo me había afectado aquel descubrimiento.

—Fue precipitado —me aclaró ella, acariciando el brazo de su marido—. Apenas hemos estado unas semanas prometidos cuando Ethan insistió en llevarme al altar.

—¿Estaba usted casado las últimas veces que nos vimos?

—No —contestó sin mirarme—. Ni siquiera prometido. Lo decidí justo después.

Una de aquellas fue cuando me besó. La noticia me había impactado de tal manera que tuve que usar toda mi voluntad para que no se notara.

—Felicidades entonces. Aunque me hubiera gustado hacerles llegar un presente.

—Sabe que no es necesario —contestó de forma áspera.

Las sucesiones de respuestas rápidas tenían todo un aire de reproches que esperaba que ni mi tía ni su modesta esposa se estuvieran dando cuenta.

—Condesa, usted y yo nos conocimos hace tiempo en casa de Ethan, pero comprendo que no se acuerde —dijo Julia llena de timidez.

—Por supuesto —contesté yo como si en ese momento reparara en ello—, no podría haberla olvidado. Es extraordinario que ahora sea la esposa de nuestro buen doctor.

Ella parecía encantada. Tenía mi misma expresión cuando fui a conocer los animales exóticos que el Rey mantenía en una jaula. Para ella las maneras de la Corte debían ser del todo extravagantes y aquel par de damas envaradas algo digno de contar cuando volviera a su modesta casa de París.

—¿Es cierto que es dama de la Reina? —me preguntó Julia mientras sus pómulos se manchaban de rubor.

Aquella pregunta hizo que mi corazón diera un vuelco, pues estaba llena de significado.

—¿Le ha hablado el doctor de mí?

Ella sonrió de una manera encantadora.

—Ha gruñido las respuestas a mis preguntas, más bien.

Miré un instante a aludido, pero él no se dignaba a posar sus ojos en los míos, los tenía perdidos al frente, con aquel aire enfadado que siempre aparecía en mi presencia. Así que cuando yo no estaba era capaz de hablar sobre mí, incluso con su esposa. Fue como una pequeña victoria. Un motivo de satisfacción en aquel amargo encuentro.

—Tengo el honor de servir a la Reina, sí —contesté al fin—, y si le apetece visitar el palacio en otra ocasión, me encantaría enseñárselo.

—Sería maravilloso, ¿verdad Ethan?

Él no contestó. No le parecía tan buena idea.

—¿Están parando en el pueblo? —preguntó mi tía, que hasta ese momento había permanecido callada e invisible para mí. Fue como si solo entonces me diera cuenta de que estaba a mi lado.

—Volveremos a París a mediodía —contestó él.

—De ninguna manera. Quédense a almorzar —exclamó la señora con aquel tono que no admitía réplica—. Mi sobrina y yo estamos solas. Daremos un paseo por el palacio y después iremos a mi casa. Algo informal, por supuesto. No es necesario que se cambien de ropa. Después les llevaran a París en uno de mis carruajes.

Creo que tanto Ethan como yo nos sentimos igual de incómodos con aquella propuesta. Yo además era incapaz de darle crédito, pues había sido la señora de Épìnay quien me había advertido contra él.

—No es posible—dijo con firmeza.

—¡Ethan! —se quejó su esposa.

—Tengo cosas que hacer en París. No puedo perder todo el día aquí.

—Seguro que no es nada que no pueda aplazar, querido —contestó mi tía.

Él refunfuñó una vez más y al fin me miró. Sus ojos, lo que veía en sus ojos era difícil de interpretar. ¿Desprecio?, ¿curiosidad?, ¿solo distancia?

—¿Qué dice usted, condesa? —preguntó al fin, buscando mi aprobación.

Por un lado, quería estar junto a él, pero por el otro no sabía si podría aguantar aquella contante muestra de amor conyugal.

—Será un placer para mí enseñarles el palacio —contesté más tarde de lo que se esperaba.

Ya estaba todo dicho. Emprendimos el camino de vuelta, charlando sobre asuntos intrascendentes. Julia tenía mil preguntas sobre la vida en Versalles cuyas respuestas siempre le resultaban sorprendentes.

Durante todo el trayecto no me atreví a mirar a Ethan, que caminaba a nuestro lado con las manos a la espalda, en aquel gesto tan suyo, y la mirada perdida al frente. En cambio, sí crucé un par de veces mi mirada con mi tía, porque no lograba entender qué pretendía lograr con todo aquello.

– CAPÍTULO 16 –

Dimos una vuelta para acceder al edificio a través del vestíbulo y la Gran Escalera. La vida cortesana de desarrollaba en la primera planta del castillo. Allí estaban los apartamentos del Rey y de la Reina, ocupando el ala central que se abría al Patio de Mármol. El resto de la Corte nos apiñábamos en el Gran Común, un edificio distinto, dividido en pequeños apartamentos perfectamente ordenados por rango y título, lo que lo convertía en toda una ciudad en miniatura.

Ni Ethan ni su esposa hubieran sido admitidos en Palacio tal y como iban vestidos pues la etiqueta exigía atavío de corte. Esto se solía solucionar por medio de pequeños quioscos donde se alquilaba a los curiosos todo lo necesario para cumplir el ceremonial, como casacas, sombreros o espadas. También velos, sobrefaldas bordadas y plumas. Sin embargo, los guardias me conocían y no pusieron impedimento a su entrada solo porque Sus Majestades no estaban en el castillo.

Julia lo miraba todo arrobada, a pesar de que había poca gente en Versalles aquel día y eran precisamente los cortesanos lo que más admiración podía despertar por sus atuendos y sus maneras. La falta de público solía acontecer cuando la Reina no se encontraba y el Rey estaba de caza. Era entonces cuando todos aprovechábamos para atender nuestros asuntos fuera del complejo ceremonial al que estábamos sujetos.

Los Apartamentos de Estado estaban abiertos a todo el que quiera visitarlos. De hecho, se entregaba una guía a la entrada donde se explicaba su contenido. Accedimos por el Salón de Hércules donde Julia se maravilló con la forma que adquirían los mármoles de colores y con la extraordinaria pintura de Veronese. Era una muchacha expresiva y fácil de sorprender. Quizá porque conocía poco del mundo. Ambas cualidades eran muy denostadas en la Corte, donde cualquier manifestación de sentimientos se consideraba de mal tono. Formábamos una comitiva curiosa que no dejaba de arrancar miradas incómodas a los pocos nobles que nos saludaban. Yo estaba acostumbrada a tratar con burgueses en la mesa de mi tío, pero muchos de aquellos aristócratas solo los frecuentaban como proveedores y jamás se dejarían ver en público con ellos, tratándolos de igual a igual.

Nuestra pequeña comitiva atravesó las espléndidas salas, donde se exponía lo mejor de Francia. Julia del brazo de su esposo, atolondrada con los comentarios de mi tía, que le iba explicando todas las curiosidades del entorno. Ethan incómodo, con la frente fruncida mientras me lanzaba miradas que interpreté como coléricas. Yo confusa, pues la noticia de su matrimonio había sido como un golpe de aire helado tras una noche de frío.

Al fin llegamos hasta la hermosa Galería de los Espejos, donde terminaba nuestra visita. Más allá se encontraban los aposentos privados y era necesario haber sido presentado en la Corte o tener invitación expresa para poder acceder. Aquí Julia se soltó del brazo de su esposo para disfrutar de aquel espacio único. Yo le hice algunos apuntes sobre lo más destacado porque quería que Ethan comprendiera que mi mundo y su mundo nunca podrían encontrarse. Era una manera de responder a la terrible noticia que había supuesto para mí el hecho de que se hubiera casado.

En algún momento tía Margot quiso enseñarle algo a Julia, y Ethan y yo nos quedamos a solas. Conocía a la señora y sabía que no era casual aquel gesto. Pocas cosas en ella tenían que ver con lo fortuito.

—Es muy bonita —le dije a Ethan, viendo cómo se alejaba, curiosa, ante las explicaciones de mi tía.

—Lo es.

Estábamos junto a una de las grandes ventanas, y la fría luz del sol iluminaba sus ojos azules. Al parecer no pensaba decir nada más.

—¿Viven en la misma casa que yo conocí? —le pregunté ante su mutismo.

—Por ahora sí. Cuando termine todo esto buscaremos un lugar más grande.

—Querrán tener hijos, supongo.

—Supongo que sí.

—¿Está enamorado de ella?

Entonces sí me miró. Con aquella expresión llena de incógnitas y tan misteriosa para mí que era incapaz de descifrar su significado.

—Esa pregunta creo que es innecesaria, condesa.

—No tiene nada de maliciosa.

—Nosotros no nos casamos por las mismas razones que lo ha hecho usted.

Encajé aquel golpe sin mostrar cuánto me molestaba.

—Sigue pensando muy mal de mí —le acusé

—Eso no es cierto —no había apartado sus ojos de los míos, lo que provocaba que mi cabeza se llenara de ideas confusas.

—La última vez que hablamos a solas…

—La besé —contestó sin ningún pudor.
—Veo que no se arrepiente.
—¿Por qué habría de hacerlo?
—Usted y yo.... —no sabía cómo explicarlo pues sus ojos me enfebrecían y su descaro me provocaba—. Soy una mujer casada. Usted y yo nunca....
—Un simple médico y una gran condesa. No es necesario que intente explicarlo de una manera que parezca menos patético.
—No he querido decir eso —me defendí malhumorada—. Y sigue sin contestarme por qué le desagrado tanto. Se lo he preguntado en otras ocasiones y su respuesta siempre es incierta. Al igual que usted, yo no he elegido la posición donde he nacido.
—Y usted sigue sin darse cuenta de algo que para mí es cada vez más evidente, condesa.

Intenté comprender a qué se refería. Ethan se humedeció los labios y yo vi en sus ojos un brillo similar al que me deslumbró hacía tiempo, justo antes de besarme. Pero mi tía nos interrumpió apareciendo de repente. La seguía Julia de cerca, que continuaba arrobada con la decoración de los techos.

—Creo que es hora de volver —dijo la señora—, si no, los señores Laserre regresarán a París a una hora demasiado inconveniente.

Ni Ethan ni yo contestamos, simplemente emprendimos el regreso tras mantener unos instantes aquella intensa mirada. Nuestro grupo heterogéneo se enfrentaba a su destino, pero eso era algo que entonces ni siquiera vislumbrábamos. ¿Qué otro plan podía tenernos dispuesta la vida que disfrutar de los placeres que estaban a nuestro alcance?

Regresamos paseando. Ethan taciturno, sin volver a mirarme. Julia parlanchina, llena de mil dudas sobre lo que había visto. Mientras que yo seguía preguntándome cuál era la naturaleza exacta del aquel vínculo que me unía a él, a pesar de que no podía ser otra cosa que una vana ilusión.

Cuando llegamos a casa me quité los guantes y la cinta de mi cuello porque llegaba a asfixiarme. Pedí disculpas y me retiré unos minutos a la habitación que ocupaba cuando pasaba la noche en casa de mi tía. Madeleine y Claire acudieron prestas a cambiarme, pero les dije que comería con aquella misma ropa para no desairar a nuestros invitados, y les pedí que me dejaran a solas. Mi doncella se retiró indignada ante lo que consideraba una inconveniencia. ¡Almorzar con ropa de paseo!

Me senté en el tocador e intenté serenarme. Aún no había tenido tiempo de asimilar la noticia de aquella boda imprevista. Intentaba encontrar mil respuestas a por qué me había disgustado tanto, cuando solo había una posible. ¿Cómo podía ser tan ingenua de ilusionarme con el hombre que me había robado un beso? El hombre que me trataba sin ningún decoro. El que siempre encontraba una respuesta ácida para huir de mí. ¿Tenía una adicción a los individuos desaprensivos? Yo lo poseía todo: el éxito, la fortuna y la posición. ¿Qué podía darme Ethan Laserre sino arrastrar al fango mi reputación y volverme loca con su vaguedad?

Un poco más serena, bajé para atender a mis invitados. El mayordomo me informó de que mi tía estaba dando instrucciones a los lacayos y que nos esperaba en el comedor cuando estuviéramos listos. La señora Laserre había subido a refrescarse y al parecer el caballero aguardaba en la biblioteca. Le dije que yo iría a su encuentro y así lo hice.

Cuando entré sin llamar lo encontré frente al fuego de la chimenea, ensimismado con el crepitar de las llamas. Tenía una mano tras la espalda y la otra cerca del rostro. Cuando se percató de mi presencia se llevó esta precipitadamente al bolsillo y entonces me di cuenta de que su puño había estado cerrado alrededor de una cinta de seda plateada demasiado similar a la que yo había llevado esa mañana alrededor de mi cuello. ¿Era la mía? ¿La había estado besando? Creo que me quedé paralizada en el umbral, sin saber si entrar o si volver sobre mis pasos. De nuevo todo perdía su sentido. Cuanto más clara era la determinación que yo tomaba, más me confundían su presencia y sus actos.

—Nos esperan en el comedor —dije sin más y di la vuelta.

Por supuesto él no contestó. Simplemente me siguió.

Ya estaba todo dispuesto. Una mesa para cuatro adornada con rosas blancas y la mejor vajilla de Sèvres. Las copas estaban grabadas en oro y la cubertería era la más exquisita de las muchas de plata que poseía mi tía. Pocas veces usaba lo mejor de su ajuar. Y era del todo inusitado que lo hiciera con invitados que no tenían ninguna posición. Me senté sin decir nada. Julia ya estaba a la mesa, junto a la señora, con quien seguía debatiendo sobre la magnificencia de Palacio. Ethan llegó el último y tomó asiento en la única silla libre, entre su esposa y yo. Los manjares fueron dispuestos en el centro de la mesa, y eran los lacayos, uno para cada comensal, quienes nos servían.

Yo apenas hablé. No tenía apetito ni ganas de conversación. Tampoco me importaba si mi conducta era descortés o si los invitados me consideraban grosera. Ethan tampoco abrió la boca, y pocas veces levantó la mirada del plato. Julia y mi tía llevaron el peso de una conversación de la que apenas me acuerdo. Si la boda me había sorprendido, el descubrimiento de que mi buen doctor había estado besando algo tan íntimo como mi cinta, quemaba mi piel. En cierto modo era como si hubiera pasado sus labios, que aún recordaba, por mi cuello, pues aquel trozo de tela debía estar impregnado de mi esencia. Aquello significaba mucho y no significaba nada. ¿Era yo importante para él? Y aunque la respuesta fuera sí, estaban su comportamiento y mi posición, dos grandes impedimentos que me hacían recordar a cada instante dónde nos encontrábamos cada uno.

El almuerzo avanzó más despacio de lo que yo era capaz de soportar. Apenas tocaba los platos que me ponían delante para acabar cuanto antes, pero mi tía, espléndida, no tenía la menor intención de que aquella comida terminara pronto.

En algún momento se retiró el mayordomo para aparecer con la noticia de que había una visita, por lo que mi tía ordenó que se habilitara otro servicio. No era algo extraño. Las personas más cercanas a mis tíos podían aparecer en cualquier momento y siempre eran bienvenidos.

Pero fue Armand, mi esposo, quien apareció en el comedor, tambaleante y desaliñado.

—Una comida en familia y nadie me ha invitado —dijo con una voz que arrastraba el fétido olor del vino añejo.

—Mi querido sobrino —contestó mi tía al punto—. Mi mesa siempre está dispuesta para ti. Toma asiento. Apenas hemos empezado.

A pesar de que le señaló la silla vacía y los cubiertos que la servidumbre ya había colocado entre mi tía y yo, él no se sentó.

—Veo que esta mesa es cada vez más variada.

—Me parece que no conoces al doctor Laserre y a su encantadora esposa.

No era conveniente exponer las lamentables circunstancias en las que se habían encontrado con anterioridad. Los dos hombres se miraron. Ethan se puso de pie para cumplimentarlo, pero mi marido no se dignó a corresponder con un saludo. Muy al contrario, devoró a Julia con los ojos de forma más que descarada.

—A mí me parece que sí conozco al buen doctor, aunque no tan profundamente como la condesa, ¿verdad, querida?

Noté cómo mi corazón se agitaba. Al otro lado, Julia no parecía haberse dado cuenta de la insinuación. No así Ethan, que había vuelto a sentarse y no pude evitar ver cómo apretaba las mandíbulas.

—Será mejor que tomes asiento —le pedí a mi esposo en un intento por controlar la situación—. Eres bienvenido.

—No me des órdenes —contestó agresivo—. Haré lo que me plazca.

Ethan volvió a incorporarse, pero esta vez lo hizo muy despacio tras arrojar la servilleta sobre la mesa.

—No le hable así a la condesa —le advirtió—. No delante de mí.

Mi tía se daba cuenta de que aquello podía terminar mal. La actitud de Armand era violeta, y Ethan parecía no estar dispuesto a soportarlo.

—Voy a pedir que preparen aguamiel —exclamó la señora, como si aquello bastara para suavizar la situación—. Siempre endulza una buena comida.

—Le hablaré como me plazca. Es mía —dijo señalándome—. Puedo hacer con ella lo que quiera.

—Ethan —intervine—, déjalo estar.

Sabía que con mi marido, en aquel estado, era imposible razonar.

—¿Ethan? —se dio cuenta al instante de mi error—. ¿Ya lo llamas así? No has tardado en calentar otra cama cuando la mía se ha quedado fría, ¿eh, zorrita?

Miré a Julia. No apartaba los ojos de su plato. ¿Sus mejillas habían palidecido? ¿Cómo estaría encajando aquella mentira que vomitaba Armand con la sola intención de ofenderme y exasperar a nuestro invitado?

—Retire eso —oí la voz crispada de Ethan.

Mi esposo seguía igual de engreído. Estaba acostumbrado a hacer lo que le placía, y un pobre burgués no iba ser un impedimento a su diversión.

—No voy a recibir órdenes de un simple médico —dijo con jactancia—. El mundo estaría vuelto del revés.

Ethan apartó la silla y fue hacia él. Frente a frente. Con los puños apretados y la frente crispada. Había algo terrible en su forma de mirarlo. Me estremecí e intenté levantarme, pero mi tía me detuvo.

—Si no lo retira me veré obligado a darle un escarmiento —masculló.

Aquello arrancó una risa desagradable en Armand.

—¿Un duelo? Me río de sus pretensiones —escupió a un lado—. Yo no me bato con plebeyos. La chusma no debería tener acceso a...

—Un duelo no —lo interrumpió—. Eso es cosa de caballeros.

Fue muy rápido. Ethan apenas tomó impulso y su puño, el que había atesorado mi cinta de cuello, se estrelló contra su mentón. Un solo golpe. Impactante. Directo.

—¡Deténgase, por favor! —grité cuando vi a mi marido caer hacia atrás y permanecer dolorido sobre la alfombra.

Julia también se había puesto de pie, arrastrando con ella la silla. Estaba muy pálida, pero no se movió. Mi tía, con su eficacia habitual, no se alteró, y ya daba instrucciones a la servidumbre para que trajeran paños y prepararan una infusión de semillas de amapola contra el dolor.

Aquel golpe me causó una ligera satisfacción, he de reconocerlo. El truhan de mi esposo lo merecía. Sin embargo, su medio inconsciencia me asustó. Intentando aparentar una calma que no sentía me arrodillé a su lado y coloqué una mano sobre el pecho de Armand. La mullida alfombra había aliviado el golpe, pero parecía que el alcohol ingerido había hecho lo demás. Con los ojos cerrados balbuceaba palabras que yo no entendía, incapaz de incorporarse.

Ethan no se había apartado de donde estaba. Tampoco hizo por socorrerlo. Se retiró el cabello de la frente, que se había escapado de su pulcra coleta. Sus nudillos estaban irritados. Debían dolerle, pero ni se quejó ni hizo gesto alguno que diera muestra de ello.

—Señora, siento haber aguado su almuerzo —le dijo a mi tía. Después se volvió hacia mí—. Condesa, no se preocupe por su esposo, con un paño de agua fría y un buen sueño estará bien cuando amanezca —tomó a Julia de la mano—. Y ahora, si nos disculpan, nos esperan en París.

Esta vez sí me miró antes de abandonar el comedor, y yo noté cómo algo incierto recorría mi espalda, como un escalofrío. En sus ojos había dolor y culpa, y también algo tórrido que nunca antes había yo vislumbrado. Sentí deseos de ir en su busca, pero sabía que era del todo impensable.

—¿Por qué? —le recriminé a mi tía cuando estuvimos a solas. Cuando a mi esposo ya lo habían trasladado a una de las habitaciones de invitados—. ¿Por qué ha tenido que invitar al doctor Laserre? ¿Por qué un paseo por Palacio? ¿Por qué todo esto?

Ella estaba afectada. Sé que aquellas muestras de arrogancia de Armand no la dejaban indiferente.

—Porque no sabemos qué sucederá de ahora en adelante, Isabel, y debemos tener cerca a quienes pueden dar la primera puñalada —me contestó—. Es necesario medir las fuerzas del enemigo y me temo que tu doctor está en el bando contrario al nuestro.

1789

El año de la Revolución

– CAPÍTULO 17 –

Como había anunciado Ethan, Armand se recuperó sin problemas. Permaneció en casa de la señora de Épinay, donde venía a verlo su madre cada mañana, pero en cuanto desapareció la inflamación de su rostro volvió a las andadas. Mentiría si dijera que no lo agradecí. Lo conocía bien y sabía que purgaría su humillación en París, lo que me dejaría tranquila al menos por un tiempo. También temí que quisiera vengarse de Ethan, pero preferí no pensar en ello. En verdad no tenía nada que agradecerle.

Aquel invierno fue uno de los más terribles que recuerdo. El Sena se congeló hasta su desembocadura y decían que en el Canal de la Mancha incluso los peces morían de frío. La Corte se quedó sin ostras por un tiempo pues las extraían congeladas del fondo del mar de Bretaña, lo que tenía a muchos indignados. Yo no dejaba de pensar en cómo estarían soportando aquel tiempo la pobre gente de la aldea. Mandé a unos lacayos con pieles y comida, pero a la vuelta ninguno supo decirme hasta qué punto estaban afectados.

En solo unos meses el precio del pan y de la leña se duplicó.

Un invierno tan crudo obligó a Necker a comprar grano en el extranjero con el escaso capital que expiraba en el Tesoro, de otra manera la hambruna sería generalizada. Según decían quienes llegaban a

Versalles desde las provincias, los caminos estaban llenos de mendigos que la guardia hacía por apartar. Algunos eran familias enteras, famélicas y ateridas, que solo rogaban por un trozo de pan. Pero otros eran forajidos que abrazaban las armas ante la desesperación.

Mientras tanto, la Corte, ajena a las desgracias, veía en las calles cubiertas de una espesa capa de nieve un motivo más de diversión. Se volvieron a poner de moda los trineos y nadie iba a una velada en París si no era en uno de estos, ya fuera en forma de dragón o de sirena, y con los cocheros disfrazados de campesinos rusos.

La primavera llegó arrastrando inundaciones. El deshielo anegó los campos y desbordó los ríos, haciendo aún más acusada la desgracia. Llegaban noticias alarmantes de todas partes que el arzobispo escuchaba con mirada circunspecta. Lo que el frío no había logrado lo consiguió el agua: la aldea desapareció. Una mañana, cuando llegaron mis criados con nuevas provisiones, simplemente no existía. Un pequeño afluente se había desbordado y anegaba las casas y los campos. No encontraron a nadie. Tampoco cadáveres, por lo que dedujeron que aquella pobre gente había recogido sus escasas pertenencias y se había tirado a los caminos en busca de un futuro menos hambriento.

En la Corte el buen tiempo se celebró con un suspiro de alivio. Al fin podían abandonarse las pesadas capas de piel y los vestidos enguatados que tan poco favorecían y comenzar a disfrutar de la ronda habitual de diversiones sociales. Las grandes familias abrieron sus salones a cenas galantes y brillantes bailes. El camino entre París y Versalles, despejado ya de mendigos a fuerza de garrote, era un ajetreo de carrozas engalanadas que iban y venían transportando a sus distinguidos viajeros.

Nunca había visto yo la ciudad menos angustiada ni más abocada al placer. Hablé con muchos caballeros con fama de rectos y sabios y todos me explicaron que Francia estaba destinada a entrar en una nueva Edad Dorada, ya que las reformas que emanarían de los Estados Generales iban a crear leyes más justas y un mayor bienestar para todos, sin apenas tocar los principios de la monarquía, la aristocracia latifundista y nuestra poderosa iglesia. En definitiva, una Francia nueva, mejor, más igualitaria y próspera.

Quise creer todo aquello, ¿por qué no iba a ser así?, y yo misma me convertí en asidua de los teatros y de los bailes, intentando olvidar la desgracia y soñando con una felicidad duradera que nos beneficiaría a todos.

Y mientras todo esto ocurría, yo seguía pensando de vez en cuando en Ethan. Me preguntaba dónde estaría, cómo viviría todos aquellos acontecimientos, cómo sería su vida conyugal. Lo imaginaba en brazos de su esposa y sentía que los celos me atenazaban. A veces, cuando viajaba a París, escudriñaba a través de la ventana de mi carroza con la ilusión de encontrarlo. Y otras, simplemente pensaba que debía entregarme a cualquier sacrificio con tal de olvidarlo pues, mientras más avanzaban los preparativos más evidente era que pertenecíamos a mundo irreconciliables.

A principios de mayo, al fin, se abrieron los Estados Generales. La Reina me había pedido personalmente que asistiera a la sesión inaugural, pues necesitaba ver rostros amigos en lo que consideraba una prueba terrible donde sería juzgada por la plebe. Yo lo hice por ella, pero también porque tenía la escondida ilusión de volver a ver a Ethan.

Llegué pronto, acompañada de mi cuñada Agnes. Se esperaba una asistencia de más de tres mil personas y aunque las damas de la Reina teníamos un lugar asignado bajo la columnata, no era seguro que aquel tumulto fuera a respetarlo.

Para las reuniones de la asamblea se había habilitado un antiguo almacén de escenarios y atrezos, que se había decorado con columnas y tapices, alrededor de una tarima para el trono real.

Desde donde yo estaba tenía una magnífica vista de la sala. Cada estamento se sentaba por separado. A la derecha del estrado el clero, ataviado con los ricos ropajes eclesiásticos decorados con todo el esplendor pontifical, recubiertos de oro, de joyas y de puntillas. A la izquierda la nobleza, impecablemente vestidos con la toga blanca que los distinguía, el manto de seda bordado en oro, una corbata de punto inglés y sombrero empenachado al estilo Enrique IV. Y al frente el pueblo llano, todos vestidos de negro y con capas pardas de simple lana, como obligaba la etiqueta.

Luis XVI ya estaba sobre el solio dorado y con dosel de terciopelo rojo. Llevaba la pomposa túnica de la Orden del Espíritu Santo, pero aun así parecía poco solemne. Como se había negado a ponerse los anteojos, fruncía constantemente la mirada para distinguir a quienes tenía alrededor.

María Antonieta se sentaba sobre una plataforma justo debajo. Llevaba un precioso vestido de satén blanco y una capa real de terciopelo púrpura. Se la veía agitada, abanicándose a cada instante. Según me habían dicho había sido insultada al entrar.

—¿Está llorando? —preguntó mi cuñada en voz baja.

Supe que se refería a la Reina, pero no contesté. El temperamento de María Antonieta estaba mustio últimamente. Muchos la acusaban de no soportar aquella merma del poder real, y podía ser cierto, pero había algo más. El Delfín, su hijo, se encontraba muy enfermo y todo indicaba que pronto habría un desenlace fatal.

La sesión fue inaugurada con un largo y tedioso discurso de Necker sobre impuestos. Yo me dediqué a recorrer la sala con la mirada, buscando los rostros conocidos. Buscando a Ethan. La homogeneidad de las capas pardas y las pelucas de rigor, así como la amplitud de la sala, hacían difícil identificar a cualquiera. Algunos caballeros, tan aburridos como yo, me saludaban cuando nuestros ojos se encontraban. Otros me miraban con desagrado pues sabían de mi papel cerca de la Reina.

—Dudo que todo esto sirva para algo —dijo mi vecino de asiento sin referirse a nadie en concreto. Era un cortesano entrado en años que miraba a los diputados de negro con evidente desagrado—. Hace falta fuerza para domar al redil, no palabras.

—Pero si el redil es demasiado numeroso, señor, puede acabar arrollando a su amo —le contesté, porque aquel comentario me había parecido del todo inadecuado en aquel lugar.

Esa gente buscaba soluciones, no ofensas, y la actitud arrogante de gran parte de la nobleza y del clero era inaceptable.

—Pamplinas —me contestó y no volvió a dirigirme la palabra en toda la velada. Estaba segura de que al día siguiente haría correr el rumor de que la condesa de Chastell era una intrigante contra la Corona, pero me dio lo mismo.

Por más que miraba no lograba identificar a Ethan. La asistencia a la asamblea obligaba al uso de pelucas, lo que uniformaba de tal modo a los diputados que era difícil diferenciarlos a unos de otros.

—¡Qué descarado! —oí de nuevo la voz de mi cuñada.

—¿A qué te refieres? —le pregunté.

—Intenta disimular, pero aquel hombre no deja de mirarme.

Escudriñé los ojos de Agnes y vi que desmentían sus palabras. En ellos no brillaba el ánimo de los ofendidos, sino el de los ilusionados. Hasta ese momento nunca antes había visto en mi cuñada interés alguno por un caballero. Todos le parecían o demasiado aburridos o demasiado pagados de sí mismos. Sin embargo, ahora, en el lugar más inoportuno y en el peor momento, parecía que uno de aquellos había captado su atención.

Miré hacia la bancada de la nobleza, que teníamos justo en frente. Conocía a muchos, pero en aquel momento había comenzado el discurso del Rey y todos estaban vueltos hacia Su Majestad.

—Ahí no —susurró mi cuñada—. A tu derecha. En la quinta fila. Sigue mirándome de la forma más atrevida.

En aquella zona era donde se sentaban los diputados del Tercer Estado, burgueses y renegados, del todo inconvenientes para la hija de una de las familias más conservadoras de la aristocracia francesa.

Giré la cabeza con curiosidad y lo vi al instante.

¿Cómo no había podido verlo antes? Era cierto que con la amplia capa oscura y la pulcra peluca blanca era difícil de reconocer, pero sus intensos ojos azules no dejaban lugar a dudas. Cuando nuestras miradas se cruzaron, Ethan trazó una imperceptible inclinación de cabeza y vi cierto alivio en sus pupilas. Yo aparté al momento los ojos de él.

—Creo que le conozco —murmuró mi cuñada sin percatarse de mi agitación—, ¿será uno de esos nobles renegados que tanto desagradan a mi padre?

—Mejor que no le prestes atención —le conteste—. El Rey está a punto de terminar.

Las últimas palabras del soberano advertían sobre las innovaciones peligrosas que pudieran emanar de aquella asamblea, lo que sonó como toda una amenaza. Hubo aplausos dispares y la salida de Sus Majestades fue aclamada con vítores. La mayoría dimos gracias porque al fin hubiera terminado todo. Hacía un calor sofocante y apenas se podía respirar allí dentro.

Yo no había vuelto a mirar en dirección a Ethan, pero por la complacencia de mi cuñada intuía que él no había dejado de hacerlo. La salida fue atropellada. La etiqueta indicaba que debíamos permanecer sentadas hasta que aquel tumulto se despejara y entonces pudiéramos abandonar la sala con calma, por la puerta principal destinada a la nobleza. Pero no fue así. Agnes me tomó de la mano y tiró de mí pese a mis protestas.

De pronto me vi inmersa en un mar de capas pardas que se apartaban a nuestro paso y nos miraban con altivez. Me sentí ridícula, pero cuando una bocanada de aire fresco inundó mis pulmones me di cuenta de que estaba casi asfixiada. La Familia Real ya había partido por lo que todo parecía más distendido. Muchos de aquellos hombres, diputados del pueblo llano, nos miraban con evidente desaire. Debíamos de haber salido por el postillón por el que accedían los burgueses a la sala, una puerta trasera y casi disimulada. Nuestro atuendo gritaba que pertenecíamos a la Corte, un antro de corrupción para la mayoría de ellos, y más de uno me había reconocido como dama de María Antonieta.

Me sentía profundamente incómoda, no solo porque desentonaba entre aquellos hombres, sino porque mi presencia allí podía llegar a oídos de la Reina que no consentía el acercamiento de sus damas a los rebeldes.

—Viene hacia aquí —volvió a susurrarme mi cuñada, mientras se abanicaba de forma enérgica.

Nunca antes la había visto así. Taciturna y serena las más veces, había transformado la mezquindad de otros tiempos en una especie de curiosidad que tenía como objetivo contravenir las férreas normas de su familia. Cuando miré en la dirección que me indicaba, Ethan ya estaba a nuestro lado.

La peluca no le sentaba bien, a pesar de que ordenaba su aspecto fiero. Se le veía incómodo con ella. También con la larga capa que estaban obligados a llevar durante las sesiones. Serio, con la frente fruncida como tan a menudo, debía haber atravesado la calle para venir a nuestro encuentro. Un grupo de diputados ataviados de negro nos miraban expectantes, curiosos de qué podía ocuparnos con un miembro de su estamento.

—Condesa —saludó Ethan tras una ligera reverencia—, veía inadecuado marcharme sin presentarle mis respetos. No soy tan bárbaro como supone.

—Gracias —contesté con sequedad.

—¿Ha encontrado a quien buscaba entre el público?

Mis mejillas se ruborizaron al instante, como siempre que me hablaba de aquella manera cínica y ofensiva, y rogué porque mi cuñada no se estuviera dando cuenta. Él sí lo hizo y noté un brillo de placer en su mirada.

—He encontrado a muchos conocidos que siempre es agradable saludar —contesté para quitarle importancia—. ¿Le ha parecido inspirado el discurso del Rey?

—Más bien revelador.

Agnes nos miraba a uno y a otro sin comprender por qué se hablaban con tanta familiaridad una condesa y un diputado del pueblo llano. Decidí sacarla de dudas antes de que su cabeza se llenara de elucubraciones.

—Permítame que le presente a la señorita de Sabrán.

Él se inclinó y le besó la mano. Me di cuenta de que hasta ese momento no había reparado en ella, lo que por un lado me llenó de una secreta alegría, y por otro de un sincero temor.

Agnes lo saludó con coquetería, jugando con sus ojos y el abanico.

—Su rostro no me es desconocido, señor.

—Quizá nos hayamos visto antes, aunque dudo que frecuentemos los mismos círculos —dijo él en tono de burla.

—El doctor Laserre, y antes su padre, atienden al arzobispo cuando reside en Saclay —aclaré yo—. Estuvo en mi boda, aunque no te fue presentado. También fue él quien cuidó de tu hermano en el pasado, cuando se encontró indispuesto en París.

El eufemismo era propio de la Corte. Lo que sucedió aquella noche en mi casa de Saint Germain no había vuelto a tratarse, hubiera sido de mal tono.

—Por supuesto —exclamó Agnes al recordar el papel del apuesto doctor del que le habría hablado su madre—. Nunca le estaremos suficientemente agradecidas por su dedicación, señor Laserre.

Ethan parecía incómodo. Quizá la última persona con la que quería encontrarse era con la hermana de mi esposo. Alguien lo llamó desde el otro lado de la calle. Había un grupo de diputados que, al parecer, lo esperaban.

—Debo marcharme —dijo él tras dudarlo un momento—. Veía descortés no venir a saludarlas. Solo ha sido eso.

Su insistencia me desagradó. No era necesario repetirme que estaba allí únicamente por deber.

—Ignoraba que se rigiera por normas civilizadas, doctor —me salió sin pensarlo.

Él sonrió de aquella manera hermosa y deslumbrante que volvió a conseguir arrancarme un escalofrío en la piel, pero no dijo nada. Cada una de nosotras, envuelta en sus pensamientos, lo vimos alejarse entre la marea de capas oscuras. Agnes quizá preguntándose qué le resultaba atractivo de aquel médico rural. Yo confusa por aquella forma en que nos encontrábamos él y yo. Siempre incómoda y llena de tensiones.

Nuestro coche llegó al punto. Debíamos volver a Palacio donde nos habían invitado a una comida.

—Me lo tienes que contar todo sobre el doctor Laserre —me dijo mi cuñada, con la mirada ilusionada y perdida a través de los cristales de la carroza—. Me gustaría volver a verlo.

Yo no respondí. Hubiera tenido que dar demasiadas explicaciones.

A principios de junio el Delfín, Luis José de Francia, entregó su alma a Dios, lo que supuso un nuevo golpe para la Reina. En esta ocasión se esperaba desde hacía tiempo pues el pequeño tenía una constitución débil, sin embargo, no fue menos doloroso.

Hubo luto oficial, pero la Reunión de los Estados Generales no se demoró ya que los asuntos a tratar eran tan urgentes que cualquier dilación se consideraba un atentado contra la patria. Sin embargo, por más que los diputados se reunían y discutían, nada salía en claro ya que no llegaban a ponerse de acuerdo en las cuestiones básicas sobre cómo votar o cuál era la representatividad de cada estamento.

Mi cuñada Agnes no había dejado de perseguirme. Quería saberlo todo sobre Ethan. Yo esquivaba sus visitas, pues no sabía si sabría disimular mis turbios sentimientos por él. Por suerte, cuando venía a buscarme, yo rara vez me encontraba en mi apartamento, y cuando nos veíamos siempre había alguien más con nosotras, por lo que aquella conversación incómoda se fue dilatando.

Una mañana de principios de junio, aún de luto por la muerte del Delfín, nos vimos en París cuando yo salía de los talleres de mi modista. Su voz me convocó desde una carroza, donde me aguardaba asomada a la ventanilla.

—Hermana —me llamó.

—Agnes, no esperaba verte.

Algo me decía que aquel encuentro no era fortuito.

—¿Has terminado de probarte? ¿Vuelves a Versalles?

Tanto si decía que sí como si decía que no, querría acompañarme, así que intenté evitarla.

—Pensaba visitar a una vieja amiga de mi tía, me han dicho que se encuentra indispuesta.

—Pues despide tu carroza, que la mía nos llevará. Deseo desde hace tiempo hablar contigo.

No tenía otra salida que acceder a su petición. Así que le pedí a mi cochero que me esperara en casa de esta dama, y me acomodé junto a Agnes.

—Quiero hablar sobre el doctor Laserre —me dijo en cuanto los caballos emprendieron la marcha.

Sabía que aquel momento iba a llegar y yo solo podía alejarla de un dolor que para mí ya resultaba insoportable.

—¿Qué puede interesarte de un simple médico que, además, es diputado del Tercer Estado? —contesté con otra pregunta cargada de intenciones.

—Por ahora todo.

—¿Sabe tu madre de este repentino interés?

—Nunca, y cuento con tu discreción.

—La tienes, pero debes saber que está casado.

—Lo sé. Me lo ha dicho él mismo.

Sentí la punzada de los celos como un alfiler invisible que se esconde entre la ropa.

—¿Cuándo? —le pregunté, intentando que no percibiera mi ofuscación.

—Ayer —contestó ilusionada—. Fui a buscarte para contártelo, pero no te encontré. Asistí a una sesión de los estados y a la salida nos topamos por casualidad.

—¿Qué te dijo? —temía que hubiera hablado de mí.

—Al principio pareció confundido, lo que me resultó encantador. Después simplemente charlamos durante unos minutos. En algún momento me habló de su esposa.

—¿Y bien?

Agnes me tomó de las manos, como haría ante la noticia más dichosa del mundo.

—¡Es el hombre más apuesto con el que he tenido la dicha de conversar! —sus ojos brillaban de una manera que reconocía en los míos—. Quiero ir de nuevo a la Asamblea, quizá volvamos a encontrarnos, pero necesito tus buenos consejos.

Su felicidad contrastaba con mi temor. Pero, ¿temor a qué? Una y otra vez me había repetido que Ethan no era más que una vana ilusión. La quimera de una felicidad inalcanzable. Quizá sentía miedo de que Agnes fuera capaz de romper lo que yo no podía.

—No creo que pueda ayudarte —murmuré al cabo de demasiado tiempo.

Ella me miró contrariada.

—Tú sabes navegar contracorriente —me dijo—. Eres la única que se enfrenta a mi madre con éxito. La única que dice lo que piensa y no es reprendida por ello al instante. Yo quiero poder explicar lo que siento por el doctor Laserre y no ser vilipendiada por la Corte.

Entonces sentí ternura por ella. No se daba cuenta del tortuoso camino por el que se estaba adentrando.

—Agnes, no creo que seas consciente de lo que me pides —esta vez fui yo quien la tomó de la mano mientras la carroza se detenía ante la casa de la anciana dama—. Nunca se aceptará que sientas el más mínimo afecto por alguien tan alejado de tu posición. Y me temo que el doctor Laserre, a quien algo conozco, tampoco.

Ella volvió a apartar la mano.

—Eres cruel —me recriminó, pero yo supe que tenía que ser firme.

—Te digo la verdad como hermana que siente una gran ternura por ti. Ni yo misma daría un paso en esa dirección sin caer en la desgracia.

Ella pareció meditarlo. Yo no aparté mis ojos de los suyos, intentando discernir qué pasaba por su mente. El lacayo abrió la portezuela de la carroza y desplegó la escalerilla.

—Gracias por tus consejos —dijo al fin Agnes, más calmada—, pero seguiré mis instintos y espero contar con tu apoyo.

Era testaruda, quizá tanto como yo misma.

—Estaré a tu lado —le dije sin dobleces—, no lo dudes.

Al fin sonrió y me dio un tierno abrazo. Yo no estaba muy segura de si había hecho lo correcto. Quizá le había creado vanas esperanzas. Me temía lo peor. Al fin bajé de la carroza. Una sonriente Agnes se despidió, llevándose la mano al corazón.

—Nunca te estaré lo suficientemente agradecida.

Los caballos partieron al trote y yo tuve la amarga sensación de que iba a formar parte de algo doloroso en todos los sentidos.

— CAPÍTULO 18 —

La vieja amiga de mi tía, como gentileza por aquella visita, me invitó a pasar unos días junto a algunos conocidos en su castillo de Berny. En cualquier otro momento hubiera declinado su invitación, pero necesitaba alejarme del ambiente opresor que vivíamos en Palacio. Esta marquesa era una dama no solo exquisita, sino también piadosa, conocida porque había desmantelado sus invernaderos para atender en ellos a los más necesitados. No frecuentaba la Corte, pero despertaba un gran respeto.

Solicité permiso a la Reina y partí hacia Berny, a dos horas de Versalles. Mi tía insistió en que usara berlina ya que necesitaría un abultado equipaje. Le hice caso por no escuchar su retahíla de reproches, pues yo siempre prefería carrozas más ligeras. El cochero, dos lacayos y un paje iban en los pescantes. Me acompañaba Claire, pues había dado unos días libres a Madeleine para que fuera a reunirse con su hermano en París. Fue un viaje encantador, bajo un sol tibio y el aroma de las flores de mediados de julio. Tanto que pedí al cochero que no azuzara a los caballos para disfrutar al máximo de aquel trayecto. Parecía que todo había vuelto a la calma y que los días de gloria de la monarquía triunfarían cuando se clausuraran los Estados Generales.

Llegados a Berny la berlina se detuvo. Le pregunté al cochero, que me dijo que la cancela estaba cerrada con cadenas. Era extraño, pues la amiga de tía Margot esperaba invitados a lo largo de todo el día. Yo me encontraba tan serena que no le di importancia y mandé a Pierre a que fuera en busca de un criado del castillo. A voces llamó para que nos atendieran, y solo mucho tiempo después apareció un portero, de aspecto demudado, que discutió con él.

Desde el interior de la carroza yo veía como los dos hombres gesticulaban con grandes aspavientos. Al final mi criado volvió sobre sus pasos, con rostro agrio.

—Señora —se excusó—, este loco habla de revueltas. No logro entenderle.

Suspiré, incómoda porque un día perfecto fuera empañado por la cabezonería de un sirviente ajeno. Quizá un poco exasperada bajé de la berlina y fui al encuentro del portero. Mi propio servicio me miraba con desaprobación, pues no terminaban de acostumbrarse a que yo solucionara mis problemas por mí misma. Lo normal era que hubiera enviado a los dos lacayos a que le dieran de bastonazos. El hombre permanecía al otro lado de la cancela, muy nervioso, retorciendo el sombrero que llevaba en la mano.

—Soy la condesa de Chastell —le dije cuanto estuve junto a la verja—, abre inmediatamente. Tu señora me espera y no me agradaría tener que informarle de este desagradable asunto.

El hombre cayó de rodillas. Parecía tan terco como contrariado.

—Señora —me dijo—, lo haría de buen grado, pero debe volver a Versalles de inmediato. Esas han sido las órdenes de mi señora.

—¿Cómo es posible? —le pregunté, pensando que quizá ese hombre no estaba cuerdo.

Aquel portero parecía tan asustado que me temí lo peor.

—Debe haberse cruzado con el correo, condesa —respondió cuando le urgí a que contestara—. Mi señora ha mandado recado a todos sus invitados para que se retiren cuanto antes de los caminos. Ha estallado la revuelta en París y ella no puede abandonar la capital. Incluso teme por su vida. Las puertas de la ciudad están cerradas con barricadas y el pueblo se ha armado hasta los dientes. Dicen que los guardias, lejos de enfrentarse, se han unido a ellos. Todo es un caos allí, condesa. Si lo desea puedo abrir las puertas, pero la seguridad no está aquí, sino en Versalles. No se sabe adónde irán después de arrasar la ciudad, pero no se atreverán a tocar al Rey. Eso es lo que ha dicho mi señora.

Escuché cada palabra, primero con incredulidad y después con aprensión. No podía ponerlo en duda si aquella información provenía de tan recta dama. Una revuelta en París era una noticia alarmante y era cierto que yo no deseaba estar encerrada en un castillo indefenso si las cosas se complicaban.

—¿Estás seguro de lo que dices?

—Lo ha escrito de puño y letra mi señora.

No quise ponerlo en duda.

—Has hecho bien, buen hombre. Cuida de quienes permanezcan en el castillo. Solo te voy a pedir un caballo de refresco y ropa de trabajo.

Extrañado por mi petición, el hombre accedió y fue en busca de lo requerido. Yo volví hasta mi berlina, envuelta en un mar de dudas.

—¿Qué debemos hacer, señora? —me preguntó Pierre.

—Te voy a solicitar algo injusto —le contesté, sintiéndome mal por hacerlo—. Négate si lo crees conveniente y lo comprenderé.

—Estoy a sus órdenes.

Su fidelidad me conmovió.

—Al parecer es cierto lo que este hombre dice sobre la revuelta. Necesito que vayas a París y te asegures de que Madeleine está a salvo.

El muchacho no lo dudó.

—Lo haré, señora.

—No te expongáis al peligro. Ante la más mínima duda de que puedas estarlo, huye.

—Volveré con noticias, señora.

No sabía si mandaba a aquel fiel lacayo a un riesgo incierto, pero el hermano de Madeleine vivía en uno de los barrios más levantiscos de la ciudad y ella había adquirido maneras cortesanas.

Le informé que en el castillo le proveerían de otras ropas, pues debía quitarse la librea, y de un caballo veloz. Una vez que me acomodé de nuevo en la carroza me di cuenta de que Claire se había enterado de todo y parecía muy preocupada.

—¿Qué haremos? —me preguntó.

—Volver a galope y comprobar si es cierto lo que dice este buen hombre.

Vi el temor en sus ojos.

—¿No sería más prudente permanecer aquí? ¿Y si se dirigen hacia Versalles? Los encontraremos en el camino.

Tenía razón. Pasaríamos muy cerca de la ciudad, y con aquella berlina seríamos un blanco fácil de los amotinados.

—Al igual que no estaría tranquila sin tener noticias de tu tía —le dije—, tampoco lo estaría sin conocer la suerte de los míos.

Ella asintió y yo di orden al cochero de que volara lo más rápido posible, sin detenerse ante nada.

Lo que antes fue un viaje de paz, ahora era un grito de guerra. Los mismos campesinos con los que nos habíamos cruzado unas horas antes me parecían amenazantes y llenos de intenciones. Llegamos a Versalles sin encontrar en el camino prueba alguno de que en París se hubiera desatado un motín. Pedí a mi cochero que se detuviera un instante en casa de mis tíos, pero que estuviera listo para partir en cuento saliéramos.

Entré en la casa como un torbellino. Sin dejar que el mayordomo me anunciara asalté el gabinete de la señora, donde la encontré cómodamente leyendo.

—¿Dónde se encuentra tío Philippe? —le pregunté sin más preámbulos.

—Está en Palacio. ¿Qué sucede?

—Debe venir conmigo.

Su mirada se llenó de preocupación, pero no se movió de donde estaba.

—¿A dónde?

—Puede que sea urgente, tía. Se lo explicaré por el camino.

Accedió al ver la determinación de mi rostro. Apenas tardó en cambiarse, y unos minutos más tarde se lo conté todo mientras los caballos trotaban camino de Palacio. Estuvo de acuerdo con todas mis disposiciones. Según ella, el arzobispo ya la había alertado de que de un momento a otro podían formarse revueltas, y que en ese caso lo mejor era estar junto al Rey.

La Galería de los Espejos estaba llena de cortesanos que comentaban los acontecimientos con desgana. Todo eran rumores por lo que el Consejo había pedido información fidedigna de lo que acontecía en París.

Unos estaban asustados, aduciendo que las tropas se habían revelado y marchaban ya sobre Versalles. Otros afirmaban que aquel motín era apenas insignificante y sería acallado en cuanto los soldados tomaran la ciudad.

Yo temí por los míos. Por Madeleine, que podría resultar herida... y en ese momento recordé que Armand también estaba en la *ville*, y que su temperamento levantisco podía llevarlo a tomar una determinación equivocada. También me preocupaba Pierre, a quien había enviado a una suerte incierta. ¿Y Ethan? Sabía que vivía en París y estaba segura de que de alguna manera formaría parte de aquel levantamiento, de ser ciertos los rumores.

Alguien apareció en ese momento para informar al Rey sobre lo que de verdad sucedía en su capital.

—¿Es una revuelta? —le preguntó Luis XVI.

—No, mi señor. Esto es una revolución.

Así nos enteramos de que el pueblo había asaltado la prisión de la Bastilla.

Mi lacayo volvió de París al día siguiente, sano y salvo, en compañía de Madeleine. Al primer síntoma de rebelión mi doncella había sabido escabullirse para refugiarse en mi casa de Saint Germain. Estaba sana y salva y contaba cosas horribles de lo que había presenciado, como las cabezas clavadas al final de una pica y los cuerpos descuartizados de los guardias de la prisión. Mi marido también se encontraba bien, y sereno, pero se negaba a volver a Versalles. Temí por él, pero al menos sabía a lo que se atenía.

Ya nada era seguro, y las familias más poderosas de la Corte comenzaron a emigra. Todos los días se veían pesados carruajes, abarrotados de sirvientes y repletos de equipaje, abandonando Versalles, que empezaba a encontrarse desierto. De pronto se había puesto de moda emigrar, y los cortesanos lo comentaban con la misma frivolidad con que hablaban de un nuevo color para las mejillas o de un nuevo corte de vestido. Muchos de los miembros del séquito de la Reina ya no estaban. Algunos se habían marchado sin ni siquiera pedir permiso. Estas grandes ausencias no solo se notaban en Palacio, también en París pues eran tantas las fortunas que ya habían partido que los comerciantes veían cómo se hundían sus negocios. Allí también comenzó la diáspora de joyeros y modista que seguían a sus clientes al extranjero.

Aun así, tras la toma de la Bastilla, París y Versalles aún permanecían en cierta calma. Una nueva guardia nacional patrullaba constantemente y se encargaban de mantener la paz. Ahora la divisa tricolor, símbolo de los revolucionarios, se veía por todas partes, y los que no la llevábamos éramos tratados como antipatriotas. De un día a otro todo era incierto.

El Rey ordenó la retirada de las tropas que se posicionaban cerca de la capital y entonces tuvo que decidir qué hacer. María Antonieta era partidaria de partir con la milicia hacia un lugar más seguro, pero el Rey dudaba. Quizá fuera mejor dirigirse a París e intentar alcanzar un acuerdo con sus díscolos súbditos. Ganó esta segunda opción, y cuando Luis XVI de marchó a la capital con su séquito, todos pasamos la noche en vela, temiendo que Su Majestad jamás regresara.

Aquella noche se hicieron los preparativos por si teníamos que exiliarnos al día siguiente. La Reina quemó su correspondencia y, ayudada por su camarera, desmontó todos los diamantes de su joyero para poder trasportarlos con facilidad. También ensayó un discurso de súplica ante la Asamblea, donde pedía que le fuera permitido reunirse con su esposo en caso de que a este se le retuviera en París.

Según avanzaba la madrugada, María Antonieta ordenó que fueran a avisar a algunas de sus damas más cercanas para que le hicieran compañía, pues la intranquilidad la consumía. Pero al ir los pajes a informarlas de los deseos de la Reina, encontraron sus puertas atrancadas con cadenas y nadie en el interior de los apartamentos. Todos abandonaban a la monarquía en sus peores momentos. Solo los más irreflexivos nos quedamos a su lado. Yo, que nunca había sido de sus favoritas, me encontraba al pie de su cama en la noche más oscura.

Mi tío mantuvo su cargo y le fueron encomendadas nuevas obligaciones. Era noble de corazón como para abandonar a sus soberanos en el momento más amargo, a pesar de que muchos le aconsejaban que saliera de Francia ahora que aún estaba a tiempo. Los Sabran ya estaban en Coblenza, menos Agnes, que se había negado a acompañarlos, y mi marido, que continuaba su vida frívola en París.

Cuando al fin Luis XVI regresó a Palacio al amanecer, habiendo conseguido pacificar la ciudad con su presencia, fue como si despertáramos de una terrible pesadilla. ¡Ingenuos de nosotros!

Como recompensa por su lealtad, el Rey dio aposentos al arzobispo en el mismo palacio, en el segundo piso del ala sur, en el Patio de los Ministros, donde se mudó con la señora de Épinay.

Ya no importaban las apariencias, solo la fidelidad.

Si algo alejaba aquellas inquietudes era hacer como que no existían.

Continué dirigiendo la mesa del arzobispo, que cada vez era más activa. Pasaba casi todo mi tiempo libre en sus apartamentos, organizando con tía Margot las próximas comidas y recepciones. Agnes estaba cada vez más apegada a mí y era rara la noche que no acudía a verme para charlar mientras me desnudaban.

Ese día llegué tarde y cansada a mis aposentos. Había pasado todo el día con la Reina en Trianón y acababa de abandonar la mesa de mi tío cuando el último comensal se había levantado.

Madeleine me esperaba en el vestíbulo, lo que me extrañó pues por las noches era su sobrina quien solía ayudarme a desvestirme.

—El doctor Laserre ha insistido en esperarla, señora, a pesar de la hora—me dijo sin la más mínima alarma en su voz. Lo conocía tanto de Saclay como de la noche que fuimos a buscarlo a su casa—. No he visto nada malo en que lo haga en la antecámara, en vista de que el señor conde tampoco regresará hoy de París.

No lo esperaba, y mis mejillas se arrebolaron solo de saber que se encontraba al otro lado de la puerta.

—¿Te ha dicho para qué ha venido?

—No, señora, pero ha insistido en que es importante.

Sentí cierta inquietud. No era del todo inusual una visita a aquella hora. En Versalles los cortesanos no se iban a dormir hasta la madrugada. Pero sí la de alguien con quien nunca sabía en qué términos nos encontrábamos.

Rogué porque hubiera sido discreto. Si se sabía que un diputado del Tercer Estado visitaba a una dama de la Reina yo tendría que dar muchas explicaciones. También se alojó en mi pecho algo parecido a la tranquilidad ya que desde el día de la revuelta había esperado lo peor debido al carácter apasionado de mi buen doctor.

Cuando entré en mi antecámara y lo encontré de pie, junto a la ventana, mi corazón dio un vuelco. Logré sobreponerme a la turbación que siempre me provocaba su presencia y pedí a Madeleine que nos dejara a solas.

Él se volvió. Estaba muy serio. También parecía incómodo.

—No esperaba encontrarle aquí —le dije aparentando una tranquilidad que no sentía mientras me deshacía de guantes y sombrero.

—No es una visita de cortesía —dijo al instante, sin moverse de donde estaba.

Cuando me acerqué me di cuenta de que tenía una marca en la mejilla. Un corte que le atravesaba el mentón y casi llegaba a la oreja.

—Está herido.

—Solo es un rasguño.

—No lo parece.

—No he venido para que me trate como a alguien que no sabe cuidar de sí mismo.

De nuevo su arrogancia. Ni un saludo ni la más mínima urbanidad.

—¿La señora Laserre se encuentra bien? —le pregunté, pues temía que la hubiera arrastrado también a ella en su locura revolucionaria, ya que ahora tenía claro que se había hecho aquellas heridas luchando en las revueltas de París.

Ethan me miraba de una manera desconcertante. No con su habitual distancia, ni con aquella luz abrasadora que me llenaba de culpa y frustración. Sino con cierto temor y aprensión.

—Debe usted salir de Francia cuanto antes —fue lo que me contestó.

En el momento de pedírmelo parecía enfadado. Como si fuera consciente de que no iba a convencerme con facilidad. Ese era un consejo que ya había oído muchas veces en los últimos días, pero aun así resultaba extraño escucharlo de sus labios. Suspiré y crucé los brazos en una actitud desafiante.

—No pienso hacerlo.

—La mitad de sus amigos ya han partido. Siga su ejemplo.

—Mi sitio está aquí.

—Es medio española —estaba angustiado—. Puede ir a visitar a algún pariente. Márchese a Bélgica. A Suiza. Cualquier lugar es bueno. Seguro que hay fiestas, y bailes, y todas esas cosas que le agradan

Su insistencia era exasperante y aquellas insinuaciones sobre mi frivolidad me ofendían en lo más íntimo.

—¿Por qué me pide esto? ¿Tanto le molesta mi presencia?

Se pasó una mano por el cabello. Parecía agotado y aquella herida en el rostro debía dolerle más de lo que aparentaba.

—¿Es que no lo entiende? Si las cosas empeoran no podré protegerla —dijo a la vez que daba un paso en mi dirección, que al instante desanduvo.

Me quedé atónita ante aquella confesión. Su preocupación por mi seguridad parecía cierta, y había venido a verme solo por eso. Muchas ideas volaron por mi mente, a cada cual más alocada e indigna de consideración.

—El Rey ha cedido a las demandas del pueblo —contesté de forma precipitada para que en el silencio de la noche no escuchara el latido acelerado de mi corazón—. Ha vuelto la paz.

—No sea ingenua. Esto no ha hecho más que empezar.

Dudé si preguntárselo. Ansiaba oír su respuesta tanto como lo temía.

—¿Por qué se preocupa por mí?

Sus ojos adquirieron aquel brillo extraño que tan bien conocía. Pero al instante se volvieron opacos para perderse entre los hilos de la alfombra.

—No lo sé —confesó con voz angustiada—. ¿Qué importa?

—A mí me importa.

—Logra exasperarme. Solo he venido para avisarla.

Tomó el sombrero de la mesa con la intención de marcharse, pero yo no me aparté.

—Pues no es necesario que se preocupe por mí. Yo también sé cuidarme y estoy rodeada de personas amables que saben lo que es bueno para mí.

—No sabe lo que dice.

—¿Y usted sí? ¿También ha arrastrado a su esposa en esa locura sediciosa que le ocupa?

—No meta a Julia en esto —dijo sin moverse de donde estaba—. Tiene tuberculosis y no hay mucho que hacer para salvarla

Me sentí ruin por haberla utilizado para hacerle daño. El dolor que veía ahora en sus ojos y que no había sabido comprender. Me acerqué para consolarlo, pero solo un par de pasos. Más allá hubiera sido inapropiado.

—Siento lo que he dicho. Lo que esté en mi mano —me ofrecí—, cuente con ello.

—No es cuestión de fortuna —volvió a mirarme y esta vez eran sus ojos una flama—. No quiero perderte también a ti.

—Ethan…

Él recorrió de un par de zancadas la distancia que nos separaba. Yo retrocedí hasta la pared, quedando atrapada por su cuerpo. Nos separaba apenas la distancia de unos labios. Él había apoyado una mano contra el muro, impidiéndome la retirada, algo que de todas formas yo no iba a hacer. Estaba tan cerca que nos rozábamos al respirar. Nuestros ojos nos anclaban el uno al otro, intentando descifrar cuál sería el siguiente paso.

—Si te pasara algo no me lo perdonaría —murmuró al fin, con una voz profunda y llena de matices.

—Sé defenderme —contesté casi sin voz.

—No de esto.

—Lo hablaré con mi tío.

—Isabel…

Él se acercó un poco más y yo le puse una mano en el pecho. Al instante vi su mueca de dolor.

—Estás herido también aquí —lo que tenía bajo mi mano era un vendaje oculto por la camisa y el chaleco, por lo que no podía saber la dimensión de su herida.

—No es nada.

Sentí que todo pendía de un hilo.

—Prométeme que no te expondrás al peligro.

—Isabel… —volvió a repetir como un gemido de angustia

En ese momento aparté mis ojos y la vi.

Vi a Agnes de pie ante la puerta abierta.

Detrás Madeleine, que no había sabido detenerla. Mi cuñada nos observaba con los ojos muy abiertos. A mí y al hombre que creía amar. Casi encima uno de otro. En una escena que no dejaba pie a la interpretación.

Ethan comprendió que algo sucedía y siguió mi mirada. Cuando la vio recobró la compostura y se apartó. Yo me alisé el vestido, pero fui incapaz de moverme. A pesar de que nada había pasado todo daba a entender una historia tórrida.

—He de marcharme —dijo Ethan ajustándose la casaca—. No sea insensata y atienda mi consejo —cuando pasó junto a Agnes inclinó la cabeza—. Señorita.

¿Cuánto había presenciado? ¿Cuánto había escuchado?

Una vez a solas quise ir al encuentro de mi cuñada y explicarle que no había sucedido nada. Pero Agnes me miró con desprecio y salió de la habitación.

Pude ir en su busca, pero no lo hice.

Al día siguiente partió para reunirse con sus padres en Coblenza.

– CAPÍTULO 19 –

Si Agnes no hubiera aparecido aquella noche, no sé dónde hubiera sido capaz de poner límite a la pasión que me arrastraba hacia Ethan Laserre.

Mi aversión a la infidelidad, quizá proveniente de mi férrea educación española, tan distinta a la francesa, la convertía en un agudo remordimiento. Aquella inseguridad sobre la forma en que mi voluntad se plegaba solo con la presencia del doctor Laserre me llenaba de incertidumbre. ¿Sentía él lo mismo por mí o era un hombre experimentado, que sabía la manera de hacer ceder a una mujer? Los había visto en la Corte. A otros hombres así. Eran capaces de descubrir las inclinaciones más íntimas de una mujer y convertirse en los únicos capaces de satisfacerlas. Una vez saciados, las abandonaban con la reputación destrozada o con la marca de la facilidad prendida de su escote. ¿Eso era yo para Laserre? ¿Un reto, un deseo antiguo que no estaba dispuesto a dejar pasar? ¿La confirmación de que la corrupta nobleza era capaz de ceder bajo sus manos como una pella de arcilla? Necesitaba saber qué quería de mí y hasta dónde era cierto lo que me decía. Preguntárselo cara a cara lo consideraba demasiado arriesgado. No podían vernos una vez más en público y a solas. Hubiera sido demasiada casualidad. Acababa de descubrir que no podía fiarme de mí misma en privado.

Decidí dar un paso temerario. Ethan me había contado que Julia estaba enferma y necesitaba saber si era cierto o solo una argucia para atacar mi sensibilidad y arrojarme a sus brazos.

Acompañada solo por Claire decidí ir a su casa a una hora en que sabía que Ethan Laserre se encontraba en la Asamblea. Me habían dicho que la capital era segura, siempre y cuando se llevara prendida de la solapa la escarapela nacional. Busqué una y me la ajusté sobre el fajín cuando ya estaba dentro de la carroza. Viajamos hasta París en una calesa ligera, sin escudo alguno, con la que pasar desapercibidas. Me vestí con una simple *chemise à la reine*, de muselina blanca, ajustada bajo el pecho por una ancha banda de seda azul. Era un aire campesino a imitación de María Antonieta que se había puesto de moda fuera de la Corte. A pesar de su sencillez era una prenda costosa y soberbia, pero no había nada más discreto en mi guardarropa.

Dejamos el carruaje a cierta distancia de nuestro destino y recorrimos las últimas cuadras a pie. Había sido una buena idea tocarme con la insignia tricolor pues la llevaban todos con los que nos cruzábamos. Con la luz del día aquel vecindario parecía un poco menos lóbrego. Seguía preguntándome por qué Ethan, cuya familia gozaba de cierta fortuna, no buscaba un lugar más decente donde vivir. La escalera, iluminada por la luz exterior, también era más amplia y limpia de lo que me había parecido. Había pedido a Claire que me esperara en el zaguán. Llamé a la puerta, y Julia me abrió al instante.

—¡Condesa!

Estaba muy pálida y sus hermosos ojos castaños parecían apagados y bordeados de ojeras. Llevaba un discreto vestido gris oscuro, cubierto por un delantal.

En aquel momento se secaba las manos en él, para al instante intentar sujetar un rizo que se había escapado de su sencillo recogido.

—He venido a París a arreglar unos asuntos y no quería dejar de visitar a mis conocidos —disimulé cuanto pude, a pesar de la turbación que me había causado su estado.

—Pase, se lo ruego.

Se había apartado para que yo entrara. Aquella misma estancia parecía ahora bien distinta de la otra vez que estuve allí. La luz del sol estival entraba a raudales, apenas retenido por unas bonitas cortinas de brocado verde. Se habían cambiado las tapicerías a juego, y había grabados galantes colgados de las paredes. Todo tenía el aspecto de un hogar, cálido y acogedor. El aspecto de algo que yo entonces desconocía pero que me causó una enorme tristeza por haberme sido vedado.

—Mi esposo está en Versalles —se excusó—. ¿Puedo ofrecerle algo?

—Ha hecho usted maravillas con este apartamento.

Julia empezó a toser, un sonido profundo y grave que ella intentó cubrir con un pañuelo.

—¿Se encuentra bien? —pregunté con cautela.

—Es el verano. Hace demasiado calor.

Seguí su gesto y me senté cerca de la ventana. Ella se había deshecho de su delantal y tomó asiento en una silla vacía al otro lado de la mesa.

—¿Su familia sigue viviendo enfrente?

—Se marcharon al poco de nuestra boda. En verdad yo tendría que haber partido con ellos a Bretaña si Ethan no hubiera pedido mi mano —dijo con timidez—. No tengo a nadie en París y a veces me siento un tanto sola.

—Entonces debemos ser amigas —dije con aquel tono cortesano que significaba muchas cosas y nada a la vez.

Julia me miraba, llena de dudas, y yo empezaba a comprender que no había acertado yendo hasta allí.

—Es algo que me agradaría, se lo aseguro —dijo al fin—, pero no sé si será adecuado.

—¿Por qué dice eso?

Parecía contrariada. Así lo mostraban sus manos, que se retorcían en el regazo.

—Las cosas están cambiando, condesa. Supongo que ya se habrá dado cuenta. Lo modesta esposa de un diputado del pueblo y toda una dama de la Corte. No creo que sea algo fácil de explicar a nuestros amigos, y menos en los últimos tiempos.

—¿Estos últimos tiempos a los que se refiere son los responsables de las heridas de su esposo?

Me miró con la frente ligeramente fruncida.

—¿Él se lo ha contado? ¿Lo ha visto últimamente?

No pude disimular.

—Lo vi solo unos instantes, pero no pude dejar de apreciarlo.

Julia suspiró. Su piel tenía un tono amarillento que ni el rayo de sol que caía sobre ella aportaba lozanía. Ethan no me había mentido. Estaba enferma, muy enferma, y yo sabía por casos similares cuál era el final de aquella dolencia.

—Temí por él —dijo al fin, saliendo de su arrobamiento—. Si me hubiera dicho adónde iba no lo hubiera dejado marchar, y si el soldado hubiera sido más certero, la bayoneta le hubiera atravesado el corazón. Ya ve. Una serie de casualidades. Él mismo se cosió la herida.

Aquello me aterrorizó. Al parecer la lesión había sido más grave de lo que esperaba.

—Debe convencerlo de que desista en este loco empeño —le dije, pero Julia me miró contrariada.

—Cuando me casé con Ethan sabía con quién lo hacía, condesa. Él cree que puede cambiar el mundo y si yo no lo apoyara...

Un nuevo ataque de tos la hizo estremecerse. Este fue más violento. Fui hasta ella y le tendí mi pañuelo. Cuando lo retiró de su boca vi un rastro de sangre.

—Le traeré agua.

—No es necesario —me detuvo.

Iba a hacerle caso, pero me di cuenta de que no debía.

—Lo es.

Sobre una alacena había una cántara de barro cubierta con un plato. Al lado varias jarras de gres. Vertí el agua en una de ellas y se la acerqué, teniendo cuidado de que se la bebiera toda. Parecía más tranquila y me dio las gracias.

—Queremos tener hijos, ¿sabe? —me dijo cuando yo volví asentarme a su lado—. Muchos hijos. Necesitaremos una casa mayor.

—Será maravilloso.

—Me gustaría que tuviera un pequeño jardín donde plantar un manzano y cultivar mi propio huerto. Le parecerá algo muy rústico, condesa.

Sentía un nudo en la garganta difícil de digerir.

—Me parece algo por lo que merece la pena apostar.

Julia me miró de una forma muy particular y en ese momento me di cuenta de que algo intuía sobre la extraña atracción que sentíamos él y yo.

—Sin Ethan, nada en mi vida merecería la pena. ¿Lo entiende?

—Creo que lo entiendo.

Sonrió de manera muy dulce.

—Otras personas lo tienen todo: Posición, fortuna, belleza. Yo solo lo tengo a él, y no sé durante cuánto tiempo podré hacerlo feliz.

Me sentí la persona más ruin de la tierra. Yo había ido allí para calmar mis dudas sin importarme los sentimientos de la mujer condenada que tenía delante.

—Lo tendrá junto a usted para siempre, amiga mía —le dije con la mayor firmeza, como si eso lo hiciera posible—. Hasta que vuestros hijos se casen y vuestros nietos correteen alrededor de su falda.

Su sonrisa se amplió.

—Eso he soñado. Eso pido cada noche cuando me acuesto.

No pude aguantarlo más. Me sentía tan despreciable como indigna de estar allí.

—Y así será —dije poniéndome de pie—. Ahora no quiero importunarla más.

Ella me acompañó hasta la puerta.

—No le diré a Ethan que ha venido. Quizá no lo comprenda.

—Se lo agradezco —iba a marcharme cuando me giré de nuevo hacia ella—. ¿Puedo volver en alguna otra ocasión? Seré discreta, se lo aseguro. Nadie tiene que saber que somos amigas. Si no tiene usted familia quizá yo pueda acompañarla.

—Será bienvenida.

Yo también le sonreí, pero llena de remordimientos.

—Cuídese.

Bajé la escalera a toda prisa y salí a la calle como si mi vida fuera en ello, seguida por una desconcertada Claire que no podía preguntar qué había sucedido allí arriba.

Durante el camino de regreso lloré sin poder contenerme y sin importarme lo que mi sirvienta pudiera contar. Muchas veces, el dolor y la vergüenza son una misma cosa y es necesario dejarlos fluir.

Supe que algo grave había sucedido por lo forma en que mi tío pasó de largo, sin detenerse en la biblioteca. Sus apartamentos de Versalles eran apenas cinco piezas diminutas, pero el arzobispo había insistido en que en una de ellas debían estar sus libros. La señora y yo nos miramos la una a la otra. Era del todo inusual que llegara a casa sin hacer un cumplido. Era demasiado de la vieja escuela. Incluso en los momentos de mayor fatiga jamás excusaba un momento para saludarnos. Dejamos la labor de aguja en el costurero y fuimos tras él. Se encontraba en el gabinete, revolviendo los documentos que se apilaban en los cajones.

—¿Qué ha sucedido? —preguntó tía Margot nada más entrar.

El arzobispo se había deshecho de su peluca, algo del todo inusual. Repasaba frenéticamente un documento para al instante hacer lo mismo con otro.

—Deberían estar aquí todos los títulos de propiedad. Mi secretario dice que los ha ordenado alfabéticamente pero solo hay efectos sin pagar —contestó sin mirarnos.

Mi tía comprendió que aquello podía ser más serio de lo que sospechaba. Entró en el gabinete y puso una mano sobre la de su amante.

—Philippe.

Él al fin se detuvo. No era habitual que la señora se tomara aquellas libertades. Ni siquiera cuando solo yo estaba presente. Primero la miró a ella y después a mí, para al final desplomarse sobre una butaca.

—Todo se ha acabado, querida —dijo pesadamente, como si las palabras tuvieran materia.

Ninguna de las dos comprendimos aquella afirmación. ¿Lo habían destituido de su puesto? ¿Le había sucedido algo al Rey? Fue mi tía quien le apremió a continuar.

—Explícate. Logras alarmarme.

Volvió a tomar aire antes de continuar. Se veía agotado, y quizá también derrotado.

—Los diezmos por vasallaje, las rentas, los beneficios eclesiásticos, los cobros por regimientos, las dádivas —dijo con aquella voz cansada—. Todo ha sido abolido en la sesión de hoy. Ya no existen. Ya no tenemos derecho a ninguno de ellos.

Ahora fue mi tía quien se sentó en la otra butaca, quizá porque sus rodillas empezaban a temblar.

—Eso no es posible —comentó incrédula—. Para sacar adelante una ley así hubieran necesitado el voto de la nobleza y del clero. Ellos solos…

—Y así ha sido —no la dejó acabar—. Duques, marqueses, condes, obispos, en un momento de borrachera patriótica han votado a favor de la resolución del Tercer Estado —suspiró una vez más—. Está hecho y el Rey no ha podido negar su rúbrica. No sé qué va a pasar cuando entren en razón.

Aquella noticia era terrible. Vivíamos de nuestros derechos ancestrales. Si la nobleza perdía sus rentas, ¿cómo íbamos a pagar a nuestros acreedores?, ¿de qué viviríamos todos? Las tierras no valían nada si no eran productivas, y el resto de propiedades, ¿cómo podríamos mantenerlas?

—¿Cuándo se hará efectivo? —pregunté.

—Ya es una realidad, querida. Tu tía no recibirá ni un *sous* más por Saclay de ahora en adelante, ni yo por mis feligresías. El modelo de vida que se instaló en Francia con el primer Capeto ha sido derogado hace unas horas. Ya no existe.

—¿En qué situación nos deja? —preguntó mi tía, aunque por su expresión ya sabía la respuesta.

Tío Philippe la tomó de la mano. Era un gesto tierno al que yo no estaba acostumbrada entre ellos. Siempre guardaban la más estricta compostura.

—Apenas nos queda capital y estamos llenos de deudas, Margot. Por ahora no debemos preocuparnos por nuestros acreedores. Mientras siga con mi cargo en el ministerio estamos a salvo. Podremos sobrevivir con mi pensión como servidor público, pero debemos empezar a pensar en hacer economías, comenzando por la servidumbre y la mesa. Lo primero será abandonar la casa de Versalles ahora que vivimos en Palacio. Después ya veremos.

—¿Y si eres destituido?

—Cuando eso suceda actuaremos en consecuencia. Por ahora no debemos preocuparnos de más desgracias.

Si todo eso era cierto, y no tenía razón para dudar del arzobispo, el resto de familias nobles estarían en esos momentos en la misma situación que nosotros.

—¿Ya es pública esta noticia? —pregunté.

Mi tío sonrió. Era capaz de ser cortés incluso en la peor de las situaciones.

—La Antecámara del Rey es en estos momentos un alboroto, querida. He visto a tu marido entre la multitud. No parecía muy bien avenido, aunque tampoco tambaleante.

Así que Armand había vuelto en cuanto se había enterado.

—He de ir a buscarlo —dije al instante—. Quiero saber en qué situación nos encontramos.

—Las rentas provenientes de España y de Santo Domingo quizá puedan salvarte, querida. Haz buen uso de ellas antes de que esta marea revolucionaria llegue a la península Ibérica.

Nunca había visto a mi tío tan pesimista con el futuro. De nuevo no pude evitar pensar en Ethan Laserre. Debía haber vivido aquello como un gran triunfo, cuando en verdad nos arrojaba a la miseria a mí y a los míos.

Nuestros caminos continuaban por un sendero divergente donde la victoria de uno era la desgracia del otro.

—Veremos cuánto queda de mi legado —dije para apartar aquellos pensamientos.

Los dejé a solas.

Necesitaba hablar con mi marido.

Necesitaba saber cuánto había cambiado mi futuro en solo unas horas.

Mi tío no se había equivocado. El alboroto en el *œil-de-bœuf*, la antecámara real, era desacostumbrado. La mayoría de los nobles reclamaban audiencia para protestar por esta medida que dejaba a muchos de ellos en la más absoluta miseria. Otros, que habían tenido la previsión de ser cuidadosos con su capital, veían en esto un paso certero para desmontar otros privilegios, atacando a lo fundamental: los emolumentos.

Ni siquiera en momento tan amargo se perdía la compostura cortesana. Era extraño ver a personas desesperadas vestidas de gala, con las pelucas perfectamente empolvadas y llevando ternos que difícilmente podrían pagar de ahora en adelante. Una vieja baronesa que conocía bien me tomó de la mano al pasar.

—¿Es cierto?

—Todo indica que sí —le contesté.

—¿Y qué vamos a hacer?

Era viuda y no tenía hijos. Tampoco ostentaba cargos en la Corte ni recibía renta alguna de la Corona. Sin los beneficios provenientes de sus tierras pronto estaría en la miseria.

—Usted tiene parientes en el Piamonte —le aconsejé—. Quizá sea hora de ir a visitarlos, baronesa.

Me devolvió una mirada indignada.

—¡No voy a abandonar a Sus Majestades en un momento como este!

A pesar de que con ello firmaba su adhesión al desastre me conmovió su fidelidad. Y más en un tiempo en que los más cercanos a la Corona ya se habían exiliado con todas sus pertenencias.

—Entonces creo que lo único que nos queda es esperar.

Vi a Armand al otro lado de la gran sala. Como me había indicado discretamente mi tío no mostraba signos de embriaguez, algo del todo inusual en él en los últimos tiempos. Pulcro y aguerrido como cuando le conocí, discutía enérgicamente con uno de los diputados de la nobleza que había votado a favor de la disposición y que ahora se mostraba arrepentido.

—Discúlpeme, señora, necesito hablar con mi esposo.

Ella me dio permiso y yo fui a su encuentro sin importarme lo que pudieran decir. Seguía siendo de mal tono una escena familiar en público. Armand me vio acercarme, me saludó con una inclinación y siguió con su discusión, pero yo no estaba dispuesta a guardar la compostura.

—Debo hablar contigo.

Me lanzó una mirada irritada.

—En este momento estoy ocupado, como verás.

—Lo haré de todas formas. Decide si en público o en privado.

Volvió a analizarme con ojos exasperados, pues sabía que cumpliría mi palabra. Así que se disculpó y me siguió hasta el Salón de la Paz, que a pesar del trasiego de Palacio estaba tranquilo en aquel momento. Nos ubicamos bajo el arco de una de las tres grandes ventanas que daban al jardín, casi ocultos por las tupidas cortinas.

—¿Qué quieres de mí? —preguntó a bocajarro.

Yo tenía el firme propósito de no discutir. Lo único que necesitaba era saber qué me deparaba el futuro.

—¿En qué situación nos encontramos? —le pregunté.

—En la que todos, mujer —contestó exasperado—. Pendientes de que el Rey revoque la resolución.

—Sabes que eso no va a suceder. La han votado los tres estamentos. Con vetarla solo lograría ponerse en contra a todos ellos.

Exponerle la realidad, algo que al parecer nadie quería ver en la antecámara real, hizo que se descabalgara de su pedantería.

—Entonces estaremos en serias dificultades dentro de no demasiado tiempo —reconoció.

Su educación le impedía mostrar su turbación. Impecablemente vestido, con la peluca perfecta y empolvada, era la imagen de la Corte. Cualquier joven aristócrata hubiera querido ser como él: aguerrido, superficial y hedonista. Sin embargo, quizá ahora por primera vez en su vida, lo veía dudar. Los sólidos cimientos sobre los que se había asentado su educación estaban empezando a ceder. Ya no estaba por encima del bien y del mal. Ya podía ser juzgado y condenado por deudas.

—¿Cuánto queda de mi fortuna, Armand? —le pregunté.

—Poco.

—¿Cuánto? —insistí.

Se volvió hacia los jardines. Era un mediodía caluroso de principios de agosto.

—No todo es culpa mía, si a eso te refieres. Tus amados tíos ya le dieron un buen pellizco a la herencia antes de casarnos y aún conservan gran parte de tu dinero. Te recuerdo que estaban llenos de deudas antes de que aparecieras.

—No quiero discutir contigo. Pero necesito conocer la situación en la que nos encontramos.

Volvió a atreverse a mirarme, pero ahora en sus ojos había desconsuelo.

—No he sido un loco. Fuentes dignas de toda confianza me aseguraron que lo mejor era invertir en propiedades. Seguí sus consejos. Todos lo hacían.

—¿Cuánto? —insistí.

—Efectivo suficiente para tirar unos meses. Y muchas deudas. Hemos tenido que pedir dinero por adelantado a cuenta de rentas futuras.

—¿Y las tierras y fincas de España y América?

—Queda algo, pero poco. Era difícil controlar posesiones que estaban tan lejos. Eso decían todos. Los intermediarios se comían el beneficio. Apenas llegaba nada.

—Sigues sin responderme con claridad.

De nuevo se volvió hacia el exterior. Pensé que ni él mismo sabía en qué situación nos encontrábamos. Rogué porque nuestro administrador fuera un hombre cabal.

—Nos quedan quizá un par de millones de libras en efectivo, pero nuestros gastos...

La fortuna que mis padres habían amasado con paciencia, sacrificando sus propias vidas, la habían dilapidado entre mis tíos y la familia de mi marido en unos pocos años. Sentí que les había fallado. Que me había entregado a la dulzura de esa vida embaucadora sin pensar en las consecuencias.

—Mis posesiones en el sur y en ultramar hubieran sido lo único que nos habría salvado en este momento —murmuré.

—Hice lo que creía más oportuno. Te lo prometo —parecía a punto de la zozobra—. Mañana mismo ordenaré que pongan a la venta tantas tierras y propiedades como sea conveniente. Recuperaremos así parte de lo invertido.

A pesar de mi consternación, de la necesidad imperiosa de abofetearlo que sentía en aquel momento, pudo la cordura, y únicamente me mostré fría, como un trozo de hielo. No había sido un buen marido. Ni siquiera había llegado a la categoría de amigo. Pero quizá estaba tan preso de aquel mecanismo injusto, donde nos debíamos a los convencionalismos, como yo misma, y su manera de huir de ellos había sido distinta y violenta.

—Nadie va a comprar nuestros feudos, Armand —le dije con acritud—. Los especuladores esperarán, porque la semana que viene, cuando los terratenientes aterrados tengan que sacar los suyos a la venta, todo valdrá la mitad que ahora.

En aquel momento la poca templanza que aún le quedaba se desmoronó. Un ligero suspiro escapó de su boca y, sin fuerzas, apoyó la frente contra la hoja de vidrio de la ventana, sin importarle que alguien pudiera verlo en aquella descompostura tan impropia de él.

—No sé qué hacer —dijo al fin—. Yo te he traído hasta aquí.

Mi cabeza no paraba de elucubrar una forma de sobrevivir al desastre financiero y varias ideas ya habían fraguado.

—Debemos conseguir cuanto antes toda la liquidez posible. Dentro de nada los precios de tierras y bienes de valor se desplomarán, mientras que aquello objetos necesarios para subsistir costarán tanto como el oro. Hoy mismo mandaré mis mejores joyas a Londres para que sean vendidas —le dije con tanta determinación como si fuera en verdad algo que solucionara nuestro futuro—. En París no nos darían nada con toda la nobleza intentando deshacerse de sus diamantes. Con los restos que quedan de mi herencia, lo poco que logremos de las ventas y mi pensión como dama de la Reina podremos mantenernos algún tiempo haciendo economías. Quizá también deberíamos alquilar la casa de Saint Germain.

Él asintió.

—Volveré a Versalles —me señaló—. Puedo alojarme con mis parientes. No seré una carga para ti.

—Estoy de acuerdo. Creo que ha llegado el momento de que vivamos separados —dije con frialdad.

Él al fin me miró a los ojos. Ignoraba en qué estado se encontraba su enfermedad, pero era evidente que avanzaba como un enemigo oculto. Decían que en la última fase atacaba la locura. Aquella mirada encendida tenía algo de mística si no de enajenada.

—Quizá sea lo mejor, aunque sueño que no sea cierto —murmuró sin apartar sus pupilas de las mías—. Aunque te cueste creerlo, jamás me has sido indiferente.

Aquella declaración me cogió de improviso.

—¿Somos un matrimonio tan poco a la moda? —logré detener aquel torrente de palabras con un toque de humor cortesano, aliviando el aire enrarecido que nos envolvía.

—No soy un buen hombre. Lo sé. Tengo todos los vicios de mi tiempo. Pero cuando te conocí llegué a pensar que podía ser diferente.

—Nuestras oportunidades murieron con la primera bofetada, Armand.

—No sé cómo pedirte disculpas. Algo en mí no funciona bien. Lo sé desde que tengo uso de razón. Pero me niego a afirmar que no haya una salida para nosotros dos, porque sentí un vivo interés por ti desde el primer momento en que te vi, Isabel —continuó—, aunque me di cuenta muy pronto de que tu corazón estaba ocupado.

Aquella insinuación velada me estremeció.

—Aun siendo cierto tu afecto —le dije—, nada excusaría tu comportamiento.

Armand inclinó la cabeza.

—Tienes razón y te pido de nuevo perdón. Cuando todo esto pase quizá podríamos decidir qué podemos hacer juntos.

Nuestro mundo se derrumbaba y mi marido hacía planes en común cuando nunca antes habían existido. Decidí no pensar en ello. Por aquel día era suficiente.

—Vivamos el presente, Armand —le supliqué—, porque el futuro cada vez resulta más dudoso.

Nuestra breve conversación pareció darle ánimos. Se ajustó la casaca y recuperó al instante toda la jactancia de su estirpe. Con la mayor galantería se inclinó y me besó la mano. Por un momento habíamos sido un matrimonio desesperado contándonos nuestras desgracias. En ese instante volvíamos a ser un par de cortesanos con el aspecto de aburrirse en Versalles.

—He de volver a la antecámara —me dijo—. Te ruego que escribas a mis padres y los tranquilices en mi nombre.

Le prometí que lo haría y él se marchó.

Había sido una conversación extraña. Quizá la única sincera en nuestros dos años de matrimonio. Entendía que aquella velada declaración de amor no era otra cosa que su manera de expiar sus culpas. Aun así, ahora que volvíamos a ser civilizados, me preocupó su orgullo herido. Porque… ¿cuánto tardaría Armand en saber de boca de sus padres o de su hermana las sospechas que recaían sobre Ethan y sobre mí?

— CAPÍTULO 20 —

Arrendamos la casa de París más pronto de lo que esperábamos a unos burgueses de Lyon. A nuestro alrededor las mansiones que antes habían pertenecido a las antiguas familias de Francia eran ocupadas ahora, poco a poco, por comerciantes y banqueros adinerados. Deseaban vivir a la manera de la Corte, lo que les obligaba a mantener un enjambre de criados a su alrededor que supieran de etiqueta. Por eso mis inquilinos quisieron quedarse con la servidumbre, lo que me tranquilizó, pues me preocupaba la miseria de tantas familias.

En Versalles, donde vivíamos con un servicio más reducido por falta de espacio, los ajustes adquirieron un carácter más serio. Allí sí tuvimos que prescindir de la mayoría de los criados. Solo nos quedamos con Pierre, mi fiel lacayo; un palafrenero; una sirvienta; el valet de mi marido y, por supuesto, Madeleine y Claire, a quienes me negué a despedir.

Tras los primeros estallidos revolucionarios en la *ville*, poco a poco todo volvió a calmarse, aunque yo no regresé a París. Cuando no me encontraba con la Reina o acompañando a mi tía, montaba a caballo por los alrededores, pero nunca me alejaba de Palacio. Y cuando pensaba en la aldea que desapareció tras las crecidas todas mis cuitas me parecían irrelevantes.

Las cenas y recepciones en los apartamentos del arzobispo se habían reanudado, aunque cada vez las discusiones en la mesa resultaban más acaloradas. Mis tíos también habían tenido que hacer grandes ajustes, lo que la señora llevaba con un enorme sacrificio. Jamás había dispuesto de tan poco servicio, y se quejaba continuamente de ello.

Escribí a mis suegros como le había prometido a Armand. Una carta formal donde me preocupaba por su bienestar al otro lado de la frontera y los tranquilizaba sobre nuestra situación. No hubo respuesta, aunque tampoco la esperaba.

Mi marido y yo nos cruzábamos a menudo. Tal y como había anunciado se instaló en casa de unos parientes que vivían en la villa de Versalles, muy cerca de Palacio, a donde venía a diario. No volvimos a hablar de asuntos económicos. Nuestras charlas tornaron a ser insustanciales y con la mayor de las cortesías. No volví a verlo borracho. Ante la desgracia había resurgido el perfecto caballero de cuando lo conocí y, juntos, éramos la pareja ideal, a pesar de que continuábamos siendo dos desconocidos.

No sabía nada de Ethan. Ni yo había vuelto por la Asamblea ni él por Palacio. Entendía que seguía atendiendo sus funciones y que ya me lo había dicho todo. Mi decisión de no abandonar Versalles estaba tomada con todas las consecuencias, y la suya de no volver a acercarse a mí, también.

En aquella calma tensa que precedió al 5 de octubre tuve un encuentro inesperado.

Yo salía de la capilla cuando me encontré con Julia.

Estaba esperando en el patio que daba acceso al palacio, vestida con su discreción habitual y sin más abrigo que un ligero chal a pesar de que el tiempo había amanecido terrible. La vi aún más delgada y pude apreciar que la enfermedad ya había dejado huella en su rostro. No soltaba un pañuelo, que se apretaba en su mano sin poder ocultarlo y con el que intentaba paliar la continua tos. Me disculpé con algunas damas con las que me encontraba y fui a su encuentro.

—Señora Laserre —la llamé.

Ella me descubrió entre el escaso público, pero al ver al grupo de mujeres elegantes que me rodeaban no hizo por acercarse. Cuando yo estuve a su lado me di cuenta de que se había sonrojado.

—Condesa —se disculpó—, había venido a buscarla, pero no me han permitido entrar en Palacio y no quería importunarla ante sus amistades.

—Usted nunca podría importunarme. ¿Desea que vayamos a algún lugar más tranquilo?

—Conque pueda sentarme será suficiente.

Sonreí ante la petición, pues aquella era una de las cosas más difíciles de conseguir en Palacio ya que solo unos pocos tenían derecho a taburete, pero no quise entretenerla con detalles de etiqueta. Si había venido a verme debía de ser por algo importante. Esperé a que me lo contara y charlando sobre nimiedades me colgué de su brazo y fuimos caminando hasta el Ala de los Príncipes, donde era fácil encontrar acomodo en el pretil interior de las amplias ventanas.

—¿Ha venido a Versalles a visitar a su esposo? —le pregunté.

—Él no sabe que estoy aquí ni debe saberlo.

—Cuente con ello, pero dígame si debo preocuparme.

Fuera había empezado a lloviznar y la mirada de Julia parecía perdida en las gotas de agua que impactaban sobre el vidrio.

—Ethan me pidió matrimonio cuando supo que mi familia se marchaba de París y que yo me negaba a acompañarlos —dijo como si yo no estuviera, ensimismada en aquellos pensamientos—. Él ya sabía de mi enfermedad pues me la había diagnosticado. Mi padre no quería dejar a su hija sola y enferma en una ciudad como aquella, pero yo siempre he sido testaruda. El doctor Laserre, tan correcto, creyó resolver la situación con una propuesta matrimonial. Yo podría continuar viviendo en la gran ciudad y él podría acallar sus demonios, aunque entonces aún ignoraba las razones por las que un hombre como él se interesaba por una mujer como yo.

—Ignoraba que había sido así.

Ahora sí me miró. Una mirada grave y llena de significado.

—Me muero, condesa.

—No diga eso —protesté al punto—. Siempre hay una esperanza.

—He dejado atrás la última hace tiempo, pero mi intención no es buscar su consuelo. No lo necesito.

La crudeza con que se enfrentaba a su destino me sorprendió. Sin lloriqueos ni amargura, sino con la cabeza alta y la frente despejada.

—¿Qué desea de mí? —le pregunté, pues sabía que no era piedad.

Tardó un poco en contestar. Creo que daba vueltas a las palabras hasta encontrar las más oportunas.

—Ethan nunca me ha amado —me dijo—. Lo supe desde el principio porque tampoco me mintió. En eso fue sincero. Se ofreció como el instrumento de lo que él pensaba que era mi último deseo, permanecer en París hasta que llegara mi hora. De lo que nunca se ha dado cuenta mi marido ha sido que París o el mundo no me importaban nada, pues mi único deseo es y será estar a su lado.

Aquella declaración incondicional de amor me conmovió. Pensé en mí misma, en Armand, y en nuestra desafección. Jamás había existido nada igual, únicamente sentido del deber y de la compostura.

—De lo que no me percaté hasta más tarde —continuó, arrancándome de aquellos pensamientos—, fue de que él huía de algo y en nuestro matrimonio encontraba refugio. Huía de usted.

—¿De mí?

—Me di cuenta el primer día que les vi juntos, condesa. Él nunca me ha mirado así. Nunca ha tenido esos ojos para nadie.

No puedo describir lo que sentí, pero sí que me causó un enorme rechazo.

—Se equivoca, Julia —le prometí—. Nada de eso existe. Se lo puedo garantizar.

Pero ella estaba tan segura de sus palabras que no me prestó atención.

—Le mentiría si dijera que no me ha importado. Saber que mi marido, el hombre del que he estado enamorada desde que nos cruzamos en la calle, amaba a otra con una pasión tan devastadora, ha sido una gran desventura. Mi propio tormento. Ahora ya no me importa.

—El doctor Laserre y yo ni siquiera somos amigos. De hecho, su esposo me detesta —insistí, pero ella no había venido a escucharme.

—No me queda mucho. Ethan no lo dice, pero yo lo sé —me tomó de la mano—. Cuando yo no esté quiero que cuide de él. A veces temo que le vaya la vida en su desesperado intento por alejarse de usted.

Seguía conmocionada por aquella confesión. Lo que Julia afirmaba, lo que se atrevía a decir era tan desconcertante que empezaba a desestabilizar todas mis creencias.

—No estoy muy segura de lo que me pide —le dije, aún aturdida.

—Él la ama y usted a él.

—Eso es absurdo.

—Miéntase a usted misma. Incluso tiene algo de heroico, pero sabe que estoy en lo cierto.

¿Cómo convencía a aquella mujer de que se equivocaba? No podía negar que entre los dos, entre Ethan y yo, existía un deseo que había estado a punto de materializarse, ¡pero Julia hablaba de amor!

—Aunque eso fuera cierto —me aventuré—, él la tiene a usted, y yo estoy casada.

—No quiero crearle ningún problema, condesa. Solo quiero que cuando yo ya no esté sepa a qué atenerse.

Se puso de pie, y sin más salió al exterior. Aún llovía, aunque un aguacero ligero. Fui tras ella. La explanada estaba desierta. Entre los cortesanos exiliados y la poca afección a la Corona el palacio parecía desolado. Cuando llegué junto a ella la sujeté por el codo. Al volverse me di cuenta de que estaba llorando, lo que me partió el corazón.

—No camine bajo la lluvia. Haré que la lleven de vuelta a París —le rogué.

—He venido en coche de alquiler. Me espera al otro lado de la avenida.

—Sé que es noble su voluntad, señora Laserre, pero le aseguro que está equivocada en sus conjeturas. El doctor y yo ni siquiera nos soportamos.

Tosió, y cuando levantó la cabeza me devolvió una sonrisa.

—Si fuera así, si tiene razón, dé por perdidas mis palabras, pero si yo estuviera en lo cierto le ruego que las tenga en consideración.

—Sigue usted olvidando que tengo un esposo.

Era una mujer resignada. Había trazado un destino y no iba a dejarse convencer de lo contrario.

—No quiero ocuparle más tiempo —me dijo—. No es necesario que me acompañe. Si vuelve a ver a Ethan le ruego que no le diga nada de esto.

—Por mí no sabrá nada.

—Buenos días.

Me dirigió una breve reverencia y volvió a ponerse en marcha hacia el otro lado de la calle.

—Espere —la llamé, sin moverme de donde estaba.

Mi vestido empezaba a empaparse y mi peinado se deshacía sobre mi frente, pero no me importaba.

—Él la ama —le dije cuando se volvió—. No lo dude ni un solo instante.

Ella me sonrió de nuevo

—Gracias por no haberse jactado ante mí del amor que le procesa. Piense en lo que le he pedido.

Y sin más se encaminó hacia el vetusto carruaje que la esperaba.

Salí a montar como todos los días, a pesar de que hacía frío y a ratos llovía. Solo aquellos momentos al aire libre lograban darme paz. Las palabras de Julia se repetían una y otra vez en mi cabeza, como una lacónica oración, y yo necesitaba cabalgar al galope para que se disiparan. El viento, la lluvia sobre el velo y el rostro, lograban alejar las ideas fatuas de lo que pudiera haber sido y de lo que jamás sería con Ethan.

Aún no había abandonado la gran avenida de Versalles cuando un jinete que venía de frente nos gritó a mi palafrenero y a mí que el pueblo de París venía a nuestro encuentro armado con cañones. No dudé de que dijera la verdad. Desde la toma de la Bastilla, cualquier cosa podía suceder.

Azuzando los caballos volvimos a Palacio. La guardia ya se había movilizado y estaban levantando barricadas ante las puertas y cancelas. Junto a los suizos y el regimiento de Flandes habían tomado posiciones de cara a la avenida, por donde se esperaba que apareciera la incierta multitud.

Nada más descabalgar pregunté por los soberanos. Un teniente me dijo que habían ido a toda prisa en busca de la Reina, que seguía en Trianón, y que de un momento a otro se esperaba el regreso del Rey, de caza en los bosques cercanos.

Me dirigí directamente a los aposentos de mis tíos, no sin antes mandar a un paje con el recado para Claire y Madeleine de que se reunieran conmigo, y a otro en busca de mi marido avisándole de que se pusiera a resguardo. Ellas llegaron al punto, muy alteradas, pues los rumores ya se habían extendido por todo el recinto, pero las tranquilicé enseñándoles desde las ventanas las tropas perfectamente pertrechadas en el patio. A Armand no pudieron localizarlo.

A las tres regresó el Rey, molesto por haber tenido que abandonar la caza. Lo vimos aparecer desde la ventana de mi tía. Ni siquiera saludó a sus soldados que, formados para la defensa, se mojaban con el insistente aguacero. La señora recriminó en el acto aquella forma de proceder. Quizá unas palabras de aliento en un momento como aquel hubieran conseguido más que mil cañones apostados antes las puertas de Palacio. Luis XVI se encerró en sus aposentos y entonces llegó para todos nosotros una larga espera donde parecía que aquello había sido un rumor más y que nadie venía desde París con las más aviesas intenciones. Pregunté por la Reina. El arzobispo había estado con ella. Al parecer estaba muy contrariada y no quería ser molestada.

Una hora más tarde, bajo la tormenta que no cesaba de caer, vimos al fin la vanguardia de este batallón de mujeres armadas con picas, cuchillos y mosquetones, que avanzaban por la Gran Avenida. Estaban agotadas tras muchas horas de caminar bajo la lluvia, con los vestidos empapados y manchados de barro, y una actitud en todo beligerante. Querían pan para sus hijos, y su presencia amenazadora decía que no se iban a marchar sin él.

Lo vimos todo desde la ventana del segundo piso. Mi tía me hizo apreciar que algunos eran hombres vestidos de mujer, lo que implicaba que aquella espontanea comitiva tenía mucho de preparada. Como la guardia no las dejó entrar en Palacio cambiaron el rumbo y se dirigieron hacia la Asamblea. Reconozco que temí por Ethan, pues debía encontrarse allí en aquellos momentos, pero supuse que no harían daño a unos diputados que velaban por sus intereses.

El tiempo corría y nada parecía suceder. Una pequeña delegación fue admitida en presencia del Rey, que les hizo promesas y les entregó el grano exigido. Al parecer todo estaba resuelto. Más tranquilas, mi tía encargó que nos trajeran una sopa y nos pidió que permaneciéramos esa noche en sus aposentos, hasta que aquellas mujeres se hubieran retirado.

Nos preparábamos para una cena frugal cuando oímos el alboroto en los pasillos. Al parecer alguien, un traidor, había abierto uno de los postigos y un puñado de aquellas mujeres armadas se precipitaron hacia los aposentos de los ministros.

Antes de que pudiéramos reaccionar la puerta se abrió con un crujido y un nutrido grupo de asaltantes entraron en la habitación, arrastrándolo todo a su paso. Mi tía y yo nos pusimos de pie, Madeleine y Claire a nuestro lado, al igual que la doncella de la señora. Las cinco nos protegíamos unas a otras, sin saber qué iba a pasar a continuación. El aspecto de aquellas furias era terrible. Empapadas, rabiosas y armadas, nos insultaron con vehemencia y yo tuve la certeza de que aquel era nuestro último instante. En el pasillo se escuchaban gritos y el bramido de voces airadas. En aquel momento de terror supuse que también habían asaltado el palacio y temí por la vida de la Reina.

Pero entonces vi que algunas se apartaban para dejar paso a alguien, a un hombre vestido de negro y tocado con el fajín tricolor de los patriotas. Era un diputado a quien respetaban, porque las más airadas callaron en su presencia.

Era Ethan.

—No es aquí donde están los enemigos del pueblo —las arengó—. Unas pocas mujeres asustadas no deben entreteneros, ciudadanas.

Algunas protestaron, pero fueron acalladas por las demás. Poco a poco abandonaron la estancia hasta dejarnos a solas. Mi tía tuvo que sentarse y yo noté que las piernas me fallaban. Solo entonces Ethan me miró. No había podido apartar mis ojos de él durante aquellos momentos de terror. Con el cabello suelto y el tricornio con escarapela tricolor calado hasta las cejas mostraba una seguridad que no admitía réplica. Cuando nuestras pupilas se cruzaron me di cuenta de que se estaba preguntando si había sufrido algún daño, pero no lo manifestó.

—Aquí no están a salvo —nos advirtió—. ¿Hay alguna forma de llegar a la otra ala de Palacio sin que las detengan?

—No. Y no es a usted a quien confiaría esa información —replicó mi tía, temiendo que fuéramos nosotras quienes abriéramos la puerta de la traición.

—Sí existe esa salida —contesté yo al punto, pues Ethan acababa de poner su vida en peligro para salvarnos. ¿Cómo no iba a confiar en él?

Me miró de nuevo, con la frente fruncida y aquel gesto preocupado que lucía en mi presencia.

—¿Puedo hablar a solas con su sobrina? —se dirigió a mi tía.

Ella apretó los labios, pero mi gesto acabó por convencerla. Las cuatro se retiraron hacia el dormitorio. Ethan se apartó justo al otro lado de la estancia, en un rincón más discreto, y yo lo seguí.

—Esta vez no es un juego. Debe salir de aquí cuanto antes —me dijo cuando estuvimos a solas—. No me hizo caso cuando se lo aconsejé, y ahora no sé hasta cuándo podré contenerlas para que no atenten contra ustedes.

—¿Tu has encabezado este asalto? —no quería más formalismos. No con él.

—He venido a ponerte al salvo. Sospechaba que estarías aquí.

Yo me encontraba llena de dudas además de aterrada por lo que pudiera suceder.

—Debo agradecértelo —le dije.

—Márchate lo antes posible, Isabel. Abandona Francia hoy mismo. Ya nada es seguro para ti y los tuyos. Prométemelo.

Lo dijo con tanta determinación que comprendí que decía la verdad.

—Desconozco los planes de mi marido —argüí.

—Podrás convencerlo de partir. No estaré tranquilo si no estás a salvo.

No quedaba nada que decir, pero sí una enorme urgencia para que nos marcháramos.

—¿Por qué? —le pregunté.

—No te entiendo.

—¿Por qué haces esto por mí?

Ethan me miró largamente. En sus ojos existía una preocupación que logró enternecerse, sin embargo, como siempre, ganó su distante arrogancia.

—Id hacia el ala central del palacio lo antes posible —me ordenó—. De aquí no se marcharán hasta haberlo destrozado todo y a todos. Intentaré apartarlas de vuestro camino.

Sin más desapareció como había llegado. Mi tía y yo dudamos un instante, pero al final nos dimos cuenta de que no había otra salida. Las cinco salimos de los aposentos tomando todas las precauciones. El alboroto era atronador, pero en aquel momento provenía de otro lado del edificio. Versalles era un laberinto de pasillos y estancias, que nosotras conocíamos bien. Había una puerta que comunicaba con el Gabinete de Estado, y desde él podríamos llegar a las habitaciones de la Reina. Hasta allí nos dirigimos. Por el camino, horrorizadas, topamos con los cuerpos de algunos guardias asesinados con brutalidad. En dos ocasiones tuvimos que escondernos, pues un grupo de mujeres pasaba cerca, vociferando y arrasándolo todo a su paso.

Llegamos al fin a nuestro destino, pero la puerta estaba cerrada por el otro lado. Si gritábamos nos podrían oí las asaltantes y entonces nuestras vidas no valdrían nada. Mi tía dijo que era la única opción, y las cinco nos pusimos a golpear la puerta y a vociferar nuestro nombre. Al fin un sirviente nos oyó y descorrió los cerrojos. No tenían noticias de que el ala de los ministros hubiera sido asaltada. De otra manera jamás nos habrían abierto.

A toda prisa corrimos hacia la Galería de los Espejos. Cuando llegamos el espectáculo era desolador. Allí se reunía lo que quedaba de la Corte, familias completas tan indefensas como nosotras. Busqué a Armand, pero no lo encontré. Pregunté a sus más allegados y todos me indicaron que había salido en pos de mí, temiendo que la turba me hubiera cogido de camino. Me encontraba tan intranquila que tenía ganas de gritar. Todos aquellos nobles de peluca empolvada habían abandonado sus aposentos para refugiarse bajo la protección del Rey, seguros de que nadie se atrevería a atentar contra su autoridad. Nosotras no lo creíamos así. Habíamos visto el odio tan de cerca que comprendimos que no se detendrían ante nada.

A media noche llegó la Guardia Nacional y muchos pensaron que al fin todo había acabado, pues lograrían imponer el orden. Los rumores decían que la Familia Real había pensado en refugiarse en Rambouillet, pero Luis XVI demoró tanto la decisión que las asaltantes se habían dado cuenta y habían desenganchado los caballos. Todo era incierto. Todo rumores. Solo quedaba esperar. Esperar y rogar por nuestras vidas.

Nos marchamos a mis aposentos llevando a mi tía y a su doncella con nosotras, a quienes cedí mi cama. Yo me acomodé en el hueco de una ventana, y no dejé de pensar en que dos de los hombres que habían significado algo en mi vida, Ethan y Armand, estaban allá fuera, en algún lugar, en bandos tan diferentes que solo los unía la muerte.

Sucedió al alba. Un alboroto similar al que oímos la tarde anterior.

Me desperté al instante. Claire y Madeleine dormían en sendos sillones pues yo no les había permitido marcharse a sus habitaciones en la zona de servicio. Con cuidado fui hasta la puerta y cuando atisbé hacia el exterior vi a varias mujeres armadas, corriendo por el pasillo. ¡Habían logrado asaltar el palacio!

Inmediatamente temí por la Reina. Era tan odiada que sería el objetivo de su furia. Volví sobre mis pasos y desperté a mi doncella.

—Madeleine, voy a salir. Atranca la puerta tras de mí.

—Señora, ¿están aquí? —preguntó asustada y aún adormilada.

—Dile a mi tía que permanezca a resguardo. No puedo seguir aquí mientras la Reina está en peligro.

A pesar de sus ruegos salí hacia el pasillo. Cuando oí el sonido de los cerrojos tras de mí me atenazó el miedo, pero no cedí a mi instinto de volver sobre mis pasos. Tuve que ocultarme en varias ocasiones, pues aquellas mujeres, con sus armas ya manchadas de sangre, lo arrasaban todo allá por donde pasaban. Fueron las horas más largas de mi vida. Cada estancia era un nuevo peligro. Vi los cuerpos sin vida de los guardias y de algunos nobles que había intentado detenerlas. Algunos de ellos destrozados con saña. Era como si caminara tras los estragos de un incendio que me llevara la delantera. Los muebles, las porcelanas, las ricas cortinas, todo había sido destruido.

Cuando al fin pude llegar a los aposentos del Rey era tarde, y la suerte estaba echada. Un viejo marqués, con el brazo ensangrentado a causa de una estocada al intentar defender a la Reina, se sentaba sobre los restos de un precioso diván. Me contó que el pueblo exigía que los Soberanos les acompañaran de vuelta a París. En aquel momento, en un precipitado Consejo, se estaba deliberando qué hacer. Todo era muerte y destrucción a nuestro alrededor.

No me dejaron acceder a la cámara real y no pude tirarme a los pies de la Reina para jurarle mi adhesión. A mediodía, un cortejo lúgubre formado por el pueblo de París y unos reyes prisioneros, bajo un viento borrascoso y una lluvia incesante, partió de Versalles para no volver jamás. La Familia Real viajó en una carroza cubierta, precedidos por las cabezas de dos guardias calvadas en lo alto de ambas picas. A su alrededor mujeres borrachas que les faltaban el respeto, y detrás lo cañones adornados con flores y varios carros repletos del trigo de las despensas palaciegas.

Cuando se marcharon, aún desconcertada, permanecí en el palacio, recorriendo habitaciones vacías, destrozadas, algunas de ellas cuya existencia ignoraba.

Volví a mis aposentos casi andando en sueños.

Mi tía me abrazó. Había temido por mi vida.

Pregunté si alguien había llamado a la puerta. Pensaba en Ethan, aunque no pronuncié su nombre. Me dijeron que en dos ocasiones habían intentado derribarla, pero ellas habían apilado muebles a modo de barricada que resistieron los embistes. Solo cuando vieron partir el tétrico cortejo se habían atrevido a desbloquearla.

Más tarde, al fin, apareció Armand. Sin peluca, con el cabello suelto, desordenado, y solo el chaleco sobre la camisa. Había una herida en su frente que no presentaba gravedad.

—Te he estado buscado —me dijo nada más entrar, recogiéndome entre sus brazos quizá por primera vez desde que nos conocíamos.

—He querido estar junto a la Reina.

—¿Tienes noticias del Arzobispo? —le preguntó mi tía.

—Está a salvo. Ha estado acompañando al Rey desde ayer noche.

Todas suspiramos. Al menos los nuestros no habían caído en el asalto, no así muchos otros amigos, cuyos cadáveres estaban desperdigados por los salones.

—¿Qué haremos ahora? —volvió a preguntar mi tía.

—Ir tras ellos —contestó Armand—. O huir al extranjero.

Aquella última idea le pareció a mi tía la única posible.

—Podemos reunirnos con nuestros amigos en Londres o en Coblenza.

Armand me miró largamente. El abrazo había durado solo unos instantes. No formaba parte de su carácter aquella afección. Había sido un impulso dictado por el corazón.

—No creo que su sobrina quiera que nos marchemos como unos cobardes —expuso mi marido.

Por un lado, en mi cabeza seguían resonando las palabras de Ethan, pero por otro… si me marchaba no volvería a verlo jamás.

—No quiero dejar a la Reina —me excusé.

Armand intentó recomponer su ropa ajada.

—Entonces está todo dicho —concluyó—. Buscaré a alguien que pueda llevarnos a París. Los establos han sido asaltados.

Mi tía nos miró con evidente disgusto, pero también sabía que el arzobispo no admitiría otro destino. Llamó a su doncella para que la acompañara. Era necesario ver qué habían dejado intacto en sus aposentos y preparar el equipaje. Madeleine y Claire se dispusieron a hacer lo mismo.

—Gracias —le dije a Armand cuando estuvimos a solas.

Él inclinó la cabeza con aquella cortesía antigua que sabía significar muchas cosas.

—Espero que tu buen doctor sepa lo que hace.

Y sin más salió para preparar nuestra partida.

— CAPÍTULO 21 —

Armand, con la influencia del arzobispo, logró recuperar algunos de nuestros carruajes y caballos. Así se organizó el equipaje para una mudanza, sin saber si alguna vez volveríamos a pisar las hermosas avenidas de Versalles. Tía Margot había perdido en el asalto gran parte de su ropa y, si las pocas joyas que le quedaban no hubieran estado a buen recaudo, también estas hubieran desaparecido.

A la mañana siguiente nos mudamos a París. Mi casa seguía alquilada y nos proveía de buenas rentas por lo que buscamos un lugar más modesto donde vivir y más cercano a la nueva Corte. Por medio de mi tío habíamos encontrado una casa bien amueblada en Saint Honoré, cerca del palacio de las Tullerías donde habían alojado a la Familia Real.

Armand parecía haber olvidado su pasión por los excesos, aunque había adquirido otra vez aquella distante cortesía y, a veces, lo encontraba mirándome fijamente cuando pensaba que yo no reparaba en ello. Había vuelto a vivir conmigo, pero esta vez era por una cuestión de seguridad y economía. Dormíamos en habitaciones separadas, y todo adquirió de forma tan convincente el aspecto de normalidad, que de nuevo nos veíamos poco y conversábamos menos. No había vuelto a beber. No que yo supiera o que su forma de actuar lo hiciera suponer. Se mostraba indignado a menudo, acusando a los liberales de las desgracias por las que atravesaba el país. Atacaba a los diputados, sobre todo a los del Tercer Estado, porque decía que habían logrado la infelicidad de Francia. Con aquellas acusaciones ponía en la diana a mi tío, el arzobispo, pues era miembro destacado de los reformadores. También a Ethan, aunque en aquellos tiempos yo no quería verlo.

A pesar de todas las desgracias, la ciudad había adquirido de nuevo aquella sorprendente calma que tanto me impresionaba. Como si el día anterior no hubiera recorrido aquellas mismas calles una comitiva sangrienta, llevando presos a sus soberanos.

La vida social se reanudó como si nada hubiera pasado. El Ministerio de la Guerra se había mudado al *Hôtel* de Choiseul, cerca de la plaza Vendôme, y mis tíos se instalaron allí, en un buen apartamento, donde restablecieron sus cenas y recepciones políticas. La Asamblea también se había trasladado a París, por lo que los diputados volvieron a ocupar la mesa del arzobispo. Yo reanudé mi papel de anfitriona en un ambiente que cada vez era más diverso, sobre todo ahora que las vestimentas ceremoniales habían sido abolidas. En ninguna de aquellas comidas me encontré con Ethan, aunque sabía que estaba en la ciudad. Me acostumbré a mandar a nuestro único lacayo, Pierre, a pedir noticias de la señora Laserre una vez a la semana, y estas cada vez eran más alarmantes sobre su salud.

Reanudé mis funciones como dama de la Reina. Iba a diario al palacio de las Tullerías, un edificio viejo y lóbrego, tan ajado que no había una sola ventana o puerta que lograra cerrar correctamente. Era una sucesión de habitaciones anticuadas, frías y húmedas, y por mucho que se mandaron a buscar a Versalles espejos, tapices, alfombras y los pocos muebles que permanecían intactos, aquel aire deprimente no lograba desaparecer.

La Familia Real había reanudado sus rituales como si nada hubiera sucedido. Se exigía de nuevo traje de gala en la Corte, cuando fuera de sus puertas las mujeres de París habían ya prescindido de miriñaque, tacones, sedas y complicados peinados, pues la moda prescribía el cabello suelto, cayendo por los hombros. Estos vestidos cortesanos nos volvían blanco fácil de las revolucionarias que hacían guardia ante las puertas de Palacio y nos insultaban al salir. Para evitar el escarnio, algunos aristócratas llevaban prendidos del ojal pequeños lirios, símbolo de los Borbones, o cintas de color blanco alrededor del cuello, que cambiaban por la escarapela tricolor al marcharse.

Los días de Corte los pasábamos en aquella calma tensa que marcaba la etiqueta. Yo estaba tan cansada que apenas asistía a otras fiestas que a las dadas por mi tío. Fui a alguna más, pero solo por cortesía y porque así me lo pidió María Antonieta. Ella tampoco participaba ya en festejos, pues no quería que se comentaran al día siguiente patrañas inciertas y dañinas.

Así pasaban los días, esperando a que algo sucediera, a que nada sucediera.

A finales de octubre aconteció lo inevitable: Julia falleció una madrugada.

Me hubiera gustado darle un último abrazo y presentarle al doctor Laserre mis respetos, pero sabía que era del todo inadecuado.

Encargué varias misas por su alma en los Carmelitas y a él le envié una nota de duelo, correcta, sin palabra alguna que pudiera dar a equívoco.

Fue tío Philippe quien, en una comida familiar, nos dio la noticia de su muerte. Sentí las miradas de Armand y de la señora de Épinay clavadas en mí, pero estaba preparada para algo así y solo comenté que había sido un hecho lamentable. Supe por mi tío que tres días después Ethan reanudó sus quehaceres en la Asamblea. Al parecer estaba sombrío y manifiestamente más delgado. Recibió el pésame de los diputados con tanta firmeza que dijo haberlo sobrecogido.

Su muerte me afligió. No porque fuera una amiga inseparable, sino porque había sido quizá la única persona que me había abierto su corazón, sin barrotes, sin el más mínimo atisbo de oscuridad. Vestir el luto hubiera sido del todo inconveniente cuando mi vida giraba en torno a la Corte. Demasiadas preguntas cuya respuesta sería incomprensible. ¿Duelo por la esposa anónima de un anónimo diputado del Tercer Estado? Por ella llevé sobre el corazón un camafeo enmarcado en azabaches y prendido con una cinta negra. No se lo conté a mi tía. Lo de mi dolor. No se lo conté a nadie. Era un duelo personal. Un lamento oscuro que quería vivir para mí misma.

Dejé pasar los días, y cuando creí que nadie podía sospechar de cuánto me había afectado envié a Pierre. Quería saber dónde reposaban sus restos. Así me enteré de que había sido sepultada en el cementerio de Clamart, a las afueras de París. Busqué el mejor momento, una tarde en que la Reina estaba indispuesta y todos me hacían en las Tullerías, y fui hasta allí en coche de alquiler, sin ninguna compañía. Le dije al cochero que me esperara, y me adentré en el camposanto, siguiendo las indicaciones que me había dado mi lacayo.

Era la primera vez que pisaba un sitio como aquel pues las personas como yo nos enterrábamos en las iglesias. Había poca gente a aquella hora de la tarde. Recorrí los angostos senderos entre las tumbas hasta el ángulo que formaban el camino de la capilla y una vereda de tilos. Aún no habían colocado la lápida. Era apenas un montón de tierra donde su nombre aparecía escrito con carbón en un tablón de madera: Julia Laserre.

Permanecí mucho tiempo mirando aquella tumba. Era la primera vez que me enfrentaba a la muerte de alguien cercano. En la Corte todo era tan distinto: carrozas de luto emplumadas y sepulturas de ricos mármoles en las criptas. Incluso el deceso de los poderosos tenía un aspecto diferente al de los humildes. Me deshice de los guantes para desprender el camafeo de azabaches de mi vestido. Los bajos de mi falda estaban empapados y llenos de barro, pero no me importó. Me agaché y formé un pequeño hueco en la tierra. No había traído flores, pero quería dejar un presente, una muestra de respeto. Deposité la pequeña joya en el hueco que mis dedos habían formado y lo cubrí con la misma tierra. Solo entonces me incorporé y murmuré una oración.

Fue en aquel momento cuando mis ojos se anegaron de lágrimas y mi pecho se convulsionó en un llanto incontenible, antiguo, que liberaba mi alma de todas las desgracias ante las que había tenido que permanecer serena y llena de falsa certidumbre. Aquellas lágrimas dejaban al descubierto mi dolor, mi pena, mi amargura. Caí de rodillas casi sin darme cuenta mientras toda aquella aflicción se iba destilando poco a poco, como la gota paciente de una clepsidra.

—Terminará por destrozar ese vestido.

La voz de Ethan sonó a mi espalda desde tan cerca que sobrecogió mi corazón. Tan formal como siempre, de nuevo la distancia del lenguaje. Me incorporé como pude, llena de vergüenza y disgustada por su presencia.

—No esperaba encontrarle —le dije sin mirarlo.

Él seguía detrás de mí y yo con la mirada clavada en el montículo de tierra.

—No sabía que era tan cercana a mi esposa.

—Nos vimos en alguna ocasión sin su presencia. No hace falta una mayor intimidad para tomar afecto a alguien como ella. ¿Cómo se encuentra? —le pregunté, pues había olvidado los rudimentos de la cortesía.

—No por esperado ha sido menos doloroso.

—Lamento enormemente su pérdida.

—Veo que es cierto. Gracias.

—Ha sido un hombre afortunado teniéndola cerca.

—No la merecía y quizá por eso se ha marchado tan pronto.

—Usted lo era todo para ella.

—Lo sé, pero queda la duda de si ella supo cuánto me importaba.

Entonces me volví. El tono de su voz, lleno de amargura, me había sobrecogido. Siempre lo había visto vestido de negro por lo que no me sorprendió, pero sí la trasformación que aquella pena había impreso en su rostro. Estaba demacrado, con profundas ojeras en torno a los ojos y un gesto de dolor en la mirada que me llenó de turbación. Se abrigaba con una recia levita, las manos a la espalda, como otras veces, y aquella determinación que tanto me atraía convertida en duelo ante la tumba de su esposa.

Lo amé en aquel momento.

En el más inoportuno.

En el más innoble.

Sumido en el dolor y la vergüenza por aquellos sentimientos que Julia me había revelado y que quizá fueran ciertos.

Lo amé porque lo había hecho la primera vez que se cruzaron nuestros ojos en la finca de mi tía, en Saclay.

Porque todo me llevaba a él.

Porque mis pensamientos rondaban los suyos desde siempre.

Supe justo entonces que lo amaba por mucho que intentara ocultármelo a mí misma. Y que ese descubrimiento del amor llegaba en el momento más triste.

—No se torture —le dije, aturdida por aquella revelación—. Julia no aceptaría su infelicidad.

Él arrugó la frente. Su mirada, pese al dolor, seguía siendo cautivadora.

—Habla de mi esposa como si de verdad la hubiera conocido —se extrañó—. Como si de verdad le importara. Si no la hubiera visto rota de dolor hace unos momentos le hubiera pedido que se marchara de aquí.

Quizá el último lugar donde él y yo debíamos encontrarnos era aquel. El destino es cruel cuando traza sus disposiciones.

—Tiene razón —le dije mientras volvía a ponerme los guantes sobre los dedos sucios de tierra—. Este es su duelo y yo la persona más inconveniente para encontrar ante la tumba de su esposa. Pero no soy tan trivial como siempre ha pensado. Sé reconocer a las buenas personas, y Julia era una de ellas.

Él relajó la mirada.

—Acepto sus palabras, pero le tengo que rogar que no vuelva aquí.

Era justo. Comprendí que debía plegarme a sus deseos.

—No volveré. Solo quería despedirme.

Ambos guaramos silencio. Yo quise rezar otra oración, pero las palabras se me atropellaron en la mente y fui incapaz de hacerlo. Ya no había nada más que hacer. Quería despedirme de Julia y así lo había hecho. Pronto anochecería y yo tenía que regresar a mi casa.

—He de marcharme —sacudí el barro de mi falda, aunque sabía que estaba echada a perder—. Se estarán preguntando dónde estoy. Le deseo lo mejor.

Sin esperar respuesta emprendí el camino de regreso. Llovería antes de que llegara a mi carroza, pero ansié empaparme de agua helada para aliviar aquella sensación de que todo se precipitaba a un futuro que estaba fuera de mis manos.

—Condesa…

Oí su voz. Cuando me volví él me observaba con ojos desamparados. Temí que dijera algo inadecuado en un lugar como aquel, pero Ethan jamás haría algo así.

—Tenga cuidado —salió de sus labios—. Son días peligrosos.

Yo asentí, y continué por el sendero.

Cuando la lluvia empezó a caer, la recibí como un regalo del cielo, porque no hay nada más oportuno para esconder las lágrimas.

Los días helados llegaron pronto. Apenas nos había dado tiempo a disfrutar de una tibia primavera cuando las primeras nieves empezaron a caer.

París era un caos. El traslado de las escasas familias adineradas a la nueva Corte, con sus criados, proveedores y beneficiarios, había convertido una ciudad de por sí incómoda en intransitable. Las calles estaban atestadas de carruajes a cualquier hora del día, haciendo imposible desplazarse. Todo este desorden se congregaba en un mismo punto: las inmediaciones de las Tullerías. Allí era donde se dirigían los diputados para ir a la Asamblea, ubicada en la sala de equitación; donde nos encontrábamos los cortesanos para cumplir con nuestro deber ante los Soberanos; y donde se agolpaban los revolucionarios, bajo las arcadas del Palacio Real, repleta de cafés, clubs y locales de mala nota que apoyaban las ideas anti realistas sin ningún recato.

Fue durante uno de aquellos trayectos inacabables cuando un lacayo con la librea de Palacio se acercó a mi carroza para entregarme una misiva de la Reina. No era algo inusual. María Antonieta solía cambiar a veces de parecer sobre cualquier asunto y nos avisaba por este medio. Cuando la abrí, leí una nota escrita por su secretario y rubricada por la Soberana. En ella se decía que en adelante se prescindía de mis servicios en la Corte.

Me asusté ante aquella determinación, pues últimamente cualquier noble sobre el que recayera la sospecha de intimar con los diputados que se sentaban más a la izquierda de la Asamblea, caía al instante en desgracia para la estimación de los Reyes. ¿Había yo incurrido en tal error debido a mis escasos contactos con Ethan Laserre? ¿Nos habían visto juntos? ¿Me habían acusado ante la Reina? Le pedí a mi cochero que se abriera camino y azuzara a los caballos.

Llegamos a Palacio rodeados de los gritos de indignación de los demás conductores. Tuve paso inmediato hacia los aposentos de Su Majestad lo que me tranquilizó pues había yo contemplado a otras damas cuya cercanía con los rebeldes era manifiesta y a quienes ni siquiera se les permitía acercarse a la antecámara real. María Antonieta estaba acompañada únicamente por su cuñada, la princesa Elizabeth. Nada más entrar me arrojé a sus pies en una profunda reverencia.

—¡Chastell! —exclamó sorprendida ante mi forma de proceder.

—Si la he ofendido, mi señora, imploro su perdón —dije sin levantar la cabeza.

—Álzate, te lo ruego. ¿Cómo ibas a ofenderme?

Le tendí la carta, pero ella no la cogió.

—No quise leer los nombres de las damas de las que debía prescindir, solo firmé los edictos, pero veo que tú estabas entre ellas. Las economías a las que la Corona está sujeta —me confesó—, nos ha obligado a hacer nuevos sacrificios, condesa. Debemos aligerar nuestro séquito, eso me han dicho. Aun así, serás bienvenida a mi círculo cuando gustes.

Se quitó uno de sus anillos y me lo entregó. Era un sencillo aro con un zafiro rodeado de brillantes. Intenté no llorar. Habíamos pasado mucho tiempo juntas, compartiendo la desgracia de los últimos meses. Le agradecí su presente y su magnanimidad y pedí permiso para marcharme. Ella me lo otorgó. No había nada más que añadir. Extender aquella conversación hubiera sido humillante para la Soberana, que se veía obligada a despojarse poco a poco, como los pétalos de una flor, de cada una de sus prerrogativas.

Apreciaba a la Reina de corazón y era doloroso separarme de ella, pero con las transformaciones que se estaban produciendo en Francia, ser liberada de las obligaciones de la Corte era casi un alivio. Por supuesto dejaría de recibir los sueldos por el cargo de Dama de Palacio, pero no me preocupó a pesar del estado de nuestra economía. Ya haríamos otros ahorros para adaptarnos a la nueva situación. Lo importante era que mi fidelidad a la Corona no estaba en entredicho.

Salí de las Tullerías pensando en que debía escribir de inmediato a mis suegros, a los que la noticia no les agradaría lo más mínimo. Al dejar de pertenecer a la Corte, en adelante solo debía asistir a las comidas púbicas de los martes y domingos, lo que me dejaría tiempo libre para retomar mi afición por la lectura y vagar libremente a lomos de mi caballo. También debía decírselo a mi tía, así que pedí al cochero que se dirigiera al *Hôtel* de Choiseul.

La señora estaba muy atareada organizando la cena de esa noche. Eran días claves en la Asamblea, pues se estaba tratando la desamortización de todos los bienes de la Iglesia, que pasarían de inmediato al estado, lo que afectaba de lleno al arzobispo. Me saludó con prisas mientras daba instrucciones a su cocinera y reprendía a su modista por un descuido en el dobladillo. Yo le tendí la carta. La leyó de un solo vistazo.

—Lo esperábamos. Solo se ha retrasado demasiado —me dijo con desgana.

—Yo no lo esperaba. Siento tristeza por la Reina. Esto es un golpe más a su dignidad.

Ella le quitó importancia con la mano.

—Espero que al menos le hayan permitido conservar a las damas más afectas a su causa.

Yo no estaba tan segura.

—Sabe de sobra que en esto también prima el linaje.

Su mayordomo apareció entonces anunciando una visita inesperada. No pude evitar sonreír ante la expresión de disgusto de mi tía. Era transparente cuando la interrumpían en sus quehaceres.

—Hazla pasar. Hoy parece que París está indispuesto contra mí.

Tardó en aparecer. Una mujer tímida, recogida sobre sí misma. Llevaba un sencillo vestido de paño marrón y una cofia para ocultar sus cabellos. Aquella ropa le daba un aire campesino que en nada ayudaban los zapatos deslucidos y la maleta harapienta que portaba en una mano.

Cuando reconocimos de quién se trataba, ambas nos pusimos de pie a la par.

Era mi prima Charlotte.

—¿Cómo es posible? —atinó a decir mi tía.

—Nos han arrojado a la calle, madre. Dicen que ya nada de aquello nos pertenece. Que el convento va a ser tasado y vendido para pagar las deudas que ha ocasionado la Corona.

—¡Terminarán destruyéndolo todo! —exclamó mi tía indignada.

Aquella medida no la esperábamos. Si bien era cierto que, si la moción anticlerical que estaba formulando el bando más radical de la Asamblea prosperaba, los conventos pasarían a la nación, todo indicaba que las monjas de vida contemplativa como mi prima no iban a ser desalojadas. ¿A cuántas religiosas habrían expulsado de los conventos? Mujeres que llevaban años, décadas encerradas entre cuatro paredes, que desconocían el mundo al que debían enfrentarse, algunas sin familia ni recursos, la mayoría arrojadas a los brazos de la desgracia.

El rostro de Charlotte era más aniñado que nunca. Parecía indefensa, frágil ante un mundo para el que jamás estuvo preparada. Me precipité hacia ella y le di un fuerte abrazo. Ella no hizo por devolverlo.

—¿Te encuentras bien? —le pregunté.

—No siento nada. Pensé que lloraría como las demás —contestó encogiendo los hombros—. Nos han prohibido volver.

—Pues nosotras no sabemos qué haremos contigo, querida —murmuró su madre.

Al final la señora de Épinay claudicó en su disgusto y le dio un ligero beso. Todo cambiaba tan rápido que era difícil adaptarse.

—Ya se nos ocurrirá algo en que entretenernos —le dije, tomándola por la cintura—. Si a mi tía no lo importa, vivirás conmigo hasta que decidas qué hacer.

Vi cómo el rostro de la señora se relajaba. Sabía que no la quería allí. Una hija natural nunca era bien recibida a pesar de que le tenía afecto.

Charlotte simplemente asintió, y yo llegué a la conclusión de que aquellos cambios inesperados solo eran el principio de otros muchos que deberíamos soportar con paciencia.

1790

— CAPÍTULO 22 —

Acomodé a Charlotte en unas habitaciones de la segunda planta, tres aposentos que le servirían de dormitorio, gabinete y antecámara, y puse a Claire a su servicio. Encargué un par de vestidos nuevos para ella y rebusqué entre los míos aquellos que le pudieran servir. Sin muchos gastos pude habilitarle un guardarropa decente y bien provisto de guantes, cofias y sombreros. Los más discretos, por supuesto, porque todo lo veía como una excentricidad.

Después de estar recluida toda su vida tras las paredes de un convento, los modos y costumbres cortesanos le resultaban extraños, lo que exasperaba a su madre. Yo la compadecía, pues me recordó a mí cuando llegué a Francia y vestí por primera vez con miriñaque. El artificio era todo un arte que solo se aprendía con tiempo y dedicación. Tuve que enseñarle los rudimentos de la etiqueta y nociones básicas sobre quién era quién en el nuevo orden social. Cómo sentarse, a quién saludar, en qué orden y de qué manera, cómo iniciar una conversación y cómo darla por terminada. Eso sin contar con los mil detalles del ceremonial que ordenaba nuestras vidas.

Yo seguí frecuentando las Tullerías, ayudando a mis tíos en sus recepciones y frecuentando los salones que de nuevo brillaban en la ciudad. A veces me acompañaba Charlotte. Otras, alguna de mis doncellas, o Pierre, o uno de los pajes de mi tía. Aunque las más veces lo hacía sola, levantando nuevos rumores. Empezaba a convertirme en un ser extraño para todos ellos: Demasiado independiente para ser mujer. Demasiado segura de mí misma para ser mujer. Expectante ante el destino y sin miedo al devenir para ser una simple mujer.

Salíamos todos los días, menos los que yo asistía a la Corte y los que necesitaba estar a solas en contra de los convencionalismos. Charlotte no me acompañaba en mis visitas a la Reina, pues no había sido presentada y no tenía permitido el acceso. Íbamos al teatro, asistíamos a bailes y no faltábamos a los conciertos en las mansiones de nuestros vecinos. Mi prima era callada, lo observaba todo con vivo interés y se sorprendía por las maneras de la nueva época, llegando a tildarlas de ridículas.

Mi tía comía con nosotras los lunes y los jueves. Iba a diario a Palacio y nos informaba de las novedades que allí acontecían.

Fue en aquellos días cuando Armand, que había aceptado sin demasiado entusiasmo la llegada de Charlotte, me pidió hablar a solas. Le rogué a mi prima, que siempre me acompañaba, que nos dejara unos minutos, y me temí lo peor.

—He resuelto reunirme con mis padres en Coblenza —me anunció sin más preámbulos—. Los nobles que han decidido exiliarse están organizando un ejército para reconquistar Francia y piensan que mi lugar está entre las filas.

—Pero no sabes nada de armas ni de ejércitos —le dije contrariada—. Jamás has servido en él.

—Ellos creen que ese no es un inconveniente.

Al parecer estaba ya decidido.

—¿Cuándo tienes pensado partir? —le pregunté

—En una semana y quiero que me acompañes.

Ni siquiera había pensado en esa posibilidad. Él y yo éramos dos extraños, un matrimonio solo de nombre. Por él solo sentía aversión. Mi férrea educación había logrado que esta no se trasluciera en nuestro trato, pero… imaginarme con él en el exilio, con mis suegros cuando Armand estuviera en campaña, me produjo un escalofrío. Sin embargo, no podía olvidar que no era dueña de mi destino. Estaba en sus manos y podía exigirme lo que deseara.

—Si así lo ordenas —dije por respuesta—, lo haré.

—No lo ordeno, es solo un deseo.

—Tú re reunirás con tu familia, pero yo me veré obligada a dejar en París, a merced de los acontecimientos, a los únicos que me quedan —contesté.

Cambió el peso de un pie al otro, pero su rostro, su perfecto rostro de cortesano, no mostró expresión alguna.

—Entiendo entonces que no vendrás.

—Si me das la opción de elegir —afirmé—, me quedaré en París.

Guardó silencio por un instante. Intenté descubrir qué expresaban sus ojos, pero estaban vacíos.

—No hay nada más que añadir entonces —respondió al fin—. Por un momento llegué a pensar que te sería grata mi compañía.

—Yo… —no supe qué decir.

—No es necesario que te excuses —contestó sin dejarme terminar—. Solo prométeme que si las cosas se tuercen aún más te pondrás a salvo.

—Te lo prometo.

Pensé que se iba a despedir con un beso, quizás un abrazo, pero no había sido educado para eso y mis maneras espontáneas siempre habían sido tenidas por su familia como un déficit en mi formación.

—No hay nada más que tratar —dijo tras hacerme una reverencia—. Le pediré a nuestro administrador que te atienda económicamente, aunque nuestros recursos empiezan a ser escasos. También ordenaré al lacayo que lo prepare todo para mi partida. Mientras tanto me alojaré en casa de mis parientes.

—No es necesario... —intenté decirle otra vez, pero ya se encaminaba hacia la salida.

—Sí. Me temo que sí es necesario —dijo sin girar la cabeza.

Tal y como me había indicado no volví a verlo.

La Corte supo que el conde de Chastell se había marchado dejando a su esposa sola en París, lo que fue la comidilla de las tertulias durante algunas semanas.

La primera carta de Ethan la recibí al poco de que se marchara mi marido. En verdad no era más que una nota que me hizo llegar con un muchacho desaliñado y con pinta de truhan.

Condesa, he tenido conocimiento de su nueva situación en París. Aunque ignoro las razones, entiendo que deben ser poderosas como para que su esposo la deje sola en una ciudad llena de peligros. Ignoro también si cuenta con la protección adecuada. Téngame en cuenta de carecer de ella en deferencia a los vínculos que unen a vuestro tío y a mi padre. Este último no me perdonaría si sufriera algún daño.

Era una nota simple que pretendía ser educada, aunque olvidaba los principios básicos de la cortesía. Ni saludo ni despedida. Aun así, me conmovió. Tras sus torpes palabras atisbé su interés por mí que iba más allá del deber de un hijo pródigo como aseguraba. Le contesté a través de Pierre, que llevó la carta a su casa. Lo hice de forma desafectada y exenta de intimidad, agradeciéndole su preocupación e indicándole que me retenían en la ciudad los asuntos de mis tíos. Guardé aquel trozo de papel barato junto a mi cama, y las noches en que no podía dormir, lo escondía bajo mi almohada y acariciaba su superficie hasta que el sueño, los sueños, me envolvían.

No pasó mucho cuando recibí una nueva misiva. Era algo distinta, aunque también correcta.

Como bien sabe no tengo la educación a la que está acostumbrada y espero que estas torpes cartas no la ofendan. Ya que ha desatendido mi consejo de abandonar Francia, atienda al menos mi ruego de andarse con cuidado. Creí verla anteayer entrando en Palacio sin escolta alguna mientras era usted insultada por un grupo de exaltados y solo la seguridad de que me reprendería por imprudente me mantuvo alejado de ir a exigirles que se excusaran. No sé si volveremos a cruzarnos, pero de ser así le pediré disculpas por no haberles pedido que se retractaran.

Era curioso cómo mi corazón latía con fuerza mientras mi dedo índice recorría una a una su letra ágil y masculina. Volví a contestarle copiando cuidadosamente su tono formal y un tanto anticuado. Le dije que sabía defenderme por mí misma, pero que le agradecía su preocupación. Le aseguré que había hecho lo correcto pues nadie entendería que un diputado del pueblo defendiera a una condesa contra ese mismo pueblo. No hice ninguna alusión al hecho de encontrarnos. Aún tenía cordura y era consciente de lo peligroso que podía ser para ambos.

En la tercera carta, un mes más tarde, hubo un cambio radical.

> *Hoy he pensado en usted. Atravesaba el Sena para atender a un paciente y me ha venido la imagen de aquel puente que hay que cruzar para entrar o salir a Saclay. ¿Sabe que la mañana que abandoné la mansión, después de que usted me hubiera propuesto que la ayudara a fugarse, crucé el puente bajo las arcadas de los nobles? Mi padre me hubiera abofeteado de haberse enterado. Lo hombres de monseñor me habrían escarmentado por atentar contra una tradición centenaria, pero me dio igual. Pensé en usted y decidí correr el riego. Suyo. Ethan.*

Las dos últimas palabras, el hecho de que pensara en mí cuando caminaba junto al Sena, el tono íntimo, todo me hizo suspirar. La leí muchas veces y la guardé bajo el vestido, junto al corazón. Eran un puñado de frases simples, pero con un solo sentido. Unas palabras que me obsesionaron hasta aprender cada una de memoria, como una oración.

Le respondí al cabo de una semana, hubiera sido imprudente hacerlo de inmediato, teniendo cuidado de usar términos que no dieran a equívoco. Le agradecí aquel recuerdo y le dije que me agradaban sus cartas ya que en aquellos tiempos eran pocos los conocidos del pasado con los que aún podía contar.

Vivíamos en la misma ciudad y hacíamos por no encontrarnos, pero aquellas cartas, a veces dos en una misma semana, adquirieron una intimidad que llegaron a convertirse en la única razón de mi existencia. Él me cuidaba. Se preocupaba por mí. Nunca apareció en nuestras conversaciones escritas nada inconveniente. Jamás se trazó la palabra *amor*. Ni siquiera *deseo*. Pero entre cada una de las líneas, alrededor de cada uno de sus trazos, estaba escrito con tinta invisible el sueño imposible entre una condesa que empezaba a arruinar su reputación por no acompañar a su marido en el exilio, y un diputado de la izquierda que mostraba un interés inadecuado por una mujer a la que jamás podría acercarse.

Y todo esto sucedía mientras en París retumbaban los sones del *Ça ira*, la canción de los revolucionarios, con su estribillo cargado de intenciones: «Colgaremos a los aristócratas, la tiranía morirá, la libertad triunfará».

La mala nueva nos llegó cuando nos encontrábamos en los aposentos de mi tía, una mañana temprano.

La señora de Épinay acostumbraba invitar para el desayuno a antiguas damas de la Corte que aún permanecían en París, sus amigas y confidentes de los años de destierro, con quienes siempre estaba en confabulación. Charlotte y yo les hacíamos compañía.

Estábamos a punto de marcharnos cuando llegó el secretario del arzobispo, y pidió permiso para hablar a solas con mi tía. Monseñor no había vuelto esa noche, cosa que hacía a menudo cuando las sesiones en la Asamblea se alargaban hasta tarde y después debía asistir a las intrigantes reuniones de rigor. La actitud cuidadosa de su secretario me hizo temer una mala noticia. Mi tía no aparentó extrañeza, aunque una sola mirada suya me indicó que aquello le preocupaba tanto como a mí. Cuando volvió, apenas unos minutos más tarde, parecía confundida, como si meditara algo que no terminaba de comprender. Tomó asiento, pero no hizo por retomar la labor. Yo intenté adivinar qué había sucedido, pues la mirada de tía Margot parecía perdida en algún punto invisible, pero fue una de sus viejas amigas, que la conocía tan bien como yo, quien preguntó.

—Espero que no hayan sido noticias desafortunadas, querida.

Mi tía sonrió de aquella forma que no significaba nada, pero como no contestó de inmediato, algo inusual en ella, todas nos volvimos hacia donde estaba.

—Me temo que son infortunadas para todas nosotras —contestó al fin—, y si este caballero me ha sabido explicar punto por punto lo que monseñor le ha transmitido, debemos temernos lo peor.

Hubo un revuelo entre las damas, poco acostumbradas a dramatismos de aquel tipo en boca de la señora, que al punto le pidieron que se explicara. Mientras mi tía buscaba la mejor forma de contárnoslo yo analicé su rostro en busca de una señal que me hiciera temer por la vida de tío Philippe. También pasó por mi cabeza un atentado contra Sus Majestades, pues el recuerdo de aquella última jornada en Versalles no se nos había olvidado a ninguno de quienes lo presenciamos. Al final mi tía se atrevió a exponerlo.

—Me ha dicho que los títulos nobiliarios han sido abolidos. Desde esta mañana no hay nobleza en Francia. Ninguna de nosotras posee más dignidad que la que puedan ofrecer nuestras manos.

Hubo un silencio, como una losa que hubiera caído sobre el hueco oscuro de una tumba, que se transformó en voces de protesta, más cercanas a la incredulidad que a la queja. Decían que aquello era imposible, que debía tratarse de una confusión. Eran derechos inalienables, perpetuados por el paso de los siglos y no podían ser barridos de un plumazo. Yo permanecí callada. Aquel paso que había dado la Asamblea me parecía coherente con la demolición del sistema feudal que se estaba perpetrando. A ninguna debía extrañarnos.

—De ser cierto lo que me acaban de transmitir —continuó tía Margot con la mayor cautela—, a partir de hoy no podremos ostentar nuestros antiguos rangos. Ni los criados podrán llevar librea ni los carruajes mostrar el escudo de armas de nuestro linaje. También se han prohibido los tratamientos de respeto. No más *señora* ni *señor*. Desatender cualquiera de estas disposiciones se considerará como desacato.

La aristocracia francesa acababa de caer.

Los privilegios habían sido sepultados y aquellas damas comenzaron una disputa sobre la inconveniencia de estas últimas medidas porque haría imposible distinguir una casa nobiliaria de otra. Pensé que quizá su edad avanzada las había alejado de la realidad, aunque me temía que era algo más profundo, como una negación absoluta a aceptar el nuevo mundo que se avecinaba, con o sin su permiso.

—El secretario de monseñor debe haberse equivocado con el mensaje —insistió una de las invitadas—. Nada de lo que dices puede ser cierto.

—Me temo que sí, querida amiga —concluyó mi tía—. Ya nos habían despojado de todo lo material. Ahora nos quitan la dignidad.

No hubo más revuelo. La señora no lo permitió. Permanecimos calladas mientras asimilábamos aquella nueva noticia. Después, cada una partió hacia su residencia, no sin antes haber tenido la precaución de cubrir con una pañoleta o con el envés de las capas los escudos que decoraban sus carrozas.

El decreto, además, prohibía los apellidos que tuvieran relación alguna con un territorio, ciudad o villa ya que eso supondría reconocer la ascendencia de una familia sobre ese espacio. De esta manera, de la noche a la mañana, pasé de ser la condesa de Chastell a ser llamada ciudadana Duval, el apellido olvidado de mi marido.

Según avanzaba el verano, el palacio de las Tullerías se volvía asfixiante e incómodo y los Reyes quisieron mudarse a Saint-Cloud. La Asamblea no les negó el permiso, aunque la Guardia Nacional de París les escoltó, o lo que era lo mismo, se convirtieron en férreos vigilantes de los augustos prisioneros. Yo les acompañé a petición de Su Majestad y fue allí donde nos enteramos de que se había votado una nueva ley por la que a partir de entonces sería el estado quien nombraría y refrendaría los cargos eclesiásticos, siempre que estos juraran fidelidad a la Constitución. La estructura de la Iglesia de Francia acababa de ser demolida y la autoridad papal desestimada.

Mi tío se negó a acatar la mueva orden y fue destituido de todas sus obligaciones por lo que tuvo que abandonar sus habitaciones en el ministerio. Quise ir en su ayuda, pero una carta suya desde París me lo prohibió. Era cuestión de tiempo que se dictara una orden de detención contra él por desacato, por lo que me imploraba que me mantuviera lo más lejos posible. Él y tía Margot partieron hacia Saclay, donde pretendían refugiarse hasta decidir qué hacer.

Charlotte, que no había podido unirse conmigo en Saint-Cloud, permaneció en la ciudad a la espera de mi regreso.

Tío Philippe me pedía un último esfuerzo: pagar una parte de sus deudas. Eran enormes desde la desaparición de sus beneficios y rentas, y ahora que no contaban con los sueldos del ministerio no había manera de cubrirlas, por lo que temía que fuera a través de este cauce como encontraran el camino para detenerlo.

Accedí sin pedir permiso a mi marido. Le escribí a nuestro administrador y aboné tanto como mi escaso capital pudo permitirse. Ya apenas quedaba nada, como bien había dicho Armand. No solo de la herencia de mis padres, sino de la Francia que había conocido.

Poco a poco pude ver cómo los salones iban quedando desiertos. Mis amigos y parientes, que hasta entonces partían al exilio como una cuestión de orgullo, a la espera de tiempos mejores, ahora huían temiendo por su seguridad.

Fue entonces cuando empecé a comprender que quizá Ethan Laserre y los que me querían tuvieran razón, y debiera plantearme huir al extranjero.

Me acostumbré a vestir de la forma más sencilla los días que no debía acudir a la Corte. Un traje suelto, ajustado bajo el pecho por la chaqueta, y un sombrero de paja al estilo campesino. La animosidad contra la aristocracia cada día era más acusada y los símbolos externos que nos identificaban, como la ropa cortesana, eran perseguidos y abochornados.

Una mañana, mientras hacía algunas visitas, un grupo de desalmados aporrearon mi carroza, rompieron los cristales e intentaron golpear a mi cochero. Solo la pronta presencia de la Guardia Nacional evitó que llegaran a mayores. Otro día, cuando salíamos del teatro, fuimos insultados por un grupo de mujeres que nos arrojaron verduras podridas. De nada servía explicarles que mi tío, que yo misma, abogábamos por transformaciones que hicieran más justa nuestra sociedad. Éramos el centro de la diana y había llegado nuestra hora.

Hacía ocho meses que Ethan y yo no nos veíamos. Se había vuelto peligroso que una aristócrata y un diputado radical siquiera se saludaran en público. A él podían acusarlo de connivencia con la antigua nobleza y a mí de traicionar a los Soberanos. Yo guardaba sus cartas bajo llave, en un arcón que me traje de España y tenía un compartimento secreto. Seguíamos escribiéndonos con la asiduidad que la prudencia nos dictaba. En su última carta me decía que partiría en breve hacia la ciudad de Nancy, donde el presidente de la Comuna había reclamado algunos servicios, y volvía a exhortarme para que abandonara Francia. No sería posible mantener nuestra correspondencia mientras estuviera fuera ya que no se fiaba del correo oficial.

Tomé la decisión una semana más tarde. Pedí permiso a la Reina, escribí a mi marido y a mis tíos, y dos días más tarde cerrábamos nuestra casa camino de Suiza. Mi primera opción había sido huir hacia España. Era mi patria, el lugar de mis ancestros, pero, ¿a quién conocía allí? ¿A qué puerta podía llamar? Estaba demasiado lejos, y estaría demasiado sola. Los emigrados franceses partían hacia Inglaterra, Alemania o Suiza y allí era donde debía ir yo, junto a los que estaban en mi misma situación.

Coblenza, donde se organizaba el ejército contrarrevolucionario, no era una opción en aquellos momentos. Los que viajaban al noreste contaban cosas horribles. Eran detenidos y acusados de traición. Sin embargo, un país neutral como Suiza nos alejaba de toda sospecha si era necesario volver sobre nuestros pasos o dar explicaciones de nuestra marcha. Además, no quería reunirme con mi marido, ni con su familia, y no quería sentarme en la misma mesa con Agnes, porque sabía que antes o después utilizaría lo que creyó ver entre Ethan y yo para su propósito.

Charlotte estuvo de acuerdo y empacamos nuestras pertenencias en dos carros y una berlina donde viajamos las dos, acompañadas de Claire y Madeleine. No fue un trayecto amable. Por el camino vimos los restos de los castillos quemados y las fincas arrasadas, y éramos detenidas cada pocas leguas por milicias armadas que nos requerían los salvoconductos y nos asaeteaban a preguntas.

Días después, aún no había amanecido cuando llegamos al lago Ginebra. Pisar una tierra donde ya no éramos proscritas fue como desgarrar un velo tupido que no me dejaba respirar. Y solo entonces, en la seguridad de un nuevo país, le escribí una larga carta a Ethan sin tener ni idea de cómo se la haría llegar.

— CAPÍTULO 23 —

Nos alojamos en una posada a orillas del lago, ocupada en su totalidad por emigrantes como nosotras.

Dos semanas después ya me había dado cuenta de que aquellos franceses hacían muy poco por ganar afecto hacia su causa. Eran, en su mayoría, nobles ociosos y arruinados, que ocupaban sus horas endeudándose, burlándose de las costumbres suizas que veían como puritanas y poco refinadas, y confabulando los unos contra los otros. Seguían preocupándose de las nuevas modas cuando no tenían apenas ropa que vestir; de joyas cuando las suyas estaban empeñadas; y de la raza y estirpe de caballos que nunca podrían volver a comprar. Para ellos aquel exilio era un retiro temporal, amargo ante la rudeza de aquel país pues nada podía compararse a la Francia que añoraban. Estaban convencidos de que las cosas volverían a ser como antes. Yo en cambio, intuía que no sería así. Lo que vivimos en el pasado jamás volvería y debíamos hacer lo que estuviera en nuestra mano para adaptarnos a esta nueva situación.

A Charlotte y a mí apenas nos quedaba dinero. Mi administrador había sido cauto. Sabía que Armand había dispuesto de una parte importante de lo que quedaba de nuestra fortuna, pero tras yo haber pagado las deudas de mis tíos no había querido abusar de la suerte y sacar de París las últimas reservas. Además, me percataba de cómo los buenos suizos empezaban a mirarnos a los emigrados franceses con malestar, y odiaba que me asemejaran con ellos.

—¿Qué haremos? —me preguntó Charlotte, que veía, al igual que yo, cómo nuestra bolsa estaba cada vez más vacía.

—Algo se nos ocurrirá.

Vendimos uno de los carros con sus caballos, y mis vestidos de mejor calidad. Aun así, lo que nos dieron duró poco, por lo que decidí deshacerme de mis sombreros. Muchos de ellos eran nuevos y tan a la moda que las burguesas de Ginebra aún no los habían visto en los magazines que seguían llegando desde París. Había una elegante sombrerería en la calle principal que pensé que quizá quisiera comprarlos. Llevarlos a cuestas, aunque me ayudara mi fiel Pierre, era demasiado aparatoso, así que los dibujé en un cuaderno con carboncillo y sanguina y fui a hablar con la dueña del local. Era una mujer joven y agradable, muy resuelta, que me atendió gustosa. Miró mis bocetos con vivo interés, preguntando qué tejidos y colores tenían en realidad. Yo se lo expliqué todo, añadiendo qué cambios podían hacerse en cada sombrero para hacerlo más vistoso.

—Son muy bellos —dijo cuando los hubo repasado todos.

—Estos son solo algunos. Si le interesan puedo enseñarle más.

Cerró el cuaderno y me lo tendió.

—¿Los ha diseñado usted?

En un principio la confusión me resultó simpática. En verdad yo no le había dicho que quería vender mis viejos sobreros, sino que me gustaría que los viera por si deseaba adquirirlos. Sin embargo, aquello podía ser una oportunidad.

—No los he diseñado —me confesé—. Pero puedo hacerlo si le agradan.

La dependienta parecía encantada con que una dama francesa quisiera hacerle aquel servicio.

—Me quedaré con estos y compraré sus diseños a buen precio, siempre que sean en exclusividad para mi tienda. Nosotras los confeccionaremos en el taller. ¿Qué le parece?

Me parecía un acuerdo perfecto. No me faltaba imaginación y sabía demasiado bien qué traerían los próximos manuales de moda. Le tendí la mano, como había visto que hacían los comerciantes ingleses para cerrar un trato.

—Me parece que tenemos un acuerdo.

Ella sonrió y me la estrechó, y cuando salí de la tienda tenía tan buen estado de ánimo que volví sobre mis pasos para darle la noticia a Charlotte. Me sentía orgullosa. Útil. Y lo celebramos brindando con cerveza. Ella, por su parte, también se había aplicado y logró encontrar una granja de alquiler en el campo, a algunas leguas de la ciudad, mucho más barata que lo que pagábamos por la posada y donde estaríamos más a gusto. Decía que quería fabricar mantequilla y preparar nuestro propio queso pues a eso se dedicaba en el convento. No me pareció mal. Cualquier ayuda en aquel momento era apreciada.

Aún estaba en pie el comercio entre Suiza y Francia. Por medio de algunos mercaderes pude al fin mandar mis correos y tener noticias de Ethan. Escribíamos con cautela ya que no sabíamos si nuestra correspondencia sería leída. Recibir sus cartas era el único aliciente de aquellos días. Había empezado a llamarme Isabel, aunque yo no había querido romper con el formalismo de nombrarle como doctor Laserre. Ninguno de los dos, yo al menos, pronunciábamos las palabras que emanaban de nuestros corazones, sino que utilizábamos metáforas, largos circunloquios que era necesario desandar para lograr entender su significado. Sus cartas me hacían feliz, a pesar de que apenas hablaban de otra cosa que del tiempo y de las disposiciones que se estaban tomando con los regimientos acantonados en la ciudad donde había sido enviado. Una de ellas era un poco más explícita, pero en nada me comprometía.

> *Ayer llovió toda la jornada. El campamento está enfangado, tanto que las botas se clavan en el lodo y cada paso cuesta todas nuestras fuerzas. Pensé en usted mientras intentaba desenterrar mis viejas botas de uno de aquellos charcos. De pronto una nube se apartó, el sol se hizo un hueco y un rayo cruzó el cielo para iluminar una zona del bosque a unas pocas leguas. Se me antojó que, si estuviera aquí, hubiera querido ir en busca de ese resplandor. La imaginé a usted y a mí mismo, solos en el bosque. Trotamos hasta alcanzar el claro. La luz era muy blanca. Un trozo de hierba iluminada por el sol. Corrió hasta el centro de aquel pedazo de vida. Yo me detuve, inmóvil, al borde de aquel círculo perfecto. Tendí la mano. Usted hizo lo mismo… y volví a la realidad cuando las nubes se ennegrecieron y el sol volvió a hacerse invisible.*

A finales de agosto dejé de recibir noticias suyas, coincidiendo con que los periódicos franceses que llegaban a Ginebra contaran que había estallado un motín en Nancy al haberse sublevado los tres regimientos contra sus oficiales. En verdad no tenía nada que temer por Ethan, ya que él no tenía relación alguna con el ejército, así que achaqué su falta de contacto a que debían de haberse cortado los caminos y correos para controlar la revuelta.

Todas las mañanas montaba a caballo hasta la ciudad para escuchar las nuevas que llegaban desde la frontera, y cada día parecían más lúgubres. Al parecer la represión del motín de Nancy había sido brutal, pues se buscaba un castigo ejemplarizante que sirviera de modelo al resto de tropas que pensaran en sublevarse.

El 10 de septiembre se publicó la lista de fallecidos durante las represiones de la ciudad lorenesa. Leí el periódico con avidez, pasando el dedo enguantado por cada nombre, aun sabiendo que era imposible que el suyo figurara allí.

Cuando lo encontré, las piernas me flaquearon y tuve que apoyarme contra la pared.

Diputado Ethan Laserre.

Lo leí una y otra vez, como si por el hecho de hacerlo aquello dejara de ser verdad.

Era él.

No podía ser otro.

Al parecer había sido alcanzado por una perdida bala de cañón y falleció tras cinco días en los que no se pudo hacer nada por su vida.

Empezó a llover, pero yo no me moví de donde estaba.

Mis ropas, mi cabello, se empaparon mientras leía una y otra vez su nombre escrito en tinta negra, tan negra como mi desconsuelo. El papel sc deshacía entre mis manos y aun así yo lo apretaba para que aquella línea única no desapareciera.

Una joven marquesa que había conocido en la Corte paró su desvencijada carroza y vino en mi busca, sin importarle la torrentera.

—¡Condesa! —exclamó cuando estuvo a mi lado—. Venga conmigo. Rápido. Puede enfermar con este frío.

Yo no le hice caso. Yo no la seguí. Era una buena mujer, pero todos sabrían al día siguiente que la antigua condesa de Chastell se deshizo bajo el agua con un diario sujeto entre las manos. Buscarían un ejemplar y analizarían cada página hasta encontrar un nombre, un amigo, un conocido. Y entonces los viejos rumores volverían a circular, los que nos situaban a Ethan Laserre y a mí muy cerca del corazón. Volarían de boca en boca, de salón en salón.

No me importaba. Nada me importaba.

Acababa de darme cuenta de lo que había perdido.

De lo que no le había dicho a Ethan cuando tuve oportunidad de hacerlo.

Y de que nunca iba a recuperar lo que se había roto muy dentro de mí, aquella mañana en Suiza.

Tuve fiebre y Charlotte me obligó a permanecer una semana en cama. No me resistí. Creo que lo habría hecho, aunque no hubiera caído presa de la enfermedad, pues estaba sumida en la desgana. Pensaba constantemente en los momentos perdidos, en las oportunidades perdidas, en las palabras no pronunciadas.

Aprendí que arrepentirse de lo que no se llevó a cabo era un mal camino y me prometí a mí misma que no volvería a recorrerlo.

Pensar en Ethan, en nuestros escasos momentos juntos, y dormir, se convirtió en toda mi ambición. La dueña de la tienda de sombreros mandó recado de que necesitaba nuevos diseños, pero ni siquiera contesté. Empezaron las visitas, que venían a curiosear qué le había sucedido aquella mañana lluviosa a la condesa de Chastell, pero tampoco me digné a recibirlas. Nada me importaba. Las cartas se amontonaban sobre mi escritorio: de la Corte, de mis tíos, de mis suegros, de mi marido. No hice por abrirlas. No quería que aquel dolor profundo que me atenazaba se contaminara con otras palabras, otras razones que no fueran mi duelo.

Charlotte revoloteaba nerviosa a mi alrededor sin saber qué hacer. Intentaba llevar la casa adelante, pero se encontraba perdida. Entraba y salía cien veces de mi habitación, pero en todas ellas Madeleine, mi fiel Madeleine, le comunicaba que no había novedades y que era mejor dejarme descansar. Yo dormitaba mientras de fondo se oía el ajetreo de la granja. El mugido de la vaca en el establo, el paleteo de la mantequilla mientras era batida, las voces de los hombres que arreglaban las cercas y cuidaban de nuestra seguridad.

Al noveno día decidí salir de la cama. Creo que simplemente se me secaron las lágrimas. Poco a poco me reincorporé a mi antigua vida, aunque dejé de frecuentar el círculo de emigrados que insistía en invitarme a sus entretenimientos. Envíe recado a la sombrerería diciendo que me había restablecido al fin y despaché con desgana todas las cartas. La mayoría de ellas estaban repletas de protestas por la nueva situación que atravesaba Francia y que seguía indignando a la extinta nobleza. Armand, más animoso que cuando nos despedimos, me contaba que había comenzado su formación militar y ansiaba el momento de alzar su fusil contra los «malditos republicanos». Contesté a todos de forma similar. Diciendo que el tiempo había empeorado, que el lago tenía vistas sorprendentes y que el color de moda entre los emigrados era el blanco. Nada más. Nada cercano ni afectuoso.

Charlotte había empezado a comercializar su exquisita mantequilla, que vendíamos a buen precio a los tenderos de la ciudad. Le pedí que me enseñara, y aunque me miró horrorizada, accedió, segura de que desistiría al cabo de unos días. Se equivocó, pues todo me era indiferente y aquellos trabajos manuales, tan alejados de mi antigua dignidad, eran lo único que me hacían no pensar en Ethan. La acompañaba a ordeñar nuestra única vaca, ayudaba en la limpieza de los pesebres y Claire me instruyó en algunas recetas de cocina que repetí hasta que me salieron aceptables. Mis criadas me observaban sorprendidas y orgullosas, pero no comprendían que era una forma de huir, de no enfrentarme a la realidad.

Aquella tranquilidad pesada y repetitiva me hizo mucho bien. Amanecía con el sol y me acostaba cuando se perdía tras las montañas. Mi vida se llenó de tareas domésticas que antes ni siquiera había apreciado que existieran: Ayudaba a Madeleine a lavar la ropa en el arroyo y a blanquearla con ceniza los días de sol, recogía hierbas para condimentar, amasaba el pan y me encargaba de que no nos faltara agua fresca. Mis días pasaban idénticos y llenos de paz, y poco a poco mi corazón se fue serenando. Ya no era la condesa de Chastell. Ni siquiera la ciudadana Duval. Me había convertido en una campesina, como aquellas a las que jugábamos a ser en la *Hameau* de la Reina, cerca de Trianón.

Solo retomaba la seda y los finos chifones de muselinas inglesas cuando iba a la ciudad, muy de tarde en tarde, para entregar mis diseños. Evitaba cualquier contacto con la sociedad a la que había pertenecido, y volvía sobre mis pasos a la granja donde había empezado a recobrar la cordura. El resto del tiempo vestía de paño recio. Una falda, camisa y corpiño. El cabello suelto, o atado con una simple cinta. Nada que pudiera molestarme en mi trabajo. En cierto modo lo consideraba mi traje de luto. Un luto que no podía ostentar por alguien que no era nada para mí, aunque hubiera comprendido tarde que lo había sido todo.

El verano dio paso a un otoño frío de lluvias tempranas y en nuestra pequeña granja la vida continuó al ritmo que marcaba la naturaleza.

A principios de octubre amaneció un día lluvioso y ventisquero. Charlotte había ido con Claire a comprar provisiones y los sirvientes que aún manteníamos, Pierre y los cocheros, estaban con ellas en la ciudad. Mientras Madeleine se encargaba de arreglar el piso de arriba yo preparaba la comida para todos.

Desde el exterior me llegó el trote de un caballo. No podía ser ninguno de los míos pues se habían llevado la vieja berlina. Me sequé las manos y miré por la ventana. Habían atado la montura a un horcón, pero no había rastro de su jinete. Pensé que podía ser el correo, que a veces utilizaba este medio de transporte. O una visita inoportuna, aunque los nobles exiliados venían a pie o en carroza. Me alisé la ruda falda de paño y miré en el fondo de una cacerola de latón qué aspecto tenía. Me pareció aceptable, pues a pesar de que pocas cosas ya me importaban, aquella costumbre cortesana de la apariencia estaba más dentro de mí de lo que nunca reconocería.

Abrí la puerta antes de que mi visita llamara con los nudillos y recibí un golpe de viento helado mientras las gotas de la tormenta que había arreciado empaparon mi rostro. Había un hombre al otro lado, de espaldas a mí, intentando convencerse de si no había equivocado la dirección. Solo vi su largo gabán oscuro y las botas manchadas de barro, pues tenía los cuellos alzados para protegerse de la intemperie.

—¿Puedo ayudarle, señor? —le pregunté para llamar su atención.

Él se volvió, y yo me llevé las manos a la boca.

A pesar de que estaba empapado, de que al agua corría por sus mejillas, reconocí a Ethan, ¿al fantasma de Ethan?

—No estaba seguro de que fuera aquí —dijo esbozando aquella maravillosa sonrisa que tan pocas veces había yo disfrutado—. De hecho, no estoy seguro de que seas tú —se sorprendió al contemplar mi aspecto, tan diferente del que estaba acostumbrado.

No dije nada.

Solo lloré.

Y corrí a sus brazos.

Corrí a su boca.

Y me entregué a él.

— CAPÍTULO 24 —

Ethan me subió en brazos a la habitación. Ansioso de mí como yo lo estaba de él, sin importarle la presencia de Madeleine, que se desvaneció discretamente cuando nos vio aparecer. Me dejó de pie, delante de mi cama, y se apartó para contemplarme. Yo sentía a partes iguales ansiedad y pudor. Nunca antes me habían mirado así. Deseado así. Sus ojos eran dos promesas cargadas de pecado que recorrían mi cuerpo con avidez, y mi deseo tan insolente que solo necesitaba que él diera el primer paso.

Volvió sobre sus pies y me besó ferozmente. Como un último beso. Mis ropas se empapaban con las suyas, y poco a poco fueron cayendo al suelo, como migajas de pan. Primero me desató el corpiño sin dejar de ocuparse de mis labios. Después deshizo la lazada de mi falda, que cayó a mis pies dejándome solo en camisa. Entonces sentí sus dedos, cálidos y curtidos, sobre la piel de mis muslos, introduciéndose bajo la tela, con tanta pericia que solo sus besos ahogaron mi gemido. Ethan se apartó de nuevo para observarme. Y otra vez sus ojos adquirieron un poder táctil que me erizaba la piel y sofocaba el alma. Yo debía ofrecer un aspecto atolondrado: solo ataviada con la camisola empapada, con el amplio escote dejando al aire la mitad de un hombro y el cabello alborotado sobre la espalda. Con prisas se deshizo del gabán y la casaca.

Con la misma urgencia se quitó la camisa y empezó a trastear con los calzones. Yo miraba extasiada el perfil de la cicatriz que recorría su costado. Era una línea blanca sobre la piel tostada. Había otra más, aún fresca, que debían haberle ocasionado en Nancy.

Cuando al fin quedó denudo ante mí no pude evitar sonrojarme y aparté la vista al instante. Él deshizo los escasos pasos que nos separaban y mi camisola cayó al suelo, dejándonos desnudos, uno frente al otro. Comprendí que yo apenas sabía nada sobre la naturaleza, pero sus manos expertas, su experta boca, me enseñaron con ahínco la lección.

Me llevó a la cama sin pausa ni fatiga. Sin pesares ni remordimientos nos entregamos el uno al otro con una sed de años. Con tanta pasión, tanta delicadeza, que jamás imaginé que pudiera ser así. No hubo prisas. Solo la necesidad de conocer cada recodo de nuestro cuerpo y los retazos que aún nos quedaban por desvelar de nuestra alma. La piel tostada de Ethan conjugaba de forma maravillosa con el blanco dorado de la mía. Mis cabellos rubios jugaban con su negro pelo. Nuestras manos se estrechaban tan profundamente como nuestros cuerpos, en el deseo de que nunca terminara aquel instante de suspiros, de que el tiempo se detuviera solo para nosotros.

Cuando al fin estuvo dentro de mí comprendí que nunca antes había amado y que nada en el mundo podría alejarme ya de él. Esa primera noche entre sus brazos también descubrí la felicidad y me prometí a mí misma que jamás renunciaría a ella. El tacto de sus dedos me quemaba, el de su boca me abrasaba, y su cuerpo sobre el mío, bajo el mío, se convirtió en mi única patria, en el único lugar donde deseaba estar en adelante.

Cansados y felices, dejábamos pasar unos minutos antes de volver a amarnos con renovada pasión, buscando nuevas caricias, nuevos pedazos de piel que no hubieran sido ya explorados, disfrutando del sonido de la lluvia en los cristales y del crepitar del fuego de la chimenea.

—¿Está sucediendo de verdad? —le pregunté en algún momento, mientras él me abrazaba y yo jugaba con el suave vello de su vientre.

—Si es un sueño espero no despertarme.

—¿Cuándo supiste que acabaríamos así?

—Lo deseé la primera vez que te vi, llena de magulladuras. Pero nunca sospeché que pudieran hacerse realidad mis anhelos. Estabas demasiado lejos de mí. Eras justo aquello a lo que nunca podría aspirar.

—Y ha tenido que hacerse toda una revolución para que tú y yo estemos hoy juntos en mi cama —dije con humor.

—Hubiera quemado el cielo si hubiera sido necesario. Ahora lo sé.

—¿Qué sabes?

Se giró para tenerme frente a él y sus ojos adquirieron un matiz que me atrapó al instante.

—Que ocupas todos mis pensamientos. Que has formado parte de mí porque has formado parte de mi existencia. Estabas en cada idea que aparecía en mi cabeza. En cada libro que he leído. En los caminos que he recorrido. En las palabras que lanzan al viento los mercaderes. En el mar. En las gotas de lluvia. En las piedras que pisé cada día. Todos los instantes de mi vida, desde que te conocí, has permanecido dentro de mí. Eres el principio y el fin de toda mi existencia. ¿Contesta eso a tu pregunta?

Entonces fui yo quien me arrojé a sus labios, a su cuerpo, y le demostré que sus palabras eran hermanas de las mías.

Supe esa larga noche que soñaba a menudo conmigo, pero se negó a contarme aquellos sueños pues algunos, decía, me ruborizarían. Me explicó que la primera vez que nos vimos en Saclay, mientras suturaba la herida de mi tío, su corazón latió con fuerza cuando sus ojos se cruzaron con los míos. A partir de entonces su vida había tomado dos rumbos distintos: olvidarse de mí y encontrarme. Solo tras la muerte de Julia había comprendido que jamás podría apartarme de su memoria.

—¿La amabas?

—Ella me necesitaba para permanecer en París y yo la necesitaba para olvidarte. Nunca se lo oculté, aunque no dije tu nombre. La quería y la respetaba, y si ella viviera yo jamás hubiera venido a tu encuentro.

Y así me enteré de que la historia de su accidente que habían publicado los periódicos era en parte cierta. Había sido otro médico, otro galeno el que había fallecido a consecuencia de una bala perdida de cañón. Pero para entonces Ethan yacía inconsciente en un improvisado hospital militar a causa de una herida de mosquete, cuya cicatriz aún palpitaba sobre su costado, y no pudo desmentir la noticia publicada en la gaceta. Solo cuando recuperó la salud pudo confirmar quién era y mandar cartas tranquilizadoras a sus allegados. Recuperado de la herida ayudó como médico a las víctimas del amotinamiento, y cuando los más graves fueron transportados a sus casas o a mejores sanatorios, él al fin estuvo libre de deberes. Solo entonces decidió buscarme, ignorando qué se encontraría al final del camino.

—¿Sabías que la noticia de tu muerte había llegado hasta aquí? —le pregunté mientras mis dedos recorrían la silueta de su fuerte pecho.

—Hubiera volado si albergara la sospecha de que tú me echabas de menos.

—¿Por qué has venido entonces?

—Porque no podía soportar ni un instante más sin verte. No sabía que excusa esgrimiría al tenerte frente a mí, pero me hubiera inventado cualquier pretexto. Solo tenía claro que, o te miraba de nuevo a los ojos, o me volvería loco.

Volvimos a amarnos. Y una vez más. Hasta que un tímido rayo de sol nos sorprendió dormidos. Yo abrí los ojos y lo vi a mi lado.

A Ethan.

Con la sábana enredada en los tobillos. Espléndido y sereno. Una mano sobre su vientre y la otra bajo mi cintura. Su sexo relajado y agotado de satisfacerme. Me incorporé para observarlo. La cicatriz de bala aún estaba húmeda, y otra más, ya curada, recorría su costado. El sol arrancaba destellos rojizos a su desmadejado cabello y dejaba observar sus largas pestañas morenas. Era de una belleza deslumbrante. Como Marte dormido después de la batalla.

Permanecí así largo rato, observando al hombre por el que llevaba años suspirando, por el que había llorado las más amargas lágrimas, mientras su respiración serena y acompasada me llenaba de tranquilidad.

Solo entonces pensé en cómo de imposible podría resultar aquello: Una noble emigrada y un revolucionario al servicio de la Asamblea. Pero aparté esos pensamientos al instante. En aquel momento solo éramos un hombre y una mujer que se anhelaban.

Posé una mano sobre su rostro y él abrió los ojos. Parpadeó un momento, como si necesitara comprender dónde estaba, y entonces sonrió. Como yo había visto en el pasado. Y decidí en ese mismo instante que todo me daba igual si seguía a su lado, mientras Ethan me atraía hacia él y comenzábamos de nuevo.

Ese día solo bajamos a almorzar.

Charlotte no comentó nada cuando nos vio aparecer cansados y ojerosos. Ni Madeleine. Ni Claire. Ninguna de las tres tenía el carácter de alentar chismes, pero era evidente que la presencia de Ethan en mi habitación había encendido un largo debate entre ellas. Mi prima lo saludó cortésmente cuando se lo presenté y hablaron del tiempo y de un rayo que había fulminado un árbol de las inmediaciones.

Los días volvieron a imprimir su rutina, aunque ya nada sería igual. Ethan se hospedó en un cuartucho sobre el cobertizo. Su presencia continua y atenta me llenaba de felicidad. Callado y discreto, tenía un don natural de liderazgo que inmediatamente se hizo notar. Los hombres de mi casa le preguntaban a él sobre cualquier aspecto que tuviera que ver con el ganado y el campo, y mis criadas le profesaban un respeto casi reverencial. Charlotte no me preguntó qué hacía allí. Tampoco por qué entraba en mi habitación cuando los demás parecían dormidos. Yo se lo agradecí. Se lo agradeceré siempre a pesar de todo. Los hombres tampoco hicieron comentario alguno cuando salimos al exterior a tomar un poco de aire fresco. No delante de mí. No que llegara a mis oídos.

Ethan era amable con todos y se resistía a dejarse servir. Manteníamos las apariencias hasta donde éramos capaces, pero más de una vez nos encontraron abrazados junto al fuego, o besándonos cuando creíamos que estábamos a solas. Lo que en otras circunstancias hubiera resultado escandaloso, en aquella perdida granja suiza se convirtió en algo corriente, como si no tuviéramos pasado y fuéramos dueños de nuestro futuro.

Yo no sentía la punzada de la culpa. No me arrepentía de lo que estaba haciendo a pesar de saber que era un gran pecado y del todo inadecuado. Cuando pensaba en Armand lo veía como algo lejano, y ajeno, que pertenecía a una realidad distinta que no era aquella. *Mañana*, —pensaba—, *mañana será otro día, con sus tributos que pagar y sus penitencias que cumplir.* Entonces no. Mi corazón era demasiado dichoso como para que fuera acallado por los convencionalismos, incluso por la moral o la religión.

Cada día nos levantábamos temprano para atender los quehaceres. Yo seguía ayudando a Charlotte a ordeñar, a preparar mantequilla y queso, a cocinar las compotas para el invierno, y a remendar los trajes y vestidos que estaban rotos o demasiado anticuados. Ethan se unía a los sirvientes para trabajar en los establos o en el campo, sin perder ni un instante de vista la casa. Muchas veces, si me asomaba por la ventana, lo encontraba buscándome. Cuando al fin me localizaba sonreía y volvía a su trabajo. Mi corazón latía entonces con fuerza y una sonrisa indeleble se colgaba de mis labios.

Por las tardes, con la tarea hecha, mientras cada uno buscaba su esparcimiento, nosotros nos sentábamos frente a la chimenea, yo leyendo a los clásicos que habíamos logrado traer de París y Ethan los periódicos atrasados que nos enviaban nuestras amistades. Aun así, no dejábamos de lanzarnos miradas cargadas de intenciones, a la espera de que la noche llegara pronto y con ella una excusa para buscar nuestra intimidad. Era yo la primera en retirarme, pero Ethan no esperaba mucho para seguirme a mi dormitorio. Nadie preguntaba. Nadie decía nada, y yo lo agradecía porque en aquellos tiempos me era complicado explicar lo que sucedía.

Ethan y yo hablábamos mucho a pesar de su carácter retraído. Hablábamos de todo, menos del futuro. Era tan incierto aquellos días que cualquier proyecto podía venirse abajo con la facilidad con que una hoja se desprende en otoño.

Una tarde, mientras paseábamos a caballo lejos de la granja, me atreví a preguntárselo.

—¿Cuándo volverás a París? La Asamblea no tardará en reclamarte.

—Aun no lo ha hecho.

—Pero tendrás que volver —insistí.

—No quiero pensar en eso. No puedo pensar en nada que no seas tú.

Selló mi miedo con un beso y yo decidí que tenía razón. Solo teníamos el presente y era él nuestro único aliado.

Yo apenas visitaba la ciudad y las invitaciones, cuya presencia siempre excusaba, cada vez eran menos frecuentes. Para los nobles emigrados, la condesa de Chastell era todo un exotismo que había pasado de ser la fulgurante dama de compañía de la Reina a convertirse en una ermitaña que vivía rodeada de misterio en una humilde granja del interior.

La presencia de Ethan pronto fue conocida en los alrededores. Aunque no habíamos recibido visitas formales desde que él había llegado, sí eran muchos los que se acercaban a nuestra granja por asuntos de negocio: mercaderes, ganaderos y tenderos, que comentaron en la ciudad la existencia de un nuevo inquilino en la granja de la condesa. El aburrimiento de la nobleza exiliada encontró en aquel misterio un motivo de entretenimiento y dos semanas después de la llegada de Ethan aparecieron en casa sin anunciarse dos anticuadas marquesas que en el exilio habían tomado el papel de heroínas.

Eran damas conocidas por mí. La primera tuvo un apartamento vecino al mío en Versalles y la segunda había sido asidua a las reuniones de mi tía. Desde que vi llegar su aún flamante carroza supe a qué habían venido. Me observé en el espejo que había hecho colocar junto a la puerta tras la llegada de Ethan. No me daba tiempo a cambiarme y tenía el aspecto de una campesina. Al menos la camisa blanca estaba impoluta y el corpiño no era de los peores. Últimamente ponía más cuidado en mi aspecto porque quería gustarle al hombre que compartía mi lecho.

Me deshice del delantal y arreglé mi cabello, que llevaba suelto. Sin más fui a su encuentro. Ambas damas ya habían descendido, ayudadas por su cochero. Lo miraban todo con curiosidad, amparándose con sus parasoles de los tibios rayos de aquel mediodía luminoso tras una mañana de lluvias.

—Querida, esto es extraordinario —exclamó una de ellas mientras me tendía la mano para que le ayudara a atravesar el camino enfangado—. Una verdadera vida campestre.

—Si hubiera sabido que venían habría preparado algo con qué agasajarlas.

—No se preocupe, condesa —le quitó importancia la otra—. Es solo una breve visita para comprobar que nuestra amiga goza de buena salud. Apenas se la ve en la ciudad.

Me aparté para que pudieran entrar en la casa. Venían a inspeccionarlo todo y cuanto antes lo hieran antes se marcharían.

—Pasen —las invité—. Como ven mi vida es ahora muy sencilla, pero espero que sea de su agrado.

Entraron como si lo hicieran en un gabinete de rarezas, teniendo cuidado de que sus faldas no tocaran el suelo, y observándolo todo con la misma curiosidad con que mirarían a un animal desconocido.

—Realmente encantador —afirmó una de ellas.

—Dicen que usted misma hace la mantequilla —apuntilló la otra.

—Ayudo a mi prima, es cierto. Me hubiera gustado darles un poco para llevar, pero ayer vendimos la última remesa.

—Magnífico. Al menos una de nosotras ha encontrado con qué entretenerse. Este país es gris y aburrido. Moriremos de abatimiento si la cordura no vuelve a Francia

Yo las acababa de acomodar a la mesa cuando entró Ethan.

Lo esperaba desde hacía rato, pues era la hora en que volvía a casa. Llegaba en mangas de camisa, con el chaleco desabrochado y las botas de montar llenas de barro. Debía haber visto la carroza por lo que sabía que teníamos visita. Su aspecto salvaje seguía siendo igual de seductor. Las dos damas se quedaron mirándolo con curiosidad. No tuvieron dudas de que se trataba del extraño huésped del que hablaban los rumores. Parecían extasiadas por ser las primeras en confirmarlo.

—Permítanme que les presente… —iba a decir su nombre, pero me di cuenta de que podrían reconocerlo, y entonces ambos estaríamos en un grave problema—. A un viejo conocido de mis tíos.

Ethan, más cortés que de costumbre, les hizo una reverencia y ellas la devolvieron con una inclinación de cabeza.

—Usted debe de ser el misterioso huésped del que todos hablan —comentó una de ellas.

—Su familia ha atendido a los míos desde siempre —me apresuré yo a contestar, pues sabía lo afiladas que podían llegar a ser.

—Y ahora usted atiende a la condesa —dijo mi invitada, dirigiéndose a Ethan.

La vieja aristócrata no tenía nada de inocente, por lo que aquellas palabras tenían el significado que podían dársele.

—Si no puedo hacer nada más por usted, será mejor que me retire —murmuró él, ajeno a aquellas insinuaciones cortesanas, pero dándose cuenta de lo errónea que era su presencia.

Yo asentí, pero la otra dama lo miraba con renovado interés. Incluso se había echado para atrás en el respaldo, para tener mejor vista de aquel hombre espectacular.

—Su rostro no me es desconocido.

—Dudo que usted y yo frecuentemos los mismos círculos —masculló Ethan de forma desabrida.

—Es un auténtico placer, entonces, ver a la condesa tan bien dispuesta con el servicio.

Ethan me miró. Estaba a punto de saltar cuando yo le hice una señal para que no respondiera. Me puse de pie, y gracias a dios las buenas maneras seguían intactas porque ambas entendieron que había llegado la hora de marcharse.

—No queremos robarle más tiempo —dijo una de las dos, siguiendo mi ejemplo—. Solo hemos venido un momento a ver cómo se encontraba, y ya veo que tiene mucho con qué entretenerse.

De nuevo entendí las insinuaciones veladas que aquellas dos arpías no dudaban en exponer.

—La vida campestre está llena de gozos. Me apena que no puedan disfrutarla —dije con la peor intención, siguiéndoles el juego.

Eran damas curtidas en la corte y conocían bien el lenguaje de las insinuaciones, pero no añadieron nada.

—Venga el martes a mis habitaciones de la posada —me invitó la otra—. Hay una nueva cantante que quiero que oiga. Traiga a su amigo. Será bien recibido.

Me excusé como pude y las acompañé de vuelta a su carroza, mientras Ethan me esperaba en el interior. Cuando regresé él tenía la mirada torva y paseaba inquieto de un lado para otro.

—¿Cómo las soportas? No debí haber entrado, pero al ver el carruaje temí…

—Has hecho lo correcto —lo tranquilicé—. Al menos ya saben cómo eres. No podrán acusarme de tener mal gusto.

Ethan vino hacia mí, me atrajo hacia su cuerpo y me besó, para conducirme después a mi habitación.

Los días transcurrieron serenos y felices, aunque la dueña de la sombrerería no volvió a hacerme encargos. No tuve que preguntar. Ya sabía que los rumores estaban arruinando mi reputación. Aun así, no les presté atención. Era dichosa y me negaba a que nada pudiera empañar aquella sensación de optimismo. Sin embargo, algunos días después, llegó un correo urgente desde Coblenza, con una carta de Armand. La abrí sin dilación, pidiéndole al mensajero que no se marchara por si tenía que enviar respuesta. ¿Habrían llegado los rumores hasta allí? ¿Me exigiría mi marido que me reuniera con él de inmediato? La leí un par de veces para volver a leerla. Ignoraba sin eran buenas o malas noticias. Lo que sí constataban aquellas líneas era que nuestro sueño idílico estaba a punto de terminar.

Ethan volvió al poco y yo le tendí la misiva.

—No pensarás regresar a París, ¿verdad? —me dijo una vez leída la misiva.

—Armand lo deja claro. Si él intentara pisar Francia sería apresado de inmediato y seguramente ajusticiado por haberse unido al ejército contrarrevolucionario —me excusé—. A mí no pueden acusarme de cargo alguno, y Suiza es neutral por lo que no pueden alegar que haya confabulado contra la Asamblea. Además, antes o después tú tendrás que regresar y entonces tendríamos que separarnos.

Ethan suspiró y se sentó en el borde de la mesa.

—Las cosas en Francia no marchan bien para la gente como tú, Isabel. Si no es ahora, más adelante tendrás problemas y no sé si podré librarte de ellos como he intentado hacer hasta este momento.

Aquella carta me había molestado más de lo que quería aparentar, y lo pagué con él.

—¿La gente como yo?

—No seas suspicaz —vino hacia mí y me tomó por la cintura—. La nobleza está penada y pronto será perseguida. No es algo que deba recordarte precisamente a ti.

Yo me solté de su abrazo.

—¿Esa es la nueva Francia que confabuláis tus amigos y tú?

Ethan sonrió y me apartó el cabello de la cara. Volvió a buscarme y otra vez me estrechó por la cintura.

—Te pones preciosa cuando te enfadas, pero no voy a discutir contigo —me dio un ligero beso en el cuello que me hizo estremecer—. Haré lo que desees.

A pesar de que sus labios lograban extasiarme, volví sobre mi argumento porque sabía que si lo dejaba hacer sería incapaz de proseguir.

—En esa carta se expone claramente que, si no vuelvo, todas nuestras propiedades serán confiscadas y pasarán a manos del estado. Nos quedaremos sin lo poco que aún nos pertenece. Mis padres fallecieron para poder darme un futuro. No quiero dilapidar también su esfuerzo.

Él me acarició la mejilla. Su mirara tierna recorría mis ojos y mis labios. Aquel contacto inmaterial lograba que mi piel reaccionara con un escalofrío.

—¿Y qué será de ti y de mí? —dijo al fin, tras mirarme largamente—. En París no podrá ser igual que aquí. Todos saben quién eres tú y quién soy yo. No sé si aguantaré sin verte cada día y sin acercarme a tu cama cada noche.

Aquella era la gran pregunta.

El despertar a la realidad.

Me tiré sobre su pecho y él me abrazó con fuerza. Era el único lugar donde me encontraba segura. Donde hallaba la paz.

—No cambiará nada —le prometí, creyéndolo firmemente—. Solo tendremos que tener más cuidado de ahora en adelante.

—¿Puedo convencerte de que desistas de este empeño?

Alcé la cabeza para mirarlo a los ojos.

—No —respondí.

Él me besó en la frente, y después en los labios.

—Entonces será mejor que preparemos la partida.

— CAPÍTULO 25 —

Escribí a mi administrador en París para decirle que lo tuviera todo dispuesto a nuestro regreso y comenzamos con los preparativos de la marcha.

Tuvimos que comprar un carro donde amontonamos lo que antes estuvo en dos, y dejamos las cosas de menor valor en la granja a cuenta de rentas no cumplidas. Hacía tanto tiempo que no vestía mis sedas y mis sombreros de plumas, que cuando me arreglé para partir me sentí casi extraña, ataviada de nuevo como una condesa.

Todos sentimos pesar al abandonar la granja, pero también la dicha de poder volver a abrazar a los nuestros y tener noticias frescas de lo que estaba aconteciendo en Francia. Ninguna era halagüeña. Se estaban incautando las fincas y mansiones de los emigrados y los que volvíamos éramos sometidos a un riguroso escrutinio.

El viaje de vuelta se pareció mucho una escapada deliciosa al campo. No sé si los ánimos levantiscos se habían calmado, si éramos nosotros los que nos habíamos acostumbrado a ellos, o si la presencia de Ethan me hacía verlo todo de manera diferente. Nos acompañó un tiempo espléndido de mediados de otoño, sin apenas lluvias, y en las posadas donde nos deteníamos todo parecía tan tranquilo como si lo que contaban los periódicos fuera incierto.

Ethan recorrió la mayor parte del camino a caballo. Se adelantaba cuando debíamos atravesar algún poblado para asegurarse de que era seguro, y permanecía cerca de mi ventanilla el resto del tiempo. Yo a veces lo acompañaba en mi propia montura y aprovechábamos para perdernos en la espesura y dar rienda suelta a nuestra pasión. Solo la lluvia, si arreciaba, le impelía hacia el interior de la carroza donde viajábamos las cuatro, y en esas pocas ocasiones se sentía realmente incómodo.

A las afueras de París nos separamos al fin. Era del todo imposible que entráramos juntos en la ciudad. Cualquier sospecha sobre nuestra cercanía que pudiéramos despertar en nuestros respectivos círculos era letal para ambos.

Nos habíamos adelantado a caballo y nos dio tiempo a besarnos, antes de que escucháramos el traqueteo de la carroza que nos seguía. Entre murmullos nos prometimos que nos encontraríamos en cuanto yo estuviera acomodada y él se hubiera presentado ante la Asamblea.

Verlo partir, alejarse de mí, aunque fuera por tan breve espacio, me llenó de tristeza y aprensión.

En su última carta mi administrador, que de vuelta a París podía de nuevo socorrerme con nuestro escaso dinero, me decía que podía ocupar de nuevo mi casa de Saint Germain, pues nuestros inquilinos se habían marchado, y para nosotros supondría el peor de los males. Después de haber vivido algunos meses en la granja, volver a la mansión me resultó excesivo, sobre todo cuando tuvimos que buscar una cocinera y una criada que atendieran la enorme casa. Madeleine se encargó de todo y Claire, que empezaba a intimar con Pierre, la ayudó hasta donde esta le permitió.

Nada más acomodarme escribí a mi marido para decirle que todo estaba en orden y que nuestra casa no parecía haber sido asaltada. Según me dijo el administrador el resto de propiedades tampoco habían sufrido daño alguno y convenimos en aprovechar los próximos días para dejarme ver en alguna de ellas. También mandé misiva a mis tíos a Saclay, de quienes tenía pocas noticias últimamente, aunque me constaba que se encontraban bien.

Un par de días más tarde me hice anunciar en las Tullerías y fui a presentar mis respetos a la Reina. Vestirme una vez más al estilo de la Corte y seguir su etiqueta estricta y llena de matices, me hizo comprender lo alejada que estaba la Corona de aquel pueblo que cada día exigía con más seguridad sus derechos. No pude ser recibida por la Soberana. Sus visitas estaban controladas y una pasajera indisposición, según me dijeron personas que nunca antes había visto en Palacio, hacía imposible que pudiera atenderme.

Fue por aquella época cuando Charlotte empezó a salir sin mi compañía, lo que me llenó de satisfacción, pues también me dejaba tiempo para estar con Ethan. Al principio le pedía a Claire que la acompañara, pero últimamente iba sola con el cochero y muy pocas veces llevaba a Pierre. Había florecido como una rosa y ahora era una muchacha atractiva y llena de promesas. Me imaginé alguna aventura galante, y a pesar de que no era yo la persona más indicada para sermonearla, durante una de las escasas cenas en que estuvimos a solas aproveché para interesarme, pues no podía olvidar que sus padres la habían dejado a mi cargo.

—¿Puedo preguntarte algo incómodo, prima? —le inquirí cuando la servidumbre salió del comedor.

—Tú nunca podrías incomodarme.

Pensé un instante en cómo podía abordar el asunto, y decidí que la mejor manera era no andarme con rodeos.

—¿Adónde vas todos los días? No quisiera enterarme por terceros.

Ella detuvo el vuelo de su cuchara y me miró con aquellos ojos sorprendidos que miraban todo con enorme curiosidad.

—¿Qué estás insinuando?

Aquella conversación no me gustaba. Era como mirarme en un espejo. ¿Qué pensaría de mí? ¿Qué pensaría de que me atreviera a preguntarle sobre semejante comportamiento cuando yo estaba ahogada en él?

—No lo sé —le contesté, dejando la servilleta a un lado—, y no soy quién para amonestarte. Solo necesito saber si debo estar enterada de algo, por si es necesario prepararse.

Sonrió levemente antes de llevarse de nuevo la cuchara a la boca.

—Puedes estar tranquila —exclamó, dejando también los cubiertos a un lado—. Son visitas de lo más inocente. Asisto a las sesiones de la Asamblea. El antiguo administrador de mi padre me cede su silla entre el público.

Si me hubiera dicho que frecuentaba un burdel no me hubiera sorprendido tanto.

—¿Y por qué vas allí? ¿Qué interés puede despertarte un largo y aburrido debate?

Ella se encogió de hombros.

—Me gusta. Nada más. Por cierto, el diputado Laserre es enormemente apasionado en sus intervenciones, lo que me hace pensar que también lo será en tu lecho.

Ambas reímos a carcajadas, pensando en cómo se escandalizaría tía Margot si nos hubiera oído. En verdad la echaba de menos en situaciones como aquella. Seguramente, con su mente aguda y afilada, sopesaría los pros y los contras y nos diría el camino a seguir con tanta firmeza que no dudaríamos de que fuera el correcto.

Aparté aquella idea de mi cabeza y concluí que no debía entrometerme en los asuntos de Charlotte. Si surgía algún problema ya veríamos cómo solucionarlo.

París, en aquella época, parecía un remanso de paz, como si estuviéramos en el ojo de un huracán. Los cafés y teatros estaban abiertos y llenos de público. La moda evolucionaba con diseños cada vez más arriesgados, y las fiestas en las mansiones de la nobleza que volvía del exilio a exigir sus tierras brillaban de nuevo, como si la espada de Damocles no oscilara sobre nuestras cabezas. Fui invitada a todos los eventos de la temporada, pero solo asistí a aquellos de los que no podía excusarme.

Ethan y yo empezamos a vernos apenas una semana después de nuestra llegada. Cuando acompañé a mi administrador en la inspección de mis propiedades me di cuenta de que la casa que mi marido había comprado en Passy era perfecta para nuestros encuentros. Estaba medio acabada, con las ventanas que daban al camino selladas con tablones. Pero la parte trasera, la que se abría al jardín, se encontraba casi lista. Había un gabinete bien preparado y un dormitorio del todo dispuesto. Sospeché que era allí donde Armand había recibido a sus amigas cuando quería ser discreto.

La primera vez que nos vimos apenas hablamos.

—Te he echado tanto de menos... —me dijo mientras me traía hacia su cuerpo y empezaba a desatar los lazos de mi vestido.

Nuestras manos, nuestras bocas debían recuperar el tiempo perdido y nos dedicamos con ahínco a ello. Solo cuando me tocó comprendí la necesidad que mi cuerpo tenía de su piel. Hicimos el amor sin poder llegar a la cama, sin terminar de quitarnos la ropa, sobre el entarimado del recibidor, jadeantes hasta la extenuación.

Cuando calmamos aquel primer deseo, repetimos la proeza con más calma, gozando de la penumbra y el secreto.

Nos encontrábamos a partir de ahí al menos dos veces por semana, a diferentes horas según lo que nos entretuvieran nuestros compromisos. Mi vida giraba en torno a aquellos instantes sin los que creía imposible seguir adelante. Claire y Pierre eran los mensajeros del amor. Una nota garabateada con prisas por Ethan o por mí acordaba el día y la hora, y cada uno llegábamos por separado. La discreción era del todo necesaria, pues lo que hacíamos se asemejaba demasiado a la traición.

Nos amábamos con tanta pasión que mi único aliciente eran aquellas cartas, aquellos encuentros furtivos que a veces se dilataban hasta el amanecer. Estar entre sus brazos, desnuda, abrigados por una tupida manta, era lo más cercano a la felicidad que nunca había estado. No podíamos encender la chimenea para no llamar la atención, pero nuestra pasión nos calentaba y daba fuerzas. Entre asaltos él me abrazaba y me contaba mil anécdotas sobre lo que había hecho cuando no estábamos juntos.

—¿Sabes lo que tuve que hacer tras arrancarte un beso en aquella carroza?

—¿Me contarás algo vergonzoso?

—Tuve que arrojarme un cubo de agua helada, y aun así no conseguí calmarme.

—Yo estuve varios días agitada, pensando cosas que jamás deben pasar por la mente de una dama.

—¿Cosas como qué?

—Si eras tan experto con los labios, ¿cómo serías con las manos?

—¿Y qué piensas ahora?

—Que necesito que dejemos de hablar, diputado Laserre.

Terminábamos nuestro juego como era previsible. Yo seguía con mi dedo el contorno de su pecho, de su firme vientre, y hacía memoria para que nada de mí le fuera un secreto. Le conté mis años de educación en el convento, mi llegada a Francia, mis intentos de fuga y cómo me había puesto en peligro. Solo callé las ofensas de Armand, porque eran demasiado sucias como para enturbiar aquellos días felices.

—¿Qué hace Charlotte en la Asamblea? —le pregunté una tarde.

—Asiste a las sesiones. Nada más. Parece muy interesada en la política.

—¿No hay algún caballero por el que sienta especial predilección?

Ethan se giró hacia mí y me abrasó con sus ojos cargados de intenciones.

—Allí no hay caballeros, preciosa, solo diputados.

Simulé que me enfadaba y le arranqué uno de sus suaves vellos del pecho. Él se quejó y me volvió a besar.

—No le he visto mostrar interés por ninguno —contestó a mi pregunta—. ¿Tan extraño te parece?

Creo que suspiré.

—Todo me parece extraño. ¿Cuándo terminará? ¿Cómo terminará?

Ethan me acarició el cabello. El tacto de sus dedos seguía quemándome, a pesar de que ahora solo tenía que desearlo para estar con él.

—No pensemos en eso —me susurró, besándome el lóbulo de la oreja—, solo en el presente.

—Mi tío creía que las reformas lograrían una Francia más justa y con más derechos para todos.

—Y así ha de ser.

—Pero no es eso lo que veo —protesté, a pesar de que sus suspiros ya recorrían mi cuello, y Ethan volvía a encenderse entre mis muslos—. Mis amigos han tenido que huir. Sus propiedades les han sido arrebatadas, y los que hemos vuelto debemos tener cuidado porque si exponemos públicamente lo que pensamos podemos ser detenidos.

—Nadie dijo que fuera a ser fácil —se colocó sobre mí, inmovilizándome con su cuerpo—. Pero contigo no quiero hablar de política. Solo de amor.

Yo eché hacia atrás la cabeza para permitirle hacer, y solté una carcajada.

—¿Tú? —le dije mientras me besaba—. Me extraña oír esa palabra salir de tus labios.

—¿Por qué?

—Porque eres demasiado serio y circunspecto para agasajar a una mujer como se merece.

Se estrechó aún más contra mí, hasta encajarse en mi interior, y yo lo deseé tanto que casi fue doloroso.

—Me comunico con las manos y con el cuerpo —dijo en voz muy queda, cerca de mi oído—. Y tengo de nuevo ganas de comunicarme contigo.

Así eran nuestros encuentros. Entre risas y suspiros dejábamos pasar el tiempo, sin pensar en el lejano futuro, solo en lo que nos depararía mañana y en los momentos que nos quedaban para poder amarnos.

Supe por una amiga en común que mi suegra había regresado a París a instancias de su marido.

Al día siguiente les hice una visita. Sabía que me detestaban, que Agnes seguía manteniendo un fuerte resentimiento contra mí por lo que creyó ver entre Ethan y yo, pero confiaba en que las buenas maneras siguieran vigentes entre nosotras.

Su presencia en París me preocupaba pues estaría más estrechamente vigilada. Su mayordomo me informó de que no se encontraban en casa y ni siquiera me invitó a pasar. Dejé recado de que había ido a verlas y convine que regresaría al día siguiente, pero de nuevo ellas habían salido sin dejar mensaje alguno para mí. Comprendí entonces que no tenían interés alguno en encontrarme y decidí proseguir con mi vida sin darle importancia.

Ethan y yo continuamos viéndonos a escondidas. Las pocas horas que pasaba con él eran las únicas dichosas y las ansiaba tanto que solo pensaba en ellas. El resto se había convertido en una simple espera hasta poder estar de nuevo juntos. Con él me sentía yo misma y me daba cuenta de que mi vida había transcurrido en un teatro donde cada uno representábamos un papel. Al lado de Ethan la máscara caía y se mostraba Isabel de Velasco, una joven llena de sueños que empezaba a comprender lo complicado que era el amor.

Nuestros encuentros eran cada vez más peligrosos pues las personas de nuestro entorno empezaban a preguntarse qué nos ocupaba tanto tiempo como para desatender los deberes que cada uno tenía asignados. En el caso de Ethan, algunos diputados y viejos amigos de los jacobinos, el club al que pertenecía, ya daban por sentado que sus continuas ausencias no podían tener otro propósito que visitar a una amante, a pesar de que él lo negaba. Se había convertido en el centro de bromas picantes y de mal gusto que soportaba con resignación. La mayoría alababa aquella decisión, pues su luto quedó atrás hacía tiempo y un hombre de su temperamento necesitaba desfogarse antes de llegar a la Asamblea. Hacían apuestas sobre quién sería la afortunada. ¿La hija del sastre que remendaba su ropa? ¿La viuda que le alquilaba su apartamento? ¿La esposa de su carnicero? Ethan me lo contaba mientras descansábamos abrazados y me decía que no desmentía ninguna de estas insinuaciones porque al menos apartaban muy lejos la verdad.

En mi caso sucedía un tanto de lo mismo. Mis continuas excusas para no asistir a fiestas y recepciones, mis ausencias de casa cuando llegaban visitas, y un estado de felicidad que al parecer todos identificaban menos yo, les hizo llegar a la conclusión de que la antigua condesa de Chastell por fin había abandonado su mojigatería y abrazaba con pasión el vicio de nuestro siglo. También habían ideado toda una serie de candidatos, todos caballeros de las más encumbradas familias, que según ellos ocupaban mi tiempo y mis sábanas. Decidí, al igual que Ethan, no desmentir nada. Tampoco afirmarlo. Aquellos rumores estaban muy lejos de acercarse a la peligrosa verdad.

Aun así, decidimos tener más cuidado, y entrábamos y salíamos de mi casa de Passy a horas diferentes y por diferentes puertas, por si algún curioso estuviera siguiendo nuestros pasos. Llegamos a extremar tanto nuestras precauciones que una tarde, cuando me acercaba a nuestra cita, encontré una carroza detenida frente a la casa e insté a mi cochero a que pasara de largo, por si su ocupante era alguien con intereses ocultos.

La confirmación de que andábamos sobre arenas movedizas la tuve unas semanas más tarde. Era domingo y acudí a las Tullerías para hacerme ver ante la Corte. Venía de Passy y aún llevaba el aroma de Ethan impregnado en mi piel. Me sentía satisfecha y feliz. Tan llena de él que parecía que mis pies no pisaban el suelo. Ethan me había pedido que me quedara, que alquiláramos un bote y navegáramos abrazados por los meandros del río, pero me era imposible excusarme de nuevo en Palacio. Cuando pude llegar ya me había perdido la comida pública de Sus Majestades, así que fui directamente a los aposentos de la Reina.

Estaban sirviendo café en la antecámara, más concurrida que otras veces. María Antonieta estaba sentada frente a la ventana, y junto a ella, en sendos taburetes, se acomodaban mi suegra y mi cuñada. La sonrisa helada que nos enseñaban a mantener en la Corte se congeló en mis labios al verlas allí. Sin embargo, aparenté la mayor tranquilidad y saludé a la Reina como de costumbre.

—Hablábamos de ti —me contestó la Soberana—. Tu suegra alababa la manera en que te has conducido sin la presencia de su hijo desde que estás de vuelta en París.

Miré a la marquesa. Sus pérfidos ojos mostraban una inocencia que estaba muy lejos de pertenecerle.

—Mi querida madre seguro que se ha excedido en sus elogios —contesté, temerosa de que la conversación que habían mantenido fuera tan inocente.

—Contaba a Su Majestad el cuidado que ha puesto usted en atender el patrimonio de mi hijo en su ausencia —solo la Reina podía tratarnos con cercanía.

El resto de la Corte nos debíamos a los formalismos del lenguaje.

—Cumplo con mi obligación. No es nada reseñable.

—Ni yo misma hubiera puesto tanto empeño en vigilar las propiedades de Passy —se dirigió ahora a la Reina—. Majestad, no pasa día en que no las visite por si la chusma ha decidido atentar contra nuestros derechos.

La Reina no era estúpida y estaba curtida en aquel lenguaje. Me miró con un brillo distinto en los ojos. El mismo que veía en las demás damas que nos acompañaban.

—Ten cuidado, Chastell. Un exceso de celo puede ser tan perjudicial como la falta de él.

—Lo he tenido siempre y seguiré temiéndolo, Majestad.

Quise apartarme, salir del centro de aquella conversación, pero mi suegra no había terminado conmigo.

—¿Ha tenido noticias del doctor Laserre? Su tía dice por carta que les ha sido imposible encontrar un médico decente en Saclay.

—¿Laserre? —la Reina arrugó la nariz—. ¿El diputado jacobino?

—La devoción de la condesa es admirable. A pesar de ser un joven equivocado ha servido con enorme ahínco a su familia, y antes que él, su padre —se apresuró a añadir—. Creo que mantienen intacta su relación.

—¿Es eso cierto? —preguntó María Antonieta, molesta ante aquel descubrimiento.

Notaba cómo todas me miraban, cómo analizaban el menor de mis gestos. Yo había visto a otras caer en desgracia por mucho menos que codearse con el enemigo. Esbocé aquella sonrisa helada que lo escondía todo.

—El doctor Laserre salvó la vida de mi tío y la de mi marido, Majestad. Si no hubiera sido por él, mi esposo estaría ahora purgando su imprudencia —contesté con calma y con veneno—. Le estuve muy agradecida en su momento.

—¿Y ahora? —volvió a preguntar.

—Su posición y la mía hacen que nuestra amistad sea imposible.

Me pareció que la Reina suspiraba. Yo sabía que me tenía en muy alta consideración, y que si se probaba mi cercanía a un cabecilla revolucionario no tendría más remedio que apartarme de su lado.

—No espero otra cosa de ti —dijo al fin—. Te llamo amiga y nada me dolería más que saber que frecuentas a quienes buscan mi ruina.

Hice una profunda reverencia en vez de contestar. Una de las damas acudió en mi ayuda, comentando el aspecto de las mujeres que se agolpaban bajo las arcadas del vecino Palacio Real, con vestidos tan ligeros que parecían desnudas, y todas empezaron a charlar sobre cómo se habían relajado las costumbres. Yo le dediqué una mirada de agradecimiento que ella correspondió con una sonrisa, y tomé asiento en un taburete apartado, donde pasar desapercibida. Mi suegra estaba resplandeciente, a sabiendas de que acababa de arrojar la semilla de la duda a los pies de la Corte, y mi cuñada, a su lado, me lanzaba largas miradas que no supe descifrar.

Soporté como pude el resto de la tarde. Era finales de noviembre y el frío en el viejo palacio calaba hasta los huesos a pesar de estar encendidas todas las chimeneas. Esperé a que algunas de las damas se marcharan, y cuando lo creí oportuno me excusé ante la Reina y salí de sus aposentos llena de dudas.

Atravesaba la Galería de Diana, ajustándome los guantes, cuando alguien me tomó por el codo. Me giré y encontré ante mí el rostro congestionado de Agnes. Miré alrededor. Los pocos cortesanos que acudían a Palacio no parecían haberse dado cuenta de aquel gesto.

—Sé lo que estás haciendo —me escupieron sus labios—. No creas que tardará mucho en hacerse público.

—¿Me amenazas?

—Te conozco. Estás con él. Siempre lo has estado. Incluso cuando mi hermano te amaba.

Aquella difamación me ofendió más de lo que esperaba.

—He respetado a mi marido mucho más de lo que él lo ha hecho conmigo.

Ella pareció sorprendida con mi respuesta.

—No niegas entonces que sigues viéndolo.

Estaba más delgada que la última vez que nos vimos, y sus ojos parecían desorbitados. Me di cuenta de que la envidia anidaba en su pecho. Quizá siempre había estado ahí y sentí lástima por ella.

—¿Dónde está aquella que fue mi amiga y quería romper las normas de nuestro mundo? —le pregunté.

—Tú te encargaste de ahogarla.

—¿Yo? ¿Qué mal te he hecho para que me odies de esta manera?

Su rostro estaba lívido de ira. Creo que me hubiera abofeteado si no nos encontráramos en público.

—Sabías que lo amaba —me dijo con voz ahogada—, y sin embargo no tuviste escrúpulos en pasear tus repugnantes instintos ante mis ojos.

—Lo que vistes no fue lo que imaginas.

—¿Acaso no te aprisionaba contra la pared? ¿Acaso no iba a besarte?

—Pero no lo hizo.

—Quizá no entonces. Pero ahora…

No quise seguir con aquella conversación sin sentido.

—Si atraes sobre mí la desgracia la harás caer también sobre tu hermano.

—Armad se merece lo mismo que tú, por amarte con esa pasión que le ciega. Pero ya nos hemos encargado de exponerle quién eres en verdad y cómo arrastras su nombre por el fango.

Así que al final se lo habían contado. Le habían contado sus sospechas y sazonado con la suficiente perfidia como para que me odiara.

—No tenemos nada más que hablar —le dije antes de volverme.

—Cuida tu espalda —me amenazó—, porque cuando tropieces yo estaré allí para darte el último empujón.

La miré con una tristeza enorme. ¿Qué le había hecho yo a aquella mujer para que me odiara con tanta pasión?

—No lo dudo —le contesté—. Sin embargo, si alguna vez necesitas mi mano, la encontrarás tendida como siempre. Buenas tardes.

Sin más me marché, dejándola plantada en medio del gran salón. Muchos de los que habían pasado por nuestro lado se habían quedado mirando. Ninguna de las dos habíamos subido la voz, teníamos una educación demasiado exquisita para eso, pero era evidente que no éramos amigas.

Cuando salí al exterior oí el grito de las verduleras que insultaban a quienes visitábamos a los reyes, pero no me angustió como en otras ocasiones, porque acababa de comprender que mi enemigo no estaba allí fuera, aterido bajo el frío de noviembre, sino alrededor de las elegantes chimeneas de mármol de Palacio. Agazapado. A la espera de que yo cometiera el más mínimo error.

1791

— CAPÍTULO 26 —

Recibí el nuevo año en los brazos de Ethan y solo aparecí en público a la mañana siguiente para la misa de acción de gracias.

Mientras en la *ville* estallaban los fuegos de artificio, y chocaban las copas de champán en las mansiones de los ricos burgueses, nosotros permanecíamos abrazados frente a la chimenea de una posada, envueltos en una manta, saciando nuestro amor.

—Consigues que piense en ti a cada instante. ¿Cómo lo haces? —me dijo sin dejar de buscar la respuesta en mis ojos.

—¿Crees que te he embrujado?

—Creo que soy incapaz de imaginarme sin tenerte a mi lado.

—Seguiré a tu lado, pase lo que pase.

Me miró largamente pero no dijo nada. Era consciente, igual que yo, de que no todo dependía de nosotros ni de nuestra intención, y que quizá la vida nos fuera en ello por como avanzaban los acontecimientos.

Seguíamos viéndonos a escondidas, aunque las insinuaciones de mi suegra lograron que no pisáramos de nuevo mi casa de Passy, sino que vagabundeábamos por las hospederías de los alrededores de París. Aquella búsqueda incesante de paraísos secretos donde vernos a solas era algo lleno de riesgos, peligroso, pues la aversión a la antigua nobleza seguía creciendo y frecuentar terrenos que no estuvieran protegidos llegaba a ser comprometido.

Salía de casa en mi carroza, vestida para la Corte, y con las cortinillas bajadas me cambiaba de traje en el interior ayudada por Claire. Un sencillo atuendo de burguesa era el disfraz perfecto. Me apeaba donde hubiéramos acordado y allí me recogía Ethan en un coche de alquiler que nos llevaba tan lejos como fuera posible. Aquellos misterios no nos gustaban a ninguno de los dos, pero era la única forma de encontrarnos sin riesgos.

Cuando estaba con él cualquier aprensión desaparecía. Todo merecía la pena. Algunas veces hablamos de abandonarlo todo y escapar de aquel mundo lleno de peligros. Quizá a España, donde nadie nos conocía. Pero yo sabía de su temperamento y temía que si lo alejaba de su lucha nada volvería a ser igual. También me apenaba dejar a los que amaba, a mis tíos, a Charlotte, a Madeleine. Todo era incierto y todo era posible.

Ethan y yo hablábamos de cualquier cosa menos de política. Él pertenecía al club de los jacobinos, junto a los *Cordeliers* el más radical entre los que se sentaban a la izquierda de la Asamblea, y sus ideas sobre las transformaciones sociales necesarias para la nueva Francia pasaban por desprenderse de todo aquello que me era querido y que yo misma representaba. Yo por mi parte podía considerarme una monárquica liberal, y aunque apreciaba que eran necesarias grandes transformaciones para lograr la felicidad de los franceses, no alcanzaba a entender que estas incorporaran la abolición de la monarquía y de todo lo bueno que yo había conocido. Éramos dos personas atrapadas en mundos distintos, como dos pompas de jabón que se aman, aunque saben que si se juntan demasiado pueden destruirse. ¿Qué hacíamos ante este dilema? Ignorarlo. Ni siquiera era un acuerdo que hubiéramos alcanzado, simplemente era una forma de sobrevivir a lo nuestro.

Las cenas a media noche en una posada perdida donde nos lo decíamos todo con la mirada. Las largas mañanas acurrucados juntos en la cama, juguetones, alegres y risueños. Los paseos serenos por el campo dados de la mano y lejos de miradas indiscretas. Así era nuestro amor, como un pequeño mundo en el que solo habitábamos él y yo.

A pesar de mi felicidad, aquella relación no dejaba de atormentarme. Había recibido una férrea educación religiosa y durante toda mi vida había condenado la falta de sinceridad. ¿En qué me estaba convirtiendo ahora? Huyendo a escondidas, disfrazándome para abandonar París y entregarme a los brazos del hombre que amaba y que no era mi esposo. Solo unos meses antes, cuando aún no se habían expropiado los conventos, Armand hubiera podido encerrarme en uno de ellos por adúltera hasta que se hubieran podrido mis huesos, sin necesidad de presentar prueba alguna. Ahora era la sociedad quien me reprobaría si conocía mi relación con un republicano.

El invierno pasó cargado de lluvias y amaneció la primavera tan exultante que parecía querer recompensarnos por nuestro amor prohibido. Por las calles de París se pudo ver una carroza sin caballos, que se movía gracias al pedaleo de quienes viajaban en su interior, y la moda, más atrevida que nunca, proponía vestidos sin enaguas, de tejidos tan finos que eran transparentes, y cabellos sueltos al viento, como una bacante romana.

Una de aquellas mañanas relucientes, mientras me dirigía a misa en Saint-Eustache, me llamó la atención un tumulto de mujeres cerca de la iglesia. En un primer momento pensé que era otro jaleo más de las alborotadoras que rodeaban el palacio, pero al pasar a su lado vi que se trataba de señoras bien vestidas y que hablaban de forma civilizada. Pedí al cochero que detuviera los caballos y me uní al grupo para intentar saber qué sucedía. Una de ellas se había subido a un pilón y desde allí arengaba a las demás a reclamar nuestros justos derechos que la Asamblea se negaba a reconocer. Pedía el voto para las mujeres, la posibilidad de ocupar cargos públicos sin límite alguno en función de las capacidades de cada una, y la igualdad financiera. Decía que nosotras y las personas de raza negra (hasta ese momento jamás había oído llamar *persona* a los esclavos) éramos los grandes olvidados de la revolución y que sería necesario instituir una Declaración de Derechos de la Mujer. Aquellas ideas me recordaron a Condorcet, de cuyos labios las había oído por primera vez, y anoté mentalmente que debía preguntar a Ethan cómo estaban prosperando estas propuestas en la Asamblea.

Las transformaciones sociales también habían seguido su curso y se había hecho obligatorio el uso del *tú* sobre el *usted*. Ahora todos debíamos tutearnos, y por supuesto debían desterrase de nuestro lenguaje las palabras *señor* y *señora*. Esto se llevaba a rajatabla en publico, pero en privado o antes los monarcas las grandes familias persistían en sus viejas costumbres con mas ahínco que nunca. Di instrucciones en mi casa para que se acatara aquella nueva norma, pero todos se negaron a seguirla y yo no insistí.

Con la primavera también llegaron nuevos apuros económicos. Mi administrador me escribió para decirme que apenas quedaba ya nada de mi fortuna por lo que era necesario hacer nuevos ahorros. Tuve que despedir a la criada. Necesitaba al menos a mi fiel Pierre y al viejo palafrenero que hacía también de cochero, pues había que mandar misivas, atender a las visitas y no siempre podía yo salir a montar en solitario. La cocinera también debía quedarse pues mientras en nuestra casa de Suiza podíamos guisar mi prima o yo misma, en la mansión de Saint Germain era algo impensable. Vendí algunos muebles de la casa a un contratista inglés, muchos vestidos de gala y las vajillas y cuberterías de plata.

Una tarde, mientras me vestía, noté que Claire estaba más nerviosa que de costumbre.

—¿Qué te sucede? —le pregunté—. Pareces triste.

—Señora, me preocupa que esté usted sujeta a grandes sacrificios para salir adelante y yo…

—¿Tú?

—Es evidente que no necesita dos doncellas.

Y era cierto. Ni siquiera podía permitirme a una de ellas, pero las viejas costumbres y los grandes afectos eran así.

—No tienes que preocuparte por eso. Seguro que todo se calmará y podremos salir de esta.

—Pero, señora… —continuó, temerosa de hablar—, es que quizá yo podría marcharme.

De la forma en que lo dijo me di cuenta de que había algo más.

—¿Y adónde irías?

—No quiero que piense que he confabulado bajo su techo.

—Nunca lo pensaría.

—Pierre y yo… hemos pensado en casarnos cuando su señoría no nos necesite, y montar un negocio de platería en La Rochelle, de donde son sus padres. Él tiene buena mano para la orfebrería y sabe tratar a la gente.

Por un momento me sentí miserable pues había tardado en comprender que Pierre era mi lacayo, y ni siquiera me había percatado de que el amor había florecido ante mis ojos y yo había sido incapaz de reconocerlo.

Me puse de pie y la abracé. Mandé llamar a Pierre, el joven lacayo que siempre me había servido fielmente, y le di la enhorabuena.

—¿Lo sabe tu tía? —le pregunté, pues Madeleine estaba visitando a su hermano.

—Sabe lo nuestro, pero ella jamás me hubiera permitido la osadía de dirigirme a usted.

Fui a mi escritorio y saqué una bolsa con los últimos quinientos luises que me quedaban.

—Tomad. Con esto podréis empezar los dos una nueva vida.

—No, señora —protestaron al unísono.

—Sí. Por supuesto que sí —zanjé cualquier disputa—. Habéis sido mis amigos y cuidado de mí en los peores momentos. Esto es poco comparado con lo que os debo.

Hubo escenas tiernas que no quiero contar y acordamos que se marcharían pasado el verano. Le regalé uno de mis vestidos para la boda y seleccionamos entre mi ropa blanca lo que necesitaría para el ajuar. Mientras tanto, ellos debían enviar el dinero a los padres de Pierre para que empezaran a hacer las inversiones necesarias.

Cuando Madeleine regresó y yo se lo conté, pareció indignada por lo que consideraba una falta de respeto de su sobrina, pero la tranquilicé y le dije que si también necesitaba marcharse siempre lo haría como una amiga. Mi simple insinuación la ofendió tanto que durante un par de días apenas me dirigió la palabra. Pero aquella muestra de adhesión fue para mí tan tierna e importante, que esa noche, cuando me encontré con Ethan, lloré sobre su hombro, pero no de tristeza, sino de felicidad.

Al fin recibí carta de mis tíos donde me contaban que se encontraban bien, pero vivían con enormes apuros económicos. Tía Margot ya había vendido sus joyas y tío Philippe se había desecho de su yeguada. Sobrevivían con el mínimo servicio y para ahorrar en leña habían clausurado la mayor parte de Saclay y vegetaban en unas pocas habitaciones.

Por otro lado, la justicia nos les había molestado, aunque la buena gente de los alrededores, siempre prestas a presentar sus respetos, los rehuía como a la peste. Acercarse al castillo del arzobispo para sentarse a su mesa ya no era solo incómodo, sino peligroso pues se había corrido la voz de que no había jurado la Constitución. Imaginé lo mal que lo estaba pasando mi tía, tan fuera del único mundo que conocía, y sentí una pena enorme. Cuando se lo comenté a Charlotte se encogió de hombros.

—Todos debemos acostumbrarnos a estos nuevos tiempos —me dijo.

Aunque tenía razón, aquella falta de piedad me molestó. Si bien era cierto que entre ellas nunca había existido una relación estrecha, eran sus padres y su padecimiento debía afectarle. Quizá yo era la más perjudicada, pues mis viejos parientes me habían arruinado, me habían usado como moneda de cambio para sus planes políticos, y arrastrado al fango por mero interés. Pero también habían cuidado de mí, se habían preocupado por mis desgracias, y eran lo más parecido a una familia que nunca había conocido. El alma humana era caprichosa, y por alguna razón sentía una tierna devoción por aquella pareja.

Vendí las soperas y los candelabros de plata y les mandé el dinero por medio de un correo seguro. Al menos le ayudaría durante un tiempo.

Aquella tarde me encontraba intranquila. Ethan tenía tarea hasta bien entrada la noche por lo que habíamos acordado vernos al día siguiente, y como el cielo lucía despejado decidí salir a montar, ya que el aire fresco siempre me hacía bien. Mi palafrenero y yo fuimos en dirección al bosque de Boulogne y disfruté tanto de aquella tranquilidad que cuando quise volver ya estaba anocheciendo.

Atravesamos las puertas de París justo antes de que las cerraran y tomamos es camino más corto hasta mi casa. Un par de calles antes de llegar nos cortó el paso un pelotón de la Guardia Nacional. Iban fuertemente armados y llevaban sables y mosquetes en la mano. Como venían directamente hacia nosotros, mi escolta me indicó que era mejor que volviéramos sobre nuestros pasos y tomáramos otro camino de regreso. Me pareció lo más prudente y así lo hicimos. Recorrimos las calles a oscuras, pero de nuevo volvimos a encontrarnos con más guardias. Retrocedimos una vez más, pero era tarde. Un grupo de soldados se acercaba sobre nuestra retaguardia y pronto estuvimos rodeados.

—Ciudadano —dijo el que parecía capitanear aquella tropa—, es tarde para deambular por las calles a oscuras.

—Volvemos a casa, teniente —contesté yo, que me había percatado de su graduación por las insignias que llevaba sobre el pecho.

—No me estaba dirigiendo a ti, ciudadana —me espetó sin el menos respeto—. Hablo con él.

Mi pobre sirviente estaba tan nervioso que fue incapaz de decir nada sin tartamudear.

—Vi… vivimos a dos cuadras de aquí.

Nos pidió salvoconductos que no llevábamos ni éramos conscientes que fueran necesarios, nos hizo mil preguntas sobre dónde habíamos estado y por qué regresábamos avanzada la noche, y al final nos dejó proseguir con mil advertencias sobre lo inadecuado de un paseo nocturno.

Cuando al fin pudimos pasar, el ajetreo de aquella conversación no me había permitido darme cuenta del color anaranjado que había adquirido el firmamento. Apenas sería medianoche por lo que no podía tratarse de los fulgores de la alborada. Tardé un instante en comprender a qué se debía.

Solo cuando avanzamos un poco más descubrí que era el resplandor de las mansiones ardiendo.

Pasé ante el palacio de los Duplessis, que estaba envuelto en llamas desde los cimientos. Por el de los condes de Vijon, donde además habían amontonado en el hermoso patio delantero los muebles, tapices, puertas y ventanas y eran ahora una pira casi tan grande como la mansión. Aterrada, recorrí las calles de mi elegante barrio, descubriendo la barbarie. Eran grupos de alborotadores con antorchas, que elegían una casa, no sé si al azar o llevados por oscuras rencillas, y entraban en ella prendiéndolo todo. A su alrededor la Guardia Nacional no hacía nada, o quizá detenían a las personas como nosotros, que pudiéramos ser un impedimento.

El miedo dio paso a la angustia cuando comprendí que aquello mismo podía estar sucediéndole a mi casa. Espoleé a mi yegua y atravesé las calles sin mirar hacia atrás. Cuando llegué a la puerta solté un enorme suspiro al comprobar que estaba intacta, era más, aquella horda incendiaria iba en dirección contraria.

Con la ropa oliendo al humo de siglos de esplendor entré en la mansión, triste y cansada. Nunca he soportado la barbarie, y menos aquella impulsada por el odio, pero aún no habían terminado las sorpresas esa noche.

—Estábamos preocupados por usted, mi señora —me dijo Madeleine nada más entrar.

La abracé y le pedí que me preparara un baño muy caliente. Quería desprender de mi piel aquel olor acre y tóxico.

—Me temo que ese baño tendrá que esperar —me contestó, ayudándome a quitarme la capa—. Tiene visita en el salón.

Su mirada me indicó que no iba a ser agradable, y cuando me dijo de quiénes se trataba pensé que pocas cosas podrían salir peor aquella noche. Me miré en el espejo y recompuse mi ropa y mi peinado. Ignoraba qué talante encontraría, pero no deseaba que me cogieran con la guardia baja.

Mi suegra estaba sentada en la misma butaca que ocupó la primera vez que vino a casa, cuando acordó las condiciones de mi matrimonio. Agnes a un lado y Charlotte, de pie, al otro. Pocos muebles quedaban en aquel salón, antes lleno de esplendor. Las dos estaban impecablemente arregladas y no se habían quitado los guantes. Lo miraban todo con aquel desdén con que siempre lo habían hecho. Mi prima intentaba mantener una conversación que no era respondida, y a duras penas lograba cumplimentar las buenas maneras que yo le había enseñado.

Cuando entré, simplemente me miraron con aquel orgullo herido que tan bien conocía.

—No esperaba verlas aquí a estas horas de la noche —dije yo sin hacer amago de sentarme—. Espero que Armand se encuentre bien.

Pero entonces vi que junto a ellas reposaban dos pequeños baúles tiznados de negro y comprendí la desgracia que las había llevado a mi puerta.

—Han asaltado nuestra casa —constató mi suegra—. Ya no nos queda familia en París. No sabíamos a dónde dirigirnos.

Lo dijo sin replegar su orgullo, con la cabeza muy alta y los ojos tan llenos de rencor como siempre. Mi primera intención fue encogerme de hombros y decirles que buscaran alojamiento con alguno de sus elegantes amigos que tan mal de mí hablaban donde fueran escuchadas. Pero no era esa mi naturaleza.

—Pueden quedarse aquí el tiempo que les plazca —dije sin dulcificar mi voz—. No esperen que sea como antes. Apenas queda servicio y como ven la casa está medio desmantelada, pero tendrán un techo donde guarecerse y comida caliente en la mesa.

Ella asintió, pero se vio obligada a aclararme que solo estaba allí impulsada por la desgracia.

—No esperaba menos de usted —me dijo—, pero he de advertirle que esto no cambia nada entre nosotras.

—¿Quere decir que seguirá difamándome a pesar de todo?

—Si usted ensucia el nombre de mi hijo con un oscuro revolucionario, desde luego.

Podía haber respondido. Podía haberle expuesto una a una las ofensas y humillaciones a las que me había sometido Armand, los insultos de Agnes, sus mismas maquinaciones para apartar de mí el favor de la Reina, pero no lo hice.

—Ha sido un día demasiado largo —estaba tan cansada que solo deseaba estar a solas—. Madeleine ya ha preparado sus habitaciones.

—Espero que él no venga aquí a... —intentó seguir mi suegra.

—Lo que yo haga no es asunto vuestro —detuve al instante sus palabras—. Mi hospitalidad tiene los límites de mi techo, no de mi vida privada.

Comprendió que no debía pasar de ahí. Yo les había permitido conservar su honor aquella noche, pero no estaba dispuesta a soportar ni un ataque más.

—Gracias —dijo con dificultad.

Le agradecí que por un instante permitiera que se acabara nuestra disputa, aunque sabía en los nuevos problemas que me metía alojándolas allí. Agnes no habló. Parecía distinta, pero no quise entretenerme desentrañando qué cambios se habían producido en alguien que me odiaba.

Sin más salí de la habitación, con la sensación de que todo se precipitaba y yo era incapaz de controlarlo.

Todo se volvió más complicado, aunque el escaso servicio que mi suegra y mi cuñada habían traído consigo fue de buena ayuda, sobre todo para Madeleine, que de otra manera hubiera tenido que soportar el peso de una nueva carga.

Hacíamos lo posible para no coincidir y a pesar de eso yo notaba que cualquiera de mis movimientos era estrechamente vigilado, sobre todo mis ausencias, por lo que tuve que extremar las precauciones cuando iba a encontrarme con Ethan. Tenía pocas excusas para salir de casa, pues mi dinero era tan escaso que no podía aducir ni la modista, ni el joyero, ni siquiera el vendedor de cintas del mercado.

Cuando le expliqué a Ethan todos estos cambios me pidió que tuviera cuidado.

—No quiero alentarte contra ellas, pues en cierto modo son tu familia, pero cuando ya no necesiten de tu techo harán lo imposible para que caigas en desgracia ante los tuyos.

—Lo sé, y quizá lo correcto sería pedirles que se marchen, pero me enseñaron que hay que ayudar a los que lo necesitan y ellas, con toda su arrogancia, no tienen a nadie más que a mí.

Me atrajo hacia sí y me besó en el cuello.

—Y por eso te admiro y me sigues sorprendiendo. Tu marido…

—No quiero hablar de él —lo interrumpí—. Cuando estamos tú y yo lo último que me apetece es hablar de él.

—Pero debemos hacerlo, porque en algún momento volverá o tú tendrás que marcharte si te lo ordena, y debemos tener claro qué haremos entonces.

—También pueden encarcelarnos, o mandarnos al exilio, o…

—Si sucede cualquiera de esas cosas me encargaré de ponerte a salvo —esta vez fue él quien no me dejó a acabar.

—Y si Armand regresa yo me encargaré de abandonarlo.

Sellamos la conversación haciéndonos el amor hasta que el cielo nocturno volvió a inflamarse con los rayos del sol.

Aquellos días mi vida se parecía demasiado a un juego. Nunca iba a donde anunciaba y aparecía donde no se me esperaba. Ethan seguía soportando las burlas de sus compañeros de club, donde pasaba el tiempo que no estaba conmigo o en la Asamblea. Se burlaban de sus ojeras, de su aparente buen humor y de la mirada soñadora que mostraba a veces en medio de una sesión. Aunque él no me lo decía, sabía por otras fuentes que aquel grupo ya de por sí antimonárquico estaba radicalizando sus posturas, lo que nos afectaba a ambos por razones evidentes.

Una noche, cuando estaba a punto de acostarme, oí unos ligeros golpes en la puerta de mi dormitorio. La casa dormía en silencio pues yo era la última en meterme en la cama, por lo que me extrañó que alguien viniera a verme tan tarde. Solo podía ser Madeleine. A veces se acercaba a horas intempestivas a recoger algo olvidado o a preparar cualquier cosa para el día siguiente, pero ella jamás llamaba antes de entrar. Abrí con sumo cuidado, ajustándome la bata. Al otro lado estaba Pierre, mi lacayo, que me habló en voz baja.

—Tiene una visita, señora.

—¿A esta hora?

—Ha entrado por la puerta de servicio, pero parece una dama de calidad. Se ha negado a darme su nombre, aunque asegura que usted sabrá quién es.

Aquello me extrañó tanto que no dudé en bajar a investigarlo. Aunque Pierre le había pedido que esperara en el gran salón, ella no se había querido mover de la cocina. Me puse una bata sobre el camisón, y cuando al fin llegué me quedé pasmada pues era la última persona que esperaba encontrar.

—¿Usted? —pregunté, no muy segura de qué estaba pasando.

—Cuento con su discreción —respondió ella al punto.

Se trataba de la señora Campan, la primera camarista de María Antonieta. Era la mujer más próxima de su servicio y según decían, la más digna de su confianza. Verla en mi casa a horas importunas me decía que la Reina requería de mí algo que no podía hacerme llegar por otros medios.

Le ordené a Pierre que se fuera a la cama, y aunque no protestó delante de una extraña, tuve que insistir para que me obedeciera. Ya a solas pedí a mi visitante que tomara asiento y le ofrecí un poco de agua que rehusó, pues poco más quedaba en mi despensa.

—¿A qué debo esta visita? —pregunté sin preámbulos—. Espero que la Reina se encuentre bien.

—Todo lo bien que permiten estas circunstancias, condesa. Espero no haberla despertado.

—Duermo poco últimamente.

—Su Majestad se pasa los días escribiendo y las noches leyendo. Creo que todo esto ha desterrado el sueño de nuestras vidas.

—¿Y en qué puedo servirla? Comprenda que me inquieta su presencia aquí a estas horas.

Ella asintió. Tenía fama de mujer firme y directa por lo que no dio rodeos para explicármelo todo.

—Hace unas semanas aconteció un hecho que ha propiciado que en Palacio se replanteen ciertos asuntos

—¿Qué acontecimientos han sido esos? —le pregunté.

—La chusma impidió que el Rey viajara a Saint-Cloud para la Semana Santa. Permaneció acorralado dentro de su carroza cerca de dos horas y se temió seriamente que se repitieran los acontecimientos de Versalles. Ese suceso ha hecho que se estudien ciertos asuntos que antes era imposible de tratar con él.

—Prosiga, se lo ruego.

—¿Es seguro hablar aquí?

Le hice una señal para que se callara y salí de la cocina sin hacer ruido. La casa dormía, así que volví sobre mis pasos y le aseguré que era el más seguro que podíamos encontrar.

—El Rey ha accedido a confiar en los planes de fuga —dijo en voz muy baja—. Será pronto. Nadie sabe cuándo ni nos enteraremos hasta que Sus Majestades no estén a salvo al otro lado de la frontera. Antes del verano, si es posible.

Comprendí al instante los riesgos de algo así. Si los descubrían, si los apresaban los radicales, los amigos de Ethan, tendrían carnaza suficiente para terminar de desmantelar la monarquía. Si en cambio lograban su objetivo y abandonaban Francia, estallaría la guerra pues ya no habría excusa para que las naciones extranjeras no intentaran acabar con la revolución.

—¿Y por qué me cuenta un asunto tan delicado?

Ella miró alrededor, como si tuviera que asegurarse de que nadie nos oía.

—Su Majestad cuenta con muy pocas damas de su absoluta confianza y usted es una de ellas. Se le requiere para un servicio que no podrá ser pagado y la pondrá en muy grave peligro.

Si accedía me convertiría en cómplice del complot, por lo que, si no salía bien y se filtraban los nombres de los participantes, sería acusada de traición cuyo castigo era la pena capital. Sin embargo, no lo dudé.

—Dígale a la Reina que puede contar conmigo.

—Ella ya lo sabía —me entregó un paquete voluminoso que guardaba a sus pies, y que hasta entonces yo no había visto—. Son algunas de sus pertenecías más queridas. Los camafeos de su familia, las joyas que no desea desmontar, cartas personales y recuerdos delicados que no pueden caer en manos inadecuadas.

—¿Qué he de hacer?

—Póngalo a buen recaudo. En algún momento recibirá una misiva, y junto a la firma aparecerá una de estas iniciales: una B, una L o una M. En el mismo instante que usted se entere de que la Familia Real ha abandonado París debe dirigirse con el paquete y a la mayor brevedad a Bruselas, Luxemburgo o Montmédy. ¿Lo ha entendido?

Asentí, sosteniendo en mis manos aquel bulto como si se tratara de la mismísima corona real.

—Entonces está todo dicho —dijo poniéndose en pie y ajustándose la capucha de la capa sobre el rostro para no ser reconocida.

—Estaré pendiente de los acontecimientos —dije cuando la acompañé a la puerta, aunque ella me pidió que no saliera al exterior, por si algún curioso había seguido sus pasos.

—Roguemos porque todo salga bien.

Yo no contesté, y amparada tras la contraventana la vi perderse a paso presuroso entre la neblina nocturna. Permanecí allí mucho tiempo, atenta a cualquier movimiento, por si alguien, abrigado por la oscuridad, había seguido sus pasos, pero nada sucedió.

Mientras volvía a mi cama solo pensaba en una cosa. Acababa de convertirme en cómplice de la fuga real, y mi mayor enemigo a partir de ese instante no era otro que Ethan.

— CAPÍTULO 27 —

Ethan había encontrado una posada perfecta, apartada y discreta.

Los dueños no preguntaban ni nuestro nombre ni adónde íbamos o de dónde veníamos, y las criadas bajaban la mirada cuando nos cruzábamos con ellas. Recalábamos allí cuando encontrábamos un poco más de tiempo para estar juntos y solíamos pasar un par de días olvidados de todo. Estaba lejos de París, pero se alzaba solitaria al pie de un camino y a orillas de uno de los brazos de Sena, lo que la volvía aún más acogedora.

Durante toda aquella semana Ethan y yo no habíamos podido encontrar un instante para vernos, así que yo estaba ansiosa por estar junto a él. Cada vez se estaba volviendo más complicado hallar unas pocas horas para encontrarnos, no ya por mi situación en casa, rodeada de espías, sino porque sus obligaciones con la Asamblea y su club aumentaban, y encontrar tiempo para los dos se empezaba a convertir en un problema que nos amargaba a ambos.

Cuando llegué a la posada Ethan ya estaba allí. Me esperaba en nuestra habitación, leyendo en mangas de camisa y con las botas apoyadas en el alfeizar de la ventana. A pesar de nuestra intimidad mi corazón seguía latiendo con fuerza cada vez que nos encontrábamos. Era como un ligero rubor, una alegría intensa rodeada de una agradable sensación de seguridad. Él me miró con el mismo deseo que no supe entender la primera vez que nuestros ojos se encontraron. Me sonrió de aquella forma deslumbrante que hacía que mis piernas flaquearan, y vino hacia mí. Pasó el cerrojo de la puerta como en el cuadro de Fragonard, y ambos nos entregamos el uno al otro.

Tras amarnos aún quedaban algunas horas para que sirvieran el almuerzo. Muchas veces permanecíamos en la cama, jugueteando como niños con nuestros cuerpos, pero aquel día decidimos salir a pasear por las inmediaciones, aprovechando que el sol templaba y las nubes quedaban lejos. Era una mañana luminosa y cálida, y el campo había estallado en flores. Ethan decía que su vocación frustrada era la de marino pues de pequeño admiraba a los hombres que muy temprano embarcaban en el río y volvían con las redes llenas de peces. Alquilamos al dueño de la posada un bote que ya habíamos usado otras veces y, de la mano, nos sumergimos en las tranquilas aguas del río. Se había quitado la casaca. Yo me había cambiado mi traje de viaje por un sencillo vestido de muselina, holgado en la falda y ajustado a la cintura por un fajín de algodón, y llevaba mis cabellos sueltos, acariciados por el viento.

Mientras Ethan remaba y me contaba las mil cosas que le habían sucedido desde que no nos veíamos, yo lo escuchaba feliz, recostada sobre unos almohadones y con la mano sumergida en el agua, sintiendo el frescor del río correr alrededor de mis dedos. Adoraba aquella manera de ponerme al día. Era como si tuviera la necesidad de que lo supiera todo de él. Algunas cosas eran banales, como la calidad de la cerveza del mesón donde se había visto obligado a comer; y otras tremendamente apasionadas, como que había empezado a marcar en la pared de su dormitorio los días que pasaba sin verme. También me contó que le habían propuesto para ocupar el cargo de administrador de la Comuna de París, pero que lo había rechazado. No me explicó la razón, pero intuí que en caso de aceptarlo lo nuestro debía acabar de inmediato. Hasta entonces habíamos podido esquivar las trampas del destino, pero… ¿hasta cuándo?

—¿Me has echado de menos? —me preguntó tras un largo silencio.

Abrí los ojos y lo descubrí mirando mi cuerpo con una sonrisa clavada en los labios.

—¿Y tú a mí? —pregunté, jugueteando con mi cabello.

—Si no te hubiera visto hoy me habría vuelto loco.

—Entonces tengo que decir que sí. Ya no soportaba más cartas. Quería tenerte cerca de mí.

—Tenemos hasta el jueves —dijo en voz baja, llena de intenciones—, y una vez que volvamos a la habitación no pienso abandonarla sin haberte hecho todo lo que mi mente enfebrecida ha soñado.

Sonreí de placer. Aunque estábamos a un extremo y a otro de la barca nuestros pies se tocaban, pues nunca perdíamos el contacto cuando estábamos juntos.

—¿Es una promesa? —le dije mientras me estiraba insinuante, y una ola de satisfacción recorría mis articulaciones.

—Es una locura y tú me vuelves loco.

El río transcurría sereno. No había más tráfico que nosotros, lo que me hizo darme cuenta del espejismo en el que estábamos inmersos.

—¿Hasta cuándo podrá durar esto? —pregunté, atacada por aquel viejo temor que siempre estaba agazapado bajo mi felicidad.

Ethan tardó en responderme. Yo sabía que compartíamos aquel fantasma insidioso, aunque él se negaba a dejarlo ver, y solo actuaba extremando los cuidados.

—Hasta que nos lo permitan —dijo al cabo de un rato—, hasta que nosotros decidamos seguir adelante.

—Mi suegra cada día es más suspicaz.

—Nosotros tendremos más cuidados. Hay espías por todos lados. Los realistas vigilan a los miembros de la Asamblea y estos mandan a su gente a ver qué hacen aquellos. Los mismos asambleístas se vigilan entre ellos y me consta que en las Tullerías no sucede de manera diferente. Comités secretos a un lado y a otro que buscan la miseria y la ruina del enemigo a la vez que le tienden una mano cortés. Mientras tú sigas siendo tú, y yo siga siendo yo podremos seguir juntos.

—Es difícil asegurar nada de eso en un mundo que cambia a cada minuto —murmuré, cansada ya de disimular.

Decidí hablar de otra cosa. Aquello me llenaba de melancolía.

—El otro día escuche a un grupo de mujeres que reclamaban nuestros propios derechos. ¿Sabes algo de eso?

Ethan se encogió de hombros.

—No creo que prospere.

—Pero, ¿cómo es posible? —sin darme cuenta me había incorporado, hasta quedar sentada—. No piden más que los derechos naturales. Los mismos que te amparan a ti y a los de tu género.

Él intentó quitarle importancia con una sonrisa.

—Isabel, esas ideas recuerdan demasiado a los salones de la aristocracia. A los filósofos desocupados. Los revolucionarios con mayor influencia quieren a matronas que eduquen a sus hijos, no a mujeres que hablen de política.

Aquel argumento me ofendió.

—¿Tú también piensas así?

—Por supuesto que no, y lo sabes —dijo al instante, y era verdad. Habíamos hablado de aquello en otras ocasiones—. Pero sería engañarte si te asegurara que algo así prosperará. ¿Has visto los cuadros de David? Ese es el ideal revolucionario de mujer que impera entre mis colegas: matrona romana y no guerreras, amas de casa y no estadista, cuidadoras y no investigadoras en los campos de la ciencia. Se teme que las mujeres dejen de serlo si se les otorgan derechos. Y aunque nos pese, ese es un pensamiento imperante hoy en día en la Asamblea.

Me sentí indignada por aquella aclaración.

—Cada día me empieza a parecer más injusto este nuevo mundo justo que estáis creando.

Ethan se dio cuenta de hasta dónde estaba molesta. Dejó los remos a un lado y vino a mi encuentro.

—Ven aquí. Dejemos de hablar de política. ¿Qué has hecho estos días cerca de María Antonieta? —jamás la llamaba por su título—. ¿Qué se rumorea en las Tullerías?

Si intentó arreglarlo no tuvo éxito pues solo escuchar de sus labios el nombre de la Reina me llenó de pavor.

—Nada importante, todo sigue igual —dije intentando disimular—. La misma monotonía de siempre.

—Se rumorea que quieren huir de París.

—No he oído nada de eso.

—Han redoblado el número de guardias que los vigilan. Ten cuidado de ahora en adelante. Todos parecéis sospechosos a sus ojos.

Me revolví hasta apartarme de sus brazos, que me tenían ceñida mientras sus dedos jugaban con las cintas que cerraban mi vestido.

—¿De verdad te preocupas por mí o solo quieres tener a tu propia espía cerca de la Reina? —le recriminé, mirándolo a la cara. Buscando la confirmación de mis palabras. Pero ante mí solo estaba Ethan boquiabierto, lleno de incredulidad.

—¿Lo dices en serio?

No pude más. Estaba llena de furia y de desconfianza. Temía traicionar a los míos. A aquellos que eran mis semejantes, que me habían acogido, y que formaban parte de mi mundo. Me daba cuenta de hasta dónde era peligrosa nuestra relación. ¿Cuánto tardaría en ser indiscreta con cualquier cosa, con lo más mínimo, y que Ethan lo cogiera al vuelo con aquella mente lúcida y analítica? ¿Cómo se tomaría que yo fuera descubierta en el complot de la fuga? Yo, la mujer a la que decía adorar y en quien había depositado toda su confianza. Me sentí ruin y furiosa, y solo necesitaba salir de allí

—Llévame a la orilla —dije apartándome de él tanto como pude—, quiero volver a París.

Ethan comprendió que aquello no era una simple riña, la primera que teníamos desde que estábamos juntos, sino algo más.

—Isabel, era solo un comentario —intentó disculparse—. Yo te lo cuento todo. De ti solo sé que tienes invitadas incómodas. Aun así, no me importa que tu vida sea un misterio para mí mientras que estés conmigo.

—Te ruego que me lleves de vuelta —insistí—. No quiero seguir aquí ni un minuto más.

Al final consintió en remar hasta la posada, sin decir nada, con la mandíbula apretada, la frente fruncida, y la mirada perdida en los meandros del río. Bajé del bote de un salto, rehusando su ayuda. Pedí al posadero que avisara a un coche de alquiler y que ordenara bajar mi equipaje. Mientras se hacía esperé junto a la chimenea, que a pesar de no hacer frío estaba encendida.

Ethan apareció al poco. Había salido a pasear, a aclarar sus ideas. Se sentó frente a mí, sin hacer por tocarme. Los codos en las rodillas y la mirada preocupada clavada en mis ojos.

—¿Podemos hablar? —me preguntó.

—No.

—No puedes irte sin más. No podemos dejarlo así.

Sentí un dolor extremo cuando al fin me decidí a mirarlo. Él era todo lo que amaba, todo lo que me apartaba de una vida que me había parecido perfecta cuando no había dado el paso de entregarme y que ahora sabía que sería insoportable sin su presencia.

—Ethan, tú y yo… —intenté explicarle—, nuestros mundos. Cada día comprendo mejor que lo nuestro es algo imposible. Y cuando debamos separarnos no sé si podré soportarlo.

Él intentó tomarme de la mano, pero yo la aparté.

—Si lo queremos, lo haremos posible —insistió.

—Hoy no. En este momento no.

Al final logró su objetivo y sentí el calor de sus largos dedos alrededor de los míos.

—Isabel, te amo y no estoy muy seguro de si algo en mi vida valdría la pena si no estás tú.

Nunca antes había pronunciado esa palabra. La había dejado caer, pero no de forma tan clara y cristalina.

—Quizá ha llegado el momento de comprobarlo —dije con terrible dificultad para mantenerme en mis treces.

El posadero llegó en ese instante, a la vez que un grupo de monteros ocupaba una mesa próxima a nosotros.

—Ciudadana —me avisó—, ha llegado tu coche.

Se lo agradecí y me puse de pie para salir de allí cuando antes.

—¿Cuándo nos volveremos a ver? —la voz de Ethan era implorante.

—No lo sé. Te escribiré.

—Deja que vaya a visitarte. Puedo colarme por una ventana.

—No lo hagas —supliqué—. Cuando yo esté preparada para entender lo nuestro, si estoy preparada alguna vez, te lo haré saber.

Partí de allí con pasos apresurados y el corazón destrozado.

Sentía la angustia clavada en la garganta y el dolor muy hondo en el pecho. La carroza que me alejaba de él había recorrido un gran trecho cuando me atreví, al fin, a mirar hacia atrás. Ethan seguía en el mismo lugar, a las puertas de la posada, mirando cómo me alejaba rodeada del polvo del camino.

Sentí su dolor a pesar de que no podía distinguir sus ojos, y lloré por lo que acababa de hacer, aunque nunca hasta entonces había estado tan segura como en aquel momento de que era lo correcto.

Aún hoy en día me pregunto por qué lo hice, por qué hui.

Quizá porque sabía que si no ponía distancia entre los dos volvería a sus brazos buscando cualquier excusa. O porque quería escapar de mí misma y de mis fantasmas. Ethan lo era todo para mí. Hasta aquel momento pensaba que cualquier sacrificio, cualquier riesgo era posible si a cambio estábamos juntos. Sin embargo, me marché.

Fue una mala noche donde todo me acercaba a él y todo me alejaba de él. Había tomado una decisión. Abandonaría París hasta que supiera qué hacer.

Por la mañana encontré un instante a solas y pregunté a Charlotte si me acompañaría. Me dijo que sí, aunque supusiera dejar de asistir a las sesiones de la Asamblea, adonde seguía acudiendo casi a diario. Cuando preparamos el equipaje fue cuando se lo comuniqué a mi suegra. Lo tomó como todo, sintiéndose ofendida por cualquiera de mis actos, a la vez que llena de satisfacción porque desaparecía de su vista por un tiempo. Agnes sí se despidió.

—¿Volverás? —me preguntó.

—¿Acaso te importa?

—No hemos logrado ser amigas. Quizá porque, a pesar de creerlo, no he sabido comprender a una mujer como tú. Después de todo empiezo a asimilar tus motivos. Empiezo a entenderlos.

No terminé de creerla, pero no quise desairarla.

—Cuídate—le dije—. Te deseo lo mejor.

—Y yo a ti. Intentaré apaciguar a mi madre y a mi hermano.

No dijimos nada más. Si era cierto, me tranquilizaba que al menos no dejara a una enemiga más a mis espaldas. Les permití conservar a la cocinera, que junto al servicio que habían traído de su destruida casa era suficiente para atenderlas. Vendimos a un marchante los muebles de las estancias que no usábamos, y los grandes tapices del salón. Puse a buen recaudo, oculta bajo mis pies en la carroza, la caja que me había entregado la señora Campan, que era el detonante de aquella huida precipitada. Y al fin, dos días después, Charlotte y yo, acompañadas por

Madeleine y Claire, hicimos el camino juntas, con Pierre y mi cochero en el pescante.

Llegamos a Saclay un día de lluvia. Hacía frío a pesar de estar avanzada la primavera. Me di cuenta de que todo había cambiado cuando cruzamos el Puente de los Vientos. El pabellón porticado por el que debíamos cruzar la nobleza había sido destruido: En Francia todos éramos iguales y aquel anacronismo no era admisible. Me parecía justo, pero recuerdo que pensé por qué no habían permitido el paso a cualquier ciudadano para ponerse a cubierto de la lluvia y del viento, en vez de desmontarlo piedra a piedra. Pero entonces comprendí que los gestos son más importantes que las palabras y que aquello ilustraba bien lo que estaba sucediendo a nuestro alrededor. Al cruzar el puente miré hacia abajo como siempre había hecho. Allí no había cambios. Estaban las mismas personas miserables a las que la fortuna no les había sonreído.

Acceder por la avenida del jardín ya nos preparó para lo que nos esperaba al otro lado del parque. Los tilos no habían sido podados ni retiradas las malas hierbas que arruinaban los arriates. El agua de las fuentes estaba sucia y estancada, y la hiedra subía por los pedestales de las estatuas ocultando la carne marmórea que los coronaba.

Cuando llegamos a la gran mansión no estaba la legión de criados que solía atender a los invitados, solo el viejo portero que ayudó a meter el equipaje. El recibidor parecía vacío. Solo quedaba en la pared la marca blanca donde habían estado colgados los grandes retratos de familia. No había muebles, ni porcelanas, ni siquiera lucía la gran lámpara de cristal que había sorprendido en el pasado a quienes la miraban con sus mil velas encendidas.

La anciana doncella de mi tía hizo de ujier, indicándonos que nos esperaban en la biblioteca. Recorrimos los grandes salones casi vacíos. No había tapices ni alfombras. Todo había sido vendido. Al pasar por el comedor miré el hueco que había ocupado un cuadro de Watteau. Supuse que lo habían liquidado por una minucia pues aquel estilo no gustaba en nuestros días y sentí una amargura inmensa ya que durante mi estancia en Saclay había pasado horas enteras mirando aquel paisaje brumoso y desordenado, lleno de recodos y matices, e imaginando que así serían los campos que debía de recorrer para volver a España.

Cuando vi a mis tíos me arrojé a sus brazos. No así Charlotte, que permaneció muy quieta a la entrada de la biblioteca y fue la señora quien acudió en su busca.

Tío Philippe parecía haber envejecido en tan poco tiempo. Llevaba puesta su vieja bata otomana y un gorro en vez de peluca. Parecía cansado, y me dio la impresión de que sus movimientos eran más lentos, aunque igual de lúcidos sus razonamientos. Tía Margot, en cambio, a pesar de estar más delgada, era la misma imagen de siempre: impresionante, segura de sí misma, y manteniendo las viejas costumbres como si no existiera nada más importante.

La biblioteca era la única estancia que no había sufrido merma. Mi tío se había negado a desprenderse de ninguno de sus libros, al menos hasta que no tuvieran más remedio. Mi tía me dijo que subsistían con una cocinera y una criada y que, si no fuera por el dinero que les mandé y por las labores indignas, propias de granjeros, a que estaba sometido el servicio, morirían de hambre. Yo traía provisiones de París, y otra bolsa con dinero de la venta de las últimas cuberterías y la poca plata que aún nos quedaba.

Fue un encuentro feliz a pesar de estar rodeados de desgracia, y esa noche mi tío nos dijo que solo hablaríamos de los buenos tiempos y de los momentos dichosos.

Aquel retiro, lejos de Ethan, fue más duro de lo que esperaba. Lo echaba tanto de menos que me era doloroso, pero sabía que si volvía a sus brazos buscaría la desgracia de ambos.

Nuestra vida en Saclay no se parecía en nada a la de antes. El jardín trasero lo habían convertido en un huerto que cultivaba tío Phillippe con ayuda del portero. Era de allí de donde extraían la verdura fresca y los pocos condimentos que usaban para cocinar una vez vaciada la despensa. Había gallinas y corderos en las cuadras, pues la yeguada se vendió hacía tiempo, y la doncella de mi tía se encargaba de ordeñar a una vieja vaca, y hacía quesos con lo poco que sobraba. Tía Margot, por supuesto, no se había adaptado a nada de aquello. Seguía exigiendo las viejas costumbres. Debíamos cambiarnos un mínimo de tres veces al día, a pesar de que apenas me quedaban vestidos, y debíamos engalanarnos para la cena, aunque sobre el plato apenas había un poco de verdura hervida. Las tardes las pasábamos bordando, y las mañanas paseando por el dejado jardín. Donde antes había una legión de jardineros cuidando los menores detalles, ahora solo estaba la naturaleza, retomando el territorio perdido.

—¿Qué relación tenéis con los vecinos? —le pregunté a mi tío en uno de aquellos largo paseos. Nos seguían la señora del brazo de Charlotte, con quien parecía al fin haber congeniado.

—La mayoría de los amigos han huido al extranjero —me dijo—, y los que quedan están tan escondidos como nosotros, intentando pasar desapercibidos. No vamos al pueblo y cuando necesitamos algo enviamos al portero rogándole la mayor discreción. Cuanto menos piensen en nosotros, mejor. El resto de vecinos… por ahora no nos han molestado, pero no tardarán en exigir nuestras cabezas si la cosa empeora.

—Sería prudente plantearse huir al extranjero, tío.

—¿Y convertirnos en parte de esa horda de almas en pena que recorre Europa? Tu tía no lo soportaría, y no tenemos dinero para hacerlo con dignidad. Por ahora estamos bien aquí. ¿Hasta cuándo os quedareis? —cambió de conversación pues nunca le había gustado hablar de desgracia.

—No demasiado —dije por respuesta, pues ni yo misma sabía qué sería de nosotras.

Fue al día siguiente de aquella charla cuando me levanté enferma. Al poner un pie en el suelo se me revolvieron las entrañas y sentí un leve mareo. Pensé que quizá las setas confitadas de la noche anterior no estaban en buen estado, y no le di la menor importancia, pero al tercer día empecé a preocuparme. Estaba remendando sábanas junto a mi tía cuando me sobrevino una arcada. Ella me miró, y yo la tranquilicé diciendo que no se preocupara, pues me sucedía casi a diario.

—¿Desde cuándo no ves a tu esposo?

Que me preguntara aquello me dejó perpleja.

—Desde hace meses —contesté.

Ella enarcó la ceja de un modo bien conocido por mí, y entonces comprendí lo que pasaba por su mente y un frío helado me recorrió la espalda.

—¿Piensa...? —no me atreví a terminar la frase.

—Estás embarazada, no lo dudes —dio por hecho—. Sé verlo en los ojos de una mujer.

A pesar de que era coherente con mis síntomas y mi conducta, me negaba a creerlo.

—No es posible.

—¿El padre es...?

—No puedo estar embarazada —me dije a mí misma—. No puedo permitírmelo.

Mi tía dejó la labor a un lado y me tendió un vaso de agua fresca.

—Querida, eso ya no está en tu mano. Lo único que te queda por decidir es si quieres tenerlo o no. Piensa en tu marido, en tu suegra. Con ese vientre abultado, que pronto empezará a ser evidente, tendrán las pruebas que necesitan para desacreditarte.

—No puede ser —tenía razón, pero yo seguía perpleja por no haber previsto algo tan obvio.

Tía Margot llamó a su única criada y le pidió una infusión de perejil. Cuando quedamos a solas me pidió que la mirara.

—¿Se lo dirás al doctor Laserre? —me preguntó con aquella frialdad con que afrontaba todo—. Si es el padre de la criatura, como sospecho, podrá ayudarte. Ahora él está en mejor posición que nosotros.

Permanecí aturdida por un tiempo, sin saber qué hacer o qué decir. Porque cuando al fin había tomado la dolorosa decisión de separarme de Ethan, el destino de nuevo me unía a él.

Recibí la carta a mediados de junio. Era de una vieja condesa, una compañera al servicio de la Reina, con quien apenas tenía yo relación. Se trataba de unas pocas líneas donde me mandaba sus saludos y me pedía que la visitara cuando volviera a París. Junto a la firma estaba la letra M, por lo que comprendí que el momento había llegado. Sus Majestades huirían pronto y yo debía dirigirme a Montmédy.

Decidí que más adelante pensaría en la criatura que crecía en mi vientre. Tenía claro que no iba a deshacerme de ella. Lo que aún no sabía era cómo nos enfrentaríamos juntas al mundo.

Lo hablé con Charlotte, sin contarle la verdadera naturaleza de nuestra marcha, y ambas decidimos que había llegado el momento de regresar a París. Ella añoraba su rutina y el nuevo apego de mi tía llegaba a asfixiarla. La despedida fue tierna y llena de emociones. Tío Philippe me entregó una cesta repleta de verduras recogidas por él mismo, y la señora logró contener unas lágrimas que hubieran resultado del todo inapropiadas para ella. Algo me decía que tardaríamos mucho tiempo en vernos, si no era aquella la última vez que nos abrazábamos. En aquella época, cuando un amigo decía adiós siempre lo entendíamos como la última vez, pues el destino era amargo y cruel. Mi prima y tía Margot habían intimado en aquella breve visita, y ahora parecían un poco más la madre y la hija que nunca fueron.

Partimos al alba, en un viaje más inquieto que la ida, y donde pedí al cochero que se apresurara tanto como permitieran los caballos. Durante el trayecto pensé en mil cosas. Mi intención era visitar a la señora Campan por si tenía nuevas instrucciones y dirigirme al día siguiente, sin perder tiempo, a la frontera. Debía llevarme a todos los míos, o al menos a aquellos que me quisieran acompañar. Contaba con Charlotte y Madeleine, ya que Claire y Pierre se dirigirían al oeste para empezar su nueva vida. En cuanto se supiera que yo había intervenido en el complot aquellos que tuvieran cualquier relación conmigo serían perseguidos y acusados de traición, por lo que decidí decírselo también a mi suegra y a Agnes. No exactamente la verdad, pero sí que debían abandonar Francia al instante.

Si actuaba como se esperaba de mí no tendría oportunidad de ver a Ethan. No en aquel momento y quizá nunca más. Me quedaba con la tranquilidad de que nadie nos vinculaba al uno con el otro, por lo que no sufriría represalias, pero también me atenazó el pecho un dolor intenso por lo que quedaría roto para siempre. Al final había ganado el mundo al que pertenecíamos, la barrera visible entre los estamentos, el odio ancestral que siempre había estado presente. La aristócrata y el revolucionario no tenían más futuro que aquel, la marcha y el olvido, aunque doliera tanto que me costaba trabajo respirar.

Entramos en París a mediodía, y me extrañó que la ciudad estuviera tan tranquila. Los soldados que guardaban las puertas hicieron mil preguntas, pero nos dejaron pasar. Cuando cruzamos los arrabales, al contrario que otras veces, los grupos de vecinos levantiscos se mostraron taciturnos y hablaban en voz baja. Las tiendas estaban cerradas a pesar de ser día de mercado, y los grupos de alborotadores que por lo general se agolpaban en las inmediaciones para vilipendiar a los viajeros más reputados, habían desaparecido. Llegamos sin dificultad a mi casa, aunque aquella calma inquieta no dejaba de alarmarme.

Supe que algo grave había pasado cuando encontré los baúles de las Sabran junto a la puerta, y a su servicio presto a marcharse. Pregunté por Agnes, pero estaba en sus habitaciones terminando de arreglarse. La marquesa, en cambio, aguardaba en la biblioteca. Sin quitarme ni la capa ni los guantes fui a su encuentro. Observé que habían desaparecido los cuadros y tapices que aún quedaban y supuse que los habían vendido para financiar su marcha. Encontré a mi suegra vestida de viaje de forma muy modesta, tanto que podía pasar por una criada como seguro era su intención. Estaba repasando mis libros, de los que ya había apartado un abultado montón, las ediciones más antiguas y valiosas.

—¿Qué ha sucedido? ¿A dónde va? —la espeté, sin importarme que pudiera estar robándome lo poco que me quedaba.

—Al fin ha vuelto —dijo aparentando sorpresa, aunque siguió recorriendo la sala y seleccionando mis libros—. Su médico no ha dejado de buscarla.

Sabía que intentaba enfurecerme, y lo había conseguido, pero si me dejaba arrastrar por lo que sentía estaba perdida.

—El diputado Laserre es el médico de la familia, no solo el mío.

—Se ha expuesto a venir en dos ocasiones —se encogió de hombros—. Por supuesto no nos hemos dignado a hablar con él, pero los criados le han dicho que usted ha partido y que no se conocía su destino. ¿Es eso lo que quería que hicieran?

Si aquello era cierto, si era verdad que Ethan se había arriesgado a que lo vieran llamando a mi puerta, es que estaba desesperado. Temí por él y por la repercusión que pudiera acarrearle aquel acto, pero también sentí un enorme placer al saber que se había expuesto de aquella manera por mí. El amor es extraño y caprichoso, y hasta en momentos como aquel fue capaz de arrancarme una oleada de placer. Me recompuse con esfuerzo y volví a preguntarle a mi suegra.

—Aún no me ha contestado a dónde se dirigen.

—Yo parto a la frontera. Mi hija viajará hacia al sur con mis parientes. Tenemos propiedades que es preciso vigilar. Pero por lo que veo no sabe nada de lo que ha acontecido. Pensaba que volvía forzada por los acontecimientos.

La conocía bien y no pude leer ahora cinismo en sus palabras.

—¿De qué acontecimientos habla?

Se volvió hacia mí. Hasta ese instante no me había percatado de que llevaba un delantal y una golilla de criada. Estaba disfrazada, un disfraz discreto con el que abandonar París. Aquello me inquietó aún más.

—Sus Majestades han sido apresados en Varennes cuando intentaban huir —dijo sin adornos ni eufemismos—. Aún no han decidido qué hacer con ellos.

Sus palabras fueron como un golpe seco en el estómago. Por algún motivo yo había imaginado que aún no habían perpetrado la fuga, que aún no se habían marchado. Yo acaba de recibir la carta, se suponía que tendría tiempo de hacer mi servicio...

—¿Cómo...? —pregunté atónita ante la noticia—. ¿Cuándo?

Mi suegra suspiró, y por un instante abandonó aquella actitud vengativa y pude ver el miedo en su mirada.

—Ha sido un desastre. Todo ha salido mal —me dijo—. Partieron de madrugada, pero no lograron alcanzar la frontera. Los han traído de regreso esta mañana, después de tres días de penoso camino donde nos hemos temido lo peor. Dos de las damas de compañía de la Reina, su ujier y el lacayo de servicio han sido detenidos y están siendo interrogados. Se esperan más detenciones a lo largo de estos días. Yo vuelvo a Coblenza. El hermano del Rey sí ha logrado escapar y se reunirá allí con el resto de príncipes para reorganizar el gran ejército con el que salvarán a Francia de la rapiña.

—He de visitar a su Majestad —dije sin pensarlo, pues sabía que necesitaba estar rodeada de quienes sentían afecto por ella.

—¿Está loca? —se escandalizó—. La detendrán y podrá en peligro el legado de mi hijo. En estos momentos lo mejor es apartarse de ellos tanto como sea posible.

Aquella actitud ruin me llenó de repugnancia, aunque no esperaba otra cosa de ella. Durante años aquella mujer había suspirado por estar a la sombra de los soberanos, y ahora que habían llegado momentos difíciles huía como las ratas de una inundación.

Mi cuñada entró en aquel momento en la sala. Se había puesto un vestido muy discreto, y llevaba una cofia de matrona. Imaginé que el plan de las Sabran era abandonar la ciudad como una modesta burguesa acompañada por su criada.

—¿Vendrás conmigo? —dijo tras saludarme discretamente en presencia de su madre—. Dicen que el sur aún es un lugar tranquilo.

—Donde debe ir la condesa es a Coblenza —me espetó mi suegra—. Ya es hora de que devuelva a su esposo un poco de respeto. Yo hablaré con él e intentaré que le perdone su descarrío.

Su actitud, su jactancia, me llenó de cólera. ¿Cómo era capaz de acusarme? Ella, que abandonaba a sus soberanos ante la iniquidad. Ella, que había vuelto a recoger las migajas del pasado. Ella, que no había puesto impedimento a los desenfrenos de mi marido.

—Quiero hablar contigo antes de que te marches —le dije a mi cuñada.

—De ninguna manera… —intentó protestar la marquesa.

—Madre, espéreme en el vestíbulo. Solo será un momento.

Nos miró llena de resentimiento, pero al fin abandonó la estancia saliendo tras un portazo. Yo suspiré antes de dirigirme a Agnes. No estaba muy segura de hasta dónde llegaba nuestra complicidad, pero era lo único que me quedaba.

—¿Has hablado con Ethan?

—No, pero le vi desde la ventana de mi aposento. No es correcto que te lo diga, pero ve a buscarlo. Ya no nos queda nada. A ninguna. Al menos él te dará protección.

—No es eso lo que busco.

—Pues deberías. Por respeto a mi hermano y a mi familia no puedo aprobar lo que haces pero si tu intención es permanecer en París, solo la ayuda de Ethan Laserre podrá salvarte, y en ese caso no puedo tener objeción.

Quizá tuviera razón, pero protección era lo último que deseaba de él.

—¿Volveremos a vernos? —le pregunté, como si dependiera de ella.

—Me temo que nuestros caminos se separan aquí. Intentaré calmar a mi madre y escribiré a mi hermano, pero no te prometo nada.

Íbamos a abrazarnos cuando se abrió la puerta y de nuevo apareció mi suegra, tan molesta como se había marchado.

—Debemos partir —le recriminó a su hija—. Aquí ya no queda nada que nos retenga.

—Les deseo un buen viaje —le dije a mi suegra.

—No deseo nada que provenga de usted. Ni siquiera cortesía.

—Entonces salga de mi casa —le ordené, señalándola con la mano —. Fuera.

La marquesa se ajustó los guantes y sonrió con la arrogancia con que me trataba.

—Querida, deje de avergonzarse a usted misma retozando entre las sábanas de ese monstruo republicano y besando después la mano de Su Majestad. Ese juego se ha acabado. No se destruya a sí misma si aún le queda un poco de cordura.

—Si no se larga inmediatamente ordenaré que la echen a bastonazos.

Con una mirada de absoluto desprecio dejó mi casa. Su hija me lanzó una tímida sonrisa antes de desaparecer. Las esperaba una modesta carroza de un solo tiro, donde ya estaba atado su equipaje. Supuse que Agnes se apearía al salir de la ciudad para tomar otro vehículo.

Las vi partir llena de furia e inquietud, pues sus últimas palabras no auguraban nada bueno. ¿Había visitado mi suegra a la Reina en mi ausencia? ¿Ethan había cometido alguna imprudencia, llevado por mi falta de noticias? Tenía que hacer algo, y debía llevarlo a cabo ya.

– CAPÍTULO 28 –

Fue una noche terrible, pero a la mañana siguiente estaba segura de mi cometido. Pedí a Madeleine que me arreglara con el único vestido de corte decente que me quedaba, un traje de seda plateada con el escote bordado en pedrería. Los había vendido casi todos, pero aquel lo tenía reservado por si llegaban tiempos mejores. Arreglé mis cabellos y me toqué con un gran sombrero de seda adornado con cintas. Y ataviada de nuevo como la flamante condesa de Chastell ordené al cochero que me llevara a las Tullerías.

Me dejaron pasar sin impedimento, lo que en cierto modo me tranquilizó, pero cuando intenté acceder a las habitaciones de la Reina, un lacayo me indicó que debía esperar. Como antigua dama de compañía tenía acceso libre a las dependencias reales, pero entendí que todo había cambiado desde la huida, y también aquello. Permanecí sentada en un taburete junto a la puerta, vigilada por dos guardias nacionales que no apartaban los ojos de mí. Eran pocos los que entraban o salían, y no reconocí a ninguno. Me fijé en la servidumbre. Tampoco eran los habituales de Palacio y había una camaradería entre ellos que jamás hubiera sido permitida en los viejos tiempos.

Esperé pacientemente a ser recibida mientras las agujas del reloj iban marcando las horas. Nadie se acercó a saludarme o a preguntarme si necesitaba un poco de agua. Pasaron ante mí un par de duquesas, ante las que me levanté como indicaba la etiqueta, pero no se dignaron a mirarme, y desaparecieron al punto. Solo mucho tiempo después, cuando había aguardado cerca de tres horas, el chambelán me anunció que la Reina me recibiría.

Cuando entré me costó trabajo disimular mi asombro. El cabello de María Antonieta se había vuelto blanco, y sus ojos, vivos y orgullosos, parecía ahora apagados, rojizos de tanto llorar. Estaba sola, cosa extraña, sentada donde tantas otras veces, junto a la ventana, y tenía en las manos un libro que reconocí como *La vida de Carlos I*. Llevaba un vestido discreto, de un apagado color marrón, y solo unos pendientes de perlas, ninguna otra joya. Me di cuenta también de que habían dejado la puerta entreabierta y que un guardia, desde el otro lado, no perdía detalle de lo que sucedía en el interior.

—Son las nuevas normas —me dijo la Reina siguiendo mi mirada—. Nada de privacidad. Nada de cerrar las puertas. Estamos vigilados incluso cuando dormimos.

—Majestad —le hice una profunda reverencia.

En otras ocasiones la Soberana me invitaba a sentarme, pero aquella vez no ocurrió. Permanecí postrada hasta que me hizo la señal. De pie ante ella, ante una mujer que había sido hermosa solo unas semanas antes, aguardé lo que me deparaba el destino.

—No esperaba verte aquí —María Antonieta dejó el libro a un lado y se recostó en la butaca. Vi que intentaba disimular un gesto de dolor, pero no lo consiguió.

—Volví ayer a París.

—¿Y a qué has venido?

En aquel instante ya sabía que algo iba mal, lo que me quedaba por descubrir era hasta dónde era irreparable.

—Si necesita algo de mí…

—Lealtad —no me dejó terminar.

—La tiene —contesté al instante.

La reina me observó con detenimiento. Estaba midiendo hasta dónde podía fiarse de mí, y era una mujer desconfiada y orgullosa por naturaleza.

—A cualquier otra no le hubiera dejado dar una explicación —cruzó las manos, tan blancas que parecían traslúcidas—. Le habría prohibido el acceso a mi corte de inmediato. Pensaba que venías a eso. A explicarte.

La amenaza de mi suegra no había sido en vano. Ahora comprendía que se había atrevido a exponer mi secreto ante la Reina y logrado con ello mi desgracia.

—Majestad —me postré de nuevo, confundida, sin saber qué contestar.

—¿Qué hay de cierto en lo que me han confiado?

Negarlo era profundizar en su desconfianza. Habría pruebas. Alguien nos habría visto a Ethan y a mí, o al menos así lo aseguraría. ¿De qué servía negar algo evidente?

—Ignoro lo que le han contado —dije sin levantarme—, pero es verdad que he mantenido una estrecha relación con el diputado Laserre, si es a eso a lo que se refiere.

Vi cómo el semblante de la Reina se oscurecía. Hasta ese instante había estado dispuesta a perdonarme, pero ya no había vuelta atrás.

—¿Le has hablado de mí? —me preguntó en voz baja.

—Jamás.

—¿Sabe que tienes en tu poder...?

Miró hacia la puerta entreabierta, por si alguno de los guardias estaba escuchando.

—Nunca —contesté.

La Reina suspiró. Intuí que buscaba palabras que le permitieran comprender mi forma de actuar, pero ninguna salió de sus labios.

—¿Por qué lo has hecho? —dijo al fin—. Sabías que te tenía una gran estima.

¿Cómo explicárselo? ¿Cómo decirle que conocía el peligro al que me exponía en cada instante que pasaba junto a Ethan, pero que aun así había valido la pena?

—No mando en mi corazón, Majestad —contesté.

—No te puedo tener cerca. Lo comprendes, ¿verdad?

—Lo entiendo.

Hizo sonar la campanilla para que vinieran a acompañarme a la salida. Con aquel gesto público todos entenderían que había perdido el favor real

—Mandaré a Campan en busca de mis pertenencias. Espero que la lealtad que dices profesarme las mantenga a salvo hasta entonces —fueron sus últimas palabras—. Buenas tardes, condesa.

Hice mi última reverencia y salí de Palacio siguiendo al chambelán, con la cabeza alta, hasta la puerta, mientras sentía las miradas de los demás clavadas en mí.

Mi expulsión de la Corte fue conocida públicamente, y las invitaciones dejaron de llegar. Todos me repudiaban, pero me asombró que nadie supiera el motivo de aquella decisión regia. Comprendí que mi suegra solo había sido indiscreta con la Reina, pues de hacerse pública mi relación con Ethan ellas podrían resultar salpicadas por el escándalo ya que, a pesar de su discreción, no se ignoraba la antigua pasión de Agnes por el diputado Laserre. María Antonieta tampoco dijo nada, y yo lo tomé como una última muestra de afecto. Mi expulsión de la Corte fue achacada a un capricho más de la Reina que en nada la benefició.

Mientras abandonaba el palacio supe que tenía que hablar con Ethan y le escribí una breve nota instándolo a que nos encontráramos en la iglesia de Saint-Eustache, donde el buen párroco, a pesar de ser juramentado, me había permitido usar la sacristía.

Cuando pude llegar, cubierta por un largo velo negro, él ya me esperaba. Parecía más delgado y ojeroso. Llevaba el cabello suelto, lo que acentuaba aquel aire salvaje que tanto me sorprendía y me excitaba. Su forma de mirarme traspasaba mi piel y llegaba hasta mi corazón. Vino hacia mí, pero yo lo detuve con un gesto de la mano. Tenerlo cerca, hermoso y arrogante como siempre, con sus grandes ojos acuosos buscando una explicación en los míos, era más insoportable de lo que había imaginado.

—Te he buscado por todas partes —me dijo.

—Tuve que partir.

—He sido imprudente, pero ya estás aquí.

Vino de nuevo hacia mí. Temí que cometiera una locura y retrocedí cuanto pude, a la vez que lo apartaba con la mano.

—Ethan…

—Extremaremos las precauciones —dijo sin hacerme caso, tomándome por la cintura y buscando mis labios—. He encontrado una casa a las afueras, atendida por una buena mujer. Puedes mudarte allí con tu prima. Yo correré con los gastos. Diremos que has abandonado la ciudad porque necesitas hacer nuevos ahorros en tu economía.

—Ethan…

Me aparté como pude. Había un gran crucifijo presidiendo la sala y rogué a dios que me diera fuerzas para haber lo que debía. Cuando me giré él estaba en el mismo sitio, con los brazos caídos a los costados y una mirada llena de anhelo que me partió el corazón.

—No digas, por favor, que lo nuestro se ha acabado —me imploró su voz masculina.

—No podemos seguir viéndonos.

—Si me amas no habrá nada que lo impida.

—La Reina ya lo sabe —casi grité—. Y mi familia política. Conmigo el escándalo solo afecta a mi reputación, pero a ti te puede costar la vida… ¿Cuánto tiempo crees que tardarán tus enemigos en usarlo en tu contra?

—No me importa.

Tenía que convencerlo.

—No quiero volver a verte a escondidas. No lo merecemos ni tú ni yo.

—Lo haremos público. Te llevaré a vivir a mi casa.

—¿Y cuánto sobrevivirás a eso? ¿Cuánto tiempo hasta que te acusen de traición y te manden a la horca?

—No me importa si con ello tú y yo estamos juntos al menos unos días.

—No voy a hacer eso. No me lo pidas. No voy a ser yo quien cause tu desgracia.

—Mi desgracia es perderte.

Luchaba contra él y contra mí misma, en una batalla en la que, si ganaba, solo perdía. Decidí que lo mejor era marcharme y cerrar mis puertas si me seguía.

—Hoy será la última vez que nos veamos —le comuniqué, con toda la firmeza de que fui capaz, lo que había venido a decir—. Solo te pediré un favor humillante para mí, pero no tengo a nadie más a quien recurrir. En el futuro es posible que te solicite que salves a mis tíos.

—Isabel…

—Se acabó, Ethan. Lo dijiste cuando nos conocimos. Tu mundo y el mío son irreconciliables.

Me marché sin querer oír su respuesta. Acababa de abandonar al hombre que amaba y cuyo hijo maduraba en mi vientre.

La cordura me decía que fuera hasta Coblenza, que me arrojara a los pies de mi marido y le rogara que aceptara a aquel hijo como suyo, pero solo de pensarlo me sentía tan ruin y miserable que era incapaz de mirarme en el espejo.

Ethan no hizo por buscarme, lo que me alivió y llenó a la vez de tristeza. ¡Qué extraño es el amor cuando te atenaza! Pasaron los días y las semanas, y mi vida era más gris a cada momento. Empecé a usar de nuevo el guardainfante bajo mis faldas para disimular el embarazo, pues cada vez era más evidente. No sabía qué hacer ni a dónde ir, así que decidí permanecer en París mientras evolucionaban los acontecimientos. Claire y Pierre de despidieron, pero en esta ocasión no pude darles más dinero pues apenas nos quedaba a nosotras para subsistir, lo que lamenté profundamente.

A finales de agosto recibí de nuevo la visita de la señora Campan, tan misteriosa como la otra vez. En esta ocasión fue parca en palabras y simplemente me pidió que le entregara el paquete que me dejó. Yo lo hice y ella abandonó mi casa sin despedirse.

—¿Era la camarera de María Antonieta? —escuché a mis espaldas. Cuando me volví allí estaba Charlotte.

—Era algo sin importancia. Volvamos a la cama.

Intenté salir de la cocina, pero ella no se apartó de la puerta.

—¿Por qué tenías tú algo que pertenece a la Reina?

—He sido su dama de compañía durante años —intenté quitarle importancia.

—No creo que sea solo eso. Son las dos de la madrugada. Si fuera algo lícito esa mujer no se ampararía bajo las sombras de la noche.

Mi melancolía aguantaba mal aquel interrogatorio, así que pasé junto a ella y empecé a subir a mi habitación.

—Estoy cansada —dije al ver que me seguía—. Necesito dormir.

—Has formado parte de la confabulación. Nos has puesto a todos en peligro.

—Charlotte —intenté que lo dejara, pero sabía lo pertinaz que era con todo lo que acometía.

—No te ha importado lo que pudiera pasarnos. Si los Reyes hubieran huido, hoy estarían disparando los cañones extranjeros sobre París.

Exasperada, me volví y le grité a la cara.

—¡Tuve que hacerlo!

—¡Podías haber dicho que no!

—Lo he hecho demasiadas veces, y no sabes cuánto duele.

Me miró con absoluto desprecio, ella, la que era mi única amiga en aquel momento.

—Pensaba que te conocía —me acusó—, pero eres solo una egoísta, tanto como mi madre.

No quise seguir discutiendo, y me retiré a mis aposentos. Al día siguiente no me dirigió la palabra, ni al otro. Los restantes, en un estado de carencia como el que nos encontrábamos, tuvo que hacerlo, pero a partir de entonces hablábamos lo necesario, y siempre guardando las distancias. No puedo decir que aquello me doliera. Mi corazón estaba roto y mi voluntad doblegada. Solo quería que pasaran las horas, los días, y sucediera lo que tuviera que pasar.

Poco a poco fui aceptando lo que evolucionaba en mi vientre. Pensar que era parte mía y parte de Ethan era lo único que me aportaba consuelo. Pasaba las noches en vela, imaginando cómo sería mi hijo, y a quién de los dos se parecería. También me atenazaba a veces el temor de no saber disimular mi embarazo y que las escasas puertas a las que aún podía llamar se cerraran para mí. ¿Qué sucedería cuando naciera? Eso había decidido pensarlo cuando llegara el momento.

No hubo grandes represalias por la huida real. Aquellos que habían sido apresados fueron puestos en libertad, y una manifestación en el Campo de Marte, que pedía que el Rey fuera enjuiciado, fue disuelta a cañonazos. Los sectores moderados de la Asamblea, donde ya no quedaban nobles ni clérigos, no querían disgustar a Luis XVI hasta que no sancionara la Constitución, y por eso todos sus pecados parecían haber sido perdonados. La firmó ante la Cámara a mediados de septiembre, y ese mismo día los guardas que vigilaban a los soberanos fueron retirados y se abrieron las puertas del jardín de las Tullerías para que el público pudieran gritar los *vivas* al Rey.

Al fin parecía que todo había acabado.

Al fin parecía que aquella revolución había llegado a su fin, y que mi hijo nacería en un país más justo y en paz.

1792

— CAPÍTULO 29 —

El año empezó con grandes nevadas y escasez de madera. Solo encendíamos el fuego de la cocina, que servía de hogar y alivio contra aquel frío terrible. Para poder dormir apilábamos mantas y vestidos sobre las camas con la idea de entrar en calor, y aun así amanecíamos con los mismos estremecimientos con los que nos habíamos acostado.

Lo que sucedía en Palacio lo leía en las gacetas. Sabía que a pesar de aquel momento de bonanza la Reina seguía siendo malquerida, y la última vez que fue al teatro, el público ni siquiera se dignó a ponerse de pie en señal de respeto. Yo, al haber sido despedida de la Corte también lo había sido de la vida social.

Mi embarazo continuaba su curso y ya estaba de ocho meses. Las náuseas dieron paso a otros cambios en mi cuerpo y a una somnolencia difícil de soportar. Echaba de menos los cuidados de mi tía. Ella tendría, seguro, una explicación para cada uno de mis síntomas: el nuevo volumen de mi pecho, la repugnancia a olores que antes me habían pasado desapercibidos, o la enorme afición a la carne roja que hasta entonces siempre me había sido indiferente y que en aquel momento no podíamos costear. Cuando acompañaba a Madeleine al mercado sentía cómo mis entrañas rugían y mis labios se volvían acuosos al pasar ante el puesto del carnicero, hasta tal punto que una de las veces ahorré unas monedas y pude comprar un delgado filete que compartimos las tres y yo vomité al instante.

Seguía echando terriblemente de menos a Ethan. A veces, sin nada que lo provocara, lloraba amargamente su ausencia y me prometía que ese mismo día le escribiría desdiciéndome de mis palabras y rogándole que volviera a mis brazos. Pero aquella determinación solo duraba un instante, el preciso para darme cuenta de nuevo del peligro de mi proximidad y del daño que podía causarle mi cercanía. Mi cuerpo extrañaba el tacto de sus manos y mis labios el de sus besos. También añoraba nuestras largas charlas donde el tiempo pasaba sin prisas y las nubes tenebrosas que nos rodeaban se disipaban como si nunca hubieran existido.

Me había enterado por la taciturna Charlotte de que Ethan ya no estaba en París. Cuando se constituyó la nueva Asamblea Legislativa, los antiguos diputados tenían prohibido formar parte de ella y Ethan había solicitado un destino fuera de la *ville*. Ignoraba dónde se encontraba, pues desde nuestra ruptura no habíamos vuelto a escribirnos, pero esperaba egoístamente que me echara tanto de menos como yo a él.

Con mi prima las cosas no marchaban bien. Cada día se mostraba más irritable en todo lo referente a mí, y cuando hablaba de forma acalorada de las desigualdades sociales del pasado me colocaba a mí en el bando enemigo, atribuyéndome todo el mal que, durante siglos, y según ella, había asolado a los buenos franceses. Sabía por sus escasos comentarios que frecuentaba algunos clubes radicales y había sido vista bajo los soportales del Palacio Real, donde se reunían aquellos que abominaban de la monarquía. Intenté hablar con ella en varias ocasiones, recordándole sus orígenes, pero solo conseguí portazos y caras destempladas. No quise alertarla sobre los peligros de su conducta, pues no era yo nadie para dar lecciones. Pero me preocupaba aquella nueva pasión que empezaba a arrebatarla. En una ocasión en que parecía menos adusta que de costumbre logré hablar con ella.

—¿No crees que deberías ser más cuidadosa con tus nuevas amistades? —le hice observar.

—¿Me lo dices tú, que has metido en tu cama a un furibundo jacobino?

No contesté. En parte porque tenía razón, y en parte porque solo provocaría una nueva discusión. Como siempre que intentábamos llegar a un entendimiento se marchó al instante y aquella noche no volvió a casa. Estuve preocupada hasta el amanecer, sin atreverme a llamar a la guardia pues hubiera puesto el foco de la justicia sobre nosotras. Cuando al día siguiente regresó, parecía diferente, y entonces comprendí que podía haber un hombre de por medio y que quizá mi disputa la había arrojado a sus brazos aquella noche. No me tocaba a mí juzgar sus decisiones, así que intenté aparentar que no sucedía nada, y ella al menos no volvió a ausentarse.

Mi gran preocupación de aquellos días era Madeleine. Había perdido mucho peso, y cuando creía que yo no la veía tenía que sentarse para recuperar fuerzas. Orgullosa y difícil de doblegar, se negaba a que llamáramos al médico, pues decía que de ninguna manera iba a permitir que gastara el escaso dinero que nos quedaba en una tontería como aquella. Yo la ayudaba en lo que podía, recibiendo a cambio todos sus reproches pues según ella, una dama en mi avanzado estado de gestación solo debía dormir.

Una noche se desvaneció un instante mientras me ayudaba a cambiarme y entonces, a pesar de sus reproches, avisé al doctor. Tras reconocerla le recetó varios preparados y nos dijo que no debíamos

411

preocuparnos. Era solo fatiga y debía guardar reposo. Ella, por supuesto, se encargó de recriminarme aquel gasto durante varios días, pero a cambio yo la desligué de algunas de sus obligaciones, tantas como me permitió sin formar en mi casa su propia revolución.

Así pasaban los días, entre mi retoño, que seguía creciendo en mi vientre, y aquella necesidad absoluta de volver a ver a Ethan, a pesar de que sabía que eso no debía suceder.

El nuevo temor del que todos murmuraban era la invasión de las potencias extranjeras y el ataque del Ejército de los Príncipes, que seguía agrupándose al otro lado de la frontera. Allá donde fuera solo se hablaba de esto, de si las tropas avanzaban ya sobre Arras o si los emigrados habían regresado sedientos de sangre y se encontraban a escasas leguas de París. Todo eran rumores y todo era incierto, pero aquel ambiente bélico y hostil impregnaba cada conversación y azuzaba aún más el odio de los parisinos contra cualquier elemento que se asemejara a la desaparecida aristocracia. Debíamos andarnos cada vez con más cuidado, poner la mayor sencillez en la forma de vestir, o de hablar, o incluso en nuestros gestos, pues todo nos delataba y ponía a la vez en peligro.

Una mañana recibí una carta anónima, sin señal alguna que me permitiera identificar su autoría, donde en dos sucintas líneas se me informaba de que se acababa de emitir orden de detención contra mi tío, que se llevaría a cabo con la mayor brevedad. Por un instante dudé de la veracidad de aquella nota, pero algo me hizo confiar en ella. Quizá el carácter de tío Phillippe, que supo hacer amigos tanto entre sus allegados como entre aquellos que nada tenían que ver con él mismo. O la influencia de Ethan, que seguro había dejado prevenidas sobre aquel asunto a las personas de su mayor confianza.

Sin más le enseñé el mensaje a Charlotte y le pedí que me ayudara. Ella seguía sin apenas hablarme, pero noté que, a pesar de su aparente indiferencia, aquello le afectaba.

—¿Qué quieres que haga? —me preguntó, tendiéndome de nuevo la nota.

—Averigua con la mayor discreción dónde está Ethan. Yo buscaré un par de correos de confianza que posean caballos veloces

Ese mismo día, antes del almuerzo, mi prima apareció con lo que le había pedido. Así me enteré de que lo habían destinado a Amiens, donde desarrollaba funciones de enlace entre la Comuna y la Asamblea.

Me temblaba la mano cuando le escribí. Sabía que era injusto, que escribirle después de nuestra separación era injusto, pero no conocía otra forma de hacerlo. Redacté una carta sencilla, sin florituras ni palabras que pudieran interpretarse, donde únicamente le imploraba su ayuda para salvar a mis tíos. Evidentemente no podía nombrarlos, así que me referí a «tu viejo paciente y su afligida amiga». No quería ser más explícita, pues ignoraba si alguien tenía acceso a su correo y una palabra inadecuada podía ponerlo en grave peligro. Di la carta al mensajero y le ordené que no volviera sin respuesta.

Inmediatamente les escribí a mis tíos, poniéndoles al tanto de aquella anónima misiva y rogándoles que lo tuvieran todo preparado por si debían marchar de inmediato. Les rogué también que mientras esperaban noticias mías abandonaran la vieja mansión de Saclay y se mudaran a una pequeña y modesta granja, ahora abandonada, que había al norte de la propiedad. Con ello ganaríamos un poco de tiempo si acudían a detenerlos a la casa grande mientras esperaba la respuesta de Ethan. Sabía de la testarudez de mi tía, y de que era posible que se negara a vivir, aunque fuera por unos días, en una casucha sin ninguna comodidad. Pero esperaba haber sido lo suficientemente clara como para que predominara el buen juicio.

Pasaron dos días llenos de angustia. Mi embarazo era ya demasiado evidente y, a punto de parir, solo los vestidos abultados y los miriñaques lograban disimularlo. No tuve noticias de Ethan y tampoco de mis tíos. Solo regresó este segundo correo, pero sin mensaje alguno que transmitir. Soñaba con fantasmas: con el doctor Laserre inmóvil ante mi carta arrojada al fuego, y con mi tío preso y cubierto con cadenas. Charlotte seguía saliendo temprano, y regresando al anochecer, pero al menos se dignaba a contarme lo que había oído, y nada indicaba que el arzobispo hubiera sido ya detenido.

Al tercer día, embargada por una angustia difícil de controlar y ya entrada la noche, llamaron a mi puerta. Madeleine quiso ir a abrir, pero estaba demasiado cansada por lo que le ordené que no se levantara. Al otro lado de la puerta había un hombre joven, muy serio, vestido con un sencillo terno negro y una escarapela tricolor prendida del sombrero que llevaba bien calado. Mi corazón dio un vuelco y me temí lo peor. Miré tras él, por si le seguía la guardia para registrar mi casa, pero solo se alzaba una espesa niebla que no permitía ver nada.

—Ciudadana Duval —afirmó, más que preguntó.
—¿Qué desea?

Él miró hacia atrás y bajó la voz.

—Vengo de parte del doctor Laserre. Y un consejo: intentaría tutear a un desconocido que llama de noche a tu puerta.

Tenía razón. Las viejas costumbres eran difíciles de erradicar y si se hubiera tratado de otra persona podría haberme denunciado. Me aparté al instante y le dejé pasar. Solo con escuchar el apellido de Ethan sentí que las piernas me flaqueaban. No dijimos nada más ninguno de los dos. Fui hasta el gran salón y él me siguió. Ya no quedaban apenas cuadros ni tapices, todo había sido vendido, pero los muebles más pesados seguían en su sitio. Entre ellos la butaca donde le pedí que se sentara.

—¿Podemos hablar con franqueza? —se había quitado el sombrero, que dejó sobre una solitaria mesita. Era muy blanco de piel y tenía el cabello castaño y brillante. El cuidado de sus maneras me dijo que era un hombre educado.

—Si vienes de parte del doctor Laserre tienes toda mi confianza.

Noté algo en sus ojos cuando apreció el cuidado que ponía yo al nombrar a Ethan. ¿Sabía lo nuestro? No quise elucubrar o me volvería loca. Ignoraba quiénes eran los amigos o enemigos de Ethan. Solo me quedaba mi intuición y mis enormes deseos de que aquello saliera bien.

—Laserre no ha podido abandonar Amiens. Hubiera sido demasiado sospechoso. Él y yo nos conocemos desde hace años. Estudiamos juntos. Me ha pedido algo delicado.

—Te escucho.

Soltó una billetera de piel sobre la mesa, junto a su sombrero.

—Son pasaportes falsos. Tus tíos deben estar en una semana en Calais, sin servicio alguno, el menor equipaje posible y vestidos de la forma más discreta. Él se hará pasar por doctor en medicina y ella por su modesta esposa. Ethan y yo los esperaremos en el puerto para asegurarnos de que embarcan camino de Inglaterra. Al otro lado del Canal no tenemos influencia. Una vez allí deben aviarse por ellos mismos.

—¿Y cómo llegarán a Calais? —me asaltó la duda—. Siempre han estado rodeados de servidumbre. Dudo que sepan siquiera qué dirección tomar. Yo puedo ir en su busca. Encontraré el camino adecuado…

—Laserre ha insistido en que tú te quedes en París mientras se lleva a cabo la operación. Cualquiera de tus movimientos sin que ellos estén a salvo puede levantar sospechas. Es posible que estés siendo vigilada —sonrió muy levemente—. Así que al amanecer vendrán dos hombres de mi confianza a por estos pasaportes. Ellos se encargarán de acompañarlos por caminos discretos, y de ofrecerles protección. Pero insisto, deben colaborar en todo lo que les pidan.

Me hubiera arrojado a sus pies para darle las gracias. Tuve que suspirar para que no cayera una lágrima de mis ojos, hasta que él habló.

—Hay algo más. Hay una condición.

Fue como un jarro de agua fría. Los suspiros se helaron en mi garganta, pero disimulé, como tan bien me habían enseñado en la Corte, mi contradicción.

—¿Cuál es?

Noté cómo me analizaba. Sabía tan poco de mí como yo de él, pero vi en sus ojos que ya se había hecho una idea clara de cómo era y de la relación que me unía a su amigo. ¿Se había percatado también de mi embarazo? Rogué porque no fuera así, pues en ese caso Ethan lo sabría al punto.

—Este plan solo se llevará a cabo si prometes en este mismo instante que en cuanto estén a salvo tus tíos abandonarás Francia —remarcó sus palabras con un gesto seco de la mano—. Le da igual el destino y no quiere saberlo, pero es la única condición y es innegociable.

—¿Por qué esa exigencia?

—No lo sé —se encogió de hombros—. Ni me lo ha dicho ni le he preguntado. Pero si hoy en día yo tuviera que hacerle prometer algo a quien quisiera, sería eso mismo. Se avecinan tiempos difíciles. Debes ponerte a salvo.

Aquella forma que tenía Ethan de imponerse sobre mí, incluso desde la distancia, me molestaba profundamente. ¿A dónde iría yo en mi estado? Instintivamente mi mano fue hasta mi vientre y noté cómo la mirada de aquel hombre seguía el movimiento de mis dedos. Sentí pavor de que descubriera mi secreto. No estaba preparada para que Ethan supiera que esperaba un hijo suyo. No en aquel momento. No cuando la vida de mis tíos estaba en peligro.

—Dile al doctor Laserre que puede contar con ello —respondí, colocando de nuevo mi mano en el brazo de la butaca—. En cuanto tenga confirmación de que mis tíos están sanos y salvos al otro lado de la frontera lo prepararé todo para marcharme.

—Entonces no tenemos nada más que tratar —se puso de pie y recogió su sombrero—. Espera aquí a mis hombres y reza porque los guardias que vigilan los caminos no sean demasiado suspicaces.

Él se volvió y yo aproveché para levantarme sin que advirtiera mi torpeza. Lo acompañé a la puerta sin cruzar más palabras. Me sentía intranquila. Contrariada por todo. Por un lado, la dicha de ayudar a mis tíos me embargaba, pero por otro sabía que había puesto a Ethan en peligro pidiéndole aquello y me molestaba profundamente que él respondiera preocupándose por mi seguridad, cuando lo que debía de hacer era olvidarme.

—¿Te ha entregado el doctor Laserre algún mensaje para mí? —le pregunté cuando ya abandonaba mi casa.

Se volvió y me miró a los ojos. Esta vez fue diferente. La mirada educada con que me había recibido se hizo ahora cálida y llena de matices que podían hacer sonrojar a una mujer.

—No, pero no hizo falta —dijo al fin—. Y ahora que te he conocido lo entiendo.

No añadí nada más. Cualquier palabra de mis labios en aquel momento podía ser interpretada como una insinuación.

—Buenas noches, ciudadana —se llevó la mano al ala del sombrero—. Le diré a Ethan que has aceptado sus condiciones.

Y abandonó mi casa, desapareciendo al instante, como un sueño, en la espesa niebla de la noche.

Supe que mis tíos habían llegado a salvo por una carta que recibí desde Londres firmada por *miss* Dillon. Ese era el nombre que le habían dado a la señora en su falso pasaporte. En ella me contaba, sin especificar dónde ni cuándo, que el trayecto había sido penoso y los habían detenido en dos ocasiones antes de llegar a Calais. En la segunda temieron por su integridad, ya que el que comandaba la patrulla que les interceptó había vivido en Inglaterra y les hizo mil preguntas que supieron contestar a medias. Los salvó la incultura de aquel hombre, que ignoraba cualquier aspecto de la vida británica que no estuviera contenido en una taberna. Cansados y llenos de malos presentimientos accedieron al fin al puerto, donde «un agradable joven que conocíamos de antaño» les acompañó al velero, y no los abandonó hasta que el capitán ordenó izar las defensas y desatar los cabos. No decía nada más del padre del hijo que esperaba. Ni siquiera mencionaba cómo se encontraba o si había preguntado por mí. Después el tono de la carta cambiaba, pues habían sido acogidos bajo la protección del duque de Devonshire con el que mi tío se carteaba desde hacía años. A partir de aquí tía Margot hablaba de vestidos, fiestas y entretenimientos, y casi podía leer en la silueta de su letra que al fin se sentía segura y llena de perspectivas. Me invitaba a unirme con ellos de inmediato, diciendo que la generosidad del duque les había permitido adquirir una casa bien amueblada en el corazón de Londres, donde habían destinado habitaciones para Charlotte y para mí.

Saber que estaban a salvo me llenó de alegría. Al menos ahora era libre de decidir a dónde marcharme, y Londres no me parecía un mal destino.

A finales de febrero me faltaba una semana para cumplir y mi barriga era tan abultada que ya no me atrevía a salir de casa. Había puesto sobre aviso a una partera discreta que vivía a las afueras de la *ville*, con la esperanza de poder desplazarme en el momento crucial.

Fue en esa fecha cuando se confirmaron las previsiones más funestas y se declaró la guerra a las potencias extranjeras. Se convirtió en una época en la que se empezaba a dudar de todos aquellos sobre los que pudiera recaer la más mínima sospecha de no ser perfectos patriotas, y creo que a partir de esta alarma ciudadana empezaron a verse por las calles de París los primeros *sans-culots*: pequeños comerciantes, artesanos, humildes funcionarios públicos, operarios de las fábricas, y también vagabundos, que veían en los trajes de seda y las pelucas empolvadas la encarnación de los males de la patria y hacían lo posible por eliminarlos.

Recelaban de cualquier distinción o refinamiento, y sobre todo de los emigrados que, como yo, habían regresado a defender sus intereses, ya que decían que llevábamos dentro el germen de la traición. Se les distinguía por sus pantalones sueltos, el gorro frigio, los zuecos y la carmañola, que se habían convertido en su uniforme.

Sobrecogida por aquel ambiente bélico y por la presión cada vez mayor de los radicales, empecé a organizar nuestra partida. Apenas podía hablarlo con Charlotte, pues paraba poco en casa y cuando intentaba discutir con ella cualquier aspecto de nuestra marcha me acusaba de precipitarme.

Decidí hacerlo por mi cuenta. Todo debía tener el aspecto más corriente posible. Hice el equipaje con un par de vestidos y otro de enaguas. Vendí lo poco que quedaba, menos los pesados muebles que hubieran levantado sospechas durante su transporte, y lo organicé todo para la mañana del jueves, dándole a nuestra partida el aspecto de una excursión campestre de lo más inocente. Incluso preparé una canasta de picnic con un poco de pollo y una botella de vino. Mi plan era simple pero temerario: salir de la ciudad hasta la casa de la partera, aguardar los dolores y el parto, y tan pronto como me recuperara continuar hasta la frontera.

Se lo comuniqué a Charlotte el día anterior a la marcha. Entre Madeleine y yo nos habíamos encargado de su equipaje, poniendo cuidado de no revolver entre sus cosas más íntimas que tendría que empacar ella misma. Sin embargo, encontramos escondidas y arrugadas en el fondo de un baúl, unas enaguas manchadas de sangre y de otros fluidos que a mi buena Madeleine llenaron de inquietud y a mí me confirmaron lo que sospechaba.

Aquel distanciamiento de mi prima no solo tenía que ver con la política, sino con el amor. Había aprendido por mí misma que las decisiones más descabelladas solo se toman por afecto a un alma gemela, y casi comprendí que cualquier cosa que la alejara de su amado, y yo parecía ser una de ellas, debía ser apartada.

Esperé a que volviera a casa, pasada la medianoche, y le dije que partiríamos al amanecer. Ella montó en cólera, tapándose el pecho con una mano, como si se protegiera de mí.

—¿Cómo te has atrevido?

—No tendremos muchas más oportunidades, Charlotte —intenté explicarle—. Puedo ponerme de parto de un momento a otro. Y no olvides que por ahora podemos viajar con nuestros pasaportes, pero ya se rumorea que pronto habrá que visarlos para salir de Francia. ¿Cuánto crees que tardarán en venir a por nosotras? Todos saben que tu padre y mi marido son prófugos.

—No pienso acompañarte.

—Charlotte… —intenté convencerla.

—Tengo una vida aquí —me gritó, muy alterada—. Amigos. Algo por lo que luchar.

—¿Dónde lo has conocido? —pregunté con una bajeza que no reconocí en mí—. ¿En una de tus reuniones jacobinas?

Me miró con tanto rencor que casi sentí el peso de sus palabras.

—No hables de él. Proviene del mismo sedimento que tu doctor, con la diferencia de que Pascale no se ha corrompido.

Quizá, si hubiera tenido paciencia, aquella conversación hubiera terminado de otra manera, pero me encontraba tan cansada, el hijo que llevaba en mis entrañas tiraba tanto de mí que fui incapaz de escucharla ni un minuto más.

—No pienso seguir con esta discusión —dije tan enfadada como ella—. ¿Vendrás con nosotros o no?

—Por supuesto que no —contestó, subiendo ya al primer piso.

—¿Y qué quieres que les diga a tus padres?

Se detuvo un instante y cuando se volvió vi que sus ojos estaban teñidos de sangre.

—Diles que al igual que ellos siempre se han avergonzado de mí, yo ahora me avergüenzo de ellos.

—No voy a repetir esas palabras.

—Entonces no les transmitas nada. Simplemente márchate. Sé cuidar de mí misma.

Continuó con su ascenso, tan precipitado que temí que tropezara con la falda que ni siquiera se había recogido para subir.

—Charlotte, por favor —le supliqué.

—Vete. Será lo menor —me dijo antes de desaparecer en sus aposentos—. No quiero volver a verte.

Se encerró con llave, como otras tantas veces en que discutíamos, y desde el otro lado de la puerta pude oír sus llantos ahogados, cargados de amargura. Pasé la noche en vela. No quería dejarla allí, sin nadie que velara por ella, pero... ¿qué otra cosa podía hacer? Le había prometido a Ethan que partiría tras mis tíos, y yo misma me daba cuenta de que las cosas estaban cambiando para peor y no podía poner en peligro la vida de mi hijo. Desde hacía un par de días apenas tenía fuerzas, y intuía que mi bebé nacería de un momento a otro.

Cuando el alba se alzó tras los tejados de la *ville* tomé la decisión de que debíamos marcharnos. Estaba todo listo, el caballo enganchado, mi cochero esperándonos en el pescante y nuestro escaso equipaje disimulado bajo los asientos. La partera también estaba avisada, y por mi cansancio sospechaba que apenas me quedaba tiempo para llegar. Volví a subir, golpeé la puerta de Charlotte, pero ni se dignó a abrirme. Madeleine me esperaba en la cocina.

—No nos demoremos más —le dije con el ánimo tan confuso que ni siquiera la miré.

Fui hasta la puerta, pero me di cuenta de que no me seguía. Me volví sin comprender, pues era tan dispuesta para todo que me extrañó aquel nuevo retraso. Solo entonces me di cuenta de que su piel tenía un aspecto amarillento, y se sujetaba al borde de la mesa para no caer.

—¡Madeleine..!

Antes de que terminara de pronunciar su nombre se desmayó, y un borbotón de sangre surgió de sus labios. Me arrojé hacia ella. Parecía inconsciente, y aun así su boca seguía expulsando aquel líquido viscoso y rojizo. La coloqué de costado para que no se ahogara y llamé a gritos a Charlotte, pero su habitación estaba demasiado lejos como para que se enterara. Aterrada, salí a la calle y le grité al cochero para que fuera a por el médico. Volando si era preciso. Llegó en seguida, aunque mi querida Madeleine estaba tan débil que temí que fuera tarde.

—¿Estáis embarazada? —exclamó sorprendido el viejo galeno, nada más verme.

—A mí no —le rogué—. Atendedla a ella.

La incorporamos entre los tres para acomodarla sobre el único diván de la casa. Estuvo un tiempo reconociéndola. Le aplicó sanguijuelas a pesar del sangrado, y le hizo beber un tónico que le provocó nuevas arcadas. Solo entonces bajó Charlotte y al vernos aún en casa, y a mí con el vestido manchado de sangre, me preguntó qué había pasado. Se lo conté, pero no dijo nada. Simplemente se marchó, y yo maldije entre dientes su ingratitud.

El viejo galeno recomendó un régimen de comidas y algunas medicinas que debía preparar el boticario. Le consulté mis intenciones de partir cuanto antes, y me respondió que de ninguna manera. Madeleine estaba tan débil que no resistiría ni siquiera un viaje de unas pocas leguas. Al parecer se había roto algo en sus entrañas que debía sanar con reposo. Solo descansando y con un extremo cuidado podía recobrar su maltrecha salud. Y yo —me dijo—, podía parir en cualquier instante, por lo que me prohibía salir de casa. No confiaba demasiado en su diagnóstico, pero sí tuve claro que no había otro camino que seguir sus prescripciones. Cobró su minuta y se marchó, asegurándome que volvería cada tarde a ver cómo marchaba la paciente.

Cuando estuve a solas le pedí al cochero que me ayudara a acostarla en mi cama, y que después desenganchara el caballo. También le dije que buscara un comprador para el tiro y la carroza. A pesar de lo que había dicho el buen galeno, Madeleine no tenía aspecto de ir a recuperarse en breve, y para entonces intentar escapar podría ser una locura.

Me senté al pie de su cama y velé su sueño.

Por la tarde llamaron a la puerta. Cuando abrí era un mensajero. Traía una carta disimulada que supe que provenía de Coblenza. Armand al fin daba señales de vida, lo que ya me era indiferente. Con desgana rasgué el sello de cera y me enfrasqué en su lectura. Contenía una única frase, escrita con su letra inconfundible, algo infantil, angulosa y llena de altibajos:

Le prohíbo, señora, que abandone París, así como mis posesiones, hasta que yo se lo ordene.

Nada más. Ni siquiera un saludo o una despedida cortés.

La arrojé sobre la mesa y subí con enorme dificultad a mi habitación, junto a mi adorada Madeleine, que seguía sumida en los sueños de la fiebre.

Me sentía sola.

Muy sola.

Y la única persona a la que parecía importarle estaba muy enferma a mi lado, y necesitada de mis cuidados.

Fue en ese preciso momento cuando rompí aguas.

— CAPÍTULO 30 —

Únicamente me di cuenta de haber roto aguas cuando vi la mancha incolora que estropeaba mis faldas y mis enaguas.

Madeleine dormía, pero ya me había advertido de que sería así.

A partir de ese instante mi bebé podría nacer en cualquier momento.

Intenté que no me dominara el pánico. Era complicado ir en busca de la matrona pues cuando llegara sería tarde. Eso si por el camino no eran retenidos por los múltiples controles a los que estaban sometidos los que llegaban a París.

Me incorporé como pude y fui en busca de mi cochero. Bajé las escaleras con el mayor cuidado. Aún no me dolía, pero había asistido a los partos de la Reina y era consciente de lo que me esperaba. Lo encontré en la cocina, acarreando un poco de leña.

—Déjalo todo y ve en busca del médico —le ordené casi sin fuerzas.

Solo tuvo que mirar el estado de mi vestido para darse cuenta de lo urgente que era. Dejó la madera sobre la mesa y salió corriendo sin decir una palabra. Por entonces ya me había dado cuenta de que una vez abajo era imposible volver a mis aposentos, así que busqué acomodo en una de las butacas del destartalado salón, a la espera de que el galeno llegara a tiempo. Pero cualquier postura era incómoda.

Los dolores empezaron poco después. Era una punzaba aguda, que parecía querer partirme en dos, y desaparecía igual que había llegado. Rogué porque Charlotte regresara pronto, pero sabía que no iba a ser así. Cuando se enfadaba no solía aparecer por casa en días.

Pasaron los minutos, las horas, y ni mi cochero ni el buen doctor dieron señales de vida. Empecé a temerme lo peor y decidí que había llegado la hora de prepararme para enfrentarme al parto yo sola. Rogaba por dos cosas: por tener fuerzas para superar aquella dramática situación, y porque Madeleine no despertara, pues insistiría en ayudarme y mis preocupaciones se duplicarían con su estado de salud.

No tenía muy claro en qué consistirían las horas por venir. En la Corte, cuando la Reina paría, se corría una cortina en el momento preciso. Lo que sería evidente era que mi pequeño vendría al mundo con o sin mi consentimiento.

Sabía que Madeleine había preparado en el equipaje gran cantidad de lienzos limpios para la ocasión, como así le había pedido la partera. Los busqué con ahínco, sintiendo que aquellas punzadas cada vez eran más frecuentes, como si intentaran ajusta una cuña dentro de mí para separar mi cuerpo de mi alma.

Cuando los encontré, fui a buscar una gran olla que llené de agua. Tuve que dejarla en el suelo, pues una nueva contracción, más acusada que las demás, me hizo caer de rodillas. Cada vez eran más frecuentes y agudas. Tanto que apenas pasaban unos minutos entre una y otra. En un momento de alivio puse la olla sobre fuego del hogar y dejé que hirviera.

Estaba claro que aquella prueba también me había tocado pasarla en solitario. Pensé en Ethan. Si supiera la locura que me había llevado hasta allí… me enfrentaba a algo tan terrible que podía tener un final funesto. Si se enteraba de que yo o mi hijo… aparté aquellas ideas terribles de mi cabeza. Todo iba a salir bien. Todo saldría bien porque no había otro remedio que seguir adelante.

Volví a caer al suelo cuando una nueva punzada me atenazó dejándome sin respiración,

Fue entonces cuando la puerta se abrió y apareció mi cochero, acompañado por la partera.

—¿Pero..? —intenté comprender con mis escasas fuerzas.

—Ha sido imposible encontrar al médico —me dijo mientras intentaba ponerme en pie—. He decidido no perder el tiempo.

Había ido a por ella a pesar de los peligros, de ahí su retraso. Se lo agradecí con una dolorida sonrisa, porque las contracciones eran ya tan seguidas que apenas pasaba un suspiro entre unas y otras.

—Siéntala en la silla —ordenó la mujer.

La había visto una sola vez, pero se había ganado mi confianza. Adusta, sin palabras que sobraran, había traído al mundo a tantos niños que ni recordaba. Mientras se lavaba las manos miró alrededor: el agua hirviendo y los paños apilados en la mesa.

—Veo que ya lo tienes todo preparado —me dijo.

Pero fui incapaz de responder porque el dolor se había vuelto insoportable.

Solo entonces me levantó las faldas y hurgó entre mis piernas. El dolor era tan intenso que mi frente estaba perlada de sudor, y a cada sacudida tenía que morderme los labios para no gritar.

—Viene de nalgas —murmuró la buena mujer—. Respira hondo y contén el aire cuando te lo diga.

Me asusté terriblemente. Sabía lo que aquello significaba, y el terrible final que provocaba las más veces. Obedecí sin rechistar, aunque para entonces cualquier movimiento era un suplicio.

Ella empezó a palpar mi vientre, apretando a un lado, a otro, incluso usando las rodillas cuando se resistía. El dolor era tan lacerante que incluso me desvanecí.

Pasaron los minutos. Apretaba por dentro y por fuera. Las pocas veces que abrí los ojos vi sus manos mancadas de sangre, un velo rojo que lo envolvía todo. Mi cochero paseaba nervioso a un lado y otro de la cocina. Intenté rezar, pero mi mente estaba nublada. Decidí pensar en Ethan. Era lo único capaz de calmarme. En un paseo, los dos juntos, de la mano, a las orillas del Sena. Un día de sol. Felices. Saludando con confianza a las personas con las que nos cruzábamos.

Solo recuerdo cuando oí el llanto de mi bebé. Sin duda el sonido más hermoso del mundo. Un alarido fuerte con el que saludaba la vida.

—Es una niña —me dijo.

Y entonces sí. Entonces perdí el conocimiento.

Cuando desperté estaba recostada en el diván, vestida con ropa limpia y bien tapada junto al fuego de la chimenea. Me dolió todo cuando intenté incorporarme, pues lo único que ocupaba mi mente era mi bebé.

—Descansa —me dijo la partera, que descubrí sentada a mi lado, con el bebé en sus brazos—. Ahora está dormida. Pero en cuanto despierte querrá comer. Y parece una niña que sabe salirse con la suya.

Me la tendió con sumo cuidado y, cuando la tuve en mis brazos, una lágrima de felicidad atravesó mi rostro. Era la mezcla perfecta entre Ethan y yo. Mi color de piel y de cabello, pero aquella frente decidida que, incluso acabada de nacer, ya decía que sería dueña de sus propias decisiones.

Nuestra vida continuó como si mi pequeña hubiera estado siempre con nosotros. La gran diferencia era que yo iba a cualquier parte de la casa con ella atada a mi cintura, y tenía que darle de comer cada pocas horas.

Mi buena Madeleine apenas mejoraba.

Por las noches se despertaba mil veces y durante el día caía en un sopor que llegaba a asustarme. Quise que siguiera ocupando mi dormitorio. Yo pasaba las noches a su lado, en un camastro que había ordenado bajar de la buhardilla para mi hija y para mí, temerosa de que volvieran aquellos vómitos sanguinolentos y no pudiera hacer nada. Cuando recobró la conciencia se escandalizó, a pesar de su debilidad, de que las dos señoras de la casa durmieran en aquellas circunstancias. Hizo por levantarse, pero yo se lo prohibí. A duras penas logré convencerla, y solo la amenaza de que buscaría a alguien que me ayudara si no guardaba reposo, logró calmarla. Estaba tan frágil que apenas podía incorporarse y yo era incapaz de abandonar la cabecera de su lecho sin antes arrancarle mil promesas de que no intentaría ponerse de pie.

—Se parece a usted —me dijo cuando le puse a la pequeña entre los brazos—, y tiene la sonrisa de su padre. ¿Qué nombre le pondrá?

No había pensado en ninguno. En el fondo creía que eso era algo a decidir entre dos.

—Por ahora la llamaremos *bebé*. Más adelante, ya veremos.

Sin más servicio que yo misma, pues también había tenido que despedir al buen cochero, intenté arreglármelas en la cocina, pero lo que me resultaba fácil en la granja de Ginebra, me parecía imposible en mi casa de París.

Charlotte, al volver a casa dos días después, se había mostrado contrariada con la nueva de mi parto, pero apenas tuvo un instante a mi pequeña entre los brazos cuando desapareció de nuevo en sus aposentos. A partir de entonces fue como si mi bebé no existiera, lo que me dolió tanto como si me lo hubiera hecho a mí.

No me ayudaba en nada y yo apenas tenía fuerzas para llevar las tareas fundamentales. Desistí pronto, pues malcomíamos y Madeleine necesitaba caldos consistentes, y yo misma, para poder tener leche suficiente. Empecé a encargar raciones a un mesonero que nos la traía dos veces al día. Aquello y las costosas medicinas pronto hicieron mella en nuestra escasa economía. Ya no quedaba nada que vender, excepto los grandes muebles que mi tío había comprado en tiempos de Luis XV. Si antes me había dado pavor sacarlos al mercado para no atraer la mirada recelosa de los espías, ahora que tenía la certeza de que nunca abandonaríamos París, aquello empezaba a serme del todo indiferente. Solo me preocupaban Madeleine y mi hija, pues ambas sucumbirían junto a mí si no encontraba pronto dinero.

Tanteé a un par de marchantes que me dieron una valoración por los muebles que me resultó escandalosa. Decían que había demasiado género a la venta, y que aquel tipo de mesas y sillones se habían desvalorizado con el tiempo, pues ya no estaban de moda. Yo sabía poco de todo aquello, pero podía distinguir el oro de los marcos y moldura, y la plata repujada de resaltes y volutas, por lo que me pareció del todo inadmisible aceptar aquellas pocas monedas.

Desesperaba, hice un cálculo de cuánto tiempo podríamos subsistir con lo que me quedaba. Prescindiendo de lujos, como papel de carta o un poco de carne, y destinando la escasa leña solo a las chimeneas de mi habitación y a la de Charlotte, apenas me quedaba para pasar un mes. Después… ignoraba cómo salir de aquello.

Tenía que buscar una solución o pereceríamos de hambre, así que me dispuse a buscar proveedores más económicos, y una cocinera que viniera a atender el fogón, aunque yo misma me encargara de comprar las viandas. Mis cálculos me decían que con esta medida gastaría menos que comprando la comida al mesonero. Con el boticario, el único trato al que podía llegar era endeudándome, y al parecer no estaba muy dispuesto a dar crédito a una antigua aristócrata arruinada. Estaba decidida a pagarle a la cocinera un salario justo, y si encontraba productos más baratos podría alargar nuestra miseria un par de semanas más.

Nadie fuera de casa sabía de la existencia de mi bebé, como tampoco habían sospechado de mi embarazo, por lo que tuve que dejarla dormida, alejada de cualquier cosa que pudiera dañarla.

Me vestí con uno de los pocos trajes que me quedaban, un dos piezas de color gris oscuro, tan discreto que parecía de luto, y a pie me adentré por las calles de París, alrededor de Les Halles, donde era fácil encontrar personas que ofrecían sus servicios. Hasta aquel momento pocas veces me había movido por la ciudad sin carruaje.

Si atravesar el Pont Royal a pie fue casi un acontecimiento, sumergirme en el laberinto de callejas que se entrelazaban al otro lado de Saint-Honoré me llenó de aprensión. En alguna de ellas la luz apenas penetraba, y esta penumbra gris ocultaba rostros picados de viruelas y miradas descaradas que me daban pavor. Estaba segura de que mi aspecto no me delataba. Aquel vestido insulso pasaba desapercibido, y mi cabello recogido de cualquier manera bajo la cofia terminaba de darme una apariencia de lo más popular. Me guie por el repugnante olor del pescado podrido, pues sabía que en una de las calles traseras del mercado se reunían las mujeres en busca de trabajo. No me fue fácil llegar. Reculé en dos ocasiones cuando vi que mi camino estaba bloqueado por hombres ociosos que arremetían contra las mujeres que pasaban. Me confundí también algunas veces, apareciendo de pronto en una calle desierta y oscura que me llenó de inquietud.

Al fin pude alcanzar mi objetivo, y tal y como me habían dicho encontré a varias mujeres maduras que se alineaban junto a la pared, mientras las estiradas burguesas las analizaban como si se tratara de yeguas de carrera. Yo sabía lo que buscaba, así que esperé pacientemente a que la última se marchara y de una sola mirada supe a quién tenía que dirigirme. Era una mujer menuda, de ojos vivaces, vestida de manera muy sencilla pero tan pulcra que me agradó. Hablamos unos minutos. Parecía educada. Me confirmó lo que sospechaba; había servido en casa de un aristócrata emigrado. Mi salario le pareció correcto, y convinimos en que esa misma tarde vendría a casa solo para preparar almuerzo y cena. Estaría allí algunas horas, lo necesario para dejarlo todo listo, y yo misma me encargaría de calentarlo y servirlo.

Satisfecha con mi gestión y un poco acalorada por aquella aventura decidí volver a casa, pues se acercaba la hora de dar de comer a mi bebé. Por aquel día mis pesquisas fuera de los barrios elegantes habían llegado a su fin. Sin embargo, pronto me di cuenta de que me había perdido en aquel laberinto de callejones. Intenté no asustarme. Quise preguntar, pero mi forma de hablar me delataba y una de las mujeres a quien lo hice escupió al suelo y lanzó una maldición. Sin darme cuenta me fui introduciendo más y más en aquellas calles que había evitado. Me encontraba tan perdida como antes. La luz declinaba muy deprisa. Si me alcanzaba la noche en aquel laberinto podría suceder cualquier cosa. Me detuve e intenté respirar, aunque el aire apenas llegaba a mis pulmones. Solo pensaba en mi pequeña, y en lo que le sucedería si yo no regresaba. Miré hacia arriba. Las sombras se proyectaban hacia mi derecha lo que significaba que el sol y el oeste quedaban a mi izquierda. Con estas coordenadas intenté mantener la mente fría y tomar solo las arterias que fueran en esa dirección, aunque me parecieran estrechas y oscuras.

Poco a poco el miedo fue cediendo. El hedor se empezó a disiparse y al fin salí a una calle amplia que pude identificar, y al Palacio Real, que se alzaba ante mí. Suspiré y me sequé las lágrimas. Me alisé el vestido y volví a esconder los cabellos dispersos bajo la cofia. Me sentía como un náufrago que encuentra una isla paradisíaca. Atravesé la calle paralela a la galería. Intenté mantenerme a distancia, pues sabía que aquel era el coto de las mujeres de mala reputación, que cobraban en oro sus besos.

Y entonces la vi.

A Charlotte.

Un hombre la tenía tomada por la cintura mientras besaba su cuello y reía a carcajadas. Ella le dejaba hacer a la vez que mantenía una conversación, al parecer divertida, con otros dos de la misma calaña. Quise acercarme, pero algo me detuvo. Observé a aquel individuo. Tenía el cabello largo y ralo, y los ojos llenos de fuego. Podía ser atractivo por su ferocidad, pero nada más. Llevaba una banda tricolor que le atravesaba el pecho y se convertía en un fajín en la cintura. Entraron en uno de aquellos clubes revolucionarios que amparaban las arcadas del palacio, y dejé de verlos.

Preocupada, regresé a casa, cuidando de no volver a perderme.

Mi pequeña me recibió con llantos hambrientos desde la puerta, y yo a ella con una oleada de besos.

Una idea cierta no dejaba de rondarme. Mi prima estaba tan alejada de mí que quizá había llegado el momento de una larga conversación. Aunque otro pensamiento se impuso al instante: Si no resolvía pronto nuestros problemas económicos estábamos perdidas, pues ya sabía que no iba a encontrar ayuda en Charlotte. Terminar como una de aquellas pobres mujeres descarriadas, vendiendo mi cuerpo por unas monedas, no iba a ser mi destino. Al menos eso creía.

Me aseguré de que Madeleine se encontraba tranquila. Con mi bebé dormido, atado a mi cintura, tomé el último papel de carta que me quedaba y lo dividí en pequeños trozos con sumo cuidado. En cada uno escribí lo mismo, con mi mejor caligrafía:

Champán y venta de muebles.
Los mejores de París.
Los restos más valiosos de los Montmorency.

Terminaba citando la fecha y la hora de la velada. Por unas monedas, las últimas, conseguí que llevaran mis notas a las familias más destacadas de la nueva burguesía parisina. Sabía lo que querían ver y yo iba a ofrecérselo.

El día convenido dejé a mi pequeña en brazos de Madeleine, y me vestí con aquel único vestido de corte que me quedaba. Me arreglé yo misma, con tanto cuidado como si fuera a ver a la Reina. Subí las últimas botellas de la bodega, y desempolvé las copas desparejadas que aún quedaban.

Así abrí mi casa al nuevo dinero francés. A los que ahora habían ocupado el lugar que antes correspondía a las viejas familias. El espectáculo estaba servido. Debían llamarme ciudadana Duval, pero todos sabían que quien les atendía con las viejas y exquisitas maneras de la Corte era la condesa de Chastell, una de las damas favoritas de la Reina, y por el precio de un mueble se sentirían como si hubieran formado parte de aquel mundo vedado. Y más tarde, en sus casas, darían razón a quienes defendían que los aristócratas debían subir a los cadalsos pues su vida era viciosa y llena de frivolidad.

Así lo hice.

Lancé las sonrisas más encantadoras, y con un viejo magistrado hablé de Kant y Lavoisier.

Vendí mi honor para no vender mi cuerpo.

Cuando terminó la noche ya no había más muebles en mi casa que las camas donde descansábamos y algunas sillas y mesas sin valor. Con la bolsa repleta subí a mi habitación, a mi dura butaca, a velar el sueño de mi hija y de mi amiga.

No estaba satisfecha. No sentía nada. Un vacío en mi pecho que estaba segura, absolutamente segura, de que nunca llenaría.

Fue un verano de lluvias y tormentas. El calor y la humedad lograban ser asfixiantes. Charlotte pasaba algunas noches fuera de casa y mi pequeña, que seguía llamándose únicamente *bebé*, crecía ante mis ojos fuerte y saludable. Por ahora nadie sabía de su existencia, pues éramos cuidadosas, pero antes o después se murmuraría en los salones y en los clubes.

En tiempos del antiguo régimen un comportamiento como el de mi prima, como el mío, se hubiera castigado con la reclusión conventual. Ahora las familias burguesas y puritanas acaparaban el poder y podían usar el peso de la ley contra nosotras. La sociedad cambiaba, mi mundo cambiaba a una velocidad que daba vértigo y apenas nos dejaba un respiro para acostumbrarnos.

Tal y como había prometido, el médico aparecía todas las tardes, y al fin pude ver una mejoría en mi querida Madeleine. Aunque el color no volvió a su rostro, uno de aquellos días, cuando subí a la habitación, la encontré sentada en la butaca, mirando a través de la ventana.

—¿Por qué no me has avisado? —me alarmé, temiendo que se hubiera podido caer.

—No estaba segura de poder hacerlo, señora. No puedo seguir siendo una carga para usted.

Era imposible convencerla de que no era así. De que ella, mi pequeña y Charlotte eran mi única familia.

Ahora pasaba gran parte del día sentada y poco a poco empezó a dar pequeños paseos por la habitación. Creo que parte del milagro lo logró mi bebé, que sentía una especial devoción por Madeleine, y a veces solo se callaba cuando ella la acunaba. La alegría era un sentimiento extraño en aquella época, pero al menos albergaba esperanzas. Al fin sucedía algo bueno a mi alrededor, y así se lo comenté al viejo galeno en una de sus visitas.

—No te equivoques, ciudadana —me respondió con voz sombría—. Sus entrañas están podridas. Lamentablemente no durará mucho.

Ni siquiera pregunté la naturaleza de su enfermedad. Algo en mí, parecido a un desgarro, recibía y regurgitaba las desdichas de una forma muy distinta a como lo hacía unos pocos meses atrás. Simplemente tomé la determinación de hacerla feliz el tiempo que estuviera con nosotras y alejarla de cualquier preocupación. Fu entonces cuando decidí que pondría flores en su habitación, sabía que le gustaban, y busqué a un par de buenos mozos para que, una vez al día, la bajaran en la butaca hasta la galería de nuestro jardín lleno de maleza, pero que seguía siendo hermoso.

Otro día, tras el almuerzo, mientras Madeleine reposaba apaciblemente en la galería, y mi pequeña se entretenía en el cercado que le había construido en la cocina, subí a ordenar mi dormitorio antes de que la trajeran de vuelta. Estiré las sábanas y la colcha y ordené los nardos del jarrón. Fue entonces cuando me di cuenta de que una de las molduras de la *boiserie* estaba despegada. Me incliné para verlo mejor. No me asustaban los roedores, pero si aquello era una madriguera debía tener cuidado con Madeleine, pues pasaba mucho tiempo a solas y medio desvanecida en aquella habitación. Allí no había marcas de uñas ni de dientes, sino más bien de un punzón.

Miré alrededor, y vi las mismas señales inconfundibles en otras zonas de la marquetería. En una de ellas, solo con una ligera presión, el panel se desprendía, dejando ver el muro desnudo. Casi podría jurar que unos días antes aquello no estaba así. Volví a echar un vistazo, desconcertada, y entonces llegué a la conclusión de que alguien había estado registrando mi habitación por si escondía cualquier cosa tras la cubierta de madera de los muros, y creía saber de quién se trataba.

Me puse la capa y bajé a toda prisa. Madeleine estaba despierta y tranquila. Me aseguré de que podría atender a mi bebé durante un par de horas y tras dejar a su lado una bandeja con agua y un poco de gallina guisada, le hice prometer que no intentaría moverse de allí hasta mi regreso.

A toda prisa atravesé el río y llegué hasta el Palacio Real, con sus arcadas renovadas hacía solo unos años. Sabía a dónde debía dirigirme, así que clavé la mirada en el suelo, esquivé las insinuaciones de los hombres que venían a buscar placer, y atravesé los soportales hasta encontrar el club donde había visto, unos días atrás, entrar a mi prima Charlotte.

La vi nada más cruzar la puerta. Era un sitio más civilizado de lo que esperaba. Había buena luz y, aunque supuse que todos aquellos hombres y mujeres eran exaltados revolucionarios, el local parecía más bien un salón de té inglés que la antesala de Gomorra que yo había imaginado. Charlotte estaba sentada en una de las mesas junto a varios hombres, uno de los cuales era el individuo de la otra vez. La mente es caprichosa y me vino a la cabeza lo que diría mi tía ante una mujer sola rodeada de desconocidos. Sin quitarme la capucha fui hasta ella y le puse una mano en el hombro para llamar su atención.

—Tenemos que hablar —le dije en voz baja, casi al oído.

Ella se volvió, y me dio la impresión de que tardaba en reconocerme. Era tan extraordinario encontrarme en un lugar como aquel que le costó ubicarme.

—¿Qué haces aquí?

Su compañero también me había descubierto, y me miraba con curiosidad.

—Preséntanos a tu amiga.

—No es mi amiga —corrigió ella al instante—, es mi prima.

—Ah, vaya —la curiosidad había dado paso a algo malsano en la voz de aquel hombre—. Así que esta es la arrepentida condesa.

—No hemos tenido el honor de ser presentados y he venido aquí para hablar solo con ella —respondí, intentando que comprendiera que no tenía cabida en aquella conversación.

Los otros hombres que ocupaban la mesa también parecían entretenidos con mi presencia, pero no abrieron la boca.

—Llámame Pascale, ciudadana —me tendió una mano, a la manera inglesa, que yo no estreché—. Y lo que tenga que ver con Charlotte tiene que ver conmigo.

Miré a mi prima. Tenía el rostro congestionado y evitaba encontrarse con mis ojos.

—¿Qué sucede? —Volví a preguntarle.

—Nos hemos casado.

Los miré. Primero a él, que se había recostado altanero en la silla, y después a ella, que se frotaba las manos sobre el vestido.

—Pero, ¿cómo...?

—¿No quieres brindar por nuestra felicidad? —alzó aquel individuo su copa, y los otros lo imitaron.

Yo no les presté atención, y me incliné un poco más sobre Charlotte, bajando la voz para que solo ella pudiera oírme.

—¿Estás segura de lo que has hecho?

—Más que nada hasta ahora. Me mudaré a vivir con él en unos días. En cuanto recoja mis cosas.

—¿Dinero es lo que buscabas detrás de las paredes? —creí comprender la verdad, pues yo guardaba el fruto de la venta de los muebles en un lugar muy diferente—. ¿Dinero para empezar una nueva vida?

—No buscaba dinero, ciudadana —intervino de nuevo aquel hombre con la voz agriada por el vino—. Buscaba la prueba de tu traición.

La forma en que lo dijo, acusándome claramente, me llenó de inquietud.

—¿Qué está diciendo?

—Nada —dijo mi prima. Se intentó poner de pie, pero él la detuvo—. Será mejor que te vayas.

—Sabemos que tienes en tu poder documentos privados de la zorra austriaca, y no vamos a parar hasta encontrarlos —dijo aquel hombre mirándome de una manera aterradora.

—No me asustas, si es lo que pretendes —murmuré.

—Ya veremos. Y esta vez ni siquiera tu querido Laserre podrá salvarte.

Me volví hasta Charlotte. Tan asustada como indignada.

—¿Le has contando también...?

—Laserre va a caer en desgracia, ciudadana —continuó aquella escoria—. No le van a servir sus amigos ni su expediente ejemplar. Y todo gracias a ti.

Cualquiera sabe de qué forma habéis confabulado contra la nación durante estos años. Una perra de María Antonieta. Seguro que la austriaca ha estado al tanto de todo durante este tiempo. Le va a salir caro a Laserre cada uno de sus desahogos.

—Charlotte —intenté encontrar su ayuda ante aquella grave acusación—, sabes que nada de eso es cierto.

—No sé nada más que lo que he visto —contestó sin mirarme—. A ti y a él juntos. A solas.

—Vas a traer la desgracia a gente que te quiere —le supliqué.

—Si te vas a quedar, siéntate y tómate un vino —me insultó su nuevo amigo, aquel Pascale—. Esa hija bastarda que gatea por tu salón se va a quedar huérfana muy pronto. Si no quieres sentarte, lárgate de una vez y deja de molestar.

Esto último terminó de destrozar la poca confianza que aún quedaba en mí.

—¿Charlotte? —supliqué.

—Será mejor que te vayas.

Miré alrededor. El ajetreo de aquel club había logrado que solo los que estaban en la mesa hubieran podido escuchar la conversación. Miré a mi prima una vez más, pero ella tenía los ojos clavados en la pared, como si no me viera. Volví sobre mis pasos, sin apenas rozar el suelo. Había esperado cualquier cosa menos aquello. Tuve que pararme para respirar. Si la Guardia Nacional no había ido a detenerme era porque no tenían pruebas de mi traición, y yo no podía dejar que las lograran. Cuando llegué a casa Madeleine se encontraba cn la cocina, jugando con mi bebé mientras calentaba el caldo que nos había dejado la cocinera. No tuve fuerzas para reprenderla por haberse levantado, simplemente caí sobre una silla e intenté disimular mi turbación.

—La ha traído un correo, señora.

Era una carta de tía Margot. No me apetecía leerla, pero necesitaba buenas noticias, necesitaba poder confiar en que todo saldría bien.

La letra elegante de mi tía me contaba las exquisitas veladas londinenses, los nuevos menús, la moda en los vestidos, y sus nuevos amigos que lograban hacer sus delicias. Cuando llegué al sexto párrafo tuve que leerlo tres veces para comprenderlo. Decía que el «agradable joven que conocíamos de antaño ha llegado a Londres a buscarte y cuando se ha enterado que aún sigues en París se ha comportado de manera del todo inadecuada. Pero no te preocupes. No le le dicho nada sobre tu particular estado de salud».

Ethan lo sabía.

Sabía que yo había incumplido mi promesa, y justo en el peor momento empecé a temer que hiciera una locura.

— CAPÍTULO 31 —

A pesar de las palabras del buen doctor, tenía yo la impresión de que Madeleine se encontraba un poco mejor. Al menos no pasaba los días sumida en la inconsciencia, aunque el color amarillento de su piel no había desaparecido. Se llevaba las horas vacías mirando a través de la ventana, y su carácter digno y tremendamente resuelto había desaparecido por completo, dando paso a una desgana que me llenaba de tristeza, y que solo se aliviaba cuando tenía a mi pequeña entre sus brazos.

La medianoche del 9 de agosto me despertó el sonido de las campanas tocando a rebato. Me sobresaltó aquel repiqueteo continuo que provenía de todas partes. Intenté mirar por la ventana hacia el horizonte, pero la oscuridad lo empañaba todo. ¿Habrían llegado las tropas aliadas a París? ¿Estaríamos siendo sitiados y con los cañones apuntando a las murallas?

Desperté a Madeleine y, tras tranquilizarla, le dije que debíamos vestirnos en previsión de lo que pudiera acontecer. Primero lo hice con mi bebé, que ni siquiera se despertó. Después ayudé a mi amiga sin oír una sola protesta y, deprisa, me puse un traje sencillo y fresco, pues la noche era tan calurosa como había sido el día.

Aun sin saber lo que había despertado aquella alerta nos preparamos para lo peor. El repiqueteo de las campanas no cesaba, lo que indicaba que debía tratarse de algo importante. Tomé la bolsa con el dinero, que aún era suficiente, y me la até a la cintura, debajo del vestido. Ayudé a mi querida Madeleine a bajar las escaleras, con mi pequeña atada a la cintura. Era la primera vez que lo intentaba pues hasta ahora la portaban aquellos dos mozos. Lo hicimos lentamente y con cuidado, y al llegar al vestíbulo estaba agotada. No había nada más que hacer. Solo esperar a ver qué sucedía y estar preparadas por si debíamos abandonar la ciudad. Pero miré de nuevo a mi buena amiga, que respiraba con dificultad, sentada junto a la ventana, y comprendí que no podíamos huir. Que era imposible llevarla entre la multitud hasta un lugar seguro, si es que algo así existía.

Mi pequeña se despertó con hambre. Le di de comer y la dejé en su corral, junto al fuego del hogar, donde se entretenía con un huevo de zurcir al que yo había pintado ojos y una boca sonriente. Volví al salón. Hacía calor, pero Madeleine tiritaba. Prendí la chimenea y acerqué su silla tanto como para que estuviera confortable. Sabiendo que ambas estaban bien, con sumo cuidado salí a la calle.

Todo era oscuridad. Me pareció percibir un resplandor rojizo hacia el norte, pero tan difuso que pensé que era solo un reflejo de la aurora. Volví a entrar. Mi pequeña estaba feliz en su propio mundo, así que me senté junto a una adormilada Madeleine, aunque lejos del fuego, a la espera del amanecer y de que llegaran las noticias de los sucesos de la noche.

Debí quedarme dormida porque me despertaron unos fuertes golpes en la puerta principal. Mi amiga ya estaba despierta y me miraba llena de aprensión.

—No intentes levantarte —le ordené cuando vi que hacía por incorporarse—. Iré a por *bebé* y a ver qué sucede.

—No atienda la llamada, señora —me suplicó—. No puede ser nada bueno a estas horas.

Quise hacerle caso, pero al llegar al vestíbulo volvieron a resonar con tanta insistencia que a pesar del miedo me atreví a mirar. ¿Y si era alguien que necesitaba socorro? Descorrí los pestillos con cuidado, y manteniendo el peso de la puerta con mi cuerpo la desplacé lo suficiente como para ver el exterior. La visión al otro lado me dejó tan perpleja que me aparté, dejando que la hoja se abriera de par en par.

Estaba de pie, sin abrigo ni sombrero, con el cabello suelto y la mirada llena de preocupación.

Ethan.

Ethan Laserre.

—Están a punto de llegar —dijo sin más. Entró y cerró tras de sí—. Debemos marcharnos cuanto antes.

Mientras aseguraba los cerrojos yo seguía perpleja cada uno de sus movimientos. Acababa de darme cuenta de que no recordaba el perfil exacto de sus facciones. Sus ojos eran más vivaces, y su frente más noble. Su espalda, a pesar de haberme recogido en multitud de abrazos, era más ancha de lo que en sueños rememoraba, y la decisión con que se movía, más resuelta.

—¿Qué haces aquí? —le pregunté cuando al fin se volvió para enfrentarse a mí.

—He venido a por ti.

—Yo…

Se hizo el silencio entre los dos y se detuvo el tiempo. El brillo de sus ojos seguía intacto. Aquel con el que me miraba mientras su cuerpo se retorcía dentro del mío y sus labios susurraban palabras en voz baja.

Comprendí cuánto lo añoraba, cuánto lo había echado de menos, como una mitad perdida de un todo incompleto. Él rompió aquel embrujo yendo hacia la ventada para auscultar el exterior.

—Hablaremos más tarde —dijo sin mirarme—. No te lleves nada. Si necesitamos cualquier cosa volveremos a recogerla en cuanto los ánimos se calmen.

—No puedo irme. Madeleine…

—Vendrá con nosotros—no me dejó terminar—, partiremos inmediatamente. Aquí corréis un grave peligro.

—Es imposible que pueda viajar. Está enferma.

Me miró de aquella forma de frente arrugada. Su frente de contradicciones.

—¿Dónde se encuentra? —preguntó al fin.

Lo acompañé hasta el desnudo salón. Mi vieja criada seguía sentada en la butaca, en una postura incómoda.

—Márchese, señora, como dice el buen doctor.

En ese momento no me di cuenta de que había estado escuchando nuestra conversación.

—No pienso dejarte —contesté—, de ese asunto no vamos a discutir.

—Seré una carga —me suplicó—. No quiero ser la causa de su perdición. La pequeña tiene toda la vida por delante…

—Hemos empezado juntas en esto y terminaremos juntas. No te quepa duda.

Mientras tanto Ethan la examinaba con evidente cara de preocupación. Solo entonces me di cuenta de que su extraña postura era debido a la posición antinatural de su brazo, oculto tras la espalda.

—¿Qué te...?

Iba a preguntarle si le sucedía algo cuando la primera piedra impactó en los cristales y la gran luna se deshizo en mil pedazos que cayeron junto a nosotros. No pensé en mí. Pensé en mi hija, que estaba sola en la cocina.

—¡Están aquí! —exclamó Ethan, que de un salto se había puesto sobre nosotras para evitar que las aristas afiladas nos cortaran—. Es demasiado tarde.

—No me iré sin ella —insistí. Quería correr a buscar a mi bebé, pero Madeleine también me necesitaba, y Ethan…

—No pienso entorpecerles, señora.

—La llevaré en brazos —dijo él buscando una salida—, así al menos…

Al intentar moverla fue cuando vimos la sangre. Pendientes del brillo opaco de sus ojos no habíamos visto cómo su falda oscura había ido empapándose, poco a poco, hasta empezar a formar un charco a sus pies. Fue entonces cuando Ethan consiguió que su brazo dejara de estar aprisionado a su espalda, y yo me llevé las manos a la boca para reprimir un grito ante lo que mostraba.

Mientras escuchábamos el estallido del resto de ventanas, mientras la puerta principal era aporreada por puños furiosos, ante mí el brazo de mi querida Madeleine mostraba una herida difícil de describir. Empezaba justo en la muñeca, y ascendía, profunda, hasta cerca del codo. Vi las tijeras de costura en el suelo, al lado de su butaca, y comprendí lo que había hecho.

—Tenía que hacer algo para salvarlas. Espero que dios me perdone —dijo mi querida amiga, desangrándose a cada latido de su corazón.

Ethan se había apartado. Su rostro se había vuelto ceniciento.

—Debemos marcharnos —me suplicó.

Yo me abracé a ella.

—¡Puedes coserla!

—No hay nada que hacer —puso una mano sobre mí—. Se ha abierto las venas.

Madeleine estaba cada vez más pálida, y sus palabras se arrastraban como toda la pena que aquello me provocaba.

—Señora —me dijo—, conmigo no llegarían a ninguna parte, y yo… he seguido vomitando sangre sin decirle nada durante todo este tiempo. Mañana o pasado. Ya lo dijo el buen doctor. No iba a durar mucho más.

—Madeleine —no pude contener las lágrimas.

—Póngase a salvo. Usted y él. Los tres.

Ethan tiró de mí con fuerza. El estropicio de cristales rotos era sobrecogedor. La miré por última vez y me dedicó una sonrisa que me partió el alma.

—Márchese, señora. Hágalo por mí. Que esto haya servido para algo.

Con el rostro empapado de lágrimas, como en una pesadilla, corrí hasta la cocina, seguida de cerca por Ethan, que no terminaba de comprender mi reacción. Atravesé las estancias desnudas, ahora tapizadas de cristales rotos. Al pasar por el vestíbulo vi que la puerta estaba a punto de ceder. Posiblemente estaban usando un ariete y en breve estaría dentro.

—¿Hay otra salida? —me apremió mi amor sin comprender aún que yo tenía algo más importante que hacer que pensar en salvarme.

Las lágrimas y el dolor no me dejaban pensar. Señalé la cocina y me sentí en volandas sobre sus brazos.

La vio nada más llegar. Mi bebé permanecía con los ojos muy abiertos, mirándolo todo, pero no había llorado. Ethan se quedó parado, como si un rayo lo hubiera petrificado. No sabía qué pasaba en esos momentos por su mente, pero era evidente que había visto el parecido que tenía con él. Me miró de una forma indescriptible. Se preguntaba tantas cosas que era incapaz de resumirlas en una sola mirada de sus ojos azules.

La puerta principal estaba a punto de ceder. No había tiempo para explicaciones. Con sumo cuidado, él la tomó en sus brazos, y la miró largamente.

—Creo que tú y yo no sabíamos que existíamos, pequeño.

—Es una niña.

—¿Cómo se llama?

—Aún no tiene nombre. Pensé que su padre debía opinar a ese respecto.

Vi cómo sonreía y cómo se pecho se inflamaba de orgullo.

Un nuevo traqueteo desde el vestíbulo nos hizo ver que la entrada era inminente.

Ethan arropó a su hija con un brazo y fue hacia la ventana. En esa parte de la casa solo había quietud y oscuridad. Abrió la puerta de servicio con sigilo. El resplandor de las antorchas en la calle principal era visible desde donde estábamos. Se escuchaban voces y pasos, pronto estarían allí también. Me apremió para que los siguiera, a él y a mi hija, y de una carrera nos diluimos como sobras en la agobiante noche de verano.

Justo antes de girar la esquina me volví.

Un grupo de hombres ya llegaba hasta la puerta trasera, que habíamos dejado cerrada. Llevaban antorchas, guadañas y mosquetes. El humo de un incendio brotada desde el interior de mi casa. No supe si ellos mismo habían prendido el fuego o había sido Madeleine, que estaba cerca de la chimenea.

Antes de volverme vi a una mujer enfundada en un redingote rojo, gritando como los demás.

No tuve que hacer demasiado esfuerzo.

Conocía aquellos rizos castaños, y aquella forma desmadejada de mover los hombros.

Era mi prima.

Charlotte.

La que había llevado la desgracia a las puertas de mi casa.

—Ahora viene lo peor —me susurró Ethan al oído—. Pero estás a mi lado y no te pasará nada.

Con nuestra hija bajo un brazo y yo amparado por el otro, anduvimos calle abajo, hacia el río. Había otras mansiones ardiendo, sin ningún orden concreto. Grupos de alborotadores, cantando y lanzando consignas subversivas, se cruzaban en nuestro camino. Abrigados por la oscuridad, nos apartábamos a la seguridad de las sombras y los dejábamos pasar. Un camino de apenas unos minutos se estaba convirtiendo en un trasiego lleno de peligros.

Al menos mi hija se había quedado dormida, porque su llanto podía delatarnos.

—¿Por qué no vamos al sur? —le pregunté una de las veces que tuvimos que ocultarnos—. Tengo la impresión de que nos dirigimos al corazón de la revuelta.

—Y así es. Lo que necesitamos está en esta dirección.

Continuamos andando hasta llegar al puente sobre el Sena. Ethan fue cuidadoso antes de decidirnos a cruzarlo. Una vez en él no podríamos ocultarnos. Cuando íbamos por la mitad nos dimos cuenta de que estábamos atrapados. De frente venía un nutrido grupo de *sans-culottes* y *poissardes* con picas y guadañas. Intentamos retroceder, pero detrás de nosotros avanzaba otro más, tan mal dispuesto en apariencia como el primero.

—Sigue caminando —me susurró Ethan—, no te detengas ni muestres temor.

Avancé con la cabeza alta, tan asustada que apenas podía controlar el movimiento de mis pies. Solo cuando estábamos muy cerca me di cuenta de que al final de las picas había cabezas cortadas y de que muchos de aquellos hombres y mujeres estaban cubiertos de sangre. Sentí nauseas, pero logré sobreponerme. Pensé en mi hija. Tenía que hacerlo por ella. Eran muchos y blandían aquellos macabros trofeos llenos de orgullo. Algunos llevaban casacas que reconocí como el uniforme de la Guardia Real. Otros portaban objetos delicados, como porcelanas o finos marcos de plata que debían proceder de la rapiña. Cuando nos cruzamos, hicimos el intento de pasar de largo, pero uno de ellos nos detuvo, cortándonos el paso.

—Ciudadano —se dirigió a Ethan, colocando una mano en su hombro—, deja a tu hijo y ven con nosotros a celebrar la victoria.

—Lo haría si pudiera, no lo dudes.

—¿Qué te detiene? —insistió—. ¿Qué es más importante que celebrar el triunfo del pueblo sobre la tiranía?

—Nada es más importante —contestó Ethan—, pero soy médico y he hecho el juramento de atender a quienes me necesitan. Debemos llegar al otro lado y cuidar de un ciudadano enfermo.

Una mujer tremendamente sucia se acercó a nosotros. Llevaba su sombrero adornado con orejas humanas aún sangrantes, lo que le daba un aspecto dantesco. Yo no aparté la mirada. Cualquier signo de debilidad y estaríamos muertos.

—Que venga ella entonces —escupió aquella arpía sangrienta.

—Eso nunca —casi la reté.

—Ella va a ir donde yo vaya —contestó Ethan a la vez, remarcando cada sílaba.

La mujer se acercó un poco más, alzando la antorcha para que su resplandor incidiera en nuestros rostros.

—Ninguno de los dos me es desconocido —dijo al cabo de un instante que me pareció eterno.

—A lo mejor un baño en el Sena les aclara la mente —respondió su compinche.

Se escuchó una carga de mosquetes proveniente del lugar de donde veníamos. Mi pequeña empezó a llorar, y un joven con las manos ensangrentadas se aceró a nosotros corriendo.

—Hay un grupo de guardias suizos parapetado en aquellos edificios. Vamos a por ellos.

Sin más corrieron en aquella dirección, olvidándose de nosotros. Los que venían detrás ya se dirigían hacia allí. Yo tiritaba, no sé si de miedo o de indignación, pero Ethan pasó una mano por mi cintura y sentí su calor reconfortante. Tomé a mi bebé de sus manos e intenté calmarla. Parece que mi olor la tranquilizó, y volvió a adormilarse. Solo cuando aquellos malvados estuvieron lejos Ethan permitió que nos moviéramos de nuevo.

—Dejemos que se olviden de nosotros —me calmó.

Avanzamos deprisa, sintiéndonos un poco más seguros una vez al otro lado del puente, y empezamos a ver los cadáveres que salpicaban las calles. Acuchillados, desmembrados. Algunos aún mantenían parte de los uniformes de la Guardia Suiza. Otros estaban desnudos, desmadejados como una tela sucia, con el cuello rebanado y las orejas cortadas. Ethan me miraba de vez en cuando, pero ni dije nada ni me quejé. Sabía lo que estaba en juego. Por aquel entonces yo ya había comprendido que la turba había asaltado las Tullerías. Temí por Sus Majestades. Si aquel baño de sangre se había producido sin ser detenido por la Guardia Nacional, dudaba que un puñado de nobles y de guardias fieles hubieran podido proteger a los Reyes.

Llegó un momento en que tuvimos que decidir por dónde continuar. Había grupos de asaltantes por todas partes. Ethan me había dicho que nos dirigíamos cerca de los Capuchinos, por lo que la única opción era o bordear los jardines de las Tullerías o atravesar la *rue* de Bourbon, pasando delante del Louvre. Sin embargo, las cancelas de Palacio estaban abiertas, lo que nos permitiría acortar el camino en dos tercios.

—¿Estás dispuesta? —me preguntó—. Es lo más seguro. Nadie sospechará de nosotros si nos mezclamos con ellos, pero veremos cosas terribles.

Yo asentí, y cogidos de la mano nos dispusimos a atravesar ante la fachada oeste de la morada real. Solo al franquear la gran reja de hierro comprendimos la dimensión del horror. Una gran multitud, armada con pistolas, sables, guadañas, espadas, picas y cuchillos aún esperaba allí, dispuestos a terminar lo que habían empezado. Muchos de ellos estaban borrachos, tirados en el suelo, confundidos con los cadáveres que tapizan arriates y jardines. Otros se habían organizado para exterminar a los pobres suizos, que esperaban en fila a ser ejecutados. La grava estaba mancha de rojo, como un tapiz tétrico, y miles de moscas zumbaban alrededor de los charcos de sangre que empezaba a coagularse. Muchos de aquellos asesinos aún merodeaban en grupos, buscando nuevas víctimas.

Ethan me apartó tras un tilo bajo el que, hacía solo unos meses, yo había paseado con la Reina. Miró alrededor buscando algo con que defenderse, pero solo había cadáveres. Se agachó junto a uno de ellos, hundió las manos en las entrañas de aquel pobre desgraciado y me indicó que hiciera lo mismo.

—Debemos pasar desapercibidos o no lo lograremos.

No lo dudé y acudí a su lado. Nos tiznamos la cara, y la ropa con su sangre teniendo cuidado de no manchar a mi pequeña, y disfrazados de asesinos, atravesamos la explanada del jardín. Por la puerta abierta de Palacio caía un reguero de agua tiznada de rojo. Supuse que habían roto una de las fuentes de la antecámara de la Reina, y el líquido arrastraba consigo toda la muerte que debía contener aquel edificio. Un grupo de hombres, apostados a nuestra izquierda, jugaban a disparar a las sombras que aparecían tras las ventanas, sin importarle no solo si eran mujeres o niños, incluso si se trataba de sus mismos camaradas. Vimos asesinar ante nuestros ojos a muchos a quienes podría haber llamado amigos, pero no solté una sola lágrima, no trastabillé, no me flaquearon las piernas. Mi hija era lo más importante y ponerla a salvo mi único objetivo. O quizá ya no había nada de eso en mi corazón. Cuando estábamos a punto de abandonar la explanada del palacio, algo cayó ante nosotros. Era el cuerpo de un criado. Miré hacia arriba, y vi a un grupo de mujeres que los estaban obligando a saltar desde las buhardillas. Algunos rezaban, otros suplicaban, pero ninguno de ellos iba a conservar la vida tras esa noche.

Atravesamos al otro lado de las Tullerías y salimos a Saint-Honoré.

—¿Te encuentras bien? —me preguntó Ethan.

No. No lo estaba. De hecho, sabía que una parte importante de mí misma había muerto esa noche, junto con tantos otros asesinados de la forma más cruel.

—¿Alguna vez habrá una explicación para todo el mal? —le pregunté—, ¿para todo el odio que he visto?

—No puedo justificarlos, pero responden a siglos de opresión.

—¿Eres partidario de lo que están haciendo? —le acusé, indignada.

—No. Nunca. Pero puedo llegar a entenderlo.

—¿Por qué no lo has parado? —yo era incapaz de comprenderlo—. Eres un hombre importante. Eres alguien a quien respetan.

Ethan tiraba de mi mano mientras seguíamos avanzando.

—Han puesto precio a mi cabeza —dijo al fin—. Soy un proscrito. Si me identifican terminaré degollado como todas esas víctimas.

—¡¿Cómo?! —le pregunté horrorizada.

Intenté detenerme, pero él no me dejó. A pasar de que las calles estaban solitarias aún estábamos muy cerca de Palacio.

—Hay quienes piensan que he estado demasiado cerca de ti.

Yo era la causa de su desgracia. Había sacrificado lo que hubiera existido entre nosotros, nuestra felicidad, para mantenerlo a salvo, pero no había servido para nada.

—He arruinado tu vida —dije mientras notaba que todo el miedo de aquella noche se diluía en lágrimas silenciosas.

—Eso nunca —Ethan apretó mi mano y se la llevó al corazón—. Los tres nos pondremos a salvo, y empezaremos de nuevo lejos de aquí.

Madeleine, mi querida Madeleine, había muerto. Aquellos hombres y mujeres que protegían el palacio, también. Y quizá mis adorados Reyes formaban parte de aquel montículo de cadáveres que habíamos visto apilar en carretas. Y yo tuve ganas de sonreír ante las palabras de Ethan.

—Ya sabes que es tu hija. Y es la peor noche para enterarte—le dije.

—O la mejor, según se mire.

No dijo nada más. Más tarde dudaría si habíamos mantenido aquella breve conversación o había sido parte de mi miedo. Nos detuvimos ante una buena casa burguesa. En aquella zona había gente acomodada. Ethan aporreó la puerta de la caballeriza, y desde dentro oímos el ruido de pasos que se acercaban.

—¿Quién vive aquí? —le pregunté mientras esperábamos amparados por las sombras.

—El hombre que me ha denunciado.

—¿Y cómo..?

—Yo le obligué a hacerlo. Se lo debía. Sabía que otros iban a alzar la voz contra mí, y la única forma de protegerlo y alejarlo de toda sospecha era esa.

Lo miré a los ojos. Seguía atento a cualquier ruido a nuestro alrededor, pero conocía su corazón y su nobleza y comprendí que quien viviera allí era alguien importante para él.

—Debe ser una persona a quien aprecias de corazón.

—Lo es, y le debo un gran favor.

La puerta se abrió y para mi sorpresa me encontré con aquel caballero que vino a ayudarme cuando Ethan organizó la huida de mis tíos.

—¡Entrad, deprisa! —nos apremió tras asegurarse de que nadie nos había seguido.

No le hicimos repetirlo. Una vez en la caballeriza Ethan y él se dieron un fuerte abrazo. Pero no había tiempo. Había una calesa preparada con un caballo que parecía fuerte.

—Hay provisiones y mantas por si la noche refresca. Las puertas de París están cerradas, pero si vais al oeste, hacia Le Roule, podéis tener la suerte de encontrar un postigo sin asegurar.

Se dieron un nuevo abrazo y subimos al coche. Aquel caballero me dirigió una inclinación de cabeza, y miró a mi hija dormida. Parecía preocupado, y creí ver que no terminaba de entender el riesgo en que se ponía su amigo solo por una mujer. Abrió los portones y arreó al caballo.

—Siempre al oeste —nos dijo cuando las ruedas ya marcaban la grava—. Y que la dicha esté con vosotros.

Ethan no dijo nada.

Las palabras sobraban.

El caballo piafó y las pezuñas hendieron la tierra.

Empezó a trotar hacia el lado contrario a donde el sol empezaba a vislumbrarse, lejos de la sangre que empapaba las calles, de los sables y las picas, lejos de nosotros mismos, de lo que fuimos antes de que aquel día amaneciera.

Nos limpiamos con la manta aquel rastro de sangre que manchaba nuestras manos y nuestros rostros, pero nada pudimos hacer con la ropa. Como nos había dicho el amigo de Ethan aquel postigo estaba abierto y abandonamos la ciudad sin correr nuevos peligros. Apenas habíamos cruzado palabra ninguno de los dos. Él estaba pendiente del camino, que las nieblas de la mañana volvían inseguro, y yo de mi hija, que tras comer había vuelto a dormirse. Miraba constantemente hacia atrás, temerosa de que un grupo de guardias revolucionarios apareciera tras un jirón de vaho y todo aquello terminara para siempre.

No sé cómo, pero de pronto el sol brilló, la bruma se disipó y nos encontramos en mitad de un campo, en un sendero solitario, donde crecían las amapolas. Ethan detuvo el caballo y me atrajo hacia sí.

—Ven aquí. Necesitaba hacer esto desde que te vi —me dijeron sus labios antes de perderse en los míos.

Había sido una noche eterna, llena de terrores, y aquel beso largo y delicado, sus caricias, me dieron nuevas ganas para seguir adelante. Sus dedos se habían deslizado sobre le vestido, y la otra mano, cálida, apoyada en mi nuca, me daba la seguridad que necesitaba. Ambos sabíamos que era imposible detenernos mucho tiempo, pero hay veces que las prioridades son un riesgo, y hay que atenderlas.

—Me prometiste que abandonarías París —me susurró mientras sus labios seguían el perfil de mi cuello.

—Lo intenté, pero no pude.

—Cuando tu tía me dijo en Londres que seguías aquí, creí volverme loco.

—No podía dejar a mi buena Madeleine. Tampoco podía viajar con ella a punto de nacer.

Ethan volvió a mirar a nuestra pequeña de aquella forma orgullosa, y la tomó entre sus brazos. Ver cómo se acurrucaba en su fuerte pecho y dejaba escapar un ligero suspiro me llenó de ternura.

—¿Por qué no me lo dijiste? —me preguntó mientras la miraba embelesado.

—¿Para qué hubiera servido? Solo para ponerte en peligro.

—¿Cuándo pensabas hacerlo?

—No lo sé. Quizá cuando nos volviéramos a ver. Quizá nunca.

Noté que su mirada se acercaba. Pero fue solo un instante. Tener a mi pequeña entre sus brazos parecía haberlo templado.

—¿Has pensado en algún nombre?

—No quería hacerlo sola.

—Me gusta Isabel. Me gusta mucho.

—Quiero que sea también parte de ti.

Sonrió.

—Entonces ya lo pensaremos. Cuando tengamos un momento.

Me acababa de dar cuenta de mi error. Le había negado la existencia de nuestra hija, cuando ese era un derecho que no estaba en mis manos derogar.

—Quiero disculparme por….

—Psss… —me miró a los ojos y de nuevo me besó—, ahora solo quiero mirarte, besarte, tenerte entre mis brazos.

Me acurruqué en su pecho, embriagándome de su olor. Lo había añorado tanto, había deseado con tanta fuerza estar a su lado que no estaba segura de que aquello no fuera un sueño.

—¿Estamos a salvo? —le pregunté.

—Por ahora, pero no sé durante cuánto tiempo.

—¿A dónde iremos?

—A nuestra posada junto a aquel brazo perdido del Sena. Creo poder confiar en ellos, y allí fuimos felices.

Me incorporé para mirarlo a los ojos. Estaban enrojecidos por el cansancio, y quizás hinchados, tanto como mis labios ansiosos de sus besos.

—Pues partamos cuanto antes —le dije con voz ronca—. Necesito estar contigo.

Me ruboricé de mis palabras, a pesar de todo lo que habíamos vivido juntos. A pesar de que conocía cada recodo de su cuerpo. Ethan me guiñó un ojo y azuzó al caballo, que respondió veloz.

Tal y como Ethan había previsto, el posadero nos recibió de buen grado, haciendo ver que no le importaban nuestras ropas marchadas de sangre ni el bebé que el orgulloso padre portaba en sus brazos.

Ya habían llegado rumores hasta allí y se decía que la ciudad había estallado en llamas. Que la Asamblea había proclamado la República. Que la Familia Real en pleno había sido colgada y sus cuerpos se balanceaban en la Plaza del Carrusel, picoteados por los cuervos. No quise oír nada de aquello. Sabía de la malicia de los rumores y decidí no creerlos hasta que me confirmaran si eran ciertos. Cuando estuvimos a solas le pregunté a Ethan si aquel hombre sabía quiénes éramos en verdad, y me respondió que lo supo desde el principio, y que estaba dispuesto a protegernos.

—Y ahora déjame que disfrute de ti —me dijo—. Llevo demasiado tiempo añorándote.

Habíamos dejado a mi pequeña en la cuna improvisada que nos habían subido los meseros. Comprendí que, a pesar de mi dolor por la muerte de Madeleine, él era mi único bálsamo. No me moví de donde estaba. Lentamente me desaté la pañoleta sin dejar de mirarlo. Después deshice las cintas de mi falda que cayeron al suelo con un crujido de algodón. Por último, pude desatarme los cordones del corpiño y dejar que la amplia blusa se deslizara por mis caderas. Me mostré desnuda ante él, como una víctima propiciatoria en el altar divino. Como si necesitara purificarme con su llama para renacer siendo una mujer nueva. Él permanecía sin moverse, atento al aleteo de mis dedos y a las formas rotundas que iban apareciendo bajo las telas. Vi cómo tragaba. Observé con satisfacción cómo sus calzones daban muestras de su excitación. Me acerqué despacio y puse una mano justo allí, notando cómo vibraba bajo mis dedos.

—Te he echado tanto de menos que nada merecía la pena —me dijo casi temblando por la pasión, y dejándome hacer.

—Pues hagamos que todo vuelva a ser importante para nosotros.

Habíamos pasado la noche más terrible de nuestras vidas. Y solo podía olvidarla entregándome a él. Yo tomé la iniciativa. Yo avancé cada paso. Y, mientras de rodillas desataba sus calzones, tuve la absoluta certeza de que aquello era lo correcto. Hicimos el amor como dos personas que se despiden para no volver a verse. Lo sentí dentro de mí como si al fin se hubieran unido dos partes de una misma pieza. Y cuando su pasión se derramó en mi interior llenándome de vida, solo entonces rompí a llorar por todo lo que había visto, lo que había soportado aquella noche espantosa y llena de sombras. Él amparó mis lágrimas con un brazo y en silencio, despiertos y en silencio, nos recibió el alba llena de promesas y peligros, junto a los llantos hambrientos de mi hija.

No salí de la habitación en los días sucesivos. Necesitaba descansar, y recuperar el tiempo perdido con Ethan. Construir la familia que éramos los tres. La cama se convirtió en nuestra única patria, y el cuerpo del otro en el único patriota. Fueron los días más intensos de mi vida. Cada gota de sudor, cada lágrima, cada gemido me transformaba en una nueva mujer, con una meta marcada en la carne del hombre al que, sin ninguna duda, amaba. Tierno, serio y decidido, Ethan marcó el mapa de mi piel con ansia antigua, con besos perdidos, con el tacto fascinante de su saliva. Fuimos uno, comulgamos con nuestros propios cuerpos y sacrificamos todo a nuestro amor, mientras fuera de aquella intimidad Francia seguía desangrándose y buscando culpables.

Ethan sí salió en busca de noticias y de algunas ropas, pues no llevábamos equipaje y mi único vestido era insalvable. Así confirmamos que aquella fatídica noche del día 9, la plebe había asaltado las Tullerías y asesinado a los novecientos guardias suizos, gendarmes y cerca de trescientos aristócratas que intentaron defender a Sus Majestades. Habíamos presenciado todo aquello, pero conocer el número exacto de víctimas fue como si tomáramos conciencia de la magnitud de la carnicería.

La Familia Real fue rescatada en el último momento y los llevaron a la Torre del Temple, donde estaban cautivos, a la espera de que se resolviera qué hacer con ellos, pues nadie estaba de acuerdo con qué decisión tomar.

El Terror, con todas sus consecuencias, había comenzado.

– CAPÍTULO 32 –

Solo cuando todo adquirió la apariencia de normalidad, Ethan y yo hablamos de nuestra hija. Fue como si necesitáramos estar a salvo para conversar sobre aquel retazo de futuro. Nuestros largos paseos por el campo ya no eran posibles. Alguien podía vernos y resultarle sospechoso, por lo que el reducido perímetro de la posada era todo nuestro territorio. Tomábamos el aire fresco en el huerto trasero, donde se plantaban frutas y hortalizas. Un par de sillas al anochecer, nuestra hija jugueteando a nuestros pies, y el agradable calor de una infusión caliente. Esa era a todo lo que aspirábamos en aquellos días.

—¿Lo sabe tu marido? —me preguntó Ethan tras un largo silencio—. ¿Sabe que tenemos una hija?

—No puedo asegurarlo, pero todo indica que sí —le respondí—. Es difícil mantener los secretos.

Él volvió a guardar silencio y dio un largo trago a su taza, que había aderezado con coñac. Tenía la frente fruncida y la mirada perdida en algún lugar remoto. Solo mucho tiempo después volvió a hablar.

—Si Armand vuelve…

—Lo repudiaré —dije al instante.

—Pero si vuelve, es posible que él y yo tengamos que batirnos. Porque no voy a dejar que os lleve consigo ni os desprecie sin pagar el precio que sea preciso.

—No quiero que lo hagas. No quiero que te batas.

—No soy un cobarde ni voy a eludir mi responsabilidad. Es algo que tendremos que arreglar entre él y yo.

El mundo que había conocido se derrumbaba a mi alrededor y aquel hombre adorable se preocupaba por duelos y pistolas.

—Hablamos de honor, Ethan, cuando ni siquiera sabemos qué mundo le vamos a legar a nuestra hija.

La miró. En aquel momento mi pequeña se entretenía golpeando el suelo entarimado con aquel huevo de zurcir que era su único juguete. El brillo del orgullo que relució en los ojos de Ethan me produjo un placer indescriptible.

—Va siendo hora de ponerle un nombre —dijo despacio—. No pienso esperar a casarla para hacerlo.

Le tendí la mano, que envolvió en sus dedos llenándola de calor.

—Cuando tú no estabas ella era lo único que me daba fuerzas para continuar —le confesé.

—Ya no será necesario. No pienso apartarme de tu lado.

—Dos proscritos y un bebé. Tenemos un futuro bastante incierto.

—Cuando todo se aclare volveremos a la normalidad en un país mejor.

—Mi tío también pensaba que todo esto traería algo bueno, pero no estoy tan convencida —sonreí.

Él se removió para que yo pudiera acurrucarme en su pecho. Me acarició el cabello y yo me sentí tan segura que rogué porque siempre tuviera aquel refugio donde apartarme.

—No apruebo lo que vimos la otra noche, Isabel —me dijo mientras seguía jugando con mis rizos—. Pero he visto a mucha buena gente morir de hambre y de miseria mientras otros vivían en la opulencia. Era más silenciosa, más anónima, pero era otra forma de masacrar. Llegará la calma y la justicia antes o después. Solo necesitamos lograr sobrevivir hasta entonces.

—Espero que tengas razón y que amanezca ese nuevo mundo más justo.

—Lucharemos para que así sea. Por ti. Por nuestra hija.

Quería creerlo. De verdad que quería creerlo sobre todas las cosas.

—Abrázame, cuéntame que todo saldrá bien —le imploré.

—Te lo prometo.

—Entonces lo desearé con todas mis fuerzas.

Hubo un instante de silencio, solo roto por los balbuceos de nuestra pequeña.

—Mi madre se llama Susanne —dijo Ethan mientras me acariciaba la espalda.

—Entonces se llamará así.

—Pero...

—Susanne Madeleine —le confirmé con toda seguridad.

Él me estrechó con más fuerza, y yo sentí su felicidad a través del abrazo.

—También Isabel. Porque quiero que tu nombre resuene en mis oídos tanto como sea posible.

Susanne Madeleine Isabel.

Al fin tenía un nombre, tres en verdad, aunque a partir de entonces solo la llamaríamos por el primero, y solo cuando se portaba terriblemente mal su padre la nombraba con el mío.

Aquel mundo de paz de la posada, donde parecía que todo había sido un mal sueño, duró poco. Una mañana en que Ethan había salido en busca de noticias la mujer del posadero entró en nuestra habitación si llamar. Parecía alterada y muy pálida.

—Ponte esto de inmediato y déjame que coja a la niña.

Susanne se revolvió, pero aceptó el abrazo precipitado de la posadera. Miré el ato de ropa que me tendía sin comprenderla. Era una mujer callada y agradable. Aquella forma de actuar me parecía del todo desconcertante.

—Están abajo —dijo—. Subirán enseguida.

No tuvo que añadir nada más. Desabroché cintas y botones, con la poca ayuda que podía ofrecerme sosteniendo a mi agitada hija en brazos. A trompicones me vestí con aquel traje de criada, teniendo cuidado de ocultar mi rubio cabello bajo la cofia. Apenas habíamos terminado cuando la puerta se abrió y tres hombres de aspecto oscuro entraron en el interior.

—¿Quién es? —dijo uno de ellos, señalándome con un bastón.

—La criada —contestó el posadero.

—Dijiste que solo estabais tu mujer y tú.

—Y la criada, por supuesto.

—¿Y la niña?

Miró a su esposa, pero ella contestó al instante.

—Es nuestra hija.

—Tampoco me habías dicho que la tuvieras.

—Es demasiado pequeña —añadió el marido—. Solo cuando grita de hambre me acuerdo de que la tenemos.

Soltó una risa nerviosa que el otro no secundó. Aquel individuo me miró de arriba abajo, y yo hundí la cabeza para no apartar los ojos de las tablas del suelo. Fue entonces cuando vi el par de botas de Ethan al lado de la cama. Si avanzaban las verían también y habría que explicarlo.

—Cómo te llamas, ciudadana —me preguntó.

—Madeleine —respondí al instante, rogando a mi buena amiga que desde allí arriba nos protegiera a mí y a mi hija.

El hombre dio un paso hacia el interior, y yo aproveché para mover mi vestido y tapar las botas bajo la falda.

—¿Qué hacías aquí escondida?

—Arreglaba la habitación.

Miró alrededor. Como Ethan y yo carecíamos de equipaje no podría encontrar nada incriminatorio si no abría el viejo armario, a no ser la cama desecha y aquel par de botas que acababa de ocultar.

—¿Quién ha estado aquí? —me volvió a preguntar.

—Una mujer y su hijo, como ya le he dicho —respondió el posadero—. Partieron muy temprano.

Levantó una mano para que se callara, y de nuevo se dirigió a mí.

—¿Los acompañaba algún hombre? —preguntó.

—No.

—¿Alguien los visitó?

—No.

—¿Estás segura?

—Totalmente segura.

Yo seguía con la mirada gacha y las manos escondidas. Eran demasiado suaves como para pasar por las de una criada. Susanne parecía más tranquila, y jugaba con el chifón de la posadera. Ni el silencio que se hizo alrededor me hizo mirar a los ojos a aquel hombre. Oí de nuevo sus pasos a mi alrededor. Si me pedía que me apartara las botas de Ethan quedarían al descubierto y todos nosotros seríamos arrestados. Pasaron los segundos, quizá los minutos, y yo solo oía le latido asustado de mi corazón.

—Cualquier nuevo huésped debe ser notificado de inmediato. ¿Lo entendéis? —dijo al fin aquel hombre,

—Por supuesto, ciudadano —contestó el posadero—. Somos fieles patriotas.

—No quiero llegar a dudarlo.

Se largaron sin más, y solo cuando me senté en la cama me di cuenta de que había estado temblando.

Cuando llegó Ethan se desesperó por lo que hubiera podido pasar si la mujer del posadero no hubiera sido rápida. Logré tranquilizarlo, pero me aseguró que a partir de ahora deberíamos extremar las precauciones. No abandonaría la posada si no era conmigo.

Lo noté extraño el resto del día. Solo Susanne conseguía hacerlo sonreír. Habló poco y cuando creía que no lo miraba notaba sus ojos a mi espalda. Como siempre, cenamos solos en nuestra habitación, y a la caída de la noche, cuando bajamos al huerto a contemplar las estrellas, le pedí que me confesara qué era aquello que le torturaba.

—No quiero preocuparte.

—Ya estoy preocupada.

Silencio y el sonido apagado de la noche.

—Es sobre tu prima.

—¿Charlotte? —me volví hacia él.

—Ha sido detenida. La han acusado de conspirar contra la Patria. Está en la prisión de La Force.

Lo escuché sin oírlo. No había vuelto a pensar en ella desde aquella noche en que había llevado la desgracia a mi propia casa. Creo que no dije nada, aunque en el fondo me dolió tanto que no pude entender qué me sucedía.

A finales de agosto Susanne tenía ya seis meses y era tan inquieta como yo.

Recibíamos dinero de los padres de Ethan. Cantidades modestas que nos permitían pagar nuestra estancia y poco más. Ser más generosos hubiera sido un riesgo difícil de ocultar.

Fiel a su promesa, las pocas veces que Ethan tuvo que volver a París me llevó consigo. Íbamos a recabar noticias y a tantear cómo marchaba el proceso contra él. Estaba seguro de que con un mínimo de precauciones no correríamos peligro, si no jamás me hubiera permitido acompañarle. Vestidos de labriegos y usando el carromato del posadero aprovechábamos para trasportar al mercado sus frutas y verduras, y pasar así desapercibidos. Susanne se quedaba en casa, pues la buena mujer que nos atendía le había tomado un cariño entrañable.

Aquellas pequeñas aventuras me llenaban de emoción tras los largos días de encierro. Y si bien es verdad que la primera vez que crucé de nuevo las murallas de la *ville* temblaba como una hoja de parra, cuando descubrí que éramos invisibles con nuestro atuendo empecé a disfrutar de aquel anonimato y de una perspectiva nunca antes conocida.

París había cambiado ante mis ojos, pero solo ahora me daba cuenta. Las estatuas de los soberanos habían sido derribadas allá donde estuvieran y sustituidas por representaciones de los valores revolucionarios. Los grandes edificios públicos ya no servían para aquello para lo que fueron construidos: las bibliotecas se habían convertido en almacenes; los conventos eran ahora clubes políticos o cárceles; las iglesias teatros; los jardines huertos, o sucumbían ante el avance de la maleza. Tampoco reconocí los nombres de las calles, que habían abandonado sus connotaciones aristocráticas por otras más acorde con los nuevos tiempos.

En la primera visita le pedí a Ethan que pasáramos por mi casa de Saint Germain.

—No queda nada. No será agradable para ti —me dijo.

—Aun así —le contesté.

Fue un error a causa de mi cabezonería. Cuando vi las ruinas negras, donde había nacido mi hija y perecido mi querida Madeleine, no pude evitar llorar de forma tan amarga e incontenida que nos puse en peligro y pude atraer la sospecha sobre nosotros. Allí no quedaba nada que recordar. Solo muros derribados y tiznados por el fuego, así que en los viajes sucesivos esquivábamos a propósito el viejo barrio y todo lo que tuviera relación con mi pasado.

Tocada con una ruda cofia, y Ethan con el sombrero labriego calado hasta los ojos, recorríamos las calles hasta el mercado como dos agricultores, anónimos e invisibles. Fue también en aquel primer viaje a París cuando me crucé con mi antiguo administrador. Había prescindido de sus servicios en cuanto me quedé sin nada que administrar y sabía que ahora era un furibundo revolucionario. Pasó por mi lado y me miró sin verme, y aquella fue la prueba de que mi disfraz era perfecto.

Una vez entregada la mercancía comprábamos algunas gacetas, suministros, y volvíamos sobre nuestros pasos.

Uno de aquellos periódicos me alarmó. Ethan lo leía a menudo y aunque a veces le parecía demasiado exaltado solía estar de acuerdo con la visión de pureza que defendía el ciudadano Marat, editor de aquel *Orateur du Peuple*. Ese día se cebaba con lo que llamaba «los enemigos internos». Decía que aquel proyecto renovador que era la Revolución tenía a sus mayores detractores en las cárceles, donde estaban los conspiradores, los traidores a la patria, y proponía que se asaltaran las prisiones y se pasara a cuchillo a todos aquellos que habían sido detenidos por sedición.

Pensé en Charlotte de inmediato. En verdad no lograba sacármela de la cabeza y tomé la firme determinación de que tenía que hablar con ella. Necesitaba saber qué había pasado, en qué me había equivocado para haber generado tanto odio entre nosotras. Cuando se lo conté a Ethan intentó hacerme desistir de aquella idea suicida.

—Si te reconocen… —intentó avisarme.

—No me reconocerán.

—Isabel, esto no es un juego. Será como meterse en la boca del lobo, y una vez dentro es posible que no podamos salir.

—Aun así, quiero hacerlo —insistí con terquedad.

—Nunca te detienes cuando quieres algo, ¿verdad? Ni siquiera te importa nuestra hija. O yo mismo.

—Necesito saber qué le ha sucedido a mi prima —no podía seguir sin tener noticias—. Seré prudente. Te lo promcto.

—Nunca has sido prudente desde la maldita hora en que me fije en ti.

Discutimos, y esa noche durmió en el salón de la posada. A la mañana siguiente intentó de nuevo que yo entrara en razón, pero no lo consiguió. Su último argumento para que yo abandonara ese loco empeño fue que, a pesar de poder sobornar a los carceleros, mi prima, una vez allí, me podría acusar de algún delito contra la nueva patria. Entonces sería detenida y correría su misma suerte.

No quise escucharlo y le dije que lo haría con su ayuda o sin ella. Ethan me conocía y sabía que era muy capaz, así que acordamos visitar París a principios de septiembre con la intención de ver a Charlotte.

Me despedí de mi pequeña dándole besos hasta que arrancó a llorar. No quería pensarlo, pero tenía un negro presentimiento que volaba sobre mi cabeza como un ave de mal agüero.

En cuanto cruzamos las puertas de la *ville*, nos dimos cuenta de que algo no marchaba bien. Ya lo había vivido otras veces. Era como si el aire pesara, o los miasmas hubieran tomado una consistencia plástica. Había más guardias que otras veces vigilando las entradas, y en los lugares donde se reunían los alborotadores pesaba un silencio mortal. Ethan me dijo que aquello no le gustaba, así que abandonaríamos la ciudad en cuanto yo hablara con Charlotte.

Estaba presa en la cárcel de La Force, pero él no me dejó acercarme hasta no haber cerrado un trato con los carceleros. Unas pocas monedas y cualquiera tenía vía libre para pasar unos minutos con sus seres queridos. El olor allí dentro era repugnante, y la iluminación insuficiente. Las velas de sebo no añadían nada bueno a aquella combinación de miseria y desesperación.

No tuvimos que adentrarnos mucho en los laberínticos pasillos de la prisión cuando el carcelero nos indicó que habíamos llegado. Había una puerta de madera recia que abrió con dos vueltas de llave, dejando ver un espacio minúsculo donde se amontonaban seis o siete mujeres. No la reconocí al principio, fue ella la que se adelantó para llamar mi atención. Estaba muy delgada y tenía los ojos enrojecidos. Su hermoso pelo le caía alrededor del rostro, deslucido y sucio, y sus ropas a la última moda revolucionaria habían sido sustituidas por un vestido de viuda que le quedaba grande. Cuando fuimos a entrar el carcelero se interpuso entre Ethan y yo.

—Solo uno y no más de un momento. Tú te quedas fuera —le ordenó de muy malos modos.

Iba a encarársele cuando yo lo tranquilicé diciéndole que estaría fuera antes de que se diera cuenta. A regañadientes consintió en perderme de vista, aunque por el aspecto crispado de su rostro supe que no le agradaba nada aquella locura mía.

Cuando la puerta se cerró a mis espaldas sentí miedo, pero al ver los ojos de mi prima se diluyó como una corriente.

El interés inicial que había despertado en aquellas mujeres de disipó al instante. Mi prima me llevó cerca de la ventana, tan estrecha que apenas dejaba el paso de la luz.

—Sabía que vendrías —me dijo tomándome de la mano.

—Aún no sé por qué estoy aquí.

—Todo ha sido… no sé qué decir.

Era la misma Charlotte que vi por primera vez en mi boda. La misma que vino a mi habitación cuando paramos una noche en su convento. Era la Charlotte asustada e insegura que llegó a casa de mi tía sin nada más que ganas de entender el mundo que le había tocado vivir.

—¿Qué ha pasado para que te hayan encarcelado? —le pregunté, conteniendo la indignación que sentía hacia ella y las lágrimas que me provocaba su estado.

Ella bajó la cabeza. Ninguna de las otras reclusas nos prestaba atención a pesar de que aquello era tan reducido que estaban casi a nuestro lado.

—Cuando no descubrimos en nuesta casa ningún documento que implicara a la Reina —dijo en voz baja—, Pascale se enfadó, y me acusó de ser tu encubridora. Dijo que todo había sido una artimaña para engañarle. En verdad se había cansado de mí y era una forma de quitarme de en medio.

—Te dije que te apartaras de él.

—¿Lo habrías hecho tú del doctor Laserre?

—No.

—Somos víctimas de nuestro destino, prima. Y algunas hacemos locuras para precipitarlo.

Mi corazón era un cúmulo de contradicciones. Por un lado, la detestaba por lo que había hecho, pero por otro…

—Te sacaremos de aquí —le prometí.

—Aquí se entra, pero no se sale. Ya deberías saberlo.

Podía ser cierto, pero no quería creerlo. Sabía que visitar a los presos era fácil. Incluso decían que en algunas cárceles se cobraba para que los curiosos vieran a los aristócratas y obispos más aguerridos, como si fuera una galería de rarezas. Pero era bien distinto sobornar a alguien para amañar una fuga. Decidí que ya lo pensaría. Ya hablaría con Ethan sobre el modo lo lograrlo.

—¿Qué ha pasado entre nosotras, Charlotte? —le pregunté— ¿Por qué?

Ella suspiró. Parecía triste. También culpable.

—Tú lo tenías todo y yo no tenía nada. Creo que esa es la explicación.

—Pero fuiste para mí como una hermana.

—Quizá, pero nunca dejé de ser la hermana pobre y afligida de la que había que apenarse.

—Te ayudé en todo.

—Y tienes razón, pero todo te sonreía a ti mientras a mí solo me asolaban las desgracias.

—¿Eso crees? Te ruego que repases mis desdichas: un marido que me maltrataba y que está en la guerra, una hija que no puedo bautizar y un hombre al que amo y al que pueden dar caza en cualquier momento. ¿Qué hay de envidiable en todo eso?

—Tú.

—¿Yo?

—La fuerza con que te enfrentas al mundo. Lo fácil que parecen las tareas más complicadas cuanto decides acometerlas.

Oí el quejido de la puerta y el carcelero asonó la cabeza.

—Ya ha pasado tu tiempo —escupió hacia una esquina—. Debes irte o te quedarás ahí dentro.

—Haremos por rescatarte —le prometí a mi prima—. Lo que sea.

Cuando me puse de pie Charlotte me abrazó tan fuerte que sentí todo el peso de su pena sobre mis hombros.

—Isabel, ¿podrás perdonarme?

—Lo hice en cuanto franqueé esta puerta.

El carcelero me volvió a repetir que me aligerara.

—Dile a mi madre que si hubiéramos tenido otra oportunidad....

—Se lo dirás tú misma. En Londres. Vestida de fiesta.

—De todas formas, tranquilízala. A ti te saldrán mejor las palabras que a mí.

Aquel hombre odioso me dio un ultimátum.

—Largo, o cierro la puerta contigo dentro.

—¡Isabel! —escuché la voz firme de Ethan desde el exterior.

—Te lo prometo —le aseguré al ir a salir, y apenas pude abrazarla de nuevo antes de que me sacara en volandas de la celda.

Ethan estaba furioso conmigo, con él mismo, por haberme permitido perpetrar aquella locura.

Tuvo que ayudarme a abandonar los lóbregos pasillos que ahora parecían no tener fin. Me encontraba abatida, aunque había tomado la firme determinación de ayudar a mi prima. Ya no tenía influencias, pensé, pero quizá el amigo de Ethan podría…

Me sorprendió el redoble de tambores. Provenía de todas partes, al igual que el repiqueteo de las campanas que de nuevo tocaban a rebato.

—¡Salgamos de aquí cuando antes! —Ethan me llevaba casi a rastras, y aun así notaba que mis piernas no me respondían.

Apenas habíamos cruzado la calle cuando vimos a una multitud que rodeaba la prisión que acabábamos de abandonar. Ethan me cubrió con su cuerpo, contra la pared. Había demasiada gente armada y nuestro carruaje estaba atrapado en el tumulto. Si el caballo se asustaba se encabritaría y podía provocar una desgracia.

—No te muevas —me susurró Ethan al oído—. Esperaremos hasta que se marchen.

Vi cómo derribaban las puertas y asaltaban la prisión.

Vi cómo sacaban a rastras a las presas y las ejecutaban ante mis ojos.

Reconocí a la exquisita princesa de Lamballe, que me había ayudado tantas veces, y a quien asesinaron vilmente. Rajaron su piel con espadas y cuchillos, y clavaron su cabeza en la punta de una pica.

Durante aquella carnicería el hombre al que amaba intentó evitar que yo lo presenciara, pero me negué a cerrar los ojos y lo hice sin derramar una sola lágrima, sin soltar un solo gemido, sin ser siquiera humana.

Y vi entonces cómo arrastraban a mi prima hasta la explanada y la mataban a hachazos sin posibilidad alguna de defenderse. Fue entonces cuando intenté gritar, pero Ethan tapó mi boca y quizá así salvó mi vida.

Cuando la multitud se disipó como habían llegado, dejando la calle regada de cadáveres, me precipité sobre los restos de Charlotte hasta que Ethan logró apartarme y llevarme en brazos hasta el carromato.

Para entonces ya no me daba cuenta de nada.

Mi vestido volvía a estar manchado de sangre. La sangre de los míos y de la guerra entre hermanos. Tuvimos que abandonar su cuerpo a la intemperie, a un festín de perros y cuervos que ya parecían ahítos, indiferentes ante el banquete. Nuestras vidas estaban en peligro, aunque la mía me importaba poco en aquel momento.

Por el camino debimos pararnos muchas veces, pero yo apenas reparaba en ello. Solo pensaba en el rostro ensangrentado de Charlotte. En la serenidad con que se enfrentó al martirio: ni un solo grito, ni un lamento. Ni siquiera cuando el arma del carnicero erró el primer golpe. Yo quería llorar, pero no podía. Gritar y no tenía voz. Solo era capaz de seguir adelante, en silencio, a donde Ethan me llevara.

Encontramos las puertas de la ciudad cerradas y atrancadas con barricadas. No podíamos escapar.

Volvimos sobre nuestros pasos, huyendo de la multitud. Al parecer estaban haciendo aquello mismo en todas las cárceles de París.

Ethan y yo estábamos atrapados dentro de las murallas y era necesario que nos pusiéramos a salvo cuanto antes. Fuimos a casa de su amigo, pero estaba cerrada a cal y canto, como si ya no viviera nadie allí. Noté la preocupación en su rostro, pero no dijo nada. Pensé en mis escasos conocidos que aún se encontraban en París, pero nada me aseguraba que no hubieran sido hechos prisioneros, como me sucedería a mí si me reconocían. No podíamos fiarnos de nadie, y pronto caería la noche y con ello aumentaría el riesgo de ser detenidos tras el toque de queda.

—Sé adónde ir —murmuró Ethan que, aunque no quería demostrarlo, estaba tan desesperado como yo misma—. No será agradable pero sí seguro.

Arreó al caballo y pronto me di cuenta de que nos dirigíamos al cementerio de Clamart, donde reposaban los restos de Julia, su mujer. Ethan sabía, de tantas veces como había ido a visitarla, que la cancela siempre estaba abierta y esperaba que así siguiera siendo. Accedimos sin dificultad. No había nadie en los alrededores, y pudimos entrar con el coche por la calle principal. Me rogó que aguardara mientras él desenganchaba el caballo para dejarlo atado bajo un árbol donde crecía abundante pasto, en la zona de la capilla. El carromato lo dejamos a buen recaudo, lejos de la vista de curiosos.

—Quédate aquí —me rogó tras darme un beso—. Tardaré solo un momento.

Lo vi alejarse a grandes zancadas, sabiendo a donde iba. Cuando volvió estaba más serio si cabe. Lo imaginé de rodillas ante la tumba de su esposa. ¿Le había rezado una oración? ¿Le había pedido perdón por lo nuestro? ¿Por la hija que iluminaba nuestra vida? A pesar de las desgracias que habíamos vivido juntos, a pesar de que apenas quedaba ya nada de mí misma, noté una ligera ráfaga de celos que me hizo sentir miserable. No había tenido fuerzas de seguirlo, ni de presentar mis respetos a una mujer valiente y más decidida que yo misma, y sin embargo me doblegaban los celos a una muerta.

Ethan me volvió a abrazar y me dijo que estábamos a salvo, que dormiríamos a cielo raso, sobre la carreta, rodeados de tumbas. Yo se lo agradecí. No tenía miedo a los espíritus, aunque sí a los vivos. Por alguna razón pensé en el viejo Puente de los Vientos, aquel que había que cruzar para llegar a Saclay. En aquel momento yo me parecía demasiado a aquellas pobres almas que malvivían bajo sus arcadas. Había pasado en solo unos años de ser la flamante aristócrata tocada por la gracia, a convertirme en una mujer que ni siquiera sabía si sobreviviría a aquella noche.

Miré a Ethan. Permanecía con los ojos abiertos, mirando las estrellas. Y entonces comprendí que había merecido la pena. Que incluso si llegaba el cuchillo con la aurora, habría merecido la pena haber conocido a aquel hombre, amado a aquel hombre, haberme estremecido entre los brazos del apuesto doctor que velaba a mi lado. Me acurruqué junto a su pecho y decidí vivir aquel momento como si fuera él último de nuestra vida.

—¿Te arrepientes? —le pregunté.

—De haberme dejado embaucar para venir a París, por supuesto. Debí haberte convencido del error.

—¿Te arrepientes de haberme conocido?

Se volvió hacia mí, mirándome con su proverbial seriedad.

—Si no te hubiera conocido hubiera tenido que vivir otra vida hasta encontrarte. ¿Responde eso a tu pregunta?

Suspiré, dejando que la desesperación y los celos abandonaran mi cuerpo. Ethan había hablado por su corazón y por el mío. No quise cerrar los ojos. No quise que la noche se acabara. La desgracia nos había llevado hasta allí, y aun así volvería a recorrer cada uno de sus lamentables senderos para estar en aquel mismo lugar con el hombre al que amaba.

Fue una noche en vela, donde un llanto silencioso volvía a mis ojos cada vez que recordaba que podía no volver a ver nunca más a mi hija, a mi pequeña Susanne. Ninguno de los dos durmió. Abrazados y sumidos en oscuros pensamientos. No sé si me venció el cansancio, pero todo fue tan veloz como una maldición en boca de un insensato.

El sol empezó a alzarse entre la bruma del amanecer y antes de que iluminara el cielo Ethan me prohibió que intentara levantarme. Escondida bajo las mantas que habían protegido a las verduras cruzamos las puertas de París, abiertas solo por unas pocas horas. Apenas hablamos durante el trayecto. Un camino largo y amargo, donde solo se me ocurrían infortunios.

Ya de vuelta en la posada corrí a abrazar a mi hija, que me miró con cara sorprendida.

A finales de septiembre se abolió la Monarquía y se proclamó la República.

Ya no había reyes en Francia.

Los valores en los que se había conformado mi espíritu habían desaparecido o eran proscritos.

Mi mundo había muerto definitivamente.

— CAPÍTULO 33 —

Las noticias que llegaban de París indicaban que todo había vuelto a la normalidad una vez más. Era como un juego macabro donde los crímenes más horrendos daban paso a una paz augusta. Sí, era extraña esta forma en que avanzaba la Revolución: un gran estallido de violencia y unas semanas de paz, donde parecía que todo había sido un sueño.

Lo más peligroso para nosotros seguían siendo las visitas domiciliarias. Si nos encontraban seríamos arrestados. Ethan porque había una orden contra él, y yo... había una larga lista de motivos: mi vinculación con la Reina o con tío Philippe, la posición de Armand en el ejército de los Príncipes o mi nacimiento aristocrático, que ya era causa suficiente para resultar sospechosa. Ni siquiera estaba libre de culpa por ser extranjera. Al haberme casado con un francés era propiedad de mi esposo y podía correr su misma suerte.

En aquellos días las fuerzas del orden podían aparecer a cualquier hora del día o de la noche. Ethan, junto al posadero, tomaron dos medidas para evitar que nos pillaran desprevenidos. La primera era volvernos invisibles para los nuevos huéspedes de la posada. Estos eran escasos, pero cuando decidían pernoctar allí, nosotros no salíamos de nuestra estancia hasta que se marchaban. La segunda resultó muy útil, y fue que nos mudamos a la buhardilla. Antes había sido un soberado donde se guardaban los encurtidos, pero con unos cuantos arreglos se convirtió en una habitación discreta, si no confortable al menos sí amplia y ventilada. A Susanne le encantaba y se pasaba las horas muertas jugando sobre el entarimado con cualquier cosa que caía en sus manos.

Aquellos días Ethan me leía las gacetas mientras yo jugaba con nuestra hija, de rodillas en el suelo. Manteníamos largas charlas sobre cómo sería nuestro futuro, y jugábamos a las cartas cuando Susanne se quedaba dormida, a las que siempre me dejaba ganar pese a mis protestas.

—Me gustaría tener una cama tan grande que pudiéramos perdernos —me dijo una de esas veces.

—Yo en cambio la quiero pequeña para que no te apartes de mi lado.

—Nunca me apartaré de tu lado. No, al menos que tú me lo pidas o…

—¿Por qué te has detenido? —le apremié.

—Vivamos el momento. El futuro, por ahora, solo abarca hasta que se ponga el sol.

Cuando no había huéspedes retomábamos nuestra costumbre de recibir la noche en el patio trasero. Volver a salir al exterior tras aquellos días de confinamiento era como volver a la vida. No me importaba el frío ni la nieve que cubría los caminos. De la mano de Ethan, abrigados con ropa prestada, recorríamos los montes pelados y paseábamos por la ribera escarchada del río, tomando todas las precauciones para no ser vistos.

—¿Cuándo partiremos? —le pregunté.

—Cuando esté seguro de que puedo poneros a salvo.

—Nadie nos conoce. Podemos hacernos pasar por una familia de comerciantes que vuelven a casa.

Él sonrió y me abrazó más fuerte.

—Ya veo que conoces poco de ti misma.

—¿A qué te refieres?

—Ninguna tendera anda como tú, habla como tú ni mira como tú. Todo en ti grita quién eres y de dónde vienes.

—Intentaré corregirlo —protesté.

—No quiero más esfuerzos. Ya nos pesan demasiado.

—Aun así.

—Hubieras sido una gran revolucionaria —dijo con aquella sonrisa que me desarmaba—. Todos te habrían seguido si te lo hubieras propuesto.

—Quizá las mujeres deberíamos estar en la Asamblea.

—Quizá —contestó, y volvimos sobre nuestros pasos con los mismos cuidados para pasar desapercibidos.

Comer y dormir eran las actividades preferidas de mi pequeña Susanne, y una vez que creímos que estábamos a salvo retomamos los planes de huida.

Ethan lo tenía muy claro. Podíamos rodear París yendo hacia Rouen y Dieppe, y desde allí tomar un discreto camino de la costa hasta Calais. Tenía contactos y estaba seguro de poder encontrar pasaje hasta Inglaterra a pesar de que, a causa de la guerra, las vías marítimas estaban cortadas, pero siempre habría algún paquebote que se saltara la prohibición. Mientras tanto buscaríamos alguna casita en el campo, lejos de la ciudad, donde mantenernos a salvo. Aunque a mí ya no me quedaba dinero, su familia seguía enviándolo de manera discreta.

Yo lo escuchaba trazar sus ideas mientras le daba el pecho a mi pequeña, y no decía nada. Una de aquellas veces Ethan me preguntó a qué se debía mi falta de entusiasmo.

—Estoy convencida de que todo saldrá bien hasta llegar a Londres —le dije—. Pero ese es el problema.

—Hay días que no logro entenderte.

—Cuando lleguemos a Londres… —intenté buscar una forma de decírselo sin que se ofendiera—. ¿Cómo podremos seguir juntos? Allí se refugian mis viejos amigos. Aunque hagamos como si no existieran, yo estoy casada y tú no eres mi marido. Susanne podría pasar por mi hija, pero siempre habrá alguien que señale que es una bastarda y que su padre es un maldito revolucionario, culpable de la muerte de alguien querido. Lo dijiste una vez, cuando nos conocimos. Somos de dos mundos opuestos, y me temo que solo en esta desgracia, solo como prófugos podemos estar juntos.

Hasta ese momento creo que Ethan no había reparado en ese terrible detalle.

Pendiente de mi seguridad y la de nuestra hija, no se había preocupado de que una vez pisáramos Inglaterra él sería un prófugo y yo sería de nuevo la condesa de Chastell, la antigua dama de compañía de María Antonieta. Mi vida volvería a dejar de pertenecerme para ser entregada a un mundo con reglas estrictas. Sería invitada a la mesa de los príncipes, estaría rodeada de criados solícitos, libreas flamantes, pajes que sujetarían la cola de mi vestido y personas con título formarían mi día a día. No era una elección. Huir de mis responsabilidades sería tenido como una ofensa contra los de mi clase. En cambio, Ethan sería tratado como un rufián por sus ideas revolucionarias, despreciado en mis círculos y vilipendiado por los que me querrían. Incluso perseguido si alguien encontraba una prueba contra él. Y lo peor de todo, al igual que él no tendría permitido ascender a mi mundo, a mí me impedirían bajar al suyo sus mismos compañeros. Sería considerado como una traición a mi clase, como un delito de lesa majestad. Y en medio de todo eso estaría Susanne. La hija de la perdición. La prueba de lo que no debía permitirse.

—Me acabas de despertar a una realidad que ni siquiera había contemplado —me comentó con voz huraña—. ¿Qué sugieres entonces?

—Que vayamos a España. Armand me aseguró que no había liquidado todas mis propiedades allí. Quizá quede algo que vender y con lo que empezar de nuevo. Tengo parientes que podrían ayudarnos.

—¿Y será diferente allí que en Inglaterra? ¿Quiénes son tus parientes? ¿Condes, duques, marqueses? ¿Por qué será allí mejor para nosotros? —parecía desquiciado—. Tengo que poneros a salvo. No puede ser otra mi prioridad.

—En España será mejor porque solo estaremos el tiempo suficiente para venderlo todo y embarcar hacia las Américas. He leído que es una tierra de oportunidades. Encargaremos nuevos pasaportes y seremos el señor y la señora Laserre o Dupont, podremos elegir. Agricultores en Santo Domingo. Un futuro para nosotros y un futuro para Susanne.

Cuando vi que al fin sonreía, el corazón me dio un vuelco en el pecho. Me abrazó, y cuando nuestra hija, saciada, se quedó dormida, me amó con tal pasión que quise que aquel momento nunca terminara.

Habíamos decidido dirigirnos a Burdeos en primavera. Cuando los caminos estuvieran transitables y Susanne hubiera superado el año de edad. Era el puerto del sur más seguro pues los pasos hacia Los Pirineos estaban fuertemente vigilados. Allí seguiríamos el mismo plan trazado para Calais.

Aguardar a que un barco quisiera zarpar y buscar pasajes comprando al capitán. Mientras tanto Ethan partió por unos días, pues tenía que buscar pasaportes y salvoconductos falsos.

Todo se precipitó la mañana siguiente a su regreso. Sin esperarlo llegaron cuatro hombres con un grupo de guardias fuertemente armados. Un vecino había visto a Ethan, y lo había denunciado al Comité de Vigilancia por si allí se ocultaban sediciosos.

Nos cogió desprevenidos y era de noche cuando aporrearon la puerta de la posada. Ethan se visitó deprisa y con sumo cuidado fue a ver qué pasaba. Regresó a los pocos minutos. Era más grave que otras veces. Por lo que había oído desde el hueco de la escalera nos buscaban a nosotros, a la ciudadana Duval, que debía tener un hijo de unos pocos meses, y al traidor Laserre: amantes y renegados. Ya habían empezado a revolverlo todo en la planta de abajo, pero esta vez no dejarían de visitar la buhardilla.

Mientras nuestra hija seguía dormida nosotros empaquetamos nuestras escasas pertenencias en una sábana e hicimos la cama para que pareciera intacta. Aquel ato exiguo lo sacamos por la ventana hasta el alféizar. Oíamos el crujido de los muebles rotos y los gritos de los posaderos discutiendo con los guardias. Al parecer esta vez estaban seguros de nuestra presencia allí. Nos habíamos descuidado y ahora íbamos a pagarlo con nuestro arresto. Ethan volvió a abrir la puerta, pero justo en ese momento un grupo de guardias subía ya la escalera de la buhardilla.

—No tenemos otro remedio —me dijo mirando la ventana.

Sabía que era así, sin embargo, me estremecí. Había nevado y el tejado estaba resbaladizo. Primero salió él para que yo le tendiera a Susanne, y después me ayudó a mí. Estuve a punto de resbalar. Hacía un frío glacial y la oscuridad solo era rota por el tenue resplandor de la luna. Ethan me ayudó hasta ubicarme tras el castillete de la ventana. Después regresó para cerrarla y borrar las huellas en la nieve. Mi pequeña seguía durmiendo, pero si despertaba sería nuestra ruina. Justo en el momento en que terminó, se abrió la puerta de la buhardilla y entraron los guardias. Lo registraron todo a conciencia. Con que hubiéramos olvidado un zapato o una cinta hubieran sabido que estábamos allí. Rogué porque mi hija no se despertara, y porque todo fuera bien.

Se marcharon una hora después. Ateridos, regresamos a la habitación. Lo habían destrozado todo, pero no habían encontrado nada. La mujer del posadero lloraba amargamente. A su marido lo habían golpeado y amenazado con encerrarlo si no decía la verdad. Se mantuvo en sus trece y con ello salvó nuestra vida.

—Nos marcharemos al amanecer—dijo Ethan cuando estábamos todos reunidos.

—Los caminos estarán vigilados —el posadero parecía preocupado con aquella determinación—. Os buscan a vosotros.

—Cuanto más tiempo nos quedemos aquí, más cerca estaremos de la guillotina.

Me miró y yo asentí. Quizá fuera una locura, pero ni podíamos seguir poniendo en peligro a aquella buena gente, ni era seguro que en el próximo registro tuviéramos tanta suerte.

—Les prepararé algo para el camino —dijo la mujer, yendo con pasos cansados hasta la cocina.

Yo me quedé donde estaba, tan asustada como decidida, mientras mi preciosa Susanne, ajena al peligro, volvía a quejarse de hambre.

Me extrañó que Ethan hubiera ensillado el caballo del posadero además de haber enganchado nuestra vieja calesa.

—¿Lo llevaremos a remolque? —le pregunté mientras terminaba de acomodar a Susanne a mi lado, tan abrigada que apenas se veía bajo la ropa.

—Viajaremos por separado —me contestó sin mirarme.

—¿Por qué? —le pregunté, asustada.

Él vino hacia mí y me tomó de la mano. Ambos sabíamos que los caminos estaban plagados de bandidos hambrientos y sin escrúpulos. También vagaban por ellos los soldados que habían desertado y que no podían volver a sus casas, por lo que no tenían nada que perder. Viajar junto a Ethan era arriesgado, pero una mujer sola... comprendí que debía haber una razón de peso para que hubiera tomado esa determinación.

—Isabel, nos buscan a ambos —me dijo sin dejar de mirarme a los ojos—, y saben que llevamos con nosotros a un bebé. En cuanto nos paren, y te aseguro que nos pararán, ni siquiera estos pasaportes nos librarán de las sospechas. Nos retendrán hasta poder identificarnos, y cuando lo hagan...

—Lo entiendo —asentí, comprendiendo que aquel sacrificio era necesario.

—Yo iré delante. Si se acerca algún bandido te aseguro que lo pagará caro. No te perderé de vista en ningún momento. Pernoctaremos en las mismas posadas. Pasaremos los mismos puestos de vigilancia, y estaré pendiente de vosotras a cada instante. No os pasará nada. Mi vida va en ello.

—Sé que saldrá todo bien.

No estaba tan segura a pesar de haberlo dicho. Sabía que Ethan tenía razón. También que estaba mucho más preocupado de lo que pretendía aparentar. Aquel viaje duraría muchos días antes de que yo pudiera tomar un coche compartido en Orleans, como era nuestro plan.

Me dio un abrazo, hundió la boca en mi pelo y me besó. Hizo lo mismo con nuestra hija. No pude evitar pensar que aquello se parecía demasiado a una despedida. Subió a su caballo y desapareció por el camino. Yo esperé tal y como me había pedido. Habíamos repasado un mapa del camino garabateado por él mismo y estaba segura de que no me perdería. Al menos no nevaba y Susanne y yo estábamos abrigadas. Cuando la calesa empezó a rodar me santigüé. Iba en busca de mi destino y tenía una clara conciencia de ello.

La primera jornada fue tranquila. Me crucé con varios comerciantes que me acompañaron una parte del camino sin querer dejarme sola. La noche la pasamos en una posada a las afueras de Fresnay. Seguía siendo extraño ver a una mujer sola guiando una calesa, pero había tantas viudas debido a la guerra y a los altercados, que los caminos empezaban a ser concurridos por mujeres como yo, en busca de un lugar donde empezar de nuevo. Ese era mi argumento en caso de que me preguntaran. Pedí habitación y cena, y me senté junto a la chimenea mientras Susanne, ajena a todo, se empeñaba en jugar con los cubiertos de madera. Solo levanté la vista para mirar por la ventana, y entonces lo vi a él, a Ethan.

Estaba sentado en otra mesa, al fondo. Nos miramos solo un instante, sin decir palabra alguna, como dos desconocidos, y yo di las gracias a dios porque estuviéramos a salvo. Nos las aviamos para encontrarnos en la escalera cuando subí a la habitación. Fugaz. Furtivo. Un beso y un abrazo. Solo sentir su calor me lleno de esperanza.

A la mañana siguiente, cuando bajé, él ya se había marchado. Varios huéspedes también iban hacia el sur, así que formamos una heterogénea comitiva para protegernos unos a otros. Me detuvieron unas pocas leguas más adelante. Un grupo de milicianos que me pidieron papeles y me hicieron mil preguntas sobre mi destino. Lo tenía bien ensayado. Ethan me lo había hecho repetir cien veces y resulté convincente. Argüí que era viuda, sin más recursos que aquella calesa y el caballo, y que necesitaba reunirme con mi familia en el oeste.

Ethan y yo solo nos veíamos de noche, en las posadas, y nos las ingeniábamos para encontrarnos unos pocos minutos. Yo veía el sufrimiento en su rostro. Sabía que la simple idea de que a mí o a nuestra hija nos sucediera algo lo torturaba. Pero nunca dijo nada que pudiera desalentarme.

Cuando llegué a Orleans hice lo que habíamos acordado. Solté el caballo libre en los campos y dejé la calesa oculta tras un granero. A pie me dirigí al centro de la ciudad a la espera del *turgotine*, el coche compartido que me llevaría a Burdeos. Ahorraría en tiempo y ganaría en seguridad. Llegó a su hora y tomé asiento entre un comerciante de paños y el propietario de una bodega. Todos me preguntaron por el estado de los caminos y se maravillaron porque me hubiera atrevido, con una criatura tan pequeña, a atravesar Francia en aquellos tiempos.

Antes de entrar en Châtellerault nos detuvieron de nuevo. Era un grupo de guardias numeroso que de muy malas maneras nos pidieron los papeles y nos obligaron a descender de la carroza para registrarlo todo. Podía haber un noble oculto bajo la enravadura. Solo cuando lo hice, cuando estuve parada en medio del camino, descubrí a Ethan.

Estaba al otro lado y daba explicaciones a los milicianos. Se me detuvo el corazón en el pecho. Intenté no mirar. Los que le rodeaban parecían alterados, aunque él mantenía la calma. Nos marchamos y Ethan seguía retenido. Pensé mil cosas: en bajarme y aguardarlo al pie del camino, en unirme a él y asumir su destino, en… pero tenía una hija y debía pensar en ella.

Hicimos noche en otra posada más. Yo solo pensaba en él y en donde estaría. No comí, no tenía hambre, pero debía aparentar que no pasaba nada. Apenas podía seguir las conversaciones y a cada momento me preguntaban si me encontraba bien. Incluso Susanne estaba inquieta y lloraba de vez en cuando.

Cuando se abrió la puerta y lo vi entrar, tan tranquilo como siempre, aunque buscándome con la mirada, empecé a llorar sin poder contenerme. Volvieron a preguntarme y les dije que me acordaba de mi esposo ya que habíamos pasado allí una noche hacía algunos años.

Cuando subí a mi cuarto dejé la puerta abierta.

A pesar del riesgo que corríamos esperé a ver pasar a Ethan y cuando lo hizo lo tomé de la mano para que entrara en mi habitación. Pasamos la noche juntos, como si fuera la primera, la última noche. Nunca he tenido tanta conciencia de que todo podía terminar en cualquier momento. Permanecimos abrazados, desnudos hasta que el sol tiñó de rojo el horizonte. Entonces se marchó no sin antes asegurarme una vez más que todo saldría bien.

Se sucedieron los días y hasta que no lo veía aparecer en cada maldita posada era un suplicio. Al fin una mañana llegamos a Burdeos. Para mí estaba tan lejos que cuando vi la silueta de la ciudad pensé que seguía soñando.

Si todo salía como lo habíamos planeado serían solo unas jornadas antes de embarcar, y aquel sería también el principio de una nueva vida, el principio de nosotros mismos.

1793

— CAPÍTULO 34 —

Habíamos arribado a una ciudad donde parecía que la violencia no se había adueñado de sus calles como en París. En aquel momento, a pesar de las carencias de la guerra, solo pudimos sentirnos tranquilos y esbozar la impresión de que al fin la desgracia había quedado atrás.

Aun con este clima de bonanza, Ethan no se encontraba cómodo en el hogar ancestral de sus enemigos en la Asamblea, los girondinos. Ni siquiera su calidad de prófugo de manos de sus mismos compañeros, o de su aversión a las matanzas, habían logrado que sus sentimientos republicanos mermaran en los más mínimo. Por supuesto no hablábamos de aquello. No hablábamos de nada que enturbiara nuestro amor. Los dos éramos muy conscientes de lo que habíamos sacrificado el uno por el otro, y no estábamos dispuestos a empañarlo por los dictados de nuestra inteligencia.

Ya que por seguridad durante el camino los pasaportes falsos tenían nombres distintos que no nos vinculaban como a un matrimonio, alquilamos dos habitaciones en una posada discreta, aunque bien ubicada cerca del puerto. Cuando los demás huéspedes dormían él se colaba en mi cuarto y retomábamos nuestra vida en familia.

Ethan iba todos los días al puerto, en busca de un patrón que quisiera zarpar hacia España. Nos daba igual Cádiz que San Sebastián con tal de alejarnos de Francia. Ya llegaríamos a Madrid. Ya llegaríamos a mis tierras andaluzas. Yo cuidaba de Susanne, que seguía siendo tan robusta y curiosa como su padre, de quien había heredado sus impresionantes ojos azules. Fuera de la posada, incluso en el salón, intentábamos no coincidir, pero una vez se dormía nuestra hija nos abrazábamos en la cama y dejábamos fluir nuestra pasión, que por algún extraño motivo nunca decaía y siempre nos dejaba con hambre de más.

En aquellos primeros días en Burdeos tomamos todas las precauciones. Escribí a mis tíos una larga carta donde daba muchas vueltas para explicar todo lo que había acontecido en mi vida en ese tiempo sin exponer lugares concretos. Les hablaba de Charlotte y dulcificaba cuanto podía el instante de su muerte. No sabía si ya habían recibido la noticia. Imaginaba que no, pues todos aquellos cadáveres fueron conducidos a una fosa común y cubiertos con cal. Era una noticia tan triste que de nuevo me hizo llorar. También le hablaba de mi hija, y cuando releí la carta antes de mandarla hacia Calais con un mercader, me di cuenta de la forma en que lo había hecho: con absoluta devoción y entrega.

Acababa de descubrir que aquel vínculo invisible entre Susanne y yo era tan fuerte que estaba dispuesta a ofrecer mi vida por su seguridad, mi felicidad por la suya, y que siempre sería así.

Ethan empezaba a impacientarse. Aparte de los correos, no llegaban apenas barcos a causa del bloqueo de la guerra, y ninguno que quisiera zarpar a España. Yo intentaba tranquilizarlo diciéndole que allí nos encontrábamos a salvo, que los peligros de la *ville* parecían haberse disipado tras tantas leguas recorridas. No debía importarnos esperar. Incluso unas semanas o unos meses, que serían más adecuados para nuestra hija antes de enfrentarse a la incógnita de los mares, siempre peligrosos.

Recibí carta de *mister* Dillon desde Londres un tiempo después. Utilizaba mi mismo lenguaje oscuro y artificioso, para contarme entre líneas cómo les había afectado la noticia. Tía Margot no abandonaba el luto y había decidido dejar de frecuentar la sociedad. Por lo demás, se encontraban bien de salud y se alegraban de las buenas nuevas y del nacimiento de Susanne. «Conocer a vuestra pequeña –decía el arzobispo-, es el único aliciente que le queda a la señora y se ha jurado a sí misma no abandonar este mundo sin darle personalmente su bendición». La carta emocionada adjuntaba un diario en inglés cuya lectura me llenó de aprensión. ¿Por qué me lo mandaba? ¿Qué quería que leyera?

Cuando Ethan regresó me encontró sentada en la cama pasando sus páginas. Se sentó a mi lado, y mientras su lengua jugaba con el lóbulo de mi oreja le leí la noticia que al fin había encontrado.

En París la cosa seguía complicándose. Ya se contaban hasta cincuenta los antiguos edificios que se habían convertido en cárceles, todas ellas abarrotadas, y se rumoreaba que pronto empezarían los juicios contra todos ellos. Pero lo que de verdad quería mi tío que supiera era una noticia de la que habíamos sido testigos sin darnos cuenta: el 11 de diciembre, con nosotros aún en la posada de las afueras de París, el Rey, Luis XVI, había sido acusado de atentar contra el bienestar de sus súbditos. Quince días después tuvo lugar el juicio. El periódico no aclaraba cuál había sido la sentencia. Ni siquiera si esta se había ejecutado ya, lo que me dejó en tal incertidumbre que ni los expertos labios de Ethan lograron tranquilizarme.

A la mañana siguiente, mientras él volvía al puerto en busca de transporte, me puse mi vestido oscuro de burguesa y dejando a Susanne a cargo de la posadera por unos *sous* más, acudí a las inmediaciones del mercado en busca de noticias.

Había vuelto a recuperar mi figura, quizá debido a mi naturaleza española, enjuta y resistente, y también había vuelto el gusto por encontrarme hermosa. Casi sin darme cuenta había adornado el sobrio vestido de luto con un ramillete de flores de ciclamen, también mi sombrero de rafia, arreglado con un resto de cintas que había descosido de otro tocado. Quizá volvía a sentirme segura tras los atroces días de París. Quizá necesitaba encontrarme bella de nuevo para Ethan, a pesar de que él, ni de voz ni de actos, había mostrado nunca queja alguna.

Con paso decidido recorrí las elegantes calles del centro. Me parecía una ciudad aún viva, a pesar de los desastres de la guerra y de los rigores de la revolución. Busqué una gaceta del mismo día para enterarme de las nuevas sobre el Rey, al que ahora nombraban como el ciudadano Luis Capeto. No encontré ninguna. Al parecer se habían acabado a primera hora de la mañana. Iba a volver a casa cuando una voz me detuvo.

—¿Doña Isabel? —oí una voz dubitativa a mi espalda, en un castellano impecable.

Me volví al instante. Oír mi lengua materna después de tanto tiempo se parecía bastante a volver a un seguro hogar. Reconocí al hombre que tenía ante mí al momento, a pesar de que ya no usaba peluca y su cabello era ahora corto, a la moda que empezaba a imponerse.

—¡Es usted, don Fernando! —me alegré sinceramente.

Con su impecable caballerosidad española se mantenía a distancia, en el sitio justo que marcaban las buenas maneras. Me hubiera gustado abrazarlo, pero era del todo inapropiado. Volver a aquellas formas corteses del lenguaje me hizo sentir bien. No era consciente de cuánto lo echaba de menos. Segura de que no nos entendían, no hice por corregirme como a cada instante.

—Le hacía en Madrid en estos días revueltos.

—Mis negocios siguen aquí, y yo con ellos —dijo con apenas una sonrisa. Notaba cómo me miraba, como si fuera algo que no encajaba—. He pensado mucho en usted y en cómo le habría afectado todo esto.

—Ya ve.

Todo estaba a la vista.

—¿Me permite que la invite a cenar esta noche en mi casa? —una proposición así hubiera terminado en un duelo solo unos años antes. Pero ahora todos sabíamos que solo encerraba la necesidad de ser discretos—. No es seguro hablar aquí, en plena calle, y tanto usted como yo tenemos mucho que contarnos.

Permanecí dubitativa, y me di cuenta de que podía malinterpretarme.

—Yo... no estoy sola.

Él entornó los ojos. Creo que había comprendido lo que quería decirle.

—Por supuesto —dijo con cuidado—. ¿Su marido quizás? Aunque había oído decir que el conde seguía en el extranjero.

No quise añadir más. ¿Cómo le explicaba, en medio de una plaza concurrida, que vivía con mi amante al que amaba con absoluta pasión, de quien tenía una hija a la que adoraba, y que era un revolucionario convencido?

—He venido a buscar información sobre el juicio del Rey —dije sin más.

—¿No sabe nada?

—Partimos de París casi con lo puesto. Ni siquiera sabíamos que había sido acusado.

Noté cómo se nublaba su mirada, pero fue tan discreto como siempre.

—Entonces retomemos nuestra amistad de una forma más serena. Mañana por la mañana a primera hora venga a mi casa con quien quiera. Juntos rogaremos por la vuelta a la cordura.

—¿A qué se refiere? —pregunté intrigada.

Don Fernando se humedeció los labios y miró alrededor, a pesar de que estaba segura de que muy pocos podían entendernos.

—Luis XVI fue declarado culpable —dijo en voz baja—. Aún no sabemos si al final se ha llevado a cabo su ejecución, pero se espera correo de París a primera hora. Es posible que Su Majestad ya haya sido ejecutado, a menos que el pueblo de París se haya alzado en armas para impedirlo.

Por alguna razón, cuando llegué a la posada no mencioné a don Fernando. Nuestra vida era suficientemente complicada como para añadir desconfianza con alguien que pudo significar algo en el pasado. Cuando le conté a Ethan lo que había descubierto sobre el juicio real se sentó muy serio cerca de la ventana.

—Han llegado demasiado lejos —le dije indignada ante su falta de respuesta—. Los franceses no lo permitirán. Es su Rey. Su señor.

—Su Rey —exclamó con desprecio—. Mientras sus súbditos morían de hambre y reinaba la iniquidad no vi a ningún noble preocupado.

—Eso no es justo.

—Nada fue justo en el pasado y aún falta para que vuelva a ser justo en el futuro. La balanza debe equilibrarse y me temo que solo soporta el peso de la sangre.

Quizá tuviera razón, pero detestaba oírlo de sus labios.

—Cuando hablas así te alejas de mí.

—Cuando hablo así soy yo misma —respondió sin mirarme—. Quizá deberíamos dejar caer las máscaras.

—¿Máscaras?

—¿Estás segura de querer estar con alguien a quien no le importa la vida de tu rey?

Estaba allí en vez de arropada por los míos en una lujosa mansión del Strand londinense. ¿Cómo podía preguntarlo?

—No quiero hacerme esa pregunta

—Aun así, te contestaré. No creo en los reyes, Isabel.

—¿Hubieras votado su muerte si hubieras formado parte del tribunal?

Me miró largamente. No hablábamos de aquellas cosas. Ambos sabíamos hasta cuánto podían separarnos aún.

—Hubiera votado por la igualdad.

No continuamos discutiendo. Susanne tenía hambre y sus gritos acallaron la conversación. A la mañana siguiente, cuando él partió hacia el puerto, sintiéndome culpable volví a dejar a Susanne con la posadera y busqué las señas que me había dado mi compatriota sin decirle nada a Ethan.

Era una buena casa en el centro de la ciudad. Volver a ser recibida por un mayordomo impecable y correcto. Volver a pisar una alfombra mullida y a contemplar el brillo de la plata, hizo que algo en mí sintiera su anhelo. ¿Era tan superficial que después de lo que había vivido aún valoraba aquellas vanidades? Lo ignoro. Lo cierto es que el calor de aquella casa me recordó a mi hogar y a todo lo que había perdido.

Don Fernando me saludó con una exquisita reverencia y me presentó a todos los que estaban reunidos en el salón. Era un grupo de seis personas, la mitad de ellos españoles. También un inglés y dos damas francesas. Casi todos tenían vínculos de parentescos, primos o tíos, alianzas comerciales. Yo no conocía a ninguno. Pertenecían a la pequeña nobleza provinciana que se había enriquecido con el comercio. Sus buenas fortunas venteaban la revolución como podían, ahora a favor ahora en contra, siempre que no atentara contra sus intereses. Don Fernando me contó que todos ellos se habían refugiado en sus fincas de campo hasta que la situación se volviera segura, pero que hoy regresaban a la ciudad a la espera de noticias. Mi anfitrión apostaba fuerte, sin prescindir de sus privilegios, al ser español y no haberse vinculado con sediciosos, se sentía seguro.

—Condesa, han debido de ser tiempos terribles para usted —dijo una de las damas, tremendamente compungida.

—Para todos, me temo.

—Es usted para mí todo un misterio —rctomó el inglés con un marcado acento del norte—. Atravesar Francia, sola, en tiempos como estos y con precio a su cabeza. Yo solo he recorrido unas pocas millas y me han detenido mil veces.

Don Fernando acudió en mi ayuda mientras servían café.

—Intentemos no preocupar a la condesa.

—No me molesta en absoluto —dije con una mirada de agradecimiento—. Pero no hay misterio. Solo es necesario buscar un aliciente para seguir adelante.

Intuía que todas aquellas personas morían de curiosidad porque les contara cómo había escapado de las masacres. Las desgracias de una de las damas de compañía de María Antonieta podían entretenerlos en su largo retiro. Si mi anfitrión los había invitado sabía que no debía temer porque me delataran. Aun así, no estaba dispuesta a hablar de mí. No me importaba, pero todo era demasiado reciente como para recordarlo.

—Condesa —don Fernando me tendió la mano—, permítame que le enseñe mi pequeño jardín. Es lo único de lo que me siento orgulloso en estos tiempos.

Se lo agradecí con una nueva sonrisa. No me apetecía seguir hablando de aquello, y menos en aquel instante, cuando de un momento a otro conoceríamos el destino de nuestro Rey. Todos esperábamos que el pueblo de París se hubiera levantado en armas y hubiera impedido el magnicidio. Todos deseábamos una vuelta a la normalidad después de tanto sufrimiento.

Don Fernando me llevó hasta un salón vecino donde, desde la cristalera, se podía ver un pequeño jardín sin flores. Hacía demasiado frío para salir al exterior.

—En primavera es todo un espectáculo —me señaló con orgullo aquella sucesión de pequeños parterres y caminos.

—Ellas no saben lo que sucede alrededor. Las flores. No tienen por qué temer nada.

—Mi prima, la marquesa de Fontenay, también está en Burdeos. Me gustaría presentársela, aunque creo que ya lo conoce. Intenta pasar tan desapercibida como usted.

En efecto. Yo conocía ligeramente a Teresa Cabarrús. También era española, y se había casado con el marqués dos años después de que yo lo hiciera con Armand. Nuestros maridos eran amigos, pero nosotras apenas teníamos relación ya que su vida, un tanto licenciosa, desagradaba a la Reina y no solía frecuentar Palacio. Creí recordar que mi anfitrión ya me había hablado de aquel parentesco.

Don Fernando permaneció en silencio, lo que hizo que me volviera hacia él.

—Condesa —me dijo con cuidado—, me preguntaba si puedo hablarle con franqueza.

—Le considero un amigo. Hágalo, por favor.

—Ayer dijo usted que no había viajado sola, sin embargo, no ha venido con nadie.

A pesar de que sabía que antes o después me encontraría con aquella pregunta no estaba preparada para contestarla.

—Es complicado y quizá le escandalice.

—Pocas cosas pueden escandalizarme hoy en día.

Respiré hondo. Lo que dijera podía provocar una reacción que podía ponernos en peligro a mí, a Ethan y a mi pequeña Susanne.

—Salí de París de la mano de un buen amigo —contesté con firmeza—. Si no hubiera sido por él habría perecido.

—Y supongo que le estará agradecida.

¿Había una insinuación velada en su voz? Quise creer que no.

—Mucho. Nos une un gran afecto.

—¿Le conozco?

—No pertenece a nuestro círculo.

Me miraba fijamente, como si quisiera leer más allá de mis palabras.

—Comprendo —dijo en un tono tan vacío que podía significar cualquier cosa.

—¿Es eso un inconveniente?

—Una de las damas inglesas que ha saludado es hija de un carnicero de Dover. Ya no hay inconveniencias en Francia, así que me gustaría conocer a su amigo.

—Por supuesto —me sentí aliviada—. Seguro que a él también.

Oímos un revuelo y regresamos al salón al instante. Los invitados se arremolinaban alrededor de un hombre que mantenía un diario en las manos. No tuve que preguntar, era evidente por las caras compungidas lo que había sucedido. Cuando empezó a leer todos permanecimos mudos. Luis XVI había sido llevado al cadalso en una carroza cerrada, escoltado por mil doscientos guardias. Desde la cárcel del Temple a la plaza de la República, donde se alzaba la guillotina, el viaje duró dos horas. La multitud fue contenida por un cuádruple cordón de seguridad, armados hasta los dientes. El Rey quiso dirigirse al pueblo al subir al patíbulo, pero se dio orden de que repiquetearan los tambores, y se acalló su voz. Murió con dignidad y quizá con una lucidez y arrojo que no había tenido en vida.

Cuando aquel desconocido terminó de leer, los presentes nos sumimos en una plegaria. Los caballeros se mostraban circunspectos y las damas gimoteaban. Yo estaba tan escarmentada, había presenciado tanto dolor, que simplemente cerré los ojos y recé. El rey, mi

Rey había muerto, ejecutado como un bandido. Sentí un inmenso vacío.

En un silencio difícil de describir, aquella reunión se disolvió. Don Fernando me acompañó hasta la puerta y me hizo prometer que volveríamos a vernos. Al igual que nosotros, la ciudad acababa de enterarse y el mismo silencio sofocante que atenazaba la casa lo hacía con las calles.

Volví a la posada y encontré a Ethan en mi cuarto, con Susanne en sus brazos. Mi hija lloraba amargamente, pero en cuanto la cogí se calló y me dedicó una sonrisa.

—¿Dónde has estado? —me preguntó Ethan con la frente fruncida—. Te he buscado por todas partes. Por un momento…

—El Rey ha muerto —lo interrumpí.

Vino hacia mí y puso una mano sobre mi hombro. Ni cerca ni lejos, midiendo cómo me sentía.

—Lo sé —dijo tras un instante de silencio—. Se decía en el puerto, por eso he regresado al instante.

—He estado en casa de un viejo amigo. Un español como yo.

Dio un paso atrás, apartándose de mí.

—Dime que eso no es cierto.

—Nos encontramos ayer por casualidad —intenté excusarme—. Me dijo que hoy mismo…

—¿Cómo has podido ser tan imprudente, Isabel?

—Necesitaba saber el destino de mi Rey.

—¡Somos proscritos! —a pesar de su contención habitual, aquello parecía haberlo sacado de quicio—. Pueden detenernos. La ventaja que habíamos logrado gracias a nuestro anonimato acaba de desaparecer.

—Es un buen amigo —intenté defenderme.

—Ya no hay amigos. Deberías saberlo.

Creo que empecé a llorar. Por aquella incomprensión. Por el miedo silencioso que había pasado. Por el triste destino de mi mundo ya inexistente.

—¿Por qué no confías en mí? —le grité.

—Solo confío en ti.

—Entonces déjame que te lo presente. A don Fernando. Puede ayudarnos.

Su frente, que por un momento se había desamparado ante mi dolor, volvió a fruncirse.

—Soy yo quien ha de encargarse de mi familia, de ti y de Susanne, no un desconocido.

¿Por qué era tan testarudo, tan orgulloso, cuando todo cambiaba de un instante a otro, la alegría y la desgracia?

—Ethan —intenté convencerlo—, no estamos en disposición de rechazar la ayuda que nos ofrecen.

Se colocó el sombrero y cogió los guantes.

—Voy a salir. Volveré tarde.

—Ethan… —intenté detenerlo.

—Necesito saber que aún puedo cuidar de ti —dijo sin mirarme, alto y claro.

Sin más abandonó la habitación, y yo tuve constancia de que aquel era uno de los días más tristes de mi vida.

Aquella noche Ethan volvió tarde. Sentí sus manos y sus pies helados, su cuerpo pegado al mío, buscando mi calor.

—Lo siento. He sido un estúpido. ¿Podrás perdonarme? —me susurró al oído, y cuando le contesté con un beso me hizo el amor.

Susanne crecía a ojos vista. Adquirió la misma mirada penetrante que su padre, el mismo carácter fogoso y contenido a la vez, la misma forma de absorberlo todo a su alrededor. Ethan, por su parte, se mostraba taciturno desde aquella discusión. La falta de noticias lo desesperaba y aún más la falta de valor de los capitanes, que se negaban a aventurarse a la mar. Aquella vida de mentira que llevábamos en la posaba empezaba a angustiarme a mí también. Una viuda con su hija y un comerciante de paños. Dos desconocidos a los ojos de los demás, y los más cálidos amantes en la intimidad. Solo nos encontrábamos de noche, tras tomar todas las precauciones, y con su ausencia los días se volvían largos, inacabables.

Yo había escrito una carta a mi marido nada más llegar a la ciudad, que envié a Inglaterra para que mis tíos se encargaran de ponerla en sus manos sin delatarme. Era solo una formalidad dictada por mi conciencia. Le decía que me había visto obligada a desatender sus órdenes y abandonar París. Le explicaba que estaba en Burdeos, y poco más. Sabía que el resto ya debían habérselo contado sus amigos, pues mi embarazo, al parecer, no había pasado desapercibido.

Cuando llegó desde Alemania una misiva con remitente desconocido supuse que se trataba de Armand y temí la imprudencia de mis tíos, que se habían atrevido a desvelarle mi nueva identidad y mi paradero. Un tanto disgustada mantuve el pliego sellado con cera entre los dedos, preguntándome qué había llevado a mi familia a confiar de esa manera en mi marido. Sin embargo, la letra diminuta y elegante no era de mi esposo. Rasgué el lacre y desplegué el pliego ante mis ojos, sentada junto a la ventana.

La firmaba mi suegra.

Cinco párrafos concisos donde me daba la noticia de la muerte de Armand.

La forma de decirlo era descarnada.

Sin cuidado.

Con toda la intención de hacerme sentir culpable:

Sé que no le importa, pero su esposo ha fallecido cumpliendo con su deber.

Su cadáver descansaba en el campo de batalla.

Con muy pocas palabras me repudiaba como nuera ingrata, depravada y desagradecida y me acusaba de todo el mal que le había hecho a su hijo, y con ello a su familia. Nuestros caminos se separaban sobre los restos del conde de Chastell, no quería volver a saber de mí ni de mis tropiezos.

Cuando Ethan vino esa noche, una vez que todos dormían en la posada, me encontró en el mismo lugar. Sentada junto a la ventana, con la carta desplegada en mi regazo.

—Debería de sentirme aliviada, sin embargo no puedo sacarlo de mi mente —murmuré cuando se agachó a mi lado, inquieto ante mi inmovilidad.

—¿Qué ha sucedido?

Tomó la carta de mis dedos y la leyó.

—Lo siento.

—¿Crees que nosotros dos forjamos la desgracia de Armand? —le pregunté.

—Creo que él solo se encargó de ello.

—A pesar de todo, lamento que su final haya sido este.

—Ha sido heroico A mí también me gustaría morir defendiendo mis ideales.

—Triste.

—Que descanse en paz.

Me tomó de la mano y me ayudó a desvestirme.

Susanne dormía plácidamente y cuando entré en la cama y Ethan me calentó con su cuerpo lágrimas sin explicación acudieron a mis ojos. Hubo un momento en que llegué a pensar que podría ser feliz con Armand. Una primera vez en que sus ojos, los de mi marido, me arrancaron un suspiro de complacencia, pero había sido tan breve, tan desolador. También era él responsable de gran parte de mis desgracias: sus agresiones, sus humillaciones, las injurias de su hipócrita familia.

Sin él todo sería más fácil, me repetía una y otra vez, y sin embargo su pérdida no me aliviaba.

A la mañana siguiente, muy temprano, llamaron a mi puerta. Ethan ya estaba vestido, pero yo no había abandonado aún la cama mientras daba de comer a nuestra hija. Me miró alarmado y con una señal me indicó que me levantara. Dejé a Susanne en su canasto y me cerré el camisón hasta la última cinta. No había escapatoria. Era mejor enfrentarse a lo que nos esperaba.

Volvieron a insistir. Ethan tomó el atizador de la chimenea y aguardó tras la puerta mientras me indicaba en voz baja que abriera, intentando aparentar la mayor normalidad. En ropa de dormir y con el cabello suelto lo obedecí, temiendo que al otro lado se encontrara un pelotón de soldados que venían a detenernos.

—¡Don Fernando! —exclamé al identificar a mi visitante.

—¡Deprisa, no deben verme aquí!

Sin esperar mi invitación entró en la habitación encontrándose con Ethan.

—Ciudadano Laserre —se descubrió de forma cortés—, será mejor que se tranquilice. Soy su amigo, no lo dude.

Ethan bajó el atizador, pero su suspicacia solo se había acrecentado.

—¿Cómo me has llamado?

Don Fernando miró alrededor, quizá sorprendido por la modestia de nuestros aposentos, pero su rostro no expresó nada,

—Las noticias desde París han llegado hoy a Burdeos —comentó mientras dejaba el sombrero sobre la única mesa—. Se sabe que un diputado de la Asamblea ha huido, traicionando a la Revolución a causa la pasión que le une a una antigua dama de la Reina. Solo he tenido que atar cabos, como harán otros después de mí. Créame, no están seguros aquí.

—Sé cuidar de ella, tampoco lo dudes —contestó Ethan con los dientes apretados.

—No lo he cuestionado, señor —dijo el otro, conciliador—, pero veo desacertado que rehúse una mano amiga en sus circunstancias. ¿Cuánto tiempo cree que tardará el posadero en deducir lo mismo que yo? ¿En darse cuenta de que su cama suele amanecer fría? Nadie arriesgará la vida por dos desconocidos. Si les descubren les entregarán, y esté seguro que quien trate con la condesa, aun haciéndose pasar por una pobre viuda burguesa, descubrirá pronto que su educación no concuerda con la posición de una mujer del pueblo.

Intervine, temiendo que la suspicacia de Ethan lo echara todo a perder. Necesitábamos socorro, era evidente, y aquel era el único aliado con el que contábamos.

—¿Cómo puede ayudarnos, amigo mío?

—He encontrado una casa discreta en la ciudad. En la mía hay demasiado servicio, demasiadas visitas como para pasar desapercibidos. Y puedo buscarles una criada que les atienda.

Me volví hacia Ethan mientras don Fernando jugueteaba con una sonriente Susanne. No había preguntado nada, pero era evidente que ya lo sabía todo.

—Sería como empezar de nuevo —le dije a mi amado, apartándonos a un lado.

Su frente estaba fruncida y las manos cruzadas a la espalda. Leía en sus ojos la lucha que había en su interior. Estaba decidido a protegernos a cualquier precio y a pesar de que sabía que la oferta de don Fernando era la mejor opción, no quería ceder ante un desconocido.

—Solo hasta que encuentre un navío —dijo al fin—. Nada más.

—Por supuesto —le tranquilicé.

—¿Podemos ir allí hoy mismo? —le pregunté a nuestro salvador.

—Tú y Susanne sí —contestó Ethan por él.

—¿Y tú?

Tardó unos instantes en contestar.

—No voy a ir con vosotras. Os pondría en peligro.

Yo tardé el mismo tiempo en comprender lo que quería decir. Su loco heroísmo, aquella forma de protegernos, aun a riesgo de su vida.

—¡No pienso separarme de ti! —casi grité.

—Isabel...

—No intentes convencerme.

—Isabel —me tomó por los hombros para calmarme—, ¿recuerdas nuestro viaje hasta llegar aquí? No estuvimos juntos y sin embargo ni un solo instante estuvimos separados. Estaré vigilante. Iré a veros en cuanto pueda, y mientras tanto organizaré nuestra huida. Todo saldrá bien. Será algo temporal.

Intenté contener las lágrimas. Él era valiente y yo debía ser valiente. Maldije que llevara razón, y sin embargo era cierto que juntos suponíamos un peligro para nosotros mismos y para nuestra hija.

—No quiero estar sin ti —murmuré comiéndome mis lágrimas—. Sin noticias de ti. Si te pasara algo…

—No me pasará nada y pronto estaremos recordando todo esto con una gran sonrisa.

Me dio un beso ligero en los labios. Hasta aquel momento se había guardado de mostrar sus sentimientos delante de don Fernando, pero en ese instante yo necesitaba sus caricias y él no dudó en dármelas.

—Prométemelo —le exigí.

—Te lo juro.

—¿A dónde irás? —le pregunté antes de separarnos.

—No te preocupes por mí, mi amor. Sabré cuidarme.

Me había abrazado y me besaba el cabello.

—Encuentra pronto ese barco —le dije recostando la cabeza en su pecho—. No soportaré estar mucho tiempo sin ti.

Sus fuertes brazos protegiéndome eran mi única patria, mi único ideal. Solo mi hija que jugueteaba en el suelo, era tan importante como él. Lo hubiera dado todo, absolutamente todo por no separarme de aquel abrazo, pero fue Ethan quien lo hizo

—Si sucediera algo… —me dijo mirándome fijamente para asegurarse de que lo entendía.

—No pasará nada —le impedí terminar.

—Si sucediera algo, Isabel —se impuso—, prométeme que te pondrás a salvo. Tu amigo sabrá qué hacer.

—No sucederá nada —volví a repetir, porque la sola idea… era incapaz de soportarla.

Me besó como si fuera un último beso, lo que hizo que mi corazón palpitara echándolo de menos, y sin volver la vista atrás salió del aquel cuartucho, desapareció como si nunca hubiera existido.

Fue entonces cuando comprendí el verdadero significado del amor.

— CAPÍTULO 35 —

Cuando atravesé de nuevo las calles de Burdeos lo único que deseaba era marcharme. Casi como una autómata me refugié en el interior de la discreta carroza que mi buen amigo había puesto a mi disposición. Con las cortinillas bajadas, apretando a Susanne contra mi pecho, mientras don Fernando me contaba las ventajas de nuestro nuevo alojamiento. Como me había dicho estaba muy cerca de la plaza Nacional, en un callejón oscuro por donde no cabía la anchura de la carroza. La fachada estaba picada. Una sola puerta y casi un ventanuco que daba a la calle de atrás y por donde, en caso de necesidad, me podría escabullir. Ambas eran tan estrechas que era necesario entrar de perfil. El interior era igual de angosto, unas pocas habitaciones decoradas con modestia, pero tenía un pequeño patio al que se habrían todas las estancias, haciéndola, si no acogedora, al menos luminosa. Su gran ventaja era que pasaba desapercibida y se ubicaba en una zona de la ciudad donde todos éramos extranjeros o desconocidos.

—No es a lo que está acostumbrada, condesa —se disculpó don Fernando cuanto terminó de enseñarme mi nuevo hogar—, pero es lo bastante discreta como para no llamar la atención, y poder entrar y salir sin ser vista.

Casi me hizo sonreír aquel comentario. Estaba acostumbrada a granjas perdidas en la montaña, a posadas de mala muerte y a carromatos arriados en cementerios. Aquella casita era solo una más en el escalonado camino de mi desgracia. En mi viaje hacia aquel destino donde solo nos ayudaba la esperanza. Le di las gracias y él comprendió que necesitaba quedarme a solas.

Mientras la muchacha que don Fernando había encontrado para ayudarme deshacía el escaso equipaje, cambié a Susanne y pensé una vez más en Ethan. ¿Dónde estaría? ¿Cómo iba a ponerse a salvo? ¿Pensaría en mí de la misma forma constante con que no desaparecía de mi cabeza? Decidí apartar todo aquello porque me volvería loca. Lo amaba con una determinación que nunca podría haber imaginado. Como el principio y el fin de todas las cosas. No solo era aquella irrefrenable atracción que sentía en su presencia. Era como si nuestro espíritu fuera uno solo dividido en dos cuerpos. Y solo pensar… el balbuceo inquieto de mi hija me hizo volver a la realidad, y se lo agradecí con un beso.

La casa estaba bien provista de mantas y también había algunos alimentos, a pesar de que mi amigo me había comentado que la escasez de víveres era inminente. Don Fernando había pensado en todo. Venía casi todos los días, a horas imprevistas. Me contaba las noticias, los rumores, y traía algún regalo para Susanne. Los días pasaban lentos, agónicos, al cuidado de mi hija mientras la muchacha se encargaba de hacer los pocos recados. Pisaba la calle cuando no soportaba ni un segundo más aquel aislamiento, siempre vestida de forma modesta, con mi hija en brazos y con el rostro medio oculto por la cofia y la capa.

Cuatro semanas después seguía sin saberse nada de Ethan y yo empezaba a desesperarme. Mi anfitrión se empeñaba en decirme que las malas noticias tenían alas y que si no sabíamos nada de él solo podía ser una buena señal. Pero aquella opacidad no me dejaba dormir, y las veces que lo hacía me despertaba con el corazón encogido por visiones terribles donde el centro era Ethan Laserre.

Mi amigo me había ido leyendo los sucesos que acontecieron durante el juicio a María Antonieta. Humillada y sin nada en el mundo, se mostró honorable en el último momento. De su condena a muerte me enteré después. Los caminos eran peligrosos y el correo viajaba con dificultad.

A mediados de octubre, el mismo día en que la Reina fue guillotinada, llegó el Terror a la apacible Burdeos.

Como yo salía de la casa muy de vez en cuando, las más veces a comprar alimentos básicos como pan y leche que ya empezaban a ser difíciles de conseguir, apenas tenía contacto con el exterior. La comitiva me cogió por sorpresa cerca del mercado. Sin esperarlo me encontré inmersa en un desfile de dos mil *sans-culottes* y un par de cientos de jinetes que escoltaban a los tres representantes de la Convención. Estos llegaban a la ciudad para poner orden a la poco modélica vida republicana de los bordeleses.

Susanne estaba entusiasmada con el espectáculo, pero yo me ajusté la cofia sobre la frente y me hice invisible entre la muchedumbre, sabiendo que no podía marcharme hasta que aquella marea no dejara libres las calles. Los vecinos parecían conocer a los insignes visitantes, o quizá su fama los predecía. El mayor de ellos era un antiguo párroco llamado Ysabeau. Pasó ante mí con la cabeza tan alta que pude leer en ese gesto su falta de piedad. Le seguía el que llamaron Tallien, de mirada oscura y rostro esquivo. Decían que era el jefe de todos ellos y la persona a quien había que suplicar clemencia. También que era rígido en sus decisiones y propenso a la violencia. Cuando pasó el tercero, ungido con todos los símbolos de la República, me llevé una mano al pecho sin darme cuenta. Le llamaban Baudot y era médico de profesión. Aparte de eso, yo lo había visto en otras dos ocasiones. La primera en mi casa y la segunda en la suya.

Era el amigo de Ethan, el mismo que ayudó a escapar a mis tíos y fue clemente con nosotros la noche de las matanzas.

Volví a mi refugio confusa. No sabía si aquello era una buena o una mala noticia. No podía olvidar que aquel hombre era quien había denunciado a Ethan. Tampoco que se querían como hermanos. Por algún motivo no le conté nada a don Fernando, pero estaba ansiosa por hablar con Ethan para poder decírselo. Quizá nos ayudara de nuevo y pudiéramos marcharnos en unos días.

La llegada de los delegados de la Convención se hizo notar al día siguiente. Se constituyó un tribunal revolucionario y se alzó una guillotina en la Plaza Nacional, muy cerca de mi casa. Por la mañana nos despertaban las voces de los pregoneros que, acompañados del repicar de tambores, proclamaban que había llegado la hora de cortar las cabezas de los traidores.

Don Fernando me iba leyendo las lóbregas noticias que llegaban desde París. Los diarios decían que la guillotina funcionaba con tanta agilidad que los espectadores eran salpicados de sangre mientras tejían al pie del cadalso. Cerca de dos mil personas estaban a la espera de ser ejecutadas. Nombres que habían iluminado mi mundo y que ahora esperaban al frío contacto de la hoja.

En Burdeos la hoja de la guillotina también había empezado a mancharse de sangre. A aquellos que esperaban en la cárcel se les hacían un juicio sumarísimo y pocos se libraban de su trágico destino.

Una de aquellos días le pregunté a don Fernando por su prima, Teresa Cabarrús.

—Ha sabido asegurarse el futuro, condesa —me dijo, intentando no darle a sus palabras el sentido que tenían—. Es la amante de Tallien, la persona que manda en Burdeos y decide quién vive y quién muere en estos momentos.

No la enjuicié. Cada uno buscábamos una forma de salvarnos de aquella locura, y si con el calor de su cuerpo se libraba de la muerte, bienvenido fuera.

La escasez de alimento se estaba convirtiendo en un gran problema. Entre la inseguridad de los caminos, la inmovilidad de la flota y la desatención de los campos de cultivo, encontrar pan se convertía en una odisea cada mañana, que ni siquiera las influencias de don Fernando podían paliar.

En aquel ambiente de zozobra donde de nuevo estábamos sumergidos, una tarde, mientras volvía a casa con la canasta vacía, al pasar por uno de los callejones del mercado, alguien tiró de mí con tanta fuerza que caí en sus brazos. Iba a gritar cuando sentí su voz a mi oído.

—Isabel.

Era Ethan. Ataviado con un largo gabán negro de cuello alzado, y un tricornio calado para ocultar su rostro. Nos amparaba la oscuridad del callejón, pero me hubiera dado igual. Lo abracé. Lo besé. Le pedí que no se fuera, pero sabía que solo contábamos con unos instantes y no quería desaprovecharlos.

—¿Cómo está Susanne? —me preguntó intentando leer en mis ojos la verdad.

—Cada día más hermosa. Le hablo de ti todas las noches.

—¿Y tú, mi amor?

—Echándote de menos, pero soy fuerte. Al menos he descubierto eso. ¿Cuándo podremos estar juntos?

—Pronto, muy pronto —me prometió.

—Tu amigo está aquí —le dije sintiéndome feliz de poder contárselo al fin—. Quizá…

—No te acerques a él —su voz sonó tan grave, tan concisa que creía que no me había entendido.

—Pero quizá…

Me tomó por los hombros para que le escuchara.

—Prométeme que te mantendrás a distancia. Ya no es mi amigo.

Lo miré desamparada. Durante los últimos días mi único aliciente era volver a verlo, y poder contarle que existía una esperanza bajo el nombre de su viejo aliado

—Necesito volver a creer que todo saldrá bien —le rogué con un nudo en la garganta.

—Lucharé hasta mi último aliento para que así sea —volvió a besarme, pese a lo arriesgado que era—. Ahora debo irme.

—¿Cuándo te veré de nuevo? —mis dedos se asieron al gabán. No quería que se marchara.

—Pronto —se acercó y me dio un nuevo beso. El sabor de sus besos—. Cuídate y cuida de nuestra hija.

—Yo…

No me dio tiempo a despedirme. Desapareció al otro lado del callejón y se difuminó entre la multitud. Yo seguí mi camino con la tenue esperanza de que aún estaba vivo.

El filo de la guillotina seguía cayendo con una perseverancia obsesiva, mientras el otoño dejaba sin hojas los árboles. Al miedo a ser detenido ahora se sumaba uno nuevo: el de perecer de hambre.

Yo dedicaba todo el tiempo libre que me dejaba Susanne a buscar algo que llevarnos a la boca, pero los alimentos escaseaban de forma tan alarmante que de mala manera conseguíamos comer dos de cada tres días, y cuando podíamos llevar algo a la mesa era siempre escaso y tan viejo que era mejor tragarlo sin degustar. La hambruna lo ocupaba todo y, junto con la muerte, era los dos únicos temas de conversación en la ciudad. La prosperidad de unos meses antes, sin parecerse en nada a la de un año atrás, era ahora un espejismo en un entorno donde se había asentado el hambre y el miedo.

Don Fernando seguía con sus visitas. Una de aquellas veces parecía agitado, y aunque sonreía como a menudo, sus ojos evitaban mirarme de frente. Le ofrecí agua del pozo, que aún se podía beber, aunque algunos estaban contaminados, y cuando la criada se retiró y estuvimos a solas lo tomé de la mano para que me prestara atención.

—Dígame qué ocurre, buen amigo.

Don Fernando alzó las cejas y se humedeció los labios. Parecía contrariado, sin embargo, accedió a hablar.

—No sé cómo decírselo, condesa — que siguiera utilizando el título, rodeados de miseria, me llenaba de ternura—. He tenido noticias. Al parecer buscan al doctor Laserre en Burdeos y sus inmediaciones. Saben que está aquí.

Solté su mano y la llevé a mi pecho, donde el corazón me acababa de dar un vuelco.

—¿Cómo?

Carraspeó y se pasó una mano por su corto cabello.

—He estado pensándolo y me temo que él no es inocente en todo esto. Lo han visto merodeando por la ciudad y en los campos cercanos, y cometió el error de firmar con su nombre un pagaré en una posada.

—Ethan jamás sería tan descuidado —dije al instante.

—Eso mismo he pensado yo.

Entonces empecé a comprender lo que don Fernando estaba intentando decirme.

—Cree que lo ha hecho a propósito.

—La noticia que circula es que está solo. Las conclusiones a las que ha llegado la chusma es que ha dejado abandonada a su amante, cansado de ella.

—¡Ethan! —exclamé al comprenderlo.

—Me temo que está intentando alejar las sospechas de usted y de su hija a costa de su seguridad.

Lo conocía bien y sabía que era así. ¿Es que no entendía que mi vida no valía nada sin la suya?

—¡Maldito idiota! —exclamé.

—Yo no sería tan injusto con alguien que arriesgara su vida por mí, condesa.

—Pues yo sí, porque si lo detienen y lo llevan al cadalso…

Don Fernando arrugó la frente.

—¿Qué locura haría?

Volví a enfrentarme a él, a sus ojos que me miraban sin comprender.

—Prométame que cuidaría de mi hija —le exigí, implacable.

—No pienso tolerar más ideas locas —parecía asustado.

—Prométamelo, por su honor.

Tardó en hacerlo. Era difícil discernir qué encerraban sus ojos. Quizá la evidencia de que trataba con una mujer trastornada. Quizá algo más. No me entretuve en descubrirlo, solo necesitaba arrancarle una promesa.

—A su hija a mi lado no le faltará nada —dijo al fin, ajustándose la casaca—, pero le ruego que no actúe de forma imprudente.

Reí sin darme cuenta al escuchar su súplica.

—¿Ha amado antes a alguien? —dije sin apartar mi mano de mi pecho—. Amarla de verdad, sabiendo que usted solo existe porque la otra persona existe y que todos los caminos llevan irremediablemente hasta ella.

Su mirada se llenó de oscuridad. Yo debía transmitir un aire terrible y mis palabras no lo eran menos.

—Alguna vez amé con tal pasión, condesa.

Suspiré y tragué la bola de dolor que se había formado en mi garganta.

—Entonces únicamente encárguese de mi hija si a mí me sucediera algo —le dije intentando esbozar una sonrisa—, y recuerde que los sacrificios por amor no tienen valor alguno. Se hacen con placer.

Otro invierno gélido, casi tanto como en París, dejaba a la vista los estragos en una ciudad fantasma. El frío, el miedo y la desnutrición encerraban a los ciudadanos en sus casas y solo los muy pobres y los perros perecían a la intemperie sin el calor de una mano amiga.

Sin embargo, quienes ahora ostentaban el poder, estaban privados de la penuria. Sus mesas bien dispuestas, velas de cera en sus candelabros y leche con miel para antes de dormir. Simplemente habían ocupado un lugar que antes correspondía a otros. Aquello no lo cambiaba el mundo ni la Revolución. Solo cambiaba el orden de las cosas.

Me había puesto uno de los vestidos de invierno que me había regalado don Fernando. Una tela gruesa en color verde oscuro que según él resaltaba el tono de mis ojos. El cabello lo había recogido con cintas pues había perdido todos mis sombreros, y como no disponía de arrebol me pellizqué labios y mejillas para darles un aire más saludable. Antes de salir escribí una nota en un trozo de papel que pedí a la criada que en caso de que no volviera debía entregar a don Fernando. Por último, besé a mi hija y la estreché contra mi pecho. En nada cumpliría dos años, pero seguía siendo mi precioso bebé. Su palabra favorita era *No*, que balbuceaba con un lenguaje cada vez más fluido. Una última mirada a mi aspecto en el pequeño espejo de mi habitación y salí a la calle en busca de nuestro destino.

Por el camino no me crucé con nadie. Últimamente la guillotina estaba siendo aún más cruel. Ya no solo caían políticos, religiosos y nobles, sino que, hasta los pobres campesinos sin fortuna, si recaía sobre ellos la sospecha de que habían ayudado a un disidente, eran entregados a aquella máquina insaciable.

No me había hecho anunciar, así que cuando llegué a la gran mansión hubo un revuelo de incertidumbre entre el servicio. Viejos criados de la antigua nobleza intuyeron que yo no era cualquiera y no se atrevieron a echarme a patadas. Aguardé en el vestíbulo, agradeciendo el calor de las chimeneas, que parecían todas encendidas, hasta que un caballero enjuto y de peluca empolvada se acercó a mí con cuidado.

—Ciudadana, ¿en qué podemos ayudarte? —dijo con tanta educación como cautela.

Parecía un viejo maestro o un letrado. Me miraba con curiosidad a través de sus manoseados anteojos.

—He venido a ver a Baudot —le contesté poniéndome de pie al instante—. Lamento no haber podido anunciarme.

Aquel hombre me miró sin comprender.

—El ciudadano Baudot está ocupado. Venga en otro momento.

—No pienso marcharme hasta que me reciba.

Aquel hombre acababa de descubrir que yo no era la mujer juiciosa que había deducido por mi aspecto.

—Me parece imprudente por tu parte.

No me asusté, a pesar de parecerse demasiado a una amenaza.

—Dile que he venido a pagarle su caballo y su calesa. Si aun así no me recibe me marcharé por donde he llegado.

Aquel hombre me miró de nuevo, desconcertado, y desapareció por donde había venido. Me quedé de pie, rodeada por cuadros que representaban a los propietarios de aquella casa incautada y que posiblemente habían perecido en la guillotina. Escenas alegres y campestres que contrastaban con la tristeza de aquellos días.

—Acompáñame —oí una voz conocida.

El amigo de Ethan estaba frente a mí, a un par de metros.

Había aparecido sin que me diera cuenta. Poco en él había cambiado, a no ser por el cabello más corto y quizás algo de peso. Lo seguí. Había una puerta cerrada donde se escuchaba el alboroto de una fiesta, pero pasamos de largo hasta un gabinete privado. Él se sentó tras una mesa de escritorio y me señaló una silla al otro lado. Era admirable cómo podía reconfortar el calor de una chimenea que crepitaba a toda su potencia.

—¿Y bien? —me preguntó mientras cruzaba los dedos sobre el tapete.

Tenía muy claro lo que iba a pedirle, sin embargo, una vez que había llegado la hora, me faltaban las palabras.

—Entiendo que ya sabes por qué he venido.

Asintió.

—Explícamelo si no te importa.

Si las otras veces me trató con respeto, ahora era un hombre demasiado poderoso como para desatender, incluso en privado, las nuevas normas de nuestra sociedad. Había ahora en él una frialdad que no auguraba nada bueno.

—Ethan… —me corregí al instante—, el doctor Laserre está en una situación delicada. Hay una orden de arresto contra él. Es cuestión de tiempo que lo atrapen.

—¿Te ha pedido él que vengas aquí?

—No.

—¿Y por qué lo has hecho?

Suspiré sin darme cuenta. ¿Me había arreglado con tanto cuidado para intentar seducirlo? ¿Porque recordaba sus palabras en mi casa diciendo que entendía por qué Ethan me amaba? Me sentí despreciable, pero aun así no podía dar marcha atrás.

—Estoy desesperada. Eres su amigo y mi última esperanza.

Él volvió a asentir. No apartaba sus ojos de los míos, sin embargo, era difícil saber qué pensaba. Al final aguzó la mirada y se acarició la barbilla antes de hablar.

—Ciudadana, estoy aquí para limpiar la ciudad de proscritos, ¿por qué piensas que voy a ayudar a uno de ellos?

—Porque en el pasado…

—Ese pasado no existe —me interrumpió con voz helada y llena de rencor—. Nada de lo que ha hecho Laserre ha sido con mi aprobación. Le recriminé cuando supe la atracción enfermiza que sentía por ti. Discutimos cuando me rogó que ayudara a tus tíos, y dejamos de ser amigos cuando tuve que socorrerlo a riesgo de mi vida para huir contigo de París.

Lo miré sorprendida. En ningún momento había sido esa mi impresión.

—Pero os abrazasteis en aquella ocasión —intenté comprender.

—Ambos sabíamos que era el final. La última vez. Y que la próxima que nos encontráramos sería como enemigos.

Me quedé helada a pesar del crepitar del fuego a mi espalda. La única cuerda de salvación estaba rota. Es más, podía convertirse en una soga de verdugo.

—¿Y ni siquiera por los viejos tiempos le harás un último servicio? —supliqué, a punto de arrojarme a sus pies.

Él me miró con una dureza que me recordó el brillo acerado de la guillotina.

—Si Laserre es apresado —mordió cada palabra—, mi voto estará con el patíbulo, y si se alzan sospechas contra ti, que no dudes que ocurrirá muy pronto, no ruegues mi piedad.

Comprendí mi error, mi enorme error habiendo acudido hasta él. Por eso Ethan se había dejado ver, para apartar a aquel sabueso de mi rastro. Me puse de pie. No solo no había más que hablar, sino que mi presencia allí podía empeorar aún más las cosas.

—Lamento entonces haber venido —dije reculando hasta la puerta.

Él no se movió de donde estaba. Lo había sacado de una celebración con sus amigos y había tenido la desfachatez de pedir clemencia para un traidor. Sabía que me lo iba a hacer pagar.

—Y lo vas a lamentar, te lo aseguro —dijo desde donde estaba—. Porque me has recordado cómo de perniciosos son los de tu clase, y hasta dónde llega vuestra osadía. Ahora sal de mi casa.

No tuvo que repetirlo. Volví sobre mis pasos, aterida y repleta de malos augurios. Ahora entendía el porqué de la advertencia de Ethan.

Ahora comprendía en el peligro que yo acababa de ponernos.

1794

— CAPÍTULO 36 —

Me pregunto aun hoy qué era lo peor de todo, y sin duda la respuesta es la ausencia de Ethan.

El hambre lo engañábamos masticando vainas secas de algarroba, y el miedo… en verdad el miedo ya formaba parte de nosotros, como la piel y los huesos. En cualquier momento podían llamar a la puerta y conducirnos al cadalso. Vivir recluida al menos tenía la ventaja de que los días eran iguales unos a otros y eso aportaba una monotonía que se parecía bastante a la normalidad. Como si cada mañana no escuchara al otro lado de la tapia el traqueteo de la carreta que llevaba a los condenados al patíbulo.

Durante tres meses no supe nada de Ethan. Aquella ausencia, aquel vacío era lo peor. Temía que de alguna manera me llegara la noticia de que lo habían arrestado, o de que su cabeza se pudría en una tumba cubierta de cal desde hacía semanas. Aquel miedo visceral era lo único que me consolaba de su ausencia. Era curioso cómo poco a poco nos íbamos conformando con menos, con tan poco que lo único que me mantenía con fuerzas era el pavor a perderlo.

A principios de marzo, justo después del anochecer, llamaron a mi puerta. Era una hora inoportuna, pero don Fernando, a veces, acudía tarde si sus negocios lo habían tenido entretenido. Abrí con la misma cautela de siempre, y cuando vi la silueta vuelta hacia el callejón, embutida en una amplia capa negra, me aparté sabiendo que era él.

Ethan también había cambiado.

Estaba enjuto, lo que acentuaba la profundidad de sus inmensos ojos azules. Le había crecido la barba y había una nueva cicatriz en su sien, ya curada, de la que ni siquiera sabía de su existencia. No hubo palabras. Solo nos abrazamos y permanecimos juntos mucho tiempo. Cuando al fin rompimos el abrazo lo llevé hasta la canasta donde reposaba Susanne, que dormía ajena a los males que nos rodeaban.

—Tan hermosa como su madre —murmuró mientras le acariciaba el cabello.

—Y tan decidida como tú.

Quise despertarla, pero él me lo impidió.

—Solo puedo estar unos minutos —dijo mientras me miraba de aquella manera capaz de detenerme el corazón—. Si no te veía de nuevo creo que me hubiera vuelto loco. Ayer no pude recordar tu rostro. ¿Te ha sucedido a ti? Creí que si te diluías de mis recuerdos nada merecería la pena.

Lo abracé una vez más. Con desesperación. Necesitaba tanto que estuviera a mi lado, y a la vez era tan fuerte el pavor de que aquello lo condujera a la desgracia que no sabía conducirme con coherencia.

—He soñado este momento —le susurré al oído—, no hablemos de despedidas. Aún no.

—Traigo buenas noticias —me dijo tras besarme con mi misma ansiedad.

—Dime que nos iremos.

—Un barco zarpa en ocho días para Cádiz, y de allí a Sevilla. He hablado con el capitán y por una buena suma he conseguido que nos reserve pasajes.

Hice por creerlo, porque estaba tan desesperada que algo así ya formaba parte solo de mis sueños.

Aquella era una posibilidad remota que ya daba por perdida. Hablaba a menudo con don Fernando de aquel viaje, pero en verdad lo hacía como si narrara un cuento a mi pequeña, un cuento de aventuras que jamás sucederían. Sin embargo, ahora…

—Aún queda lo más complicado —prosiguió sin dejar de abrazarme—. Necesitamos salvoconductos. He de viajar al norte para encontrar a quien pueda elaborarlos. Mi familia se está arriesgando demasiado para ayudarnos. En Burdeos es imposible conseguirlos. Hay demasiada vigilancia. Demasiado miedo.

—Solo ocho días —de pronto los días monótonos se habían transformado en una prisa necesaria—. ¿Te dará tiempo a regresar?

—Parto ahora mismo, pero no quería hacerlo sin verte una vez más.

No sabía dónde había estado refugiado. Contaban que algunos prófugos se ocultaban en viejos graneros o en cuartuchos tapiados en casas de sus criados. Ethan era demasiado orgulloso para algo así. Aquella herida en su sien era de espada, pero no quería saber nada más. No quería pasar aquellos ocho días más asustada de lo que ya estaba.

—Ten cuidado, amor mío —fue lo único que le pedí.

—Prepáralo todo. Solo llevaremos lo imprescindible. Aún me queda dinero suficiente y mis hermanos me enviarán mi parte a España una vez que nos acomodemos.

Oírlo de sus labios fue como romper una pompa de jabón donde había estado aislada todos aquellos meses.

—Suena como si fuera posible.

—Es posible—me aseguró tras pasar su lengua por mis labios—, y será antes de que nos demos cuenta.

—Ethan —gemí sin más palabras. Su nombre redondo, robusto, seguro. No quería que se marchara y sin embargo sabía que debía hacerlo. Su nombre como un ancla, como un timón, como mi único destino.

—No pienso irme sin amarte —me susurró al oído mientras sus manos empezaban a desvestirme.

—No pienso dejarte marchar sin que lo hagas.

Me desperté feliz. Él ya no estaba a mi lado. Se había marchado tras un largo beso y había vuelto varias veces a mi lecho, antes de desaparecer por la puerta, bien entrada la madrugada.

Me descubrí cantando mientras acunaba a Susanne, y sonriendo mientras observaba la devastación del pequeño patio donde no crecían flores. En unos días todo aquello quedaría atrás. Sería solo un recuerdo, una amarga pesadilla, y al fin estaríamos juntos los tres, como lo que siempre habíamos sido, una familia.

Apenas quedaba nada que comer, pero preparé un guiso pobre para mí y mi criada, que había salido bien pronto en busca de viandas y aún no había regresado.

A mediodía llegó don Fernando. Yo seguía risueña, imaginándonos a Ethan y a mí abrazados sobre la cubierta de la goleta, mientras Susanne jugaba a nuestros pies. Pero al ver su expresión grave me temí una nueva desgracia, aunque nunca imaginé lo que me dijo.

—Siéntese, condesa, he de darle malas noticias.

—Puedo permanecer de pie —mi rebeldía se impuso como cuando era apenas una muchacha.

Mi viejo amigo estaba muy serio. Abrió la boca, pero aún tardó en hablar.

—Ethan ha sido detenido esta mañana.

Entonces sí me senté. Más bien caí sobre la silla porque las piernas dejaron de sostenerme.

—¿Dónde está?

—Vuestra criada lo ha denunciado por temor a que la consideren cómplice. Han mandado un pelotón hacia el norte y lo han alcanzado al amanecer, antes de que llegara a Ludon.

Una única idea se había formado en mi mente. Aquella noche no podía ser la última.

—Tengo que ir a verlo.

—Condesa, ya no hay nada que hacer —intentó consolarme, algo del todo inútil—. En cuanto reciban instrucciones de la capital lo llevarán a París donde será juzgado. Quieren que sea un castigo ejemplar.

—Debe ayudarlo —le supliqué—. Tiene contactos en todas partes.

—No es fácil. Está fuertemente vigilado.

—Hágalo por mí.

Don Fernando me miró. Desamparado, hambriento, lleno de desvelos.

—Por usted cualquier cosa —contestó—. Incluso esta. Pero no puedo asegurarle nada.

—Si Ethan muere, yo me iré con él.

—No diga estupideces —se escandalizó—, tiene una hija a quien cuidar, y buenos amigos que sabrán velar por usted.

—Mi querido don Fernando, ya se lo dije una vez: para comprenderme es necesario haber amado de verdad.

—Está equivocada —por un momento parecía ofendido—. Y no sabe cuánto.

Se puso de pie. La visita había terminado. En verdad poco más podía decirme. La detención se había producido hacía apenas unas horas.

—Intentaré organizarles un encuentro —dijo antes de irse—. Le mandaré a mi criado si es posible. Vaya con él. Coja algo de equipaje. Le llevará a algún lugar seguro. No creo que tarden en venir a detenerla.

Creo que no dije nada. Aquella desgracia había sido como un incendio, destructor, demoledor, y en lo único que yo pensaba era en verlo de nuevo.

Cuando me quedé a solas fui en busca de Susanne. Estaba juguetona y obsesionada con mi cabello. Mientras reía en mis brazos preparé como pude un hato con nuestra ropa y las pocas pertenencias de valor, y estaba terminando cuando llamaron de nuevo a la puerta. Abrí sin titubear. Si venían a por mí al menos estaría junto a Ethan y sabía que a los pobres huérfanos, como Susanne, nos les causaban daño alguno. Sin embargo no era la Parca sino un criado de don Fernando que me hizo que lo siguiera. No me despedí de aquella casa. Cerré tras de mí y me enfrenté a lo que me deparara el destino.

Me llevó por calles traseras, por angostos callejones que nunca había transitado. Yo apenas era capaz de seguirle. Tenía la mente abotargada y los sentidos adormecidos. Salimos a otra calle estrecha y húmeda que transcurría siguiendo el recorrido de una alta tapia. Había una sola puerta, pues las ventanas quedaban muy arriba. Mi guía llamó dos veces. Una más. La puerta se abrió y entonces me di cuenta de que estábamos ante la entrada trasera de una de las prisiones provisionales donde los cautivos aguardaban juicio.

—Solo tiene unos minutos, señora —me dijo el joven criado—. Aguardaré aquí con su hija y sus pertenencias. Después iremos a un lugar seguro.

Aquella desgracia me pareció un regalo de la providencia. Se lo agradecí mil veces antes de entrar tras el carcelero por los lóbregos pasillos de la prisión. Me volví solo una vez para mirar a mi hija, risueña en brazos desconocidos. ¿Y si aquello era una trampa? ¿Y si salía, únicamente, para subir al cadalso? Aun así, seguí adelante. Tenía que ver a Ethan, eso era todo lo que me guiaba.

Me dejaron ante una pequeña habitación que habían cerrado con prisas por medio de una vieja cancela. Delante había dos guardias armados que se apartaron, pero solo unos pasos. Al parecer el doctor Laserre era demasiado peligroso como para compartir celda.

—¡Isabel! —dijo al verme, agarrándose a los barrotes y yo a sus manos.

—Tenía que verte. Solo pensaba en que tenía que verte.

—Debes marcharte cuanto antes —me rogó desesperado—. Ponte a salvo. Hazlo por mí. Por Susanne. Hazlo si aún me amas.

—Don Fernando va a cuidar de nosotras, pero tú... —rompí a llorar.

—Ya no importa. Ahora debemos despertar de este largo sueño. El sueño de nuestra vida. No me importa que termine así. Volvería a repetir cada error, cada decisión precipitada si con ello pudiera volver a vivir lo que he sentido a tu lado.

Intenté detener mis lágrimas. No quería que aquella fuera la última imagen que se llevara de mí.

—Lo nuestro no puede terminar aquí —le dije, esbozando una desastrada sonrisa—. Apenas hemos empezado.

—Lo nuestro, amor mío, no terminará nunca. Estaré siempre a tu lado.

Tenía una gran hinchazón en el ojo que le provocaba que estuviera medio cerrado, y rastros de sangre en la nariz. Estaba claro que no se lo había puesto fácil a sus captores. Hacía solo unas horas estaba entre mis brazos. Mi cuerpo aún recordaba su calor, y mi piel se estremecía aún con su pasión.

—¿Cómo voy a hacerlo? —le pregunté derrumbándome de nuevo—. ¿Cómo voy a vivir sin ti?

Él me besó la mano. Cerrando los ojos. Cuando los abrió estaban brillantes pero llenos de esperanza.

—Lo harás porque eres fuerte —me aseguró—, porque tienes la vida por delante, y porque solo puedo morir sabiendo que tú estás a salvo y tienes un futuro lleno de luces.

—¡Ethan! —su nombre como todo refugio.

—Debes marcharte —me apresuró. Ya no quedaba nada que decir y pronto se emitiría mi orden de detención—. No sé cómo, quizá mediante los contactos de don Fernando, pero necesitas encontrar un salvoconducto. Tu pasaje y tu futuro zarpan en una semana. Debes estar en ese barco. Prométemelo.

—Te lo prometo —dije sin pensarlo.

—Y ahora dedícame una sonrisa. Es lo último de ti que quiero llevarme.

Lo intenté, pero no pude.

—Esta no puede ser la última vez —le supliqué, como si él pudiera evitarlo.

—Estaremos juntos para siempre —me dijo lleno de esperanza. La que yo no tenía.

Él carcelero se acercó y puso una mano sobre mi hombro. Los dos guardias empezaban a ponerse nerviosos.

—Ciudadana, debemos salir.

Ethan comprendió que no podía entretenerme, pues yo corría un grave peligro a cada segundo que pasaba a su lado. Para conseguir que me marchara se apartó hacia el fondo de la celda, sumergiéndose en la penumbra y yo me dejé arrastrar hacia el exterior sin dejar de mirar hacia atrás.

Una vez fuera me encontré vacía.

Ni siquiera podía llorar.

Era como si me hubieran extirpado el alma.

Seguí al criado de don Fernando sin importarme nada. Me acomodó en otra vieja casa donde me aseguró que estaríamos a salvo. Yo le di a entender que estaba agradecida, pero no me importaba cuál fuera mi destino. Solo mi hija impedía que no corriera a entregarme.

Susanne, ajena a nuestro mundo, a nuestras desgracias, reclamó su alimento, y mientras daba de comer a mi preciosa hija, yo llegué a la conclusión de que cuando cayera la guillotina sobre el cuello de Ethan también lo haría sobre mi garganta, porque mi corazón había dejado de latir en ese mismo instante.

Don Fernando me prohibió que me dejara apresar aduciendo mi responsabilidad para con Susanne.

Me aseguró que era una locura, que mi mente estaba nublada y mi corazón gobernaba sobre mi entendimiento, sin embargo, no le presté atención. Si había una posibilidad, aunque fuera remota, de que Ethan pudiera salvarse debía seguirla. A pesar de que con ello pusiera en peligro mi vida.

En esta ocasión llevé conmigo a Susanne porque sabía que no correría peligro. Hasta los chacales de la revolución eran misericordiosos con niños tan pequeños. Además, la habitación donde estábamos ahora refugiadas siempre estaba helada y no tenía a nadie con quien dejarla. Salí a media mañana, una hora prudente donde hasta los más relajados debían haber salido de sus lechos, y fui hasta la mansión donde se alojaba Tallien, el más importante de los delegados de la Convención, el que tenía el futuro de Ethan en sus manos. Sin embargo, no era a él a quien quería ver, sino a su amante.

Me hice anunciar como Isabel de Chastell, con la intención de que ella supiera reconocerme, y al instante Teresa Cabarrús bajaba personalmente a recibirme. Era posiblemente la mujer más bonita con la que me había cruzado. Pequeña de estatura, cabello negro y peinado al estilo griego, su piel era tan cálida como la mía y sus ojos vivos y expresivos. Tenía una sonrisa edificante, enmarcada en unos dientes blanquísimos y perfectos. Se dirigió a mí en francés, a pesar de que ambas éramos españolas, y reconocí en la cadencia de su ligero acento mi misma forma de hablar, envolvente y llena de sugerencia, algo que hasta no oírlo de otra boca me pasaba desapercibido.

—No estaba segura de si eras tú —me abrazó con enorme ternura para después centrarse en mi pequeña—. ¿Es tu hija?

—Se llama Susanne.

—Será tan bella como su madre. Y esos ojos. Tendrá tantos pretendientes que tu esposo irá de duelo en duelo.

—Armand murió en el campo de batalla.

Teresa pareció desolada. Sabía que su marido y el mío habían sido buenos amigos, y si era cierta la afición de la antigua marquesa de Fontenay por las fiestas ligeras era posible que también ella lo fuera de Armand.

—Lo lamento enormemente —dijo en verdad apesadumbrada, pero solo duró un instante. Al momento sus ojos chispearon y sus labios volvieron a sonreír—. Ven, almuerza conmigo. Pocas veces tengo la oportunidad de ver a viejas amigas.

A pesar de que ella ya me indicaba una de las habitaciones interiores, donde debía de estar el comedor, a pesar del hambre que tenía, no me moví de donde estaba.

—Cuando te diga para lo que he venido quizá dejemos de serlo.

Teresa se detuvo en seco y me miró preocupada.

—¿Qué puede ser eso?

Me arrojé a sus pies como si ella fuera una reina. En verdad lo era, la reina de la Revolución. Mi gesto la llenó de confusión, y de inmediato me ayudó a levantarme.

—Incorpórate, amiga mía, y ven a sentarte conmigo.

No era consciente de mi debilidad hasta darme cuenta de que apenas me quedaban fuerzas. Con dificultad me puse de pie, y la seguí hasta la ventana.

—Necesito salvoconductos para salir de Francia —dije sin más. Ya estaba comprometida, ¿para qué alargarlo?

—Es un asunto delicado.

—Si no lo fuera jamás te habría molestado, pero estoy desesperada.

—¿Para ti y tu hija?

—Y para el padre de mi pequeña.

—Pero... —arrugó su bella frente contrariada, pero solo fue un momento—. Ya entiendo.

Aún no lo había entendido del todo, así que apuntille con voz clara su nombre.

—Ethan Laserre.

—¿El traidor? —exclamó alarmada y bajando la voz—. Me pides demasiado, amiga mía, e insinúas más de lo que puedo aceptar en mi presencia sin comprometerme.

—Te lo ruego por los años en que éramos dos extranjeras en una corte extraña —le supliqué como nunca lo había hecho antes—, por los amigos que han quedado en el camino, y por tu bondad, que siempre fue ejemplar.

—Me pones en peligro con esta petición.

—Sé que has ayudado a otros. Dicen que a todos los que llaman a tu puerta.

—Pero ninguno era un traidor. Ninguno tenía un precio tan elevado por su cabeza.

—¿Traidor? —estaba harta, cansada de que lo acusaran—. Lo único que ha hecho Ethan ha sido amarme. ¿Cómo puede acusársele por eso? ¿Cómo puedes tú no entenderlo?

Durante un instante ambas nos miramos. Yo dependía de su voluntad y ella se planteaba hasta dónde podía confiar en mí.

—No sé cómo —dijo al fin—, pero te prometo que haré lo que esté en mi mano. Vuelve pasado mañana.

—Te debo la vida y la felicidad.

—Fuiste la única que me respetaba cuando la Corte murmuraba a mis espaldas. Por eso siempre te he llamado amiga.

El chambelán entró en ese momento y Teresa me indicó que no dijera nada. Al parecer ya esperaban otras visitas y nuestra entrevista tenía que terminar allí. Se despidió de mí con tanto afecto como me había recibido. Salí de su casa con la esperanza de que al menos había una posibilidad, aunque al recordar a Ethan entre rejas esta se alejaba como un barco de papel en la corriente.

Era temprano y en aquella habitación donde me refugiaba no tenía nada que comer, así que decidí ir al puerto a buscar el barco que nos llevaría a la libertad. Parecía que aquella conversación me había fortalecido. ¡La esperanza tiene ese poder sobre los humores! Fue un paseo agradable, como si a mi alrededor no se estuviera derrumbando todo.

Localicé el navío de inmediato. Ethan me lo había descrito con detalle después de amarnos. Aquellas conversaciones, desnudos y abrazados, eran lo que más recordaba de él, eran la perfecta metáfora de mi felicidad.

Se trataba de una goleta de tres mástiles con una divisa azul y blanca pendiendo de la mesana. Era amplia de eslora y parecía ligera a pesar de estar anclada en el puerto. Había varios hombres trabajando en cubierta que se sorprendieron cuando los llamé desde tierra. Eso solo lo hacían las que buscaban dinero a cambio de placeres, así que en un principio pensaron mal de mí, pero cuando vieron a Susanne en mis brazos me atendieron y llamaron al capitán. Por alguna razón, quizá influenciada por las novelas de Defoe que leía en casa de mi tío, me había imaginado a un hombre rechoncho y barbudo. Sin embargo, era un joven elegante, rasurado y cortés. Bajó a tierra en cuanto me vio.

—En qué puedo ayudarte, ciudadana.

—Tengo pasaje para dentro de seis días.

—Sé discreta, por Dios. Esto es un buque de carga.

Me tomó del brazo y me apartó hasta detrás de varios toneles de vino que esperaban a ser embarcados.

—Disculpa mi imprudencia. Estoy desesperada.

—¿Tienes los salvoconductos?

—Estoy en ello.

—Con suerte no serán necesarios, pero el río es patrullado a cada momento y si nos detienen y registran el bote que te llevará a bordo no hay donde esconderse. Lo único que te salvará de la cárcel, a ti y al resto, es un documento legal y firmado. ¿Lo has entendido?

—Estaré aquí a mi hora, y con todo en regla.

—Todos mis pasajeros tienen que llevar sus papeles, si no, no subirán a mi barco —creo que se apiadó de mí. Ya no quedaba nada de mi antiguo orgullo. Famélica y mal vestida era la viva imagen de la desgracia—. Están desesperados. Será un viaje largo e incómodo, pero si logramos atravesar la bocana del puerto habrá sido la mejor inversión de vuestra vida.

—Si nos retrasáramos… —intenté explicarle.

—No habrá retrasos.

—Pero si nos retrasáramos…

—Ciudadana —me cortó de nuevo—, ya lo hablé con tu esposo. El barco zarpará al amanecer con o sin vosotros. La vida de todos va en ello.

En aquel momento solo pensaba en que Ethan seguía preso y don Fernando no sabía decirme cómo podía ayudarlo.

—Lo entiendo —le dije para calmarlo—. No tendrás que esperarnos.

Era un hombre decidido, a pesar de su aparente cordialidad. No tendría ninguna duda en abandonarnos si no cumplíamos nuestra parte. Eso me quedó claro.

—Así lo espero —confirmó mis pensamientos—. Parecéis buenas personas. A media noche. No retrasaros.

– CAPÍTULO 37 –

Lo único positivo de mi nuevo refugio era que quedaba muy lejos de la Plaza Nacional, donde la guillotina proseguía incesante su trabajo. Por lo demás era apenas una habitación sin más ventilación que la puerta, donde debía tener encendida una pestilente vela de sebo para poder moverme. Seguía sin tener noticias de don Fernando, aunque el mismo criado que me había llevado hasta allí venía a traerme algo de comida, pan y habas secas, con las que engañar el hambre.

Dos días más tarde acudí de nuevo a ver a la marquesa de Fontenay. En esta ocasión supe que algo marchaba mal nada más entrar. El mismo mayordomo que me recibió la vez anterior estaba crispado y cuando le anuncié mi intención de ver a la señora me dijo muy secamente que aguardara, pues estaba indispuesta. Esta vez no vino ella a buscarme, sino que mucho tiempo después regresó el mismo sirviente y me acompañó hasta la habitación donde me había recibido la vez anterior.

Encontré a Teresa reclinada en un diván, con el rostro tapado con el antebrazo. No reaccionó en mi presencia, y solo cuando Susanne, que seguía en mis brazos, se quejó cuando no pudo alcanzar uno de mis rizos, ella reaccionó y me indicó con un gesto que me acerara.

Había estado llorando. Tenía los ojos enrojecidos y se encontraba muy pálida.

—Mi querida amiga —me reclamó, tendiéndome la mano.

Me senté a sus pies, donde ella me indicó.

—Veo que no vengo en buen momento. Puedo volver mañana. Aún estamos a tiempo.

—Aunque vienes en el peor de los instantes —me dijo secándose las lágrimas—, es ahora cuando necesito a alguien a mi lado.

—Me tienes, por supuesto, pero dime en qué puedo ayudarte.

—Quiero que cuentes de mí que fui amiga de mis amigos y ayudé a tantos como pude.

Por un momento pensé que el llanto la había trastornado. Era la mujer más poderosa de Burdeos y una de las más influyentes de la nueva Francia.

—¿Pero qué locura dices? —intenté animarla—. Eso puedes hacerlo tú misma en cuanto te encuentres un poco mejor.

Ella se cubrió los ojos con el pañuelo. Cuando lo apartó parecía más serena. Se incorporó para estar sentada a mi lado y me tomó de la mano.

—No creo que tarden mucho en venir a detenerme —me dijo sin atreverse a mirarme—. Y sabes la suerte que nos espera a quienes somos acusados.

—¡¿Tú?!—exclamé sin poder creer en sus palabras—. Te protege Tallien. ¿Quién osaría alzar su mano?

Ahora sí clavó sus ojos en mí. Estaban enrojecidos y cargados de dolor.

—Ha caído. Jean-Lamber ha sido llamado a París para rendir cuenta de sus actos. Robespierre lo ha exigido. Lo acusa de acaparador y de ser demasiado blando con los traidores y las ejecuciones en Burdeos.

Me di cuenta que en aquel régimen de terror nadie estaba a salvo, ni siquiera los perros más leales.

—Pero te habrá dejado bien posicionada hasta su regreso —supuse.

—Todo apunta a que yo soy la causa de su corrupción, como tú lo eres de la desgracia del doctor Laserre.

Me acababa de dar cuenta de que aquella vieja amiga estaba en mi misma posición: Responsables e incitadoras con los hombres a los que amábamos. Un papel nuevo de esta nueva época donde se nos relegaba al cuidado de los hijos y del hogar.

—Para estos hombres, las mujeres siempre somos culpables —murmuré casi para mí.

—O inútiles o culpables. Ese es nuestro sino, al parecer.

Me puse de pie y paseé por la habitación, con Susanne en mis brazos. Había que buscar una solución, no quedarnos de brazos cruzados a la espera de que vinieran a por ella.

—Debes huir —la animé—. Acompáñame a España.

—Es inútil. Me encontrarán allí donde vaya y pondré en peligro vuestra seguridad. Lo único que me queda es que Jean-Lambert sea absuelto e interceda por mí.

Me quedé callada pensando en aquella buena mujer. Quizá se había acercado a Tallien buscando su seguridad. Quizá había vivido en la opulencia mientras Burdeos languidecía de hambre, pero era cierto que había ayudado a cuantos habían acudido a su puerta, aún a riesgo de poner en peligro su vida como sucedía ahora.

—Toma —Teresa había sacado varios documentos del cajón de una cómoda cercana—. Son tus salvoconductos. Están en regla, pero no han podido ser firmados.

Los cogí. Casi los había olvidado ante la desgracia de mi amiga, a pesar de que estaba allí por ellos.

—¿Son válidos?

—Así solo son papel mojado—volvió a recostarse. Parecía abatida—. Debes conseguir que los autoricen con una rúbrica. Huye de Ysabeau, es sanguinario y me detesta. Todo lo que proviene de mí le es repugnante. Si reclamas su clemencia no saldrás libre de allí.

—¿Qué opción tengo entonces?

—Ve a casa de Baudot. Es un exaltado, pero no le falta corazón. También ve en mí, en nosotras, el peor de los males, y a pesar de eso es posible que logres conmoverle.

No dije nada. Su corazón ya estaba demasiado pesado. Pero acercarme a Baudot, el viejo amigo de Ethan, era del todo imposible. Miré los documentos en mis manos. Unos pliegos inútiles sin una firma, y pensé que no valían para nada. Los guardé entre mis ropas y me senté de nuevo junto a Teresa.

—Ven conmigo, amiga mía —le rogué—. Huiremos de este país de sangre.

—Mi destino ya está escrito y me temo que no transcurre allá donde tú vas —me acarició la mejilla—. Ve en paz, y salva a los que amas.

La dejé tras un largo abrazo. En nuestra época de esplendor, cuando nos creíamos las intocables hijas del sol, apenas habíamos cruzado algunas palabras amables, y sin embargo aquella mujer se había puesto en peligro por mí. Las lecciones de la vida se sucedían cada día. Al menos esa era la enseñanza que debía extraer de tanto dolor y tanta muerte.

Salí de allí pensando en que tenía que buscar una solución. Tenía que buscar una forma para que fueran válidos aquellos salvoconductos. La opción de pedírselo a Baudot era del todo inviable. En nuestro último encuentro había sido claro: si volvíamos a encontrarnos terminaría en el cadalso. Además... ¿Cómo podía ponerle por delante la libertad de un preso que esperaba a ser deportado? Era como poner ante sus ojos la evidencia de una fuga, y entonces traicionaría a los que intentaban ayudarme.

Los caminos se cerraban a mi paso como diques que se inundan cuando suben la marea, y lo único que queda es perecer ahogados.

Las calles de la ciudad seguían desiertas. Los bordeleses atisbaban un nuevo recrudecimiento del Terror con la caída de Tallien, sobre todo ahora que Ysabeau, cuya crueldad era conocida, ocuparía su lugar.

No quise volver a aquella inhóspita habitación infectada de cucarachas. En verdad no quería estar sola porque temía que me abatiera la desesperación. Con Susanne lloriqueando en mis brazos, pues intentaba encontrar alimento donde ya no quedaba, seguí el camino hasta casa de don Fernando. No quise entrar por la puerta principal para no comprometerlo, así que la bordeé hasta las caballerizas.

—¡Señora! —exclamó el criado que acudió a abrir, el mismo que servía de enlace entre mi amigo y yo.

—Solo será un momento. Necesitaba un hombro amigo y estoy segura de que nadie me ha seguido.

—Adelante. Pediré que le preparen algo de comer.

Mi aspecto debía ser lamentable para haber llegado a aquella conclusión. Había perdido tanto peso que la ropa quedaba holgada sobre mi cuerpo y mis mejillas se mostraban hundidas y mortecinas. La cuadra daba a un patio donde se abrían las cocinas. En el pasado debió estar repleta de pinches y refinados cocineros parisinos. Ahora solo había una mujer que intentaba sacar el máximo partido a los exiguos víveres. Cuando me vio aparecer con mi hija en brazos me pidió permiso para cogerla.

—Está muy delgada.

Era cierto. No quería reconocerlo, pero me desesperaba la idea de haberme quedado sin leche para ella, ahora que ni siquiera podía darle gachas de pan.

—Mientras visita al amo déjela conmigo, señora. Le daré de comer. Debe usted hacerse con una cabra. En mi pueblo las madres crían a sus retoños con el cuajo de esas bestias y crecen fuertes y sanos.

Se lo agradecí, aunque ya no me quedaba entusiasmo para hacerlo debidamente. Al fin me acompañaron hasta las habitaciones nobles, donde me esperaba don Fernando que ya había sido avisado de mi llegada.

En esta ocasión me recibió en una pequeña estancia interior. No tenía ventanas, aunque sí una confortable chimenea donde el fuego crepitaba. Había un cómodo sofá, alguna silla y una mesa que le daban el aspecto de ser un gabinete de estudio, o donde trataba sus negocios más delicados.

—¿Cómo está, querida amiga? —me agasajó, tomándome por los hombros, una familiaridad que me sorprendió de alguien tan educado, y a la vez agradecí con una sonrisa.

—Disculpe que haya venido a molestarle —dije sin fuerzas para ser cortés—. Sé que no es prudente hacerme ver por aquí.

—Ya nada es prudente. Pero déjeme que le ofrezca una copa de oporto.

Mientras se dirigía al mueble donde guardaba los vinos generosos miré alrededor. Era un sitio íntimo, quizá su refugio más privado, donde tenían acceso muy pocas personas.

—¿Sabe lo de Tallien? —le pregunté.

—No se habla de otra cosa en la ciudad.

—Pues he cometido la torpeza de ir en busca de los salvoconductos en un día como hoy.

Se acercó a mí con dos copas de vino y la mirada ligeramente fruncida.

—Así que desatendió mis consejos y se puso en peligro.

—No podía hacer otra cosa —me senté en el sofá como me indicaba. Hacía demasiado tiempo que no me encontraba en un lugar tan confortable y temía que, entre el mullido sillón, el calor y el vino, me quedara dormida.

—Ya veo —dijo circunspecto, sentándose a mi lado—. ¿Y ahora qué?

—Tendré que buscar la forma de validarlos. Sin una firma no sirven para nada.

Don Fernando vació su copa de un solo trago y permaneció callado, mirando el baile de las llamas. Aquel día parecía diferente. Más callado, más encerrado en sí mismo.

—Parto en dos semanas para Roma —dijo al cabo de demasiado tiempo de silencio. Solo entonces mi miró—. Venga conmigo. La sacaré del país como si formara parte de mi servicio. Podemos pasar allí el invierno y zarpar en primavera para Valencia.

—Pero Ethan…

—La oferta es solo para usted y su hija.

Estaba tremendamente serio, quizá porque aquello era lo único que me podía ofrecer, cuando todas mis esperanzas estaban depositadas en él.

—Si usted no me ayuda a rescatar a Ethan…en ese caso le pediría que cuidara de mi hija.

—¿Tanto ama a ese hombre?

—Se lo dije una vez, amigo mío. Sin él nada tiene sentido. Lo único que aún me ha retenido es lo que siento por mi pequeña.

Sus ojos tenían un brillo tan distinto. Hasta ese momento no me había dado cuenta. Recorrían mi rostro de uno a otro ángulo, mi cuello, para volver a mis pupilas.

—¿Cuánto sería capaz de dar por salvar la vida de ese hombre? —me preguntó con voz ronca—. Todo tiene un precio, querida amiga, y me temo que usted no estará dispuesta a pagarlo.

Empezaba a inquietarme, pero había demasiado en juego.

—¿Qué precio exige?

Don Fernando fue hasta la puerta y la cerró con llave. A cada vuelta de la cerradura mi corazón se encogía sobre sí mismo. Cuando se giró para enfrentarse a mí, con las piernas separadas, los brazos a lo largo, ligeramente apartados de su cuerpo, y los ojos llenos de lujuria, adiviné el precio que exigía. Me señaló con la barbilla.

—Quítese la ropa.

No me moví de donde estaba, petrificada y tan sorprendida que era incapaz de reaccionar.

—Nos conocernos desde hace años —intenté aducir.

Me sonrió de una forma desdeñosa que no reconocí en alguien a quien apreciaba.

—Puede volver a la habitación que alquilé para usted hasta que escuche pasar la carreta que llevará a su hombre a una muerte segura —se detuvo un instante, el tiempo justo para que yo pudiera asimilar sus palabras—, o puede quitarse la ropa y dejarme hacer lo que con tanto gusto permite que él haga. No creo que a estas alturas le escandalice, condesa.

Permanecí inmóvil, como si no tuviera control sobre mi cuerpo.

—Si accedo… ¿Le ayudará a escapar? —oí que preguntaban mis labios.

—Si no lo hace morirá con toda certeza.

Por mi mente pasaron tantas ideas como hojas en un vendaval de otoño. Había recibido la mejor educación. Había brillado en la sociedad más exquisita, alejada de todo lo que pudiera mancillarme. Y sin embargo allí estaba, ante un hombre a quien había apreciado de veras y que exigía mi cuerpo como pago.

Me di cuenta de que había caído tan abajo como era posible. Más abajo que los miserables refugiados al amparo de las arcadas del Puente de los Vientos. Si aún me quedaba algo de dignidad abandonaría aquella casa para no volver, y me enfrentaría a mi destino con valentía. Pero muy dentro de mí algo me decía que aún había espacio para la humillación en mi alma, que todo era válido si con ello lograba salvar la vida de Ethan, aunque supiera que él me detestaría para siempre si llegaba a enterarse de lo que había hecho.

Me puse de pie, y sin dejar de mirar a mi verdugo empecé a desatarme la ropa.

La gruesa casaca de estilo masculino dejó al descubierto la camisa. Deshice cada cinta antes de desanudar el prendedor de la falda. Esta cayó al suelo, y solo entonces deslicé los hombros por la abertura y la blanca prenda se deslizó a mis pies. Era el tercer hombre ante el que me mostraba desnuda. Sus ojos habían seguido el juego de mis dedos mientras dejaba al descubierto cada palmo de mi piel. Ahora recorrían mi cuerpo con una lujuria que me dio nauseas.

Cerré los párpados y lo dejé hacer.

Oí sus pasos mientras se acercaba. Noté el tacto de sus dedos cuando se posaron sobre mis hombros. Aguardé a que aquellas manos bajaran por mi cuerpo, hasta mi intimidad, hasta conseguir lo que buscaban… pero no sucedió.

Sus húmedas manos se apartaron y entonces abrí los ojos. Su rostro había cambiado. Estaba horrorizado de sí mismo, paralizado y encogido, como una alimaña en su madriguera.

—Cúbrase —dijo mientras retrocedía hasta la chimenea—. ¿Ve lo que me obliga a hacer?

De inmediato me agache para taparme con la amplia camisa. Creo que suspiré. Aunque estaba dispuesta a entregarme por salvar a Ethan también sabía que nunca me lo perdonaría a mí misma.

—Hace muchos años —empezó a contarme mientras yo me vestía tan deprisa que mis dedos volaban sobre cintas y prendedores—, quizá mi padre ansiara su fortuna, condesa, no lo niego… pero le aseguro que yo la amaba. La amo, si es que aún no se ha dado cuenta.

—Ayúdeme entonces —dije con una frialdad que me sorprendió a mí misma.

—Vuelva a su refugio —casi me escupió—. A su amante lo trasladarán a París de noche para evitar altercados. Mis hombres intentarán rescatarlo, pero no puedo prometerle nada.

—Usted es un hombre de honor. Si no fuera así…

Iba a decir que, si no lo hubiera sido, habría terminado lo que tanto deseaba.

—Hasta aquí ha llegado nuestra amistad —estaba sudoroso y su mano temblaba sobre el mármol gris de la chimenea—. Tenerla cerca, señora, es una tortura. Imaginarla en brazos de otro, algo que no puedo soportar más.

—Aun así, gracias por lo que va a hacer.

—Lo de los salvoconductos es cosa suya. Deberá arreglarlo por usted misma. —se volvió, dándome la espalda—. Espere a Laserre el día de la partida. Esa noche es cuando lo trasladan. Ahora déjeme, se lo ruego, no quiero volver a verla.

Eché una última mirada atrás cuando abandoné el gabinete.

Quien había sido mi viejo amigo estaba ahora abatido, apoyado en la chimenea, y parecía un desconocido. Me sentía como si yo tuviera la culpa de todo. Decidí que tenía que pensar en mi pasado a conciencia, pero no en aquel momento, sino cuando estuviéramos a salvo, o si las cosas se torcían, antes de que la hoja de la guillotina cayera sobre mi cuello desnudo.

Tuve la arrogancia de pedirle a la cocinera que se quedara con Susanne hasta mi vuelta, lo que acontecería al menos dos días más tarde. Le hice prometer que no le diría nada a don Fernando, y que en caso de que se enterara, achacaría a mí toda la culpa. La buena mujer, quizá viendo la desesperación, y con la complicidad del joven criado, accedió de buena gana. Y más sabiendo que sin comida para alimentarla y con el frío que arreciaba por las noches en aquella habitación llena de humedades, la pequeña podría enfermar.

Salí de la casa por donde había entrado y a paso veloz recorrí la distancia hasta aquella lóbrega habitación. Hice como pude un hato con mis pocas pertenencias y abandoné aquel refugio donde estaba segura de que me buscarían. Dos calles más abajo había una posada donde alquilé una habitación dando el nombre de mi salvoconducto. Me miraron con suspicacia, y creo que pensaron de mí que era una mujer de mala reputación, sin compañía ni cuidado alguno. Pero pagué por adelantado y me di cuenta de que aquello alejaba sus recelos. En cuanto me acomodé, hambrienta y agotada, lo dejé todo a buen recaudo y partí de nuevo, esta vez sin pararme ni un segundo a comprobar mi aspecto.

Fui a casa de Baudot, donde me indicaron que el Comisionado estaba en el tribunal hasta la hora del almuerzo. No lo dudé cuando mis pies me llevaron hasta allí. La sala de justicia estaba a rebosar de público que asistía a los juicios, por curiosidad o para mostrar su innegable adhesión a la causa. Una mujer muy hermosa estaba siendo juzgada, y por su expresión deduje que pronto se uniría junto a tantos otros en la fosa común. Y quizá yo la siguiera de cerca. No había rastro de Baudot, así que pregunté a uno de los guardias. Me indicó una estancia que servía de despacho y me dijo que el comisionado lo usaba para tratar sus asuntos. Delante de la puerta había una mesa ocupada por un secretario. No pregunté, simplemente abrí la puerta y entré antes de que aquel hombre pudiera detenerme.

—¡Ciudadana! —dijo escandalizado, tras de mí.

Baudot estaba solo, escribiendo junto a un montón de documentos que se apilaban sobre su mesa. Me miró, primero desconcertado por la interrupción, y después... fui incapaz de describir su expresión, pero desde luego tenía mucho que ver con la sorpresa.

—Déjala pasar —le dijo al otro hombre—. Será solo un momento.

Aquel individuo obedeció de mala gana y cerró la puerta tras de mí.

—¡Cómo te has atrevido! —mordió cada palabra el hombre que tenía delante. Los dedos crispados sobre la pluma y la mirada helada, aún desconcertada por mi atrevimiento.

—Voy a hacer lo imposible por ayudar a Ethan y ambos nos largaremos de Francia al amanecer —dije sin amilanarme, con más calma de la que me creía capaz.

—¡No digas una palabra más! —noté cierto temor en su voz, mezclado con la indignación—. Puedo hacer que te detengan ahora mismo.

Lo miré desafiante. Con la fuerza que da el tenerlo todo perdido.

—Solo tengo que cruzar esa puerta para ser juzgada y condenada, pero si alguna vez Ethan y tú fuisteis amigos, me ayudarás, y si has cambiado tanto como para no conocer la piedad, entonces entrégame, porque no me voy a ir de aquí sin lo que he venido a buscar.

No fue una treta premeditada. Una estrategia cuidadosamente pensada para doblegar su voluntad. Fue solo la verdad. Acababa de abrir mi corazón a mi enemigo porque una vez que mi pequeña estaba a salvo nada me importaba si Ethan no venía conmigo. Creo que eso fue lo que vio Baudot. Mi absoluta falta de respeto por mi propia vida. Mi absoluta entrega a quien había sido su amigo querido.

No recuerdo muy bien lo que sucedió a continuación. Entre el hambre y el estado de total desesperación en que me encontraba mis ideas iban y venían hasta el desfallecimiento.

Salí de allí con los salvoconductos firmados por el incorruptible Baudot. Aunque sus últimas palabras se habían grabado a fuego en mi cabeza: *Tienes suerte de que aún quede algo de piedad en mí, porque seguramente la habré olvidado a la caída de la tarde.*

— CAPÍTULO 38 —

Habían sido unos días frenéticos en los que igual me ilusionaba la esperanza de un nuevo comienzo, que caía presa de la desesperación. Me había acostumbrado a mirar alrededor antes de torcer cada esquina, a huir de las calles concurridas, a sospechar de todo aquel que intentaba ser amable. En aquellas pocas jornadas había comprado lo imprescindible para el pasaje, además de una cabra que me habían asegurado que daba buena leche. Todo estaba ya embarcado y ahora ansiaba ver de nuevo a mi pequeña Susanne.

Cuando fui a recogerla dormía plácidamente en una canasta, junto al fuego del hogar. Parecía que unos pocos días de buena alimentación, calor y la *seguridad* de un hogar la habían repuesto tanto como para que sus mejillas estuvieran sonrosadas y llenas de vida. La cocinera, aliviada por mi vuelta, ya que había temido lo peor, me alabó el carácter de mi hija y nos despidió en la puerta deseándonos suerte. Susanne seguía durmiendo en mis brazos mientras yo atravesaba una ciudad dormida, antes de la medianoche.

Tuve que esconderme en dos ocasiones para llegar a mi destino, pues las patrullas seguían peinando la ciudad aún con más ahínco una vez se ponía el sol.

Llegué al punto convenido un poco antes de la hora. Era un remanso del río a las afueras de la villa.

Nuestro barco ya había abandonado el puerto y nos esperaba al otro lado de la desembocadura. Nosotros tomaríamos un bote para llegar hasta él, ya que los navíos eran inspeccionados cuando zarpaban y mientras aún surcaban el río, camino del mar.

Aquello nos daba algún margen al éxito, aunque nuestro bote no estaba exento de ser registrado, de ahí la validez de los salvoconductos.

Según me acercaba al punto de encuentro un ligero temor empezó a apoderarse de mí. Esperaba encontrarme únicamente con el marinero que debía trasladarnos, pero allí había un par de hombres más. ¿Serían guardias? ¿Había sido descubierto nuestro plan? Aguardé, amparada bajo la copa de un árbol, no había luna por lo que la oscuridad era total y la espesa bruma difuminaba todos los contornos.

Decidí arriesgarme, no por valentía sino porque no tenía otra opción. Si no zarpaba esa noche… ¿A dónde podría ir? ¿Qué podría hacer?

—Señora, póngase a cubierto —me dijo el marinero de forma respetuosa al reconocerme—. El frío arrecia.

Le di las gracias y saludé con un gesto a los otros dos.

—Viajarán juntos —me aclaró nuestro guía—. Ya solo quedan su esposo y un último viajero. Se unió al grupo ayer. Estarán más apretados, pero incluso en alta mar y en medio de una tormenta estarían más seguros que aquí.

Ninguno de los tres reímos la supuesta gracia. Era nuestra vida la que estaba en juego.

Uno de los caballeros se presentó. Era de mediana edad, educado y austero en sus formas. Se trataba de un sacerdote no juramentado cuyos protectores, una familia acomodada de Burdeos, habían logrado mantenerlo oculto todo este tiempo. El otro era un conde a quien no había visto nunca. Estaba herido en un brazo y en la frente, y aunque no dijo nada más, imaginé que sus últimos meses habían sido tan calamitosos como los míos.

—Espero que su marido llegue pronto o zarparemos sin él. Esas son mis órdenes

—Llegará enseguida.

Miré hacia el fondo, hacia el camino por el que yo había llegado. La ciudad quedaba lejos y Ethan solo podía acceder por aquel sendero. Si todo había resultado como debiera ya estaría libre y a caballo a nuestro encuentro. No tenía ni idea de cómo iban a liberarlo, pero había rezado tanto que no me quedaban oraciones a las que recurrir.

Susanne se revolvía inquieta en mis brazos y todos guardábamos silencio, amparados por las ramas de un árbol que servía de cobijo junto al bote.

A lo lejos empezamos a distinguir una sombra difusa. Mi corazón dio un vuelco. ¡Ethan! Pero la oscuridad se convirtió en una capa femenina que amparaba un candil para iluminar el camino. Llevaba echada la capucha, muy calada sobre el rostro.

—Aquí está la pasajera que faltaba. Solo queda su esposo —volvió a repetir el barquero, que ya se mostraba inquieto.

En esta ocasión no le presté atención porque algo en aquella mujer me era familiar. Su forma de moverse, la manera en que se sujetaba la falda para pasar sobre una irregularidad del terreno. Creí ver un mechón oscuro de su cabello, más tarde un perfil difuminado entre las sombras, pero solo cuando llegó hasta nosotros y se deshizo de su capucha supe de quién se trataba, y la expectativa dio paso a la incredulidad.

—¡Isabel! —exclamó mi cuñada Agnes cuando estuvo a mi lado.

—¿Tú..? —fue lo único capaz de articular.

Estaba tan delgada como yo, pero sus ropas denotaban una vida más cómoda. Mil preguntas me asaltaron, tantas que no podía ponerles un orden. ¿Cómo había logrado sobrevivir? ¿Quién la había ayudado? Y la más importante, ¿qué intención albergaba hacia mí? Lo único que sabía era que había huido de París en dirección al sur. También recordaba que tenía parientes lejanos en Burdeos. De hecho, había leído el nombre de alguno de ellos en las listas de ejecuciones, pero nunca imaginé que en nuestra desgracia estuviéramos tan cerca.

Ella se deshizo de la capucha, se acercó hacia mí, y me estrechó tan fuerte que supe que una parte de mi vida ya estaba enterrada.

—Si su esposo no llega en unos minutos —sentenció entonces el barquero—, nos iremos sin él.

—¿Ethan sigue vivo? —exclamó Agnes— Había oído que...

—No lo sé, pero ruego porque así sea.

—Señora —protestó de nuevo aquel hombre—. No podemos esperar más. Si no nos largamos ahora mismo el relevo de la guardia del puerto no nos dejará pasar.

—Solo unos minutos —supliqué —. Sé que vendrá.

—No pienso poner mi vida en peligro por su esposo —protestó el caballero herido, encaminando sus pasos al bote—. Zarpemos cuanto antes. He vendido lo poco que me quedaba para que me pongan a salvo, no para que me conduzcan directo a la guillotina.

El cura me miró indeciso, pero al final siguió al otro pasajero.

—Me quedaré contigo —dijo Agnes.

—No lo hagas. No servirá de nada—le rogué—. Vete con ellos, te lo suplico.

Me obedeció a regañadientes. Dejarme allí era condenarme a muerte, una muerte segura.

Aguardé rodeada por la niebla, cada vez más espesa. Ethan vendría. Tenía que venir. Susanne seguía dormida, pero de vez en cuando se removía inquieta.

—Señora, es la última advertencia —dijo el barquero tendiéndome la mano.

Suspiré. No había otra opción. Me dirigí al barco y puse a mi hija en los brazos de Agnes. El sacerdote se puso de pie para ayudarme a subir, pero no era esa mi intención.

—Llévate a mi hija —le supliqué a mi cuñada—. Cuídala como si fuera tuya y háblale de vez en cuando de nosotros. Cuando esté a salvo tendrá un hogar en Londres, junto a mis tíos.

Protestó, pero al final accedió y la abrigó entre sus brazos. Mi pequeña estaba adormilada y no quise mirarla por última vez, si no jamás la dejaría marchar

Con una hábil maniobra el barquero alejó el bote de la orilla. Según se alejaban de mí aquellas cuatro figuras enlutadas, se iban difuminando sus contornos entre los jirones de una niebla creciente. Me sentí desamparada, pero sobre todo abrumada por el destino de Ethan. Si no había llegado a nuestra cita era porque la fuga no había salido como se esperaba y todo indicaba que ahora estaba preso de nuevo o quizá…

Escuche un alboroto proveniente de la orilla. Eché una última ojeada al camino desierto y corrí a ver qué sucedía. El bote ya estaba a varios metros, pero el marinero tenía en la mano una pistola ya que, tan sigilosa como el rielar de la luna, se dirigía a nosotros otra barca con cuatro remos metidos en el agua. El capitán del navío había pagado una buena suma a la primera patrulla de la noche para que hicieran la vista gorda… ¿Cómo era entonces posible? ¿Quién nos había traicionado?

Desde la orilla yo miraba abrumada, al igual que los otros, el deslizar de aquel pequeño bote que venía directo a donde estábamos. Poco a poco las sombras dejaron ver el maderamen y más tarde la silueta de dos personas que remaban con ahínco. Vi cómo el marinero apuntaba, directo al que se mostraba en primer lugar. Si era rápido le daría tiempo a cargar la pistola antes de que el segundo reaccionara. Un movimiento, algo en la forma de sujetar los remos de uno de ellos, me llamó la atención. Agucé la vista y entonces comprendí.

—¡Alto! —grité.

Corrí hasta la orilla, sin importarme si los bajos de mi vestido se empapaban de agua helada, o si mis zapatos se perdían en el lodo. La barca ya casi estaba en la arena, muy cerca de donde yo me encontraba. No me dio tiempo de llegar cuando él saltó, y vino en mi busca.

¡Era Ethan! ¡Ethan!

Nos abrazamos sin importarnos si el mundo se volvía yermo en aquel momento. Si mil revoluciones estallaban a la vez, o si los realistas lograban su objetivo y volvían de nuevo el brillo y las cadenas. No me importaba ni siquiera su cuerpo, ni el olor de su pelo cuando acariciaba mi rostro. Solo me importaba su presencia, la mitad de mi alma, que albergaba en la suya, y la absoluta felicidad que me aportaba cuando estaba a mi lado. Él y yo. Nuestro amor. El principio y el fin de todas las cosas. Ahora comprendía que mi vida había sido trazada para estar a su lado y que sería capaz de cualquier cosa para estar junto a él. Incluso la muerte sería bienvenida.

—Por un momento he pensado…

—Todo saldrá bien, mi amor —me besó la frente, los ojos, para acabar en mis labios—. Te lo prometí.

Desde el bote del que había desembarcado, don Fernando nos miraba con el rostro pétreo. Le dirigí una inclinación de cabeza, pero él apartó la vista, hundió los remos en el agua e impulsó la barca de nuevo hasta la oscuridad.

—Ahora no debemos rezagarnos —gritó el remero aproximándose de nuevo a la orilla, impaciente y preocupado por el éxito de su misión.

Ethan me cogió en brazos para evitar que mi vestido terminara de empaparse hasta el escote, y me dejó dentro de la barcaza. Saltó a mi lado y me abrazó. Pero al instante vio a su hija y la tomó entre sus manos tan estrechamente que Susanne empezó a gimotear cuando su padre le rasgó el rostro con la barba.

Mientras, muy suavemente, nos deslizábamos río abajo en busca de la desembocadura. El caballero ni siquiera lo saludó, solo preocupado por su seguridad. El buen cura cruzó con él unas palabras de cortesía. En cuanto a Agnes… sé que Ethan se sorprendió de verla allí, pero no dijo nada. Ambos se miraron y se saludaron con una ligera inclinación de cabeza.

Ahora nos quedaba lo peor, y la niebla no era nuestra aliada ya que nos impedía ver los barcos que patrullaban el río. El marinero nos pidió que mantuviéramos un silencio absoluto. Me daba cuenta de que incluso tenía cuidado con el chapoteo que formaban los remos al entrar en el agua. Oímos voces y Ethan me apretó más fuerte contra su pecho mientras con el otro brazo acunaba a Susanne para que no protestara.

La patrulla pasó muy cerca pero no nos vio.

Aliviados, seguimos navegando. De nuevo nos rogaron absoluto silencio cuando yo lo que necesitaba era gritar, alejar de mí todo aquel dolor atrasado que aún anidaba en mi pecho. Con Ethan me sentía segura a pesar de que en cualquier momento podíamos ser descubiertos. La muerte nos rondaba y nosotros huíamos a hurtadillas. Fueron unos minutos terribles, quizá una hora, tan silenciosos como la desdicha, hasta que salimos al mar y el marinero respiró aliviado.

—Estamos a salvo —le susurré a Ethan.

—Solo me sentiré a salvo cuando esté desnudo a tu lado —me dijo él al oído, lo que me ruborizó.

Cuando le miré a los ojos vi su pasión, y comprendí también que intentaba alejar de mi mente los malos augurios.

Estaba a punto de amanecer cuando la proa de la barca chocó suavemente contra el casco de nuestro barco. Estaba varado al amparo del faro de Cordouan y mantenía los faroles apagados, por lo que no lo habíamos visto aparecer en aquella madrugada sin luna. Lanzaron desde cubierta una escala, y aquel tipo que había insistido en que nos marcháramos sin esperar a Ethan subió el primero, sin dignarse a mirarnos ni a Agnes ni a mí. Ethan le pidió a mi cuñada que lo hiciera tras el cura y después lo hice yo. Él trepó el último con Susanne entre sus brazos.

Al fin, antes de que el sol apareciera en el horizonte, el navío elevó ancla y, con las velas extendidas, se puso en movimiento.

– EPÍLOGO –

Hoy ha amanecido un día radiante, sin rastro de nubes, con un viento ligero que inflama las velas rumbo a las costas españolas.

El capitán me ha dicho que la lejana porción de tierra que vemos hacia el este es el Cabo de San Vicente, que pronto atracaremos en la bahía para descargar mercancía y después remontar el Guadalquivir.

Agnes está embelesada con Susanne y parece que a mi pequeña le gusta también, aunque no tanto como la cabra que ordeñamos cada mañana y a la que sigue parlanchina a todas partes. En cuanto a Ethan y a mí, hemos aprovechado cada momento a solas para ponernos al día.

Me ha contado los pormenores de la fuga: cómo una patrulla de supuestos sublevados asaltó la comitiva, cómo los guardias se dejaron amordazar, y cómo su viejo amigo Baudot fue a darle un último abrazo. Al final la amistad se ha impuesto sobre las antiguas rencillas y los odios políticos.

Está delgado, con el cuerpo surcado por las heridas de su lucha exterior e interior, pero mantiene intacta su fuerza. También hemos puesto al día nuestra pasión. Ni el cautiverio ni las penurias han debilitado su interés por mi cuerpo ni su capacidad para hacerme devota de su piel.

El segundo día de navegación Ethan me regaló un anillo que había confeccionado, trenzando un trozo de hojalata, y me pidió que me casara con él. Es la prenda más hermosa que nuca he tenido. No hay nada que brille, que reluzca, pero sé que nuca abandonará mi dedo anular. Cuando acepté, ilusionada como la mujer que no me dejaron ser, apareció el buen cura y ofició la ceremonia en la cubierta de la goleta. Agnes no ha dicho nada. Ni bueno ni malo.

Estamos en cubierta. Ethan me abraza mientras escribo. De vez en cuando miramos la ligera línea oscura que señala la tierra portuguesa. Susanne juguetea a nuestros pies, inspeccionando los nudos de la madera como si fueran tesoros.

Los delfines navegan con nosotros, marcando una estela plateada que me dice que está repleta de buenos augurios.

Pronto llegaremos a nuestro destino para empezar de nuevo.

¿Cómo será nuestra vida en España? ¿Y en América?

¿Cómo nos recibirán? A una aristócrata y a un revolucionario.

Dejo atrás un pasado donde he sido tan feliz como desgraciada. No soy ingenua como para no saber que el futuro estará lleno de dichas y altibajos. Pero sí hay algo de lo que no tengo la menor duda, y es de mi amor por Ethan, y de su devoción por mí.

Hacia adelante.

Siempre hacia adelante.

El destino se teje con un hilo tan firme que no puede romper ni las tempestades.

NOTA DEL AUTOR

La Revolución Francesa ha sido un hecho histórico que me ha fascinado desde que recuerdo.

Por un lado me parece digna de atención la capacidad de una sociedad para cambiar el orden establecido en busca de la justicia social, a pesar del precio a pagar. Por otro, la fragilidad de un concepto fantasma que aún hoy veneramos, como es la seguridad, cuando la realidad nos dice que es posible perderlo todo con un golpe de viento. Pero sobre todo me seduce de este acontecimiento histórico la ductilidad de convertirse en unidad de medida del alma humana. Ante situaciones extremas se descubre la verdadera naturaleza de personas y pueblos. Salen a la luz los egoísmos, las mezquindades, pero también el heroísmo y la nobleza, el desinterés de entregarnos por los que amamos y por lo que creemos justo.

Eso es lo que he querido contar en «Bajo el Puente de los Vientos».

Mi principal fuente de inspiración han sido las memorias de aquellos que vivieron estos años de cambio y revolución. Madame Campan ha marcado el tono, y Lucy Dillon el cuerpo de la historia. Alguna de las anécdotas que has leído las cuentan estas dos mujeres en sus manuscritos biográficos, pues fueron testigos de estos acontecimientos que sufrieron en sus propias carnes. ¿Cuáles? Las más increíbles. Las que parecen haber brotado de la pluma imaginativa del autor, mostrando una vez más que la realidad siempre supera a la ficción.

He decidido autopublicar esta novela por varias razones que te cuento en mi blog http://docerazones.blogspot.com.es/. También porque siento que se aleja de los contenidos que habitualmente publico con las dos grandes editoriales con las que trabajo y por las que siento devoción. Y por supuesto porque soy y seré un defensor de la autopublicación, que permite al escritor ser dueño de cada uno de los procesos que llevan una novela a tus manos. Creo firmemente que un autor debe transitar hoy en día por ambos caminos: editar y autopublicar.

Por último, he decidido escribir esta novela precisamente ahora (aunque su germen lleva en mi cabeza algunos años), porque los tiempos en que vivió Isabel de Velasco y en los que vivimos nosotros mismos parecen asemejarse: el descontento de la población, la incapacidad de los mandatarios por solucionarlo, y la existencia de un grupo social, emergente e ilustrado, que quiere cambiar el orden de las cosas.

Espero que esta historia te haya gustado tanto como a mí escribirla.

Gracias por leer esta novela.

Si te ha gustado, puedes ayudarme a difundirla dejando una reseña.

A continuación te presento mis series más exitosas.

Algunas series del autor

CABALLEROS DISOLUTOS

Cinco novelas autoconclusivas con un elemento común: **el protagonista masculino es un crápula vividor** que tiene que enfrentarse a una mujer que logrará que su mundo se derrumbe en pedazos.

La tienes aquí, siguiendo el código QR

REGENCIA CANALLA

Conoce a la familia Menzoda y ríete a carcajadas con ellos en el Londres de los Bridgerton. **Seis hermanas a cuál más particular** que traen de cabeza a don Íñigo, su padre. Seis historias de amor apasionadas y una secuela, para que conozcas su pasado.

La tienes aquí, siguiendo el código QR